完美指控

WAN MEI ZHI KONG

ZHI YUAN ZUI NAN TAO

之 原罪难逃

海剑 / 著

北京航空航天大学出版社

图书在版编目（CIP）数据

完美指控之原罪难逃 / 海剑著 . -- 北京：北京航
空航天大学出版社，2016.1
ISBN 978-7-5124-2039-7

Ⅰ. ①完…　Ⅱ. ①海…　Ⅲ. ①长篇小说—中国—当代
Ⅳ. ① I247.5

中国版本图书馆 CIP 数据核字（2016）第 009343 号

完美指控之原罪难逃

海剑　著
策划编辑　张冬青
责任编辑　胡玉婷

*

北京航空航天大学出版社出版发行

北京市海淀区学院路 37 号（邮编 100191）　http://www.buaapress.com.cn
发行部电话：(010)82317024　传真：(010)82328026
读者信箱：ibook@buaacm.com.cn　邮购电话：(010)82316936
北京鹏润伟业印刷有限公司印装　各地书店经销

*

开本：710×1000 1/16　印张：22.5　字数：441 千字
2016 年 3 月第 1 版　2016 年 3 月第 1 次印刷
ISBN 978-7-5124-2039-7　定价：39.80 元

目 录

完美指控之原罪难逃

第一章
巨富机场被刑拘

1

程诺乘坐的黑色奔驰轿车悄悄来到了滨海国际机场国内到达三号接机大厅外的停车场。现在，距离荆鸣乘坐的航班落地还有半个小时。

程诺今年刚 33 岁，一直未婚，在别人眼里已经是个老姑娘了。程诺是汉江大学市场营销学专业研究生毕业，一毕业就来到滨海大东房地产公司，荆鸣当时是大东房地产公司的副总经理。两年后，大东房地产公司的董事长刘凯明因严重经济问题被判刑，很快荆鸣就带着几名公司骨干离开了大东房地产公司，重新注册了滨海华业。由于业务能力很强，作为大东房地产公司业务部经理的程诺被荆鸣带到了滨海华业并仍然出任滨海华业业务部经理。10 年里，她从业务部经理上升为这家民营企业的总经理兼副总裁。当然，她的每一次进步和提升，尤其是业务上的运筹帷幄，都是在荆鸣一手指导下完成的。两人有着复杂的关系——从管理上看，荆鸣是老板；从创业的角度讲，两人是伙伴；从感情上说，荆鸣是兄长和老师。

可是让谁也想不到的是，程诺要接的重要客人、滨海华业的老总荆鸣一下飞机就被等候在机场的几个便衣警察给拦住了。

当时的场面多少有些尴尬——荆鸣的助手拉着荆鸣的拉杆小旅行箱跟在荆鸣身后刚走出来；程诺小姐正手捧一大束鲜花一面向荆鸣摇动着，一面迎着荆鸣小跑过去。

"你是滨海华业的董事长荆鸣吧？"一个四十岁左右、留着板寸头的男人似乎是突然出现在他面前，并拿出一个警官证在荆鸣眼前一亮，"我是市公安局刑警大队的郑天雷，这是我的工作证。我们有事想找你核实一下，请你配合我们的工作。"

两个便衣一左一右夹住荆鸣。程诺距离荆鸣最多也就五六米远。她听见了留板寸头的男人对荆鸣说，他是市公安局刑警大队的郑天雷。她心里一惊，站住了。

"我是荆鸣，请问找我有什么事吗？"荆鸣很有风度地礼貌回答，停顿了一下又略微带着些自嘲的口气说，"在这种地方，这种时候。"

郑天雷声音不大但透着一种威严，用不容置疑的语气说："有些事情需要你跟我们回去接受调查，请你配合一下。"

"有什么事情不能到我公司找我吗？我现在正要赶回去召开一个重要的新闻发布会，要不等新闻发布会结束？"荆鸣问。

同样身着便衣的刑警大队副队长罗铁掏出一副手铐看着郑天雷。

"荆总，考虑到您的身份我们不想这样对您，希望您能好好配合我们。"郑天雷瞟了一眼手铐，看着荆鸣说。

程诺不愧跟荆鸣历练了那么多年，一丝慌乱都没有。

"您好，我是滨海华业副总裁程诺，荆总出了什么事情吗？"程诺对郑天雷粲然一笑。

"对不起，无可奉告。"郑天雷面无表情地盯了程诺一眼，一副公事公办的模样。"走吧"，他对荆鸣说。

他们几个人的举动已经引起了一些旅客的注意，有人好奇地向他们这边指指点点着。

"好吧，我跟你们走。"荆鸣说完，看着程诺对她轻轻点了点头。

郑天雷给罗铁递了个眼色，罗铁就把手铐收起来了。

荆鸣对郑天雷说想把带回来的资料交给程诺，但郑天雷不许。郑天雷说让程诺下午到刑警队去拿。

荆鸣把手上拎的公文包和旅行箱都交给郑天雷，对程诺说："这样吧，就按郑大队长说的意思，下午你去刑警队把我这次带回来的公司资料拿回去。所有资料都在这里面，你把资料带回去，包里有一张这次在南海拍摄的广告宣传 DVD 光碟，你给电视台经济频道的制片人林缨子打电话，让她安排人来拿走赶快播出，合同我已经签过字了。告诉她，不要受我的事情干扰，我肯定不会有事的，一定要让他们按照合同要求尽快播出。另外，咱们和南海投资管理公司的协议你先抽空看一看，回头拿出个意见。"

走了两步，荆鸣又回头对程诺说："你立即和童建中取得联系，他最近出国了，看他回来了没有，如果他没有回来就让他立刻抓紧时间赶回来。如果他已经回来了，那就让他马上来市局刑警大队见我。"荆鸣说完，三人押着荆鸣快速向附近的警车走去。

程诺赶紧跟了几步问:"那新闻发布会?"

荆鸣回过头看看程诺说:"新闻发布会照常举行,你代表我作公司上市的报告。"

荆鸣走了几步,又回过头来看看程诺,程诺还站在原地没动,荆鸣就笑笑对她说:"你放心吧,我不会有事儿的,他们肯定是误会了,我很快就能回去。"

几名便衣警察簇拥着荆鸣急匆匆地上了警车,警灯闪烁着,警车呼啸而去。

2

滨海华业大厦门前,一个排列整齐的铜管仪仗乐队正在不间断地演奏着《土耳其进行曲》《今天是个好日子》等欢快的乐曲。

过路的人们不禁驻足观看。

天空飘着十几只大气球,气球下面悬挂着祝贺滨海华业成功上市的条幅。

大门前有一个充气拱门,拱门上有"热烈祝贺滨海华业成功上市新闻发布会"的字样。

十几名滨海华业的员工正忙着在门前的地上铺红地毯。

"你们几个,把门口的果皮纸屑再拣一拣。哎!哎!地毯拉平!怎么铺的!"喜气洋洋的滨海华业宣传部部长老高正指挥着几名员工。

等程诺到时,滨海华业大厦多功能厅的会场已经布置完毕,主席台上的横幅也挂上了。台口摆放着十几只花篮。在台面上已经铺好了雪白台布的一溜长桌上,等距放着三只麦克风。

满面春风的滨海华业宣传部部长老高挨个调试完麦克风后,就到门口去迎宾。

接待室里喜气洋洋。

几名先到的老总在聊天。他们对荆鸣取得的成绩除了赞赏、羡慕,还有一些说不出的味道。但是有一点大家都不否认,那就是自己跟滨海华业的差距越来越大了。

毫无疑问,荆鸣是滨海市名人里的名人,不仅因为他娶了滨海市副市长马尚德的宝贝女儿马琳,还因为他是个慈善富豪。

荆鸣是拥有几亿身家的、滨海华业的老总,同时,他还是省、市政协委员、著名的社会慈善活动家,曾在云南、贵州、四川、甘肃等省捐建了几十所希望小学,至今各项社会捐款已达上亿。由于他多年的慈善活动,他在滨海市社会各界,尤其是底层,口碑甚好。

在滨海市民间甚至流传有这样一种夸张、形象的说法:假如滨海市是一个集团公司的话,市委书记梁山是集团公司首席执行官,市长李东海是董事长,而荆鸣就是这个集团公司的总经理。民间舆论甚至认为梁山、李东海、荆鸣就是带动滨海经济发展的三驾马车。而在这三驾马车中，抛开政治因素不谈，荆鸣这个滨海首富无疑是分量最重的一位。

自从在机场被几名便衣堵住后，荆鸣就一直在想：哪里出事儿了。滨海市也好、南海市也好，他们都还在位子上，没听说纪检委找谁去谈话呀。他想了一路也没想出到底是怎么回事儿，于是决定先不动声色。

3

警车拉响着警笛、闪着警灯一路狂奔，很快就到了刑警队。在刑警队办公室里，郑天雷拿出一份刑事调查传唤通知书让荆鸣签名。

荆鸣心中暗暗叫苦，不会是和自己关系密切的哪个官员出问题了吧。他脑子一转很快就排除了这种想法。因为这次在南海市也和几位领导分别见了面。要是谁出事儿了自己不可能不知道。

荆鸣面对眼前的这一份传唤通知书虽然心中忐忑不安，但还是一脸平静地在上面签下自己的名字。

过去，荆鸣作为政协委员来过市公安局调研，局长连小军跟自己很熟悉，甚至在饭局上也跟自己称兄道弟，下面的小警察哪个对自己不是毕恭毕敬。可是现在，他看看跟前的几名警察，一个个都黑着脸。

"郑队长，我想知道，带我到这儿来到底是因为什么事情？"荆鸣在传唤通知书上签完名后，把笔往桌上一扔，问道。

"你会知道的。"郑天雷还是一副面无表情公事公办的口气。

看着郑天雷一脸严肃的表情，荆鸣心里也有点打鼓，他不知道到底是出了什么事情。"兵来将挡，水来土掩"，他想。

郑天雷先打开荆鸣的公文包翻捡了一下，里面装的是滨海华业和南海投资管理有限责任公司的一些文件，另外还有一张 DVD 光碟。荆鸣见郑天雷拿着光碟看，就对郑天雷说："这可是我这趟南海之行的主要成果，对你没有用处。"郑天雷把光碟放到 DVD 播放机里随便浏览了一下，里面是滨海华业的一个广告片。他对这个不感兴趣，把光碟又放回公文包。接着，他又打开了旅行箱，里面有一些文件和几件荆鸣的换洗衣服和洗漱用具。他一边认真地检查荆鸣所有的随身物品，一边让手下做着登记。

4

荆鸣被郑天雷的两名手下带到刑警队审讯室。

此时此刻，坐在市公安局刑警大队审讯室的郑天雷正在等着荆鸣被带来。他知道，自己将与之交手的绝不是个等闲之辈。

郑天雷请荆鸣坐在一把特制的椅子上，椅子前面有一个带锁的横杆，坐之前要先把横杆拿起来，坐下后再把横杆放下，锁在右扶手上。荆鸣看见这把犯罪嫌疑人的专用椅子，调侃地说了一句，"还怕人到了你们这儿再跑了？"郑天雷和助手没有吭声。荆鸣坐下后对郑天雷说："说吧。"

郑天雷说道："荆鸣，在你没有被作为犯罪嫌疑人带到这里来以前，我对你是敬仰的。你是滨海著名的企业家、社会活动家和慈善家。我也知道你曾在云南、贵州和一些西部地区捐款兴建了几十所希望小学，各项社会捐款至今已达上亿。"

荆鸣笑笑，打断郑天雷的话，"郑大队长，看来你对我还是挺了解的嘛。不过这些都是老皇历了，今天你们把我弄到这里来恐怕不是要给我开表彰会的吧？有话你就直说吧，我是傻小子扛扁担进城门，喜欢直来直去，不要给我绕弯子。"

郑天雷黑着脸说："当然不是给你开表彰会，我是想告诉你，马琳死了！"

"啊？什么？你说什么？马琳死了？怎么死的？"荆鸣瞪大了眼睛惊讶地问。"是的，马琳死了。"郑天雷静静地盯住荆鸣，观察着荆鸣的反应。他对荆鸣在第一时间的反应还是挺吃惊的。因为荆鸣的反应很正常。

但荆鸣吃惊过后，很快就平静了下来。

"啊，这么说，你们怀疑是我杀死了马琳？我说怎么我一下飞机就被你们堵住了。我告诉你，直到我进刑警队我还不知道是怎么回事儿，我签字时就在想，我荆鸣什么时候被卷进了一桩刑事案件？原来是马琳死了。"荆鸣略带讥讽地说。

"你是马琳的丈夫，我们请你来是想向你了解一些情况。"郑天雷不温不火地说。

荆鸣说："向我了解一些情况？我们已经分居两年多了，我能知道什么情况？再说，我这十天一直在南海出差。"

郑天雷问："难道你不想知道她是怎么死的吗？"

荆鸣说："她是怎么死的？"

郑天雷依然盯着荆鸣的眼睛说："这得问你呀。"

荆鸣一听就不干了，问郑天雷："什么？问我？凭什么问我？你们怀疑我杀了她？简直荒唐！荒唐至极！她是怎么死的？"

"她被人用塑料袋捂死在你家卧室的床上。你听到这个消息有什么感觉？"

荆鸣说："我现在唯一的感觉是吃惊，或者说是震惊！在我下飞机后，或者说在我走出航站楼出站口以前，我一直在为马上就要召开的新闻发布会作准备。因为业界的贵宾和新闻媒体的记者们都在我公司的多功能大厅里等着我到场。没想到一下飞机就被你们请到这里！"

郑天雷把法医的验尸报告打开，里面有几十张照片。他问荆鸣："我们在你妻子身上发现了多处陈旧性伤痕。最早的应该是多年前留下的，最近的是她死的那一天留下的，就是说，她在死以前曾经遭受了肉体折磨。她身上的伤痕遍布腰腹部、阴部、臀部、大腿内侧，有烟头烫的、针刺的，你能解释一下吗？"

荆鸣有些尴尬地说："我自己不能解释。"

郑天雷问："你是她丈夫吗？"

荆鸣说："对，我是她法律意义上的丈夫。"

郑天雷问："你作为马琳的丈夫，竟然说不知道自己妻子身上的伤是从哪儿来的，你觉得能说得过去吗？"

荆鸣不语。

郑天雷拿起桌上的一本硬皮本问荆鸣："你认识这个本子吗？"

荆鸣说："不认识。"

郑天雷说："这是马琳的日记本，上面记录了5年来你对她实施精神和肉体折磨的过程。"

荆鸣说："她夸大事实了吧？我是打过她。但你们为什么不问问我为什么要打她？"

郑天雷问："为什么？"

荆鸣说："当一个男人知道自己的妻子给自己戴了绿帽子时，难道还会给她送花吗？"郑天雷让他继续说，但他说自己不想回忆那些带给自己耻辱的日子和人。虽然妻子背叛了自己，但自己绝不会因此而杀死妻子。

郑天雷说："你可以不回答，但我们认为你妻子生前曾长期遭受你从身体上和心理上的双重虐待。就凭这一点我就可以以故意伤害罪对你实施刑事拘留。好了，先不说这个。我们在案发现场提取到你的脚印，在捂死马琳的塑料袋上有你的指纹，对此你怎么解释？"荆鸣咧开嘴淡淡一笑，问："郑大队长，马琳是死在我的房子里吗？"郑天雷没有回答，只是定定地看着荆鸣的眼睛。

荆鸣也毫不示弱地盯着郑天雷的眼睛说："郑大队长，那可是我自己的家。我在我自己的家里留下我自己的脚印奇怪吗？我在我自己家里的塑料袋上留下我自己的指纹奇怪吗？假如是我作案杀了马琳，你们以为我还会给你们留下蛛丝马迹吗？"

郑天雷步步紧逼："你不是说你们已经分居两年多了吗？你的脚印怎么会出现在你已经分居的妻子家里？"

荆鸣也强硬地说："请你别忘了，我们还有一个五岁的儿子！"

郑天雷"啪啪"的把马琳的绝笔信使劲拍了两下，问荆鸣："你要看看她的绝笔信吗？"荆鸣说："当然"。郑天雷让手下把马琳临死前写的绝笔信给荆鸣看。绝笔信写得不长，主要写了自他们结婚以来，荆鸣对自己从精神到肉体上的虐待，并写到是荆鸣杀死了自己。

荆鸣很快就看完了马琳的绝笔信。他问郑天雷："你们就凭这个认定我就是杀死马琳的凶手吗？你要杀一个人还会给她留下写绝笔信的时间吗？"

郑天雷被荆鸣连续几个反问抢白了几句，心里有点不快。他点起一支香烟，吸了一口。他想，必须要把荆鸣的嚣张气焰打下去。可是看看坐在对面的荆鸣，他似乎并没有一般嫌疑人的惴惴不安、企图为自己开脱的狡辩、顾左右而言他，以及偷换概念的伎俩。他看似胸有成竹。难道这个比自己还年轻的亿万富翁有着常人难以企及的、超稳定的心理承受能力？或者他真的是无罪的？

郑天雷徐徐吐出一口烟，看着荆鸣的眼睛说："任何人在自己家里留下自己的脚印都不奇怪，奇怪的是不在自己家里留下自己的脚印。你们家里几天拖一次地板？"

荆鸣问："这和案件有关系吗？"

"当然有关系了。"郑天雷说。

荆鸣说："一来是经常出差，二来是不出差时经常在公司加班，有时太晚了就不回家了，但家里有个保姆，我想再怎么着也应该每天拖一次地板吧？"

郑天雷问他最近一次回家是什么时候。

"大约一个多月前吧。"荆鸣想了想，说。

郑天雷问："你不回家的理由仅仅是因为工作忙吗？就没有其他的缘故吗？你们夫妻感情不和这好像不是什么秘密吧？"

荆鸣沉默了片刻，说："是的，我们关系不好。"

"这样子有多长时间了？"郑天雷问。

"总也有五年了吧。"荆鸣叹了口气说。

"好，你刚才说你有多长时间没有回家了？"郑天雷问。

荆鸣说："可能一个多月没回家了。"

"你想知道我们在你家找到了你什么时间留下的脚印吗？"郑天雷反问。

荆鸣问："是什么时间的？"

"马琳死亡前后三天左右你留下的脚印。也就是说，从今天开始往前推五天至八天你留在现场的脚印。"郑天雷看着荆鸣，有点儿得意。

"你们凭什么这么肯定我留在我家里的脚印就是前五天到前八天的？"荆鸣反问。

"好，你刚才说你家里有保姆，应该是一天拖一次地板的。就算两天拖一次地板，那么，按照我们目前的刑侦技术水平和手段，完全可以在一个相对封闭的现场分辨出不同时间留下的脚印。知道为什么你的嫌疑最大了吧？"郑天雷拿笔轻轻敲了敲桌面。

"我还是不太明白。"荆鸣抬起下巴，一副不甘示弱的样子。

"荆总这么个聪明人，不会不明白吧？"郑天雷说。

荆鸣说："我不明白的是，我分明已经至少一个月都没有回家了，你们竟然能在我家里检测到我五六天以前留下的脚印，这不能不让我对你们的高科技刑侦技术感到惊奇。"

郑天雷说："你是惊奇吗？我们通过对马琳尸体的解剖，掌握了马琳的具体死亡时间。而你在现场留下脚印的时间恰恰就在马琳死亡的时间段里。"

荆鸣说："那就是说，你们仅仅通过现场有我的脚印和指纹就怀疑是我杀了马琳？"

郑天雷问他："难道这还不够吗？"

荆鸣说："这就奇怪了，明明我这十天一直在南海拍摄宣传片，这一点有南海市国贸大酒店的住宿发票和酒店服务员可以证明。凭什么你们就怀疑到我头上？也可能是小偷以为我们家里没人，但进门后被马琳发现，于是凶手拿我们家的塑料袋捂死了马琳。难道没有这种可能吗？"

郑天雷说："难道一个流窜作案的小偷在对女主人实施肉体伤害时，被伤害人不会呼救吗？何况你们家所居住的小区是高档小区，保安一天24小时值班巡逻，只要一有动静，保安就会立即赶到现场。所以，你的这种假设早已经在我们的侦察考虑之中了。"

5

滨海华业大厦坐落在市中心号称"小南京路"的中山路上。滨海华业大厦是滨海华业集团的总部，集团下面有证券、地产、旅游、矿山开发、路桥、进出口等项目。中山路是滨海市的金融街，中国银行、中国人民银行、工商银行、农业银行、建设银行、交通银行、商业银行的分行和分理处，以及人寿、平安、太平洋三家保险公司营业部都集中在这条街上。

一般，一座城市总有一个或几个标志性的建筑或具有不可复制性的代表性的自然风景被称为"地标"，即"地理标志"。同样，一座城市也总有一两家或者三五家纳税的超级大户和龙头企业可以称得上是城市的经济地标。

作为滨海市来说，马背山鹰嘴岩和仙人指路可算是两个自然地理地标。

而滨海市标志性的建筑则有两个，一个是中国银行滨海分行大厦，另一个就非滨海华业大厦莫属了。

滨海华业的老高今天到公司要比以往早得多。作为滨海华业的宣传部部长，老高已经忙了几天了，为老板准备新闻发布会上的发言稿，还为记者拟了十条问题。老高多年负责和记者打交道，他知道，新闻发布会如果不给记者事先准备好问题的话，就很可能会冷场。今天这个新闻发布会很重要，必须把所有的细节都考虑到。荆鸣从南海回来之前，他必须先把媒体记者组织好，并安排新闻媒体记者们提前到新闻发布会现场。

大厦今天被装点一新，七彩气球、充气拱门、悬挂的祝贺条幅、喜气洋洋的来宾使这里看起来就像过年似的。

本来老高今天不用起来太早的，该干的事情，手下一拨年轻人在他的监督和领导下都已经准备就绪。但他还惦记着会场，怕有点什么差错不好交代，毕竟是公司上市这么大的一件事情嘛，任何细节都要考虑到。

新闻发布会本来要放到滨海大酒店多功能厅召开的，但荆鸣说，在这种时候低调一点也许不是坏事。于是，老高就把新闻发布会改在公司的多功能大厅了。

除了公司员工外，记者们也开始陆续到场。满面春风的老高和媒体的记者们不停地打着招呼。

不断有一些高档小车在泊车员的引导下停在滨海大厦的停车场。

老高在滨海市新闻界人缘还不错，虽然不能说一呼百应也差不到哪儿去。

去机场接荆鸣的黑色奔驰轿车回来了。

老高赶紧迎了上去。但他只看见脸色不太好的程诺一人下车。

"荆总呢？"老高觉得不对劲，疑惑地问。

程诺问："来宾都到了吧？"老高说："基本都到了。"

"荆总来不了了。"程诺没有看老高，说着就进了大门。

老高一下愣了，他赶紧跑了几步追上程诺，"那新闻发布会……"

程诺说："照常举行。我先去一趟办公室，等一会儿我就去会场。"

6

新闻发布会按原定的时间召开了。

程诺正在主席台上作报告，她说："滨海华业集团去年的财务状况良好，不良资产大幅减少，去年的营业额突破了10亿元人民币，纯利润达1亿7千万。今年，我们又对公司的资产进行了整合，财务报表显示……我们滨海华业人坚信，在市委市政府的支持下，随着滨海华业的成功上市，我们将会掀开崭新的一页。"

虽然程诺尽量不在脸上表现出来，有几名记者还是发现她脸色不对，精神也不太好，开始低声议论荆鸣不来参加这么重要的会议肯定是出了什么事情。

市委书记梁山和市长李东海都在会上作了热情洋溢的讲话，他们对滨海华业对滨海市的经济发展所作出的贡献予以了高度评价。

没想到，在会议进行到最后部分，即记者提问阶段，几名记者对荆鸣没有按计划参会提出了疑问。程诺拒绝回答并要求记者提问围绕滨海华业的发展进行。她说滨海华业上市后将会继续加大融资力度，主要投资仍然在地产、旅游、矿山开发、路桥、进出口等项目上。另外，公司决定一如既往地继续大力推进滨海市的旧城区改造项目。

会议结束后，按原计划在东升大酒店宴请了宾客。程诺因心里有事儿一口酒也没喝并提前退场。从宴会上一出来，程诺就立即回到办公室给潘副省长打电话，汇报了荆鸣在机场被滨海市公安局刑警大队带走的消息。

潘副省长一听，心里也有些不安，便问新闻发布会是否按计划召开，滨海市的主要领导是否都到场。

程诺告诉他说新闻发布会开了，梁山书记和李东海市长都参加了，不过马副市长没有参加。

潘副省长说他先了解一下情况，他让程诺先不要着急。一听新闻发布会正常召开了，潘副省长已经不那么不安了。

和潘副省长的通话结束后，程诺又迫不及待地给童建中打电话，但童建中的电话无人接听。程诺决定给童建中发一封电子邮件。

她打开电脑，噼噼啪啪地敲打着键盘："你的手机一直打不通，荆鸣出事了。你能马上回来吗？"

邮件发出后，程诺就一直守在电话机旁，她也不明白荆鸣到底出了什么事儿。"会不会是哪个领导出事儿了牵扯上了荆鸣？可是没听说谁被双规了呀？"程诺怎么也想不明白。看看时间，已经快两点了，她想起荆鸣让她下午去刑警队把从南海带回来的资料拿回来。于是，她赶紧打开化妆包，拿出一面小镜子修饰了一下就出了办公室，叫上司机驱车直奔市公安局刑警大队。

郑天雷看程诺来拿荆鸣的东西了，就让手下带她去办公室。程诺说想见见荆鸣，郑天雷拒绝了。

7

市公安局宣传处包处长的办公室很快就被闻风而来的十几名记者们包围了。包处长一看就明白这些记者的来意，故意问道："哎，你们这是干吗？打狼？我这儿可没有你们需要的材料啊。"

记者们七嘴八舌地开始发问。

"包处长，滨海华业董事长荆鸣出了什么事儿了？"

"包处长，荆鸣是否涉嫌经济犯罪？"

"包处长，滨海华业是否在上市的运作中涉嫌严重违规操作？"

"包处长，荆鸣是否有洗黑钱的嫌疑？"

……

包处长赶紧挥挥手，让他们一个个地说，"你们不要吵，一个一个说，荆鸣出事儿了？谁说的？我怎么不知道？"

记者们一听，包处长说话滴水不漏，都着急了。

"包处长，有人看见滨海华业董事长荆鸣在机场被你们刑警队的郑大队带上一辆警车，荆鸣到底出了什么事儿？"

"诸位、诸位，你们不要着急，荆鸣的事儿我还真不知道，我现在把小会议室的门打开，你们呢，都先进去坐会儿，我这就去给你们打探清楚，好不好？"包处长说。

包处长站起来往外走，推开旁边一个办公室的门，办公室里面有一个内勤。他让内勤赶紧把小会议室门打开，把这些记者请进去。小内勤赶紧站起来从墙上取下一串钥匙，去开会议室的门。

包处长走了几步，又回过头来对内勤说："再给他们一人拿一瓶矿泉水。"

包处长又安抚记者们，让他们先不要着急，都在会议室里等着，说这就去了解一下具体情况。

《滨海日报》的记者赶紧跟上去，说自己是日报社的，要求跟包处长一起去。

"日报社的？你们报社跑我们公安口的不是你呀？"包处长看着这个记者觉得面生。

他说自己是跑经济口的，说着就赶紧掏出一张名片，双手递给包处长，说这是自己的名片。

"这不，今天上午我们是到滨海华业参加记者招待会，谁知记者招待会临时取消了。听说荆鸣一下飞机就被你们的人带走了，我们是连午饭都没来得及吃就赶紧赶过来的，不过，这可是个爆炸性的特大新闻呀。"

另有几名记者也跟了上来。

"我说各位媒体的朋友们，你们都别跟着我，好不好？我还没弄清楚是怎么回事儿呢。你们就先在会议室里等一会儿，我保证给你们一个准确的消息好不好？你们谁也别跟着我。"包处长说完，匆匆离去。

包处长去向局长请示。市公安局局长连小军正在打电话。

只见连局长对着话筒忙不迭地说："好、好、好，罗书记，您放心，我已经给刑警大队下了死命令，限他们十天内必须破案。好，我现在就给马副市长打电话。"

包处长进来关上门，问局长怎么办，说一堆记者已经把他的办公室都包围了，要不就干脆告诉他们实情。不然他们胡乱猜疑，可能会导致滨海经济地震。

连局长把电话放下，往后一靠，长出一口气说："咳，这些记者真是无孔不入呀。他们都有哪些疑问？"

"还能有什么疑问？怀疑我们抓荆鸣是因为经济问题。问荆鸣是否涉嫌经济犯罪？荆鸣是否有洗黑钱的嫌疑？滨海华业在上市的运作中是否涉嫌严重违规操作？荆鸣是否涉嫌职务犯罪？荆鸣是否涉嫌行贿？我们如果不说的话，这些记者就会想当然地认为荆鸣涉嫌经济犯罪。如果这些记者们把这种猜测公布出去，很可能会干扰滨海市的招商引资和经济秩序。"包处长一口气全说了。

"看来是捂不住了，我看就把实情告诉他们吧。不要说得太具体了，你看具体情况，也可以说我们仅仅是请他来配合一下，接受调查。"连局长想了想，说。

包处长说了声好，转身出了局长办公室。

记者们正在争论荆鸣到底是出了什么事儿。突然有记者接到领导电话，说荆鸣被拘可能是因为他老婆马琳的死，接电话的记者一听吓了一大跳，说自己现在就在市公安局，正在等消息。领导让他在公安局把事情了解清楚。

这位记者挂了电话，就往门外走。旁边有人问他怎么回事儿，他说情况越来越复杂了，等会儿看包处长能给大家提供什么信息。

"荆鸣出事儿，那可是滨海市三十多年第一宗爆炸性的新闻！"有记者情绪亢奋地说。

在门口，那位记者与进来的包处长撞了个满怀。

记者问："包处长，荆鸣到底是怎么回事儿？我们报社领导刚才打电话来说荆鸣可能涉嫌杀妻。"

包处长说："走，到会议室去说，进去再说。"

包处长一进会议室，记者们就都站了起来，七嘴八舌地问包处长，滨海华业的老板到底是犯了什么事。

包处长伸出双手往下一压，说："好，各位都请坐下，都坐下，不要着急，谁说滨海华业老板荆鸣出事了？"

一堆记者一听，顿时鸦雀无声。

包处长两手一摊，说："根本就没有的事情嘛。"

记者们炸开了锅："包处长，你这就不对了，有人在机场看见荆鸣被郑大队带到一辆警车上的。"

包处长一乐，改口说："我这也是刚刚才得到的消息。滨海华业集团董事长荆鸣的妻子被发现死在家中，目前呢，荆鸣正在接受调查。警方也是希望他能提供一点儿破案线索。"

"包处，能否具体谈谈？"

"包处，是不是荆鸣杀了他妻子？"

"对，你能详细告诉我们吗？"

包处长对付记者轻车熟路，他双手抱拳说："诸位，实在对不起，我也只能给你们提供这么多的信息了。因为不光是刑事案件，所有案件在侦破期间任何人都不能向外界透漏有关案件的任何情况，这是我们的纪律，希望大家多多理解。我刚才说了，我们把荆鸣请来也只是想从他这里得到一些破案线索，案件相关人接受警方的问询是每个公民的义务。所以我说呀，这很正常，你们呢该干什么就去干什么吧，这里暂时没有你们需要的什么爆炸性新闻。"

8

程诺从刑警大队拿到荆鸣交给她的资料，回到办公室后，立即打开邮箱。一看童建中还没有跟她联系，程诺就继续给童建中打电话，电话还是打不通。她也无心看这些资料，于是又在 QQ 上给童建中留言，让童建中看见留言立即跟自己联系。下线后，程诺又给市公安局局长连小军打电话。她想问问荆鸣到底是出了什么事情，但连小军没有接她的电话。她又给公安局的一个关系密切的朋友打电话，说荆鸣从南海回来，一下飞机就让市公安局的人带走了，让他打听一下到底是怎么回事。程诺说自己已经给连局长打过电话，可是他现在连电话都不敢接了。公安局的朋友说自己不在案子上，只能给她打听一下。

程诺刚放下电话，进出口部经理拿着一份文件就来了，说公司进的 1000 吨棉纱到港了，海关通知让三天之内去办手续。他把文件递给程诺，说这是刚传过来的。

程诺接过文件在上面签了字，说让他自己去办，并说需要用车让他直接去车队调，如果有谁刁难就直接给她打电话。

刚安排完，电话就来了。

程诺先把进出口部经理打发走，再拿起电话。电话里，市公安局的朋友告诉她，"荆鸣的老婆马琳死了，可能是为这个事情吧。"

程诺大吃一惊，"马琳死了？是什么时候的事情？"

对方说："据说是五六天前。"

程诺更吃惊了，"五六天前？五六天前荆鸣还在南海呢。马琳都死了五六天了，怎么我一点儿都不知道？"

公安局的朋友说，当天就已经成立专案组了，因为自己不在案子上，具体情况也不清楚，再说这个案子上面也不让问。他说估计刑警队也就是让荆鸣提供一点破案线索，没别的，让程诺放心吧。

程诺说："好，那谢谢你了。"

虽然没有问太清楚，但程诺心里的一块石头基本还是落了地。

也难怪程诺连滨海市常务副市长女儿被杀这么大的事情都不知道，滨海市是个副省级市，再加上死者的家庭背景和身份，警方被要求严格保密。案件发生几天了，就连在这个高档小区里住的人也有很多人不知道在自己住的小区里发生了这一起命案。

程诺又打开自己的邮箱，童建中还是没有给她留言。于是，她又给童建中发了一封电子邮件，告诉了童建中自己刚了解到的情况。

直到晚上 12 点，电话铃声才急促地响起。

"程诺，我是童建中，刚看到你的邮件。怎么回事儿？马琳死了？"电话那头，童建中焦急地问道。

童建中是荆鸣的发小，在滨海东华律师事务所当主任。此时，他正在美国华盛顿特区参加国际法学界的一个学术会议。

9

当天晚上，滨海华业集团董事长荆鸣涉嫌杀妻被警方带走的消息就传遍了滨海市。滨海市各大网站、广播电台和三家电视台：滨海电视台、滨海经济电视台、滨海卫星台就在晚间新闻里连续报道了滨海华业集团董事长、总裁、滨海市政协委员、留美经济学博士、滨海市著名慈善家荆鸣，因涉嫌杀妻于当日从南海回来时在机场被滨海市公安局刑警大队刑事拘留的消息。在纸媒中，《滨海晚报》当天就率先报道了此事。第二天早晨，滨海市委机关报《滨海日报》，以及《滨海经济报》《滨海快报》《滨海早报》《滨海都市报》也在头版报道了滨海华业老总荆鸣涉嫌杀妻被刑事拘留的消息。一时间，大街小巷人们议论纷纷。滨海华业内部也出现了震荡。

本来郑天雷说只是让荆鸣去协助调查，怎么性质又变了。程诺早晨一上班，看见报纸后心里又没底了。她想再亲自去市公安局了解一下荆鸣的事情，便在办公室给司机小魏打电话，让小魏把车开到大门口。

放下电话后，程诺从包里拿出化妆包，打开小镜子，拿起眉笔描了描眉毛，又拿出口红快速但是仔细地涂抹了一下，再拿出粉饼在面颊上扑了扑，又照照镜子，把镜子一合，再把从化妆包里拿出来的东西一一装回化妆包里，站起来向门口走去。

小魏看程诺上了车，一面发动车子一面问："程总去哪儿？"

程诺说："去市公安局。"

市公安局局长连小军刚从外面回来，在大门口被正在登记进门的程诺看见。

程诺赶紧叫住了连局长。

连局长问程诺："是为荆鸣的事吧？"

程诺说："是呀，我听说荆鸣不是配合你们调查他妻子马琳被杀一事吗？怎么又成了刑事拘留了？"

连局长说："小程呀，我们是考虑到荆鸣的社会影响，想低调处理，所以就对记者说是让他来协助我们调查，没想到这些记者是无孔不入，这也是我们事先没有想到的。"

程诺问："那昨天他从机场被带走就已经是被刑事拘留了？"

连局长说："不是刑事拘留是传唤。"

程诺有点着急了，问："这有区别吗？"连局长说："当然有区别了，刑事传唤是对案件知情人进行问询，刑事拘留是对触犯刑律的犯罪嫌疑人采取的法律强制措施。"

程诺问："那为什么报纸都报道荆鸣是被刑事拘留？"

连局长说："这些记者对一些法律用词把握不准，措辞不严谨。好了，我还有事儿，你先回去吧。"

程诺说："连局长，你们能不能尽快地把事情弄清楚？你想，滨海华业这么大的一个公司突然一下老板出事了。群龙无首，公司里现在是人心惶惶，都乱了套了。"

连局长说："荆鸣的妻子马琳突然死了，而他与妻子的关系紧张这在滨海市可能很多人都知道，你说我们不怀疑他怀疑谁？假如案件真和他没有关系的话，他很快就会回去的。"

第二章
警方陷入证据困局

1

傍晚，程诺按照和童建中的约定在办公室打开了网络视频。童建中已经等在那里了。

他说："我明天的航班直飞上海，然后从上海飞滨海。"

程诺问他："你能告诉我你到滨海的具体时间吗？我去机场接你。"

童建中说："谢谢，不用。到滨海后我会和你联系。"

程诺说："建中，要不你到上海后，给我打电话告诉我上海飞滨海的航班号。我去机场接你。"

童建中仍然说："谢谢，真的不用。到滨海后我会立即和你联系的。"

童建中匆匆结束了在美国的学术活动，本来活动结束后，他还计划去美加边境的大湖区游玩两天的，这一下计划全部被打乱了。在作完大会主题演讲后，童建中在街头拦了一辆出租车赶去机场。

童建中是美国当地时间下午上的飞机，不到 20 个小时的飞行，北京时间第二天晚 11 点就回到了滨海市。

2

童建中拉着旅行皮箱从滨海国际机场出来，先给程诺打了一个电话，告诉她自己已经到机场了。

程诺一接到童建中的电话就坐不住了，她想去机场接机，童建中不让她来，说自己打个出租车就回去了。程诺一听就只好说："那咱们见面谈吧，你先别吃饭了，我马上去 SARA 茶餐厅等你。"

童建中说："好吧，我知道了。"挂了电话就赶紧搭了一辆出租车直接先回了家。

程诺估计童建中差不多到家了，就先赶到了 SARA 茶餐厅。

到家后，童建中把东西放下，稍事洗漱了一下，就立即赶到 SARA 茶餐厅与程诺见面，刚出门就接到了程诺的电话。

电话那头传来程诺焦虑的声音："建中，你到家了吗？"

童建中说："啊，我正在往 SARA 茶餐厅赶，你搞清楚了吗？到底是怎么回事儿？"程诺说："见面再细说吧。"

童建中一进门就看见了坐在角落的程诺，他疾步向程诺走过去，还没有坐下就急切地问："到底是怎么回事儿？你现在掌握了多少情况？"他看着程诺，眼睛里有急切，更有温情。

程诺一脸愁云地说："马琳死了，警方在勘验现场时，从捂死马琳的塑料袋上发现了荆鸣的指纹。现场也提取到他的脚印。现在警方怀疑是荆鸣杀了马琳。但我知道他绝不会干这么愚蠢的事，建中，这种时候，我知道只有你能帮助荆鸣，全靠你了。"

童建中看看表，已经 12 点半了，说："现在太晚了，你先别着急，这事情光着急是没有用的。我明天早晨去市公安局问问再说。"

童建中喜欢程诺，也曾向她表白过。有一次他喝多了，仗着酒劲儿给程诺打电话说自己喜欢她。程诺却生硬地对他说："童大律师，你在说酒话吧？"童建中说自己没喝醉，说的是心里话。程诺说自己不希望再听到他这样说，因为自己和他是不可能走到一起的。为了程诺的这句话，童建中把自己灌得酩酊大醉。他知道，程诺爱的是荆鸣，是他不是亲兄弟却胜似亲兄弟的好哥们儿荆鸣。

说起童建中和荆鸣的关系，话就扯远了。

童建中父母与荆鸣父母是大学同学，都是在上大学期间恋爱。研究生毕业后，双方父母响应国家号召被一起分配到了 509 机器厂，这个工厂是七机部的直属军工企业，坐落在大别山深处。1964 年，两对同学一起在工厂举行了简朴的集体婚礼。当时，509 厂还没有集体婚礼的先例。他们的婚礼被当作移风易俗的先进典型还登上了当地的党报。第二年，荆家在前，童家在后，两家分别添了一个儿子。1969 年，工厂搞战备施工，在山里挖防空洞，荆鸣的父亲在一次塌方中重伤不治身亡，留下孤儿寡母。童建中父母尽力照顾着这一对母子。荆鸣父亲的死，在当地还引起了一场大规模的武斗，此乃后话。1973 年，更大的灾难降临到童家，童建中的父母在一次交通事故中双双罹难。那一年，童建中才八岁。童建中父母意外去世后，荆鸣的母亲便收养了老同学的遗孤，童建中在荆家长大，荆母看小建中八岁就失去双亲便将他视为己出格外疼爱，而荆鸣在母亲的教育下也视建中如手足兄弟。因此，建中对荆家的感情甚至超过了不少有血缘关系的亲情。

3

荆鸣的妻子马琳今年 35 岁，是滨海市主管经济的马副市长的独生女儿，在市教育局人事处任处长。在外人眼里，岳父是滨海市主抓经济的常务副市长，年仅三十多岁的女婿是滨海华业董事长、总裁，女儿是市教育局中层领导。这样一个家庭，既有从政的地方权力中心的领导，又有经商的地方资本大鳄，在有着 640万人口的滨海市的精英群体里也属凤毛麟角的幸福之家了，而且马副市长还有望在退休前去掉"副"字。可是，何以发生如此惨案呢？

有人根据迷信说法认为这是因为他们家"太旺了"，得到了本不该得到的，所以遭到了天谴；有人说马琳是死于情杀；也有人认为因为她家住的是一套独立别墅，所以是被流窜作案的窃贼在实施盗窃时杀害。

而此时，一脸疲惫、憔悴的马副市长呆坐在家里的沙发上。突然，他抓起了放在沙发旁边的电话听筒，犹豫了一会儿后又把听筒轻轻放了回去，拿起了放在茶几上的香烟。然后又站了起来，在客厅里踱步。过了一会儿，他似乎下了决心，又坐到沙发上拿起了听筒。他想打电话问问滨海市政法委书记罗亚冬，案件有没有破案线索。但罗书记办公室电话没有人接听，于是，他又继续拨打罗书记的手机，罗书记的手机终于拨通了，"喂，罗书记，我是马尚德，案子还没有头绪吗？"

市政法委书记罗亚冬正在市公安局会议室里召开案情通报会，部署指导破案工作。

罗书记放在桌上的手机突然响起来，他一看是马副市长打过来的电话，便对旁边的公安局局长连小军说："老马的电话"，说完后就站起来走出去接电话。马副市长问他破案情况，他说自己现在就在市公安局安排部署破案工作。

马副市长在电话里又啰里啰唆地唠叨上了："我就这一个女儿，现在女儿又出事了……女儿没了你说我还有什么呢？我也就什么都没了。她母亲死得早，我怕给孩子找个后妈孩子受委屈，自己一把屎一把尿地把她拉扯大，我是把她当成掌上明珠的呀，你们一定要给我把这个案子破了。"这几天，这些话马副市长已经向老罗说过好几遍了。老罗心里烦可是又不能说什么，毕竟人家死了女儿嘛。只好每次都在电话里尽量安慰马副市长，说事情已经发生了，自己也对马琳的遇害深感痛心，请马副市长一定要节哀顺变。老罗让马副市长放心，说这个案子已经列为滨海市一号大案，相关部门一定会一查到底，把凶手缉拿归案，不破案誓不罢休。

　　郑天雷来到市公安局局长连小军办公室，他说，现在已经快24小时了，荆鸣还是没有攻下来，他要申请对荆鸣实施15天拘留。

　　连局长问："荆鸣的嫌疑有多大？"

　　郑天雷说："通过现场勘察，我们在现场还发现了另外一个人留下的痕迹，目前正在抓紧排查之中。"

　　连局长说："我原则上同意，不过对荆鸣一定要客气，毕竟他是滨海市的社会名流。省里已经有领导过问了。另外，我跟市政协、省政协都汇报了，毕竟还不能确定荆鸣就是凶手，要格外慎重。"

　　郑天雷说自己能把握好分寸的。

　　他有点犯愁，荆鸣是个不好对付的对手。

　　郑天雷又来到审讯室。

　　郑天雷对荆鸣说："你可能一时半会儿还是不能回去，该让家里把铺盖送来了。"

　　荆鸣说："那我要打个电话，因为手机在一进来时就被暂时没收了。"

　　郑天雷说："你把电话号码告诉我就行了，我们替你打。"

　　荆鸣就把公司副总裁程诺的办公室电话告诉了郑天雷。

　　郑天雷看着自己记下来的电话座机号码问荆鸣："这是你家里的？"

　　荆鸣说："我还有家吗？这是我助理的办公室电话。"

　　郑天雷想让他留个手机号，被荆鸣一口拒绝。

　　荆鸣看着郑天雷，有点儿不屑地说："手机号码就没有必要给你了吧。你就打这个电话就行了。"不知为什么，荆鸣不喜欢郑天雷，以前只听说过市公安局刑警大队大队长郑天雷，但没打过交道。这次是第一次近距离打交道。有的人你会在见第一面时就喜欢上了，有的人需要一定时间的了解才能决定喜欢还是不喜欢，而有的人你永远不会喜欢。对于荆鸣而言，郑天雷就是这最后一种人。

4

　　刚过30岁生日的滨海市电视台经济频道制片人林缨子是荆鸣的秘密情人，他们之间的关系连荆鸣最好的朋友童建中都一无所知。荆鸣从南海回来，他只亲自通知了两个人，一个是自己的搭档程诺，另一个就是林缨子。

　　林缨子最爱说的一句话是："我的磁场大。"说这句话时，她眉毛微挑，左边嘴角弯弯上翘，眼神是自信的，也是自负的。事实也的确如此，林缨子毫无疑问是滨海电视台的美女记者，在滨海市文化圈也算是个名女人。

　　林缨子长得漂亮，气质不俗，穿衣打扮很有个人风格。所以，不论她走到哪里，总是能吸引住人们的目光，特别是男人的目光，那种目光里有喜欢、有欣赏，还有暧昧。但她特别讨厌的是有些男人看她时，眼睛似乎带着钩子。荆鸣第一次见她是在三年前的一次活动中。当时，荆鸣被众星捧月似地正在高谈阔论。而她仅仅是电视台一名小编导，奉命去采访。虽然在当时一起去的女记者里面她是最漂亮、气质最好的，但荆鸣并没有对她多看一眼。而且，他的眼神在看她时没有任何内容，就像是不经意间看到了一个再普通不过的东西。这让林缨子很失落。

可是林缨子第一眼看到荆鸣时，就被他深深吸引了。此后，她关注与他有关的所有新闻，包括那些捕风捉影的街谈巷议。总的来说，这个男人的公众形象不错。在大众眼中，他是一个成功的企业家，一个出手大方但随和低调的慈善家，最重要的一点是，从来没有传出过有关他的任何桃色新闻。

现如今，像荆鸣这样有钱有地位又有型，而且还没有花边新闻的男人，不是极品又是什么。

是的，荆鸣毫无疑问是个型男，他属于那种让女人一见倾心的类型。虽然已近不惑之年，可长期不懈的体育锻炼使他一米七八的身材保持得很好，腰腹部一点赘肉都没有，帅气明朗的脸上也不见几丝皱纹。

林缨子一直想吸引这个男人的注意。说的直白点，她想和这个男人发生点故事。每次去滨海华业采访，或是去参加滨海华业的记者招待会，她都会精心修饰自己。可是那心有灵犀的一刻似乎一直都没出现。具体那是什么时刻，林缨子自己也说不清道不明，总之，就是那种对望一眼，就怦然心动的感觉。

两年前的一个夏日，林缨子去参加滨海华业组织的一个活动。那天她穿了一条韩版的黑色吊带裙，黑色的平底船形皮鞋，挎着装饰有铜链和铜扣的亚光黑色压花皮包，乌黑的长发在脑后松松地绾了个发髻，发髻用一串茶色水晶发圈随意地拢了两圈，脖子上戴了一条长长的水色和黄色异形透明水晶穿成的项链。

那天的记者招待会上发生了一个小小的意外，也正是这个小小的意外成全了林缨子。

当时，林缨子坐在前排居中偏左的位置，这个位置斜对着七米之外的主席台上的荆鸣。有个报社的摄影记者脖子上挂着相机，肩上挎着个沉甸甸的摄影包，走到前排想要拍张主席台的近照，蹲下身"咔嚓"完后，起身的那一刻，他摄影包上的一个搭扣挂住了林缨子斜垂及腰部的项链。

"哎呀！"林缨子低声惊叫着。

搭扣挂断了项链，水色和黄色的透明水晶稀里哗啦地滚落在林缨子的裙子上和她脚边的地面上。

主席台上正在发言的荆鸣停下来，朝这边看过来，其他人也被他们这边的动静吸引，都扭过头朝这边看着。

"这可怎么好呀？！真是不好意思！"那个摄影记者一副手足无措的样子。

林缨子忙站起身，裙子上的水晶纷纷滚落到地上。她笑着对那个摄影记者轻声说："没关系的，这项链不值什么钱的。"说完又看向主席台，对着荆鸣粲然一笑，落落大方地说："不好意思，荆总，打断您发言了，您请继续吧。"说完微微一欠身，款款落座，面带微笑望着主席台上的荆鸣。

荆鸣的目光不由自主地在林缨子身上多停留了一会儿。

5

荆鸣从南海回来的这一天，林缨子坐在办公室桌前一直魂不守舍、坐立不安。她看看写字台上笔插底座上的时间，上午11点20分。荆鸣现在应该在去往机场的路上。他是下午一点南海飞滨海的航班，如果航班正常的话，下午两点他就能到滨海了。一想到今天晚上就能和荆鸣在一起了，林缨子心里就一阵激动，有些按捺不住的兴奋。她拿出手机想给荆鸣打电话，拨完荆鸣的手机号后，手机里竟传出滨海华业的彩铃广告。林缨子心想：荆鸣到底是滨海市的头号经营天才、营销大师，一点都不会放过宣传扩大自己企业的机会。公司刚上市，手机彩铃广告就同步跟上了。林缨子只让铃声响了两下，似乎又觉得不妥，就挂断了电话。

6

一个警察推开审讯室的门，对郑天雷说："郑队，荆鸣的律师童建中来了，要见荆鸣。"

郑天雷看看表，点起一支香烟，"好，让他先在会见室等一下。"

郑天雷说："荆鸣，你现在再把你从6月17日到6月26日这十天的行踪重新说一遍。"

童建中坐在会见室里焦急地等待着。

警察把荆鸣带进会见室。

荆鸣一看见童建中就笑了。

童建中一看荆鸣还能笑得出来，就气不打一处来，"好啊，这么大事儿，人命关天，亏你还能笑得出来。"

荆鸣说："建中，你先不要着急，我的手机也被他们没收了，没法安排工作。你回去后先给我办件事情，滨海华业暂由程诺全权负责。"

童建中一挥手打断他，"行了，荆总裁，先把你公司的事情放一放，再说，程诺已经在全权负责了。你要想使刚上市的滨海华业业绩稳定，就必须要说出实情，只有这样我才能想办法把你早点弄出去。"

荆鸣说："建中，你不要着急，你想想，马琳要真的是我杀的，我现在还能这么轻松吗？你这个铁嘴的胜诉纪录这次肯定又要加上重重的一笔了。警察搞错了，我根本没有杀人。我和马琳感情不和好几年了，这你知道，不光你知道，朋友们也都知道。虽然我们两个人早就分居，而且最近一年来也一直在闹离婚。但这绝不会成为我杀她的理由，我还没有蠢到这个地步。"

童建中说："对了，你和马琳多年前就不和，最近几年来一直在闹离婚，可是对于警方来说，这都有可能成为你杀死马琳的理由。"

荆鸣说："建中，他们怀疑我杀了她。你想想，这可能吗？滨海华业已经上市，现在公司运行良好，发展前景广阔，你自己分析，事业有成的我有没有理由杀死一个自己根本不爱的女人？她不就是想要钱吗？我缺钱吗？我不缺，说实话我早就想过给她点儿钱早点儿结束这段毫无快乐的婚姻，只是最近这一年多一直在忙公司上市的事情，还没顾得上。"

童建中说："警察不会相信你的这些理由的。我想知道为什么他们会认为是你杀了马琳？"

荆鸣说："他们说在捂死马琳的塑料袋上有我的指纹。"

童建中说："这不是理由。"

荆鸣说："所以我现在需要你来给我洗清这不白之冤。"

荆鸣告诉童建中，本来他想等公司成功上市后再来着手解决自己和马琳的婚姻问题，谁知道，这个女人出了这么一档子事儿。再说，自己一直在南海拍片，而且当时有几天还得了重感冒，除了拍片一直在房间休息。南海国贸大酒店的大堂经理和服务员都可以给自己作证。

童建中说："我不希望在这件事情上你对我有任何隐瞒。因为我只有完全了解你的真实行踪才能帮助你。"

荆鸣说："建中，我跟警察说的话和跟你说的话都能经得住任何严谨的调查。"

童建中抬起左手手腕，看看表说："那好，时间可能还来得及，我现在就去机场，今天就到南海国贸大酒店给你把证据取回来。"

童建中站起来说："你等我的消息。"说着一边打电话一边急匆匆地离开了刑警队。出了刑警大队后，童建中抬手打了一辆出租车，"去机场。"

7

荆鸣和妻子马琳关系紧张，童建中早就知道。可是导致他们夫妻关系紧张的真实内情到底是什么，童建中却并不知道。他曾经问过荆鸣，但荆鸣不说，他也就不好再问了。一些圈内的朋友也只是因为荆鸣这几年外出应酬从来不带马琳而猜测他们可能是感情上出现问题了，但也不知道为什么。

有一次，某个周五晚上，马琳给童建中打电话，让他到他们家里去一下。童建中刚问了一句出什么事儿了，马琳就挂了电话。童建中知道这两口子肯定是为马琳和张大川的事情又闹上了，就赶紧过去，进门一看，马琳脸上青紫一片，哭得眼睛都肿了。荆鸣还余怒未消地大骂着马琳。童建中一看就说荆鸣太过分了，童建中说："两口子有什么大不了的矛盾非要闹成这样，有什么事情不能好好说，荆鸣你这就过分了啊！"荆鸣指着马琳说："你让她自己说说我为什么打她，她现在是越来越猖狂了。"马琳哭着说："我瞎了眼嫁给了你这么个魔鬼！你有本事当着你朋友的面打死我吧！"

荆鸣阴笑着说："你把我的朋友叫来了，是不是还应该再叫一个人来呀？"

童建中问："怎么回事儿？"

荆鸣说："她竟然胆子大到跟我说，她已经和体育局那个姓张的好了十年了！我就不信！哪个已经嫁给我的女人在我跟前敢这么狂！"

童建中一听荆鸣这么说，就赶紧打圆场说："马琳在气头上就那么一说，你一个大老爷们儿何必当真呢。这天底下哪有自己红杏出墙了还告诉老公的。她也就是气气你。你以后多关心关心她就好了。"

荆鸣听童建中这么说，也就只好作罢了。

8

萧玫今天心情格外放松，她刚结束两年的援疆工作回来。

萧玫今年 33 岁，中国政法大学研究生毕业后就被分配到了滨海市检察院侦查监督处，在处长陈正军手下当了一名书记员。后来和大学同学关正平结婚，结婚后的第三年她发现了丈夫有外遇，便和丈夫离了婚。离婚后为了摆脱痛苦，她申请援疆，在南疆一个地级市的检察院公诉科挂职副科长。在新疆的两年里，是她快乐又充实的两年。新疆维吾尔族人的纯朴、热情好客，新疆甘甜的瓜果都让她对那里产生了深深的留恋。本来她想申请再在新疆干一届，报告打上去之后院里没批，于是她带着对新疆的美好回忆又回到了滨海市。

萧玫在家里休息了两天，见了几个朋友，展示了一下自己在新疆拍的照片，有在果园里拍的、有在维吾尔人家的炕头上拍的、有在巴扎上拍的、有在伊犁大草原上拍的，这让她的朋友们好一阵羡慕。

第三天早晨，萧玫起来后收拾了一下，就挎上自己的包，拎起一个装着十支雪莲的大塑料袋出了门，很快就来到自己熟悉的检察院，刚进电梯就碰上了干部处殷处长。殷处长一看是她就问："萧玫呀，回来了？"

萧玫高兴地说："是啊，我正准备到您那儿报到去呢。您出去？"

殷处长说："我出去一下，你这就算报到了，院党组已经开过会了，决定让你回侦查监督处去。"

萧玫高兴得差点跳了起来，但她还是极力控制住了自己的情绪。

殷处长让她直接到市检察院侦查监督处陈正军处长那儿报到去。

萧玫来到了八楼陈正军的办公室。

陈正军和侦查监督处的检察员何力都在办公室。陈正军一看到萧玫便高兴地说："萧玫你回来了。怎么样？什么时候回来的？"

"前天"，萧玫说。

"那就再好好休息两天，休息好了再上班吧。"

"陈处，你夫人的病怎么样了？好点儿没有？"

陈正军的妻子陆宝燕患病已久，还在吃中药。萧玫把塑料袋递给陈正军，说这是自己专门在新疆给陆宝燕买的雪莲。

何力赶紧凑过来要看看，说自己长这么大还没有见过雪莲呢。萧玫打开了一支，几人凑过去一闻，何力惊呼道："这么大的药味？这可是好东西呀！"

陈正军问多少钱。萧玫大大咧咧地说："没多少钱，就当我是支持领导工作吧。"

陈正军说："那怎么行，这花了你不少钱吧？"

何力问萧玫："你给我带了什么礼物？"

萧玫说："本来想给你带礼物来着，又怕你女朋友吃醋，最后一想就算了。"

何力问萧玫："你给头儿带雪莲就不怕嫂子吃醋？"

萧玫说："何力，你搞清楚啊！我这就是带给嫂子让她治病用的，哪有自己吃自己醋的道理。"

陈正军对萧玫说："那我就先替宝燕谢谢你了。"

萧玫说："过两天我到你家里去看看她。"

何力饶有兴趣地问："先给我们讲讲新疆吧。"

萧玫夸张地说："七个字，新疆是个好地方。想知道有多好，那你自己去看看就知道了。"

何力开玩笑地说："我还以为你把自己嫁到新疆去了不打算回来了呢。"

萧玫说："要是你们不欢迎我回来，那我就还回新疆去。"

陈正军说："怎么能不欢迎呢。院党组已经开会讨论过了，你继续回归咱们侦查监督处，你有什么想法？"

萧玫说："好啊，能继续在陈处手下工作我求之不得呢，还能有什么想法。"

在检察系统，陈正军有一句话被人们广为传播：自己家的事情万事不求人，涉及案件的事情那是谁的面子也不给。

萧玫当年刚毕业分到检察院实习时，就听说了陈正军作为公诉人起诉他中学

024

老师的一个案子。

陈正军几十年来一直和他那中学老师保持着友谊，后来老师职务变了，离开学校到了教育局，再后来，老师当上了区教育局局长。退休前，在审计部门对教育系统乱收费情况进行审计时，查出了那位老师有经济问题。老师找到了昔日的学生和朋友，但陈正军只对老师说了一句话："老师，不管以后您在哪里，您永远都是我敬重的老师，但您这个事情我是万万不能也不敢帮您开脱，我希望您能把事情全部讲清楚，只要您没有收受贿赂，我一定会为您争取得到从宽处理做一些工作。"

当萧玫听到陈正军的这个故事时，对陈正军肃然起敬。她认为每一名警察、每一名法官、每一名检察官都应该成为像陈正军这样的人。但是，当她干了三年书记员后，她觉得能像陈正军这样把自己的理念始终如一地坚持下来太难了。陈正军成了她的偶像。

萧玫曾经提醒陈正军说："水至清则无鱼。"

陈正军说自己愿意做无鱼的清水，让鱼在适合他们生存的水里生长吧。为此两人还争论了半天，事后萧玫想想，觉得谁都没有错。

何力说："要不要开个欢迎会？"

萧玫说："欢迎会就算了，不过你得请我吃顿大餐。"

何力说："请客可以，我请客你买单。"

9

郑天雷把荆鸣连着审了几天，结果不但一无所获，还连连遭到荆鸣的奚落，窝了一肚子火，无奈之下他来到局长连小军的办公室，想寻找对策。

郑天雷一进来就一屁股坐到沙发上，顺手把帽子摘下来往茶几上使劲一摔。

连局长一看就知道他在荆鸣那里碰了钉子，忍不住笑了起来，"看看，这就是我们刑警队长的德行，帽子和你又没仇，你冲它发什么火？"

郑天雷点上一支烟说："这个荆鸣简直就是个属核桃的，得砸着吃。"

连局长问："你的招数就用完了？"

郑天雷说："不是我的招数用完了，是这小子油盐不进，还跟我胡搅蛮缠。你说怎么办？"

连局长说："我早就料到了，政法委罗书记刚才来过电话了，说让咱们把案子交到市检察院那儿，让检察院的批捕部门组织强干力量提前介入，加强专案组的办案力量，建议由陈正军任组长，你任副组长，你协助他们继续办这个案子。天雷，你有什么意见？"

郑天雷一听就说："谢天谢地，能让陈正军来顶这个雷我求之不得，哪能有意见。没有意见，不过我有一个请求。"

连局长问郑天雷有什么请求。他说："这一起案子在我手上做成了夹生饭，我想我过去了也没面子，干脆让罗铁配合陈正军，我退出专案组算了。"

连局长一听就有些不高兴了，把脸一沉说："怎么了？撂挑子就能保住你的面子了？还是你看不上陈正军？你没面子？我呢？我有面子吗？你撂挑子可以，让检察院看看，原来你们公安局刑警大队也不过如此嘛．也是吃柿子专拣软的捏嘛。一个案子办不下去了，连刑警队长都要撂挑子了。我这个当局长的就有面子了？！"

郑天雷赶紧说："我不是那个意思。"

连局长把手一挥说："去吧，把案卷整理一下全部移交给陈正军，你就别再为这个案子烦我了。"

10

陈正军下班回到家里，发现妻子陆宝燕最近咳嗽得又厉害了，昨天折腾到了后半夜，还咳出不少血。陈正军说："干脆我明天请假带你去医院看看吧。"

第二天早晨，陈正军给主管检察长许省身打电话请假，说妻子咳嗽咯血了，今天要请假带妻子到医院去看看。许省身说自己正要找他呢，请半天假可以，让陈正军从医院回来后直接到办公室找他。

陈正军带妻子到医院里看了看，医生让陆宝燕住院，陈正军也说让她住院检查一下，但她不愿住，跟医生说以前检查过，就是肺上的问题，是在棉纺厂落下的老毛病，也住过好几次院，住院也是打针吃药，还不如开点儿药回家，在家里吃药、社区卫生所打针也一样。于是，医生给陆宝燕开了些药，陈正军把妻子送到家里后一看时间，已经中午了，就赶紧做自己和妻子两个人的午饭。吃完饭后，陈正军让妻子吃了药上床躺着休息，自己就去了单位。

陈正军来到主管检察长许省身的办公室。许省身问他，妻子的病怎么样。陈正军说医生要让她住院，她不想住，自己想反正女儿最近就要回来了，干脆等女儿回来后再让妻子住院吧，要不也没人照顾。

许省身说："马副市长女儿马琳被杀的那个案子在社会上影响很坏，市里很重视，因为现在市刑警大队的侦破工作迟迟没有新的进展，另外，给荆鸣开的刑事传唤通知书已经到期。所以，市政法委要求刑警队把案件提前移交给检察院，由检察院和市公安局联合成立新的联合专案组。考虑新的专案组就由你和刑警大队队长郑天雷来负责，政法委罗书记也同意了。"

陈正军说："我觉得我妻子的情况可能还得住院，能不能等到女儿回来再入院还不知道，所以马琳一案能不能交给别人？"

许省身问："交给谁？"

陈正军说："正好萧玫也回来了，不行这个案子就交给何力和她吧。"

许省身一口回绝了，"何力是何力，你们的工作性质不同。萧玫刚回来还没有上班，再说她也还需要一段时间熟悉工作。"

陈正军说："萧玫也是老同志了，再说又下去锻炼了两年，业务水平提高了不少，回来的也正是时候。"

许省身认为陈正军是在撂挑子，就说："正军呀，关键时刻你可不能给我撂挑子。"

陈正军说："关键是我妻子的病情可能会影响我的工作。"

许省身说："你还想请假？你这时候给我请假？这不是要我好看吗？让人以为你陈正军是不敢接这个案子，想当逃兵了。你老婆的事情假如必须要住院的话你就告诉我，我安排车把她送到医院去。你又不是医生，守着也没用。去吧。等会儿市局刑警队会把这个案子的卷宗给你拿过去，你先看看，有什么情况就立即向我汇报。怎么样？有什么意见吗？"

陈正军说："许检，你都已经安排好了，我有意见不也是白搭吗？"

许省身说："那好，既然你知道有意见也白搭，那就去吧。"

陈正军还是不甘心，站起来嘟嘟囔囔说："他们刑警大队办不了了，弄一锅夹生饭让我们处理。"

许省身说："看你还是有意见嘛，不过有意见也没用，风凉话你也别说，我看这个案子确实是挺复杂。再有，荆鸣在政商两界人脉非常丰富，市政法委刚决定把案子转给我们，我就已经接到过问此事的领导电话了。你自己把握吧。"

陈正军说："我还要去给妻子买点儿中药。"

许省身说："买药你只管去，不用请假。"

陈正军郁闷地回到了办公室，刚巧何力也溜达到他的办公室，忙问："怎么样，没批吧？我就知道批不了。"

陈正军说："现在好了，把马副市长女儿被杀的案子转给咱们了。往后别说请假，每天八小时都不够用了。你也忍心看着把我累死？"

何力说："这可怪不得我，关键是马琳死得太不是时候了。我会给你精神上的支持和鼓励的。再说，不是萧玫也回来了吗？"

陈正军拿了一只大袋子准备出门，刚走到门口，电话铃就像是掐准了点儿似的突然响起，陈正军只好回到办公桌前拿起电话。

电话是市公安局刑警大队队长郑天雷打来的。

郑天雷在电话里说："上面让我们提前把马副市长女儿马琳的案子移交给你们，重新成立专案组。"

陈正军说："我已经知道了，许检刚才已经通知我了。"他问郑天雷什么时候能过来。郑天雷说他已经出来了，马上就到。陈正军只好放弃了出门买药的打算。

过了一会儿，郑天雷就拿着一大袋档案来到陈正军的办公室。郑天雷把刑警队对荆鸣涉嫌杀妻的调查卷宗交给陈正军，并说："案子疑点很多，但从我们的初步侦查来看，滨海华业总裁荆鸣的嫌疑很大。我现在就像水牛掉进井里头，有劲使不上，觉得有问题，可是又理不出问题到底出在哪儿了。不过我告诉你啊，不是我啃不动了，再给我几天时间我准能把案子搞清楚！"

陈正军笑着说："那你们就自己干吧。我给许检打个电话说一下。反正前期侦查是你们的分内事嘛。"

郑天雷赶紧制止，"老陈，你可千万别，这不是卖我嘛。把案件交给你们，由你来牵头成立新的联合专案组，这是政法委书记老罗的意思，看来他们还是很信任你的嘛。我们现在的问题是，既不能放了荆鸣，又不能违法超期羁押。所以，老陈，从现在起，我就在你手下听命了。"

一阵敲门声传来，没等陈正军开口，办公室门就被推开了，干部处殷处长走了进来。殷处长和郑天雷是麻将桌上的牌友。他一进来看见郑天雷在陈正军办公室，就说："郑队长在这呢，你可是无事不登三宝殿呀，怎么好几天没在牌局上见着你了？"

郑天雷一脸愁云说："我自己现在是焦头烂额，连吃饭都没工夫了，还能上牌桌？"

陈正军看见了跟在殷处长身后的萧玫，就站起来问："这就报到了？"

萧玫说："你们都在这儿忙，我还好意思在家里继续待下去嘛。"

陈正军说："好，好，你今天不来我就准备给你打电话了，哎，对了，陆宝燕让我替她谢谢你。"

萧玫说："谢什么呀，她的病怎么样？"

陈正军说："还那样，没什么办法治。"

陈正军拉开办公桌抽屉，拿出一份鉴定书给殷处长。殷处长问:"签过字了？"

陈正军说："签过了，看来萧玫这两年在新疆能力提高了不少呀。"

萧玫自豪地笑笑说："那是，不过跟您相比还差得远呢。"

何力插了一句："萧玫看来很有长进，没以前那么狂了。"

萧玫不干了，说："谁说我以前就狂了？那叫自信！我再狂也没你狂吧？"

陈正军送走殷处长后，对着萧玫问："郑天雷认识吧？"

萧玫看着郑天雷，先笑着伸出手说："不太熟，郑大队长怎么有空到我们检察院来了？"

郑天雷握着萧玫的手说:"临时给你们陈处当几天马仔。"

陈正军说:"你别把话说得那么难听好不好。"

郑天雷看着陈正军对萧玫说:"希望咱们能合作愉快,你别像陈正军一样,老和我们过不去。"

陈正军一听,不乐意了,"哎,老郑,你是怎么说话呢?现在咱们可是在一口锅里搅马勺了啊!"

郑天雷说:"怎么了?不认账了?上个月那一起抢劫案,明明就是抢劫,你非说什么构成抢劫的要素不全,把案子又打回去让我们补充侦查,你知道我手下那些弟兄们是怎么干活的吗?没白没黑,饿了就啃点干面包,渴了就喝点自来水。"

陈正军说:"好了,好了,咱们是执法者,不但要为受害者主持公道,也不能轻易损害犯罪嫌疑人的合法权益呀。再说,我们的主要目的还是治病救人嘛,抢劫和抢夺虽然只有一字之差,但法院在量刑上就大不一样。我这也是对人民负责、对国家负责嘛,治病救人嘛。好了,不说过去的事情了,我们还是谈谈马琳的这个案子吧。"

陈正军继续对萧玫说:"刚才接到上面通知,要求我们现在正式介入马琳被杀一案,和刑警大队一起参与案件的侦破工作。现在请郑队长继续谈。"

办公室就剩下了陈正军、萧玫和郑天雷三人。

郑天雷说:"因为案件蹊跷,而且受害人和嫌疑对象都是滨海市的社会名流、公众人物,此案已经被列为滨海市的一号大案,我们压力也很大,所以专案组要求咱们两家一起来协同作战。另外,有两个情况在卷宗上已有反映,那就是马琳生前曾遭到过长期的虐待,虐待的事情估计是荆鸣干的。还有,捂死马琳的塑料袋上还有另一个人的指纹,我们正在秘密排查,这个情况要绝对保密,不能走漏一点风声。"

陈正军问:"你们对马琳生前的社会关系排查了多少?"

郑天雷说:"她的社会关系倒不算太复杂,但量太大,我们还在继续排查。"

陈正军转身对萧玫说:"你去找一下何力,办下手续,待会我们一起去看守所。"

第三章
检方奉命提前介入

1

第二天上午，童建中来到刑警队找郑天雷。

郑天雷没好气地说："案子已经移交给了市检察院。"

童建中一听，不干了，"郑天雷，案子你们搞清楚了没有就交给检察院？你们也太不负责任了吧，你们这是草菅人命！还有，塑料袋上还有第三人的指纹，你们找到那个神秘人物了吗？"

郑天雷大吃一惊，"你怎么知道还有一个第三人的指纹？"

童建中咄咄逼人地问："你敢说没有？你不敢说！好，我现在就去检察院。"

陈正军正在办公室和萧玫研究郑天雷送来的卷宗，童建中推门进来。

陈正军对童建中太熟悉不过了。童建中曾在美国留学五年，取得法学博士学位后回国发展。此人擅长刑事辩护，在辩护中逻辑缜密，曾经在短短五年的时间里成功辩护了上百起刑事案件，其中有三起凶杀案件使被告从死刑改判为死缓和无期，在滨海市乃至省里号称"童铁嘴"。他还两次被评选为汉江省十佳青年律师之首，是一个让公安机关、检察机关办案人员比较头疼的职业辩护律师。

"陈处长，荆鸣的案子被移交给你们了？"童建中没有任何客套，一进来就发问。

陈正军赶紧起身迎客，让他先坐下说。

童建中打开公文包，从中拿出一个大信封甩在陈正军的桌上，说："这是我刚从南海拿回来的证据，所有证据都证明：马琳被害的前后一周荆鸣根本就不在滨海。他一直在南海监督拍摄滨海华业上市的广告宣传片。而且，在这期间他还因感冒发烧让服务员给他买过感冒退烧药。"

童建中把自己从南海取回来的证据向陈正军一一展示之后说："你是一个经

验丰富的老检察官了。你想想，作为荆鸣来说，公司刚刚进入一个全新的快速发展时期，他有什么理由杀妻？所以，马琳的死到底和荆鸣有多大的关系，我想你们自己也应该很清楚吧？"

陈正军和萧玫都静静地听着。

童建中语速极快，越来越激动。

童建中说："我来是想告诉你们，怀疑荆鸣是杀人凶手是毫无根据的。首先，以荆鸣的身份、地位以及他目前的经济情况来看，于情于理荆鸣都不会干这种毫无理性的蠢事。其次，滨海华业刚刚上市，就算他对马琳恨之入骨，想置马琳于死地，他也不会选择在这时候下手。这是我们判断一个人是否做一件事情的先决条件。再有，以荆鸣的智商，他也绝不会犯这种低级的致命错误。而市局刑警队和检察院现在就正在犯这种低级错误。"

所以，童建中说："你们最好趁错误刚开始的时候就赶快终止，立即释放荆鸣。"

陈正军问："你说完了？"

童建中说："我说完了。"

陈正军不温不火地说："你的分析是有一定道理，你可以通过正常的思维判断来得出符合逻辑的结论，但我们不行。正常的逻辑判断只能作为我们办案的参照而不能成为办案的依据，何况这个案子性质极其恶劣，社会影响极坏，上面十分重视。正因为案件的当事人身份特殊，所以根据上级的要求，检察机关批捕部门才提前介入。目前，我们正在对案件进行调查，在没有找到真凶以前，荆鸣仍然是犯罪嫌疑人。放他，你说了不算，我说了也不算。你想让你的朋友快点儿出去，我也不想把案子办错了。当然，我希望公安局移交给我们的案件越少越好。案件越少就说明我们社会治安越好，社会越和谐嘛。可是，所有的案件我们都需要用证据来说话，这一点你很清楚。假如马琳的死的确和荆鸣没有关系，我们也绝不会冤枉一个清白的好人。何况，滨海华业对滨海市的经济发展也曾经有过很大的贡献。"

童建中说："你说这个案子社会影响极坏，这我承认，可是这种恶性凶杀案在滨海市好像不是第一起吧？难道就因为被害者的身份特殊？难道就因为上面十分重视？"

陈正军拍拍桌上郑天雷送来的卷宗，说："童律师，我能理解你的心情。这是刑警大队重案组送来的现场勘验报告，现在所有疑点都指向荆鸣。你说，假如你处在我这个位置，你会怎么办？"

童建中一看陈正军的态度丝毫无法通融，只好退一步说："陈处长，抛开我和荆鸣的私人关系不说，滨海华业刚上市，这家企业对滨海市经济发展的分量想必你是知道的。现在正是滨海华业的关键时期，作为滨海华业的法律顾问，我想问问，你看能不能先给荆鸣办个取保候审？因为公司现在还有几个涉外合同要等荆鸣回去才能签。"

陈正军毫不通融地说："童律师，你这就难为我了。"

童建中一听，怒气冲冲地摔门而去。

萧玫有些尴尬地说："陈处，这个律师脾气还真不小呀。"

陈正军没有说话，他又打开郑天雷送来的卷宗。看着看着，他陷入沉思，过了一会儿站起来在办公室里踱了几步，心想：难道真是警方搞错了，凶手另有其人？可是，郑天雷是个老刑警了，干了十几年的刑警不会栽在这件普通的凶杀案上吧？

2

陈正军的办公室不大，有些乱，靠墙摆放着的两个文件柜让办公室显得更加狭小，但靠窗边摆放着的几盆花草倒是长得枝繁叶茂，特别是一盆文竹的枝叶已经爬到了窗户顶端。环境与人很相宜。

这会儿，陈正军先打开卷宗看了几页，突然想起给妻子买药的事儿，看来自己又没有时间了。他立刻拿起了电话打给萧玫，让萧玫立刻到他办公室来一趟。

不一会儿，萧玫就来到陈正军的办公室，"陈处，您找我？"陈正军说："我想麻烦你一件事，你给我跑一趟吧，我实在走不开。"

萧玫调皮地说："陈处有事儿尽管吩咐，我一定做到高标准严要求保质保量按时完成任务。"

陈正军掏出钱包，抽出四百块钱和一张药方递给萧玫，说："好了，别贫了，这是中药配方，你现在就赶快去新特药店给我把这些药抓齐，然后再给我送到家里去。我爱人是十几年的老肺病，我上次给她抓的药已经吃完了，本来想这几天抽空再去给她买两个疗程的药。可是你看，咱们这工作，一件事情还没完紧接着另一件事情就又来了，我看我是没时间了，只好麻烦你去替我跑一趟了。"

萧玫接过中药配方说："您怎么不让她住院？"

陈正军说："住过院，老肺病，西医中医都看过了，偏方也找了不少，都没什么好办法。去吧，我这已经是假公济私了，你买上药后赶紧送到我家里就行了，陆宝燕自己会熬药，你不用管她，把药买上送到我家里就立即回来。"

3

程诺在路边打了一辆出租车，上车后对司机说了一句："滨海华业大厦。"

司机从后视镜中看了看程诺阴沉着的脸，打开了话匣子："您是滨海华业的吧？你们老板荆鸣到底是怎么回事儿？他真杀了他老婆吗？我可是买了你们滨海华业的股票，本指望能挣点儿，没想到一买进第六天就开始狂跌，连续几个跌停板，我这 10 万块钱现在才几天就只剩下不到 4 万了。您说你们公司不会……"

程诺不耐烦地说："我可以负责任地告诉你，荆鸣绝对没有，也绝对不可能杀他的妻子，这件事也绝对是个误会。如果你看新闻了你就会知道，荆总是刚从南海飞回来的，他下了飞机准备回公司时被警察带走的。不是他杀了他妻子后想逃跑时在机场被抓的。假如你是他，你会这么干吗？滨海华业的股票运作了一年多才刚上市，何况他们还有个五岁的儿子。咳，我跟你说这么多干吗。"

4

萧玫来到新特药店，把药方子给营业员，营业员看了看药方说："哎呀，你这药方是哪个医生给开的？一共 34 味，什么病？开这么多药？"

萧玫说："这是我的领导请中医给他爱人开的，他爱人是十几年的老肺病。"

营业员看着药方子说："这方子上的青黛、石菖蒲、炮山甲、昆布、威灵仙这五味药我们药店没有了。"他问萧玫，是先在他们店里把现有的药抓齐呢，还是先到中医院药房看看。

萧玫想了想，还是先到中医院药房去看看吧。营业员把药方子还给她，她转身出了药店就打了一辆出租车直奔中医院而去。

萧玫在中医院药房终于配齐了药方子上的全部中草药。34 味一个疗程的药装了两大包。萧玫抱着两大包药出了中医院药房，看见门前停着一辆出租车，便走过去，司机下来打开后备行李箱盖，结果两大包药竟然无法放进去。司机赶紧把里面的一只水桶、一只临时加油用的加仑桶都拿出来放进车里，这才勉强把两包药放进去。

司机一面帮萧玫往后备箱放药一面问："姑娘，你怎么买这么多药？治什么病啊？"萧玫说："肺病。"

司机一听，脸上露出一丝不安，萧玫赶紧解释道："别怕，师傅，我是帮别人买的药。"

司机打开左侧车门坐进去，说："咳，现在空气污染这么严重，就是牛得肺病也不稀奇。去哪儿？"

"建华小区七号楼。"

出租车一溜烟离开了中医院，驶上了大马路，很快就融入车流之中。

5

陆宝燕这两天有点低烧，此时正躺在床上，还不时咳嗽。床前放着一只塑料脸盆，一阵干咳后，她起床来到卫生间打开水龙头，拧了一个湿毛巾又回到床上躺下，然后把湿毛巾搭在自己额头上。

陆宝燕本来那天想让陈正军再请天假陪自己到医院看看，可他下午下班回来后却说接了一件大案子，自己是专案组组长不能请假。陆宝燕听了，有点生气，说："你能耐大？检察院就显着你了？"陈正军说："跟你说你也不明白。"陆宝燕不高兴了，说："我不就是没上大学吗？"陈正军一看妻子生气了就赶紧道个歉息事宁人。每当他们两口子发生矛盾的时候，一般都是陈正军让个步也就过去了。陆宝燕也不和他计较，她知道其实也没法计较，自己现在等于是个家庭妇女，他好歹也算是个中层领导。陆宝燕转念一想，就算他请上假了又能怎么样。于是就不说话了。

萧玫来到陈正军家，在门外敲了半天门，陆宝燕才在里面问了一句"谁呀？"萧玫说："是我，萧玫。"陆宝燕打开门，门外站着抱了两大包药的萧玫。

陆宝燕赶紧让萧玫进来，说："我听门外好像有人在敲门，原来是你，快进来吧。"

陆宝燕平时一个人在家里，每当外面有人敲门，在没有听出门外是谁之前，她不敢轻易地去打开门。他们家住的这个小区是滨海市较早开发的老小区，不像现在开发的小区，什么保安、电子防盗系统、电子监控系统一应俱全。他们这个小区几乎没有什么安保设施，所以，建华小区也是滨海市发生入室盗窃和入室抢劫案最多的小区之一。萧玫说："陈处说你的药已经吃完了，他又实在没时间去买，就让我去买好给你送回来了。"

陆宝燕带着歉意地笑笑说："哎呀，萧玫，我不知道是你，我们这个小区治安不好，经常有小偷大白天冒充什么送快递的、收水费的、查电表的敲门，家里要是没有人他们就大胆地撬门进去偷，家里要是只有像我这样的老弱病残，他们就进去明抢。"

萧玫说："是啊，小心点儿总没错。家里熬药的砂锅在哪儿？我先把药给你熬上吧。"

陆宝燕赶紧起身，说："我自己熬药，你坐着歇会儿。听老陈说你回来了，再不去了吧？"

萧玫说："不去了。本来早就要来看你的，结果一回来就接上了一个大案子。"

陆宝燕说："我知道你们在忙马琳的案子。"

萧玫问："你是怎么知道的？"

陆宝燕说："这两天电视上播了一遍又一遍，全滨海市可能没人不知道了吧？

连我女儿陈燕都从南海打电话来问，说整个南海也都知道了，说滨海市马副市长的女儿在家里被人用塑料袋给捂死了。"

她问萧玫："现在的人怎么都那么狠？你说现在这人心咋都那么狠呢？你就算去偷去抢也不要伤人嘛，还把人杀死。"

萧玫说："是啊。"

萧玫问："陈燕该毕业了吧？"陆宝燕说："她打电话说了，再有两门就考完了。"萧玫感叹时间过得真快。

陆宝燕又说："谢谢你了，从新疆那么大老远还给我带雪莲，挺贵吧？"

萧玫说："大姐，你就别再客气了。"

萧玫让陆宝燕躺到床上，"你就躺床上吧，我把药先给你熬上。"

陆宝燕十分过意不去地说："真不好意思，太麻烦你了。"

萧玫一边刷洗药锅一边说："大姐，你太客气了，这么点儿小事儿，别的我也帮不了你什么。"

陆宝燕说："萧玫呀，我算看出来了，这女人嫁男人呐，太有事业心的、太想当官的都不能嫁。要不他就一门心思去忙他的什么事业去了，把你扔家里，不管不问。"

萧玫听出来陆宝燕是对陈正军不满，就安慰她说："大姐，最近我们确实有些忙，上面把这么大的一个案子交给陈处了，以后没事儿的话我过来照顾你吧。"

陆宝燕赶紧说："不是那个意思，反正药已经买来了，我的病已经十几年了，也住过几次院，医生也没什么好办法，一直在吃中药。可是让我生气的是，就让他把药抓回来这点小事，他也一拖就拖了四五天。每天不是没时间就是忘了。要你你能不生气吗？"

萧玫一边安慰着陆宝燕，一边把药给她熬上了，还细心地把陆宝燕床头的塑料盆拿到卫生间冲洗干净后放到了她的床头，又给陆宝燕床头的杯子里倒满了开水。

萧玫说："好了，大姐，我现在得去单位上班了，你过一刻钟就去看看炉子上小火在熬的药，续点儿水，可千万不能熬糊了。我有空再来看你吧。"

陆宝燕看在眼里，充满感激连连道谢说："好，已经太麻烦你了，你去忙吧，谢谢你了萧玫。"

萧玫回到检察院，来到陈正军办公室，把找回的27元零钱给他，"陈处，给，这是找回的零钱。"

陈正军看看时间说："怎么一去就这么长时间？"

萧玫不满地说："陈处，您还觉得我出去的时间长了？这个药方子不知道是哪个高人给您开的，五六味药连新特药店都没有，我还是又跑了中医院，在那儿的药房才给你抓齐的。"

陈正军问："把药给我送回去了没有？"萧玫说："送回去了。"

陈正军赶紧说："好了，谢谢你，赶紧工作吧。"

6

程诺进了大厦后强烈地感觉到了公司气氛的压抑，每个人都在默默地做着自己手头的工作。只有当程诺走到某个员工面前时，他或她才低声叫一句："程总。"程诺对大家说："荆总没事儿，你们都开心些，别死沉着个脸。小胡，去把背景音乐打开，放几首轻快的音乐让大家听听。"

程诺穿过开放式办公区，进到副总裁办公室后立即给市场部打了个电话，让市场部部长立即安排人去社会上收集一些资料。

给市场部安排完工作后，程诺又给东华律师事务所拨打了一个电话，对方说童律师已经两天没来办公室了。她又拨打童建中的手机，听筒里传来电脑小姐呆板枯燥的声音："对不起，您所拨打的电话不在服务区，请稍候再拨"。她不死心，再拨打一次，听筒里仍然是那个毫无感情色彩的电脑小姐的声音："对不起，您所拨打的电话不在服务区。请稍候再拨。"

荆鸣涉嫌杀妻在滨海市成了近年来该市最大的一条新闻。这几天，滨海市大街小巷关于滨海华业的谣言四起，市民们议论纷纷。

自从荆鸣在机场被抓走后，程诺已经几天没有好好吃一口饭，也没有好好睡个踏实觉了。这几天社会上的流言满天飞，她的手机都快被打爆了。滨海华业的股票在发行前被人们广泛看好，发行上市后短短五天就从两元猛涨到七元，荆鸣出事儿这才几天就从七元跳水，连续几个跌停板，今天已经跌破发行价了。

程诺眉头紧锁，在办公室里坐立不安地来回踱步。少顷，她在办公桌前拿起座机拨了几个号："喂，小张，你来一下。"说完就挂了电话长吐一口气。程诺打开包，从里面拿出一面小镜子照了照。有人敲门，声音很轻。她赶紧振作精神，把小镜子放回包里。敲门声又响了两下，传来一声："程总。"她稳定焦躁的情绪后应道："请进。"她的助手进来问："程总，您找我？"程诺说："咱们的股票昨天是第五个跌停板了，今天早晨低开后一直在一块七至一块九之间小幅震荡，但大量抛杀的情况并没有出现，看来股民并没有对滨海华业彻底失望。我想，这时候我们应该再注入一笔资金先把股价拉升到两块一，这样会大大增加股民的信心，帮助我们渡过难关。你现在就抓紧时间去办吧。"

助手应声正准备离去时，程诺又叫住助手，让他把所有准备工作都做好，等自己的指示。

程诺刚叮嘱完助手，自己的手机就响了。她一看，是一家投资公司的总裁打来的，这家投资公司是滨海华业的合作伙伴。程诺赶紧接电话，"柳总呀，你好！我正要找你呢，因为荆鸣出事儿，现在滨海华业的股价一直在低位波动。我敢以我的人格担保，荆鸣被抓绝对是个误会。马琳出事儿前后十天，他一直在南海拍摄我们公司上市的宣传片，每天都有人和他在一起，这都有证人的。对、对，他根本没有时间也不可能从南海跑回滨海把自己妻子杀了，再像没事儿人一样回去继续拍片儿。你们现在就抓紧投入资金吧，不会有大事的，他很快就会出来。滨海华业不会忘记所有帮公司渡过难关的朋友，我们一定会加倍回报的。好、好，那先这样。社会上现在谣言四起，政府有关方面还没有动静，这本身就说明了荆鸣不会有什么事儿。假如荆鸣真的有事儿，政府一定会做出相应举动的。对，现在咱们是荣辱与共，一荣俱荣一损俱损，所以咱们都必须挺过这一关。"

刚挂断手机，桌上座机的电话铃声又响起。程诺一看来电显示，是另一位老总，就赶紧又抓起听筒，"喂，你好，是马总呀。我还正想给你打电话呢，平息股价波动的资金你还是要抓紧投放，啊，没事儿，荆鸣肯定是抓错了，那几天他一直在南海监拍我们公司的上市宣传片。他不可能放下公司那么大的事情回来杀马琳。他和马琳的关系紧张这大家都知道，但你想，要你你会这么干吗？我以我的人格向你保证，他马上就会回来的。你放心，我已经安排好了。滨海华业绝不会忘记所有帮助我们渡过难关的朋友，好吧，再见。"

放下电话后，程诺又给助手打了一个电话："怎么样？你现在作好准备，把咱们那九千万的救市准备金分三次投进去，给市场打一剂强心针。"

电话又响起，程诺一看来电显示，是柳总打来的。柳总告诉她，他准备的五千万已经给滨海华业转了过来。程诺赶紧说："好，谢谢你了。"

放下电话后，程诺打开电脑，电脑屏幕上立即显示出滨海华业的股价走势图表，从走势图上可以看出，股价已经开始逐渐回升。她靠在椅背上长舒了一口气。

安排完之后，程诺打开荆鸣从南海带回来的、公司和南海投资管理有限责任公司签订的投资协议看了起来。

突然，手机来了一条短信，她一看是助手发来的，问她中午想吃点什么。程诺一看时间已经中午十二点了，她本来什么都不想吃，给助手回了一半短信，又删除重新写："你自己去吃午饭吧，我中午有安排。"发完短信后，程诺疲惫地揉着酸疼的眼睛，想要在沙发上躺一会儿。她已经一天一夜没有合眼了，刚躺到沙发上，突然手机响了。她一看是童建中的电话，赶紧坐起来接听，说："童律师，你跑到哪儿去了？我快急死了，打你电话一直打不通，不是不在服务区就是关机。荆鸣的事情到底怎么样了？"童建中说："你别着急，我一直在跑荆鸣的事情。咱们晚上见个面吧，晚上八点在建国路的 SARA 茶餐厅见面，到时再谈。"

7

晚上十点，陈正军还在办公室里仔细研究着荆鸣一案。电话铃响了，他一看，是妻子陆宝燕打来的。陆宝燕抱怨他说："正军，你都已经五天没回家了，我身体不好你不管也就罢了，但是女儿的事你管不管？你可只有这么一个女儿！这几天想跟你说说燕子的事情都没机会。你今天是不是又不回家了？"

陈正军一听，惭愧地对妻子说："宝燕，我也知道对不起你，一有案子就抽不开身，你看，这么大的一个案子现在一点头绪都没有，我这几天真是忙得一点儿时间也没有。你放心，我今天晚上怎么着也争取回家一趟，不过可能要晚一点儿。不光是我，我们院专案组的同志都在加班。你跟燕子商量一下，就说这是我们的意思，让她回来发展算了。你身体不好，我又没时间陪你，女儿回来还能照顾照顾你。"

陆宝燕叹了口气，说："我没事，现在还能自己照顾自己，我是怕把女儿的前程给耽误了。我就是个高中生，给女儿提不出任何有用的意见，想指望你给出出主意，可是你这个当爹的……"话没说完，一阵剧烈的咳嗽声打断了妻子的话。

陈正军一听，心都揪起来了，"宝燕，你没事吧？怎么吃了药以后还咳得这么厉害？"

"我没事儿。我也知道你的为人，我和燕子也没指望你托人帮她找份工作，只是要你抽空多关心关心女儿，毕竟咱们也就只有这么一个孩子。如果我哪天不在了，她就是你唯一的依靠。"说着，陆宝燕又猛烈地咳嗽起来。

陈正军一听，鼻子一酸，眼泪差点掉下来，妻子跟自己的这些年，真是遭了罪了。他赶紧安慰道："宝燕，你不要胡思乱想，你就在家里好好养病，我给燕子打个电话，学校如果没有什么重要的事情就让她先提前回来照顾你。我让萧玫送回去的药你吃了没有？你一定要按时吃药，什么也不要干，我这就回去。"放下电话，陈正军陷入了对妻子深深的内疚之中。从刚才的电话中，他听出妻子的病情显然是又加重了。

往事就像过电影似地又一幕一幕地在脑海闪现。

8

陆宝燕与陈正军是中学同学，1978年中学毕业后一起下乡插队。那时候，一个全劳力一天最高也就挣十个工分，十个工分合一毛八分钱，女知青一般每天最多也就只能挣七八个工分。男知青的口粮普遍不够吃。陈正军清楚地记得，当时的定量是每人每月四十斤粗粮、六斤细粮。这些定量对于十七八岁的小伙子来说只能维持半个月。陆宝燕便经常把自己节省下来的饭票给陈正军，还经常帮陈正军缝补磨破挂烂的衣服、拆洗被褥，这让情窦初开的陈正军感受到了温暖。陈正军也经常在干完自己的活儿后帮陆宝燕干活儿。逐渐地，他们相爱了，那时候，虽然生活特别苦，但却是一段甜蜜的回忆。

1980年，他们又一起被招工进了一家国营棉纺厂，陆宝燕被分配在纺纱车间，他被分配做了保全工。纺纱车间是棉纺厂所有工序里人们最不愿意去的地方，因为车间里不仅机器噪音特别大，而且空气中飘浮弥漫着无孔不入的细纤维和粉尘，戴两只口罩都不起任何作用。陈正军当时想把女友从纺纱车间调出来，换个工种，最好是电工，于是他狠狠心花了20块钱请厂电工班班长吃了一顿。电工班班长满嘴塞着红烧肉，拍着胸脯说："没问题，你女朋友的事儿包在我身上了，我去找上面要。"结果就再没下文了。后来，他又找了电工班班长几次，但每次这个班长都能找到理由。后来陆宝燕说："算了，咱不找了，车间里那么多人不都在干。别人能干咱为什么就不能干了？我又不是金枝玉叶。"陈正军为这件事懊悔了很长时间。从此，他也养成了一个习惯，那就是自己的事情再难也自己克服，不求人。

1983年，陈正军考上了中国政法大学，从此离开了棉纺厂，而陆宝燕却高考落榜只能留在纺纱车间。研究生毕业后，陈正军被分配到了滨海市检察院公诉科。陆宝燕在陈正军上大学期间多次提出分手，但陈正军却怎么也不同意，而且毕业的第二年就和陆宝燕办了个简朴的婚礼。

1999年，棉纺厂破产倒闭，陆宝燕下岗了。下岗后的陆宝燕就到处打短工，她当过送水工、清洁工，在太平洋保险公司推销过保险，给私人老板在服装店当过营业员，还卖过充值卡。但由于她在纺纱车间被粉尘和细小纤维侵害了十九年，落下了咳嗽的病根，一年四季咳嗽不断，多年来吃药效果也不明显。只要一犯病她就得辞了工作。刚下岗时，她曾埋怨陈正军说："人家咋就能有个好单位呢？现在找工作，都在托门子、找路子，你能不能找人说说？"陈正军虽然心疼妻子，但还是拒绝了妻子的要求。他说："我去找人给你安排个轻松的工作是不难，可是你想过了没有？只要别人答应了给你办事情，不管成不成，就已经欠下了人情，欠了钱要还，欠了人情也要还，有时候欠的人情甚至比欠的钱还难还。你知道，我的工作特殊，咱们找了人家帮忙，要是人家找我，我开不开这个口子？"

按说，陈正军完全有能力在滨海市为妻子找一份轻松体面的工作，可陈正军却从来只字不提。甚至已经有人主动找上门来，表示愿意为陆宝燕安排一份机关单位收发员的轻松工作，也被陈正军坚决地谢绝了。

陆宝燕也知道陈正军一来抹不开面子，二来也不愿意让人觉得自己是利用职务之便为家人谋私利。更重要的是，他的工作具有特殊性，而且陆宝燕的自尊心也不允许自己向陈正军提出额外的要求。所以她也就自己默默承受着病痛。下岗后，陆宝燕自己到环卫处应聘做了个清洁工，每天凌晨四点就出门去清扫长达三千米的马路。陆宝燕担心丈夫知道自己在扫马路会难为情，便一直瞒着陈正军。她把大笤帚和大簸箕放在自己清扫的路段的一个墙旮旯儿。每天早晨四点钟，陆宝燕起床时都说自己身体不好，早晨空气新鲜，要出去活动活动。粗心的陈正军竟然相信了妻子的话。直到有一天，市公安局的小尚早晨办案子时在空旷的路边发现了摘下口罩、拄着笤帚正在休息的陆宝燕。后来，小尚有一次来检察院办事，见了陈正军突然想起这件事，便问他，"陈处，虽然嫂子文化程度不高，可你也不能让嫂子去扫马路呀。干什么不行。要不我给一哥们儿打个招呼，让嫂子去他们单位干收发吧。"

"什么？"陈正军有点反应不过来了。

小尚说："陈处，你就别装了，其实扫马路也并不是什么丢人的活儿，只是太辛苦，半夜就得起来。嫂子的肺不是不好吗？扫马路整天要吃多少土呀？"

陈正军说："不是保密，我还真不知道她扫马路去了，你没有认错人吧？"

小尚说："错不了。十天了吧，十天前的一个早晨，五点钟左右，我从葛家集回来，在新华路阜康门附近看见嫂子抱着一把大笤帚在扫马路呢。怎么你还不知道？"

陈正军这下总算是听明白了，"啊，扫马路就扫马路吧，她可能是怕我知道了反对，没有告诉我。马路没人扫，不出三天滨海还不就成了垃圾城了？"

小尚说："可这市检察院处长夫人扫马路总觉得……"

陈正军说："总觉得什么？处长老婆不能扫马路？谁规定的？"

回到家里，他几次想问妻子，可是却始终张不开嘴。他想妻子不让他知道，总有她的道理吧。

直到有一天，他发现妻子的咳嗽似乎重了，就劝妻子早晨不要起那么早了，妻子仍然坚持最迟四点半必须起来。无奈之下，陈正军只好对妻子说："你就再不要瞒我了，你要身体好，我不反对你去当清洁工，可是你看你现在的身体。"妻子一看瞒不过去了，便安慰他说："没事儿，这比纺纱车间里的粉尘可少得多了，再说早晨空气好，我还能呼吸到新鲜空气呢。"

背着妻子，陈正军的泪水只能往肚子里咽。他心想：等女儿研究生毕业后有工作了，就不再让妻子出去干活儿了。想着想着，陈正军眼睛又湿润了。妻子一直到咳嗽得实在受不了了才辞了清洁工的工作。他长叹一口气，从心里问自己，是不是亏欠妻子和这个家太多了。

萧玫抱着一堆卷宗推门而入，把陈正军从回忆拉回到了现实，"来了？材料整理好了？"

萧玫说："整理好了。"她抽抽鼻子问："你这办公室里什么味儿呀？也不开开窗子透透气，空气都馊了。"

陈正军恢复了常态，看着正忙着开门开窗的萧玫说："萧玫呀，正好你来了，你对这个案子怎么看？"

萧玫说："我觉得从常理上来分析，荆鸣作案的可能性不大。因为就算是他要跟马琳离婚马琳不愿离，他作为一个功成名就的著名企业家、社会公众人物也不会冒险去干这种低级的事情。"

陈正军说："许检说省里、市里都已经有领导给他打过电话，过问此事了。"

9

这几天，滨海电视台新闻频道每天的新闻节目中都在重复播出荆鸣涉嫌杀妻的新闻，坐在办公室里的林缨子烦躁地关上了电视。此刻她的心情是极端复杂的，恨不得立刻冲到荆鸣面前问问他，那天到底他都干了些什么。她拿出手机又看了一遍荆鸣回来的那天最后一次给她的短信：机场不方便，晚上见，想你。看完后她就删除了这条短信。

荆鸣回来的那一天，不，应该说荆鸣出事儿的那一天，她正在办公室里编辑一档旧城区改造拆迁引发的小规模骚乱的新闻调查节目。两名记者拿着刚在市公安局采访拍摄到的素材带兴冲冲地跑到她办公室里对她说："特大消息，爆炸性新闻！滨海华业总裁荆鸣出事儿了。"她只觉得脑袋"轰"的一下，一股无名火冒上头顶，"怎么了？这么高兴？你们吃了兴奋剂了？怎么回事？再说一遍！荆鸣怎么了？"

两名记者诧异地看着她，一人说："荆鸣在机场被市局刑警队带走了。"两名记者丝毫没有察觉到她的失态和荆鸣有什么关系，说着就把毛带插到编辑机里，"你看看，我们刚从市局回来，到现在连午饭都没来得及吃呢。好像是和他妻子马琳的死有关。"

林缨子发现了自己的失态，又问两名记者："你们看见他在机场被带走了吗？"

两名记者说他们原本是在滨海华业参加他们公司的记者招待会，结果在离记者招待会还有一个小时的时候，他们公司宣传部的高部长突然宣布记者招待会取消。现场有人收到短信说，荆鸣在机场一下飞机就被刑警大队的三名便衣给带走了。他们俩赶紧跑到市公安局，市局宣传处的包处长已经证实了荆鸣因为涉嫌杀死妻子马琳而被带走的消息。"好了，你们走吧。"林缨子满脸不耐烦地挥挥手，把两名记者赶了出去。

两名记者出了林缨子的办公室后，对林缨子的反常举动十分不解。一人说："怪了，今天头儿这是怎么了？真是莫名其妙。"

另一名也说："是啊，早晨咱们出门时还好好的，要搁以前拍回来这种可遇不可求的新闻，她脸上能乐开花儿。"

"咳，女人哪！就不能当官儿，屁大的事儿高兴起来就跟捡了个金砖似的，屁大的事情一不高兴就跟死了亲娘老子，把那圆脸弄得跟个驴脸似的。"两名记者不满地议论着。

办公室里，林缨子看着带子，突然对这两名记者产生了莫名其妙的厌恶。看着两名记者的背影，他们脸上那种看见别人倒霉时幸灾乐祸的表情让她感到恶心。"这就是记者？这就是我们的记者？怎么连一点儿起码的同情心都没有？别人倒霉了，你看他们脸上的那种幸灾乐祸。"林缨子在心里愤怒地发泄着。她关上门又把带子从头到尾看了一遍，他们拍摄了程诺解释的镜头。程诺说："真抱歉，我也不知道荆总到底出了什么事儿。我和你们一样对刚才的事情一无所知，所以现在无法回答大家的提问，一切都要等事情有个结果以后再说。"另外，还有市局宣传处包处长的解释。

那天下午，林缨子心如乱麻，借口说自己不舒服推掉了一个饭局，下班就回家了，晚饭也没有吃。

林缨子已经有些失控了，这几天在台里经常无端地为一些小事儿发脾气，特别是当有人在办公室里幸灾乐祸地议论荆鸣时，林缨子的脾气就更大了。看着桌上写了一半的稿子和一个还没有完成的跟踪报道的后期策划书，她一个字也写不出来。正当她心烦意乱地胡思乱想时，助手敲门进来，把一盒录像带放到她桌子上，说《社会人生》的时间快到了。林缨子不耐烦地挥手说："好了，知道了，你先出去吧。"助手面有难色地告诉林缨子："您先抓紧时间把带子审看一下，总编室已经催了好几次了。"林缨子说："知道了，我现在就看。"

10

已经凌晨一点了，陈正军站起来，双手叉腰活动了一下酸疼的腰，做了几个伸展动作。收拾好东西走到门口，他回头看看办公室，发现窗户没关好，又回去把窗户关好，第二次又走到门口关了办公室的灯，把门轻轻带上。整个办公楼里就他一个人，他尽量放轻脚步，不去打破这每天深夜才有的短暂的寂静。他今天必须回家看看了。自从昨天晚上十点妻子打了个电话后，到现在妻子再没来过电话，他也忙得没有时间打个电话回去问一问。

　　走到一楼路过值班室时，陈正军轻轻敲了敲值班室的玻璃窗。值班员老王正和衣躺在床上，迷迷糊糊地睁开眼打了个哈欠起来，一看是陈正军。他一边找鞋一边说："陈处，你不要命了？你这把岁数可不比年轻人，哪能这么耗呀，身体要紧啊。"老王穿上鞋一边起来给他开门，一边数落他。陈正军赶紧说："咳，没办法呀，麻烦你了。"

　　陈正军回到家悄悄地开了门，他不想吵醒妻子，在门外就脱了鞋，然后悄悄进了门。刚进门就听见陆宝燕一阵剧烈的咳嗽，他站在门厅一动不动。陆宝燕已经察觉到他回来了，就说："你别站着了，赶紧睡吧。"原来妻子根本就没睡着。他赶紧过去给妻子把被子掖掖，看着妻子憔悴的面容，两行热泪滚落下来，"宝燕，我对不住你，跟着我让你受苦了。等忙完这个案子，我一定抽时间好好陪陪你。"

　　妻子伸手为他拭去面颊上的泪水，说："好了，不是有句老话嘛，怎么说的？男儿有泪不轻弹。我没事儿，你赶紧洗洗睡吧。"

　　陈正军说："那我先去洗洗。"在卫生间洗脸时，手机在裤兜里震动起来，他拿出来一看，是郑天雷来的电话。他一边接听一边把卫生间的门关上。

　　郑天雷问："睡了没有？"

　　陈正军说："刚回来，还没睡呢，是不是有新发现了？"

　　郑天雷激动地说："第三枚指纹的主人找到了。我这可是在第一时间第一个先通知你的，今晚让你睡个好觉。"

　　陈正军问："你现在在哪儿？"

　　郑天雷说："我在刑警队。"

　　陈正军又问："人控制住了没有？"

　　郑天雷说："我现在就带弟兄们过去抓他。"

　　陈正军让他先等等自己，说马上就过去。

　　郑天雷一听就说："哎，我可跟你说清楚啊，我这儿现在不需要你，你想要审就明天吧，今天他是我的。"说完，郑天雷就挂断了电话。

11

　　童建中回来后，就把全部精力都放到了荆鸣的案子上来。他觉得警方也好，检察院也罢，把荆鸣当作犯罪嫌疑人是荒唐的。案情并不复杂，他想不管怎样，先把荆鸣保释出来也行。开始几天，他推掉了不少案子。很多案件的当事人就是冲着他的名气来的，同事们便劝他，该接的案子还应该接，没有人会把送上门的钱拒之门外的。于是，他就接一些不太费劲的案子。今天，他坐在自己办公室里，正指导自己的一名助手为一起交通肇事逃逸案的被告撰写辩护词。手机响了，他一看是程诺的电话，程诺在电话里说自己先去 SARA 茶餐厅等他。

童建中挂了电话后，迅速收拾了一下就出门，临走给助手交代了一句："你先自己写吧，我要出去一趟。"

而办公室里，程诺坐立不安，焦急得一会儿看一下手表。她怀疑自己的手表慢了，看看手机上的时间，和手表上一样，都是十九点一刻。SARA 茶餐厅离滨海华业大厦步行也就七八分钟的路，她又给助手打了个电话问现在的时间。助手说："现在是七点过一刻，你怎么还没下班呢？"她说还有些事情没处理完，待会儿就走。她又打开电脑，看了看滨海华业的股价，股价已经从早晨开盘时的一块七攀升到了一块八毛九了，今天于一块八毛九报收。这个结果她在今天下午证券交易所停牌时就已经看到，可是她还想再看看。程诺关了电脑，又在办公室里待了一会儿，又打开化妆盒略微修饰了一下，又看看表，离八点还有半个小时，便给童建中打了个电话，告诉他自己先去 SARA 茶餐厅等他。童建中说自己还在律师事务所，八点准到。

程诺独自下楼向 SARA 茶餐厅走去。她在茶餐厅里找了个安静的角落坐下，给童建中发了个短信，告诉他自己的台号后，就焦急地等待童建中的出现。

童建中终于出现在茶餐厅门口，程诺向他招招手，站在门口的童建中扫视了一圈后看见了向他招手的程诺，就向她走来。两天没见，童建中好像也没休息好，双方在看对方时都觉得对方神情疲倦。童建中还没落座，程诺就开始追问荆鸣一案的进展情况。

看着急得嘴角都上火起了泡的程诺，童建中的眼睛中流露出一丝失望。他虽然喜欢程诺，可是程诺却从来不给他双方单独在一起的机会，今天这是他们自从认识以来第一次两个人单独在一起，但这还是为了自己的哥们儿荆鸣。

童建中安慰她，让她不要着急，是福不是祸，是祸躲不过。他说荆鸣的事情应该问题不大。再说，假如荆鸣真杀了马琳，那再着急也没用。马琳的死如果跟他没关系，他也不会在看守所待多长时间。

侍应生端着茶过来，打断了童建中的话。

童建中说："行了，你别管了，我们自己来。"侍应生走了。童建中使劲嘬了一小口茶后笑着安慰她："你放心吧，我已经找到了荆鸣不在现场的有力证据。从这件事情上我也看出了你对荆鸣的感情，我只能把我对你的感情深藏在心底，替我的好朋友高兴，只要荆鸣能幸福了，那也是对我最大的安慰。来，咱们碰个杯，为你们祝福。"

　　听童建中这么说，程诺的心放下了一大半，她动情地说："建中，我知道你的心，你很优秀，应该有一个比我还好的女孩儿属于你。你知道为什么我不愿意单独和你在一起吗？因为我怕我不能控制自己的感情。假如没有荆鸣的话，我一定会选择你的，在我心里，你们两个都是最优秀的。如果有来世，我一定会选择你的！"

　　童建中听程诺这么说，自己反而觉得不自然了，一时竟无话。程诺见童建中有些尴尬，就岔开了话题，问童建中，荆鸣什么时候能出来。

　　童建中说，这要取决于检察院对案件的调查，如果没事儿，也就这一两天，他说自己明天再去一趟检察院，"我想应该没什么大问题吧。"

第四章

另有嫌犯

1

陈正军、何力、萧玫一行人来到看守所，他们惊奇地发现，捂死马琳的塑料袋上那第三个指纹的主人竟然是滨海市体育局体育运动管理处处长张大川！

看着陈正军吃惊的样子，郑天雷说："不光是你大吃一惊，我也万万没想到是张大川。不过，他现在似乎受了太大刺激。今天凌晨两点半，我们把他从被窝里带来，到现在审讯一直就没法顺利进行。他在刑警队里就极不配合，要么极度狂躁地大喊大叫，要么就目光呆滞一言不发，再不然就低声喃喃自语。"

陈正军问："他现在怎么样？"

郑天雷说："还能怎么样？他自从一进来就没有消停过，真不知道他哪来这么大的精神！他一直闹，我就只能先把他放一放。反正政策他也懂，我又给他强化了一下，现在只能等他情绪稳定了我再审。"

陈正军说："走，看看去。"几人向关着张大川的拘留室走去。

郑天雷："我们现在也无法断定他是因为捂死了马琳后悔后怕才导致精神受到刺激，还是他认为自己怎么说也是领导，是滨海市的知名人物，被牵扯进这么一起不光彩的凶杀案里而精神受到了刺激。"

他们站在关着张大川的拘留室门前，隔着门上的小窗户往里看。

张大川靠着墙根坐在地上，两眼空洞无神，人似乎已经崩溃了，嘴里还在不停地念叨着什么。

郑天雷问陈正军："怎么样？陈处，我再审一次？"

陈正军说："好，再审一次。我和何力、萧玫到监控室。"

郑天雷带着助手来到审讯室。郑天雷问看守所管教："张大川现在怎么样？"管教回答说："现在安静了。"郑天雷便吩咐管教把张大川带到二号审讯室。

陈正军、何力、萧玫在监控室，看见审讯室里的郑天雷和助手已经坐下。

审讯室外响起一声："报告。"

郑天雷说："进来！"

门打开，张大川在前面，后面跟着两名管教，三人进来。

"坐吧。"郑天雷指着审讯室里固定在地上的铁椅子对张大川说。

陈正军认识张大川，五一劳动节前后公检法司系统举办运动会时，联系的体育场就是张大川给批的。张大川给人的第一印象就是身体健壮、性格豪爽，工作从不拖泥带水。运动会结束后，为了感谢市体育局的大力支持，公检法司四家联合在滨海大酒店宴请了体育局的领导和裁判员。在饭局上，张大川能歌善舞、诙谐幽默，非常懂得调节气氛。当时，陈正军还开玩笑说，他应该调到旅游局当局长去，旅游局能更好地发挥他的长处。这才不到三个月，张大川就像是脱胎换骨换了一个人。郑天雷指着椅子让他坐时，他扫了一眼在桌前坐着的三个人，露出对他们既不信任又似乎渴望着他们能带来什么新消息的眼神。

郑天雷看着张大川，没有急于发问。他想缓和一下张大川紧张的情绪，就先与他聊了聊以前的工作、家庭，张大川慢慢放松了下来。

看张大川情绪稳定放松了，郑天雷开始切入正题，他问张大川是否愿意把事情说清楚。张大川说愿意。

郑天雷说："那好，张大川，只要你愿意咱们就容易沟通了。"他让张大川先听自己把话说完，并强调这对他有好处。郑天雷说："你也是体育局多年的中层领导，但现在你是犯罪嫌疑人。之所以把你请到这里来，是因为在马琳被杀的现场我们发现了你在现场的证据。我们希望你能配合我们把事情交代清楚。你到了这里只有一条路，那就是积极配合我们调查，任何的侥幸心理都是没有用处的。不是你干的我们绝对不会冤枉你，假如是你干的，你抵赖对你也没有任何好处。你听清楚了吗？"

张大川点点头。

郑天雷打开卷宗，把小区保安的两份证词和一叠指纹鉴定拿出来。他先把小区保安的证词递给旁边的助手，助手拿着证词走到张大川面前让他看。张大川认真地看着小区保安提供给警方的两份证词。看完后，助手把证词又拿回来交给郑天雷。郑天雷又把指纹鉴定拿起来交给助手，指纹鉴定上有从现场塑料袋上提取的指纹和警方秘密采集的张大川的指纹，并有比对图。鉴定结果明白无误地肯定了张大川的指纹和留在现场的指纹是同一个人的指纹。

看完指纹鉴定后，张大川的情绪似乎又有些失控。张大川大喊："我没有杀马琳！我没有杀马琳！我承认，那天我确实去了马琳家，事到如今，我就干脆告诉你们吧。"

郑天雷说："那好，你说吧，不过我们希望你能冷静一下。"

张大川冷笑了两声说："冷静？冷静？我何尝不想冷静？可是我能冷静下来吗？我现在是杀人嫌疑犯！我怎么冷静？要你，你能冷静吗？"

郑天雷让张大川尽量控制一下自己的情绪继续说。

张大川说自己经常去马琳家，因为他们已经交往了二十年了，自己现在在体育局当中层领导，她在教育局也是中层领导。自己也不指望在仕途上再有什么大的发展，只要不犯大错，平平安安地干到退休就行了。

郑天雷打断了他的话，说："张大川，你不要说得太远了。"

张大川极力申辩："太远了？难道私人交往不能有一点儿私密性吗？"

郑天雷说："现在马琳的死已经把你牵扯进来了，所以你现在就不要考虑什么私密性了，要想洗刷干净就得把所有的情况全部交代清楚。"

张大川沉默了一会儿说："事到如今，我也不想再隐瞒什么了，马琳是我的初恋情人。我是想让你们知道，我在物质生活上比现在的大多数人都过得好，我的妻子贤惠、女儿聪明。这个世界对于我来说不但不是世界末日，而且是美好的。我没有理由去杀死一个十分信任自己的可怜的朋友！你们知道她身上的伤疤都是怎么来的吗？都是她那个禽兽不如的丈夫干的，多年来，他一喝酒回来就在肉体上对马琳进行摧残，用烟头烫、针扎、皮带抽打，她太可怜了。"

郑天雷问他："既然你妻子贤惠、女儿聪明，你为什么还要搞婚外情？你不知道这很不道德吗？"

张大川问："难道看着自己的朋友受尽折磨无动于衷就道德吗？"

郑天雷说："马琳不是没有文化的农民，她应该有法律意识，既然自己受到丈夫的虐待，那她为什么不求助法律？为什么不离婚？"

张大川说："她曾经在三年前就跟荆鸣谈过离婚的事情，但荆鸣从她提出离婚后不但不同意离婚，还开始变本加厉地对她进行了从精神到肉体的折磨，她不敢对人说，只能默默忍受。"

郑天雷问："你说马琳的生活十分痛苦，有什么根据？"

张大川说："她身上的伤疤难道还不能说明问题吗？"

郑天雷问："你们分手后几年又见面的？"

张大川说："分手六年后又见面的。"

郑天雷问："你们见面时他们结婚几年了？"

张大川说："不到一年。"

郑天雷问："荆鸣对马琳的虐待是从什么时候开始的？"

张大川说："就是三年前开始的。"

郑天雷问："荆鸣对她的折磨是不是从发现了你们私通后开始的？"

张大川不吭声了。

过了一会儿，张大川继续说："马琳曾经跟我说过，她总有一天会死在荆鸣手上，她一定是荆鸣这个伪君子、卑劣小人杀的。我出去一定饶不了他！"张大川又激动起来。

郑天雷说："张大川，你控制一下你的情绪。"

张大川情绪激动地说："什么情绪？杀人犯的情绪？"

郑天雷说："我们谁也没说你是杀人犯，你现在只是犯罪嫌疑人。"

张大川说："既然我不是杀人犯，那你们为什么把我关在这里？既然我不是杀人犯，你敢放我走吗？"

郑天雷说："你说是荆鸣杀了马琳，那你有什么证据？我们经过对荆鸣的调查，那几天他一直在南海。"张大川立即说："他说谎！"郑天雷又问："你凭什么说荆鸣说谎？"他又什么也不说了。

郑天雷步步紧逼，"以我的理解，荆鸣是从发现了你和马琳的不正当关系后开始对她实施虐待的。"

郑天雷说："张大川，我们希望你能把你们的关系交代清楚，这对你有好处。就算你不说我们也会调查清楚的。"

张大川说："荆鸣是个阴阳人！在人前，他像一个谦谦君子，乐善好施，但在人后却是一个心胸狭隘、报复心极重的小人。虽然我跟荆鸣几乎没有什么来往，但我相信我对他的了解比你们要深得多。我对他的评价都是在马琳告诉我一些他的事情后，我又经过自己的观察和分析得出的结论。"

监控室里，陈正军和萧玫对视了一眼，若有所思。

2

马副市长这几天一直没有上班，他坐在沙发上看着女儿的照片发呆。

马副市长一直沉浸在失去女儿的悲痛之中。女儿一死，他的心仿佛一下子就被一只巨大的魔掌掏空了。马副市长中年丧妻，马琳五岁的那一年妻子突发急病去世，病因至今未查明。据当时专家会诊后的结果，她死于一种发病原理不明的遗传疾病。当时，他只是滨海市计划委员会的一名普通干部。从那以后，他就十分害怕妻子的厄运会落到他们唯一的女儿身上。料理完妻子的后事，单位的同事和朋友们看他一个年轻男人独自带着一个年仅五岁的小女孩儿生活不方便，都劝他再找一个。可他怕给女儿找个后妈会让女儿受委屈，就婉言谢绝了同事和朋友们的好意。从此，他独自一人带着年幼的女儿，既当爹又当妈，每天早晨天刚亮就起来给女儿准备早点，然后把女儿送到幼儿园。下班后的第一件事情就是先去幼儿园接女儿，接上女儿后再去市场买菜给女儿和自己做晚饭。晚上，女儿常问他："爸爸，妈妈到哪儿去了？她怎么不回来呀？"每当此时，他都会把女儿紧紧地搂抱在怀里说："妈妈去很远很远的地方出差了，等你长大妈妈就会回来了。"只有女儿睡熟了之后，他才会拿出妻子的照片，一边看一边独自垂泪。女儿上小学后，他仍然风雨无阻地每天接送女儿上学放学，直到女儿小学毕业。

妻子去世后，一办完妻子的丧事，他就赶紧带女儿去医院做了血象检查，除了血常规化验外，还做了钾、钠、氯、钙、无机磷、阴离子间隙、尿素氮、麝香草酚浊度、谷丙转氨酶、甘油三酯等一共 36 项检验。他记得十分清楚，等待检验报告期间，感觉就像是死刑犯人在刑场上等待那一声枪响。时间既漫长又短暂，漫长得就像等了一个世纪，短暂得就像是一瞬间。终于，检验报告出来了。他颤抖着，一边紧张地看报告单上是否有加号，一边问医生："怎么样？有问题吗？"医生看了他一眼，轻描淡写地说："没有问题，一切正常。"他还不放心，又问医生："这个报告可靠吗？会不会有隐藏的问题检查不出来？"医生用奇怪的眼神看了他一眼，说："你以为我们是江湖郎中？"他赶紧赔着笑脸补充说道："对不起，我们只有这一个女儿，我怕我妻子的病遗传到她身上。"

医生看看这个刚刚失去妻子的男人，又看看刚刚失去母亲、依偎在父亲怀里、正瞪着一双大眼睛看着自己的幼女，眼神柔和了许多，又补充道："从检验报告上看，你妻子的疾病可能没有遗传给你女儿。因为就我们人类目前的医疗诊治技术来说，的确还有许多疾病特别是遗传类疾病在发病前无法检测到。我建议你过几年，等你女儿再长大一些，带她去北京协和医院或上海解放军第二军医大学再做一次检查。根据我的经验，你女儿应该不会有什么问题。"说完后，他还伸出手轻轻地拍了拍小马琳的脸。

在女儿小学毕业的那年，马副市长专程带女儿去北京协和医院又做了一次全身检查，检查结果仍然是一切正常。后来，在女儿上大学和研究生期间，他又陪着女儿去了北京和上海的医院做了两次检查，十几年的这几次检查结果都是：一切正常。

可以说，他在女儿身上寄托了自己对妻子的全部思念。女儿也对父亲产生了深深的依恋。妻子发病去世时才 29 岁，随着女儿的年龄越来越大，他又开始越来越担心妻子的病会遗传到女儿身上。女儿在教育局组织体检时，他要求女儿把检验报告拿回来给他看。这些年和女儿相依为命，他真怕突然有一天妻子的厄运会降临到女儿身上。

马琳 30 岁的那一年，跟他开玩笑说："爸，我怀疑你得了强迫症了，你应该抽时间去看看心理医生了。"眼见女儿现在已经到了 35 岁，他才逐渐放下心来。谁知道，病魔没有找到女儿，一个可恶的凶手却让女儿死于非命。他咬牙切齿地诅咒杀害女儿的凶手早点下地狱。

回想往事，马副市长后悔不已，他抚摸着女儿的照片，喃喃地自言自语："马琳呀，爸爸的乖女儿，是爸爸的一念之差害了你呀！是爸爸的自私害死了你呀！是爸爸杀了你呀！爸爸对不起你呀！"

说着说着，他眼前女儿的照片开始模糊，泪水又涌了出来。

突然，电话铃响了。

马副市长擦了擦眼泪，拿起了话筒，电话里传来一个男人的声音，先对他表示了同情，请他节哀顺变，最后又问他那笔钱是提现还是怎么办。马副市长说："我给你一个卡号，你记一下。你的事情你先不要着急，我会给你办好的。"挂了电话后，他想了想，又拨通了市检察院检察长许省身的电话。

3

深夜，陈正军、何力还在办公室里聚精会神地研究着荆鸣和张大川的口供。

萧玫端着两杯热牛奶轻轻走进办公室，她把热牛奶轻轻放在陈、何面前。

陈正军抬起头看看萧玫，问："你怎么现在还在办公室？"

萧玫一笑，说："哟，陈处，我还想问你们呢，怎么到现在还不回家？你看看表，现在几点了？你，你们这可是严重违反劳动纪律的啊。"

陈正军伸伸懒腰，"我们和你不一样啊。"

萧玫故作严肃，"什么不一样？就因为你俩是领导我不是？领导能违反八小时工作制的劳动纪律，我就不行？"

陈正军一听，"你这是拍我马屁呢还是讽刺挖苦我？"

萧玫笑着说："我这是关心你呢。你赶紧把这杯热牛奶喝了，补充补充能量。你看你，这才几天就熬成这样了，回头出去人家一看还以为是上访告状的呢。"

何力看着萧玫乐了，"好，有你这么麻利的嘴皮子，看来老陈你该下岗了。"说完，端起杯子喝了一口，"哎呀，你想烫死我呀？"

萧玫一看就乐了，说："刚烧开，你慢一点儿喝，没人跟你抢。"

这时，桌上的电话铃响了，陈正军拿起电话一听，是邻居老田打来的。老田刚说了一句："你还没下班呢？"那边手机就被他妻子抢了过去，只听老田妻子说老公："你就是不会说话，我跟他说，我跟他说。"

老田妻子在那边抢过丈夫的手机，一个劲地数落开了陈正军，"老陈，不是我说你，陆宝燕是不是你老婆？你心里到底有没有你这个家呀？你的工作比一条人命都重要吗？"

陈正军一听，有点紧张，赶紧问："怎么了？是不是宝燕……"

老田妻子打断他的话，说："你还知道宝燕？白天她就咳了大半天，一到晚上咳得越来越厉害了。我们老田说你也几天不着家了，他就让我去看看宝燕怎样了，不行就我们先把她送医院。我到你们家一看，快吓死我了，她刚才又咳了不少血，你说你还像个做丈夫的吗？"

陈正军赶紧问："宝燕现在怎么样了？"

老田妻子不满地说："现在怎么样了？我们现在已经把她送医院了，再不去医院就要出人命了。她都病成这样了，还不让我们给你打电话，说你最近太忙，怕影响你工作。老陈呀，干工作也不能这样干吧？我就不信，那个检察院离了你就不转了？别人都干什么去了？宝燕要有个三长两短，你连哭都没地方哭。多好的女人呀！"

陈正军强压着自己心里的慌乱和难受，赶紧向老田两口子道谢，接着又问："宝燕在哪个医院？我现在就过去。"

老田妻子说："在第二人民医院胸内科五病房。"

陈正军还在一个劲地道谢："谢谢你和老田了，谢谢你们了，给你们添麻烦了，我现在就去。"老田妻子仍然不依不饶："得了，别说那没用的了，你赶紧来吧。"

陈正军放下电话，一边飞快地收拾桌上的材料，一边对萧玫和何力说："我现在得去医院，你们也赶紧回去。"萧玫说要跟他一起去医院。陈正军坚决地制止说："不行！时间太晚了，你和何力早点回去吧，明天还要上班呢。"

但萧玫执意要跟陈正军一起去医院。她认真地说："陈处，有什么我能帮上忙的事情，不论是工作上的还是您家里的，您尽管说。"

陈正军看着善解人意的萧玫，口气软了许多，说："萧玫，这样吧，医院呢我一个人就够了，你不是想替我分担吗？你和何力把荆鸣和张大川的口供再认真研究一下，看看有没有什么能再挖一挖的东西。"

何力说："这两个人的口供我已经看了几遍了，没有发现里面有明显自相矛盾的地方。我看明天拿到案情分析会上再讨论分析吧，集思广益可能会有新的发现。你还是让萧玫陪你去医院吧，女同志照顾女同志方便些。"

陈正军无奈地同意了。

夜晚大街上的行人比白天少了许多，汽车也比白天少了许多。路两旁的霓虹灯一闪一闪，虽然是同一个城市，但这是一个和白天完全不同的世界。他们站在路边，拦了一辆出租车。

在出租车上，萧玫又问了一下陆宝燕的病情。萧玫说："你爱人会不会是矽肺？"陈正军说："她就是年轻时在棉纺厂当纺纱工那几年落下的职业病，以前也犯，只不过这次犯得比较厉害。"

萧玫说："那国家有职业病防护条例呀，你应该去找她们厂里讨要个说法。"

陈正军叹了一口气说："他们棉纺厂都破产倒闭七八年了，上哪儿去找呀？

当年，我是和她一起招工进的棉纺厂，我当保全工，她被分配到了纺纱车间。三年后我考上了中国政法大学离开了那个厂，而她却没考上大学，一直在纺纱车间干到棉纺厂破产倒闭。"陈正军问萧玫知不知道静园小区。萧玫说："知道，静园大厦不是挺有名的嘛。"

陈正军说："那就是我们以前一起待过的棉纺厂。棉纺厂破产倒闭后就卖给了房地产开发商。他们把机器卖了、厂房拆了，开发成了高档商住区了。"

4

陈正军和萧玫在医院门口下了车就急匆匆地往里赶，医院门口一个人拿着一张名片递给陈正军，借着灯光一看，"殡葬用品长期打折"几个黑体字映入眼帘。陈正军厌恶地随手就扔到脚下，回头一看，发名片的人又拦住了两个刚从医院出去的人，他恶狠狠地低声骂了一句："可恶，就盼着别人家每天死人！"萧玫看陈正军心情不好，就劝了几句。

萧玫跟着陈正军一路小跑来到胸内科五病房。透过门上的玻璃窗，陈正军看见老田两口子还在宝燕的病床前守着。陈正军看着面色蜡黄、憔悴的妻子，止不住两行眼泪就流了下来。妻子闭着眼睛好像睡着了。

老田两口子看见陈正军了，向他招招手，小声说："在这呢。"

陈正军和萧玫一前一后进到病房。老田妻子又开始埋怨陈正军："老陈呀，不是我说你，连医生都说，干工作也不能像你这样干吧。检察院不会离不开你吧？你们检察院别的人都干什么去了？就靠你一人干工作呢？"

陈正军看看妻子，再看看老田两口子，无言以对。老田看妻子说得太多了，就拉妻子一把，说："你有完没完了？"

老田小声告诉陈正军："刚才打了一针安定，刚睡着一会儿。"陈正军握着老田的手，又一个劲地道谢："谢谢你们了，谢谢你们了，要没有你们，宝燕就麻烦了。太晚了，你们先回吧，明天我把钱给你们。"

老田让他别再客气了，钱以后再说，现在是宝燕的病要紧。老田妻子又接上一句："你得请几天假好好照顾照顾宝燕。最好让陈燕回来替你照顾她妈，她这病不是一天两天一年两年了，这回一定得好好治治，再拖可能就耽误了。"

陈正军说自己明天就请假。这回一定要好好治治了。他对老田两口子谢了又谢，说太晚了，请他们先回去吧。

老田说："那我们就先回了。"

陈正军把老田两口子送到门外，老田两口子一直往里推他，说："你别送了，别再送了，赶紧去照顾宝燕吧。"

送走热心的邻居两口子后，陈正军来到值班医生办公室找医生。他想问问，妻子的病情到底有多严重。医生看着陈正军说:"你就是她丈夫?你遇上了热心的好邻居呀,要不是人家两口子及时送来,恐怕你就再也见不到你妻子了。你妻子的病情非常严重,你明天把她的病历拿来,有病历吧?"

陈正军说:"有病历,最早是在滨海棉纺厂医院看过,后来又在一附院、第二医院、友谊医院、华侨医院都看过。"

医生让他第二天早晨把陆宝燕的病历拿来,说要查一下她的既往病史。刚才只是给她做了一个临时的常规紧急处理,以控制住她的咳嗽,其他的比如血象、病理切片检查,这些必须等到明天早晨上班以后才能做。

回到病房后,同病房的陪床家属对陈正军的邻居赞不绝口,都说他有个热心的好邻居。俗话说远亲不如近邻,他这是近邻不如好邻。陈正军邻居两口子在医院里跑前跑后,同病房的人还以为是自己家里的人呢,最后才知道是邻居。

陈正军轻轻说了一句,"是啊,多亏了好邻居了。"陈正军半跪在病床边,轻轻握住妻子蜡黄的手,看着妻子,心痛难当、一言不发。

一旁的萧玫让陈正军先回家里去睡一会儿,明天早晨把医生需要的病历资料拿来,说今晚她在这里陪着陆宝燕。

陈正军看着妻子的脸,让萧玫回去,说结婚二十多年,自己对妻子照顾得太少了,亏欠她太多了,一想起来真觉得对不起她。

邻床的病友说床底下有一个小马扎,让萧玫拉出来坐。萧玫赶紧一边道谢,一边从邻床病友床底下拉出一个小马扎,撑开递给陈正军。

过了一会儿,陈正军执意让萧玫走,他说:"明天还有工作,你就先回吧,早晨上班后跟处里说一声,我晚去一会儿。明天的案情分析会你们不要等我。我写的意见在我办公桌右手的抽屉里,还没写完,你可以先看看。"

萧玫想留下,看陈正军一定要让她走,就说:"那好,我明天早晨再来。早饭你就不要管了,我来的时候带来。"说完,萧玫就向外面走。

看着萧玫离去的背影,陈正军赶紧叮嘱了一句:"萧玫,太晚了,你一定要注意安全啊!"

萧玫回过头说:"好的,我知道了。"说完就消失在病房门外。

最近一段时间,陈正军让案子弄得疲惫不堪,也好几天没有脱衣服睡过一个完整觉了。他趴在妻子的病床边上,不知不觉地迷糊了过去。一阵咳嗽声响起,陆宝燕醒了,她发现丈夫趴在自己床边。趴在妻子病床边的陈正军也一直没睡死,一直是迷糊状态,妻子的咳嗽声让他一个激灵清醒了过来。"宝燕,宝燕你没事吧?"陈正军帮妻子揉着胸口,小声问。

陆宝燕有气无力地说:"我没事,这有医生呢。"陈正军愧疚的泪水又溢满了眼眶。这算什么事儿呀,妻子病成这样,自己却不能守在她身旁,哪怕为她端一碗水、喂一片药，想到这里，陈正军心情沉重地紧紧握着妻子的手默默地看着她。

陆宝燕又咳了起来，陈正军一边给妻子揉着胸口一边说："我去叫医生去。"

陆宝燕赶紧拽住丈夫，"没事儿，现在还没上班呢，昨天晚上就麻烦医生半天了，你就不要再麻烦医生了。对了，替我好好谢谢老田两口子。"但陈正军还是站了起来说："没事儿，现在的医生是上夜班的，白天有白班医生。我去问问。"

夜班医生跟陈正军来到病房，听了听陆宝燕的肺浊音，问陆宝燕："要不要再打一针？"陆宝燕问："这一针多少钱？"陈正军一听就急了，"命都快没了，还心疼那两个钱？医生，那就再打一针吧。"医生说："那我就再开一针。不过这也只能临时缓解一下咳嗽。"陈正军说："只要能缓解就行。"医生便回去给护士下处方了。

医生走后，陈正军对妻子说："宝燕，要是没了你，我要钱干什么？你在，咱们这个家才叫家；没你了，咱们家也就完了。你一定不要心疼钱，花多少钱我都愿意，哪怕就是卖房子卖血我也一定要给你把病治好。"

护士进来给陆宝燕又打了一针。打完针后，陈正军说："宝燕，天都快亮了，你睡一会儿吧，我守着你。"陆宝燕又昏昏沉沉地睡了。看妻子睡着了，陈正军赶紧起来对邻床的病友说了一句："我回一趟家，等会儿我爱人要有什么事情麻烦你们帮我照顾一下。"病友连忙说："没事儿，没事儿，你去吧。"

陈正军赶紧离开病房，出去一看，天已经快亮了，晨曦中，街道上晨练跑步的人们迈着轻快的脚步。他想：宝燕要还能拥有这样的脚步那该多好啊！两名清洁工在马路上一下一下地挥动着大笤帚。去年，妻子也是这样，每天凌晨四点半就起床出门了，直到八点才能拖着一身疲惫回到家里。妻子不让他知道，他也就一直装糊涂。现在他真后悔，当时为什么没有和妻子一起，哪怕帮她扫一次马路。回到家里，陈正军先把妻子的身份证、病历本和存折都找出来，又赶紧在煤气灶上打着火给妻子打了两个荷包蛋，然后急匆匆赶回医院。妻子还在睡着。他能想象得到妻子在犯病时整夜整夜的咳嗽是怎么睡觉的。

5

早晨七点，萧玫带着早点来到了病房。陆宝燕一看萧玫来了，就想从床上坐起来。萧玫赶紧把她按住，不让她起来。

陆宝燕说："萧玫，谢谢你来看我。"陈正军说："萧玫昨天晚上就来过了。"陆宝燕又说："让你操心了。"萧玫一边帮陆宝燕把牛奶倒进碗里让她喝，一边说："你好好养病，以后我会经常来的。"看着陆宝燕吃完早点，萧玫就去上班了。

医院上班了。陈正军看了看手机上的时间，犹豫着给许省身检察长打了个电话请假，说妻子昨天晚上突发急病，自己现在在医院，上午要晚点儿回单位。许省身问他，原定上午的案情分析会他能不能来。他看看睡熟的妻子，稍微迟疑了一下，说："能，不过可能要晚点儿到。你们等人到齐了就开始，不要等我。"

给单位打完电话后，陈正军来到医生办公室，夜班医生正在和白班医生办理交接班手续。他问昨夜值班的医生："大夫，什么时候能给我爱人检查？"

医生看看他，说现在正在交接班，让他先回病房等着。

陈正军回到病房，看妻子正坐在病床上，就说："再吃个鸡蛋吧。"说着就打开保温杯。陆宝燕看着保温杯问他："你回家了？"他说："昨天晚上医生说要你的病历，我回去拿了一趟，顺便给你打了两个荷包蛋。来吃吧，还热着呢。"陈正军才给妻子喂了一个荷包蛋，她就说吃不下了。陈正军说："不行，你现在首先要增加营养，只有营养增加了才能增强抵抗力，从今天开始每天都要吃。"陆宝燕说："刚吃过早饭，已经很饱了，我歇会儿再吃。"

陈正军惦记着上午要开的案情分析会，希望医生能早点来，就又去了医生办公室。办公室门虚掩着，他轻轻把门推开一条缝，往里面一看，医生们正在开会。一位医生问他："有事吗？"陈正军说："我把我爱人的病历已经拿来了，想问一下什么时候给她检查？"医生告诉他，他们现在正在开晨会，开完晨会后会查房的，让陈正军先不要着急，回病房等着吧。陈正军只好又回到病房，强迫妻子把剩下的一个荷包蛋吃下。

陈正军拿出手机又看看时间，已经八点二十了，原定开案情分析会的时间是八点半。时间马上就到了，他有点儿着急。陆宝燕看出他心里放不下单位的事儿，就说："单位有事儿，你就去吧，我这儿有医生护士，病房还有这么多人呢。"

陈正军看医生还没有开完会，有点坐不住了，想了想，便出去找到了一个护士，说自己有一个重要的会议必须参加，现在开会的时间已经快到了，想把……话还没说完，护士就问他，"你家里再没人了？要是你太忙没时间，家里又没人，就干脆找个护工吧，我给你介绍一个。"他问护工一天多少钱。护士说护工是按小时算钱的，白天一小时八元，晚上一小时十元，不足一小时超过半小时按一小时算，不足半小时按半小时算。陈正军咬咬牙说："行，那就麻烦你给我找一个，病人是女的，就今天上午用四个小时。"护士一听就说："哪有你这么用护工的，四个小时我没法儿找，人家也不干哪！要用最少也得一天。再说，住院的哪个不得住个一礼拜，长的就把医院当成家了一住几个月。"

这时候，医生办公室门开了，开完会的医生们走了出来。陈正军赶紧迎上前问医生，现在能不能给自己的爱人看看。医生一看又是他，便问他爱人在几病房。陈正军说："五病房 11 床，昨天晚上十二点送来的。"医生说："知道了，你先回病房吧，我们现在就要开始查房了。"陈正军说自己单位有急事儿。医生立刻打断他，问他家里再没别人了。他说有一个女儿正在忙着准备毕业来不了。医生建议他，要是单位工作忙没时间照顾病人，就找个护工吧。陈正军说："现在一时半会儿到哪儿找啊？再说我有个重要会议必须要马上参加，我想你们……"医生立即说："只要你愿意找，我马上就给你叫来一个，哪家医院一天24小时不守着百儿八十个护工呀。"

突然，陈正军看见妻子从病房里出来。他赶紧上去扶妻子，问她："要干吗去？"陆宝燕说："没事儿，想去上厕所。你不是单位有事儿吗？我现在觉得好多了，一个人能行。"陈正军把妻子扶到女厕所门口，看妻子进去。他掏出烟刚想点火，一抬头看见墙上的禁烟标志，又把烟装了回去。妻子从里面出来了。他又把妻子扶到病房，服侍妻子躺下。

陈正军看着妻子说，自己真的不能在这里陪她了，院里马上有一个大案的案情分析会，自己是专案组组长，不去不行，开完会就请假来照顾她，又说自己已经给陈燕打过电话了，让她赶紧回来照顾妻子。

陈正军把妻子的手捂在自己胸口，含着泪水哽咽着说："宝燕，我对不起你，这些年我亏欠你太多了，我没有办法补偿你呀。"

陆宝燕笑笑说："快别再说傻话了，我虽然文化不高，可也懂得哪头轻哪头重……"话没说完就又咳了起来。陈正军赶紧给妻子拍拍后背。陆宝燕说："你去吧，我知道你那里的事情耽误不得。"

陈正军拿出一千元钱和存折交给妻子，让她把这钱放好，待会儿医生要让她作检查、化验什么的要用，钱不够就从折子上取。他说："你的身份证在折子里夹着，我得走了，中午一下班我就来。"说完后站起来跟邻床点点头，准备离开，邻床病友和陪护的家属都说："你忙就走吧，有我们呢。"陈正军感激地说："谢谢你们，不好意思，给你们添麻烦了。"

陈正军离开病房后，邻床病友问陆宝燕："刚才我听见你家邻居说，你老公是检察院的？"陆宝燕说："是，他在检察院工作，最近正在办一个大案，这五天就回过一次家。"

邻床听完后，想说什么又没说。

另一位住院的病人说："是不是马副市长女儿被杀的案子？我早就说过，这社会不太平，偷、盗、抢，防不胜防。现在连副市长女儿都被杀了，那我们老百姓还能有平安日子吗？"

陆宝燕说："办什么案子我不清楚，人家单位有纪律，我也不方便打听。"

邻床病友又问陆宝燕："你老公在检察院多少年了？"

陆宝燕说："二十多年了，他研究生毕业就分到检察院，一直干到现在。"

邻床病友问："那肯定最低也是个科级领导了吧？"

陆宝燕说:"他是侦查监督处处长。"

邻床陪床一听,"啊,比科级还高!"

邻床病友说:"你懂什么呀?处级和科级是同一个级别。"

陪床说:"你才真是不懂装懂,一个级别那还分什么科长处长?干脆都叫科长,要么都叫处长。处长肯定比科长高,不信你问问。"

陆宝燕说:"我文化不高,也没弄懂他们的那些级别,好像处长高些吧,他在家里从来不跟我说这些。"

陪床得意地说:"看吧,我说不一样嘛!"

这时,一名主任医师带着主治医生和护士长来到五病室。医生查房查到五病室了。

6

陈正军出了医院就急忙回到院里,参加案情分析会。

在会上,大家对荆鸣、张大川的口供和相关证据材料作了认真的分析讨论。大家一致认为,从两人的口供和证人证言上来看,荆鸣似乎无懈可击,应该排除他作案的可能。可是,对于自己妻子被杀,作为丈夫的荆鸣却是一副满不在乎的样子,好像被杀死的人跟他没有一点关系,甚至还似乎有那么一点儿幸灾乐祸的心理。这种有悖于常理的不正常表现又使得他的疑点上升。那么,是不是他买凶杀妻?抛开别的因素,做这种事对他来说轻而易举。他只要点个头,下面的马仔就会把事情按他的要求给他办了。而本应和死者没有任何关系的张大川却表现得极为不正常。郑天雷带领手下通过对张大川社会关系的摸排和他自己的交代,初步掌握了张大川和马琳有暧昧的两性关系的事实。两人是不是在继续保持和中断关系上产生了矛盾?而这种矛盾导致马琳死于非命?可是,通过对张大川的多次讯问,专案组感觉张大川对马琳的感情十分深厚。那么,他有什么理由杀死她呢?如此一来,此案仍然是一团迷雾。

于是,专案组决定再次提讯荆鸣。

7

陈正军、萧玫、何力和检察院书记员贾晟坐在了监控室里。

审讯室里荆鸣的表现依然是冷静沉稳。从他脸上丝毫看不出有急躁、反常的情绪。他似乎胸有成竹,并对郑天雷说:"郑队长,你们把时间浪费在我身上是毫无意义的,你见过像我这样的杀人嫌疑犯吗?"

荆鸣开始长篇大段地回顾自己和马琳的恋爱经过,说自己根本没有必要杀马琳。荆鸣承认自己是在上研究生时认识并喜欢上马琳的，当时马琳在师范大学上大三。五四青年节时，几所高校联合组织活动，在活动中他认识了马琳，后来就经常联系。荆鸣感到马琳也喜欢自己。他曾问马琳为什么喜欢自己，马琳说学经济的将来有前途，还能出国留学。他喜欢马琳是因为马琳心直口快，一点不造作，于是两人就恋爱了。直到荆鸣毕业时，马琳才告诉他自己的家庭背景。荆鸣说自己一听当然很高兴，毕竟朝里有人好做官，岳父的地位就是他的资源。而且，滨海华业的发展也离不开岳父的帮助，这样一个无可挑剔的家庭和有恩于自己的岳父，自己为什么要杀马琳。话再说难听点儿，岳父现在仍然是滨海市主抓经济的常务副市长，利用价值仍然巨大，杀了马琳，对自己和自己的滨海华业又有什么好处。更何况，他和马琳还有一个儿子马凡。

荆鸣问郑天雷："你觉得我精神失常了吗？没有！可能你们迟迟不愿放我出去的原因是觉得我对妻子的死似乎没有表现出应有的悲痛。我今天跟你说实话，我们夫妻感情一直不好，但这涉及我的隐私，我不想多谈。"这点与专案组掌握的张大川和马琳有暧昧关系是吻合的。

荆鸣希望能早点让他出去，他说："滨海华业不是十几年前刚起步时的小公司了，它现在不属于我荆鸣，它属于滨海市。"滨海华业需要他，滨海华业的股民也希望他早点回来。滨海华业刚上市，他就出事，公司群龙无首，再这样下去，假如公司出现不可挽回的决策错误，那受损失的就不仅仅是滨海华业，而是滨海市的经济投资环境。

郑天雷听出话中的分量，他告诉荆鸣："你放心，我们不会冤枉无辜的人，因为法律是讲证据、重事实的。"

荆鸣点点头，说："正是因为我相信你们不会冤枉一个无辜的人，所以才能有这么好的精神。我希望你们能快点儿让我回去。"

陈正军回到办公室，站在窗前看着大街上的车水马龙，陷入了沉思。

8

程诺在办公室里安排完工作后，一看时间不早了，就跟助手打了个招呼，说要去幼儿园接荆总的儿子马凡。助手说："你去吧，公司有什么事情我会给你打电话的。"

程诺到幼儿园时，幼儿园里的小朋友已经快走完了，马凡独自坐在小板凳上。因为程诺过去也经常来接马凡，幼儿园的老师都和她挺熟，她一进去，幼儿园老师就说："下午马凡没好好吃饭，老说要找爸爸妈妈。"程诺说："我带他出去再吃点儿吧。"程诺叫马凡过来，老师也叫他："凡凡，快过来，程阿姨来接你了。"马凡站起来。程诺和老师打了声招呼，就牵住马凡的手一边往外走一边问他："你又不听老师的话了是吧？你为什么不好好吃饭？"马凡说："我妈妈为什么不来幼儿园接我？"程诺骗他说："妈妈去外地出差了。"马凡突然蹲在地上哭着不走了，说程诺骗他，"小朋友告诉我，说妈妈已经被人杀死了，爸爸也被警察抓走了。"

看着这个可怜的孩子，程诺不由得心里一阵难受，这是何苦呢，大人作孽让孩子承担后果。她不知道该怎么把这个噩耗告诉马凡，因为马凡幼小的心灵是无法理解和承受家里发生的这一切的。程诺只好安慰他说："凡凡，走，爸爸很快就会回来的，咱们现在去吃肯德基好吗？"马凡仍然蹲在地上不起来，"不，我不吃肯德基，我要妈妈和爸爸。"程诺只好安慰他："凡凡听话，妈妈和爸爸都不希望凡凡是个不听话的孩子，是吧？你已经是大班同学了，这样让小班的同学和老师们看见了都会笑话的，快起来。"马凡一听，赶紧回头看了看就站了起来。程诺又拉着他向自己的车跟前走去。马凡抬起头问程诺："我妈妈是不是死了？"

程诺告诉他不要听小朋友胡说，他妈妈只是出差了，只要他听话，再过几天就能见到妈妈和爸爸了。

马凡说："我现在就想见到妈妈和爸爸。"程诺说："现在不行，现在咱们要先去吃饭。"

程诺打开车门，马凡自己爬上去。程诺坐在方向盘前，一面系安全带一面问马凡："咱们吃肯德基去好吧？"马凡说："好。""你自己把安全带系好。"程诺看着马凡自己系好安全带，才点火发动车慢慢离去。

9

开完案情分析会后，陈正军想找许省身请假，想了想又觉得不妥，就撕了请假条又回到了办公室。

陈正军今天没有在办公室里加班。一下班，他就赶紧到超市去买了两斤梨，梨有润肺清火的功效，又买了两斤蛋糕和一瓶果汁。提着这些东西，他就赶紧往医院跑。

陆宝燕一看他来了，就指着旁边病床边上一位年约五十多岁的壮年男子，让陈正军替自己谢谢人家；说今天的检查都是人家跑前跑后帮忙办的。陈正军赶紧连声道谢。病友说："这有啥呀，都是病人，病轻的帮病重的，会动的帮不会动的，有人陪的帮没人陪的。老住院的都知道，这是病友们约定俗成的规矩。"

陈正军对这位壮年男子说："今天麻烦您了，还不知道怎么称呼呢？"这位壮年人说："我姓廖，肯定比你大，你就叫我老廖吧。"他指着病床上和他年岁相仿的女人说，那是他老婆，得的是腹膜炎。陈正军问了一些老廖老婆的病情。老廖说："已经住了一个星期了，现在就是打针吃药，让腹腔的水吸收完了就好了。"

陈正军说："我姓陈，耳东陈，我看咱们年龄好像差不多吧？"

老廖仔细端详着陈正军，说："好像我得比你大点儿，你哪年的？"

陈正军说："我是 62 年的。"

老廖说："哎呀，我还以为我比你大不了几岁呢，我比你大了 8 岁，我是 54 年的。"

陈正军先把妻子扶起来一些，一面给妻子削梨一面说："那你是老大哥了，我显老。"

陈正军问老廖："你白天晚上都在医院，能吃得消吗？"老廖说，自己和儿子轮班，自己白天来，儿子就晚上来。

陈正军问老廖："儿子是干什么的？"老廖说："跑车，给老板开大货车跑长途。"

陈正军说："那大嫂这一病孩子就得辞工作了。"

老廖说："没事儿，现在老板自己在跑。他说等我媳妇儿出院后让我儿子还回去给他跑车。"

陈正军说："看来老板对你儿子还挺信任哪！"

老廖自豪地说："我这个儿子别的本事没有，就是老实，不会偷奸耍滑，开车开得比老子还好。"

陈正军把削好的梨递给老廖妻子，老廖两口子推辞不要。他把梨给妻子，又问妻子要检查结果。妻子说结果还没有出来。老廖也说："哪儿能这么快呢？一星期能出来就不错了，他一天不给你检查结果，你就得在这里多住一天。反正医院要创收，多住一天就多掏一天房钱呗。他们恨不得能让全世界的人都把医院当旅馆。哎，你好歹也算是个领导了吧？怎么不让夫人住到 A 病区？"

陈正军赶紧说："我算什么领导呀！"

老廖问："当处长都不算领导？"

陈正军说："不管当什么长也是为国家服务嘛，长当得越大，责任就越重。"

老廖敬佩地说："哎呀，如果不是你的这个处长夫人也和我们这些普通老百姓住在一个病房里，我会觉得你说的这就是官话。如今像你这样的官可不多见了。你怎么不把夫人安排到 A 病区？"

萧玫进来了，正好听见了最后一句话。她接口就说了一句："处长夫人还是个下岗女工呢。"老廖一听，惊得把眼珠子都快瞪出来了，"不会吧？"

"萧玫，你怎么跑来了？最近没少麻烦你。"

萧玫笑了："陈处，你也太客气了，工作中我也没少麻烦你呀！大姐身体不舒服，你工作也不踏实呀。我们都知道你忙，我来帮帮忙也是应该的呀。是不是大姐？我炖了半只鸡，里面放了红枣、党参、枸杞，大姐你赶紧吃吧。"

陆宝燕感激地连连点头。

陈正军怕老廖再问自己的事，就把话岔开，问A病区是怎么回事儿。其实他是知道的，A病区就是过去的干部病房。现在，医院为了搞创收，把干部病房按照星级宾馆的标准重新装修了一下，配上了电视、冰箱、沙发、棋牌等，这样就可以把一天四十元的住院费提升到一天二百，反正能住到这个A病区的不是全额报销的领导，就是有钱的大款、老板。

老廖说："A病区是干部病区，干部病区又分为高干病房和普通干部病房，领导干部专用的高干病房全是单间和两人间，普通干部病房都是四人间。高干病房里有卫生间，有电视机、电冰箱、沙发，还有麻将桌。现在，不管是谁，只要你有钱就可以住到高干病房里。"

陈正军说："咱们是来看病的，又不是来享受来了，住哪个病区不一样，再说我妻子也不是什么干部。"

老廖说："咳，你还别说，还真不一样，你要是住过A病区你就知道了。医生护士对A病区的照顾那才叫把病人当亲人。特别是对高干病房里的照顾，那就像孝子伺候爹娘，那才叫无微不至。你再看看咱们这边，脏乱差都占全了，一样不少。前天，对门病房有一个老头挂瓶子，药快滴完了时就叫护士，我们在这边都听到了，可是护士就是不过来。最后老头只好自己提溜着空瓶子去找护士，结果还挨了一顿训。"

老廖捏着嗓子学护士："干什么呀你！乱跑什么？药完了？完了就完了，有什么大惊小怪的！死不了人的！"

老廖说："我们病房的都听见了，对吧？这世界有三等国家，社会有三等公民，医院也有三等病人。"

陈正军笑笑，问："老哥是干什么工作的？"

老廖说："工人，本指望能干到退休，谁知道时运不济，四十六岁下岗，现在给人家一个建筑工地看大门。"

陈正军又问："家住在哪？"老廖说："我家不在滨海市里边，算是个乡下人吧，在十家沟镇。"

陈正军说："那好呀，十家沟我去过，山清水秀空气好。我还想什么时候退休了就到山沟里去买一个大院子，喂上两头猪，种点菜，养点花儿。"

老廖说："好多城里人一到我们山沟里都这么说，一回到城里就忘了，你们在城里住腻了，换换环境也不错。但你们不习惯常住，短住几天还行。"

萧玫一边听着他们闲聊，一边盛饭给陆宝燕吃，说："我就知道我们陈处不会做饭。在办公室加班时，他每天都吃简包装的方便面，弄得从他办公室里出去的文件都是方便面的味道。"

陈正军想接过保温杯,萧玫不给他,说:"还是我来吧。"萧玫一面给陆宝燕喂饭,一面问陈正军:"大姐的病检查了吗?结果出来了没有?"

陈正军告诉萧玫:"结果还没有出来,还得再去问问医生。"说完就起身去了医生办公室。

医生告诉陈正军,陆宝燕是因为不注意营养和休息,积劳成疾,经过他们初步检查,怀疑她曾经患过吸入性肺炎。当时没有治愈,这一次是慢性肺炎加重复发,诱发原因有待查明。有可能还有其他病因,一切都要等作完系统的身体检查才能最后确诊。

听着医生的话,陈正军心痛不已。回病房后,萧玫执意让陈正军回去,她低声说:"荆鸣和张大川都已经关了这么长时间了,不能老这么拖着,案子要快点有突破,你的经验比我丰富得多,回去也比我有用得多。我留在这里照顾大姐吧。"陈正军虽然心里非常感谢萧玫,但萧玫竟然叫陆宝燕大姐,这让他隐隐约约感到不妥。

陈正军说萧玫没大没小乱叫,"陈燕才比你小八岁。"

萧玫脸一红,辩解道:"陈处,亏你还是个领导。现在谁都不愿意自己年龄被人看大,女人更怕自己被人叫大。你们男的见了比自己大的不也叫大哥吗?真是的!好了,你快走吧。"

陈正军看看妻子,妻子说:"那你就去吧,这里有萧玫,你就别管我了。"

陈正军正要走,邻居老田两口子买了一些水果来看望陆宝燕了。

陈正军一看又赶紧道谢。老田问:"宝燕的病怎么样了?"

老田妻子也问陆宝燕:"病好点儿了没有?"

陈正军告诉老田两口子,才作了病理切片检查,医生说结果还要再等几天才能出来。说完,他又对前天晚上他们对陆宝燕的帮助表示感谢。

老田妻子一看陈正军是要走的样子,就问他是要干什么去。

陈正军说单位有一个会。

老田妻子无奈地问他:"你不去,你们单位的会就不开了?"

陈正军说:"我刚接了一个大案,领导把工作交给我了,我不干不行。"

老田妻子说:"你就不能跟领导说一说?老婆住院这么大的事情,不能先把你那个大案交给别人?"

陈正军说:"田嫂,我知道我是对不住宝燕,这么多年全靠她操持家务。可是,你说我能对自己的工作不负责任吗?我的工作性质特殊、责任重大呀!"

老田说:"老陈,你去忙吧,我这个老婆就是不懂道理,你就不要跟她讲那么多了。"

老田妻子说:"我不懂道理?我只知道你娶了人家就要对人家负起责任来。你老婆病了,你就应该好好地在医院陪着照顾,不能让她像个没有丈夫的寡妇一样!"

陈正军说:"好了,田嫂,我知道,我也想一天24个小时都陪在宝燕身边,可我拿的是国家的俸禄,是纳税人拿他们的钱在养活我们,你说我能不认真工作吗?我要因为光顾自己家里的事情而把国家交给我的事情放到一边,那我上对不起国家,下对不起百姓呀!"

10

荆鸣在看守所里没有和别人关在一起。自从昨天郑天雷又提过他后,今天一直没有任何人来。他一人关在一间最多六平方米的囚室里,连个说话的人都没有,心里有点儿烦。

童建中出了东华律师事务所,驾车向郊外驶去。

铁门响了,是谁来了。是郑天雷,还是建中。可能是建中来了。荆鸣现在真是品尝到失去自由的滋味了。管教打开铁门对荆鸣说,他的律师来了。荆鸣一听,立即就站起来跟着管教往外走。

在会见室里,荆鸣见到童建中的前三句话是:公司怎么样。程诺怎么样。公司的股票怎么样。

童建中看着他,说:"你真行啊,女朋友都想到了,就是没有想到问问你儿子怎么样。"

荆鸣说:"儿子不用问,他不在程诺那儿就在马家,肯定饿不着渴不着冻不着热不着的。"

童建中说:"公司目前运行正常,看来你还真没看错人,程诺硬是挺下来了,公司的股票从你出事儿的当天就跌破发行价,连着五个跌停板跌到一块七,现在已经回升到两块二了。"

荆鸣高兴地连声说:"好好好!这就说明公司的经营业绩在上升。我当然没有看错人啦!我这次出事儿正好也是对程诺能力的一次考验。看来,她经受住了考验。"

童建中打断他,"程诺是经受住了考验,可你呢?你自己能不能经受住这次考验?你实话告诉我,马琳的死到底和你有没有关系?你还有没有什么对我隐瞒的东西?"

荆鸣有些气愤地说:"别人不相信我,警察怀疑我,现在你也信不过我了?咱们亲兄弟一样的感情,我什么事儿你不知道?"荆鸣说自己敢对天起誓,马琳的死的确和他没有任何关系。

童建中说了句"你别着急，我尽快想办法弄你出去。"说完就走了出去。

在停车场，童建中沉思了很久。检察院到底是什么态度，又有哪些不利于荆鸣的证据，看来自己还得再去找找陈正军，摸摸底。

果然，陈正军再次以案情重大为由拒绝了童建中的问询。

童建中跟陈正军拍了桌子，他说："陈处长，我童建中一向对你很敬重，可你自己看看，你们这办的算什么事儿？旧的证据不能成立，又没有新的证据。我先不说你们是不是应该立刻放人，但你们起码也应该给我的当事人有限的人身自由吧？取保候审不违反法律吧？你们是怕我的当事人跑了？别忘了，滨海华业就是荆鸣的命根子！荆鸣的命根子就扎在滨海这块土地上，他能往哪儿跑？你自己心里明白，在无法对嫌疑人定罪的情况下，刑事拘留是有期限的！"

陈正军也有点儿心烦，这个案件本来就迷雾重重，上面又压得厉害，自己妻子病重住院自己都没时间去照顾，还要受到童律师这一顿抢白。他也正色道："童律师，我当然清楚什么是法律。我也想问问你，是滨海华业重要还是一条人命重要？想必你很清楚，任何生命都是用金钱买不来的。在我们国家，任何人都无权非法剥夺他人的生命，而面对一个突然逝去的生命，我们的工作就是找到真凶。有一点是可以肯定的，如果没有确凿的证据，荆鸣当然会被无罪释放的。"

童建中出了检察院，就一路直奔市政法委找政法委书记老罗去了。

在老罗办公室，童建中也没有遇到好脸色。罗书记说自己并不能直接干预办案，童建中就搬出法律条款质问老罗。他指责老罗纵容市公安局和检察院非法拘留他的当事人，并扬言要在适当的时候举行新闻发布会向媒体公开。罗书记一听就火了，"作为律师，你这是严重干扰办案！"

童建中一听，心里窝火，但也不好发作，郁闷地离开了。

第五章
捂不住的桃色新闻

1

张大川和马琳的关系在体育局几乎没人知道，因此马琳的突然死亡竟然把张大川牵扯进去的消息立刻就在体育局引起轰动。但这轰动就像在平静的水面上扔了一块石头激起的涟漪，很快就又归于平静。毕竟现在是信息社会，能吸引人们眼球或能让人们参与评论的事情太多了。马琳的死亡带给人们的信息很简单：情杀、桃色新闻。这让有窥私癖好的人们展开了丰富的想象力，在街头巷尾、茶余饭后，人们对这个案件的讨论持续了好多天。

既然张大川已经被警方纳入杀死马琳的嫌犯之一，肯定有他们的道理，免职是肯定的了，组织程序还是要走的。

体育局党组就体育运动管理处处长张大川被刑事拘留的事情召开党组会。会上，局长非常沉痛地说："本来，张大川是个工作能力很强的同志，但就是因为不注意思想改造，追求资产阶级糜烂的生活方式，才有了今天的这个结果。张大川事件，影响极坏，不但严重败坏了他自己的形象，也严重败坏了体育局的形象。这对于我们在座的每一个人来说都敲响了一次振聋发聩的警钟，我们都应该自我检讨一下，看看自己心里有没有这种危险的倾向。"

体育局党组在这次会议上作出了一个决议：报市委组织部批准，免除张大川的体育运动管理处处长的职务。他的党籍和公职，将等案件结束后，根据他是否被追究刑事责任再决定是否保留。

体育局党组会上免去张大川体育运动管理处处长职务的决定很快就在体育局内部传开。大家在底下议论纷纷。

一天，办公室里有两个职工在聊天：

"这次是张大川，下次就该是局长了吧？"

"你小心，隔墙有耳，你这话要传出去，下回就是你了。"

"我怕个鸟！他局长包二奶咱局里谁不知道。"

"别人都知道，别人都不说，就你嘴欠，祸从口出你知道吧？"

"要是心理不平衡就也找一个，有什么呀。"

很快，滨海市体育局上报市委组织部《滨海市体育局拟请免除张大川体育运动管理处处长职务的报告》就得到了组织部的批准。

体育局派人到看守所给张大川送来了市委组织部批准的体育局关于张大川体育运动管理处处长的免职决定。

张大川面无表情地看着体育局党组对自己的免职决定。自从他一进来就知道了，不管马琳的死跟自己有没有关系，自己的仕途是走到头了。

2

深夜，陈正军还在办公室里仔细琢磨着荆鸣的口供，萧玫满脸愁容地走进办公室。

"怎么了？萧玫，今天你早点回家，这几天也把你累坏了，不是在办公室加班就是在医院照顾宝燕。太辛苦了！"

可是萧玫好像没有听见，径自走到沙发前，一屁股坐了下去，眼泪"吧嗒吧嗒"地掉了下来。

陈正军觉得挺奇怪，以为萧玫是为案子的事情着急，"萧玫，你先不要着急，案子已经有了一些进展。"

萧玫仍然一语不发，她从口袋里拿出了一份陆宝燕的诊断书递给了陈正军，掉着眼泪说："陈处，你快看看吧。今天下午大姐最终的检查结果出来了，她不是普通的慢性肺炎，是肺癌。这是诊断书。"说完，她"呜呜"地哭出了声。

陈正军一听，犹如晴天霹雳，他呆呆地坐在了那里，眼睛直勾勾地看着诊断书上"肺癌"两个字，心中犹如刀割一般地疼。他拿过诊断书，看着上面医生写的诊断结果，眼前逐渐模糊了。

时间仿佛停滞了，过了许久，陈正军小声问："萧玫，你大姐她自己知道吗？"

萧玫哭得更厉害了，"不知道，大姐下午还跟我说住院费太贵，不住了，要赶紧出院，她说把药开回去吃也一样，回家养着比住在医院里自在。"

陈正军喃喃自语："她这一辈子命苦呀！要不是进棉纺厂，她也不会得肺病。"

陈正军擦了擦眼睛，把卷宗收拾起来，说："走吧，今天晚上我要去医院陪陪她。明天就请假，好好陪陪她。"

陈正军拿着诊断书赶紧离开办公室来到了医院。他想再找主治医生问个清楚，正好主治医生在办公室。陈正军问："王大夫，我妻子的病真的是肺癌吗？

会不会弄错了？"主治医生拿过诊断书又看看，问陈正军怎么不早点儿来治。

陈正军说两年前在医科大学附属医院住过院，也没有说是肺癌呀。医生就给他讲了病情的发展情况，最后告诉陈正军，陆宝燕的肺已经有五分之一坏了，现在他们能做的就是控制病情发展。陈正军又问，妻子的病有没有办法治愈。医生说现在唯一的也是最好的办法就是做肺移植，但这个办法必须要具备至少三个基本条件：首先是癌细胞没有发生扩散转移；其次要准备一大笔手术费用；最后，还要找到合适的供体。

陈正军问："医生，陆宝燕的癌细胞转移了没有？"医生说："从现在的检查结果看，暂时没有转移。"陈正军又问："做肺移植需要多少钱？"医生说："可能需要 35 万元左右，这还不包括术后长达一年的抗排斥治疗。"陈正军说："只要有供体，我就是卖房子也要救她。"

3

第二天上午，陈正军到检察长许省身那里请了假。他说妻子已经检查出来了，是肺癌，自己一定要请假去好好照顾她一段时间。

许省身关切一番之后，问案子怎么办。陈正军说先交给萧玫吧。

许省身有点担心萧玫对付不了童建中。陈正军说萧玫也干了七八年了，再说还在新疆锻炼了两年，应该没什么问题，再说，自己虽然请假，但不会放下案子的。许省身说："这样吧，我安排个内勤帮你在医院照顾陆宝燕，案情分析会你还是要参加的，你也不用请假，从现在起，你可以随时到医院去。案子呢，可以让萧玫多负点儿责任。"陈正军认为，照顾妻子是自己家里的私事，坚决拒绝了许省身安排内勤去医院帮自己照顾妻子。他说自己能克服。

陈正军本来想把案子全部交给萧玫，自己全心去医院照顾妻子，但最终也没有交成，他知道许省身面临的压力也挺大，自己这个时候请假离开也的确不太合适。他想，实在不行妻子那里只好请个护工了。

4

程诺正在办公室里签发一份文件。秘书站在她旁边。文件签完后，她交给秘书，说："去执行吧。"秘书拿着文件离开。

滨海华业的下属部门信息部还有另外一个身份——滨海东华科技信息咨询公司。此刻，信息部总经理刘明慧站在程诺办公室半开的门外，轻轻敲了敲磨砂玻璃门就径直走了进去。她把文件夹打开递给程诺，说："程总，这是今年信息部计划要招收一名信息分析员的计划书。"她让程诺看看，如果批准了这个计划，她就开始到人才网上发招聘信息了。

程诺看了看，提笔在计划书上签写了"同意"两个字后，合上文件夹递给刘明慧。程诺说："明慧，以后你公司里的人员调度、进出你自己做主就行了，人员变动之后，你给人力资源部报一下，在人力资源部备个案就行了。再有，应聘者的个人情况、家庭背景一定要填写清楚，如果有虚假成分，一律取消面试资格。因为咱们过去也曾发现过填写个人简历时有弄虚作假的现象，不管他们是出于什么考虑，这起码是不诚实的表现。"

刘明慧答道："好，知道了。没事儿了吧？程总，如果没别的事儿那我就走了。"

程诺看着刘明慧说："等等，明慧，跟你说了多少次了，你就叫我程诺，别跟他们一样程总程总的。要不你就叫我程姐也行。"

刘明慧说："这是在公司，直呼领导姓名不好吧？"

程诺说："那行，在公司上班的八小时以内你可以叫我程总，下班后就不许再这么叫了。"

刘明慧说自己不习惯。程诺说让她慢慢习惯吧。

刘明慧问没别的事儿自己就先去了。程诺说："那你先去吧。"

刘明慧出去后，程诺拉开抽屉拿出一个信封，从信封里拿出一个微型光盘看了一会儿，把光盘放在桌上，提笔在信封上写了一个地址后，又把光盘装进去用胶水封住了信封口，随后就把信封装进了自己的包里。

5

陈正军回到医院对妻子说，自己实在太忙了，干脆请个护工来帮助自己照顾她。陆宝燕坚决不干，她说自己又不是瘫痪病人动不了，没必要请护工，再说自己也不习惯找一个陌生人来照顾自己。在劝说无效的情况下，陈正军只好放弃了给妻子请护工的想法。

陈正军开始每天到医院来陪陆宝燕，给她按摩腿脚，快中午了就赶紧回家去做饭，饭做好了再送到医院。但他做的菜不是咸了就是淡了。

自从陈正军给自己卸了一半担子后，萧玫倒也尽职尽责。当陈正军在医院时，她凡是遇上难题就到医院去找陈正军，也顺便帮陈正军照顾照顾陆宝燕，比如给陆宝燕擦身、按摩等。一天下午，她到病房时陈正军还没来。陆宝燕说老陈回家做饭去了，这就快来了，让萧玫先坐着等一会儿。萧玫就坐着等陈正军。

陆宝燕挺喜欢萧玫的，她觉得萧玫有一种自然的亲近感，可是这种感觉是从哪儿来的她也说不上。

两人正有一搭没一搭地说着话时，陈正军就提着饭盒来了。

陆宝燕一吃，就说老陈又把菜炒咸了。陈正军一尝，自己也觉得有点儿咸，就说干脆下去重新买点儿吧。陆宝燕说不用了，又叮嘱道："你记住，以后炒菜你要是把握不住宁可少放点儿盐，炒淡一点儿也要比咸点儿好。"

萧玫说："这样吧，从现在开始我来给大姐做饭。"陆宝燕和陈正军一听，异口同声地拒绝。萧玫说："反正又不麻烦，让陈处做，做不好，都把好东西给糟蹋了。"

从此后，萧玫每天下午一下班第一件事情就是赶紧去市场或者超市买来肉、蛋、菜，回去后变着花样给陆宝燕做点儿好吃的。做好后就装进保温杯里往医院跑。每次到医院，看陈正军不是在给妻子按摩就是给她擦身。萧玫想：这个男人其实还真是不错的，虽然表面看他经常在办公室加班，顾不上照顾家庭，但从他对妻子的悉心照料看，他内心还是挺细腻的。有时下班晚了，来不及做饭，萧玫就干脆去饭店买好饭菜往医院送。

这样，萧玫在不知不觉中去医院的次数就多了，陈正军只好又挑起了马琳案子的大梁。

一天，萧玫中午一下班就回去，往泡上的绿豆中加放了几片百合，用高压锅压了一锅绿豆粥，她把绿豆粥盛到保温杯里，出门又买了几个水煎包子，然后赶往医院。陈正军正好出去给陆宝燕买梨去了，没在病房。

看着萧玫这样尽心尽力地照顾自己，陆宝燕已经有点不好意思了，"萧玫呀，你还要上班，不要为我这儿分心太多，我这个病已经十五六年了，不是说治就能治好的。再说，老陈现在每天都在这儿。"

萧玫说："你不要多想，反正我单身一人，家里也没什么事儿，帮助陈处分担一点也是对他工作的最大支持。"

陆宝燕看着萧玫，奇怪地问她："你离婚了？"

萧玫说："已经离婚三年多了，前夫有了外遇，再后来就离了。"

陆宝燕又问："他是干什么的？"萧玫说："他是学经管的，后来分配到了一家大型国有企业。"陆宝燕就打破砂锅"问"到底："那离了后就再没有联系过？"萧玫说："离了以后我很快就申请到新疆去了。再说我觉得也没必要联系了。"

陆宝燕说："原来你到新疆是因为这个事情？"

萧玫说："其实也不完全是因为这件事情，不过这件事情对我打击挺大的。"

陆宝燕叹了一口气，说："唉，现在呀就有人不知道珍惜到手的。你再没找？"

萧玫说："没有。"

陆宝燕一听就说："那回头等我出院后，我给你介绍一个怎么样？"

萧玫说："好啊，不过前提是你一定要有信心先把病治好。"

陆宝燕问："那你先告诉我，你对对方有什么要求？"

萧玫说："第一，人要正直。第二，文化程度不能低于大学本科。第三，必须要有真才实学。哎，就像陈处那样的就行。"她突然想起，每次来医院都看见陈正军尽心照顾妻子，就说："大姐，你找了个好丈夫。"

陆宝燕笑了，说："他有什么好的？连洗件衣服都洗不干净。那年龄方面有要求吗？"

萧玫说："大姐，你还真要给我介绍呀？"

陆宝燕说："那还有假？"

萧玫看着陆宝燕，鼻子有些发酸地说："大姐，再说吧。我觉得一个人过也挺好。陈燕快回来了吧？"

陆宝燕说："她说她考完最后一门就回来。"

萧玫说："那太好了，俗话说女儿是母亲的小棉袄嘛。她怎么不留在南海发展？"

陆宝燕说："本来她在南海已经找到了工作，可是老陈非要让她回来。"萧玫说："那回来也好，毕竟家在这里嘛。"

陆宝燕问萧玫，他们那个大案子搞完了没有。

萧玫说："还没有，案子挺棘手的。"

说起马副市长的女儿，陆宝燕又想起自己女儿，叹了一口气。萧玫问她怎么了。陆宝燕说："我就怕陈燕回来不好找工作。现在孩子们找工作太难了。"

萧玫问："陈燕学的什么专业？"陆宝燕说："陈燕学的是信息工程。"萧玫说："你发愁就为这个事儿呀。陈燕的工作你就别操心了，工作的事情慢慢想办法，不行我找找朋友给办了。我有好几个关系不错的同学在滨海一些大公司任职。"

陆宝燕问萧玫，她朋友都是干什么的。萧玫说："能耐大的现在已经是老板了，最不济的也都在公司里当个小白领。现在是有本事的都去公司了，像我们这样没能耐的就只好当公务员了。"

陆宝燕说："你可千万别为难。"萧玫说："这有什么难的。我在滨海也有不少同学，发动一下他们估计不会有什么问题。你让她把毕业证和学位证都准备好就行了，另外，再准备一份简历。"

陆宝燕说："你找你同学帮忙时一定记住，可以说陈燕她母亲是下岗工人，但千万不能提到她父亲是干什么的。而且这事儿还不能让老陈知道。他就怕家里人以他的名义求人办事儿，就好像自己是个多么重要的人物似的。"

萧玫说："你还别说，在我们检察院里陈处还真是个重要人物呢。院里几次要提拔他，他都推让了。"

陆宝燕极力掩饰着心中的自豪，说："重要什么呀，这么多年了，我怎么没看出来？"

正说着，陈正军提着一兜梨来了，两人就打住了话头。

在回单位的路上，陈正军问萧玫："萧玫，怎么神神秘秘的，你们刚才在说什么呢？我一进去就不说了。"

"陈处，嫂子真是个贤妻良母型的好女人，自己都病成这样了，还在操心燕子找工作的事情。"

陈正军一听就问："怎么？她让你帮陈燕找工作了？"

萧玫说："你说现在办什么事情不求人，中国就是个人情社会嘛。"

陈正军一听，正色道："萧玫，我可告诉你了啊，工作让陈燕自己去找，你不许帮她！研究生都毕业了，要连找工作这么点儿事情都还需要别人帮忙，那以后怎么在社会上立足？再说她母亲现在病得这么厉害，要找工作也不是现在。"

下午在医院，陈正军接到了女儿的电话。

陈燕昨天刚考完最后一门。由于担心母亲的病情，一考完试她就赶紧先去药店给母亲买了两盒益气养肺的补品，然后定了第二天的行程。办完这一切后，她就赶紧收拾东西，把自己不用的东西扔的扔卖的卖。处理完后，给父亲打了个电话，说自己明天坐晚上九点的火车回来，后天下午三点到。陈正军问她，怎么不坐飞机回来。陈燕说东西太多，飞机带不了。她说自己把衣服、被褥和一些书、笔记本电脑都带回来了，让父亲务必要去火车站接一下自己，自己在三号卧铺车厢。

陈正军说自己后天下午要能抽出时间的话就去火车站接她。陈燕一听就着急了，她说："我带了一大堆东西，你不来接我怎么出站呢？"陈正军问她，带那么多东西明天怎么上车。陈燕说明天有两个同学送自己上车。陈正军想了想，说："那这样吧，后天下午我要没时间就安排萧玫阿姨去火车站接你吧。"

陈燕问母亲的病情怎么样了。陈正军拿着电话走出病房，小声说："是肺癌。"陈燕一听，在电话里就哭了起来。陈正军说："我们还没有告诉她，你也就假装不知道。记住，见了你妈要高兴点儿，不要让她发现异常。"陈燕要和母亲说话，陈正军又告诉她要高兴点儿，便回到病房把手机给妻子，说："女儿要跟你说话。"

傍晚，萧玫来医院时，陆宝燕告诉她女儿后天就要回来了。

第三天下午要开检委会会议，陈正军一看，自己去不了火车站接女儿了，就告诉萧玫陈燕下午三点到，是三号车厢，让她辛苦一趟下午两点半到火车站去接一下。萧玫当即应允。陈正军又补充，一定要进站台接。萧玫说一定完成任务。

陈燕一看见萧玫，就赶紧问母亲的病怎么样了。

萧玫安慰她说："你爸已经告诉你了吧？是肺癌。你既然已经回来了就多陪陪她吧。你妈肺部的毛病是年轻时在棉纺厂落下的职业病，时间太长了。"

　　陈燕一听就落泪了，她抽泣着说："我妈命太苦了，一辈子没享过一天福。现在我也大了，能工作挣钱了，本想能让她过一个幸福的后半生，可是她又得了这个病。"

　　萧玫安慰她，人吃五谷生百病，不要想太多。萧玫让陈燕先不要考虑找工作的事情，回来就好好照顾照顾母亲。陈燕含泪答应。

　　萧玫又告诉陈燕，见了母亲要控制好自己的情绪，尽量高兴点儿，不要抹眼泪让她难受。陈燕说父亲已经跟她说过了。

　　萧玫说："你不知道，最近为了一个案子，你爸已经忙得快十天没回过家了，他白天在单位晚上就在医院，你回来就能让他休息一下了。"

　　萧玫陪着陈燕先回家里，把东西放下后让她先休息一下，但陈燕惦记着母亲的病情，立刻就要到医院去。于是萧玫就又陪她一起到了医院。陈燕一看见母亲就控制不住眼泪。

　　陆宝燕一看女儿出现在病房门口，立时就觉得病好了一半。

　　陆宝燕问女儿怎么了。陈燕说不知道，自己就是想哭。

　　陈燕和萧玫到病房时，陈正军正好到卫生间给妻子洗衣服去了。

　　同是病号家属的老廖说："姑娘，你可回来了，好好照顾照顾你妈吧。"

　　陈燕一边抹着眼泪一边说："我本来早就想回来，可是学校毕业考试没考完，我都快急死了。"

　　老廖说："回来就好。"

　　"我爸呢？"陈燕问母亲。陆宝燕说："刚出去，马上就来了。"

　　陆宝燕对女儿说："老廖伯伯是个好人哪。前些日子你爸接了个案子请不上假，一忙起来没有时间来，都是这个老廖伯伯和他儿子照顾我，我说等我出院了要把萧玫和老廖伯伯他们全家请到咱家里好好谢谢人家。"

　　老廖摆摆手不让陆宝燕说："见外的话你就再不要说了。我以前一直觉得当官儿的没有一个好东西，可是通过这些天对你们家老陈的了解，我就知道当官儿的里头也有好人。给你帮点忙那是应该的。小事一桩，你就别老挂在嘴上了。"

　　陈燕当即邀请老廖父子："那廖伯伯，我先替我爸妈谢谢你们了，明天是星期六，你们明天下午就到我家去吃饭吧。"

　　老廖说："好了姑娘，我们就不去了，你的心意我们领了。明天你把你妈接回去好好给她做点好吃的。你妈不容易，你也毕业了，好好孝敬孝敬你妈才是正事儿。"

　　陆宝燕说："这些日子把萧玫阿姨也累得够呛，每天给我做两顿饭，做好了再送到病房，晚上就在病床边陪着我，这些天可真是把她累坏了。"

　　陈燕把嘴一噘，说："还萧玫阿姨呢，我看她比我也大不了几岁。"

陆宝燕说："不管大几岁，人家可比你懂事多了。"

陈正军把洗好的衣服晾晒好后，端着空盆回到病房。

陈正军一看女儿回来了，就让她先回家去，把家里收拾一下。"你妈下午五点钟还要打针吃药，你等她打完针后就把她接回家。今天晚上咱们全家吃顿团圆饭吧。"陈正军说让萧玫也去。萧玫说自己就不去凑热闹了。

突然，陈正军的手机响了，一看，是郑天雷的电话，"在哪儿？陈处，我有事向你汇报。"

陈正军不让郑天雷来医院。挂了电话后，陈正军内疚地对陈燕说："燕子，照顾好你妈，我有事必须回一趟单位。"

6

傍晚，陈正军回到家时，女儿陈燕已经做好了晚饭。

"燕子，回来路上还顺利吧。"陈正军这时才有空问女儿的情况。他把外衣挂在门口的衣架上，换了拖鞋走进客厅。

"爸爸今天特意买了你喜欢吃的桂花糖藕。"说着，陈正军递给女儿一个便利袋。

"谢谢爸，路上挺顺利的。爸，扶妈出来吃饭吧。"陈燕接过袋子打开，把桂花糖藕盛在一个碟子里，开始往餐桌上摆饭菜。

"有女儿就是好呀，一回家就能吃到现成饭了。"陈正军洗完手，走进卧室里把老婆从床上扶起来，说，"有女儿回来照顾你，我就能轻松些了。"

"今天是燕子研究生毕业后我们全家第一顿团圆饭，我真是高兴呀。我女儿大学顺利毕业了，你老爸我又了结了一桩心事呀。"陈正军扶老婆在餐桌前坐下后，开心地说。

"爸，你说我从小到大什么时候在学习的事情上让您操过心呀。我是那种不让大人省心的孩子吗？啊？！"陈燕不满地噘着嘴撒娇说。

"那是，我的女儿，一准儿差不了！"说完，父女二人都开心地笑了。

"燕子，你们同学留在南海市的多吗？"陆宝燕问。

"有一些留下的正在找工作，还有一些准备复习考博，也有一些去了别的城市发展，还有一些像我一样回了原籍。"陈燕说。

"都是妈这病拖累你的，要不然妈妈真希望你也能继续考博深造。妈这辈子吃没有文化的亏，当了一辈子工人。我真希望我的女儿能硕士、博士、博士后这么一口气读下去，成为一个有学问的女人。"陆宝燕颇为自责地说。

"妈，您听说过这么一个段子吗？说这世界上有三种人：男人、女人、女博士。还有个段子说：女本科生是小龙女，女硕士生是李莫愁，女博士生是灭绝师太。听听，女博士都成异类了。我要真成了女博士，我还嫁得出去吗？"女儿的一席话逗得陈正军和陆宝燕开心地大笑起来。

"燕子，谭宇呢？他也快毕业了吧？"陈正军问女儿。谭宇是陈燕研究生一年级时交的男朋友，在南海大学法学院读博士，研究方向是刑法学。燕子曾把他的相片给陈正军夫妇看过。

陈燕犹豫了一下，低下头往嘴里扒饭，装出满不在乎的样子说："他打算毕业后留校，我让他和我来滨海市，他不愿意，所以我们就分手了。"

陈正军问："你回来带这么多东西，上车时是谁送你的？"陈燕说是谭宇把自己送到火车站的。陈正军问："你们都分手了他还送你？"

陈燕说父亲老土，分手就是不当恋人了，但不是不能做朋友嘛。她说："难道一分手就成了仇人就对了？现在都是啥时代了！"

陈正军看看妻子陆宝燕，二人望着女儿哭笑不得。陆宝燕说："现在这年轻人都怎么了？真能想得开。"陈正军说："看来咱们真成了老古董了。"

晚饭后，照顾妻子上床休息后，陈正军端了杯牛奶来到女儿的房间。陈燕正在电脑上写自己的求职简历。

"燕子，爸爸想和你聊聊。"陈正军把牛奶递给女儿，在女儿的床边坐下。

"谢谢爸。"陈燕接过杯子喝了一口。

"找工作的事情不要着急，慢慢来，没事多去招聘网站上浏览浏览，多买几份招聘的报纸看看，不要心急。"陈正军说。

"嗯，爸，您放心吧，您女儿我一准能找到一个满意的工作。"陈燕说。

"你现在研究生毕业了，就要融入社会走上工作岗位了，爸爸有几句话想要叮嘱你。"陈正军仔细地考虑着措辞，他怕伤到女儿的自尊心，"工作一定要自己找，不许求人。将来不管到了什么单位，干工作不要挑挑拣拣，做事情要有眼色、要自尊。没事不要和同事东家长西家短的。女孩子最忌讳在单位里搬弄口舌。有时间多钻研业务，不要把时间浪费在无聊的人和事上。"

"知道了，爸。"陈燕说。

"爸爸不期望你将来能取得多大的成就，但我希望我的女儿是一个能够自食其力、独立自尊的人。爸爸的为人你了解，我一辈子为人正直，眼里不揉沙子，因此也得罪了不少人。当初为你妈妈的工作我没有开口求过人。所以，现在，你找工作的事情，我仍然希望你能靠自己。不要怪爸爸，俗话说'帮人一时帮不了人一世'，人生的路还是要靠你自己走呀。"陈正军望着女儿说。

"知道。"陈燕虽然心里有些埋怨父亲不近人情，但也不好说什么。

"我这一辈子做人清清白白，所以——"陈正军顿了一下接着说，"不要在外面给爸爸丢脸，不要让爸爸失望。"

"您放心吧！我想先不找工作，回来了就在家里多照顾照顾我妈。"陈燕望着父亲说。

"爸爸谢谢你，能有你这样一个懂事的女儿，我和你妈也就放心了。"陈正军望着女儿。

谭宇给陈燕打电话，询问陈燕母亲的病情，陈燕把母亲的病情告诉了谭宇。谭宇让陈燕代自己向陈燕母亲问好，并说自己会抽时间来滨海市看望她的。

陈正军对女儿说："这些日子萧玫也常来医院照顾你妈，我想后天正好是周日，咱们把她请来吃个饭表示一下感谢吧。"陈燕一听就表示同意，说："那当然应该谢谢人家了。"

陈正军第二天上午在办公室就邀请萧玫到自己家里吃晚饭。

陈正军觉得自己上次为陈燕找工作的事情对萧玫说的话有点儿重了，再说萧玫也是一片好心，他说："明天咱们都不加班，去我家吃饭。"

萧玫说："太好了，我已经堆了一大堆没时间洗的脏衣服了。"

陈正军说："你不要高兴得太早了，明天不加班有一个前提：今天你必须把咱们的调查报告写完。"

萧玫答应道："没问题，那你看明天还需要买什么东西，我先提前准备好。"

陈正军说："明天你就不用管了。"

萧玫说："那好，明天我就先洗衣服。"

陈正军说："你干脆明天把脏衣服都拿到我家里去洗吧，洗衣机快。"

萧玫说："还是算了吧，怕洗衣机洗不干净。"

7

医院病房里正在开午饭。医院食堂工作人员推着送饭车来到了五病室："开饭了，开饭了啊！"送饭车停在了病房中间。

病人和陪护们纷纷拿出各式各样的饭盒、饭碗来到送饭车跟前排队。

老廖问陆宝燕："今天陈燕怎么到现在还没有给你把饭送来？要不我去给你打一份吧？"

陆宝燕赶紧道谢说："谢谢你了，不用了，这说话间她就该来了，再说我也不饿。"

老廖说："你这病主要还是缺乏营养。肝病是富贵病，肺病是穷病。你要是营养能跟上去了，再加上不要劳累，不用打针吃药我看也能活他个七八十岁。"

陆宝燕笑着说："哎，七八十岁那是不敢想了。我要能再活几年，看见我女儿结婚再抱上个外孙子，我就再没什么牵挂的了。"

老廖排到送饭车跟前了，问陆宝燕想吃什么菜。他一下报了好几个菜名，荤菜有土豆炖牛肉、红烧排骨、西红柿炒鸡蛋、蒜薹炒肉，还有鸡蛋挂面。他问陆宝燕："你吃炒菜米饭还是吃鸡蛋挂面？"他想给陆宝燕打一份土豆炖牛肉。

陆宝燕一听就急了，赶紧说："廖大哥，你千万不要给我打，我吃不下去油腻的。"

老廖又问："要不那就打一份西红柿炒鸡蛋吧。"陆宝燕还是坚辞不受，她说："你们自己吃吧，就别管我了。我女儿就该来了。"

正说着，陈燕提着饭盒来到母亲病床前。

陈燕说："妈，你快吃吧，今天爸让我给你做的鸡蛋长寿面。"

陆宝燕问："你吃了没有？"

陈燕说："我已经吃过了，面还没凉呢，您赶快趁热吃。"

8

萧玫洗完衣服后，一看时间还早，就又来到了办公室。她打开卷宗，把昨天写完的报告又看了一遍，在几处又改了改，觉得没什么硬伤了这才合上卷宗，又看看时间觉得差不多了，就起身去了陈正军家。

昨天下午，陈燕已经把家里收拾了一遍，使家里看起来不那么凌乱。晚上，萧玫过来又和陈燕一起返了一次工，总算让这个家看起来舒服多了。

下午，陈正军把妻子送回家后又回到了医院。

他想再问问医生关于肺移植的事情。

陆宝燕的主治医生在办公室里。陈正军进去后就问："王医生，我想了解一下，我妻子做肺移植的事情，如果能做的话我想抓紧做。"

主治医生说："我们还要对病人做全面的评估才能决定，同样是肺病，每个人又不尽相同，再加上病人的体质情况、病史的长短、病情严重程度等也都不同，所以现在还不能告诉你她是不是适合做肺移植。"

陈正军向医生表示，假如有一线希望的话，他都要努力的。停了一下，他又说："假如能做肺移植的话，钱不是问题。"

从医院出来后，陈正军去市场买了一大堆肉、蛋、鱼、蔬菜回来，正在手忙脚乱地准备时，萧玫来了。

陈正军一看就说："你来得正好。"陈燕一看萧玫来了，也高兴得跳了起来。

萧玫把袖子一挽，进了厨房。陆宝燕就喊："萧玫你别管，一来就干活儿。"

萧玫说:"要让陈处干,我看咱们明天也吃不到嘴里。我在新疆学了几道新疆菜,回来后一直都没机会展示,今天给你们小露一手。"

终于,一桌有鸡有鱼的丰盛晚餐端上桌了。

陈正军问:"喝什么酒?"

萧玫说:"我不会喝酒,就喝茶吧。"

陈正军说那不行,说着从柜子里拿出几瓶啤酒放在桌子上。陈正军说:"咱就喝啤酒吧,啤酒不是有液体面包的美誉吗?"

陈燕看着桌上的啤酒,说:"爸,你真是不会招待客人。我们是女士,你起码也应该准备几瓶饮料吧。"

陈正军说:"哎呀,那你就辛苦一趟吧,你自己去看着买吧。"

陈燕问萧玫:"萧玫姐,你喜欢喝什么饮料?"

萧玫说:"随便,你买什么我就喝什么。"

陈燕立刻下楼去买饮料。很快,陈燕就拎着一大兜瓶瓶罐罐回来了,打开一看:有粒粒橙、红牛、胡萝卜汁、椰奶。

陈燕先把胡萝卜汁打开,递给母亲,说:"妈,咱家里你现在是最需要营养的,你就喝胡萝卜汁。"然后把红牛递给父亲,说:"这是饮料中的发动机,补充体力。"又把椰奶往自己和萧玫面前各放了一罐儿,说:"美白肌肤延缓衰老。"

萧玫笑着说:"你哪来那么多的歪理?你不是给这些饮料厂商做倒贴钱广告的吧?"

四个人有说有笑,就像是一家人。

陈正军先举起杯对萧玫说:"好了,咱们都举起杯。第一杯,我首先感谢萧玫,谢谢你这些日子对燕子她妈的精心照顾。"

萧玫赶紧说:"陈处,陈大哥,你太客气了。你一心扑在工作上,燕子又不在家,再说谁让你是我的领导呢?"

萧玫举起第二杯饮料,对陆宝燕说:"第二杯,我祝大姐早日康复。大姐病好了还要给我介绍对象呢。"

陆宝燕端起胡萝卜汁说:"应该我敬你的,这些日子真的太辛苦你了。每天晚上在医院照顾我,白天还要上班,真是太辛苦你了,谢谢你。你吃菜,我就不管你了。你不要见外,就当在自己家里啊。"

萧玫说:"没事儿,你们谁都不要管我,我自己来。"

陈燕也端起了杯子对萧玫说:"我也谢谢你,萧玫姐。"

陈正军问陈燕,她的毕业证学校发了没有。陈燕说还没有发,自己把手机号码留给老师了,好多同学还都在学校呢,开毕业典礼时他们会给她打电话的。如果时间紧的话，当天就能赶回学校，她说："南海和滨海每天有两班对开往返的飞机，只要有钱，每天都能飞两个来回。"

陈正军一边吃饭一边答应着，一听陈燕这话，他突然大声地问："你说什么？飞机在一天之内可以往返？"

陈燕说："是呀，你不知道？每天有两个往返航班呢。"

陈正军盯着女儿的眼睛问："你能确定吗？"

陈燕觉得奇怪，说："这有什么能不能确定的。航班那都是固定的，到点儿就得飞，你以为是飞行员想飞就飞，不想飞就不飞呀。"

陈正军两眼放光，对萧玫说："好！案子可能有突破口了。"

陆宝燕一看，就对陈正军说："反正现在燕子也回来了，我有她一人陪着就行了。我想明天你就上班忙你的去吧。"

9

陈正军一听女儿说滨海和南海之间每天都有两个对开航班时，当即就坐不住了，马上拿出手机给郑天雷打电话。

郑天雷的儿子龙龙在滨海双语幼儿园上中班，他曾经告诉儿子说只要英语能得十个小红花，就带他去南湖公园坐摩天轮。上个星期五下午，妻子去幼儿园接儿子，儿子一看见妈妈就高兴地拿着得了十朵小红花的作业本让妈妈看，"妈妈，妈妈，我已经得了十朵小红花了，爸爸明天就带我去坐摩天轮了！"

回到家里，龙龙看爸爸不在家，就缠着妈妈要给爸爸打电话。妈妈说："你自己不是会打吗？"于是，龙龙就爬上沙发，拿起放在旁边的电话机给爸爸打电话。

郑天雷正开着车在回刑警大队的路上。突然手机响起，他拿起一看，是家里打来的，以为是妻子问他几点回家，按下接听键："喂，老婆。"

电话那头传来一句："爸爸，我不是老婆，我是龙龙。"

郑天雷笑了："龙龙，爸爸现在正在开车，有什么事情跟妈妈说，好吗？"

龙龙说："不好，不好。"

郑天雷："那等爸爸回家再说，好吗？"

龙龙说："不好。"

郑天雷说："好吧你说吧。"

龙龙说："爸爸，你说过我英语得十朵小红花儿就带我去坐摩天轮。"

郑天雷想逗逗儿子，"是吗？爸爸什么时候说的？"

龙龙一听爸爸忘了，就有点儿着急了："爸爸，你说过的，你说过的！你要忘了，你就是个大骗子！"说完，"咣当"一声就把电话给挂了。

郑天雷只听"啪啦"响了一声，儿子把电话挂了。他笑笑，"这个小兔崽子，人不大脾气还不小！"

车上的助手笑着问他："怎么了？儿子摆不平了？"说着，点上一支烟递给他。

郑天雷接过烟吸了一口说："咳，都怪我嘴欠！一个多月前一高兴，答应他说英语什么时候得十朵小红花就带他去坐摩天轮。看来他是已经得了十朵小红花了。我想逗逗他，没想到这个小兔崽子脾气还挺大，把电话给我摔了。"说完，又拨通了家里的电话。

龙龙刚挂了电话，郑天雷妻子就在旁边说："龙龙，不许这么跟爸爸说话！"

龙龙噘着嘴说："爸爸说过我英语得十朵小红花就带我坐摩天轮的！"

郑天雷妻子问他："爸爸刚才是怎么跟你说的？"这时，电话铃又响起来。

郑天雷妻子说："妈妈来接。"但仍在沙发上的龙龙手疾眼快，一把将听筒抓起来放到耳朵旁。

郑天雷赶紧安抚儿子说："喂，龙龙，爸爸刚才在逗你玩呢。"

龙龙又问，他什么时候带自己去坐摩天轮。

郑天雷告诉儿子说："爸爸最近在抓坏人，现在还没有抓住，只要一抓住坏人就一定带你去坐摩天轮。爸爸现在正在开车，就不说了啊。"

郑天雷妻子对龙龙说："问问爸爸，他几点回来。"

龙龙对着电话问："爸爸，妈妈问你几点回来。"

龙龙挂了电话。郑天雷妻子问："爸爸跟你都说什么了？"龙龙说："爸爸说他在开车。"郑天雷妻子问："他没说几点回来？"龙龙说："他把电话挂了。"郑天雷妻子说："这个没心没肺的！"龙龙问："谁没心没肺？"郑天雷妻子说："谁没心没肺？你爸爸呗！"

星期六，郑天雷回来了。龙龙一看爸爸回来了，就赶紧拿着在幼儿园得了十朵小红花的英语作业本让爸爸看，郑天雷随便瞄了一眼，就把本子往桌上一扔，说："好儿子，不错！你先让爸爸睡个觉好不好？"

说完后，郑天雷躺到床上就呼呼大睡。龙龙对爸爸非常不满意。郑天雷一觉就睡了六个小时。睡醒后，看妻子在厨房做饭，儿子龙龙在家里无聊地打游戏，郑天雷便说："儿子，咱们出去玩吧？"

儿子一听，高兴地说："咱们现在去坐摩天轮？"

郑天雷假装看看表说："哎呀，摩天轮现在下班了，咱们以后再去吧。"

本来正在穿鞋的龙龙一听，就赌气地说："我不出去玩了。"

郑天雷一看儿子又生气了，只得好言相劝说："龙龙，爸爸是警察，现在坏人还没有抓住，爸爸答应过你，只要一抓住坏人，爸爸就一定带你去坐摩天轮。到时候让妈妈也去，咱们一起去坐摩天轮好不好？走，现在爸爸带你下去踢球去。"

龙龙一个人在家里玩得实在没意思，便不情不愿、磨磨唧唧地跟爸爸下楼。

妻子看他们要出去，就在后面喊："别跑远了，马上就要吃饭了啊！"

第六章
证据上有了新发现

1

楼下草坪上，郑天雷带儿子踢开了球，龙龙的情绪刚好了一点儿，手机响了，郑天雷把球一扔，"龙龙，你先自己玩一会儿，爸爸接个电话。"

郑天雷接到陈正军打来的电话，陈正军问他："你现在在哪儿？"

郑天雷说："在家。"

陈正军说："现在有一个重要情况，你知道滨海国际机场和南海之间每天有几班航班吗？"

郑天雷说："好像是两班吧，怎么了？"

陈正军说："你想，每天有两个航班在南海和滨海之间对飞，荆鸣完全可以坐第一趟航班从南海飞回来，然后再乘晚上的第二趟航班飞回南海。这样他就可以每天早晚都在南海国贸大酒店出现。而他曾经说自己在拍片时患过感冒，这会不会是他释放的烟幕弹呢？"

"爸爸，你玩不玩了？"龙龙看爸爸一直在接电话，又不耐烦了，就叫。

郑天雷让儿子自己先玩，又问陈正军，"你是说荆鸣完全有可能从南海回来作案？"

陈正军说："假如他有预谋的话，完全有条件有能力实施作案。"

郑天雷一拍脑袋，恍然大悟说："靠！我怎么就没往这上面想呢，我是被他表面的假象给迷糊了。"

陈正军说："你抓紧和机场方面取得联系，把案发当日的旅客进出记录调出来。假如他回来过就一定会在机场的监控录像上找到他。"

郑天雷立即说："好！我现在就去机场，立即调出案发当天滨海国际机场所有旅客进出的记录。"

郑天雷挂了电话，想拉上儿子回家，但儿子一闪身跑到一边去了。郑天雷说："儿子，走，咱们回家，爸爸要工作了。"

龙龙不理他。郑天雷说："龙龙，你要听话，不听话爸爸就不带你去坐摩天轮了。"

龙龙一脸不高兴，一路嘀咕"坏爸爸，爸爸是个大骗子！"郑天雷跟在儿子后面，小区的熟人看见了，问他怎么得罪儿子了。他说："唉，这个小兔崽子不好伺候呀，本来我答应他要带他去坐摩天轮，可是现在案子压在头上，我已经连续十天没休息了，哪有空呀。"

郑天雷带儿子回到家里。妻子说："饭做好了，打你手机一直占线，不是跟哪个旧相好在热线联系吧？"

郑天雷说："咳，胡说什么呢你！陈正军刚才来电话有急事，我现在得去机场。"说完就给罗铁打电话，"罗铁，你在哪儿？"

罗铁说自己在家里。郑天雷说："你现在就下楼，我们去机场！"

妻子问："饭刚做好了，不吃了？"

郑天雷说不吃了，说完就急匆匆地出了门。

2

郑天雷驾驶着警车风驰电掣般地往机场赶。在路上，他让罗铁给机场保卫处打电话，告诉对方，他们马上就到。

在机场监控室里，机场保卫处处长黄明亲自给他们拿来了案发当天机场候机厅、安检处的全部监控录像带。郑天雷和罗铁坐在电视机前认真看着屏幕。突然，在出站的人群中，两人不约而同地发现了一个人，这个人随身只带了一个公文包。经过反复定格、放大，他们觉得这名可疑旅客和荆鸣非常相像，身高、胖瘦都和荆鸣非常接近，唯一的区别是他的上唇留有一字胡，而荆鸣则从来没有留过胡子。

郑天雷吩咐罗铁记下时间，上午9点38分。

郑天雷问旁边的机场安检值班员："这个时间点出站的是从哪儿飞过来的航班？"

机场安检值班员说："这一时间段有6个架次的航班进港，我查一查。"说着就坐在电脑旁输入时间并开始查询。查询结果很快出来了，安检值班员说："上午9点30分到港的是南海飞来的HH3765号航班。乘客下飞机后等摆渡车大约需要一分钟，乘坐摆渡车到出站大厅大约需要3分钟，大部分乘客来到大厅等行李的时间应该在9点35分到9点40分之间。"

郑天雷听安检值班员说完后，夸赞地说："行啊，干脆调我们市局干刑警吧。你再把这一天滨海飞南海的全部资料给我调出来，包括售票记录。"

可是，他们在滨海市的售票记录中没有发现任何与荆鸣有关的蛛丝马迹。

郑天雷突然想到：既然荆鸣当天还要返回南海，那么他就一定会在南海购买返程票。如果这样，那他们在滨海当然找不到他的蛛丝马迹了。看来还得跑一趟南海。

他们继续在监控录像带中认真查找着这个疑似荆鸣的神秘人物，功夫不负有心人，果然在 19 点 07 分的监控录像中又发现了那个熟悉的身影。此人乘坐出租车在国内出发二号候机办票大厅门前下车，此时是 18 点 58 分，而滨海飞往南海的 HH3766 号航班的起飞时间是 19 点 20 分。只见此人一进候机大厅就立即去办理了登机手续，办好登机牌后，他又去买了一份报纸，然后径直过了安检，来到公务舱候机室候机。

"好了，事情看来基本清楚了，我们现在需要把这两盒带子借回去，再研究研究。"郑天雷对安检室主任说，安检室主任说这要处长签字才能往外借，让郑天雷找保卫处处长。

黄明很快就同意了郑天雷的请求。郑天雷握着黄明的手，一个劲地道谢。

黄明说："郑队，你跟我还客气什么，咱们兄弟单位有什么事情互相配合那是应该的呀。"

郑天雷伸出右手，说："好，那我们就走了。"

黄明也伸出手和郑天雷握了一下，说："好的，有事情需要我们协助就尽管吩咐。"

郑天雷和罗铁拿着两盒录像带出了机场监控室。到外面一看，天早已经黑了。罗铁一看表，哟，11 点啦！郑天雷问："车你开我开？"罗铁说："你开吧，我回家吃饭去，你打电话时我老婆正在做饭呢。"郑天雷坐上驾驶座一边系安全带一边哈哈一笑，"回家吃饭？我看咱们今天别说回家吃饭，连觉都要在办公室睡了。你给他们几个打电话，立刻都到办公室集中。"

3

警车在夜幕中缓缓驶向灯火通明的市区……

天色已经放亮，刑警队会议室里一片狼藉，郑天雷窝在会议室唯一的一张沙发上，正睡着。

几名刑警横七竖八地趴的趴躺的躺，桌上胡乱扔着几盒方便面，地上一地的烟头。

郑天雷醒了，一看时间已经早晨 6 点了。他揉揉酸涩的眼睛，喊道："起来了起来了，都起来了！"

几人骂骂咧咧地爬起来，"郑队，过去有个周扒皮，我看你们是师兄弟吧？"

"我说你就是个迷糊！人家是师徒关系。"

"啊，闹了半天周扒皮是郑队的师傅？"

"你看你，没睡醒吧？又弄颠倒了，郑扒皮是师傅，周扒皮是他徒弟。"

郑天雷说："别闹了，我们的时间不多了。到时候让滨海市的五百万老百姓指着我们的后脊梁说，'看，那就是公安局刑警大队一拨吃干饭的饭桶！'你们心里光彩？"

专案组成员一听就都不说话了。

是啊！马琳被杀一案的确让他们窝火，表面看证据确凿，但仔细一分析又不是那么回事儿。大家一直找不到问题到底出在哪里了。现在好了，终于可以从机场的监控录像带上找到突破口了。

郑天雷给陈正军打电话："老陈呀，机场的录像带我借回来了。你是现在就来看呢还是……"

陈正军在电话那头说，他现在就过去看。

陈正军放下电话就立即给萧玫打电话，说郑天雷在机场找到证据了。陈正军让萧玫立即赶到刑警大队，他自己也现在就出发往刑警队赶。

在刑警队的会议室里，陈正军、萧玫、何力和专案组的成员们又认真分析了录像带上的神秘人物。包括技术部门在内，大家一致认为这个神秘人物有九成可能就是荆鸣。虽然在一座有着五百万人口的城市找到两个长得相似的人是可能的，但这种巧合太多，所有这些巧合在一起就成了疑点。他们决定再次提审荆鸣。

陈正军、萧玫、何力和郑天雷专案组一行拿着录像带再次来到看守所。

办完提审手续后，荆鸣很快就被带到了提审室。郑天雷对看守所管教说要找一间有电视机的房间提审荆鸣。于是在采取了必要措施后，荆鸣被带到了看守所小会议室。

郑天雷对荆鸣说："有些事情你以为你不说我们就不知道了是吧。今天早晨我们一大早来是想让你认一个人，看看你能不能认出来他是谁。"

郑天雷打开电视机，先把案发当日上午9点38分的机场监控录像带放到录像机里。

荆鸣一听郑天雷这么说，心里就明白了个八九不离十。

电视画面闪了几下后，很快就恢复了正常。画面上的荆鸣和助手从下飞机到上摆渡车再到出站。

郑天雷拿起另一盘监控录像带问荆鸣："怎么样？还要继续看吗？"

荆鸣脸色不太好，似乎有难言之隐一般痛苦地说："算了，不用再看了，那个人就是我。"

郑天雷问："为什么不交代你曾经在案发当天从南海回来过？"荆鸣叹了一口气，承认了自己的确那天从南海回来了一趟，但跟马琳的死没有任何关系，自己回来是为了见一个人。

郑天雷问他，为了见谁。

荆鸣说："我希望你们为我保密。"

郑天雷说："假如涉及别人的隐私，与本案又没有关系的话，我们会保密的。就算你有什么难言之隐，但难言之隐不可能成为你杀人的理由吧？"

荆鸣想了想说："这样吧，我要先见见我的律师。"

4

陈正军、萧玫、何力、郑天雷、罗铁一行人上了警车，一路无语地离开了看守所，回到了专案组会议室。

待大家坐定，陈正军问郑天雷，觉没觉得荆鸣有问题。

郑天雷沉思了几秒钟后，看着陈正军说："我觉得有问题，但现在还没有理出头绪，这个人真令人捉摸不透。假如是他作的案，那太不合情理了，他事业有成，还有一个未成年的儿子，就算他对马琳再恨也不至于恨到非要置自己儿子的亲生母亲于死地吧。假如不是他作的案，那他为什么对有些关键问题遮遮掩掩？再有，我经手办过几十起这种凶杀案，但没有一起的嫌疑人能像他这样这么沉得住气。难道他的心理素质就这么好？"

萧玫说："是啊，回来就回来嘛，为什么搞得那么神秘？"

何力说："要不就上测谎仪吧。假如案子真的是他作的，就算他心理素质再稳定也逃不过测谎仪的法眼吧。"他建议郑天雷给童建中打电话。

郑天雷拿出手机给童建中打电话，并用略带讽刺的口气说："童律师，我是郑天雷，你不是一口咬定说荆鸣在案发当天没有回来过吗？可是非常不幸的是——我们找到了他回来的证据。再有，法医对马琳又作了尸检，我们认为她身上的多处伤痕都是荆鸣多年的虐待所致，所以我们完全有理由相信是荆鸣虐杀了马琳。你现在可以去看守所看看你的当事人荆鸣了。"

一听警方又掌握了荆鸣在案发当天回来过的证据和他们怀疑马琳是被荆鸣虐杀的，童建中大为惊讶，郑天雷的这句话让他感到措手不及。本来，童建中已经作了充分的准备，也作好了最坏的打算，荆鸣到明天就已经被关了十多天了，他本来很快就能运作让荆鸣出去的，这一下就全泡汤了。

童建中没话说了。郑天雷和童建中一直有点儿不对付，因为童建中好几次把他们辛辛苦苦弄来的证据在法庭上给否了，而且最后还被法官采纳。作为公诉人的陈正军也多次在法庭上和童建中过招，也曾有过几次险些败在童建中手下的纪录。因此，他们都对童建中是既尊敬又痛恨。

童建中在办公室里对自己的助手说："刚才刑警大队的郑天雷来电话说他们又有了新的证据，我要马上去看守所见荆鸣。你把这份材料再认真看看，看有没有漏掉什么重要的细节。"

童建中下楼后，急匆匆地开着自己的奥迪 A8 就去了看守所。

5

在会见室，荆鸣的情绪也显得有些急躁了。

童建中目光冷峻，开门见山地问荆鸣："你还有什么事情在瞒着我？"

荆鸣告诉童建中，不是自己有事儿故意瞒着自己的兄弟不说，而是自己真的有难言之隐。

童建中问："什么难言之隐？到了这个时候你还不告诉我？你以为你不说他们就查不出来了吗？"

荆鸣说："建中，除了有些个人隐私外，我没有任何事情瞒着你。"

童建中问他："你在案发当天回来过？"

荆鸣承认自己在案发当天确实回到过滨海，但是说自己是为了见一个女人回来的。他没有也不可能专门回来杀自己的老婆，以他的身份能做那些街头小混混才能干出来的事情吗。

童建中问："马琳身上的伤是怎么回事儿？"

荆鸣看不说实在不行了，就跟童建中说："她身上的伤是我弄的，我咽不下这口气。"

6

荆鸣从美国回来后就和马琳结了婚。很快，荆鸣被刘凯明调到正准备改制的滨海第一建筑总公司，这时候的荆鸣经常不是出差就是在公司加班做改制方案。不久，马琳就怀孕了。当马琳说自己怀孕了时荆鸣很不高兴。他说自己这一段时间太累了，加上宴请多、喝酒多、抽烟多，身体状态不好，本来说等公司改制完成后休养一段时间再要孩子，所以每次他都采取避孕措施，可妻子竟然还是怀孕了。他让马琳把孩子做掉，但她不干，说自己一定要生下这个孩子。最后，马琳在滨海妇幼保健院生下了一个儿子。等孩子两岁时，荆鸣就发现孩子不像自己，再加上他又发现了妻子有些事情瞒着自己。直到，他发现了妻子和张大川私通的确凿证据。

那是在他们结婚两年多的时候，一天晚上，荆鸣要在滨海大酒店参加一个商务宴请，就跟保姆说晚饭不在家里吃了，只做妻子和保姆自己的饭就行了。保姆告诉他说马琳也不回来吃。结果，他进了酒店后，在二楼路过一个没有关严的包厢时，不经意间看见了妻子和几人坐在里面，里面有人在喊着："马琳，跟大川喝个交杯酒！"别的人也跟着起哄。妻子坐的位置是侧面对着门，她旁边坐着一个中年男人，她看起来很活跃。荆鸣慢慢走过去支棱着耳朵听，就听见妻子说："来大川，喝就喝！"后来，荆鸣在饭局上一直心不在焉，坐了不到一个小时就推说有事儿，匆匆出来了，再一看，妻子坐的包厢已经人去屋空。荆鸣回到家里时妻子已经先回来了，他问妻子，晚上和谁在一起吃饭。妻子说几个同学。荆鸣问男同学还是女同学。妻子说有男同学也有女同学。他又问，和一个男同学喝交杯酒了吧。妻子不高兴了，问："你盯我梢？"他说自己还没那么无聊，只是想知道那个男的是谁。马琳说是同学、朋友，他们的关系很正常，没有什么见不得人的事情。

荆鸣一想也对，自己在饭局酒桌上也和别的女人喝过交杯酒，仅凭这一点也确实不能说明什么。但他还是说："你是个女人，和同学朋友在一起玩可以，但要把握好分寸，注意自己的身份。"于是这件事情就过去了。但不久，通过一个偶然的机会，他又听到了妻子和张大川有暧昧关系的传言，于是他就开始不动声色地对妻子进行了跟踪，最终证实了传言不是空穴来风。按照荆鸣的脾气，假如自己岳父不是滨海市的常务副市长，他当时就会和马琳离婚。但是，当时的荆鸣羽翼未丰，在滨海市还需要马尚德这棵大树，于是就不动声色地把这口恶气忍了下来。

童建中问："从这以后你就开始了对马琳的虐待？"

荆鸣说："这是她背叛我之后必须要付出的代价。"

"你知道吗？我的计划现在全部都被你打乱了。到明天你就被拘留了13天了，我已经作好了无论如何也要让你出来的所有准备。"童建中对荆鸣发了脾气。他打开自己随身携带的公文包，拉开拉链拿出几份文件往桌子上使劲一拍，说："你看看，这是取保申请，这是我向市政法委和市人大、市政协写的申告信，这是我准备召开新闻发布会的材料。你看看！现在全让你给我打乱了。那天你回来到底干了什么，你为什么不告诉我？我们可是光着屁股一起长大的，比亲兄弟还亲，连我你都不告诉，这个世界上你还能信任谁？"

童建中步步紧逼地说："我对你回来见了什么人根本没兴趣。不管你见了什么人，是男人还是女人，那是你的私事。我现在只关心你回来见的人能不能向刑警队和检察院证明：马琳死的时候，你不在那个该死的杀人现场。目前你的处境很糟糕，之前说现场有你的脚印也好，指纹也罢，问题都不大，因为不管你回不回去，多长时间回去一次甚至你几年都不回去，那也还是你法律意义上的家，在自己家里留下脚印和指纹这是很正常不过的。但是，现在警方和检察院都掌握了你曾经在事发当天从南海回来的证据。这对你来说有可能是致命的。所以你必须要告诉我，你那天回来到底是见的谁。"

荆鸣只好承认，自己偷着回滨海是为了见林缨子。

童建中问他："就是电视台的那个女人？"

"是。"

"你什么时候和那个交际花搞到一起去的？"

"建中，别把话说得那么难听，什么交际花。我荆鸣对女人绝不是来者不拒，这别人不知道，你还不知道吗？"

荆鸣和妻子马琳关系紧张，在公司和他们的社交圈里已经是公开的秘密，但他和林缨子的地下情人关系却鲜为人知。由于荆鸣是滨海市的上层社会名流，所以在个人私生活方面他不得不小心行事，以免被小报记者们发现蛛丝马迹，添油加醋地胡乱炒作，到时候自己的名誉受损不说，还可能给公司的发展带来不可预知的负面影响。所以，他和林缨子的交往连童建中都一无所知。

童建中问："她能为你作证吗？"

荆鸣说："应该可以。我一直没向警方和检察院说起过她，是不想让任何人知道我们的秘密交往。我怕我的这件事情把她扯进来会给她的工作和生活都带来很大的麻烦。"

童建中愤怒地质问他："那你就是第三者插足了？"

荆鸣说林缨子离婚和自己没有任何关系。

童建中问他是不是更怕让程诺知道后会给他的工作和生活带来麻烦。

荆鸣默默地点了点头。

童建中生气地指责他，说他向自己、警方和检察院都隐瞒了一些事实。他问荆鸣："你知道会有什么后果吗？那就是只能让你在看守所里再多住些日子。"

荆鸣再三嘱咐童建中，说他回来这件事千万不能让程诺知道。

童建中一听就有点儿火，他压住火气问荆鸣："你以为你能瞒得住吗？你以为程诺傻呀？我告诉你吧，程诺心里明镜似的。你以为陈正军和刑警队的那一拨人都是吃干饭的？"

荆鸣问童建中："程诺已经知道了？"

童建中说："她知不知道你和林缨子的关系我不清楚，但你记住，任何人都不傻。你比我更了解程诺。"

荆鸣说："其实这两个女人我更喜欢程诺。"

童建中伸出手。

荆鸣问："什么？"

童建中说："林缨子的电话。"

荆鸣说："我说，你就记到你手机上吧。"

童建中记完林缨子的手机号码后，告诉荆鸣，程诺为了这件事已经几天没合眼了，公司上上下下全靠她在打理，还要抽时间跑市政法委、公安局、检察院，还要每天去幼儿园接马凡，把能使出的路子全用上了，这才几天她已经憔悴得脱了形了。但是，这个案子非常棘手，市里成立的专案组还在加大调查力度，她也只能干着急，没有一点儿办法。

荆鸣沉默半晌，他的眼中充满了柔情。他让童建中转告程诺，说请她一定要相信自己，马琳的死的确跟自己没有一点儿关系。只要警方能抓到真凶，一切真相都会大白于天下。滨海华业能上市很不容易，公司的事就全靠她了。

荆鸣再三叮嘱童建中，让他和程诺一定要注意身体，马凡就暂时拜托给程诺管了。童建中笑说荆鸣也变得婆婆妈妈了，又不是生离死别，随即又正色道："只要你跟我说的是实话，马琳的死的确和你没有关系，你就不会有事，只不过要作好在里面多待几天的思想准备。"

荆鸣有点忧虑地说："他们会不会找不到真凶，为了向上面有个交代就拿我当替罪羊？"

童建中说："这一点你大可不必担心，你别看郑天雷表面有点粗，可是干起事情来也是个爱认死理的人，只要工作交待给他，他就会想办法把活儿干好干漂亮，陈正军就更不用说了。我最近这些天，为了你这个案子已经跟他们都吵过好几回了。"

7

荆鸣和马琳是五一劳动节结的婚。结婚后的第一个中秋节，荆鸣母亲专门带着两只自己养的土鸡、自己舍不得吃的五十个鸡蛋、几斤山里刚打下来的新鲜板栗和她自己做的腐乳，来滨海看儿子和儿媳妇。她还给亲家带了一条狼皮褥子，说天冷时狼皮褥子特别保暖，但受到了马家的冷遇。荆鸣看见了马尚德父女和自己之间那种巨大的鸿沟，当时荆鸣就对自己的婚姻产生了怀疑，但为了借助马副市长这棵大树，他把不满深深地埋在了心底。

8

办公室里，陈正军看着案发当天的台历，突然眼睛一亮。他抓起电话，拨通了郑天雷的手机。

　　陈正军嘱咐郑天雷："你再到马琳住的那个小区去调查一下，我刚才看日历发现，那天正好是教育法规宣传日，你去区法制办和居委会问问，看那天他们有没有在那里搞什么活动。"

　　下午，郑天雷回来后直接就跑到陈正军的办公室，兴奋地告诉陈正军，那天恰巧就是教育法规宣传日，区法制办、宣传部、教育局、街道办、文明办和学校、幼儿园各单位都在小区里摆放了法制宣传咨询台。学校和幼儿园还表演了节目，电视台也去录了像，宣传的声势还不小，活动整整搞了一天。

　　郑天雷走了以后，陈正军突然又想起了什么，他又立即打电话到电视台，询问电视台那天的宣传录像。电视台的人说："有，但是还没来得及播，因为马琳的死太突然了，台里领导当时忙着马琳的事情，稿子没有审。等马琳的事情过去一切都恢复正常后，法制宣传日的稿子已经失去了新闻的即时性，没有意义了，于是就没有播出，现在作为资料，剪辑后已经入了库。"

　　陈正军感觉到案子有可能又有新的转机，他马上打电话告诉郑天雷："你再辛苦一趟，马上去跑一趟电视台，把那天电视台拍的带子拿回来咱们再看看。那盘录像带上或许有咱们要找的东西。"

9

　　郑天雷很快就来到了电视台新闻中心。林缨子正坐在非线编辑机前审看样带，助手过来说，市公安局刑警队的郑队长来了。

　　林缨子一听，有点儿紧张地问："他来找谁？"

　　助手说："他想把教育法规宣传日那天咱们拍摄的宣传活动录像带调出来看一看。"

　　原来是这样，林缨子紧张得"扑通扑通"直跳的心脏恢复了正常。林缨子告诉助手，去资料库里把那盘剪辑过的录像带给郑天雷。

　　助手问她："你们不是认识吗？你不见见他？"

　　林缨子恨助手多嘴，不耐烦地训斥了助手一句："你没长眼吗？没看我这正在忙着吗？我想和谁见面我自己会安排，用不着你操心！"

　　郑天雷站在门外，听见了林缨子跟助手发脾气。从非线编辑室出来后，郑天雷问助手："你们头儿怎么了？"

　　助手说："谁知道，反正最近好像火气挺大，动不动就骂人。"

　　郑天雷想进去，想了想又觉得算了，就跟林缨子的助手去资料库，一边走一边说："谁都有个情绪不好的时候。"

10

晚上，陈燕从医院回来后又上了一会儿网，打开自己的QQ，发现自己的几个同学都在网上，就在网上跟同学聊了起来。同学知道她母亲的病，纷纷关心了一番，她说母亲还在住院，肺癌。同学们都对她说了不少宽心话。

聊了一会儿，陈燕知道了同学们的大致情况。有几个同学说到房地产公司去做了销售，陈燕说那还不错，对方立刻发来了一条：每天上街给路人发房产公司的宣传资料，一天到晚累得都快受不了了。陈燕说，大家都刚走上社会，不吃点苦是不可能的，又反过来安慰了一下同学。同学问她的工作找着了没有，陈燕说等等再说。

突然，她发现谭宇也上线了，就和谭宇聊了起来。谭宇问陈燕母亲的病情，陈燕大概说了一下，谭宇表示自己要抽时间来看看。

11

林缨子回去后又睡不着了。她不知道荆鸣出事儿会给自己造成多大的影响。

于是，她就打开电脑上网。在网上，她把"马琳"两个字搜寻了一下，发现网上说什么的都有。有人说现在的小偷专门偷抢富人，马琳所住的小区是高档小区，高档小区就是窃贼的盗窃目标；有人说马琳是被入室偷窃的民工杀了；有人说马琳的死就是荆鸣策划的，他先雇好杀手，等他到南海出差时，杀手就行动，这样可以把他自己洗干净；有人说其实杀手另有其人，就是体育局的张大川，张大川想离婚和马琳结婚，但马琳不离，张大川就杀了马琳，等等。

林缨子看着网上的议论还没有牵扯上自己，稍稍放了一点儿心。

第七章
地下情人被迫现身

1

又到星期六了。

早晨，程诺把马凡叫起来，先给他穿好衣服，让他自己去洗脸。马凡在卫生间里洗脸时，她给自己和马凡各冲了一杯热牛奶，切了几片面包，又拿出果酱放到餐桌上。

程诺把早餐都准备好了以后，看马凡还没有从卫生间里出来，就叫："马凡，你怎么还没有洗好？"卫生间里没动静。程诺走到卫生间，推开门一看，马凡正在卫生间里一个人流泪。她抱起马凡问："你怎么了？"

马凡说："爸爸为什么还不回来？"

程诺赶紧安慰他说："爸爸很快就会回来的。爸爸希望等自己回来时，凡凡已经长成一个懂事的好孩子了。不哭了好不好？赶紧吃饭，吃了饭让小魏叔叔把你送到外公那里去好吗？"

马凡说好。

程诺问他洗脸了没有。

马凡说洗脸了。

程诺说要检查一下看洗干净了没有，一看他没洗干净，脖子都没洗，就问他："在幼儿园，老师是怎么教你们洗脸的？小手也没有洗干净。"就又把马凡领到卫生间重新洗了一遍。程诺把他抱到餐桌旁的椅子上，把果酱抹到面包片上递给他，让他自己吃，又嘱咐他小心牛奶烫，慢点儿喝。

两人吃完后，程诺拿起手机给司机小魏打了个电话，让司机过来把马凡送到马副市长那里，说马副市长已经两个礼拜没见外孙子了。

打完电话后，程诺就开始给马凡收拾东西。

程诺问马凡："到外公家画不画画？"

马凡说："我不想画画。"

程诺说："那不行，爸爸回来还要检查你的作业呢。阿姨把你的作业本和图画本都给你装上，到外公家不许光玩，别忘了做作业啊。也不许问外公爸爸妈妈的事情，听到了吗？"

马凡看着程诺，小声说："听到了。"

过了一会儿，有人按门铃，程诺说："好，小魏叔叔来了。"

她打开门，司机小魏就进来了。

小魏问："把马凡送到马副市长家？"

程诺说："对，毕竟是人家的孙子，妈没了，爹也不在，马副市长就剩下这个孙子了，不能老让他待在这里。"

程诺把双肩背的小书包给马凡背上后，又说："记住，到外公家里不许问外公爸爸妈妈的事情。"

马凡犹豫地说："记住了。"

程诺说："好了，到外公家里不许淘气，不许惹外公生气，阿姨明天下午让小魏叔叔再去接你好吗？"

马凡说好。

程诺又吩咐小魏，让他待会儿快到的时候给马副市长家里打个电话，让保姆来接一下，让他送到门口就行了。

小魏说知道了，说完后就抱着马凡走了。

2

马副市长正在家中的书房里看文件。多年来，他养成一个在家办公的习惯。上班时，有时候要下去调研啦、视察啦、剪彩啦，这些务虚的工作经常占用正常的工作时间，有时候有些文件在办公室里看不完，就只好带回家里看。好在家里也就他和保姆，没有太多的家务。过去，女儿周末还时不时地回来看看，帮保姆一起做一桌好菜，虽然人不多，但也算是个幸福温暖的家。现在女儿没了，往后这个家还能算是个家吗？正在他胡思乱想时，听见电话铃响。他拿起听筒，原来是滨海华业的司机小魏。小魏说："马市长，我把凡凡给您送回来了。待会儿我到了后按喇叭，您让保姆出来接一下好吗？"马副市长说好。放下电话后，他想跟保姆说一声，刚想叫保姆时又觉得算了，等会儿听见外面汽车喇叭响时再叫不迟，于是就又戴上老花镜拿起了桌上的文件。

　　马副市长住的是滨海市为市级领导建的连排两层别墅区。每栋楼住一家，每家都是两层，面积为 300 平方米，还带一个挺大的前后院子。马副市长在院子里种了一些花草。保姆说在市场上买的蔬菜都打了大量的农药和施了过量的化肥，不能吃，就抽空在院子里又种了一些辣椒、茄子、黄瓜和西红柿，他一看觉得挺不错，就又让保姆种了几棵苦瓜，说苦瓜是个好东西，清热、去火、排毒。

　　突然，马副市长听见屋外有汽车喇叭在响，就喊保姆出去看看，是不是小魏把外孙子送来了。可是喊了半天没人应声，这保姆最近是越来越不像话了，马副市长刚想发火，突然想起来，早晨吃过早饭后，是他让保姆出门把他的几件衣服送到干洗店去洗了，保姆还没有回来。于是他就赶紧起来开门。

　　刚走到门口，门铃就响了。打开门一看，果然是外孙子回来了。小魏拎着外孙子的小书包站在旁边。他赶紧蹲下身子抱起了马凡。

　　小魏把书包递给他说："马市长，那我就先走了，明天下午我再来接凡凡。"

　　马尚德没抬头说了一句："好吧。"小魏就出去了。

　　马副市长对小魏很熟悉，以前他也经常来接送马凡。按说他应该让小魏到家里坐坐的，可是不知为什么，自从女儿出事以后，他看着滨海华业的任何人都像是杀害女儿的凶手。他现在真后悔为扶持滨海华业付出了那么多心血。

　　他抱起外孙子回到屋里。自从女儿被害，女婿被抓以后，马凡一下子就像是变了一个人，变得不爱说话了。荆鸣已经很长时间不怎么回家了，马凡几乎一直是由女儿在照顾。"这个狼心狗肺的东西，我们马家怎么对不起他了？我虽然只是个副市长，可如果没有我这个副市长，现在他还不知道在哪儿鬼混呢！"马副市长恨恨地骂。

　　他对马凡说："你自己玩，外公还有工作。"马凡就自己在客厅、书房、卧室到处跑着玩去了。

　　门开了，他一看是保姆回来了，就告诉保姆说："马凡回来了，问问他，看他中午想吃什么，就去给他买点儿做上。"

　　保姆应声而去。

　　马凡正趴在客厅茶几上在一个小本子上画画，保姆就问："凡凡，你中午想吃什么？"

　　马凡头也不抬，"汉堡、炸鸡腿。"

　　保姆又问："吃什么？"

　　马凡还是头也不抬，"汉堡、炸鸡腿。"

　　保姆想：汉堡、炸鸡腿？炸鸡腿自己会做，不就把鸡大腿买回来放油锅里炸熟嘛。可这汉堡是个什么东西？保姆就去书房里问马副市长，说凡凡中午要吃汉堡、炸鸡腿。

马副市长说："那中午你就带他去吧。"

保姆问："在哪儿有卖的？"

马副市长说："肯德基，他肯定知道在哪儿，你让他带你去就行了。"

两人正说着话，就听马凡好像在卧室里哭。马副市长跟保姆说："你去看看马凡又怎么了。"

保姆出了书房，在马副市长的卧室里看见马凡拿着马琳的照片在哭。

保姆赶紧过去想把照片拿过来，可马凡紧紧抓着照片就是不松手，一面哭一面喊："妈妈！呜——我要妈妈，我要我妈妈！呜——妈妈！"保姆怎么哄也没用。保姆赶紧跑到书房找马副市长，"马市长，凡凡在您的卧室里找到了一张马琳的照片，抱着哭，我怎么劝也没用。"

马副市长一听，坏了，赶紧站起来去自己的卧室，马凡还在哭，哭得鼻涕一把眼泪一把。两个人左哄右哄，哄了半天也没有哄好，无奈之下，他只好让保姆带走马凡。马副市长拿出钱包，从里面抽出二百块钱交给保姆说："这样吧，你带马凡去动物园玩去，中午他不是要吃汉堡吗，玩够了你就带他去肯德基吃汉堡吧。"

保姆拿着钱带着马凡走了。让马凡这么一闹，马副市长又烦躁起来。他认真擦拭着被马凡的眼泪鼻涕弄脏的女儿的照片。擦完照片后，他在客厅来回踱步，又想起还被关在看守所里的荆鸣，暗自骂了一句："我一定不能轻饶了这个忘恩负义的杂种！"突然，他站住，给秘书打了一个电话，让秘书马上带着检察院的那个项目申请到家里来一趟。

3

童建中从看守所一回到办公室，就立即给林缨子打电话。

林缨子正在总编室开会，挂在脖子上的手机震动起来。她一看是个陌生号码就没有接。但过了一会儿还是这个号码，又打过来了，她还是没接。同事说："别是广告吧？"她说："再来我就接，反正我不打过去。"

过了十分钟，还是这个号码又打过来了。于是，她就出去接电话，只听对方问："你是不是林缨子小姐？"

林缨子说自己是。

对方自称是童建中，是滨海华业的法律顾问，也是荆鸣的私人律师，是荆鸣让自己来找她的，并说自己需要马上见到她。

林缨子说自己在办公室等他，很快童建中就来到了林缨子的办公室。

童建中从林缨子的办公室里出来时对她说："有你这份证词我就有办法了。"

不过，警察很可能马上就会来找你，你要作好思想准备。"听童建中这么说，林缨子又详细地把荆鸣回来那天和自己在一起的细节在脑海里过了一遍。

果然，童建中刚走，两位便衣警察就找上门来。

中午快下班时，林缨子正准备离开办公室，就听见有人敲门。她打开门一看，门外站着两个陌生的中年男人。林缨子问："请问你们找谁？"

其中的一个陌生男人问："你是林缨子小姐吧？"

林缨子说："是，我是林缨子。"

陌生男人说自己是市公安局的，有些事情想找她调查一下，说着，就向林缨子出示了证件。

林缨子有些慌乱，心"扑通扑通"乱跳。她把这两人让进办公室，问对方想了解什么事情。警察说，让她到市公安局去一下吧，不会耽误她多少时间的。

林缨子嘴上说好，心里更慌了。她看看市公安局的来人，让他们稍等一下，拿出化妆盒里的小镜子稍微补了补妆，佯装很轻松。但是她心里很清楚，荆鸣的案子终于牵连到自己了。

林缨子跟着两位警察下楼后，看见了停在外面的警车，她说："我能开我自己的车吗？"警察说可以，让林缨子在后面跟着自己。

4

林缨子虽然因为"项链事件"对荆鸣有了好感，但两人并没有单独接触过。因为以林缨子的孤傲，她绝不会主动去和荆鸣这个大富豪套近乎的。林缨子真正和荆鸣认识是在另一次集体采访中，当时荆鸣捐款 500 万元在云南建了两所希望小学，另外又拿出了 200 万元为这两所小学配备了图书室和体育设施。市委市政府都对此事非常重视，市委宣传部组织媒体进行了跟踪报道，包括报纸、广播、电视，一共组织了滨海市六家媒体九名记者，由市委宣传部一位副部长亲自带队，远赴云南。林缨子为自己争取到了采访团的名额。那天，在"东升希望小学"的开工典礼上，荆鸣动情地回忆起自己小时候在太行山深处那座三线兵工厂的往事，回忆起自己在垃圾堆上捡到一本小学五年级的语文书时的欣喜若狂，回忆起因武斗学校停课无学可上时的悲伤，说到动情处，荆鸣的眼中饱含泪水。就在那一刹那，林缨子被打动了，她提出单独为荆鸣做一个专访，荆鸣爽快地答应了她的请求。那时候，林缨子的家庭生活刚刚因为老公的出轨而发生了变故。为了报复丈夫，当然也为了和荆鸣发生一点儿浪漫故事，在这次专访之后，她开始大胆地向荆鸣抛出了暧昧的信息。

回到滨海市后，林缨子很快就把节目编完，她打电话给荆鸣告诉他播出时间，荆鸣说谢谢她，并提出最近想请她吃饭。林缨子立刻就答应了荆鸣的饭局邀请。一周后，林缨子就接到了荆鸣的电话，对此她一点都不感到意外，她对这个男人稳操胜券。

他们两人在一个五星级酒店的茶餐厅见面，林缨子穿的还是上次记者招待会那天穿的那条黑裙子。

"林小姐，你老公是干什么的？"荆鸣问。

林缨子问："你怎么就这么肯定我有老公呢？"

荆鸣说："像你这样气质好长得又漂亮的美女，恐怕十六七岁就已经有一个连的男孩子追了吧？"

林缨子得意地笑了笑，但很快笑意就从脸上消失了。

荆鸣一看，赶紧道歉，说自己不该打听别人家的私事儿。林缨子说没关系，他在市质量技术监督局工作，是自己的大学同学。

荆鸣说："不错嘛，好单位。"

林缨子把嘴一撇，说："单位是不错，但人是个窝囊废，都十年了还连个副处级都没有混上。"

荆鸣问："难道能混个一官半职就是成功吗？"

林缨子发现自己刚才说得有点儿不妥，就补充道："其实我倒不是说一定要让他混个一官半职，但他太窝囊了，整天像个没嘴葫芦。"

荆鸣说："现在老实人是吃亏，但女人嫁个老实男人居家过日子倒是个不错的选择。"

林缨子和丈夫的关系这几年一直很紧张，经常为琐事吵架。林缨子说昨天晚上还和丈夫吵了一架。她和丈夫研究生毕业以后，她如愿以偿进了电视台，丈夫的工作也不错，被分配进了滨海市质量技术监督局。但丈夫在这个单位都13年了还是个一般干部。林缨子埋怨丈夫："看别的同学，最次的也混上副处级了，你现在连一个正科级都没有混上，自己就不觉得丢人吗？"她越来越觉得自己嫁错人了。

丈夫在单位这么多年也没有混上个一官半职，所以社交活动就少，每天就是从家里到单位，从单位到家里。再加上他也没有什么爱好，下班回到家里第一件事情就是开电视。偶尔有同学聚聚，再就是参加婚礼。林缨子想想真是后悔，自己当年怎么就那么没眼力。结婚头几年因为经济状况不允许，他们决定推迟几年再要孩子，可是很快，林缨子就对自己的婚姻产生了怀疑。

林缨子性格外向，丈夫则性格内向，很多同学朋友甚至家人都认为他们的婚姻是非常完美的。两人都是研究生学历，都出自干部家庭，女的性格外向可以主外，男的性格内向就主内。而且，外向型的妻子在家不会受内向型丈夫的欺负。

果然，林缨子在电视台如鱼得水，很快就上了道，把自己的工作干得风生水起、有声有色。而丈夫进了质量技术监督局后就像是把一粒沙子扔进了沙漠，沉寂了下去。林缨子慢慢地开始不愿回家了，随着她的名气越来越大，社交活动也越来越多，因此她回家也越来越晚，丈夫对她也越来越不满意，争吵就越来越多。

荆鸣问她："昨天晚上刚吵完架，今天晚上还是出来应酬，你就不怕他和你离婚？"

林缨子说："我正犯困呢，巴不得他给我送个枕头来。"

荆鸣一听就笑着说："那我就是你的枕头了？"林缨子脸一下就红了，为了掩饰自己内心的羞涩，她低下头端起咖啡轻轻地啜了一口。

"我喜欢你。"荆鸣看着林缨子的眼睛说。

"一定有很多女人主动向你投怀送抱吧？"迟疑了片刻，林缨子问道，"为什么偏偏是我？"

"因为你漂亮而独特，气质不俗。"荆鸣看着林缨子的眼睛说。

林缨子没有假装娇羞低头，那不是她的性格，她左边嘴角微微上挑，看着荆鸣，不置可否地一笑。

后来又通过几次接触，林缨子喜欢上了荆鸣这个成功的男人。不为别的，她觉得荆鸣身上有一种大多数男人都不具备的独特气质。她对荆鸣很快就产生了一日不见如隔三秋的感觉。可是，她主动约荆鸣三次，荆鸣总能以各种借口推掉一两次。这让她对荆鸣更着迷。因为别的男人都是千方百计地寻找借口约她吃饭，给她送什么保龄球馆、游泳馆、网球馆、高尔夫球馆的贵宾消费卡。但荆鸣却从来没有给她一张什么贵宾卡。她越来越觉得荆鸣这个男人与众不同。有了那层关系之后，她想，就是不要名分也值了。

5

有一天，林缨子又去参加一个饭局，回到家时已经是凌晨十二点半了。因为应酬多，她经常半夜回家。丈夫还没有睡，独自坐在客厅看那些无聊的电视。林缨子进门时丈夫没理她，她问了一句："你怎么还不睡？"

丈夫还是没理她。

她知道丈夫这个蔫人生气了，就解释说今天晚上自己有个应酬。丈夫一句话差点把她噎死："你是谁？你今天干什么和我有关系吗？"

林缨子也火了，问他怎么了，是挣钱多了还是被提拔了。

丈夫不吭气了。

林缨子反而来气了，"你整天就像个没嘴葫芦，三扁担打不出个屁来，钱挣不上，就会在我跟前耍威风，你还是个男人吗？有本事你到你们单位要去，到外面耍你的威风去，别跟我耍！"

丈夫把遥控器往地上一扔，指着她大发脾气："你以为你挣钱多就可以为所欲为吗？你不要忘了，你是有家的女人！不要把自己当成野女人夜不归宿！你自己算算，一年中你有几天是一下班就回家的？"

林缨子也大怒："怎么了？想让我当家庭妇女？想让我像一个老妈子似的每天早早回家给你把饭做好，给你把衣服洗干净，晚上再陪你上床？你也配？！你应该找一个家庭妇女当老婆！我怎么瞎了眼嫁给你这么一个没本事还不讲理的男人！"

丈夫说："是啊，我当初也真是瞎了眼了，找了你这么个女强人、社会活动家、大众情人！我多有面子！"

林缨子把皮鞋胡乱一甩，先去卫生间洗了洗，就进了卧室，把门使劲一关又从里面反锁上，爬到床上哭了起来。她真后悔那么早结婚。她又想起了荆鸣，自己当年怎么就没有遇上荆鸣那样的男人呢。哭了一会儿，她就给荆鸣发了一条短信，说自己想他了。

过了一会儿，荆鸣的短信就来了，问她在哪里。

林缨子回短信说自己在家。

林缨子说："我特别想你。"

荆鸣短信："缨子，我也想你，但我不能给你承诺什么。"

林缨子："我不要你的任何承诺，只要你心里有我，我就很满足了。"

荆鸣："谢谢你，宝贝儿。"

林缨子："明天咱们能见面吗？"

荆鸣："可以，明天见。明天晚上咱们一起吃饭，你先睡吧。"

林缨子："好，你也早点儿睡。"

荆鸣："好。"

自从遇上荆鸣后，林缨子和丈夫爆发的家庭战争似乎多了很多。她经常不自觉地拿自己的丈夫和荆鸣比，不比还没什么，一比就觉得自己的丈夫差得太远了。

林缨子的丈夫也因为不满妻子整天早出晚归不着家，还经常半夜回到家里时带着满嘴酒气，便也开始在外面找女人了。一次，林缨子到外地出差，他大胆地把情人带到了家里，没想到林缨子提前回来了。

林缨子问那个女人："来我们家几次了？"丈夫的"红颜知己"被吓得够呛。林缨子厌恶地看了丈夫一眼，夺门而出，出门后给荆鸣打电话，问他在哪儿。荆鸣说在外面吃饭并让她过去，她让荆鸣吃完饭后给自己打电话。荆鸣听出不对劲，就问她怎么了。她不说，只说等荆鸣吃过饭后给自己打电话就行了。挂了电话之后就去了办公室。

荆鸣结束了饭局后就立即给林缨子打了电话，问她是不是出了什么事儿了。林缨子说今晚自己没地方去了，要到他那儿去。荆鸣说那好办，自己那里房子大，房间多，再住几个人也能住下。于是，林缨子就去了荆鸣在丹枫庄园的别墅。

林缨子来到了荆鸣的别墅。荆鸣拿出咖啡炉具，一边煮咖啡一边问她怎么了，是不是又和老公吵架了。林缨子说自己刚出差回来，回家后正好撞见老公和另一个女人在床上。林缨子边说边用小勺搅着咖啡杯里的方糖。

荆鸣开导她说，其实男人女人都经不住这种诱惑，特别是当碰上能让自己眼前一亮的异性时。发生这种事情，双方还是应该冷静下来好好谈谈，报复对方绝不是好办法。

还没等荆鸣说完，林缨子就打断了他，"别说是跟你这样的成功人士相比，就算他能顶你的十分之一我也认了，可就他这样的窝囊废竟然也去找情人了，你说谁能想得通，所以我已经决定了要跟他离婚！"

荆鸣说："缨子，我希望你重新考虑和你老公的离婚，中国有句老话叫英雄难过美人关。"

林缨子说："他也配叫英雄？狗熊还差不多。"

荆鸣说："英雄都难过美人关，何况普通人呢？所以我觉得离婚大可不必。"

林缨子说："我就是看不起那种下贱男人，只要是个女人就想去勾引。"

荆鸣说："你不是在说我吧？再说我可没有故意引诱你啊。"

"对于女人来说，有时候无形中的引诱才是最致命的。"林缨子说，"你和他们不一样，你没有勾引我，是我主动勾引你的。"

"你看，女人不也一样经不起诱惑吗？"

"是的，你说得没有错，女人也一样。有些傻女人，也不管男人是真情还是假意，给点甜言蜜语、小恩小惠就全身心付出，以为自己得到了世界上最纯美的爱情。"

"你是个傻女人吗？"这话听起来很像是调情了。

林缨子看着荆鸣，微笑不语。

林缨子很快就和丈夫离了婚。

从此，她做了荆鸣不为人知的地下秘密情人。但荆鸣对她约法三章，说他们两个只能做秘密情人，他不希望破坏林缨子的公众形象，自己和林缨子的私情要绝对保密，不能被外界所知。林缨子虽然心里不太痛快，但还是答应了。

6

在市公安局的一间小会客室里,林缨子接受了郑天雷和罗铁的询问,而陈正军、萧玫则在监控室里观察着询问的进展。

郑天雷看林缨子有点紧张,就给她倒了一杯水,放在她面前说:"你呢也不要紧张,我们把你找来主要是想落实一件事情。"

林缨子虽然心里有点儿慌乱,但还是极力使自己镇定下来说:"没关系,你们问吧,只要是我知道的。"

郑天雷开门见山地问:"你和荆鸣是什么关系?"

林缨子迟疑了一下,说:"好朋友。"

"好到什么程度?是一般的好朋友,还是有男女私情的朋友?你和荆鸣是怎么认识的?"

林缨子就把自己和荆鸣认识的经过讲了一遍。

郑天雷又问林缨子,马琳死的那天见没见过荆鸣。

林缨子推托说记不清了。

郑天雷让她再好好想想。

林缨子作出思索状,想了半天儿,最后说:"好像没有见面吧,我们见面也是不定时的,有时候大家一忙起来一个月不见面都是常事。"

郑天雷一针见血地说:"荆鸣记得挺清楚,他说那天他偷偷从南海回来就是为了见你,你怎么会记不清?要不然就是他在说谎?"他又强调说,"现在这个时候说谎是极不明智的表现。"

林缨子低头不语。又过了一会儿,林缨子咬了咬牙,抬起头说:"事情既然已经到了这一步,我也就顾不了自己的面子了,那天下午,从1点到4点,荆鸣是一直和我在一起。"

郑天雷问:"你们是在哪里见的面?"

林缨子说:"在丹枫庄园荆鸣的一套别墅里。"

丹枫庄园是滨海华业地产开发的一个高档别墅小区,荆鸣在这个小区也有一套别墅。

在监控室里的陈正军、萧玫很诧异林缨子的记忆力,不禁对视了一眼。

林缨子继续回忆说:"那天荆鸣好像是12点前下的飞机,吃完中午饭是1点多,然后我们两人在卫生间里冲了个澡,又在一起缠绵了一会儿,荆鸣就抱着我睡了,到4点钟我醒来喝水时,荆鸣还一直保持着抱着我的姿势,所以我才这么肯定。"

郑天雷问她:"你就敢这么肯定,在这期间他没有离开过?"

　　林缨子说："对，因为那天中午我们两人就喝了一小杯葡萄酒，不存在喝醉酒的问题，而且连续几天加班，晚上没有休息好，所以，我也有点儿困了，躺在荆鸣怀里不知不觉就睡着了。"

　　郑天雷继续追问她，是否敢肯定从中午 12 点到下午 4 点荆鸣没有离开过。

　　林缨子态度非常坚决地说，自己敢肯定。

　　郑天雷问，他们当时喝得什么牌子的葡萄酒。林缨子说是一种新疆产的石榴酒，两人只喝了不到一瓶。

　　林缨子说，马琳的死绝对和荆鸣没有任何关系，就算他们的关系再紧张，正处于事业高峰的荆鸣也不会出此下策的。

　　郑天雷说："我们也是这样想的，不过这都是我们的一厢情愿。马琳的死到底和荆鸣有没有关系，你说了不算，我说了也不算，要事实说了才算。"

　　郑天雷希望林缨子能陪他们去一趟丹枫庄园。林缨子问："有必要吗？"郑天雷说有必要，并让罗铁立即去把搜查证开出来。

　　几人驱车很快就来到了丹枫庄园荆鸣的别墅。他们对荆鸣的别墅进行了仔细搜查，先发现了在餐桌上放着的一只红酒瓶。郑天雷戴上手套拿起一看，是一种产自新疆和田的石榴酒，瓶里还剩有大约八分之一的酒。旁边还有两只酒杯，酒杯里还有一些没喝尽的酒底子。现在，酒里的水分蒸发完了，只在酒杯里留下了厚厚的一层红色。看来荆鸣走得忙，连桌子都没来得及收拾。郑天雷问林缨子："是这个吗？"林缨子说是。郑天雷问："这两只酒杯是你们那天喝酒时用的吗？"林缨子说是。郑天雷又问林缨子："当时你坐在哪儿？"林缨子指认了位置。郑天雷又让罗铁给两只酒杯编上号，分别贴上了标记。

　　荆鸣的别墅里没什么有价值的发现，郑天雷决定把这瓶他们喝剩下的酒和两只酒杯带回去化验。出了别墅后，林缨子说要没别的事情她就回去上班了。

　　郑天雷说："今天先这样，以后我们有什么别的事情还会再找你的。"

　　回到市公安局，郑天雷立即就让罗铁把从荆鸣别墅带回来的酒和两只酒杯送到化验室去。

　　郑天雷回到办公室，和陈正军、萧玫等继续讨论着案情。

　　萧玫说："看来张大川的嫌疑基本可以排除了吧？"

　　陈正军说："先不要着急排除，不过他的嫌疑程度倒是可以降低了。"

7

　　林缨子回到办公室以后，一直心神不宁，她总觉得事情有些蹊跷。深夜，她在办公室里编节目，又拿出了上次郑天雷来借的那盘录像带，把录像带插进了机器。看着看着，林缨子忽然睁大了眼睛，惊恐得就像见了鬼。画面中一群人正在发传单，一辆出租车驶过，因为出租车司机伸手接传单时车速慢得几乎停了下来，坐在后排的人似乎想躲避什么，刻意低下了头，但就那一瞬间，林缨子还是从侧面看出这个乘客就是荆鸣。她把带子倒了回去又看了一遍，并定了格，没错，就是他。虽然荆鸣化了妆，一副休闲的打扮，但是林缨子还是一眼就认出他来了。那警方肯定也已经在这盘录像带上看见了荆鸣。那今天白天自己在市公安局时他们为什么没有让自己看这盘带子？

"天啊！录像上显示的时间是下午 3 点钟。那床上的荆鸣哪去了？难道他会分身术？要不就是他给自己喝的酒里放了安眠药？"想到这里，林缨子觉得身上的汗毛立起来了，她激灵灵打了个冷战。

"天哪！难道荆鸣就是趁自己睡着的这一点时间回家去杀了马琳？"

林缨子不敢再想下去了，可是，荆鸣的身影在自己脑海里怎么也挥不去。她和荆鸣在一起的一幕幕又像过电影似的不断涌现。

8

林缨子离开之后，陈正军和萧玫回到检察院办公室。

萧玫说："奇怪，明明出租车上那个人就是荆鸣，可是林缨子为什么坚持说荆鸣一直和她待在一起？难道她想替荆鸣掩藏什么？"

陈正军低头，沉思不语。

自从他让郑天雷去电视台把那盘录像带拿回来后，他们就认真地把录像带翻过来倒过去地看了好几遍。在看第一遍的时候，他们就已经从林缨子给的那盘已经编辑过的录像带上看出一个人非常像荆鸣。但是，林缨子却一口咬定当时荆鸣和自己在一起，没有离开过，案子似乎又进了一个死胡同。

陈正军突然想起张大川。自从在机场的监控录像中发现荆鸣后，专案组都认为这个案子柳暗花明了，可是现在案子好像又进入了死胡同。既然在荆鸣这里打不开缺口，陈正军决定再次安排郑天雷提审张大川。他准备给张大川扔一颗重磅炸弹，看看张大川的反应。

于是，陈正军立即给郑天雷打电话。

郑天雷一听陈正军说想再提审一下张大川，就说："老陈呀，我也正想着这事儿呢，你在办公室等着，我这就去接你。"

公安局和检察院经常为一些案子闹不愉快。比如一个案件，公安局根据刑警队对案件的侦破，报检察院批准逮捕时，检察院有时会以证据不足直接把案件又打回公安局要求公安局补充侦查。因此，公安局和检察院两家经常为这些事情闹矛盾，但陈正军和郑天雷之间的私人感情还是不错的。

陈正军拿上公文包下楼等郑天雷。

许省身检察长从外面回来，看见陈正军站在大门口，就让司机停车，摇下车窗玻璃问："老陈，你站在这儿干吗？"

陈正军说："我准备去一趟看守所，再提一下张大川。"

许省身问陈正军，妻子的病怎么样了。陈正军说还在住院。许省身让他多在医院陪陪陆宝燕，案子的事情就先让萧玫多费点儿心，实在人手不够，院里再派其他同志。

陈正军说自己从看守所回来就去医院。

许省身很奇怪他怎么没要车。

陈正军说："我搭刑警队的便车，待会儿郑天雷来接我。"

许省身下了车让司机把车开进去，笑着说："你还真是挺会过日子的。"

陈正军也笑笑，说："谁让他们刑警队的经费比咱们充裕呢！咱能省就省一点吧。"

正说着，郑天雷开着车来到大门口。陈正军跟许省身告个别就上车走了。

一路上，陈正军和郑天雷细细研究着提审的细节，两人之间形成了越来越多的默契。

9

张大川显然不像刚进来时那么暴躁了，但情绪似乎还不稳定。

张大川被看守人员带到了会见室，陈正军在监控室里密切注视着提讯。

短短几天，张大川原本乌黑浓密的头发似乎变得有些枯黄，也掉了不少，间或还能看见一些白发。郑天雷指着一把椅子对张大川说："坐吧。"

张大川一言不发地坐下。郑天雷先问了他的生活情况，张大川说："我没有杀马琳，我是被冤枉的。"

等张大川说完后，郑天雷明确地告诉张大川说："我们找到了荆鸣在案发当天回到滨海的证据，而荆鸣自己也已经承认了在案发当天回到过滨海。"

张大川急忙打断郑天雷的话："那就是他！就是他干的！杀人凶手！"

郑天雷摆摆手，制止了张大川："你不要激动，听我先把话说完。已经有人作证，在马琳出事的那个时间段荆鸣并不在案发现场。而在案发的时间段却没人能证明你不在现场，这也就是说，现在你的作案嫌疑并没有下降。"

张大川猛得一惊，忽然，他像疯了一样跳了起来，歇斯底里地喊道："他在说谎！他在说谎！那天他在现场，是他杀死了马琳！这个骗子！"

郑天雷、罗铁一言不发地看着他。

接下来，张大川像泄了气的皮球一样，对郑天雷吐露了一段实情。

那一天是星期五，马琳说下午没什么事，想让张大川过去。于是，中午下班后两人找了个饭馆随便吃了点儿东西就一起来到了马琳家。

在马琳家，张大川看见马琳大腿内侧有一小块溃烂，就问她是怎么回事儿。马琳说是荆鸣用烟头烫的，因为她和荆鸣回自己父亲家时，马副市长似乎发现了女儿心里有苦不愿表现出来。马尚德问她时，她说没事儿，并且还和荆鸣做出很亲昵的样子，但马尚德和荆鸣都看出来了，马琳脸上的幸福是装出来的。回到他们自己家后，荆鸣就用烟头烫了马琳。这几年，荆鸣一直在找各种理由惩罚马琳。

没想到，那天下午三点多荆鸣回来了。当时张大川十分紧张，他认为荆鸣一定不会放过自己的，没想到荆鸣并没有表现出愤怒，只是对他说，自己早就知道马琳和他私通，而且也有证据，只是不想说破，今天既然撞破了那就把事情做一个了断。荆鸣对张大川说，有两条路让他选择：一条是让张大川写下他和马琳私通的证据；一条是他现在就给体育局和教育局领导以及派出所打电话，把他们都叫来，把马琳她父亲也叫来。荆鸣说，他要让马副市长和体育局、教育局的领导们和派出所的警察一起，来个现场办公。

马琳也豁出去了，对荆鸣破口大骂，骂他是个无耻的卑鄙小人、伪君子。马琳说自己和张大川已经好了好几年了，"有本事你杀了我呀！"荆鸣指着马琳骂道："偷人你还有理了？你比暗娼还胆大，暗娼也不敢在自己家里接客，你就敢！"骂完后，荆鸣抬手打了马琳一个耳光。

张大川自知理亏，拦住荆鸣说："你不要打她，要打就打我吧。"

荆鸣阴阳怪气地说："打你的情人你心疼了？"

张大川问他，马琳身上的伤是怎么来的。荆鸣说："那是我和我老婆的事情，与你无关。"张大川说："既然你不爱她为什么不和她离婚？"荆鸣说："张大川，你的爪子伸得太长了，小心有一天我把它剁下来！"然后，荆鸣又指着张大川的鼻子说："你也配说爱？"张大川说："这话应该我反过来问你。"荆鸣说："你要不写，那我也就顾不得我的脸面了。你要不想把事情闹大就乖乖地写一下你们私通的经过吧。"为了不把事情闹大，最后张大川就给荆鸣写了一份自白。他写了自己和马琳真心相爱时的幸福和被双方家庭拆散时的痛苦，又提到自己与马琳是分手多年后偶然相遇的，虽然双方都已经结婚成家，但在面对自己的初恋女友时，自己没有能够把持住自己。

荆鸣对张大川写的这个东西很不满意，但张大川说："这就是我们私通的证据了，你要不愿撕破脸那最好，你要想撕破脸的话我张大川奉陪到底，我是光脚的不怕穿鞋的。"

荆鸣说，除非有必要，否则他不会把它公之于众的，因为他作为滨海市的社会名流、公众人物，丢不起这个脸。之所以让他写下这份证据，是因为离婚时有用。

10

原来，早在荆鸣和马琳认识之前，张大川已经是和马琳谈了多年恋爱的恋人了。张大川比马琳大三岁，两人从小玩在一起。马琳失去母亲后，有时候被小朋友欺负了，张大川就以大哥哥的身份出面保护妹妹马琳。久而久之，马琳对张大川产生了依赖感。整个小学期间，两家对他们的交往没有进行过干涉。上中学后，特别是从初二开始，马琳对张大川的感情慢慢地发生了一些微妙的变化。她开始关注张大川的一举一动。当时，张大川是班上的体育委员，也是学校篮球队的中锋。每次学校组织篮球比赛，马琳都会给张大川买来矿泉水，给他拿衣服，在场边给他加油。甚至连学校和学校之间的篮球比赛，只要张大川参加，马琳都会去观赛，她喜欢看张大川在球场上那矫健的身影。

张大川考上大学了，马琳暗自决定，自己这一生一定要托付给张大川。

那是一个甜蜜的夜晚，几名同学一起来到一个餐厅，吃完晚饭后大家提议去唱卡拉OK，于是又一起来到了一个卡拉OK厅。马琳在那里第一次当着同学们的面依偎在了张大川的怀里。也是在那里，马琳把自己的初吻给了自己的心上人。

本来中国人传统的联姻观念讲究的就是"门当户对"。门不当户不对的婚姻不会被人们看好。马琳的父亲马尚德当时是滨海市的计划委员会主任，张大川的父亲张志臣当时是滨海市财政局局长，两人都对孩子们过密的交往睁一只眼闭一只眼。张大川的父亲有一次还跟马琳的父亲开玩笑说："老马呀，我看你得给马琳准备嫁妆了。"马尚德也开玩笑说："没问题，你赶紧准备聘礼吧。"按说张家和马家应该是门当户对了。可是非常不凑巧的是，就在马琳大学二年级那一年，滨海市一位主抓经济的副市长上调到省里供销总社任职，滨海市必须从懂经济的领导里面选拔一名副市长，张大川的父亲和马琳的父亲在副市长一职上展开了激烈的争夺，并反目成仇。

马尚德向组织部、纪检委反映财政局局长张志臣违规挪用专项资金、盖超标准住宅楼、买走私车等违纪行为。张志臣也到纪检委和组织部反映马尚德曾经在一些招投标的大项目上接受贿赂，并说在三环高速路的建设中，马尚德有重大受贿嫌疑。另外他还有一处秘密住宅，并在里面养了一个情人。

马尚德坚决要求女儿和张大川断绝关系。马尚德说："你知道张大川他父亲是怎么在外面到处败坏我的吗？你就是嫁给张大川，他们家也不会给你好日子过。所以你必须和张大川断了。"

马琳在家里又哭又闹，但父亲一点也不通融。马尚德说："马琳，从你五岁开始，爸爸是既当爹又当妈，为你操了多少心呀！爸爸现在这样做还不是为了你好吗？"

马琳说："你为了你的仕途，就可以拿女儿的一生作赌注吗？"

马尚德一听就火冒三丈，打了女儿一耳光。

马琳想起自己从小失去母亲，是父亲既当爹又当娘地把自己拉扯长大。她想起了父亲对自己无微不至的关心、呵护。马琳退让了，她觉得自己不能为了自己的幸福就让为自己操碎了心的父亲失望，既然父亲态度这么坚决，那就只能牺牲自己的爱情了。

张大川毕业后被分配到了滨海市体育局，在运动管理处任职。

一天，张大川回家后，父亲问他现在是不是还和马琳保持着恋爱关系。他说是的。父亲却斩钉截铁地说："你们必须结束。"他很奇怪，就问父亲为什么。

过去父亲从来没有干涉过他们的交往。但父亲接下来的话却给了他当头一棒："不为什么，姓马的就不是什么好东西，搞阴谋诡计是一把好手，这么多年我都没发现。这次他为了和我抢副市长，就像一条疯狗乱咬，我差点儿就栽在他手上。就凭他的这副德行，她女儿怎么可能会优秀？我怕你上了他们父女的当。"在张大川的一再追问下，张大川的父亲给儿子讲了马尚德是怎么拿自己的女儿和当时的市委书记潘尚义做交易，怎么无中生有地造谣说自己在财政局挪用专项资金，让纪检委把自己查了一个多月。他气愤地大骂马尚德真不是个东西！

张大川一听就知道，在自己父亲和马琳父亲之间的政治博弈中，自己和马琳的爱情算是彻底完了。两位在政治这个棋盘上博弈的棋手谁都不愿意在这么关键的时候让儿女们的私事耽误各自的政治前途。

市委组织部门和纪检委对两人互相揭发的事情都进行了调查。张志臣违规挪用专项资金盖超标准住宅楼和买走私车等违纪行为确实存在，而马尚德收受贿赂却没有什么过硬的证据，至于说他养女人，大家都心知肚明，反正他没老婆，你就是抓住他们了又能说明什么问题？还不让老同志谈恋爱了？

在检举张志臣的同时，马尚德还积极地对当时的市委书记潘尚义进行公关。他把自己家里祖传的一块玉佩送给了潘书记，另外还几次硬带着马琳到潘书记家里登门拜访。最后，在市委书记潘尚义的极力推荐下，马尚德终于击败了张大川的父亲张志臣，如愿以偿当上了副市长。潘书记一家都对马琳非常满意，说老马培养出了这么漂亮懂事儿的好女儿，干脆给他们家当媳妇儿吧。从此，潘公子开始展开了对马琳的爱情攻势。

而滨海市小圈子里已经有潘尚义要去省里任副省长一职的消息。发现潘公子在追求自己的女儿，马尚德心里非常高兴，他想：只要攀上了潘尚义这棵大树，自己的仕途还将会有一个大的发展，于是就极力撮合。但马琳却一点儿也看不上潘志新。

一天，马尚德说："潘志新这个年轻人我看也不错，我就不明白你为什么就看不上眼？"马琳说潘志新不学无术，在追自己时还和另外两个女孩儿勾勾搭搭。马尚德想了想说，年轻人男男女女在一起也不一定就是谈恋爱嘛，让马琳先和他接触一下。但马琳就是不干。

从此，张志臣就对马尚德恨之入骨。马尚德当上副市长后，对女儿死活不愿嫁给潘公子虽然不再强求，但也决不允许女儿继续和张大川交往。有一次他竟然对女儿极端地说："哪怕你嫁给一个体育局看大门的、烧锅炉的，我也决不允许你嫁给张大川。"马琳大哭了一场，把自己关在家里三天不吃不喝，就这样，父亲依然固执地说决不允许马琳继续和张大川交往。马琳的爱情就这样被扼杀了。

马琳和张大川谁都没有向对方说出"既然家里又都不同意了，那我们就散了吧。"这句话，虽然两人见面已经是一件十分困难的事情，但两人都把对方藏在了自己的心底。

在答应了父亲再不和张大川联系后，马琳又回到了学校。

这时，荆鸣出现了，他是学经济的硕士研究生，已经通过了托福考试，下半年就要去美国哈佛大学攻读博士。这时的荆鸣踌躇满志、前途无量。而且，在校学生会担任文体委员的荆鸣还是学校的名人。

荆鸣的出现对于马琳来说似乎是天意。那一天，学校来了一个美国的大学考察团，荆鸣自然被抽调出来陪客人。美国客人们想了解学生们的情况，于是，学生们都被安排坐在上大课的阶梯教室里等候着美国客人的到来。马琳坐在阶梯教室中间的走廊边上。在等待的过程中，马琳打开一本书，一边看一边玩着手中的一支笔。她不知是什么时候学会的，把笔夹在右手食指和中指之间快速转动，还在四个手指之间快速地传递，据说这样可以锻炼大脑。正当她玩得起劲儿时，荆鸣陪着美国客人进来了，这时她的笔突然从手上掉到了地上，荆鸣弯下腰捡起笔递给她时，看着她并对她笑了笑说："美女，拿好。"

在大学里，男生喜欢给学校的美女打分、排座次，马琳被学校的男生评为学校十大美女中的第三名。因此，马琳对别人叫自己美女虽然是全盘接受但决不会把得意表现在脸上。但今天不一样，听到这个帅哥把笔递给自己时说了一句美女，她也矜持而礼貌地还了一句："谢谢。"荆鸣陪着校领导和美国客人径直走到教室最前排就座。她也不知道这个给她捡起笔的人就是荆鸣。

旁边一个女生跟她说："喂，你好幸福耶！刚才给你捡笔的就是荆鸣耶！你不认识他？"她侧头看了看这个荆鸣的崇拜者，心想：这么愚蠢的人也能考上大学？马琳冷冷地说："荆鸣有什么了不起？他好几次请我吃饭我都没去。"这让旁边那位荆鸣的崇拜者更加羡慕不已。

其实，马琳当时也仅仅是听说过荆鸣这个名字，也知道学校里不少女同学都在主动追他，但从来就没有想过什么时候去认识一下这个校园里的名人。

因为那时候张大川完全占据着马琳的心。作为地方政要的子女，马琳见过的社会名人太多了。官宦子弟基本都有一个通病，那就是喜欢比权势地位，看不起地位比自己父辈低的，对所谓的校园名人她更是从来就不屑一顾。

但马琳非常欣赏有作为的男人。从那以后，马琳开始有意识地打听关于荆鸣的一些事情，并开始了有意接近荆鸣。马琳成功地策划了几次和荆鸣的偶遇，荆鸣当时的女朋友也因这几次"偶遇"离开了荆鸣。马琳和荆鸣开始慢慢地走到了一起。

虽然自己父亲如愿当上了副市长，但马琳知道张、马两家结怨已深，她已经不可能再和张大川走在一起了。在她和张大川的感情已经搁浅并且没有起死回生的可能时，荆鸣在一定程度上成了她的一个精神寄托。于是两人恋爱了。

虽然荆鸣在学校里是个校园明星，但由于家境贫寒，他在生活上非常节俭。而且，荆鸣的自尊心也非常强，决不允许自己接受别人的施舍，但同时他也很自卑。自从马琳发现这一点后，每次给荆鸣钱时都用了一种非常规手段。她觉得荆鸣没钱了，就会拿出一百块钱对荆鸣说自己这儿不舒服，那儿难受，想吃这个想吃那个，求荆鸣去买，每次荆鸣买回来后她随便吃上几口就说自己不想吃了，非逼着荆鸣吃了。有时候逛书店，看见荆鸣喜欢哪一本书，她就立刻买回来。她知道时时刻刻小心，不要伤害到荆鸣的自尊是维系他们爱情的唯一办法。马琳对待荆鸣非常慷慨，她这些大大方方的做法，甚至让荆鸣感觉她更像自己的一个哥们儿，对此荆鸣心存感激。情感总是复杂的，就这样有爱情、有感激。但不管荆鸣是怎么想的，马琳知道，自己的爱情已经死了。马琳之所以愿意和荆鸣走到一起，更重要的因素是：荆鸣非常优秀。这和爱情似乎没有多大关系。

马琳非常有心机，她知道以自己所了解的荆鸣的个性，假如荆鸣知道了自己的家庭背景，那他们的感情就很有可能会画上一个句号。所以，她只是告诉荆鸣自己从小就失去了母亲，是父亲把自己拉扯大的。父亲是滨海市一个干部。为了自己，父亲一直没有再婚。马琳还告诉荆鸣，父亲曾经想要让她嫁给当时的滨海市委书记的儿子，书记也对自己非常满意。这位市委书记马上就要调省里出任副省长了，想在他离开滨海前，让他们把婚结了，书记公子也不时给她送花啦、请她吃饭啦什么的，但自己一直没有答应。荆鸣对马琳这一点非常欣赏，认为她不世俗。直到他们领了结婚证后，荆鸣才知道原来自己的老丈人竟然是滨海市主管经济的副市长。后来，当他们之间出现感情问题了，荆鸣再想想马琳说过的这些话，就觉得有问题了。市委书记的公子很可能是个纨绔子弟，这一点后来他在滨海办实业的社会交往中得到了证实，所以马琳不愿嫁给他。当然这是后话了。

两人最后终于走到了一起。荆鸣回国后，他们在滨海市的一家涉外酒店举办了一个隆重的婚礼。

11

马副市长对荆鸣倒也还算满意，独子，家庭没什么负担，关键是他们家也没什么亲戚。但马副市长也有一点担心，这种在贫困家庭长大的孩子，心里或多或少都会有一些不容易抹掉的阴影，他家和自己家在家境上的巨大差异很可能会是将来家庭矛盾的隐患。但马副市长觉得荆鸣很聪明能干，有前途。虽然家境实在无法和马琳相比，但假如以后能成大器，那曾经的贫困不也是可以拿来炫耀的经历吗！马副市长安慰自己，自己没有儿子，有这么个倒插门的女婿也不错，他甚至和荆鸣开过这样的玩笑，"等你和马琳有了孩子，让孩子姓马吧。"

马琳研究生毕业后先被分配到市第七中学当老师，一年后，市教育局以搞档案需要为名把马琳调到了市教育局人事处。一年，在一次运动会上，张大川和马琳偶遇了。当时，体育局在几家宾馆包了一些房间接待外县的运动员，同时组委会也留有几间单、双人标准间。于是，张大川有一天下午给马琳打电话，想约她晚上来宾馆叙叙旧，当时正好荆鸣为公司的事情出差不在家。于是，马琳就答应了张大川的邀请，这天，她就住在了宾馆。原以为结了婚就能把过去的一切都忘掉。直到这一天，他们两人才知道：自己的另一半只是名义上的，两个人依然深爱着对方。从此，马琳就和张大川开始了长期的秘密情人关系，只要有机会就在一起重温旧情。

张大川用了三个半小时回顾自己和马琳过去的点点滴滴。最后，他问郑天雷和罗铁："假如你们是我，你们会杀死自己深爱着的女人吗？何况，我们谁都没有想要破坏对方现在的家庭。你们可以说我们不道德，但我们的爱是纯洁的，是天底下最真挚的爱。"

张大川说："荆鸣是个阴阳人，在人前，他像一个谦谦君子，乐善好施，但在人后却是一个心胸狭隘报复心极重的小人。虽然我跟荆鸣几乎没有过什么来往，但我相信我对他的了解比你们要深得多。这都是马琳告诉我一些关于荆鸣的事情后，我又暗中观察得出的结论。"

郑天雷离开看守所的时候，张大川有些疲惫地说："我已经把我和马琳的事情全部都告诉你们了，以后我不会再说了。你们记住，我绝对不会杀死我自己深爱的人，绝对不会的。这事情要放在你们身上我想你们也不会吧？"

出了看守所，郑天雷问陈正军觉得怎么样。

陈正军说："张大川讲得倒也合乎情理，可是现场一共就只有死者马琳和荆鸣、张大川三人的痕迹，张大川一直就在滨海，而且案发当天他还和死者在一起，你说，能排除他吗？"

郑天雷绞尽脑汁地想着："是啊，假如真的不是他们，那么谁有这么高超的杀人技术，能不留任何痕迹轻易地杀死一个人呢？"

陈正军对郑天雷说："下午上测谎仪吧。"

测谎仪证明，张大川没有撒谎。

第八章

合理的新解释

1

陈正军从外面回到医院时，在病房走廊上遇见了主治医生，医生让他先到自己办公室去一下。陈正军忐忑不安地跟主治医生来到了办公室。

主治医生说，经对陆宝燕的淋巴做切片检查发现，她的肺癌已经开始扩散转移了。现在再做移植不但不会有任何效果，反而会无端地增加病人的痛苦。他们已经错过了最佳的治疗时机了。

陈正军长长地吐出一口气，痛苦地闭上了眼睛。

医生看看陈正军说："现在，你妻子的时间不会太多了，她想吃点什么就让她吃点什么，她想到哪里去，假如有可能你们就也尽量满足她吧。"

陈正军问："那就是说你们现在用的药对她的病也没有任何作用了？"

主治医生大概地把他们采取的治疗方案跟陈正军说了一下。他说："我们现在给陆宝燕用的药主要是从三个方面考虑：一是减轻病人痛苦的镇痛类药；二是抑制她咳嗽的药物；三是抑制癌细胞扩散速度的药物，主要是化疗再配上一些口服药物。除此之外，我们目前还没有更好的医疗手段来治疗中晚期癌症患者。"

陈正军慢慢地回到了病房。陈燕正在给母亲剪手指甲。病房里的人一看陈正军来了，都对陈燕赞不绝口，说他们养了个好女儿，陆宝燕也满足地笑着。可是陈正军看着妻子蜡黄灰暗消瘦的脸庞却笑不出来。他对女儿说："来，让我来吧。"陈燕说："爸，你休息一下吧，马上就剪完了。"

2

从荆鸣家里带来的酒和酒杯的化验结果都出来了。酒里没有问题，但林缨子用的酒杯里却检出了少量的咪达唑仑成分，这是一种短效的安眠药。

当萧玫把化验结果摆在陈正军面前时，陈正军让萧玫和林缨子联系一下，让她来一趟。

<h1 style="text-align:center">3</h1>

陈燕在报纸上看见东华科技信息咨询公司正在招聘三名信息网络主管的广告，于是就悄悄地把自己的简历投了一份。

程诺坐在办公室里，翻看着刘明慧报上来的、今年应聘企业网络主管的人员的详细资料。突然，程诺的手停住了，她的目光落到了一个叫陈燕的女孩子身上。在父亲一栏中，简历上清清楚楚地写着："陈正军"三个字，而工作单位一栏则没有填写任何内容。

程诺拿起电话，准备给陈燕留在登记表上的手机号码打电话，拨了几个号她又停住了。

难道她父亲就是市检察院的陈正军？程诺决定把陈燕约来谈谈。正当她准备要再拨号时，突然手机响了。程诺一看，是童建中打过来的。在电话里，童建中语气急促，他问程诺："你晚上有没有安排？"

程诺说："还没有。"

童建中说："那好，你推掉今天晚上的所有事情，晚上在律师事务所我办公室见面。"

程诺问："晚上几点？"

童建中说："一下班你就来吧。"

程诺预感到荆鸣可能又有麻烦了。

放下童建中的电话后，程诺定了定神，心想：是福不是祸，是祸躲不过，随它去吧。这些日子程诺是熬得心力交瘁了。过了一会儿，她又抓起了桌上的电话打给刘明慧，"明慧，你到我办公室来一下。"

一到下班时间，程诺就匆匆忙忙往外走。助手说还有一份文件需要她签字，她说："如果不是今天要办的，明天上班再给我吧。"

程诺独自一人挎着包来到街头一个邮政信箱处，将一个信封投进信箱后转身离开。

童建中正在办公室里等着她。

程诺一进来就问："怎么回事儿，是不是案子现在对荆鸣不利了？"

童建中说："你先不要着急，有一个情况你可能不知道，案发当天，荆鸣确实回到过滨海。"

程诺浑身一颤，"那就是说马琳的死……"她觉得自己浑身没有一点力气了。

童建中打断程诺说："我分析，马琳的死和他倒没有关系，因为他回来不是为了马琳，而是去见了另外一个人。那个人也已经向警方和检察院详细交代了当时的情况，并证明他不在案发现场。"

虚惊一场，程诺恢复了常态，微微一笑说："我知道，他要真回来过就是去见电视台那个林缨子去了。"

童建中大吃一惊，问："你怎么知道？"

程诺说："其实我早就知道，只是荆鸣以为我不知道，我也就装着不知道罢了。我无所谓，我是他的什么人？我没有任何权力干涉他的私生活。因为荆鸣曾经有恩于我，所以我现在只想能让荆鸣尽快摆脱牢狱之灾，现在只要谁能救荆鸣出来，谁就是我程诺的恩人。"

童建中说："你真大度。"

程诺却说："没有荆鸣就没有我的今天，不管为他做什么我都会义无反顾的。"

童建中看着程诺，欲言又止。程诺看出来了，就问他事情是不是复杂了。童建中说是的。他告诉程诺，荆鸣那天回来去见了林缨子，并给她喝的酒里下了短效安眠药。程诺一听，半天没说话。童建中站起来说自己还得去一趟看守所，他觉得有必要跟荆鸣好好谈谈了。

程诺叫住了童建中，问他："陈正军是不是有个女儿叫陈燕，研究生刚毕业？"

童建中又坐下说："我只知道他有个女儿，是不是研究生刚毕业不知道。你问这个干什么？"

程诺让童建中帮自己打听一下。

童建中说："打听一下可以，但我劝你不要做傻事儿。"

程诺说："不会，东华信息公司要招聘三名网络主管，有一个叫陈燕的投了简历，她在父亲一栏填写的是陈正军，我想会不会是市检察院陈正军的女儿。"童建中一边答应了解一下一边就又站起来准备走。

程诺问："荆鸣他为什么要这样做？"

童建中说不知道。

童建中下楼，他越想越生气，把车一开，又去了看守所。在路上，童建中摇下车窗，让风使劲吹了吹自己快要爆炸了的脑袋，被风一吹，他逐渐冷静了下来。当童建中驾车来到看守所时，他已经完全平静下来了。他想，有些事情荆鸣不愿告诉自己，总有他自己的理由吧。

4

童建中在会见室看见荆鸣时，一种复杂的感情让他几乎失态，不顾管教在场，他用拳头使劲捶着桌子迫不及待地大声问："你我还是不是兄弟，你能不能跟我说实话，那天到底发生了什么？"

童建中这次是真的火了，他大吼："咱们那是什么关系？那是生死之交啊！啊？我在外面千方百计地想救你出去，程诺痴心地等你出去，我一再问你还有什么事情瞒着我，还有什么事情瞒着我，你信誓旦旦地一再说没有了没有了。结果两次都让专案组给挖了出来！让我丢人不要紧，你再这么隐瞒下去，真就不怕把自己的脑袋给玩丢了？！"

童建中对荆鸣说："荆鸣，你知道吗？由于你有很多事情没有告诉我，所以已经两次打乱了我的计划，弄得我非常被动。今天我不想再问你的所谓隐私了，我只想和你随便聊聊天，你要觉得你想告诉我我就听着，你不想说的我绝对不问，你看怎么样？"

荆鸣没有马上回答他，只是看着童建中熬红的眼睛关切地问："你怎么了？"

童建中叹了一口气，说："熬的。你知道吗？自从你进来后，我就没有睡过一个安稳觉。"

荆鸣看着他说："我知道。"

看着童建中，小时候的一幕幕又浮现在荆鸣眼前。

六岁的荆鸣和六岁的童建中在一起打三角，三角是用烟盒叠的，有的地方又叫打翻翻，一般是两人玩的游戏。输赢规则是：一方用自己的三角使劲拍在地上，把对方在地上的三角打得翻个个儿，就把对方的三角赢回来了。当时，最好的做三角的烟盒是红中华烟和红牡丹烟的烟盒，因为这两种烟盒的纸厚，不容易被对方掀翻。

他们兄弟两个玩了一会儿，荆鸣的三角全被建中赢走了，荆鸣就说回去再拿去。旁边的两个孩子拿出三角说要和建中玩，于是建中就和他们玩了起来。玩了一会儿，建中赢了对方的一个中华三角。对方看建中只有一人，就想要赖皮不给，建中不干，非要自己赢的中华三角。双方在撕扯中把中华三角撕破了，对方不愿意了，要让建中赔，建中不赔，就打了起来，他们还把建中的三角全部抢走了。

荆鸣回家拿了三角回来时，看见建中正坐在地上哭。荆鸣问他怎么了，他说："我赢了他的一个三角，他不给我，还把我的三角都抢走了。"

于是，只大建中两个月的荆鸣就带着建中去找那两个孩子，那两个孩子不但不承认抢了建中的三角，还骂建中是赖皮。荆鸣又带着建中找到了那两个孩子的家里，那两个孩子的家长一问荆鸣和建中，得知他们的父亲和自己不是一派的，就把他们骂了一顿赶了出来。

荆鸣气不过，趁大人上班时，去把那两个孩子家窗户上的玻璃打烂了。人家立刻就找上了门。这一下闯了祸，不但给人家赔了玻璃，荆鸣还挨了父亲一顿暴打。建中的母亲因荆鸣为建中挨了打，所以把建中也揍了一顿。时隔不久，荆鸣的父亲在一次挖防空洞的战备施工造成的塌方事故中被砸成重伤，被建中父亲和厂医送到地区医院，因为延误抢救，所以在医院去世。

从此，建中父母就一直照顾着好朋友的遗孀和他们的孩子，这样又相安无事地过了两年。

1973年，一个意想不到的、更大的灾难降临到了童家，童建中的父母带着童建中乘坐厂交通车进城去照相，在回来的路上遭遇车祸，建中父母双双罹难。

那一年，童建中才八岁。童建中父母意外去世后，荆鸣的母亲便收养了老同学的遗孤，童建中从此就一直生活在荆鸣家了，直到考上大学。荆母看小建中才八岁就失去双亲，便将他视为己出格外疼爱，有一点好吃的也一定要留给建中。为这个，小荆鸣曾经还和建中闹过矛盾。一次，荆鸣母亲偷偷给建中留了几块奶糖，让荆鸣发现了，荆鸣就要赶建中走，结果被母亲狠狠打了一顿，这是母亲第一次打他。打完他，母亲又给他们讲了他们的父亲之间的兄弟感情，讲了荆鸣父亲是怎么死的，讲了建中父亲为了让地区医院抢救荆鸣父亲是怎么大闹地区医院甚至差点儿丢了自己的性命。荆鸣终于明白了为什么母亲对建中那么好。在母亲的教育下，荆鸣也视建中如手足兄弟。因此，建中对荆家的感情甚至超过了不少有血缘关系的亲情。

荆鸣从小就很懂事。在家里时，他总是千方百计地帮母亲干活儿。建中也一样，总是和荆鸣抢着干活儿。荆鸣上中学时，特别喜欢数学物理化学，每次考试，这几门他总能考进前三名。建中至今还记得，上初中二年级时，荆鸣不知从哪儿找来一本马克思的《资本论》，没事儿的时候就抱着这本厚书津津有味地看，后来又找来了恩格斯的《反杜林论》等书。数学老师说荆鸣天生就是学经济的好材料，将来如果学经济一定会大有出息的。教政治课的老师说荆鸣以后应该学哲学。而建中则找来了《福尔摩斯探案全集》，孜孜不倦地研究起探案来了。

高中毕业后，两人都考上了大学，一上大学，荆鸣就开始捣鼓着在校园里做起了生意，他星期天到批发市场去批发些袜子、短裤、发卡、丝巾、本子、圆珠笔等生活和学习用品，就在学校食堂门前卖，结果生意还不错。大学几年，他不仅不用母亲供给，还能省出钱来给也在上大学的童建中。

两个人约定，一定要好好学习，毕业后一定要把母亲从那个山沟里接出来，一定要让母亲过上好日子。

想到这里，童建中的眼圈又红了，往事历历在目。

5

荆鸣在大二时英语就过了四级，硕士毕业时，他的英语已经过了专业八级。

他觉得自己要想以后能在经济领域有所发展，就必须到美国去深造，于是参加了托福等各类考试。很快，他先后接到了美国加州理工学院、哈佛商学院、斯坦福大学、麻省理工学院等大学发来的录取通知书，他毫不犹豫地选择了哈佛商学院。

在离开祖国前，兄弟俩人又一起回到了那个他们出生长大的山沟，短短几年，工厂已经破败不堪，他们小时候住的平房还没有拆，只是门窗早已没有了，只剩下空洞洞的一个个大窟窿。荆鸣把美国几所大学的录取通知书拿出来给母亲看，母亲的英语虽然因几十年不用早已生疏，但她还是很快就用英语读出了哈佛商学院、加州理工学院、斯坦福大学、麻省理工学院的名称。母亲的眼睛里闪耀着激动的泪花。看得出母亲很为儿子自豪。

母亲带他来到了荆鸣父亲的坟上，让儿子把所有的录取通知书都放在父亲的墓碑前，对父亲说："你看见了吗？咱们的儿子有出息了。你还记得吗？咱们研究生毕业的那个夜晚，你说咱们一定要去美国留学，今天咱们的儿子实现了咱们的梦想。"那几天，母亲似乎一下子就年轻了十几岁。

很快，他就漂洋过海来到哈佛商学院读国际贸易专业的博士研究生。三年的博士，荆鸣仅用了一年半就修完了全部学分，并继续攻读国际金融专业博士研究生。童建中第二年也到了美国。虽然他们两个都有美国大学的奖学金，但兄弟两个在美国还是一边读书，一边打工，甚至还能省出钱来寄给艰难度日的母亲。当时，母亲所在的工厂早已经发不出工资了。

童建中深知荆鸣有仇必报的性格，小时候为了保护自己，荆鸣打不过人家，晚上就偷偷跑出去往人家屋子里扔砖头。人家找上门来，他还为此挨了父亲的打。

6

在美国时，有一次荆鸣去看望在餐馆打工的建中，正好遇上几个黑人街痞子欺负童建中。荆鸣根本就没有考虑自己是不是他们的对手，二话不说从餐馆里操起一把椅子就砸在那个领头的黑人头上。结果，领头的黑人被荆鸣当场砸成脑震荡。

第二天，他们被一群黑人报复，要不是有路人报警，他们那一次很可能就会被打死。荆鸣对这一次的吃亏一直耿耿于怀，甚至一度想参加社区的华人黑社会来报复。建中劝了他多次，说要以完成学业为重，为了完成学业，其他的屈辱都必须要忍，何况国内还有马琳在等着他呢。最终，在建中的劝解开导下，荆鸣终于放弃了参加黑社会的念头。

荆鸣当时说的话至今仍在童建中耳边回响："我不欺负别人，但是别人也别想欺负我和我的家人，否则不管是谁，他将付出十倍、百倍的代价。"

荆鸣告诉童建中，自己刚开始的确是喜欢马琳的。荆鸣早就发现马琳的心中似乎是有一块冰，为此他还对马琳说过："你就像个冰美人，我一定要用爱融化你。"当时马琳也感动得哭了。但他万万没有想到，自己根本无法融化马琳心中的那块冰。

荆鸣出国前，有一次在马琳家里，马尚德问荆鸣，毕业后是打算留在美国呢还是计划回来。荆鸣说自己一毕业就会回来。对此，马尚德："假如你们两个都能出去的话，在美国多待几年倒也无妨。"可是马琳复习英语考托福，连续考了两年都没有过，最后发脾气说不考了。于是，荆鸣读完博士后就放弃了留在美国的机会回到国内。当然，这和荆鸣母亲不愿意漂洋过海去美国也有关。

荆鸣取得博士学位后，从美国一回来就和马琳举办了隆重的婚礼。婚后第二年，他们有了一个儿子，也就是这一年，荆鸣发现马琳的心似乎并不在这个家里。

无意中，荆鸣发现妻子马琳在接电话时似乎会有意避着自己。此后他就开始留意，最后终于发现，妻子只有接一个电话时会避着自己。他又暗中经过多方查找，终于发现与妻子密切联系的这个电话机主竟然是体育局运动管理处副处长张大川，当时张大川还没有升处长。荆鸣心想，这个张大川和妻子肯定有问题，要不然为什么鬼鬼祟祟地联系。如果他们是正常关系，马琳完全可以正大光明地和张大川联系呀，甚至可以邀请张大川来家里做客。马琳有不少同事、同学、朋友都来过自己家，可是唯独这个张大川从来没有来过，而且马琳在家里也从来没有提起过他。也许，这个张大川在自己不在家的时候经常来吧。这么多年，荆鸣还想用自己的爱来融化妻子心中的坚冰，没想到她的爱是给张大川的，冰是留给自己的，自己只不过是她临时取火的工具。但是，荆鸣并没有向妻子点破，在表面上还和过去一样。因为他不想因为这件事和妻子撕破脸，自己的公司还需要岳父这个滨海市主抓经济的副市长的全力支持。忙忙碌碌中，他也不愿过多地想这些让人不快的事情。

但是，让荆鸣无法忍受的是，在马凡两岁时他就发现孩子长得一点不像自己。当孩子三岁时，有一次生病需要做血液检测，孩子查出来的血型确凿地证明：他不可能是荆鸣的孩子。他坚定地相信这个儿子是马琳和张大川的。

童建中听了十分震惊，问："那你知道马凡不是你的儿子？"荆鸣痛苦地点点头。两人沉默了。

荆鸣说，当时自己的事业已经开始走上正轨，他的全部心思都放在了事业上，马琳对他而言只是个符号，在他心里，这个女人一点分量都没有了。荆鸣说："也就是从那时起，马琳在我心里就已经死了。"

　　过了一会儿，荆鸣问童建中："假如是你，你会怎么办？建中，咱们是兄弟，虽然不是一母同胞，但咱们的感情有多深你我都知道。有些事情我没有告诉你，并不是我故意对你隐瞒，我实在是张不开口。滨海市的人都知道我荆鸣，不到四十岁，是滨海市滨海华业集团的董事长兼总裁、滨海市政协委员、留美双料博士、滨海市著名企业家、著名社会活动家、著名慈善家。可是如果有一天，滨海市百姓到处传，说荆鸣早就作王八了，老婆跟别人跑了，你说，我这脸往哪儿放？我要是性功能不行了，她跟别人好我也能理解，可是我才36呀，我没问题呀！我要钱有钱，要社会地位有社会地位，我不明白她还想要什么？"

　　荆鸣继续跟童建中说："我就算是穷困潦倒、走投无路了，老婆给我戴绿帽子我也不可能会杀她，大不了就离婚嘛，我又不是没文化没教养的一介武夫。更何况我的情况不是这样，公司已经上市，我一个身家过亿的成功人士会杀一个不爱我的女人吗？根本没必要。那对我来说付出的代价太昂贵了。星期五那天我从南海回来，一是为了见林缨子，二是到马琳那里去取一份公司广告宣传片的文字创意稿，那份稿子是在去南海之前，送马凡过去时忘在她那里的。结果一去，看见了马琳大白天和张大川躺在床上。我气得浑身发抖，马琳竟然还不知羞耻地说他们好了好几年了，这两人太无耻了。即使这样，我也只是狠狠打了她一个耳光，这绝对不至于让她毙命。而对于张大川，我只是让张大川写了他和马琳的偷情经过，他们是从什么时间开始的，一共几次。他开始不愿意写，我告诉他，我早就不想和这个女人过了，他写了，我立刻就和她离婚，离婚以后他们爱怎么着都行；他要不写，我立刻就给马琳的父亲和教育局、体育局领导打电话，他们既然给我戴绿帽子，那我就戴上，我已经不怕丢人了。我想知道他们以后还做不做人了，张大川也有孩子，让孩子怎么做人。于是，张大川就按照我的要求写了经过。他写完后，我就放他走了。我就是为了要拿到离婚的证据。马琳有错在先，是过错方，这样我提出离婚的话，财产损失会小得多。"

　　那天，在荆鸣和马琳家里，荆鸣收起张大川写的、关于他和马琳偷情的证明后，让张大川先走，他说自己和马琳还有话要说。

　　张大川走后，荆鸣一把扯住马琳的头发，把她拉到客厅跪在自己面前。他坐在沙发上，又点起香烟，问她这事儿怎么办。此时的马琳心里充满了对荆鸣的恐惧和仇恨，她跪在地上说："求求你放过我吧。"荆鸣让她说出放过她的理由。马琳说："你已经折磨我这么多年了，难道你的心就是石头做的吗？"荆鸣对马琳说："你应该很清楚，在我的词典里是没有怜悯、同情这类词的，只要是背叛我的人，都会受到我百倍的报复。"荆鸣说离婚是一定会离的，但不是现在，因为马尚德欠他的还没有还清，所以他现在不会和马琳离婚，而且马琳还必须和以前一样，在她父亲面前表现得非常幸福，他要让马琳在耻辱中活着。

在马琳痛苦压抑的哭声中，荆鸣离开了家。

7

陈正军、萧玫、何力、郑天雷再次来到看守所。

郑天雷这次有点儿火了。

荆鸣被看守带了进来，一进来，他就问郑天雷，什么时候放自己出去。

郑天雷没有理他，半晌，他问荆鸣："你知道不知道有这样一句话，'要想人不知，除非己莫为。'"

荆鸣说："对呀，我知道马琳不是我杀的，所以……"

郑天雷打断了荆鸣的话："荆鸣，我奉劝你一句，不要以为天底下就只有你最聪明，别人都是傻子！现在你还敢说案发当天你没有回家吗？我们已经掌握了你在案发当天的所有行踪！你是想自己说呢还是打算让我告诉你？"

荆鸣心里已经意识到再瞒是瞒不过去了。

荆鸣看着郑天雷说："郑队长，因为马琳不是我杀的，而其他的细节因为涉及别人的隐私和我的脸面，所以我认为没有说的必要，可是……"

郑天雷说："可是什么？就因为你的脸面？要我说还有你的不诚实、不配合，你一再强调说马琳不是你杀的，现在就请把你的脸面和什么狗屁隐私都放一边去，说吧。"

荆鸣开始了回忆："当时我已经和马琳分居快一年了。儿子马凡那一个星期一直跟我在一起，为公司上市的事情我要去南海出差，同时还要拍摄一个公司的广告宣传片。出差之前，我就把儿子给她送了过去。可是到了南海以后，我突然发现少了几份文件，是广告宣传片中要用到的一份策划文案、一份成本预算表和红包派发名单。我想了半天也没想起来，打电话回公司问秘书和助手，都说文件在我手上，秘书还找来了我领文件时签字的证明。因为要急用，我只好通知广告公司让他们又给我传真了一份。晚上躺在床上，我一直在想文件可能丢到哪儿了。最后突然想起，会不会是自己在送儿子时忘到马琳那里了，于是给她打了电话，她说没看见，我让她在沙发上找找，她说她睡了。第二天晚上我又给她打电话，她说文件在沙发上，我说文件先放在她那里，现在不用了，等我拍完宣传片回去后再去拿。"

"能不能给我一支烟？"荆鸣问。

郑天雷来到监控室，把陈正军自己抽的大半盒黄红梅和打火机都"借"了回来。

郑天雷让看守给荆鸣点上烟后，让他继续说。

荆鸣笑笑，接着说："第五天，我有事回滨海，我想既然回来了就去拿一趟，我还记得那天是星期五。但让我万万没想到的是，大白天，我在我家的床上看见了马琳和张大川，他们两个光溜溜的正在……"

郑天雷问是什么重要事情，让他从南海专门跑回来一趟。

荆鸣低头不语，过了一会儿，他说："这是个人的隐私，能不能不讲？"

郑天雷说："不讲，怎么知道真相？"

荆鸣只好说："其实我已经交代过了，就是回来见林缨子的，那天是她的生日，所以我想给她一个惊喜。"

郑天雷问他是几点钟到的丹枫庄园别墅。荆鸣说大概不到12点。郑天雷又问他是几点离开的。荆鸣说："我看林缨子睡着了，就回去了一趟，不过我回去的确是去拿东西的。"郑天雷问他，林缨子为什么睡着了。荆鸣很痛快地说，自己给林缨子的酒里放了一点儿安眠药，他说不想让林缨子知道自己又回家去了。

荆鸣苦笑着问郑天雷："你设身处地想一想，当一个男人看见自己的老婆光着身子和另外一个男人躺在床上时，会是什么感受？说实话，我当时真想宰了这对狗男女。但是理智告诉我，为了这么一个不爱自己的女人把自己的命搭上，不值得。于是，我很冷静地让他们两个都穿上衣服，让那个张大川写了保证书，他写完保证书后我没有再为难他，就放他走了。我还告诉张大川，虽然我已经不爱马琳了，但是在我还没有和马琳离婚之前，他要再敢让我知道还和马琳勾勾搭搭，我就找人做了他。说实话，我早就想和马琳离婚，可是看在孩子的分上，再加上公司又有一大堆事情，我实在没有时间和精力去办这事儿。张大川走了以后，我拿着张大川的保证书质问马琳时，那个不要脸的女人竟然放肆地说，这种事情已经不是一天两天了。我实在气不过，就抽了马琳一耳光，骂了她一句婊子。我刚进去时，他们两人都很慌乱，我打完马琳后，马琳很快就回过神来，她大骂我，让我杀了她，并说她就是要和张大川好，我知道她在刺激我，想让我在极度狂怒中杀了她。我当时要真想杀她，就绝不会放张大川走的，我会把他们两个一起杀了。但你们想想，我值吗？为了一个不爱自己的女人？至于马琳头上的那个塑料袋，我一无所知，也可能事后马琳觉得羞愧难当，毕竟她的家庭背景、她自己的身份都不允许她做这种龌龊的事，所以她就自杀死了。"

郑天雷问："这些情况你为什么之前不说？"

荆鸣再次强调说："我不管怎么说，现在好歹也是滨海商会副会长、市政协委员，也算是有头有脸的人物了吧？家里出了这种事，自己被人戴了绿帽子，而且还一戴多年，让人知道了，我的脸还往哪里搁？所以我想隐瞒下去，没想到不说不行了。"

郑天雷说："你记住，任何事情，只要你做了就会留下痕迹，要想掩藏自己做的事情那无异于掩耳盗铃。关于马琳的死我们还会继续查找线索的，我希望今天你说的都是实话。"

8

童建中很快就给程诺打电话，说陈正军是有一个女儿叫陈燕，南海大学信息工程专业研究生刚毕业。

程诺一听，忽然激动起来，"建中，我知道下一步该怎么办了。"

童建中警告她说："我可警告你，不要在陈正军面前冒险。陈正军铁面无私，在滨海市那是出了名的。你不要事情没办成反而再给自己找麻烦。"

程诺说："再冷面的人也有感情，你放心，我不会乱来，再说陈燕是看见我们公司的招聘广告后自己投的简历，又没有找人托关系。"

童建中看程诺执意要试试，就问："你了解他家的情况吗？"

程诺说不怎么了解。

童建中就把陈正军家的情况大概跟程诺说了说，陈正军和他妻子是初中同学，两个人当年一起下乡插队，后来又一起被滨海棉纺厂招工回城，进厂后第三年，陈正军考上了中国政法大学，离开了棉纺厂。陈正军毕业后分回滨海市检察院，他妻子就一直在棉纺厂。在这期间，曾经有不少人想给他帮忙把他妻子调出来，都被他挡住了。前几年，棉纺厂破产倒闭，他妻子下岗，又有人想给他妻子安排工作，又让他给堵了回去。

9

林缨子又被约到了公安局，当她听到郑天雷说荆鸣那天在自己喝的酒里下了安眠药时，就如听到了一声晴天霹雳，半天没有缓过神来。

她说："不会吧，我并没有限制他的活动呀，我既没有资格也没有理由对荆鸣的活动加以限制。他要出去一下完全可以告诉我呀！"

郑天雷问："在你和荆鸣的交往中，有没有发现荆鸣对自己妻子马琳表现出极度不满或厌恶？"

林缨子想了一会儿，说："没有，他从来不说他和他妻子的事情，我也从来不打听。"

第九章
自杀的可能

1

程诺正在办公室亲自对前来应聘的新员工进行面试。刘明慧作为副面试官坐在旁边。

在面试陈燕时，程诺先详细询问了她的学业、专长、兴趣爱好，最后又问了她的家庭情况。陈燕只说父亲是一般公务员，母亲下岗在家。

虽然陈燕对自己父亲的工作遮遮掩掩不愿多谈，但却让程诺更加肯定陈燕就是陈正军的女儿。既然她不想说破，那自己也就装糊涂，程诺决定录用陈燕。

程诺问陈燕愿不愿意来滨海华业工作。

陈燕说当然愿意了。程诺又问她对工资待遇有什么要求。陈燕说自己研究生刚毕业，没有工作经验，所以对工资待遇没什么明确要求。

程诺让陈燕先回家等待通知，说假如公司决定录用，会给她打电话的。

第二天，程诺让刘明慧给陈燕打电话，通知陈燕她被公司录用了。

陈燕当时正在医院照顾母亲，就犹豫了一下，问刘明慧："我母亲病得很重，我回来后就一直在医院里照顾我母亲，假如公司同意的话，我想先不上班。"

刘明慧说自己要请示一下程总。程诺对陈燕家的情况已经全部掌握了，刘明慧向她汇报陈燕家里的具体情况时，她同意让陈燕先在医院照顾母亲。

于是，刘明慧又给陈燕打电话，说公司同意她最近先不上班，多到医院照顾照顾母亲，等母亲病好了再正式上班。陈燕一听这话，感动不已，连连道谢。刘明慧则表示，其实这也没什么，现代企业以人为本，这是本公司的文化。

陈燕挂了电话，正好萧玫来给陆宝燕送饭，陈燕举着手机拉着她的手说："萧玫姐，告诉你一个好消息，我的工作找到了。你先别告诉我爸，我想给他一个惊喜。"听到这个好消息，萧玫也非常高兴。她问陈燕："哪天上班？"

陈燕说："前天就去公司面试了，刚才通知我的。这家公司真不错，我说我母亲在住院，我需要在医院照顾她，公司程总知道后立刻就同意我最近先不上班，可以在医院照顾我妈。"

萧玫跟陈燕开玩笑，说陈燕这是遇上贵人相助了。陆宝燕在一旁听着，也笑得合不拢嘴。

萧玫又对陈燕说："上班就好好干，医院你妈这里我多来几次。"她刚想问陈燕是什么公司时，躺在病床上的陆宝燕又剧烈地咳嗽了起来。

陈燕和萧玫赶紧过去，陆宝燕已经咳得上不来气了，脸憋得发紫，萧玫和陈燕都吓坏了，赶紧叫医生。

医生、护士都来了，护士立刻先用吸痰器给陆宝燕吸痰，然后又给她吸氧，折腾了好半天，陆宝燕总算平静了下来。

2

程诺来到童建中的办公室，劈头就问："荆鸣怎么样了？"

童建中有些沮丧，他告诉程诺："案发那天是教育法规宣传日，马琳家的小区举行了很多活动。专案组在案发当天电视台拍摄的录像资料中，看见荆鸣出现在马琳家的小区门口。荆鸣已经交代了，自己当天到过马琳那里，他只承认打过马琳，但是没有用塑料袋杀她，说马琳是死于自杀。"

令童建中感到有些意外的是，程诺似乎并没有表现出过多的惊讶，她只是"噢"了一声。

3

马副市长正在家里接待一个房地产老板，可以看得出来，他和老板很熟。老板说自己给89中学建的教学楼和学生公寓，到现在楼已建了三层，可是学校还没把预付款打过来。找他们校长，校长说钱在教育局，还没有到学校的账上；找教育局，他们说钱在财政局，教育局侯局长让他自己到财政局去催。他去了财政局，人家说钱早就划拨到教育局的账上了。他又到教育局，但领导们要么就不见，要么就让他等着。他说他得到准确消息，教育局拿这笔钱买了一辆丰田4500越野车。他说自己已经垫资800多万了，再也垫不起了，钱再不到账，工地就要停工了。

马副市长表现出一副十分关切的样子，说知道了，让这个老板先回去，说自己会催教育局的。

老板离开马副市长家时，留下了一个厚厚的纸包。

4

马副市长的秘书给许省身来电话，说检察院要建办公大楼的申请报告马副市长已经看过了，他觉得检察院的要求是合理的，但是因为现在国家严格控制土地的审批，因此，新建项目还是有一定的难度。但是，马副市长深知检察院的同志们长期在破旧的办公大楼里工作，十分不方便，正在努力协调土管局和其他单位，争取尽早把这个项目通过，让他专门给许省身打个电话说一声。

许省身让秘书替自己谢谢马副市长。他说："你告诉马副市长，不管能不能盖新办公大楼，我们的检察工作是不会受影响的。1950 年 7 月，滨海市刚成立检察院时就是在帐篷里工作了九个月。当时有人笑我们检察院是帐篷检察院，我们不是照样正常开展了工作吗？我们的首任检察长许海峰曾经说过，'帐篷检察院怎么了？帐篷检察院也能办大案！'现在，我们的条件和那时候相比已经好太多了。"

放下电话后，许省身立即给土管局局长打了一个电话，问检察院的申请报告到土管局了没有。土管局局长说他们的申请报告还没到自己这里，他说只要一到他会尽快批的。许省身一听就明白了，这是马副市长在拿这个事情压自己。

5

郑天雷、陈正军一行又来到看守所。

根据陈正军的提示，郑天雷拿着张大川的口供，再次提审荆鸣。郑天雷要想落实每个细节，就必须要不断地用两个人的口供互相印证。

监控室里，陈正军的手机响了，他一看，是许省身打来的，就站起来到外面去接电话。许省身问陈正军："你那个案子进行得怎么样了？"

陈正军面露难色，说："有一些进展了，但是还在攻坚阶段。"

许省身说："我可不是催你啊，你不要有什么压力，要重调查、重证据，不能为了外界的压力而改变自己的看法。"

陈正军听出许省身话里有话，就问："许检，你是不是有什么话要跟我说？"

许省身开玩笑地说："咱们计划新建的办公大楼已经作为筹码押在马琳案子上了，你要是不找出一个杀人凶手，办公大楼看来是要泡汤了。"

陈正军没有接许省身的话，他说自己现在正在看守所提审荆鸣。荆鸣当天回到过案发现场，不管他有没有杀人理由，但他有重大的杀人嫌疑。

陈正军回到监控室，神情疲惫地给自己泡了一杯浓茶……

家里妻子病入膏肓，单位案子迷雾重重，这让陈正军感觉压力巨大。

6

陈正军告诉郑天雷，或许有一种可能——马琳确实是自杀的。

根据陈正军的提示，郑天雷决定去趟刑侦技术处，看能不能在他们那里做个实验。

刑侦技术处处长石大明接待了他。郑天雷把案件又详细地向石大明作了一个介绍，并把自己的疑惑也向石处长和盘托出。

听完郑天雷的介绍后，石大明说："过去有过这种案例，人在某种情况下，比如说求死愿望非常强烈的时候，仅仅依靠自己的超强意志力，是完全可以自己憋死自己的，但这需要有一定的训练。"

郑天雷要求做一次实验。石大明处长说："做实验可以，但我们只能从理论层面用数学模型结合法医学、心理学、社会学、伦理学等多种学科给你做一个模拟实验。走吧，咱们去实验室。"

石处长领着郑天雷去实验室。在去往实验室的路上，石处长同情地对郑天雷说："你们这个案子，我也知道一些，有点儿棘手吧？"

郑天雷深深地叹了一口气，说："咳，何止是有点儿棘手，简直就是太棘手了，干刑警这么多年，还从来没有遇上过这么窝囊的案子。"

石处长拍拍郑天雷的肩膀，说："老话是怎么说的？林子大了什么鸟儿都有，干咱们这行的，一辈子不遇上几件稀奇古怪的案子那才叫没意思呢。"

刚进到实验室，石处长的手机就响了，他一看，对郑天雷说："我接个电话，是局政治部宣传处打来的。"说完，石处长就站在一边接电话，"啊，大嘴！又想给我们安排什么事情？啊？政治学习的体会？你们不是说不用交了吗？怎么又要交了？哎呀，我们这些搞技术的整天累得就像个孙子，你们倒好，没事干就拿我们耍着玩。好了好了，知道了，我现在就准备。以后早点儿通知啊，每次都给我们来个突然袭击。"挂了电话后，石处长对郑天雷说："这下好了，我就不能陪你了，让实验室马主任给你做吧。"

郑天雷从市公安局刑侦技术处出来，技术处的几名技术专家做的模拟实验表明，马琳有可能是自己把自己给憋死了。难道一大堆人忙活了这么长时间，弄来弄去硬把个自杀案件弄成了他杀？郑天雷想得头都大了，也没有想出个所以然。他觉得太窝火了，就想出去透透气，于是他就开上自己的桑塔纳出了刑警队。

郑天雷开着车一会儿工夫就出了城。一路上他一直在换位思考：假设自己是荆鸣，自己会怎么办；假设自己是张大川，自己应该怎么办；假设自己是马琳，自己会怎么办，自己会不会自杀。他想了半天仍然没有结果，就停下车，掏出手机想打个电话向谁咨询一下，这种事情必须找个女的来咨询。想了想，他觉得给别人打电话不合适，结果一拨号就把电话打到了自己老婆那里。

郑天雷的老婆正在单位上班，突然手机响起来，一看原来是老公打来的，她觉得挺奇怪，郑天雷很少给她打电话，今天这是怎么了？要出差？郑天雷每次给老婆打电话都是接到临时出差的命令后，来不及回家了，就给老婆打个电话："喂，老婆，我要出差了，马上就走。"说完就挂电话，不说到哪儿去出差，也不说要去几天，从来不多说一个字儿。

老婆问："喂，又要出差？"

郑天雷说："不是。"

老婆奇怪地说："咦？今天太阳从西边出来了？"

郑天雷说："我有要紧事，你听我说。"

老婆一听老公有要紧事就不开玩笑了，她说："你们的事情我又不懂，你跟我说不是白说吗？"

郑天雷说："我现在问你一个问题，假如你跟别的男人在咱家的床上让我发现了，你会怎么办？"

老婆一听，立刻就火冒三丈，开口就骂："郑天雷，你这个该死的浑蛋！你还是个人吗？你想干什么？！想让我和别的男人上床，你再和我离婚是吧？想离就离！不要用这种下三滥的招数！"

郑天雷一听老婆发火了，赶紧辩解："不是，我不是说你和别的男人上床……"

老婆大怒："姓郑的！你给我听着！你先闭上你那张臭嘴！你现在就回来！咱们马上离婚！"老婆说完，立刻挂断了电话。

郑天雷赶紧又拨过去，老婆不接电话；再拨，她已经关机了。郑天雷懊丧地回到车上，点上一支烟使劲吸了两口。没想到，他刚一张嘴还没有把事情说完，就让老婆骂了个狗血淋头。现在这女人怎么都像母夜叉孙二娘！

7

挨了老婆一顿骂，郑天雷不敢再给别的女人打电话咨询了，只好去找陈正军。陈正军正在办公室里和萧玫研究案情，只见郑天雷灰头土脸地进来了。

陈正军一看郑天雷的脸色不好看，就问他怎么了。郑天雷叹了一口气说，让老婆骂了一顿。

陈正军笑着问他："你怎么惹她了？"

郑天雷就把他如何换位思考，又如何想让老婆配合一下工作，结果老婆误会了，把他臭骂了一通的事儿全部告诉了陈正军。

陈正军说："我说你脑子进水了？有你这么干的吗？起码你也应该给她先做个铺垫嘛，真是，好了，这事儿回头我去给她解释一下就行了。"

郑天雷说："如果我是荆鸣，我绝不会杀马琳。假如我一定要置马琳于死地，那么我一定会去外地找一个杀手。我自己绝不会出面，更不会在大家都知道我在南海拍摄公司广告宣传片的时候回来冒险。如果我是张大川，我更没有杀马琳的理由，因为我们相爱多年，虽然没能走到一起，但那是外部力量所致，而且外力阻挠并没有让我们忘却曾经的花前月下和山盟海誓。恰恰因为这种外力的干涉，使我们之间的爱虽然没有结出果实，但也少了柴米油盐的家庭琐事从而显得更单纯和更美好。何况，马琳并没有逼婚，他们都有自己的事业、自己的家庭和自己的孩子，因此，他们两个谁都没有打破这种平衡的勇气，或者说没有打破这种平衡的必要。"

郑天雷狠狠抽了一口烟，继续说，"假如我是马琳的话，被自己的老公撞破这种无法见人的事情时自己会怎么办？"

陈正军问他会怎么办。

郑天雷说："女人不好捉摸，我想了半天也没想出结果，就想找个女人咨询一下，这种事情找谁都不合适，就给老婆打了个电话，结果话还没有说完就招来一顿臭骂。"

陈正军问萧玫，让她用女人的思维方式考虑一下："你觉得一般女人遇上这种情况时会怎么办？"

萧玫说："女人和女人也不一样，这和她的受教育程度、家庭背景、家庭环境、社会环境、社交圈子等都有着密切的关系。有的女人可能会觉得无所谓；有的女人可能会走极端，走极端也分几种情况：一种是破罐子破摔，一种可能会迁怒于自己的丈夫，当然也会有自残的、寻短见的。"

郑天雷若有所思地说："女人太复杂了。"

萧玫说："不是女人太复杂了，是社会太复杂了。"

陈正军若有所思。

郑天雷说想去现场再看看，便征求陈正军的意见，陈正军说："行，这几天我也一直想再去现场看看，看能不能有什么新的发现。"

于是，两人又开车来到了案发现场。

8

陈燕正在病房里给母亲按摩腿。程诺来了，她还带着两名员工，两名员工手上大包小包拎了一堆营养品，她捧着一束鲜花。

陈燕一看非常吃惊，她没想到程总会亲自来医院，就赶紧站起来说："程总，真不好意思还麻烦你们专门来看我母亲。"

程诺说："我早该来的，只是公司这一阵太忙。"

陈燕赶忙给母亲介绍，说这是公司的程总。陆宝燕赶紧道谢。

陆宝燕一看程诺这么年轻就是老总了，就对陈燕说："你看看人家，你得好好跟人家程总多学学。"程诺当着陆宝燕的面把陈燕好好地夸赞了一番，说陈燕以后会有大作为的。

9

马琳的家里还是案发时的原样，除了当时死在床上的主人现在躺在殡仪馆的冰柜里，别的一切都没动。当时，刑警队勘验完现场后就把门封了。

陈正军、何力、萧玫和郑天雷一行再次出现在案发现场，这让小区的人们又想起了那个过去常常在傍晚牵着一只博美犬散步的、漂亮而优雅的年轻女人。现在，她已经永远消失了。

陈正军和郑天雷从门厅开始，对客厅、卧室、厨房、卫生间全部仔细地检查，每人手上都拿着一个放大镜，不放过任何一点可疑的迹象。一个小时过去了，新的证据虽然没有发现，但是陈正军竟然在卧室床头的墙灯上发现了异常。他赶紧叫郑天雷过来看。

郑天雷过来，问："你有什么新发现了？"

陈正军指着墙灯问他："这种墙灯你熟悉吗？"

郑天雷一脸疑惑，"怎么？有问题？"

陈正军把墙灯拿下来，指着灯杆上一个米粒大的小眼儿说："你看，这里有一个眼儿。这个眼儿是做什么用的？它显然不应该是拧螺丝的地方吧？"

郑天雷接过来翻来覆去地看了一下，说："你看，这灯杆上有对称的四个眼儿呀。"

陈正军说："这个墙灯跟我们家的一模一样，可我们家的灯杆上就没有眼儿，如果说这个灯是残次品的话，那作为荆鸣他们家，不可能会去买一个减价的墙灯吧？"

郑天雷说："咦？对呀！难道是……"

两人迅速拆开了墙灯。

令人意想不到的是，他们在墙灯的灯杆上部发现了一个微型摄像头，打开墙灯底座一看，里面的东西已经被取走了。

陈正军问郑天雷："这里面应该有一个微型数码图像接收器，里面应该记录了一些重要证据，怎么没听你说过？"

郑天雷懊恼地说："在案发当天勘验现场时没有发现这个呀！"

陈正军说："这就是你们工作的失误，细节决定成败，你们勘验现场时竟然没有发现这么重要的证据。"

郑天雷心里那个懊悔的呀，简直想找个地缝钻进去，自己这个刑警大队队长、资深探长、老刑警带领弟兄们勘验一个命案现场时，竟然没有发现这么重要的一个情况。虽然就算当时发现了这个暗藏的微型摄像头，它所拍摄的资料也可能早就被安装这个监视器的人取走了。可是没有发现，这性质就不一样了，这是刑警的耻辱呀。

陈正军安慰他说："行了，也可能早在案发前里面的东西就已经被人取走了，你也别自责了，老马也有失蹄的时候。"

是谁取走了资料？小保姆？荆鸣？还是张大川？

陈正军问："他家的保姆案发时在哪儿？"

郑天雷说："案发前三天回老家了，说是母亲被车撞了，我们调查过，她有回家的车票和证人，当时就排除了。"

这时，检察院接到一张神秘的光盘。从马琳家回来的专案组马上找来特殊的读盘机读取，上面的内容令人震惊，画面是男女媾和的场面，主角就是张大川和马琳，两个人的性行为疯狂得有些变态，画面上不止一次出现张大川用塑料袋捂住马琳以追求那种令人窒息的快感的场面。从拍摄角度看，这正是通过马琳床头那个墙灯内的微型摄像头拍摄下来的。

陈正军和郑天雷看得目瞪口呆，专案组所有看片的人都倒吸了一口冷气，他们互相对视了一眼，什么也没说。

郑天雷问陈正军，光盘是什么人寄来的。陈正军说不知道，寄件人留的是假姓名、假地址。

10

在病房里，陆宝燕对陈燕说："燕子，咱们这个暖瓶的开水不热了，你去打点开水吧。"陈燕觉得母亲似乎有话要背着自己和萧玫说，就拎着暖瓶走了。

陆宝燕借故支开了陈燕后，拉着萧玫的手说："萧玫，你就不用再隐瞒了，我自己的病情自己知道，你一直叫我大姐，大姐今天有话要跟你说。"

萧玫一听就知道陆宝燕想要说什么，赶紧说："大姐，今天就先不要说了。"

陆宝燕说："今天大姐求你一件事，通过我住院的这些日子，我也看出来了，你是个心地善良的好姑娘。我知道我的日子不多了，我走了，心里最放不下的就是正军和燕子。正军不会做饭，从来不会照顾自己；燕子太年轻，没有社会经验。我们就这一个孩子，从小惯得任性，现在这社会这么复杂，我真是怕她吃亏上当呀。"说着就又咳嗽起来。

萧玫赶紧给她捶捶背。过了一会儿，陆宝燕缓了一缓，喘了几口气后，又抓住萧玫的手说："我只托付你一件事，求你在我走后替我照顾正军，多关心关心燕子，把他们交给你，我放心。"停了一会儿又说，"我知道，这有些难为你，但是不管怎样，正军的人品我最清楚。"

萧玫不让陆宝燕再说。

陆宝燕又咳嗽了起来，过了一会儿，她说："好妹妹，你一定要答应大姐。"

萧玫只好说："好，大姐，你现在关键是要好好治病。"

陈燕刚要进门，就听见了母亲对萧玫说的话，于是她就一直站在门口听，她根本不能接受这个事实，便扔下水壶，哭着跑出医院。

萧玫听见了，赶紧站起来追出门去叫陈燕，但陈燕头也不回地跑出去了。

第十章

疑罪从无

1

刘明慧正在家里帮母亲做饭，母亲说："今天监狱打电话来说，14号是接见日，问咱家里谁去探监。我想你要能请上假的话，咱们后天就去，看看你爸去。"

刘明慧说路太远了，一百五十多公里呢，让母亲就在家里待着，还是自己去一趟吧。

刘母说自己上次就没有去，这次一定要去。刘明慧知道母亲是想父亲了，只好答应。

第二天，刘明慧拿着请假条到程诺办公室，向她请假，说明天想请假去看看父亲。

程诺立即批准了刘明慧的假，并问刘明慧三天够不够。刘明慧说够了。程诺又说自己太忙了，走不开，要不就和刘明慧一起去看看刘父，最后还让刘明慧替荆鸣和自己向刘父问好，让刘父多保重身体。

刘明慧说："谢谢程总。"

程诺问："你妈也去吗？"

刘明慧说："是，我和我妈一起去。"

程诺说："那好，路上照顾好你妈。"

程诺问刘明慧："你准备去几天？"

刘明慧说："来回两天我想就足够了。"

程诺说："没事，你把你那儿的工作都安排好就行了。"

刘明慧说："那我就先回办公室了。"

此时，刘明慧的父亲、过去滨海市大东房地产开发总公司董事长刘凯明正在距离滨海一百五十多公里的新民县一所对外叫作"第三新生机器厂"的监狱里服刑。

下午，刘明慧提前下班，先去南郊长途汽车站买了两张去监狱所在地的汽车票，然后又去超市给父亲买了一大包点心、水果。

第二天早晨六点，刘明慧和母亲就来到南郊长途汽车站，坐上了开往新民县的长途班车。

此时，监狱里的刘凯明拿了个簸箕正从车床底下往一辆小推车上搓铁屑。

同监狱友问他："老刘呀，你家里人有三个接见日没来过了吧？"

刘凯明说："女儿工作忙，老伴儿一个人出门我不放心，我说等女儿能抽出时间了再让她们来。"

狱友说："咳，要我说，不来也好，想当年，不是吹牛，老子打遍滨海无敌手，谁知道好景不长，现如今，竟落得个拉屎放屁都要喊报告的境地！"

刘凯明叹了一口气说："咳，那邓丽君的歌里唱得多好：好花儿不常开，好景不常在。明天就又到接见日了，你那些小弟兄们又该来了吧？"

狱友："咳，自从我进来后，老婆带着儿子跟别人跑了，我爹也不认我了。我也就剩下这些跟着我打江山的弟兄了。等老子出去，那个女人就算了，但我的儿子我一定得要回来。"

2

刘明慧和母亲在新民县长途客运站下了车，她看看时间，上午九点。于是，她就拉着母亲出站。客运站大门外有几十辆等待拉客的三轮车和出租车，她向一辆出租车走去，母亲拉住她说："咱们坐三轮吧。"刘明慧知道母亲是怕花钱，就说不坐三轮，三轮不安全。刘明慧来到出租车旁问："走吗？"

拿着一张报纸正在看的司机放下报纸问："你们去哪儿？"又看她们拿了两个大袋子，就问："放后备箱？"刘明慧说："不用。"

刘明慧拉开车门，先把母亲扶上车，又拉开副驾驶车门坐进去。

刘明慧说："去新生机器厂，打表吗？"

司机看看刘明慧说："你放心，你想打表我就打表，反正打表不打表都是50块钱，探监是吧？"

刘明慧说是。

司机又问探谁。

刘明慧嫌司机话多，没有吭声。

司机就发动了汽车，说："今天是探监日，人多。"

出租车在监狱门前的停车场停了下来。停车场上已经停了不少车了，除了三轮车外，从最低档的夏利、长安铃木、长安奥拓、奇瑞QQ，到中档的富康、桑塔纳，再到高档的广州本田、海南马自达，还有俗称四环素的奥迪、宝马这样的顶级车，还有金杯、丰田面包车，看得人眼花缭乱。如果不是有森严的大门和荷枪实弹的武警以及带电网的高墙，这里倒像一个二手车展示会，又像是一个旅游景点。来探监的人们把监狱门前变成了一个熙熙攘攘的闹市。大门口，武警在对每一个要进去的人进行严格检查和登记，高墙上的角楼里，荷枪实弹的武警哨兵用警惕的眼神严密地注视着底下。

刘明慧和母亲在大门口登记并检查后，每人得到一张卡片，卡片上清楚地注明了他们要见之人的姓名、监区，然后又跟着探监的人流来到第二道检查岗。武警又重复了在大门口检查过的所有程序。在经过了一系列复杂仔细的检查后，他们进到了会见室。会见室其实就是一个大厅，最少也有八十平方米大，呈长方形，中间摆放着一些桌子凳子。一些家属坐在凳子上等待着电喇叭点名。靠里面有一道水泥矮墙，水泥矮墙上有一面厚厚的玻璃墙，这玻璃墙一直顶到天花板上。水泥矮墙每隔大约一米就放有一部对讲电话。一些人正在通过对讲电话和里面的亲友交流。大厅有点像银行的营业部。

刘明慧和母亲进到会见室里后，先把在大门口开的会见单交给监狱看守，然后就拉着母亲在一张桌子旁坐下，看守把会见单交给在里面的另外一人。

刘凯明这时正在监舍外面的水房里洗衣服，突然，听见喇叭里喊："刘凯明，接见。"

刘凯明赶紧擦了擦手就往接见室跑。

刘明慧和母亲一直盯着里面那个小门。果然，父亲在一名看守的带领下从小门出来了。刘明慧赶紧拉着母亲快步走到一部对讲电话旁，还没有说话，母女二人早已是泪流满面了。

看守在旁边提醒他们说："半个小时啊，先捡要紧的说。"

刘凯明笑着拿起对讲电话，又指指外面那部与他手上拿着的连在一起的对讲电话。刘明慧拿起话筒递给母亲，母亲哆哆嗦嗦地拿着话筒，一时竟不知道说什么。

刘凯明看着老伴儿说："你看，你已经有白头发了。"

老伴儿说："老了，能没有白头发吗？你怎么样？身体还好吧？"

刘凯明说："你不要操心我，我在这里头除了不自由外，一切都还不错。"说完还笑笑。

老伴儿问："伙食呢？"

刘凯明说："伙食也不错，经常有肉吃，逢年过节还加菜。"

老伴儿说："你身体不比年轻人了，不行就不要硬撑，你给他们说说，他们也会理解的。我和孩子还等着你早点儿回来呢。"

刘凯明说："你放心，我的活儿不重，就是在车间里扫扫地倒倒垃圾。再说干点儿活好，干点活等于锻炼身体了，等我出去我身体肯定要比以前好得多了。"

老伴儿说："是啊，你说那时候，你哪个星期不喝醉两次？"

刘凯明笑笑说："这下好了，一进来想喝也没有了，正好把酒戒了。慧慧怎么样？"

刘明慧接过话筒说："还行，荆鸣对我挺照顾，不过他前些日子出事儿了。"

刘凯明一听就赶紧问："荆鸣出事儿了？他出什么事儿了？"

刘明慧说："看新闻报道好像是公安局怀疑他把马琳杀了。他从南海回来，一下飞机就让刑警队带走了。"

刘凯明若有所思地说："噢，原来是这样。不过我觉得他不会犯这么低级的错误，据我对他的了解，他绝不会杀马琳。那公司现在谁在管？"

刘明慧说："程诺在管，我觉得程诺挺能干的，荆鸣刚出事儿那几天，公司人心惶惶，都觉得这下公司要完了，全靠程诺才稳定住了大局。"

刘凯明说："我想问你，荆鸣在我出事儿后对你怎么样？"

刘明慧说："挺好的呀。你出事儿以后，他在公司大会上公开宣布，'谁要是敢说刘总一个字的坏话就立刻开除。'而且他还提拔我当了信息部部长，工资也增加了1000元。每个月又给我800元交通费和通讯费。另外，我每个月还有5000元请客签单的权利，别的部长就没有。有的部长不服气去找他，他说，'现代社会是信息社会，信息部对于滨海华业来说是心脏部门，我就是要给信息部部长最优厚的条件和待遇。'"

刘凯明意味深长地说："他还算不错，慧慧，你已经在社会上锻炼了几年了。你记住，对任何人和任何事情都不能只看到他的表面，要多观察、少表态。人心难测哪！"

刘明慧觉得父亲话里有话，便问："你出事儿是不是和荆鸣有关？"

刘凯明说："你什么都不要多想，也别问。其实我出事儿关键还是有些事情我自己没有处理好。爸爸是告诉你，万事都要小心，要不然自己吃亏都不知道是怎么吃的。爸爸就是因为太相信人了才栽了个这么大的跟头。"

刘明慧一听这话，更觉得父亲可能还有什么事情瞒着自己，就问父亲到底他出事儿和荆鸣有多大关系，要是责任在荆鸣，那她要替父亲报复荆鸣。

刘凯明苦笑着摇摇头，并坚决制止了她的想法，说："你就不要瞎猜了，荆鸣这个人总的来说还是不错的，念旧情。荆鸣这次要是真的杀了马琳，那他也就算彻底完了。假如马琳不是他杀的，那他还会出来的。你在他那儿好好干，在经商方面，他是个天才。再说他还不算小人，任何在明地里、暗地里算计他的人都不会有什么好结果的。荆鸣身上报复心很重，报恩心也很重，他还有一个长处，那就是为人大方豪爽。"刘凯明让女儿跟着他尽量多学点东西，等自己出去后再重新干。他叮嘱女儿说，荆鸣绝不是等闲之辈，他的社会关系遍布省市党政部门，别说她了，就是现在滨海市的梁书记也搬不动他。

刘明慧突然问了父亲一句："荆鸣当时在大东当副总时他的股份是多少？"

父亲随口说了一句："49％"。说完后他似乎意识到了什么，就问："你问这个干什么？"

刘明慧问："他的资金是从哪里来的？"

刘凯明说："你就别再问了，有些事情我也说不清楚。"

刘明慧又问："当时你是董事长，那荆鸣为什么不当总经理？"

刘明凯沉思了一会说："现在想想这也正是他过人之处。"

时间过得很快，刘明慧还想问，看守过来催了："好了，探监时间到了。"

刘明慧不想让父亲担心，她说："你过去不是经常说商场如战场吗，我会小心的，你也要争取好好表现，早点回家，我和妈妈都等着你。"

刘明慧赶紧把给父亲带的吃的和用的都交给看守，看着看守把东西拿进去交给父亲。

刘凯明又说："下次来不要带这么多东西了。"说完后放下电话，站起来向妻子女儿挥挥手，转身向那扇小门走去。

刘凯明没有回头。

看着父亲的背影很快消失在小门里，刘明慧突然觉得泪水再次溢满了眼眶。

在回去的路上，刘明慧一直想问母亲，她想母亲一定知道一些父亲出事儿的内幕。可是，看着母亲那疲惫的眼神，她决定以后再找个机会问，要是父亲出事儿是荆鸣的责任，那她一定要找到荆鸣犯罪的证据。

3

荆鸣留学回来后，被分配在滨海市城乡建设局规划处，而刘凯明当时就是滨海市城乡建设局规划处处长。刘凯明非常看重这个喝过洋墨水的年轻人，在一些重要的规划中非常重视荆鸣的意见。刘凯明还经常带着荆鸣出席一些社会活动，对他委以重任。在刘凯明有意识地培养下，荆鸣的业务能力也飞快地得到了提高。很快，在刘凯明的大力推荐下，荆鸣被任命为规划处副处长，成了刘凯明的正式助手。

又过了两年，局长面临退休，市委组织部决定从城乡建设局内部挑选一位年富力强、党性强、业务精、素质好的中层领导出任局长一职。这时，几名处长都开始拿自己和别的处长比，比较完觉得大家都差不多，于是，城乡建设局在谁当局长上开始了一场从暗到明的、没有硝烟的战争。按说，几位处长中，刘凯明在处长的位子上干的时间最长。在 20 世纪 80 年代，他作为第三梯队是市委组织部重点培养的对象之一，年仅 36 岁就成了滨海这个副省级市城乡建设局规划处的处长，是当年滨海市人大常委会批准、市委组织部提拔任命的领导中最年轻的一位。所有人都非常看好刘凯明的仕途，当时组织部的人曾经打赌，说 14 年后，50 岁的刘凯明就有可能主政滨海市。命运弄人，刘凯明自己也没有想到，他在城建局规划处处长这个位子上一干竟然就是 14 年。在仕途上，这叫原地踏步。14 年的原地踏步，要让一般人早就不干了，可是刘凯明却没有表现出对自己职位的不满意，因为这毕竟是个肥缺儿。

在城建局局长争夺战中，刘凯明想，跟那几个处长相比，不管从业务能力上还是资历上、年龄上，自己都占有无可争辩的优势，这个局长自然应该是非自己莫属了。市委组织部已经对他和几名处长进行了两次考察，特别是第二次考察时，组织部副部长临走又找刘凯明谈了一次话，这给了所有人一个信号：刘凯明很有可能就是下一任局长，甚至还有人开玩笑地叫他"刘局长"了。虽然他表面上对开玩笑的人说千万不能胡开玩笑，其实心里还是美滋滋的，但谁也没有想到，这个信号是个错误的信号。

世事就是这么难料，组织部正式宣布的时候，新局长竟然是个大老粗——已经 58 岁的法规处伍处长。

这个处长过去经常吹嘘自己是"三块钢板"，现在的年轻人可能不知道什么是三块钢板，三块钢板就是：第一块是老贫农，最好是三代要饭的老贫农；第二块是扛过枪，最好是打过日本鬼子，最次也得是渡过江，即参加过渡江战役；第三块是共产党员。这个处长是 1949 年 12 月家乡解放了以后参的军，当时只有 14 岁，他却说自己已经 18 岁了。招兵的问他是哪年生的，他说自己家里穷，没上过学，就知道过一年长一岁，今年已经 18 岁了。他参军后连枪都还不会拿呢，就参加过一次小规模的剿匪行动。虽然他把剿匪说得惊险无比，但其实那就是几个穷得揭不开锅的农村混混，抢了村里一家大户，害怕政府抓就跑到山上躲起来了。解放军一个宣传员拿着一只铁皮卷的喇叭喊话说："弟兄们，我们知道你们也是因为穷才走上这条路的，现在解放了，压迫我们的地主老财已经被打倒了，咱们穷人翻身解放了，从此就当家做主人了……"话还没喊完，那些混混就跑出来了，弄得宣传员十分不愉快地说，"你们让老子多喊一会儿都不行？"

局长任命一下来，不但刘凯明憋了一肚子火，别的处长也不满意。但市委组织部干部处处长面对大家的质疑时说："他是个有着 30 年工龄的老同志了，虽然文化程度低点儿，但他几十年来一直坚持学习，再加上他也快退休了，退休前提一提，人之常情嘛。"

刘凯明大为光火，当场就让市委组织部干部处处长下不了台，"原来这就是你们提拔任用的标准？"

回到办公室后，窝了一肚子火的刘凯明决定去找马副市长。马副市长刚提升上来，做事比较谨慎低调，这些年他为马副市长办了不少事儿，马副市长私下也曾多次说过，让他有事儿就说话。再加上他和荆鸣的关系，刘凯明把想法跟荆鸣说了，荆鸣和他分析了各种情况后说："这事儿我不能出面，我要不出面你的事儿可能能办成；我要出面，那就没希望了。"

刘凯明和马副市长约好时间后，就拿着精心准备的礼物到了马副市长家。

很快，在马副市长的干预下，刘凯明被安排到了滨海市第一建筑总公司，任总经理。该公司的前身是滨海市建委下属的一家国营建筑公司，后来从建委剥离了出来，随着公司的发展，规模也日益壮大。

原来的总经理是从工人提拔上来的，20世纪60年代曾经是滨海市的劳动模范，人不错，就是没文化，没有创新开拓精神，年龄越大，越怕犯错误，公司也弄得死气沉沉，正好退休年龄也到了，于是，刘凯明就接替了他的总经理职位。

刘凯明上任伊始，先用了半个月摸了摸公司的情况，认为必须要动大手术，可是自己单枪匹马，刚来这里，根基还不稳，甚至可以说没有根基，他不敢轻举妄动。于是，他想起了自己的年轻搭档荆鸣，当他找到荆鸣谈了自己的想法时，没想到荆鸣一口就答应了。

荆鸣说自己本来就对走仕途当官儿没有任何兴趣，再加上这次的新局长选拔更让他觉得这里不是自己应该待的地方。俗话说：良禽择木而栖。虽然他不敢说自己就是良禽，但也看出来了，在城建局继续待下去的话，不管是干到退休还是混到退休，都不会有任何出路的。荆鸣说："这样吧，只要你能看得上我，那我就跟着你干。"

刘凯明一听他这么爽快地就答应跟自己到第一建筑总公司去，就说："你先不要这么快就决定，毕竟那是企业，可能会有风险的。"

荆鸣却说："年轻难道不是冒险的资本吗？你50岁了都敢离开局里到企业去，我有什么不敢的。我的志向可不是一个滨海市城乡建设局就能装得下的。"

刘凯明说："那你可得想好，作决定以前一定要先考虑周到，开弓就没有回头箭了。"

荆鸣说："任何人在做一件事情之前都会认真考虑的，但谁也不可能把还没有做的事情考虑得很周全。要是我在美国不回来的话，现在也在别人的公司打工，肯定比在国内挣得多，但那不是我想要的生活。我之所以回来，是觉得现在国内发展的机会一定很多，我想闯出一番自己的事业，之前一直没有机会，本来我还想再等等，但现在你辞职下海，我觉得现在我的机会也提前来了。你要愿意，我就跟你干；你要不愿意，我也想下海了，只是还希望你能多带带我。"

第二天刘凯明就向市里反映，需要助手，当领导问他要谁时，他立即点了荆鸣。很快，荆鸣就被市委组织部任命为滨海市第一建筑总公司的副总经理，走马上任了。

刘凯明一上任就大刀阔斧地引入竞争机制，荆鸣和他配合默契。砸了铁饭碗，重新制定规章制度，搞定岗定员，工资与绩效挂钩，奖金上不封顶、下不保底。公司里分成了两派，一派认为公司这下有希望了，干劲十足；另一派认为刘凯明是砸自己饭碗来了，闹过几次。但刘凯明的改革得到了市委市政府的支持，新上任的市长在公司当着大伙的面说："市委市政府支持刘凯明的改革，闹事的都是因为工资比以前少了，奖金拿不上了，但也有不少人工资奖金非但没有少，还比过去多了，从这一点看，刘凯明的做法符合我国改革开放的大方向。"市长这么一说，闹事儿的知道再闹也不会有什么好结果，于是也就渐渐偃旗息鼓了。

之后，在房地产泡沫时期，滨海市第一建筑总公司也没能逃脱厄运，几幢在建的楼盘被迫停工，建好的楼盘也卖不出去，银行又催着还贷，刘凯明有点儿着急了，而荆鸣经过对市场的分析后，认为泡沫过去，地产业一定会有一个较长的发展期。滨海市领导则觉得这家老国企已经成为政府的沉重负担，于是开始对这家原本不愿放手的、滨海市最大的国企进行改制。在改制的资产评估中，刘凯明和荆鸣上下活动，再加上童建中的帮助，打通了几个重要关节，把国企改制变为破产改制。总资产1亿2千万的滨海市第一建筑总公司被作价2000万元，变更了产权，刘凯明和荆鸣以厂房和楼盘为抵押，加上市里领导又做了大量工作，打通了银行的关节，从银行又贷出6000万元，终于把这家国有企业变为民营企业，并改名为大东房地产开发总公司。刘凯明任董事长，他想让荆鸣出任总经理，但荆鸣不干，说："你就董事长兼总经理吧，我当副总经理给你打下手就行了。"

刘凯明创办大东房地产开发总公司时，刘明慧才上初中二年级，还是个小女孩儿。父亲的很多事情她肯定不知道。工作上的事情父亲也不会跟她说，但她去过父亲的公司，也逐渐认识并熟悉了荆鸣，那时候她还管荆鸣叫叔叔。

后来，刘明慧上了高中，高中毕业后她又考上了大学，在刘明慧考上大学的前一年，也就是她高二的那一年，国家开始不再对大学毕业生进行毕业包干分配了。毕业后，刘明慧一直在外面打工，父亲一直想让她到自己的大东房地产公司来，母亲也跟她说过多次，可她就是怎么都不愿意回来，说不想生活在父亲的庇护下。其实，她是觉得在父亲的公司里肯定会很不自由，这才是她不愿回来，并以自己需要锻炼为理由多次拒绝父亲邀请的真正原因。

直到有一天，父亲出事儿了，当她从外地赶回来时，父亲已经被关押在滨海市第二看守所。再次见到父亲，已经是14个月后了，那一天父亲的案子开庭，父亲以侵吞国有资产、偷逃税款、虚开增值税发票等罪被判处有期徒刑10年。

后来，刘明慧从母亲的嘴里了解到一些自己不知道的事情，她觉得父亲有点儿冤。回到办公室后，父亲的话还在耳边："你就在他那儿好好干，在经商方面，他是个天才，要尽量多学点东西。"可是刘明慧想不明白的是，侵吞国有资产，难道就是父亲一人干的吗？要是父亲自己干的，那荆鸣在公司所占那49%的股份是从哪里来的？父亲的入狱一定是荆鸣做的局。

从此，她不动声色地开始搜集证据，准备置荆鸣于死地，为父亲报仇。

4

郑天雷作了许多调查分析后，首先把小保姆排除了，小保姆小学还没有毕业，根本不可能会使用这么复杂的东西。而且，这可不是普通的摄像头，是一种从国外进口的、相当精密的摄像头，荆鸣、马琳、张大川都出过国，他们三个人都有机会安装和使用这种摄像头。

陈正军觉得，如果说是马琳和张大川装的摄像头，目的只有一个，满足自己变态的性需求。当然，也不能排除荆鸣偷偷安装了摄像头的可能性，而且荆鸣安装摄像头的可能性最大。因为自从他发现自己的妻子马琳跟别人偷情以后，就一直想拿到证据，只有拿到证据，他在和马琳谈离婚时才可以用这个光盘上的内容来要挟马副市长。而寄光盘的人目的只有一个，即告诉警察，张大川和马琳经常玩这种另类的游戏，马琳的死很可能是她和张大川在玩变态性游戏时偶然的一次失误造成的。这样就能尽快排除荆鸣的嫌疑。问题是：谁邮寄的呢？又是出于何种复杂的动机呢？从信封上也没有发现任何蛛丝马迹。显然，寄件人知晓反侦查技术。

他们又开始了艰难的调查取证。

在专案组的案情分析会上，陈正军认为，给检察院寄光盘的人就是急于让荆鸣摆脱干系。那这个人肯定是荆鸣身边的人，这个神秘人物到底是谁呢？

陈正军越来越觉得这个案子很蹊跷，像一个难解的谜。

5

童建中向公安局和检察院同时发难了，他把自己调查的、有关案件的全部细节打印成册，拿着这份材料去找了政法委罗书记。他把材料往罗书记桌上一拍，说："明人不做暗事，他们要再不释放我的当事人，我就要把这些材料寄到省人大和全国人大去，并把这个案件向媒体和社会公开！"

罗书记说："你这是干扰司法。"童建中说："你们是亵渎法律！"童建中说他的当事人已经不明不白地被关押了这么长时间了，既然没有证据证明是自己的当事人犯下了命案，为什么还不放人。他质问罗书记："难道你们的面子比滨海市的经济发展还重要吗？"童建中说自己已经没有耐心再无休止地等下去了，除非有新的证据，否则明天下午以前必须放他的当事人回家，说完就气呼呼地走了。

6

萧玫这段时间经常和陈正军在一起，工作时在一起，倒还没人能说什么，但萧玫一有空就往医院跑，替陈正军照顾陆宝燕，单位里风言风语就出来了。看样子，检察院也和社会上一样，总有一些好事者，总有一些喜欢搬弄是非的闲人。

一天，萧玫的前夫找来了，要跟她复婚，萧玫说不可能，她前夫就在办公室大闹，说他已经知道了，萧玫看上了大自己十几岁的老男人陈正军，还说陈正军不就是个处长吗，处长有什么了不起的。

萧玫前夫说："我现在也是处长了，也不比陈正军差，何况他还有个20岁的女儿，你愿意他愿意，他女儿能愿意要你这个后妈吗？"萧玫有口难辩，气得打了前夫一个耳光。最后，单位保卫处来人才把他弄走。

前夫走了以后，萧玫在办公室把门关上大哭了一场。陈正军安慰她说："咱们自己心里没鬼怕什么闲话，只要咱们行得正，谣言就会不攻自破。"

这以后，院里就传出了风言风语，说陈正军就等着陆宝燕死呢，陆宝燕一死，陈正军就可以老牛吃嫩草了；也有人说老牛早已经吃上嫩草了；还有人说萧玫早就等着填补陆宝燕的空缺呢。这些闲话传到了陈正军的耳朵里，当然也传到了萧玫的耳朵里。

从这以后，陈正军就不让萧玫到医院去了。可是萧玫不理这些，还是隔几天就做好饭去医院给陆宝燕送去。陆宝燕对这一切毫不知情。

7

陈正军、何力和郑天雷又去看守所提审了张大川。不过，这一次陈正军没有带萧玫一起去。

监控室里，陈正军发现，被看守带到提审室里的张大川，头发已经白了至少三分之一。陈正军心想：看来这个案子对张大川的打击是巨大的。他一再表明他爱马琳，绝不会杀害自己的心上人，通过警方缜密的外围调查取证和证人的证言证词，也证明了他没有说谎。既然马琳不是他杀的，他就不应该有这么大的心理压力。历史上有伍子胥过韶关一夜愁白头的事情，可眼前的张大川是为什么发愁呢？

张大川似乎已经麻木了，他表现得很平静。

郑天雷问："最近怎么样？"

张大川反问道："什么怎么样？"

郑天雷问："想通了没有？"

张大川破罐子破摔地说："反正我已经这样了，想通想不通都得想通，马琳不管是怎么死的都是我杀的。人该倒霉了，喝凉水也塞牙。"

郑天雷说："好了，你就别发牢骚了，把问题说清楚比什么都强。"

张大川问："你们今天来不会是告诉我，马琳是荆鸣那个卑鄙小人、暴发户杀的吧？"

郑天雷问："马琳卧室床头的那盏墙灯是谁买的？"

张大川一愣，问："墙灯怎么了？那是她自己买的呀。"

郑天雷问："你们动过了没有？"

张大川说："我不知道她动过了没有。"

张大川又问："怎么了？那盏墙灯有问题吗？"

郑天雷说："那盏墙灯被人安装了微型摄像头。"

张大川一下就跳了起来，"不可能！"然后又颓唐地坐了下去。

郑天雷让他不要激动。

张大川咬牙切齿地骂道："这个杂种！一定是他干的！我要出不去就算了，假如有一天我出去了，我一定饶不了这个卑劣小人！"

不用问，在这个世界上，张大川现在最痛恨的就是荆鸣了。

张大川对摄像头的事情表现得非常吃惊。

经过认真细致的调查，很快排除了张大川为满足性欲安装摄像头，在做爱时误杀马琳的嫌疑。因为荆鸣的交代和张大川的坦白基本吻合，张大川离开时，马琳并没有死。

萧玫对陈正军甩下自己到看守所提审两名嫌疑人非常不满意。她问陈正军，为什么去提审嫌疑人不通知自己。陈正军说："咱们两个在一起现在外面有多少闲话呀！你是没听见还是不怕？"萧玫说："想不到你陈正军竟然也会被闲话吓倒，我还以为你是一条好汉呢。"陈正军说："我不是怕，我问心无愧行得正站得直，我是怕对你不好。"萧玫说："我你就不要操心了，我都不怕你怕什么！我们应该以案子为重，不要受外界流言的干扰。"

郑天雷再次提审荆鸣，郑天雷问荆鸣，知道不知道藏在墙灯里的微型摄像头。荆鸣犹豫了一下说那是自己装的，就是为了抓住妻子和张大川姘和的证据。郑天雷问荆鸣，光盘在哪儿。荆鸣说放在公司自己办公室，程诺知道。

郑天雷带人去滨海华业找到了程诺，程诺很快就承认了光盘是她寄的。

她说荆鸣曾经跟自己说过，等合适的时候他会提出跟马琳离婚，这个光盘里面的内容就是让马琳身败名裂的有力证据，自己给检察院寄这个光盘是想证明荆鸣绝不会杀死马琳。

罗书记召集公检法负责人紧急开会，并说童建中威胁再不释放他的当事人就要到省人大和全国人大告状，并把案件向媒体和全社会公开。郑天雷一听就火了，自己这里忙得焦头烂额，童建中还不断地添乱，到现在荆鸣不是还没有脱离犯罪嫌疑吗。

罗书记让他冷静一下，说："通过我们这一阶段的工作来看，荆鸣和张大川都可以排除作案的可能。在这种情况下，我建议还是尽快放人吧，要不我们就会陷入更大的被动。"许省身检察长代表检方说："我们没有意见。"公安局局长连小军说："我们警方也没有意见，总不能办错案吧。"

最终，大家都同意放人。

会议间隙，陈正军悄声对许省身说："8 年前大东房地产公司的那一起案子，我就发现有荆鸣的影子，可是最终因证据不足，只起诉了董事长刘凯明一人。我想趁这个机会把刘凯明那个案子再过一遍，看能不能抓住荆鸣的尾巴。"

许省身说让他先把刘凯明的案子忘掉，会后让郑天雷给童建中打个电话，告诉他，马上就放人。

经过了近一个月的调查，因为证据不足，荆鸣和张大川都必须释放了。

8

专案组最后一次案情分析会结束了。会上，大家根据近一个月来对马琳案所有涉案人的排查，逐一纳入侦查视线，又逐一被排除，认定马琳是死于自杀。因为马琳和张大川虽然因双方父亲的强力干涉而被迫分手，但他们并没有断绝来往，只是从公开转入了地下。就像火，在地面上可能会因各种因素被熄灭，但地底下的地火只能随着时间的推移而燃得更旺。马琳和张大川的爱就是这样，在外力的强烈阻挠下，他们的爱扭曲了，光盘画面中他们追求的那种变态的性爱就是证明。

事情败露后，马琳觉得没脸见人了，于是就用自己和张大川做性游戏时用过的塑料袋捂死了自己。一般人就是想用这种方式自杀可能也无法做到，因为人在憋气时会下意识地去撕扯捂在面部的塑料袋，但马琳和张大川在做这种变态的性游戏时双方都在追求一种临界快感，只要在临界点内就不会有生命危险，但过了临界点就很容易发生危险，久而久之，他们都非常清楚这个临界点。但当马琳一心求死的时候，她自己就能越过临界点，从而结束自己的生命。

9

专案组迅即把案件报告呈送给了市政法委。罗书记和专案组主要成员也与马副市长进行了最直接的沟通。马副市长虽然强烈质疑专案组所下的结论，但也无法改变这一结论。

陈正军还清楚地记得，当他把报告交给马副市长时，马副市长脸部肌肉痉挛的表情。马副市长一看报告就大发脾气："什么？自杀？这不可能！这绝不可能！"

陈正军让他认真看看报告，并说："马副市长，这份案件报告里有市公安局技术处作的实验报告，也有省公安厅和公安部专家的意见，有专案组排除荆鸣和张大川杀害马琳的理由，也排除了入室盗窃杀人的可能。"他说，"马副市长，我也有一个女儿，我非常能理解您现在的心情，但我们是执法者，我们必须用证据来说话。如果以个人的好恶或者对嫌疑人的有罪推断来判案，那就是对法律的亵渎。我想您作为一位领导干部，应该能理解我们。"

马副市长问："那就是说你们准备释放他们了？"

陈正军说："对，我们没有任何理由再拘留他们了。"

他看见了马副市长脸上复杂的表情。

出了马副市长的办公室，陈正军心想：马副市长不但想让荆鸣死，也想让张大川死。他认为自己的女儿就是死在这两个人的手上。陈正军觉得，马副市长也太复仇心切了。

第十一章
嫌犯重获自由

1

陈燕不好意思一直在医院照顾母亲，再加上她也怕丢了这份工作，就去上班了。她被安排在刘明慧的信息部。

程诺在办公室里给刘明慧打电话，"明慧，你通知陈燕，让她到我办公室来一下。"

过了一会儿，有人敲门，程诺一看是陈燕来了。

陈燕问："程总，您找我有事儿？"程诺让她先坐下，又给她倒了一杯水，问："你已经来了几天了吧？"

陈燕说："来了三天了。"

程诺关切地问："怎么样？公司节奏快，能习惯吗？"

陈燕说："能习惯，现代企业就是应该有快节奏嘛，就是再快一点儿我也能适应。"

程诺问了问她母亲的病情，说："你看现在，公司的事千头万绪，都要我亲自抓，我一直想物色培养一个能独当一面的助手，能为我分担点事务性的工作，你有没有兴趣来试试？"

陈燕一听就赶忙推辞："程总，这恐怕不行。我不是怕吃苦，也不是怕承担责任，而是我刚来，对公司还不熟悉，我怕耽误工作。我想我还是先在下面锻炼锻炼。"

程诺说："锻炼在哪儿都能锻炼，在我身边更能锻炼人，之所以选中了你，是因为我看了你的简历和档案，我觉得你完全能胜任，所以我想任命你做我的行政事务助理。另外，补发两个月的工资，作为安家费；报销你从南海回来的路费，你明天把车票拿来到财务部去报销。同时，为了不影响工作，公司再给你提供一间装修好的单身宿舍。明天你就直接到我这里来上班，我办公室的外间就是你的办公室。走，我带你先认识一下我的业务助理。"

程诺站起来带陈燕来到外间。她对趴在桌上的一个年轻小伙子介绍说："小田，这是你的新同事，陈燕，以后你们就是搭档了。"小田看是一个美女和自己搭档，当然高兴了，赶紧站起来说："你好，欢迎，欢迎。"

陈燕回到信息部，刘明慧问她，程总叫她干吗去了。

陈燕说："她说让我到她那儿去，给她当行政事务助理。"

刘明慧一听，觉得难以置信，看了陈燕一眼说："那你就去呗。不错呀，刚来就进了管理层的外围了。"

陈燕说："其实我真不想去，我推了，可她非要让我去，还说明天就让我过去上班。干脆你跟她再说说，我还是愿意在你这儿。"

刘明慧说："你还是去吧，她让你去就肯定有她的道理，我硬要留你不合适，你先去准备吧。"

看着陈燕的背影，刘明慧心想：这个女孩子命太好了，好得甚至连她都有些忌妒了。刘明慧还是觉得很好奇，程诺对手下一贯严格、挑剔，怎么会这么热情地对待一个刚毕业的研究生。她突然想起自己还留有一份陈燕的资料，她打开抽屉拿出陈燕填写的简历表，目光停在了陈燕填写的父亲一栏：陈正军；工作单位：空白；职务：干部。刘明慧突然想起，那天面试时，陈燕说自己的父亲在司法部门工作，这才恍然大悟，司法部门，陈正军！陈正军不就是检察院侦查监督处的处长吗，怪不得程诺会如此厚爱陈燕呢。

2

张大川的妻子正在家中做晚饭，女儿在书房做作业。突然电话铃响，她从厨房出来，拿起话筒一听，原来是体育局办公室的电话，对方说刚才接到检察院的电话，说张处长明天早晨就回来了，局领导让他通知一下张处长家里，局里会派辆车和家属一起去看守所接张大川。

张大川妻子回了句，知道了，不过明天自己要上班，没有时间，说完就挂了电话。

而此时，童建中也把荆鸣即将获得自由的好消息告诉了程诺。

程诺当时正在办公室里给部门经理安排工作，手机突然响起，她一看是童建中打来的。童建中高兴地告诉她："程诺，你等的这一天终于到了。"

程诺一时竟不知该说些什么，半晌无语。

电话那边童建中问她是怎么了，怎么不说话了。

程诺一下惊醒，觉得自己有些失态，便挥挥手对手下的两个部门经理说："好了，你们去吧。"

程诺看两个经理出去了，眼泪不由地流了下来。

电话那边童建中还在叫："喂？喂？程诺，你怎么了？说话呀！"

程诺擦擦眼泪说："太好了……什么时候？"

童建中说："明天早晨，我明天早晨去看守所接他，你去不去？"

程诺说自己一定要去。

童建中让程诺现在立即把荆鸣将于明天早晨获释的消息透漏给滨海市几家大的新闻媒体。

放下电话后，程诺想了想，拿起手机给几家新闻媒体的记者发了荆鸣将于明天早晨获得自由的短信。发完短信后，又给高部长打电话，让他把荆鸣明天上午回来的消息捅给媒体。完了又立刻给办公室主任打电话，让他立即安排清洁工，赶紧把荆总的办公室好好打扫干净，说荆总明天就回来。

办公室主任放下电话后便开始安排，一出门，在走廊上看见清洁工正在拖地，就问清洁工："荆总的办公室几天没有打扫了？"

正在拖地的清洁工奇怪地说："荆总的办公室？每天都在打扫呀。"

办公室主任又说："你下午再去打扫一下，荆总明天上午就要回来了。"

程诺安排完工作，拿出化妆包，打开镜子淡淡地描了描眉，又给脸上补了补妆，就下楼了，她先开着车来到一家花店，定了一大束鲜花，告诉花店老板说自己明天早晨6点来拿。花店老板说没问题，保证误不了事儿。

刘明慧回到家里跟母亲说起了陈燕的事情。她说："陈燕刚上班没几天，荆鸣就从看守所出来了，他们做事情一点儿都不避人耳目，真够胆大的。"

母亲告诉她，荆鸣能出来也是好事儿，不要去管他是怎么出来的，更不要在背后议论，再说荆鸣这些年对自己也不错，每年春节都早早拿着东西来拜年，她让女儿做好自己的事情就行了。

3

郑天雷先到了看守所所长办公室，所长一看老伙计来了，就赶紧给他递烟倒茶让座。郑天雷接过所长递过来的香烟后，拿出对荆鸣和张大川的无罪释放通知书给所长，问道："他们这几天怎么样？"

所长说："荆鸣还是满不在乎，有时候一高兴了还唱上几句。问他担不担心，他说自己又没有杀人，有什么好担心的。张大川是刚进来的那几天闹得厉害，他们单位来人对他宣布免职后他就基本再没闹过。"

所长看完无罪释放通知书后在上面签了字，签完字后，就叫了一个自己手下，"把荆鸣和张大川带到会见室去。"又特别强调说，"态度要好一点啊，他们结束拘留了。"

看守应声而去。

郑天雷和所长一起出了所长办公室，两人说着话，正要往会见室走就看见了童建中。

童建中和郑天雷打了个招呼。

童建中挖苦郑天雷说："郑队长，怎么样，这有23天了吧？你自己说，这23天你们都干了些什么？你们起早贪黑、夜以继日、认认真真、兢兢业业地把一起自杀案件差一点就给办成他杀了。我当初是怎么跟你说的？不要做一起让自己无法下台的冤案，把自己变成替罪羊。怎么样？我没有说错吧？"

郑天雷说："童律师，话不能这么说，我们不是神仙，但不管怎么样，我们并没有如你所预言的那样把这个案子办成冤案吧？"

童建中说："可是你的确太固执了，不过，这也正是我喜欢你的地方。"

郑天雷说："我要去向他们宣布无罪释放通知书，你想去吗？"

童建中说当然。

于是，他们两人一起向看守所二楼的会见室走去。

4

这时，程诺也已经到了看守所，不过她无法进到会见室里，只能在看守所大门外，坐在车里等候着荆鸣出来。

很快，几家新闻媒体的新闻采访车也来到了看守所大门口。

记者们和程诺都很熟悉，一看程诺已经来了，就纷纷上前对程诺进行采访。

程诺看几名记者向自己的车走来，就赶紧下车和记者们打招呼。

记者们纷纷问她："对荆总出来有什么感想？"

程诺："当然很高兴了，这说明荆总妻子马琳的死亡跟荆总没有一点儿关系嘛。"

记者问："那荆总妻子的死因查清楚了吗？"

程诺说："这个嘛，你们应该去问问警察。"

5

荆鸣早早就起了床，百无聊赖地在床上躺着，躺一会儿又站起来在囚室里走几步。自从昨天下午看守所所长通知他今天出去后，他一晚上翻过来倒过去就是睡不着。没盼头的时候不急，可是这一知道自己马上就要出去了，他倒是一秒钟也不想再等了。

　　终于，荆鸣听见看守的脚步声了，好像是向自己的这间号子这边来的。他又躺到了床上。脚步声到自己门前停止了，然后门上那个大约十公分大小的小窗被推开，一只眼睛往里面看了看，然后就是钥匙"哗啦哗啦"开门的声音。铁门被打开了，看守一反常态一脸和蔼地笑着对他说："荆总，收拾东西吧，你该出去了。"

　　荆鸣坐起来，看了看守一眼问道："我的律师来了吗？"

　　看守说来了，说和律师一起来的还有市公安局的郑天雷。

　　荆鸣站起来就往外走。

　　看守赶紧过去想帮他收拾铺盖，荆鸣说："别收拾了，留在这里给下一位盖吧。你们要觉得没用就把它扔了。"

　　荆鸣在看守的带领下来到会见室。郑天雷和童建中坐在椅子上，正等着他的到来。

　　荆鸣一看见郑天雷和童建中，就高兴地过来先和郑天雷握手。

　　荆鸣问："怎么样？郑队长，是不是让我出去了？"

　　郑天雷说："是，从现在起结束对你的刑事拘留审查，麻烦你在这里签个字吧。"说着，把自己的一支签字笔递给荆鸣。

　　荆鸣接过郑天雷递过来的笔，看了看自己的这份释放通知书后，把笔又放下了，对郑天雷说："郑队长，让我签字可以，你们把我白白关了23天，不能就凭这一张纸就把我打发了吧？我没有别的要求，只要求检察院和你们市公安局联合召开新闻发布会，为我洗清杀妻的罪名，并在《滨海日报》《滨海经济报》《滨海晚报》《滨海早报》、滨海电视台、滨海经济电视台、滨海新闻网这七家新闻媒体上同时发表一份对我的道歉声明。如果你同意了，那我就可以在这上面签字，同时我也愿意放弃国家赔偿。假如你不同意，那么我就拒绝出去，并将采取必要的措施来维护我的合法权益。"

　　郑天雷说："荆总，马琳案专案组在作出对你和张大川无罪释放的决定之后就正式解散了。我只代表市公安局来对你宣布这份无罪释放的通知书，至于你的其他要求，我想只要是合理的，我们公安机关一定会支持的，这一点请你放心。"

　　童建中在旁边催荆鸣说："你先签字吧，其他的事情等出去以后再说。"

　　荆鸣在通知书下面的指定位置认真签下了自己的姓名。签完名后，荆鸣高兴地对郑天雷说："郑队长，我很高兴咱们今天的见面终于是平等的了。"

　　郑天雷说："荆总，我今天……"

　　话没说完，张大川也在看守的带领下来到会见室。

　　张大川一看见荆鸣就张口大骂："姓荆的！你这个卑鄙小人！杀人凶手！"

　　荆鸣却微笑着对他说："张大川，你别激动，何必呢？咱们两个过去是共妻的朋友啊。"

张大川大笑两声说："对了！我就是睡了你老婆了，我就是给你戴了绿帽子了！你说怎么办？来呀！你不是气不顺吗？那你杀了我吧！"

荆鸣冷笑一声说："张处长，杀你我是不会的，除了这个办法，你觉得我应该怎么办？我想听听你的安排。"

郑天雷赶紧制止他们："好了好了，你们都少说两句吧。"

所长把脸一沉，说："你们是不是在这里还没住够？还想再多住几天是吧？"

张大川指着荆鸣说："他是杀人凶手！你们为什么要让他出去？"

荆鸣说："张大川，亏你还当过那么长时间领导，懂不懂法？我杀人没杀人不是你说了算的，那是要靠证据说话的！"

张大川大喊："证据？我就是证据！马琳死的那天你到过现场！"

荆鸣轻蔑地说："你说的这些警察都知道，我早就跟他们说过了。那天我进去后在我卧室的床上都看见什么，我怎么打了马琳那个下贱女人一耳光，我怎么让你写下你们通奸的经过和你的保证书。你还有别的证据吗？快拿出来呀。郑队长，您说说如今这人怎么都无耻到了这种地步？"

张大川和荆鸣仇视地互相对视一眼。

所长说："你们在这里就不要再吵了，要想出去就赶紧办手续。"

荆鸣和张大川都被带到办公室，领回进来时被扣押的物品，如手机、钱包、腰带等。

管理人员看看荆鸣，打开一个锁着的柜子，拿出一个透明的塑料袋，里面装着他的东西。管理人员把塑料袋放在桌子上，从里面拿出一件物品便念一声：三星手机一部、钱包一只、交通银行金卡一张、交通银行普通卡一张、中国银行普通卡一张、中国银行金卡一张、工商银行金卡一张、工商银行普通卡一张、大东洗浴中心贵宾卡一张、滨海大酒店贵宾卡一张、香港海鲜楼贵宾金卡一张、现金一千九百七十元、身份证一张、手表一只，荆鸣一一对照着并在归还的物品名称后面打勾。

最后，荆鸣领回自己的全部被扣押物品后，在归还清单上签了字，并高兴地跟管理人员开玩笑说："谢谢，你不知道呀，我每天都在想我的钱包在哪里呀，今天终于看见它们了，唯一的遗憾是手机没电了。"

荆鸣和童建中拥抱着说："我就知道，你一定会来的。"他没看见程诺，就问童建中："程诺呢？"

童建中说："程诺在大门外等着你呢。"接着又拍拍荆鸣的肩膀，说，"怎么样？这些日子让你着急了吧？"

荆鸣赶紧打断童建中的话："别说了，别说了。"停了一会儿又说，"不过这样也好，就算是生活中的一笔财富吧。"

荆鸣和童建中先从看守所里出来了。程诺一看见看守所大门中间的小门开了，就知道荆鸣他们该出来了，于是就抱着鲜花赶紧下车。

在看守所大门外守候的记者们也立刻蜂拥而至，所有镜头都对准了走出看守所的荆鸣和他身边的律师童建中。

6

荆鸣一出门就看见怀抱鲜花站在大门口的程诺。程诺极力控制着自己激动的心情，向荆鸣走去。荆鸣接过鲜花后，面向记者们的镜头，一手拦腰搂住程诺，一手高高举起鲜花。

童建中对荆鸣说："那我就先走了啊。"

记者们纷纷说："童律师先不要走，我们还要采访你呢。"

童建中笑笑说："对不起，想采访我，那就以后再约时间吧。现在我真的还有事情。"记者们追着他："说两句吧，说两句吧。"

童建中说："十分抱歉，我真的是没有时间了，我有一个案子马上要开庭。"说完就向自己的车走去。

张大川也出来了，没有人来接他，更没有鲜花。他一脸绝望。

他看见荆鸣就想过去拼命，记者们一看见他出来了，就又把镜头对准了他。荆鸣看着仍然处在暴怒中的张大川，指了指站在门口的武警和记者们，对他说："别冲动，这里还有这么多的记者，你还想上头条？"

张大川对着荆鸣破口大骂："你这个杀人凶手，你太毒辣了！只要我活着，我就绝不会放过你！马琳也不会放过你的！你会受到报应的。"

荆鸣冷笑道："报应？你还有脸说报应？好啊，报应才刚刚开始。我倒想看看你这个满口仁义道德、一肚子男盗女娼、破坏别人家庭的小丑能跳多高。"

看守所大门的武警一声不吭地看着这两个刚从里面出来的仇人。

张大川在看守所大门外也被记者包围。记者们问他："张处长，请问，马琳是怎么死的？你知道吗？"他愤怒地指着荆鸣对记者们说："你们问我马琳是怎么死的？你们应该去问问他！你们看见了吗？就是这个姓荆的衣冠禽兽！就是他杀了马琳！"

本来就面带微笑的荆鸣这时仍然不改笑容地对张大川说："喂，张大川，你说话要有证据，再敢当着记者们的面胡说八道，我就告你诽谤，再把你送进来你信不信？"

张大川说："我当然信，我已经进来过了，我不怕了！你有钱，有钱就可以杀人不用偿命！哈哈，有钱就可以杀人不用偿命了！"

　　这时，路边开过来一辆桑塔纳，停在了他跟前。这是体育局派来接张大川的车。体育局办公室主任没有下车，他摇下车窗喊张大川上车，"张处长，上车吧，走了。"

　　记者们还在追问张大川："听说你和马琳是青梅竹马，你们为什么没有走到一起？"

　　"听说你妻子要和你离婚，你知道吗？"

　　"假如马琳还活着，你会和你妻子离婚吗？"

　　"马琳的死和你有关系吗？"

　　张大川已经快崩溃了，铁青着脸甩开包围自己的记者，一声不吭地向来接自己的车走去，一边走一边喃喃自语："善有善报，恶有恶报！"

　　桑塔纳快速离开了看守所。

　　在车上，办公室主任对张大川说："张处长，抱歉，本来出来得挺早，贾师傅看车上油不多了，就去加油站加了点儿油，把时间给耽误了。没想到你一出来就让这些记者给缠上了。"说着，给张大川递了一支烟。

　　张大川深深地叹了一口气，接过办公室主任递过来的香烟，问："单位里怎么样？"

　　办公室主任给张大川点着烟说："咳，还那样，还能怎么样？"

　　张大川问："现在我在局里已经臭不可闻了吧？"

　　办公室主任笑笑说："哪里哪里？我们都佩服你，真的！能把滨海首富的老婆搞到手，那可不是一般人可以做到的。看来你才是咱们滨海的少奶杀手，魅力无敌呀。"

　　办公室主任的玩笑让张大川暂时忘记了刚才和荆鸣冲突引发的不愉快，他也笑了。

　　过了一会儿，张大川叹了一口气说："唉，我知道，我是身败名裂了。"

　　看守所外的记者们又集中到荆鸣和程诺跟前，纷纷提问。

　　记者问："荆总，你今天有什么特别的感受吗？"

　　荆鸣说："要说特别的感受嘛，倒是有一点，那就是我觉得自己好像去了一个与外界完全隔绝的地方，刚刚又重新回到了人间。啊，阳光真好，自由真好！"

　　记者问："荆总，你觉得自己现在是不是更能体会到自由的可贵？"

　　荆鸣说："法律是公正的，我今天能从这里走出来是法律的胜利。对于你们的问题我会在两天之内约你们的。现在我要回去了，再见！"说完他就上了车。

7

上车后，荆鸣问程诺："怎么不让司机把我那辆劳斯莱斯开出来接我？"

程诺问："你愿意吗？"

荆鸣满意地看着程诺说："我发现你是越来越成熟了。"

程诺抹着眼泪笑着开车，荆鸣说："别哭了，小心把车开到沟里。"

程诺赶紧说了句："呸呸呸！乌鸦嘴！"

荆鸣问程诺："今天晚上，有什么安排？"

"还没有来得及安排呢。"

"那好，今天晚上，就咱们两个过。"

"那童建中呢？你真是重色轻友呀！"

"那今天晚上就咱们三人一起吃个饭吧。明天咱们做东在香港海鲜楼再请所有的部门经理吃个饭，你看怎么样？"

"行，你既然已经回来了，你就决定吧。"

程诺的红色本田雅阁进了城，程诺问荆鸣："得好好洗个澡了吧？"

荆鸣说："是该好好洗洗了，得把这一身晦气都洗掉。"

程诺问："是回去洗还是到金山城洗浴去洗？"

荆鸣不假思索地说："回去洗吧。"

说完后，他侧过脸看着开车的程诺又说："我想死你了，在里面都快憋疯了。"

一朵红云腾得从程诺脸上升起。

荆鸣给童建中打电话，说他现在要去好好洗洗，晚上7点在滨海大酒店西餐厅见。

8

张大川坐在体育局派来接他的车上，办公室主任问他，是先到局里还是先回家。张大川说，还是先回家吧。

办公室主任看他情绪十分不好，就小声开导他说："大川呀，多大的事情，不就是男女问题吗。你也没必要想不开，男女之间不就那点事儿吗。你是命不好，我听说咱们局领导，包了一个二奶，两三年了，也没事儿，你也知道是谁。你这事儿吧，关键是闹出人命了，要是没闹出人命的话，屁事儿也没有。"

张大川还是只顾抽烟，一句话也不说。桑塔纳把张大川送到了他家住的小区门口。办公室主任对他说："大川，回去先好好洗个澡，休息两天再去上班。"

张大川下车，对办公室主任说："我没事儿，谢谢你们了。我是得好好洗洗澡休息一下了。"

桑塔纳掉了个头离开小区。张大川来到小区门口的小卖部，买了两盒烟和一只打火机。他站在路边先撕开一盒烟从里面抽出一支，点着吸了一口后，往四周看看就向家里走去。

<h2 style="text-align:center">9</h2>

荆鸣和程诺回到了丽园，这里有他们一套280平方米的复式楼。但荆鸣在把儿子接到身边时，他是不到这里过夜的。公司里几个高管只知道程诺住在这个小区，但他们谁也没有来过。荆鸣在馨园还有一套别墅，但知道的人不多。丽园和馨园都是滨海华业地产公司开发的高档住宅项目。荆鸣在公司附近就有一套280平方米的住宅。

客厅里低声放着贝多芬的《命运交响曲》。

荆鸣抱着程诺说："小诺，我不在的这些日子公司全靠你了，谢谢你硬撑下来了。"

程诺说："其实光靠我一人也不行，好在你提拔的那几个经理、部长都没有跟我闹事儿，要不我也早顶不住了。"

荆鸣说："好了，以后就好了，来，让我看看你瘦了没有？"

荆鸣双手捧着程诺的脸，深情地说："瘦了，你瘦了。等我把公司的事情全部理顺后，咱们先去泰国看人妖，然后再去印尼巴厘岛好好玩上它十天半个月去。"

程诺说："哥，我想跟你说一件事情。"

荆鸣问："什么事情？"

程诺说："我让刘明慧给我招了一个人，现在我已经把她提拔为我的行政事务助理了。"

荆鸣奇怪地问："男的还是女的？"

程诺笑着说："女的，你别吃醋。"

荆鸣问："你有没有认真地对她进行过考察？"

程诺接着说："你想知道她是谁吗？"

荆鸣有点感兴趣了，赶紧放开程诺，问道："你说，我听听到底是何方神圣。"

程诺说："检察院侦查监督处处长陈正军的女儿，陈燕。"

荆鸣一听，就问程诺是怎么把她招进来的，是怎么发现她的。

程诺说："按照今年年初的安排，公司上市后有几个岗位需要再补充一些人，我就安排在报上刊登了招聘启事，后来收到了一些应聘材料。我是在审阅应聘材料时发现的。她叫陈燕，还是南海大学的学生会副主席，但她的应聘材料里在父亲一栏只写了父亲的名字，其他空着。我觉得挺奇怪，在她参加公司组织的面试时就详细询问了她，但她不愿多说，只说自己本来已经应聘到了南海的普瑞特纳公司，但由于母亲长年患病，父亲工作忙，家里无人照顾，要求她回来发展，以便就近照顾母亲。最后我又从侧面了解了一下，证实了陈燕就是陈正军的女儿。"

荆鸣高兴地说："小诺，这件事情，你办得漂亮，我得好好奖励奖励你。"

荆鸣在程诺脸上亲了一口后说："哎呀，你不知道，隔着郑天雷，我都能闻到陈正军的气息，我这辈子还从来没有见过像陈正军这样油盐不进的人，这次可是领教了。你说这世界上还真有不爱钱的人吗？"

程诺说："可能有吧。"

荆鸣摇摇头说："不，这世上没有不爱钱的人，表面上看他不爱钱，只是因为他没有拿钱的机会。不信什么时候咱们作个试验，咱们到大街上去找一个傻子，先给他十块钱，过一会儿再问他要，你看能不能要回来。我敢打赌绝对要不回来。你想连傻子都知道钱是个好东西，那正常人能不喜欢钱吗？"

程诺说："那要是这个社会上真的就有不爱钱的人呢？"

荆鸣说："第一，你的这个假设就不能成立，这是个伪命题。第二，假如真有不爱钱的，要么他是钱多得花不完了；要么他是不需要花钱。要是一个普通人能在任何情况下都不为金钱所动，那他就不是一个普通人。这种人，要么就是伟人，要么就是魔鬼。算了，不说了。陈正军的女儿人怎么样？我是说工作上。"

程诺说："刚来嘛，工作倒是挺认真的，我让她写了一个市场分析报告，写得还不错。"

荆鸣问："陈正军现在应该知道自己女儿在我的公司了吧？如果陈正军知道自己女儿在我的公司而不加以干涉的话，那他也就绝不会是铁板一块。"

程诺问他："陈正军这个人怎么样？"

荆鸣说："我觉得这个人身上有一种正气，是个值得尊敬的人。"

程诺问荆鸣："要不让陈燕先到下面去做个业务员吧？"

荆鸣问她为什么，程诺说："反正你也没事儿了，再说让她到下面去锻炼锻炼对她也有好处。"

荆鸣看出了程诺的意思，说："那不好，你是把陈燕当作咱们与陈正军做交易的筹码了。陈正军不是商人，不懂经商，跟他打交道不能用和商人打交道的方法。"

程诺问："把陈燕招进来是不是有点儿仓促？"

荆鸣说："这倒没什么，反正公司也要进人，不进张三就进李四，再说陈燕研究生学历，有重点培养的基础，将来会是公司的一把好手。不过，陈正军倒可以作为咱们的战略储备资源先放着。妹，你记住，以陈正军的人品和业务水平，他还有很大的上升空间。也许不久后，我们的市场环境不像现在这么脏了，官商之间本就不是一道人。所以，过去的那一套很快就会行不通了。"他告诫程诺说，人不是机器，陈正军虽然表面上看油盐不进、软硬不吃，但只要是人就有弱点，先从陈燕开始培养感情吧。

程诺有点儿奇怪，就说省政府、省高法、省公安厅已有那么多的人脉了，难道陈正军就这么重要？

荆鸣说："中国有句老话，不走的路要走三遍，你看，过去咱们都只把眼睛盯在上面，这次不是落在陈正军手上了？我有那么多关系，谁出来说过话？不是不愿，是不敢，估计不少人晚上都睡不好觉，怕我出事。公司处于关键时期，按道理我会亲自过问，把董事会放在看守所。但我不是黄光裕，低调做人在当下比啥都重要。对陈燕的安排就还按你的设想办。不能因为自己没事儿了就把她晾在一边了。不过，交朋友的话，陈正军绝对不会成为我的朋友，他太不懂人情世故。他以为就他正直、干净，自己就是正义的化身。要我说，他就像那个和风车战斗的傻子，其实也挺可怜的。"

突然，荆鸣又想起了一件事情，他问："马凡可能没少跟你闹吧？"

程诺说："这孩子其实挺懂事儿，闹倒是没闹，就是老哭，想爸爸想妈妈，哭完了就自己一个人在一边想心事。你们两口子，这真是何苦呢？既然早就不爱了，就不应该再要这个孩子，这种事情对孩子的伤害太大了。"

荆鸣问："马凡现在在哪儿？"程诺说："在马副市长家，前天刚送过去。"

荆鸣说："那就让他先在那里待几天吧。"

沉默了一会儿，荆鸣点了一支烟，吸了一口后平静地说："有一件事情我从来没有跟你说过，你想知道吗？"

程诺说："你要觉得有必要告诉我你就说，你要觉得没必要让我知道那就算了，因为这毕竟是你们家里的事情。"

荆鸣说："马凡不是我和马琳生的。"

程诺吃惊地看着荆鸣。

荆鸣继续说："马凡是马琳和张大川生的。"

程诺问："你怎么知道？你能确定吗？"

荆鸣说，他当然能确定，当时他忙着帮刘凯明改制一建公司，不是出差就是加班，所以根本就不可能让马琳怀孕。可是马琳竟然还是怀孕了。荆鸣说当时自己心里就有点儿疑问。再加上马凡三岁时，因生病做了次血液检测，查出来的血型证实了孩子不是自己的。

他问程诺："你仔细想想，马凡和张大川、马凡和我，他长得像谁？他越来越像张大川了。你能体会得到，当一个男人知道自己的孩子是自己的妻子背着自己和别的男人生的野种时的那种屈辱吗？"

程诺紧紧抱住荆鸣。

第十二章
都不过是棋子

1

这天，林缨子像往常一样，坐在编辑机前编辑着自己栏目第二天要播出的稿子。一名记者进来问："滨海华业的老板荆鸣获释了，咱们报不报？"

林缨子停下手上的活儿，问："你这消息哪儿来的？"

记者说："这是昨天滨海华业的副总裁程诺发短信告诉我的。"

林缨子让他现在和检察院联系一下，证实一下消息的真伪。

记者应声离开。记者刚走，电视台新闻中心的一位同事又给她打电话说："缨子，你知道吗？荆鸣已经被排除了杀妻嫌疑，并在今天早上被释放了。"这位同事知道林缨子和荆鸣的关系不错。

林缨子假装不知道，问她："是吗？那太好了。"放下电话后，她拿出手机，想给荆鸣打个电话，想了想又把手机装进了包里。

林缨子干完自己手上的活儿，一看时间，马上就到滨海新闻的时间了，于是就拿出一包饼干和一袋牛奶，坐在自己办公室的沙发上，打开了电视机，她知道，荆鸣被释放肯定是滨海市的特大新闻。

果然，今天的头条新闻就是荆鸣被释放。画面上，程诺怀抱着一束鲜花在看守所外面等着，一群记者围着她提问，她笑得很轻松。林缨子突然想起荆鸣在机场被警察带走的画面，那一天程诺也是这样，怀抱着一束鲜花在等待着荆鸣，画面何其相像！不同的是那一天荆鸣被警察带走，鲜花撒落一地，今天不会了。

监狱大门中的一个小门被打开了，记者们都跑了过去。荆鸣从小门里走出来，依然带着他独特的那种自信的微笑。程诺怀抱鲜花迎了上去，两人握手、拥抱。面对镜头，荆鸣一手举着程诺给他带去的鲜花，一手揽着程诺的腰，脸上带着自信的招牌式的笑容。

林缨子关了电视机，独自黯然神伤。

2

第二天早晨，荆鸣回到公司，员工们都站起来欢迎老板平安回来。

荆鸣回到办公室后，立即给办公室主任打电话，说："通知所有部门经理九点半去小会议室开会。"

今天，程诺还是老习惯，一大早就来到公司，但和前些日子不同的是，今天她的愉悦全写在脸上。她笑意盈盈地来到办公室，非常热情地跟下属打着招呼。

当程诺打开办公室的门时，惊喜地发现，桌子上竟然摆放着一大捧娇艳欲滴的玫瑰。她顾不得把外套脱掉，就赶紧来到桌子旁边一看，花丛中还放着一张卡片，上面只有一行字：谢谢，傻丫头。没有落款，没有年月日。程诺立刻被幸福包围了，她亲手把花放到花瓶里，然后对身后的助手说："我去开会了。"

3

晚上，在香港海鲜楼一间豪华贵宾包房里，滨海华业近四十名中层领导陆陆续续出现了。这间豪华贵宾包房里共摆放有三张大桌子，每桌能坐十六个人。现在，该来的人已经都到齐了。

滨海市上档次的饭店和酒楼倒有不少，但最正宗的海鲜则非香港海鲜楼莫属。香港海鲜楼这个名字可不是胡乱叫的，因为这个海鲜楼的老板就是香港人，海鲜都是从香港直接用飞机空运过来的。据说，这里的厨师长仅年薪就高达80万港币。

滨海市委市政府的领导经常被人请到这里吃海鲜。一些单位，比如公安、工商、税务、法院、车管所、运管站、卫生局、质量技术监督局、医院等的领导和滨海市企业界、商界的头面人物也常在这里出现。荆鸣和程诺坐在正中间的主桌上，冷菜已经上齐，荆鸣端起酒杯站起来说："好了，大家静一静。"大包厢里立刻安静了下来。

荆鸣端着酒杯说："大家知道，我前些日子出了一点意外，你们可能也听到了些什么。我今天把大家请到这里来，并不是想向大家解释什么，有些事情由于各种原因，是不容易说清楚的，但这并不意味着就没有真相，我想，只要自己能做到问心无愧就行了。今天我请大家到这里来是想对在座的各位说一声，谢谢！谢谢你们在我不在公司的时候能积极配合程总以及几位副总的工作。公司能安全地渡过难关与在座的每一位的努力是分不开的。所以，我荆某代表公司对你们表示感谢！另外，董事会开会决定给你们每人奖励滨海华业百分之一的股权。希望在以后的日子里我们能继续同甘苦共患难，紧密地团结在一起，乘风破浪，创造出我们灿烂辉煌的明天！来，大家都举起杯！干了这杯酒！"

4

荆鸣在自己办公室里给程诺打电话，让程诺立刻来一下。程诺心想：昨天晚上大家都还在一起，荆鸣也没说有什么事情呀。听他的口气好像还挺着急的，于是就把手头的工作放下，去了荆鸣办公室。

程诺敲门时，荆鸣正站在窗前深思，听到敲门声，他转过脸说："请进。"程诺推门进来。

荆鸣让程诺坐下后问她："你能猜到我突然叫你来是为什么吗？"程诺看着荆鸣的眼睛说："我猜不出来，是不是关于陈正军的女儿陈燕的事情？"荆鸣摆了摆手说："今天叫你来跟她没有关系，不过陈燕可能是咱们目前一颗有价值的棋子，我还没有考虑好怎么来好好使用，你放心，我会人尽其才、物尽其用的。但有一点，咱们都要装作不知道陈燕和陈正军的关系。"

荆鸣坐在了程诺身边，说："这些日子，真的难为你了，这么大一个公司、这么重的担子一下子冷不防全部都落到了你的肩上，真的难为你了，虽然我这近一个月时间一直被关在看守所里，但我并没有与世隔绝，你知道，童建中经常去看守所，所以，在这一段时间里，公司所发生的一切我基本都知道。说实话，你为挽救公司所做的一切都很让我感动，我决定把自己的股份拿出 20%，划归到你的名下。"

程诺有些吃惊："哥，不，荆总，既然我是你的助手，那么你不在的时候我就应该临时代替你的工作，所以我做的这一切都是我分内应该做的事情，你这样做让我觉得受之有愧。就算这些日子我吃了一些苦，那也是我心甘情愿的。"

荆鸣说："你听我说，这些年你一直跟着我风里来雨里去，我都不知道怎么感谢你。其实，这个决定在我还没有出来时，就已经作好了。在商言商嘛，你是值这个价的，我知道你需要什么，可是现在我还有些事情没有处理完，等一切都结束了，我一定会给你的。"

程诺笑着问："你真的知道我想要什么？"

荆鸣说："傻丫头，你跟着我这么多年，我还能看不明白你的心？你要的是对一个女人最重要也是一个女人最想要的东西，我没有给过你，我现在还不能给你，但我不会让你失望的。"

程诺哽咽着打断了荆鸣的话："哥，你别说了，我知道了。"

荆鸣拿起大班台上的电话打给财务部，让财务部部长带一份股权转让协议书来他办公室。

过了一会儿，财务部部长拿着一份股权转让协议书就过来了。荆鸣在股权转让协议书上签了字后，对财务部部长说："由于我不在公司的时候，程总全权代理我的工作时表现优异，我现在决定把我的股份的20%作为对她的奖励转让给她，你现在就去办，我回头会形成文件交给你存档的。"

荆鸣出狱时，滨海华业的股票在每股2.32元，这是程诺努力的结果。荆鸣一回来当天就立即采取了措施。首先，荆鸣在滨海大酒店举行了一场隆重的、小范围的新闻酒会。在新闻酒会上，踌躇满志的荆鸣对到场的新闻媒体记者们说："你们都是对滨海华业有贡献的媒体朋友，我早就想请你们聚一聚了，但是一场无妄之灾的突然降临打乱了我的计划。当然，也有一些媒体朋友在看我的笑话。我呢，绝不会放在心上，过去的就让它过去，我们都要向前看，未知的才是最值得我们关注和追求的。欧洲有一句谚语：看谁能笑到最后，这其实就是在说，只有能笑到最后的才是胜利者。今天我又站在了这里，我相信滨海华业的明天将会更加美好，也希望新闻媒体的朋友继续支持我们。"

荆鸣的讲话赢得了参加新闻酒会记者们的热烈掌声。

第二天，滨海市各大新闻媒体都在头版图文并茂地报道了前一天晚上滨海华业总裁荆鸣在滨海大酒店举办的媒体派对酒会的新闻。滨海华业的股票一路飙升，人们十分看好摆脱牢狱之灾的董事长荆鸣的能力。

5

陈正军郁闷地站在办公室楼下抽烟，满脑子都是两个字：窝囊。

他觉得，搞了快一个月的马琳案是自己从事检察工作以来办的最窝囊的一个案子。

他烦躁地站起来，在院子里转圈，嘴里还不停地嘟囔着："窝囊！窝囊！真——窝囊！"

手机响了，一看来电显示，是许省身的电话。陈正军赶紧接起。许省身问他："在单位吗？怎么样？还在想马琳案子呢？"

陈正军叹了一口气说："许检，这是我干检察工作以来办得最窝囊的一个案子了。我怎么都想不明白，这个案子不复杂啊，怎么最后会是这样的一个结果？"

许省身安慰他说："你也不要想不通，法律不能靠意气用事，有些事情正看似乎顺理成章，就是那么回事儿，但反过来看它的逻辑就是混乱的，原来的理由就不能成立。我们办案最关键的就是证据和证据链，只有一堆互不关联的证据是不行的，还要把所有证据天衣无缝地串起来形成一个完整的证据链，假如证据链串不起来，那所有看似确凿的证据就都不能采信。只要我们秉公执法、秉公办案，自己做到问心无愧就可以了。法律是公正的，它不会放过任何一个玩弄它的人。"

　　下班了，办公楼里的人一个个都走了，只有陈正军还在办公室里翻看卷宗。一个同事下班路过他的办公室，问："陈处，该下班了，还不走呀？"他说自己马上就走。

　　夜深了，大多数的办公室里都已经没人了，陈正军的办公室里灯还亮着。他正趴在桌上写总结报告。过了一会儿，他觉得有些饿了，就站起来从一个方便面箱子里拿出一盒方便面。他撕开方便面的封口，一提暖瓶，暖瓶里没水了。于是，他就提着暖瓶去走廊尽头的电开水器那儿打开水。

　　许省身关了灯从办公室出来，听见有人在电开水器前打开水，过去一看，原来是陈正军。许省身说："正军呀，还不走？"陈正军一看是许省身，就反问道："您不是也还没走吗？"许省身一笑说："我这就走，你也该走了。陆宝燕不是还在住院吗？你这几天该抽点儿时间照顾照顾她了。"

　　许省身这么一说，陈正军这才猛然想起妻子陆宝燕还在医院，最近这两天自己又没有抽出空去照顾她。陈正军说结案报告还没写完。许省身说："结案报告只要我不催你就不会有人催你，你一星期写完就行了。去吧，快去医院看看你爱人吧。"

　　陈正军回到办公室，顾不上吃方便面了，把材料往抽屉里一收拾就赶紧下楼往医院赶。

　　陈正军站在病房门口时，看见躺在病床上的妻子床头放着一个氧气瓶，鼻孔插着氧气管，紧闭着双眼。最近，陆宝燕已经离不开氧气瓶了。

　　萧玫坐在旁边，拿着一本犯罪心理学的书在看。陆宝燕一咳嗽，萧玫就赶紧把书放下，给她捶背揉胸。

　　陈正军轻轻推开病房的门，走到了妻子的病床前。几天不见，陆宝燕形同枯槁，脸色蜡黄、灰暗，眼窝深陷。同样，疲惫和憔悴也写在萧玫的脸上。萧玫说："陈处，你来了。"

　　陈正军一看陈燕不在，就问萧玫："陈燕怎么没来？"萧玫说："她刚走，我也刚到，我想她刚上班，很多工作需要熟悉，不能老请假，影响不好，就让她回去休息了。"

　　陈正军说："这孩子真不懂事儿，她妈都病成这样了，她都不知道多陪陪，她去哪个公司了？"

　　萧玫说："听她说是东华科技信息咨询公司。你也别责怪陈燕，陈燕自从回来，晚上就几乎没有好好睡过觉，这半个月她白天晚上都在医院，最近这几天她才刚上班，白天上班晚上就过来了，她太累了。"

　　陈正军问："不是你帮她找的吧？"

　　萧玫说："人家公司在报上刊登的招聘广告，她是自己去应聘的。现在找工作本就不容易，找一份好点儿的工作就更难了，你就不要再干涉她了。"

陈正军低声对萧玫说了一句："萧玫，谢谢你了。你也先回去吧，这里有我就够了。"

陈正军心痛地握着妻子的手，在床边斜坐了下来，看着妻子问萧玫："她怎么样？"

萧玫说："间歇性的咳嗽，持续低烧，后半夜要给她吸氧，医生说她的肺已经不行了。"

陈正军难受得不知道该说什么好，只是静静地看着妻子那张消瘦蜡黄的脸。

萧玫看着陈正军，没有说话。

萧玫又说："陈处，你不要怪陈燕，这里有一个人就足够了，是我让她回去的。咱们要合理安排病房工作，不能每天大家都在这里耗着，别到时候大姐真需要人的时候，大家都已经耗垮了。"

陈正军看见床头柜上放着一束已经有点枯萎的鲜花和一盒人参。

"这是谁送的？"陈正军指着鲜花和人参严肃地问萧玫。

萧玫看着陈正军那一脸严肃，"扑哧"一声笑了，说："陈处，你别那么神经紧张好不好，滨海市没人敢给你行贿。这人参是许检送来的，他是大前天中午来的，还带来了一瓶螺旋藻。鲜花是陈燕公司的老总送的，她也送了两瓶螺旋藻。"萧玫说着，拉开床头柜的门，里面的营养品塞了满满一柜子。

陈正军刚想问陈燕公司的情况，这时陆宝燕醒了过来。她一看陈正军坐在自己身边，就说："你来了。"

陈正军握着妻子的手说："我来了，你感觉怎么样？"

陆宝燕说自己没事儿。

陈正军的眼泪一下就流了下来，他说："燕儿，你都病成这样了还说没事儿。对不起，我不能每天陪在你身边照顾你，从现在开始我就一直守在你身边了。"

陆宝燕问，他们的案子怎么样了。陈正军说已经结案了。

陆宝燕说："我知道你工作忙，我这里没事儿的，燕子也回来了，最近她一直白天晚上都在这里。萧玫也是没事儿就往这里跑，每天给我变着花样做好吃的，我觉得我都吃胖了。"

萧玫看着他们恩爱的样子，眼泪就往外涌，便站起来走到门外。陈正军出来打水，关切地问萧玫是不是累了，萧玫强颜欢笑地说自己没事儿。陈正军对萧玫说："你回去休息吧，看把你也累的，今天晚上我在这里陪她。"

萧玫出来后，给陈燕发了一条短信："你父亲问你怎么没来照顾你母亲，我说我让你刚回去。我现在已经回家了，你父亲在病房陪着你母亲，你应该赶紧到病房去。"

6

荆鸣坐在办公室里给陈正军打电话："喂，陈处长吗？我是荆鸣。"

陈正军一听是荆鸣，就说："啊，是荆总啊，你的要求我已经向领导作了汇报。"

荆鸣说："陈处，我不是想给你找麻烦，我是想，我作为滨海市的社会名流，以涉嫌杀妻被一关就关了23天，这在滨海市可是个头号大新闻，现在偷偷摸摸地出来了，你们司法机关已经还了我一个清白，但起码也应该给公众一个交代吧？要不老百姓还以为我是用钱买出来的呢。"

陈正军安慰他，让他放心，说检察院和公安局都已经在考虑他的要求了。

这时，荆鸣的手机响了，他一看来电显示，原来是证券圈里刘总的电话，就对陈正军说自己来电话了，回头再联系吧，说完就挂了电话。

刘总问荆鸣："回来两天了，手头要紧的事情处理完了没有？"

荆鸣说："差不多了，感谢大家在我为难之时不但没有落井下石还伸出了援手，等我把手头的工作处理得差不多就请大家坐坐。"

刘总说："我们已经商量好了，这两天大家都没有跟你联系就是不想干扰你，既然你手头要紧的事情都处理得差不多了，你来定时间，我们给你接个风压压惊。在香港海鲜楼怎么样？"

荆鸣说："这样吧，既然是你们请我，那时间、地点就应该都由你们来定。再有，既然你们请我，那我就准备要借花献佛了。"

刘总问："你想请哪尊佛？保证请到。"

荆鸣说："马尚德必须请到，至于别的领导请哪个不请哪个，你们看着办。"然后又嘱咐刘总说，"请马副市长不能以我的名义，他女儿死了，他现在还对我耿耿于怀呢。"

刘总说："行，只要你答应了，其他的事情我来办。"

7

张大川出了看守所后没有立即回家。

他一直在外面徘徊，他知道，出了这种事情，自己的家肯定是保不住了。

已经中午12点了，张大川最后还是决定先回去。在小区里，遇见几个熟人，张大川十分尴尬地跟对方打了个招呼，便急匆匆低着头逃也似地往前走。他好像看到了邻居们在背后看自己时鄙视的眼光，羞愧难当，只好低着头快步地进了自己家住的单元。

打开门后，家里空无一人，冷锅冷灶冷屋子。

张大川突然想起了一部名叫《幸福的黄手帕》的外国电影，男主人公在监狱坐了多年牢，即将被释放的时候，他给自己的妻子写了一封信，大概内容是告诉妻子，自己将要在某月某日乘长途汽车路过家乡的小镇。如果妻子还欢迎他回家，就在镇子路边的一棵树的树枝上系上一条黄手帕，他看见黄手帕就会下车。如果看不见，那他就到别处去。结果，当他乘坐的长途汽车路过小镇的时候，他看见树上挂满了黄手帕。这是一个感人的故事。可张大川想，自己恐怕是永远等不来妻子的黄手帕了，自己也不配得到这幸福的黄手帕。

妻子可能已经回了娘家，桌子上放着一张纸，张大川拿起来一看，是妻子手写的一份离婚协议书。虽然知道这一天会来，但他还是像被电击似的，浑身瘫软地坐在了地上。张大川看着这个自己熟悉的家，看着墙上贴着的女儿的三好学生奖状。突然，他站起来跑到卧室门口，在卧室门口站了很长时间后，轻轻地推开卧室的门，原来挂在卧室床头的、他和妻子的大幅结婚照已经不见了，只在墙上留下了一个大大的黑框，地上有一些碎玻璃。他能想象得到，自己出了这种见不得人的丑事后，妻子遭受到了多么大的精神伤害；他能想象得到，当妻子从墙上摘下他们的结婚照时，那悲伤的眼神。

张大川又想起马琳出事儿的那天，他的心情用懊丧、后悔、内疚全部加在一起都无法形容。又过了一天后，张大川又怀着忐忑不安的心情上网，这一天网上关于马琳案件的新闻竟然有一万多条。其中有一条新闻说，马琳在被盗贼杀害前，盗贼曾经对她实施了性侵犯。之后，盗贼用一个普通的透明塑料袋捂死了马琳。而且盗贼应该是两个人，因为在捂死马琳的塑料袋上，除了有马琳的指纹外，还有两个人的指纹，而这两枚男性指纹应该就是奸淫并杀害马琳的凶手留下的。报道还说，警方目前有两条破案思路，一条是马琳案是流窜作案的盗贼所为，因为在实施盗窃的过程中被事主发现，两名盗贼看女事主长得漂亮性感，于是就对马琳又实施了性侵犯，最后将其杀害。另一条思路是熟人作案。警方正在按照这两条思路兵分两路，分别从这两个方向展开排查。该报道还引用了市公安局一位负责人的原话："这一案件，社会影响极坏，目前我们正在抓紧寻找这两枚指纹的主人。我们一定要尽快地破案，抓住并严惩凶手，给人民群众一个满意的交代。"张大川看到这里，心里就一阵发冷，头皮发麻，他不能断定，是荆鸣用塑料袋捂死了马琳，还是马琳家里半夜真的进去了盗贼。但张大川此后看电视就不敢再看滨海法制新闻，也不敢再上网看关于马琳的新闻了。他自己心里十分清楚，电视新闻和网上新闻里多次提到的"透明的塑料袋"上肯定有自己的指纹，那是自己和马琳在做性游戏时留下的。警方要根据熟人作案这条思路排查的话，要不了几天就会找到自己。到那时，自己和马琳的私情肯定就会被新闻媒体曝光，自己首先将要面临的结果就是名声扫地、妻离子散，假如警察再不负责任地办个冤案真把自己当成杀人凶手，那就还要加上：家破人亡。张大川不敢想下去，该来的终究要来。张大川仅仅过了五天提心吊胆的日子，就等来了警察。

张大川永远忘不了十九天前的那个夜晚，也就是从那一天开始，自己的一生彻底改变了。张大川认为这一切都是荆鸣造成的。那一天是荆鸣被拘留的第四天，女儿在自己的小屋里做完作业，洗完睡了。他和妻子也刚上床准备睡觉，突然有人敲门。

有人敲门太正常了，可是自从马琳死了之后，他每天每时每刻都害怕有人敲门。他知道对于马琳的死，自己有很大一部分责任。

听到敲门，妻子问他，是不是有人在敲家里的门。

他硬着头皮说："不是敲咱们家的门，好像是敲对门老王家。"

可是敲门的人锲而不舍地"咚、咚、咚"地敲着，张大川隐隐约约地听到门外有人在叫自己的名字："张大川、张大川。"

妻子问："怎么听着是敲咱家的门？谁这么晚了还来敲门？"她让张大川去看看。

他知道这一时刻终于来了，便起来去打开了门。门外面站着三名警察，敲门的就是刑警大队队长郑天雷，他们虽然不是很熟，但双方都认识。张大川心里打着鼓，但还是故作镇定地说："哟，郑队长，我还以为是敲对门呢，这么晚了什么事情？来，进来吧，进来说。"郑天雷说他们就不进去了，问他认识马琳吧。

张大川说："认识呀，怎么了？我听说她是在家里被人杀死了？"

郑天雷说："我们就是为马琳的事情来的，有些事情需要你协助调查，你就跟我们走一趟吧。"

张大川说："行，没问题。你们稍等，我先穿上衣服。"他回到卧室穿衣服时，回头看看妻子，妻子一脸的惊恐和不解，问他怎么了。

张大川对妻子说："他们可能想问我一些事情，你在家里睡觉，我跟他们去一下，很快就会回来的。"说着，他强打精神艰难地对妻子笑了一下，说完就跟着郑天雷走了。他没有想到，自己这一走就是十九天。他更没想到，自己的婚外情竟把自己牵扯进了一桩注定要让自己身败名裂的命案中去。

第二天上午，看守所就通知了张大川妻子，说张大川因为涉嫌杀死马琳，已经被刑事拘留了。

张大川妻子大吃一惊，问他们是不是搞错了。张大川妻子知道马琳是丈夫的初恋，后来因为两家老人的原因就分手了，都分手这么多年了，丈夫怎么可能再去杀她呢。她立即去了刑警大队，得到的回答是：警方已经掌握了马琳死亡当天张大川曾经出现在现场的证据。

妻子去看守所，给他送去了被褥。

张大川又想起马琳，他和马琳在一起都是趁她丈夫不在家的时候，刚开始他还有点儿心理障碍，毕竟不是在自己家里。但张大川发现，马琳似乎什么都不顾了。每次他们做爱时她那疯狂的举动，都似乎要报复着什么，报复谁？报复她父亲？报复她自己？报复他？还是报复荆鸣，那个身价过亿的滨海巨富？和马琳在一起的时候，他似乎从来没有想到过妻子。但现在，妻子惠芳的音容笑貌、一举一动都像放电影似的浮现在眼前。

自己爱妻子吗？答案是：爱。可是为什么每当和马琳在一起时就从来没有想到过妻子呢？

自己爱马琳吗？似乎没有答案，自己对马琳的爱里面好像还有另外一种说不清的理由。是什么呢？是"怜"。对了，马琳太不幸了，怎么就嫁了那么一个人面兽心的人。

他想着想着，竟然趴在沙发上睡着了。

张大川醒过来时，天已经快黑了。他觉得有点饿，打开冰箱看见里面还有一些剩饭菜。他把这些剩饭菜拿出来，放到煤气灶上热了热，就狼吞虎咽地吃了起来。吃完后，他把衣服脱了，去卫生间好好洗了个澡。

刚洗完澡，家里的电话铃响了，他犹豫了一下拿起话筒，话筒那边传来了妻子平静的声音："我放在桌上的离婚协议书你看了吧？你要觉得没什么修改的地方就签个字吧。签完后你给我打个电话，我过去拿。"

张大川赶紧说："惠芳，我错了，你能不能给我一次机会？看在咱们女儿的分上。"

妻子在电话那边说："你不要提女儿，女儿觉得她有这样的父亲会是她一生的耻辱。"

妻子说完后就挂断了电话。

8

陈正军在办公室里给荆鸣打电话。

荆鸣正驾车行驶在路上，手机响起来，他一看是陈正军的来电，便把车缓缓地停到路边接听电话。

陈正军告诉他，检察院和公安局准备明天上午在检察院三楼的会议室召开新闻发布会，为他和张大川恢复名誉，让他参加。荆鸣说自己明天上午没有时间，让公司的一个副总和办公室主任去参加，又问陈正军，明天上午几点。

陈正军说明天上午9点半。

荆鸣说："我希望你们明天的新闻发布会结束后，登报道歉的事情也要赶紧跟上。"

荆鸣挂了电话后又立即拨通了程诺的手机，告诉程诺刚才检察院的陈正军给他来电话说市公安局和检察院明天上午将在检察院三楼的会议室召开新闻发布会给他正名。荆鸣让程诺通知老高，让老高立即通知新闻媒体，所有媒体明天都必须到。程诺问他去不去参加，他说他不去。

程诺说她马上就给老高安排。荆鸣又说："你通知老范，让他把办公室主任带去参加一下。"

9

荆鸣在办公室里签署文件时手机响了，他一看是刘总秘书打来的电话，便挥手让旁边站着的秘书先离开，"你先回去吧，我签好了给你打电话。"说完，拿起了桌子上的手机。

"荆总，刘总让我转告您，一切都安排好了，马副市长也约好了，今天晚上6点半，地方改到滨海大酒店了，东海厅。"

"那好，我一定准时到，马副市长知道宴会上会有我吗？"

刘总秘书有些犹豫，说："荆总，这个我还真没问，我就是负责通知到领导了，别的他也没多问。但是我后来跟他确认了，领导一定参加。"

荆鸣高兴地说："太好了，我一定准时到。"

放下电话后，荆鸣又拿起大班台上的电话打给程诺，安排了两件事情：第一，让程诺给行政处打个电话，让他们把自己、程诺、刘明慧、陈燕和司机小魏的姓名、年龄、性别、职务打印出来一份，给天地仁和房地产开发总公司的刘总秘书传真过去。第二，他让程诺再通知一下刘明慧和陈燕，今天晚上有公务活动，另外再给司机通知一下，把凯迪拉克准备好，6点半以前把他们送到滨海大酒店东海厅。

程诺说知道了。放下电话后，她先给刘明慧打了一个电话，告诉她今天晚上在滨海大酒店还有一个活动，荆总让自己通知她参加，说下班后就在办公室里等着，大家一起走。

程诺给刘明慧打完电话后，就把陈燕叫了进来，告诉她说今天晚上公司在滨海大酒店有一个公务活动，荆总点名让她一定要参加，让她把手上的工作尽早结束，程诺说："我们6点半以前必须要赶到。"

陈燕说自己和荆总都没有说过话呢，自己去不合适吧。

程诺笑着说："陈燕呀陈燕，你让我说你什么好呢？你难道不觉得这是荆总在有意识培养你吗？你是我的行政事务助理，什么叫行政事务助理？行政事务助理就是要为我处理日常一些事务性的工作，事务性的工作就是迎来送往，就是要和政府有关部门，和一些领导打交道。你可不能老像个没见过世面的使唤丫头似的。"

陈燕解释道："不是，我总觉得我父亲和荆总……"

程诺让陈燕别计较那么多了，说荆总可不是那种小肚鸡肠的人，要是那样的话，他也不可能把事业干得那么大。

陈燕还想拒绝，又说自己就是觉得有些难为情，再说，自己的母亲还在医院里呢。

程诺说："荆总会理解的，你父亲的工作有它的特殊性，荆总一直十分敬仰对工作一丝不苟的人，而你父亲就是这样的人。晚上你可以早点儿离席。"

10

许省身在自己的办公室里给陈正军打了个电话，让陈正军立即来自己的办公室。

陈正军放下电话就去了许省身办公室。许省身说："组织已经去医院了解了，你爱人得的是肺癌，情况很严重，我在院务会议上也已经明确表态了，你从现在起，把主要精力放到医院你爱人那里，多陪陪她吧。现在你上班来晚点儿不要紧，但下班前你必须给我离开！就这样了，可以迟到，可以早退，不许加班！这是我定的。"

第十三章
美女救驾

1

这一天，马副市长正在办公室里看文件，秘书送来了一份邀请函，"马副市长，滨海总商会给您送来一份邀请函。"

"谁送来的？"

"商会秘书长田正宗亲自送来的。"

"他人呢？他怎么不进来？"

"我让他进来找您，他说看您忙，就不打搅您了。"

"好的，我知道了。"

秘书应声出去。

秘书出去后，马副市长打开邀请函，一看邀请函抬头写着：

马尚德副市长钧鉴：本商会为答谢滨海市政府及各界多年来对本商会工作的全力支持，特于XXXX年XX月XX日晚上7时整在滨海大酒店宴会厅举行答谢酒会。敬请光临。

主办：滨海市商业联合总会。

协办：滨海市企业联合总会。

承办：滨海大酒店。

马副市长把邀请函合上后，往办公桌上一扔，靠在了椅背上，闭上了眼睛。去吧，自己实在不想见到荆鸣。不去吧，一来让人说闲话，女儿都死了一个月了，自己作为滨海市政府的一名主要领导，不应该还沉浸在悲痛之中了；二来更让流言满天飞了；三来这参加活动的都是在滨海跺跺脚滨海的地皮都会颤三颤的经济界重量级人物，自己不去显然不合适。马副市长是滨海市主抓经济的副市长，也是滨海市商业联合总会和滨海市企业联合总会的名誉会长，因此，这两个地方是他经常去视察工作和现场办公的场所。市里有什么项目需要用钱拉不开栓时，也总是他去商业联合总会和企业联合总会协调资金支持。最近，市里准备对污水处理厂进行改扩建，可是财政资金有困难。马副市长上个月去总商会视察时，跟他们提出希望总商会动员业界大力支持，总商会的几名会长副会长都表示一定会大力支持。现在他们办这个活动，马副市长心想，自己不去那是绝对说不过去的。可是，这种场面一定会有荆鸣这个混蛋的，跟他见面是一件十分尴尬的事情。本来女儿惨死，荆鸣、张大川又因证据不足被免予起诉，马副市长的心里就像是堵住了一个疙瘩，怎么也解不开，要不是这两个混蛋，女儿绝对不会出事。因此，关于女儿的死，他们两个不是直接凶手也是间接凶手。一想到自己明晚将要和杀害自己女儿的凶手坐在一起推杯换盏，马副市长心中窝着的那团火就又开始熊熊燃烧起来了。

马副市长的心里插着两把刀，一把是丧女，另一把是滨海人津津乐道的谣言：女儿是在和张大川偷情时猝死的。丧女之痛可以让时间来抚平，可在滨海广为流传的谣言却有可能要一直陪着自己到死了。

想到这里，马副市长给商会拨了个电话。他想确认一下荆鸣参加不参加。

商会那边是田正宗秘书长接的电话。田秘书长一看来电显示，是马副市长的电话。会长说："你接电话，就说我现在没在，有可能是马副市长不愿意见荆鸣。"

"是啊，家里出了这种事情，见面是挺尴尬的。"说完，田正宗就拿起了话筒。

马副市长果然是说，他想问一下，明天晚上的活动，滨海华业谁来参加。

田秘书长回答道："已经确定的是他们的总经理程诺带领几个副总参加，因为滨海华业的总裁荆鸣是我们总商会不驻会的副会长，我们给他的请柬也发了，但是据他们公司行政办公室给我们的回复，说是荆鸣总裁还没有上班。据说，他好像是回老家去了。他能不能来参加现在还不能确定。"

马副市长沉吟了一声。

"领导，还有别的事吗？"

"没了，我就是问问。"说完，马副市长挂了电话。

田秘书长放下电话后说："果然，马副市长开门见山直接问我滨海华业是谁来参加。"

2

陈正军在电脑上终于写完了结案报告的最后一个字。写完后，他又认真地把长达一万字的结案报告看了一遍，改了几个错别字后，确认没有什么问题了，就把文件拷贝到U盘上，然后来到文印室，把U盘交给了文印员说："这里面有一份马琳案的结案报告，你快点给我打印一份。"文印员问："陈处，你是在这儿等呢还是回办公室等？"陈正军一摸口袋，刚才出办公室时，忘了把烟装上了，本来他是想坐在文印室等的，此时便改了主意，说："我回办公室等吧，你打印完了给我打个电话就行了，我过来取。"文印员说："好的。"陈正军说完就回办公室了，文印员就打开扫描打印机，开始打印。

陈正军回到办公室，长长地呼了口气。从表面上看，他最清闲的时候就是办完一件案子，写完结案报告，还没有接新案子的这段时间。可是他自己知道，虽然表面看手头是闲了，可是他的脑子却一刻也没有闲，大脑还在高速运转着。一般来说，已经办结的案子有三种结果：一种是证据不足退回公安局补充侦查；一种是把案件卷宗移交给法院并提起公诉；另一种也是证据不足，免予刑事处分或无罪释放。不管是哪一种结果，只要是陈正军经手的案子，他都会在结案后再把案件重新梳理一遍，看看有没有漏洞，看看案子有没有可供以后办案时借鉴参考的东西，二十多年来，这已经成了他的一个工作习惯。

陈正军坐在办公室，手里拿着烟，并没有点燃，一动不动，就像老僧入定。桌上的电话铃响起来，他一看是文印室的，就抓起电话，"喂，我是，好，我这就去。"

放下电话后，他去文印室拿上打印好的材料，又去了许省身办公室。

敲门进去后，陈正军把打印好的结案报告递给许省身，说："许检，这是马琳案的结案报告。"许省身接过结案报告后并没有马上就看，而是说："老陈呀，这个案子也结了，我给你放几天假，你好好安下心来去医院照顾几天你爱人吧。"

陈正军鼻子一酸，小声说："谢谢许检对我的关心，我没事，我下班后去医院照顾她就行了，现在我们处里还有几十件案子没有结，工作量还很大，我作为老党员，又是处里的领导，不能因为家里有个病人就不工作了。"

许省身说："老陈呀，你这是特殊情况，处里的同志们是会理解的。你爱人是肺癌晚期，我这个当领导的平时对你们关心不够，心中有愧呀！你就去吧，去陪陪你爱人吧，她时间不多了，能陪她一天是一天。"

陈正军平时不敢想妻子的病情，只好把全部身心都扑到工作上，只要一忙起来他就能忘记妻子，忘记妻子的病。现在，许省身这么一说，他心里一阵刺痛，是啊，该多关心一下妻子了，结婚二十多年，自己只在结婚时给妻子买过一件的确良衬衣，从此后就再没有给妻子买过一件礼物，没有带妻子出去玩过一次，连省城都没有去过。陈正军觉得自己亏欠妻子实在是太多了，于是就说："谢谢许检，那我就去医院了。"许省身让他赶紧去，说家里有什么困难让他直接给自己打电话。陈正军回到办公室后，赶紧换下制服，换上了便衣，他不想穿着制服到医院去。

3

在路上，陈正军给妻子买了两斤苹果。

陈正军拎着苹果进了病房，看见萧玫和陈燕两人正在妻子身边给她做腿部按摩。陈正军感激地看着萧玫。看见陈正军来了，陆宝燕说让萧玫休息一会儿。

萧玫说："不行，你这长时间卧床腿部肌肉会萎缩的，不然等病好了出院时不会走路了。"陈正军放下苹果，让萧玫休息一下，他来，于是就接着给妻子做腿部按摩。

陆宝燕蜡黄的脸上带着微笑，"萧玫，你太累了。"看得出来，妻子情绪很好。

萧玫说："没事儿，不累。"

陆宝燕说："好了，老陈来了，你怎么又买苹果，上次买的还没吃完呢。"陈正军说多吃点儿水果有好处，又对萧玫说："你真该休息休息了，你看你头上的汗。"

萧玫拿着两只苹果去卫生间洗了洗，回来就拿出一把小刀开始削皮。陈正军说自己已经把马琳案的结案报告写完了。

看着女儿，陈正军突然想起来问问她的情况，就问陈燕到哪家公司去工作了。陈燕说自己在东华科技信息咨询公司，总经理才三十多岁，是个女的，人不错，也挺能干。陈正军说："那你就在人家公司里好好干吧。"

陆宝燕说："现在找个工作不容易，你刚上班，应该好好表现表现。"陆宝燕又对陈正军说，陈燕公司的老板真不错，前些日子还买了好多东西来看望自己。

削好一只苹果后，萧玫先把苹果递给陆宝燕，又给陈燕削了一只。陆宝燕吃了几口就不想吃了，萧玫说："你现在需要大量地补充营养，苹果含有大量的维生素，所以你必须吃。"说完，又打开柜子从里面拿出一只小勺，把苹果刮成苹果泥喂陆宝燕吃。

陈正军说："给我，我来喂吧。"看陈正军给陆宝燕喂苹果，萧玫就从床底下端出一个脸盆，里面泡着两件陆宝燕的内衣。陈正军赶紧拦着她，"萧玫，你放下吧，我来。"

萧玫说："行了，陈处，这衣服已经泡了一上午了，我很快就能洗好。"说着就走了。

陆宝燕吃了几口就不想再吃了，问陈正军："你那儿不忙了？"

陈正军说马琳的案子是忙完了。

陆宝燕问："凶手抓住了？"

陈正军说她是自杀的。

陆宝燕叹了一口气，说："唉，这人都是怎么了！不缺吃不缺穿，放着好好的日子不好好过，还要自杀！"

正说着，萧玫进来了。陆宝燕说："来，萧玫，坐这儿来。"

萧玫坐到床边，陆宝燕一手拉着萧玫的手，一手拉着陈正军的手，看着萧玫说："萧玫呀，有几句话在我心里已经憋了很长时间了。你们先跟我说实话，我这病还能不能治好？"

萧玫故作轻松地笑着说："大姐，你这病是老病，时间太长了，我问过医生了，医生说治好是没有任何问题的，只是你要有耐心。这就像用了几十年的锅碗瓢盆上的陈年老垢，要想把它洗干净不是也得花大功夫吗？"

陆宝燕说："你在骗我，你们都没跟我说实话，我知道自己的病。"

陈正军也赶紧说："宝燕，你这病过去是耽误了，要彻底治好可能会很麻烦，就像萧玫说的，不光你要有耐心，咱们都要有耐心，你不要多想，病来如山倒，病去如抽丝，你慢慢就会好的。"

陆宝燕摇摇头，继续说："我知道你们都是好心，害怕我知道自己的病，其实我早就已经知道了，老话是怎么说的，生死有命、富贵在天。我就是这个命，别说我了，就连那有钱的、有权的，也一样，任何人的生活都不可能完美。人不能什么都想要，什么都想要最后就什么都得不到。你们说对不对？一个女人，嫁了一个老老实实本本分分的丈夫就是最大的福分了。"休息了一会儿，陆宝燕又说，"我就嫁了一个这样的男人。要是找了个花心男人，今天出去找女人，明天出去找女人，这家里的日子还能过吗！人总是要死的，我知道我的日子不多了。我别的不担心，就是放心不下陈燕。这个丫头从小给惯坏了，跟她爸爸一样，一根筋，认死理。萧玫你要多管管她，刚去人家公司上班，让她好好工作。萧玫，你是个好姑娘，如果你愿意，我希望在我死以前，把陈燕和陈正军一起托付给你，这样我也就能安心地走了。"

其实，当陆宝燕把陈正军的手、萧玫的手都握在自己的手里时，萧玫就猜到了陆宝燕可能要说的话了。说实话，她是从心底里喜欢陈正军，要不也不会那么尽心尽力地替他照顾陆宝燕了。她觉得，陈正军对自己也很有好感，但他是个把工作放在第一位的人，感情上的事情他们从来没有在一起交流过。虽然萧玫期待着这一天，但陆宝燕这么说出来还是让大家都猝不及防。

陈正军万万没有想到，陆宝燕会说出这番话来。陈正军看了一眼尴尬得满脸通红的萧玫和女儿，连忙打断妻子说："宝燕，你病糊涂了，人家萧玫只是为了帮我才来照顾你的，她比咱燕子才大几岁？我只把她当妹妹看待，你怎么能这么想呢？别瞎琢磨了，好好养病。"

萧玫的脸涨得通红，她挣脱陆宝燕的手，跑出了病房。

陆宝燕知道，大家一下是不能接受的，就让陈正军先出去，说自己有话要跟女儿说。陈正军出去后，陆宝燕对陈燕说了在她还没回来时萧玫是怎么尽心尽力地白天晚上照顾自己的。陈燕回来后，萧玫还想让陈燕多休息，说陈燕没有照顾人的经验，每天陈燕来照顾母亲时，萧玫都对陈燕叮嘱应该注意的事情。最后陆宝燕说："你已经是个研究生了，脑子里不要有那些落后的思想，要想开点儿。"陈燕一声不吭，心里做着激烈的思想斗争。

萧玫有些失魂落魄，直接从医院跑了出来，昏头昏脑地走在马路上。陈正军刚才那番话仍在耳边回响，她觉得眼前有些潮湿了。她想，看来必须要先把这段感情埋藏起来了。

陈燕正站在走廊里哭，萧玫出现了。萧玫走到陈燕跟前对她说："陈燕，先别哭了，你误会我了，咱们到那边去坐坐吧。"

陈燕跟着萧玫来到走廊另一头，在一把长椅子上坐下。

萧玫说："那也就是你母亲的一厢情愿，她知道自己的病已经治不好了，怕你们以后没人照顾。"

4

荆鸣坐在办公室里，在一份文件上签完字后，合上文件，抬起手腕看了看表，时间差不多了。于是他就给程诺打电话，说时间差不多了，问程诺手上的工作完了没有，要完了就准备走吧。程诺说她这就叫陈燕。

程诺放下荆鸣的电话后就招呼陈燕说："咱们准备走了。"完了又给刘明慧打了一个电话，让刘明慧先下楼等着。

司机已经把凯迪拉克擦得锃亮，从车库开到了楼下等着他们。

程诺带着刘明慧、陈燕三人从楼里出来，司机赶紧给她们打开车门，陈燕有些不太习惯。三人刚上车，荆鸣也从楼里出来。司机赶紧又打开车门，站在旁边等着荆鸣。

荆鸣上车后，看了看程诺她们三人，他的目光多看了陈燕一眼，问："你就是陈燕？我见过你嘛。"

陈燕有些拘谨地答道："是，荆总。"

司机慢慢地发动，车子向马路上驶去。

荆鸣问陈燕感觉怎么样，工作还能适应吗。

陈燕说："能适应。"

荆鸣说："我听程总说你挺能干嘛。"

陈燕说："程总过奖了。"

荆鸣问刘明慧："刘部长，你那里最近怎么样？"

刘明慧不冷不热地只说了一句："还那样。"就不再开口。

荆鸣和程诺对望了一眼，都觉得刘明慧似乎有些不大对劲。

荆鸣的凯迪拉克缓缓驶进了滨海大酒店宴会厅的正门外，荆鸣他们下车后，司机在泊车员的引导下把车驶出门厅，停放到贵宾停车区的指定位置。

宴会场面相当盛大，滨海市商界有头有脸的人物全到了。荆鸣一进来就引起了所有人的注意，大家都争先恐后地过来跟他打招呼："荆总来了！""荆总你好！""荆总，这就是公司的首席行政事务助理陈燕小姐吧？"有人指着陈燕问荆鸣，荆鸣说："来，小陈，让大家认识一下。"说着就把陈燕往前面推，"这就是我们公司的首席行政事务助理陈燕小姐。"陈燕也笑着跟所有人点头问好、打招呼。荆鸣也微笑着跟每个人打招呼，所到之处全是溢美之词。这让跟在荆鸣身后的陈燕觉得不可思议，她觉得这些夸赞似乎不是那么实在。

荆鸣被几名商界大佬簇拥着让到了首席桌上。宴会厅的每一张桌上都放着两瓶茅台酒和两瓶高档红酒。别人面前都有桌牌，唯独荆鸣面前没有。荆鸣看见了自己座位旁边马副市长的桌牌，但马副市长还没来。这是中国官场上一个约定俗成的规矩，不论是开会还是吃饭、最重要的那个人一定是最后一个到场的。

程诺和陈燕分别被安排在了第二桌和第三桌。司机们则被安排在最后一桌，司机们桌上的饮品只有饮料，可见这里等级分明。在老总们一边互相寒暄一边等待贵宾时，司机们已经开始吃了。司机们要赶紧吃完回到车上去，以免车上没人时，车标被偷了。一个多月前，和盛实业的黄总在滨海大酒店吃饭，一辆刚买的奔驰车标就被人偷了，他既心疼又无奈，总不能像个小市民一样跳着脚骂大街吧。

荆鸣特意嘱咐滨海总商会秘书长田正宗，马副市长来时，一定要稳住对方，让自己亲自去接。

女儿惨死后，马副市长在家里休息了几天就上班了。尽管他想赶快忘记女儿的死，但是社会上关于马琳之死的好几个版本的传言还是传到了他的耳边，什么马琳是被入室抢劫的歹徒奸杀的；马琳是在和情人张大川做爱时猝死的；马琳是在和张大川玩变态性游戏时猝死的。尤其是第三种说法，让滨海人津津乐道。这也让马副市长觉得脸面丢尽、无地自容。因此在某一段时间内，他基本上拒绝了所有的社会活动。

5

滨海大酒店宴会厅里，人们按照桌上的标牌寻找到自己的座位后，就坐下开始聊天。平日里大家都很忙，难得一见，现在一见面都挺高兴，哪怕是正在为同一个项目明争暗斗的人见了面，也都像谦谦君子一般，向对手嘘寒问暖。

今天的媒体也到得最全。滨海新闻网、滨海电视台、滨海经济电视台、《滨海经济报》《滨海晚报》《滨海日报》《滨海早报》的记者都先后来到。滨海电视台经济频道的两名记者扛着摄像机来了，但没看见林缨子。过去，总商会搞这种活动林缨子是必到的。秘书长田正宗赶紧迎上去，问林缨子怎么没来。

两名记者说："她今天家里有事，来不了了。她说会给你打电话的。"

正说着，田秘书长的手机就响了起来。他一看，林缨子的电话，便笑着对电视台的两名记者说："你们说巧不巧，正说她呢，她电话就打过来了。"

田秘书长一边按下手机接听键，一边对两名记者说："我让工作人员先带你们去就座。"说着一招手，来了一名礼仪小姐，田秘书长说，"带记者去就座。"两名记者跟田秘书长打完招呼后，就跟着礼仪小姐走了。

田秘书长问："缨子，怎么回事儿？怎么不来？"

林缨子说："真对不起啊，田秘书长，我今天有点儿感冒，确实不舒服，的确去不了，麻烦您把新闻通稿给我派去的两名记者就行了，其他的事儿我都已经向他们交代过了。"

田秘书长说："我刚才还在问你派来的两名记者呢，说你们林主任怎么没来。他们说，我们林主任好像是家里有什么事情走不开。原来是身体不舒服。那我明天一定要去看看你。"

林缨子说："没事儿，吃点儿药打两针就好了。"

田秘书长说："缨子，你一定要保重身体啊！明天我再和你联系。"

"马副市长来了，马副市长来了。"有人看见马副市长和秘书下了车向宴会厅走来。

田秘书长对林缨子说："那就先这样，马副市长来了。"田秘书长说完后挂了电话，赶紧向宴会厅门口迎去。

总商会的领导们赶紧站起来，蜂拥而出到宴会厅门口迎接政府领导，荆鸣也站在迎接的人群里。

之前坐在桌旁嗑瓜子、抽烟、聊天的记者们也忙碌了起来。报纸和电视台的摄影记者们也都赶紧站起来，扛上摄像机抓起照相机冲到门口。

马副市长是和秘书一起来的，从他脸上已经看不出他刚刚遭受了巨大的失女之痛。他微笑着跟大家握手问好，"对不起，办公室里有点儿事，让大家久等了。"

突然，马副市长脸上的笑容僵住了：眼前竟然是荆鸣。荆鸣非常大度地、自然地正向自己伸出手，想回避也已经不可能了。虽然马副市长不想跟荆鸣握手，可是旁边电视台的摄像机镜头正对着自己，自己一个堂堂的市政府领导怎么能败在一个商人手下。他犹豫了一下，强打精神也伸出了手。本来马副市长只想和这个杀女仇人蜻蜓点水地握一下就过去了，可是没想到，无耻的荆鸣竟然用右手"热情地"死死握住自己的手不放，同时用左手死死地托住了自己的肘部，还说着："欢迎欢迎！热烈欢迎马副市长能赏光前来庆祝我摆脱牢狱之灾，快请进快请进，今天滨海市商界里有头有脸的人物都到了，他们都在等着您大驾光临呢。"

马副市长的脸扭曲了，他站住说："我怎么不知道今天这个酒会是为了庆贺你摆脱牢狱之灾的？"

荆鸣说："怎么？他们没有跟您说吗？那我现在告诉您岂不是更能给您一个惊喜吗？"荆鸣对自己突然出现给马副市长造成的措手不及非常满意。

马副市长强压怒火说："惊喜？你不坐牢了我有什么可惊喜的？你以为我们真有那么深的感情吗？"说完就想往里面走。可是，荆鸣用一只右手死死地紧握着他的右手，还用左手紧紧拖着他的右肘，马副市长的手有些颤抖，他暗中使劲想把手抽出来，可是荆鸣早有准备，也在暗中使劲不让他把手抽出来。马副市长脸上表情古怪、目光冷峻。荆鸣微笑着一手握着马副市长的手，一手托着他的胳膊肘对记者说："来来来，给我和马副市长好好拍几张。对，给我和马副市长再来张特写。滨海经济要有更大的发展，就需要市领导有更大的胸怀和度量，政府和企业界更要通力合作，是吧，马副市长？"马副市长没等荆鸣把话说完，就甩开荆鸣的手，兀自往里面走去。

马副市长已经料到荆鸣会在场，他也想尽量表现得大度一点儿，可是一看见这个自己倾注了心血去栽培、最后却让自己和女儿蒙羞并让女儿自杀身亡的女婿就有些失态。

马副市长作为贵宾当然被安排在了第一桌，他旁边隔着一个商会会长的就是荆鸣。在第一桌就座的全部都是滨海市各大公司的总裁、董事长，连总经理都只能坐在第二桌。

田秘书长让宴会厅经理通知服务员可以上菜了。

坐在第三桌的陈燕是第一次参加这种场面的饭局，从一进来就觉得自己有一种发晕的感觉。好在刘明慧和她坐在一桌，这让她有了一些底气。由于她和桌上的人都不认识，大家互相介绍时，她就干脆拿出了昨天赶印的名片给大家发了一圈。对方一看名片上写着她是滨海华业的首席行政事务助理，也都不敢小看她了，纷纷把自己的名片给她。陈燕接过名片一看，原来自己坐的这一桌竟然都是滨海市各大公司的副老总！看看人家，想想自己，她觉得自己今天晚上一定不能露怯丢人。

桌上有人问："陈小姐，你这么年轻，就能在滨海华业出任首席行政事务助理，看来一定有过人的本事呀！"

陈燕老老实实地说自己没有什么本事，全是程总和荆总的错爱。

另一位副总说："真人不露相，露相不真人，以后还望能和陈小姐多多交流。"

服务员已经开始上菜了。

总商会会长看看手表，已经七点了，就请示马副市长能不能开始。马副市长说开始吧。

总商会会长端起酒杯走到发言席，这里架着一支麦克风。他看看场下，调整了一下麦克风的高度，又吹了吹麦克风说："大家静一静。"

几名摄影记者赶紧冲了过来，对着他一通乱拍。

总商会会长把酒杯举了起来说："女士们、先生们、同志们、朋友们，大家晚上好！"

底下响起了一阵掌声。

他继续说："今天，咱们在这里相聚，本来只有两个理由：一是祝贺滨海华业成功上市，其实这个祝贺酒会是来得晚了一点儿，原因呢当然不在我们商会了；二是答谢滨海市委、市政府特别是马尚德副市长以及各有关职能部门领导长期以来对我们工作的大力支持。但是，现在又多了个理由，这就是，祝贺滨海华业总裁荆鸣先生终于摆脱了牢狱之灾！我提议，为这三个理由，大家端起杯来，干杯！"

大家都响应会长的号召端起酒杯站了起来，但马副市长没有端酒杯也没有站起来。他有点儿后悔来了，他想，商会说是感谢政府多年来对商会工作的支持，其实还是庆贺荆鸣摆脱牢狱之灾。早知道是这样自己真不该来，可是既然已经来了，也只好先坐着应付一下。虽然自己是滨海市主抓经济的常务副市长，可是在座的这些人都是滨海市工商业和经济领域的翘楚，手眼通天，不少人都和高层有着说不清的关系。他虽然贵为正厅级，但也是哪个都得罪不起，哪个也不敢小看。高处不胜寒哪！

第一杯酒已经喝完了，同桌几位老总说了什么马尚德一句也没听清。会长还站在麦克风处说："现在让我们以热烈的掌声有请常务副市长马尚德先生作重要讲话！"马副市长摆摆手说："我就不讲了，不讲了吧。"但下面掌声热烈，几名老总也在旁边热情相邀，让他上去随便说几句。他不得已只好走上台去。

站在麦克风前，马副市长觉得底下这些人似乎都是来看自己笑话的。他极力使自己振作起来："女士们、先生们，大家晚上好！我今天没有准备，本来不想讲，但会长盛情难却，只好随便说几句。刚才会长说，今天这个酒会有三个理由，我只同意一个，为什么呢？因为滨海市的经济发展离不开在座的每一位。当然，滨海华业的上市是值得祝贺的，至于滨海华业的荆鸣先生摆脱牢狱之灾，我认为不值得祝贺，祝贺什么？一个丑闻而已嘛。当然，对于在这件丑闻中活着的主角而言，是值得庆幸的。政府对企业的支持是政府的工作内容之一，我们做的还很不够，以后还会更加努力地为企业排忧解难，这也不需要感谢。好，我今天就讲这么多，谢谢大家！"

所有的人都听出了马副市长咄咄逼人的口气，不少人纷纷向荆鸣看去。荆鸣这时虽然从心底里恨不得立刻就杀了马副市长，但他脸上仍然表现出极为感兴趣的神态。马副市长讲完后，他第一个站起来带头鼓掌。

马副市长回到了桌上，坐下后问荆鸣："荆老板，我讲得怎么样？"

荆鸣带着深不可测的笑容说："马副市长，到底是当领导的，讲得就是好，这叫什么？理论水平高，理论水平高就总结得好。来，我得敬您一杯。"荆鸣说完就端起了酒杯。马副市长端起酒杯没有和荆鸣碰杯，而是对身边的商会会长说："来，我今天得谢谢你的良苦用心。"商会会长赶紧端起酒杯和马副市长碰了一下，马副市长一口喝了自己的酒。

在第一桌上，荆鸣觉得今天晚上不能与马副市长硬碰硬地唱对台戏，因为在今天这个场合，马副市长是绝对不会退让的，自己今天要是和他戗上火，只有两种可能，一种是自己丢人现眼，还有一种是两个人一起丢人现眼。但不管是什么结果，自己都是输家，自己将会成为大家的笑料，以后还怎么在滨海商界混。刚才就因为会长说了一句祝贺滨海华业总裁荆鸣先生终于摆脱了牢狱之灾，就导致马副市长直接把矛头指向自己，对自己一通羞辱，绝不能让这种局面再持续下去。于是，荆鸣装作很诚恳地对马副市长说："马副市长，我知道您对我有一些误会。我想，这世界上没有说不清道不明的事情，关键是看你想不想说清。您说对吗？对于马琳遭遇的不幸也不是我所愿意看到的结果，毕竟她也和我共同生活了这么多年。如果您觉得有必要的话，我想抽时间跟您交流一下。"

马副市长看来压根就不想理睬荆鸣，他只顾低着头和身边的商会会长说着什么。

人们开始互相敬酒，甚至端起酒杯到别的桌上去敬酒了，虽然第一桌上坐着的除了马副市长是政府官员外，其余的都是企业大老板，但却没有人到第一桌来敬酒。甚至连坐在第二桌的马副市长的秘书都已经被人敬了好几杯酒了。商会会长知道这是因为马副市长和荆鸣坐在一张桌上的缘故。他觉得这样不行，于是就想了个点子。他对马副市长说："马副市长，今天还有好几个滨海市商界的后起之秀十分了得，在他们得知你要来参加酒会时，就问我能不能给马副市长敬杯酒，我说不行，把他们都吓回去了，你看要不你就礼贤下士一次？"马副市长正求之不得呢，于是立即答应了会长的请求，"走，我去认识认识。"说着就端起酒杯跟会长离开了一号桌。

马副市长一走，就开始不断有人来向荆鸣敬酒，祝贺他摆脱了牢狱之灾。荆鸣连连道谢。荆鸣突然想起来，应该在今天向所有来宾介绍一下陈燕的。他往第三桌一看，刘明慧和陈燕都在接受同桌几个副总的敬酒。于是，荆鸣就端起酒杯来到第三桌。陈燕一看荆鸣过来了，就站起来说："荆总。"荆鸣摆摆手让她坐下。一位副总立即给荆鸣腾出一个位子让他坐下，荆鸣端着酒杯指着陈燕问大家说："不坐了，不坐了，你们知道她是谁吗？"几位副总纷纷说："荆总，我们当然知道了，陈小姐不就是你的首席行政事务助理吗？""荆总，你真是慧眼识珠呀，从哪里发现的这位又年轻又漂亮又能干的陈小姐？"

荆鸣说："对，你们只知道她是我的首席行政事务助理，我现在隆重地向你们大家介绍一下，陈燕小姐，南海大学信息工程专业的高才生、学生会副主席。她能来我们公司，我本人觉得非常荣幸。"

荆鸣这么一说，人们顿时都安静了下来，过了一会儿底下开始议论起来。

"荆鸣这下弄来了一个宝贝。"

"我怎么听说这个陈燕小姐是有背景的？"

"你不知道，据我了解的最新消息，陈燕就是检察院陈正军的女儿。"

"不会吧？"

"怎么不会？荆鸣是干什么的？要不怎么叫荆鸣呢？"

"荆鸣这次化险为夷，是不是和这位号称铁面无私的检察官陈正军有关系？"

"我觉得差不多，要不他怎么能出来？"

"看来这世上就没有用钱办不成的事情。"

荆鸣说："你们不要胡乱猜疑，我荆鸣的用人之道是不拘一格，只要有才干，我不管她什么背景、多大年龄、男的女的，但是，我必须要向你们强调一点，陈燕完全是凭着真本事在我们公司找到了自己的位置，她进入我们公司是经过了公司一套严格的遴选。当她已经在公司正式上班半个月后，我和公司高层才通过一个偶然的机会验证了陈燕小姐的才干。我是看上了陈燕小姐的能力。我对她很满意。"说完，他转身用询问的目光看着陈燕，陈燕不好意思地点了点头。

荆鸣继续说道："我刚才听见底下有人在议论，说陈燕是检察院陈正军的女儿，这完全是无稽之谈。当然，如果陈燕真的就是陈正军的女儿，我也会录用她。虽然我和陈正军见过几次面，但都是在滨海市第二看守所里，当时我们的身份一个是犯罪嫌疑人，一个是办案的检察官。我非常佩服陈检察官，他对工作的一丝不苟和对法律的矢志不移都让我十分感动，有这么优秀的检察官，才能有滨海的繁荣稳定。我提议，为滨海市能有这么优秀的检察官干一杯。"说完，他举起酒杯喝了一口。

刘明慧厌恶地看着荆鸣表演。她想：我看你能把这戏演到什么程度。她又厌恶地看了看在一旁不知所措的陈燕。陈燕发觉后心里一凉，心想自己怎么得罪她了。

荆鸣竟然又端着酒杯走到了刘明慧跟前，继续介绍说："这位是我的老上司、老领导刘凯明的女儿刘明慧小姐。我非常敬重刘凯明先生，可以说，我在城建局规划处刘凯明处长手下工作的那两年，是我最快乐的两年。在那两年里，我从老处长那里学到了够我一生享用的知识。虽然老处长遭遇了经济问题，但我仍然敬重他。我荆鸣绝不会因为过去的领导、师长、朋友出了事情就不敢承认对方曾经对我的教诲。同样，我更看重的是刘明慧的能力，所以也把她留在自己身边委以重任。中国有句老话：受人滴水之恩，必当涌泉相报。这就是我荆鸣做人的原则，知恩图报、重视人才。"

说完后，他又分别向陈燕和刘明慧敬酒。他对陈燕说："陈燕，假如你父亲真的就是陈正军，那请你回去向你父亲带去我最诚挚的问候，就说我荆鸣非常敬仰你父亲的人品，假如他不嫌弃的话，我愿意交他这个朋友。"陈燕不知道说什么好，只好说："谢谢荆总，谢谢荆总。"荆鸣对刘明慧说："告诉你父亲，我最近一定会抽时间去看他，让他多多保重身体。"刘明慧绵里藏针、一语双关地说了一句："我也希望董事长多多保重身体，我更相信，好人必有好报。"说完后则把酒一饮而尽。

荆鸣微微一笑，目光复杂。

这一切都被程诺看在了眼里，她不为人注意地轻轻摇了摇头。

荆鸣给陈燕和刘明慧敬完酒后，四处一看，马副市长不知道什么时候已经先走了。

酒会上，大家纷纷"捉对厮杀"，交流感情、互通信息。一句话，气氛热烈。荆鸣端着酒杯又来到麦克风处，他把酒杯举起来大声说："诸位，我荆鸣有几句话想说，首先我感谢今天酒会的主办者滨海总商会，感谢刘总、黄总、张总、马总，感谢正宗老弟。我想说的是，滨海华业能有今天，完全是和在座的大家对我的支持分不开的，我荆某没齿不忘。滨海华业一定要继续发展，一定要继续大大地发展！来，为了我们今后更加密切的合作、为了我们今后更加美好的明天，干杯！"

大家纷纷响应。

程诺一直在不断地劝说荆鸣少喝一点儿。荆鸣也觉得自己真喝了不少了，再继续喝下去就过量了。他问程诺："我没有太失态吧？"程诺说："你要再喝就会失态了。"陈燕一直惦记着住院的母亲，在作了自我介绍和互相交换了名片后，就表现得不是那么活跃，这时候就说："荆总、程总，要不我就先走了。"程诺看看表也说："我看时间也差不多了。"今天程诺也喝了不少酒。荆鸣说："那好，咱们都走。你给司机打电话，让他把车开到宴会厅门口来。"

程诺就给司机打了电话。过了一会儿，司机把车开到了门口，荆鸣给会长打了个招呼说："临时有事儿要先走了。"大家又挽留了一下，看荆鸣执意要走，于是就纷纷与他们告别。一个公司的副总握着陈燕的手，给陈燕开玩笑说："陈小姐，如果哪一天荆总对你不好了，你就到我那里去，我一定重用你。"陈燕也笑笑说："好啊！"

6

陈燕结束饭局后先到医院去看了看母亲。陆宝燕说自己没事儿，让她先回家去早点儿休息。回到家后，刘明慧对自己轻蔑的一瞥始终在陈燕眼前挥之不去。她想看看自己有哪个朋友在 QQ 上，打开电脑一看，谭宇在 QQ 上。于是，陈燕就把自己的不快向谭宇倾诉了半天，

谭宇分析了刘明慧的情况，说刘明慧基本可以说是滨海华业的创业元老。作为公司的中层领导，刘明慧的位置是通过在滨海华业多年奋斗得来的，而陈燕刚到公司就得到了总裁的赏识，这会让她心里不平衡。谭宇安慰陈燕说这是女人之间的妒忌，让她不要太在意。陈燕想想也对，心情就好些了。

为了让陈燕开心，谭宇说："我给你出一道智力题，看看你能不能答上来。"

陈燕说："你说。"

"228 的后面是什么？ 103 的后面是什么？ 85 的后面是什么？"

陈燕一下懵了。

谭宇又提示说："3 个答案都一样。"

陈燕还是答不上来。

"笨蛋！'的'嘛！"

陈燕说："这个不算，你再出一个。"

谭宇说好，又发过来一条："过街天桥上有一个乞丐，为什么他面前摆了两个碗？"

陈燕还是猜不出来。

谭宇说："因为他开了家分店。"

陈燕高兴得哈哈大笑，暂时忘记了不快。

7

程诺和荆鸣在昨天的酒会上都已经觉察出了刘明慧的态度不大对头，但谁都没有明说。

早晨一上班，秘书就来到荆鸣办公室，手上拿着一个记事簿。"荆总，"秘书打开记事簿对荆鸣说，"今天上午九点高新技术开发区管委会窦主任要来和您谈文化广场建设的事情，您看安排到几点？"

荆鸣问："是约的今天吗？"

秘书答道："对，约的就是今天上午，但您没有定时间。"

荆鸣说："那就让他现在来吧。"

秘书又说："还有，上午十点统战部有一个会议，这是会议通知。"他拿出一份会议通知。荆鸣接过来看了看说："好了，我知道了。"他让秘书转告统战部相关人员，今天上午的会议自己不能参加了，又问秘书还有事情吗。

秘书说没有了，然后就退了出去。

十一点，荆鸣送走开发区管委会窦主任后，回到办公室，想起刘明慧昨天晚上的表现，就给程诺打电话，说自己觉得刘明慧可能有什么怨气，让程诺找个时间和她交流一下，看看她有什么想法。

程诺说："我也是昨天晚上才看出来的。"

荆鸣问："她以前没有表现出来吗？"

程诺说："没有呀。不过她上周去了新民县的新生机器厂去看了看她父亲，回来后当时也没发现她哪儿不对劲，到第三天来上班时，我就开始觉得她有点不对劲了。"

荆鸣问："是不是刘凯明跟她说什么了？"

程诺说："你这么一说，我觉得这倒有可能，过去她可是从来没有跟你说话绵里藏针、一语双关的。"

荆鸣哈哈笑了，他让程诺先跟她谈谈再说。手机响了，他一看是童建中。童建中说自己已经把要求国家赔偿的申请书写好了，问荆鸣一天按多少钱计算。荆鸣说："你自己看着办吧。"他让荆鸣写一份委托书给他送来。

8

下午，程诺在办公室里给刘明慧打电话，"明慧，你下班后先不要急着走，我找你有点事。"

刘明慧诧异地问："程总，有什么事情现在不能说吗？"

　　程诺笑着说："没事，你别紧张，不是工作上的事，咱们还是下班后见面再说吧。"

　　刘明慧满腹狐疑。

　　下班后，程诺主动来到刘明慧的办公室。

　　刘明慧正在等程诺，一看程诺果然来了，就起身拿了一只纸杯，一面给程诺在饮水机上接水一面故作惊讶地说："程总，有什么事情打个电话一说不就得了，还让你亲自来？"

　　程诺接过水放在茶几上说："办公室说话不太方便，咱们到星巴克去吧。再有你不叫我程总行吗？叫我程姐吧。"两人收拾了东西就去了星巴克。

　　两人在星巴克落座后，程诺对刘明慧说："明慧，虽然在公司里咱们是上下级，但我一直把你当作是我的好妹妹，你跟我说实话，你是不是对荆总有什么看法？"

　　刘明慧赶紧笑着说："看你，想到哪儿去了。怎么会呢？荆总对我不薄，我这几年全靠荆总了，怎么会对荆总有什么看法呢？"

　　程诺看着刘明慧说："明慧呀，你当别人都是傻子？昨天晚上荆总给你敬酒的时候，你那么明显地讽刺他，你以为别人都看不出来？你如果对荆鸣有什么意见不好当面给他提，我可以代你把你的意见转达给他。或者你有什么怨气，你告诉我，我也可以转达给他。"

　　刘明慧装得很吃惊的样子说："程总，昨天晚上也可能是我喝多了，要真的对荆总说过什么冒犯的话，请你替我转达我对他的歉意。"

　　程诺喝了一口咖啡，笑了一笑说："明慧，我知道你心里是怎么想的，你就是不愿意跟我说，其实你的心思，我猜也能猜个八九不离十。你信不信？"

　　刘明慧说："真的，程总，你和荆总你们都误会了，我真的没有什么想法。只是那天去看了我父亲后，我心里一直挺难受的，父亲在城建局工作了几十年，他有着非常丰富的工作经验和极强的业务能力，也有着极为丰富的社会经验和人生阅历。我不明白，怎么他一到大东房地产公司没几年就出事儿。我不知道他是怎么倒霉的，一个公司，为什么就他一个人出事儿？"

　　程诺说："明慧，你看，我就知道我没有猜错。既然你父亲的事情在你心里一直是个谜，那我今天就告诉你一个大概。你父亲的事情我想我应该是有发言权的，因为当时我也在公司里。"

　　程诺开始回顾刘明慧父亲出事儿前后的一些事情。她说，从1998年到2005年前后，老国企处于一个更加艰难的发展时期，几乎都存在同样的问题，就是老化，设备老化、人员结构老化、技术水平落后、管理水平低下。当时，滨海第一建筑总公司虽然是四十年的老国企，却还仅仅是三类资质的建筑企业，这就是说，公司只能承建不高于六层的楼房，再加上国家的经济调控政策、银行银根紧缩，国企改制公司从银行贷不出款，特别是2000年国家产业结构发生调整，一大批规模差不多大小的国企都纷纷破产倒闭。2001年，仅滨海市就有197家注册资金在200万元以下的公司倒闭。原本滨海市委、市政府是不想让第一建筑总公司改制的，但不改就没有活路，最后就得把公司拖垮拖死。刘凯明一到一建公司就要求改制，他把荆鸣也调进一建公司，荆鸣和刚从美国留学回来的童建中一起为他制定了一套改制方案，他们拿着方案多次找上面要求，当时还有浙江和江苏的两家民营建筑企业也先后来和市委、市政府谈兼并一建公司，最后市委、市政府同意了一建公司的改制方案。程诺说，改制过程非常复杂，以后慢慢再给她说。

程诺说："你父亲和荆鸣都为一建的改制和改制后的发展倾注了大量的心血。我和荆鸣都是一心一意地跟着你父亲干的。改制后，你父亲把滨海第一建筑总公司改名为大东房地产开发总公司，随后又注册成立了大东建材公司，你父亲出事儿主要是出在建材公司。"

叙述到这儿，程诺分析道："你父亲可能太过于心急了，太急于求成了，好多事情做得不周密。他当时太过于相信他的一位老朋友的话了，所以才出事的。你父亲的这个老朋友，是做外贸建材生意的，他的公司注册资金只有一百万，可是他在出口退税和增值税发票这一块儿光一年就净赚了八百万，利润是我们公司的好几倍。你父亲听他的这个朋友这么一说，就觉得这不失为一条赚钱捷径，由于银行贷款困难，为了弥补资金缺口，所以你父亲在他这位朋友的撺掇下就动了在出口退税和增值税发票上想办法的心思。在当时那个躁动的时候，大家都知道，在最困难的时候如果能坚持下来，那就能重新获得生机；如果坚持不下来，那前面几年所有的付出都将化为泡影。当时很多企业都瞄上了出口退税和增值税发票这一块儿，大家都知道这里面有空子可钻。人们都想在短时间内完成资金积累，好多事也是身不由己。荆鸣曾经善意地提醒过他，但是尝到甜头的他已经听不进去任何不同意见了。很快，你父亲的那个朋友就出事儿了，他一出事儿，就把你父亲牵扯了进来。"

刘明慧盯着程诺的眼睛，似乎在揣摩程诺此话的真实性。

程诺继续说道："当时荆鸣还跟我说，他想到检察院去自首，替你父亲承担一部分责任，帮你父亲减轻罪责。他也跟来公司查账的税务局的、检察院的人都说过，自己是公司的副总，也应该承担相应的责任，但办案人员说，因为所有票证上都是你父亲的签名，主要决定也是他作出的，和别人无关。我也劝荆鸣，要救你父亲，我们现在还没有这个能力。他也曾出钱到处打点税务局和检察院的人，甚至找了市领导。为了救你父亲，他还让人给自己的岳父马副市长送过两次钱，荆鸣尽了自己最大努力想减轻你父亲的罪行都没能如愿，最后你父亲还是以虚开增值税发票罪被判了 10 年。说实话，在你父亲的这件事情上，荆总已经尽心尽力了。我和荆鸣都是苦孩子出身，我知道他的为人。虽说他对你父亲已经做到了仁至义尽，但他还是尽一切可能地帮你，因为他是一个知恩图报的人。"

刘明慧一直默不作声地听着程诺一个人说，她越来越不明白，程诺是在替荆鸣掩盖什么呢，还是程诺说的就是事情的真相。是不是荆鸣发现了什么，想稳住自己，就派程诺来做自己的思想工作。程诺说的都是实话吗？自己能相信她说的吗？刘明慧决定不动声色。

刘明慧笑了，说："对了，我回来后一忙都给忘了，我父亲让我替他向荆总和你问好。"

9

张大川把自己一直关在家里，已经好几天没有好好睡过觉了。他胡子拉碴，两只眼睛布满血丝。在看守所时虽然刚开始也睡不着，但自从体育局来人向他宣布体育局党组对他的处理决定后，他反而能睡得踏实了。他知道一切都已经无法挽回了，但是他很想再见女儿一面。于是，张大川拿起了电话，电话打过去后是妻子接的，妻子语气出奇的平静。她问张大川，自己放在桌上的离婚协议他签了没有。

张大川沉默了半天，他无言以对，半晌后他说道："惠芳，我对不起你。"

妻子说："张大川，你太让我失望了，咱们谈恋爱的时候，你告诉我说你在上大学时谈过一个女朋友，后来由于家里的反对就分手了，听你这么坦白地告诉我，我心里挺高兴，也很欣慰。我觉得你是一个诚实的人，万万没想到的是这么多年你竟然还和那个旧情人暗中来往。现在我只觉得我太傻了。"

张大川羞愧地说："我对不起你们。"

张大川妻子继续说："我不知道，当你和你的情人在一起的时候，想过你们都是有家的人了吗？想过我们了吗？想过女儿了吗？"

张大川说："我错了，我对不起你们。"

张大川妻子说："你都有了女儿了，还能做出这种事，你让女儿长大后怎么见人。都说'蔫人出豹子'，没想到你在这女人方面还是一个行家里手。为了女儿，咱们好合好散吧。"

张大川说："惠芳，你能让我和女儿说几句话吗？"

妻子说："你还有脸跟女儿说话吗？"说完就挂断了电话。

张大川拿着话筒，话筒里传出"嘀、嘀、嘀"的忙音。放下电话后，张大川抱头痛哭，"我完了，我什么都完了。没有工作，没有家，也没有做人的尊严，什么都没有了。"刚才，妻子在电话里说的话就像钢针一样，一针一针地直刺到他的心上。一想到自己和马琳做的这些见不得人的事情，张大川就无地自容。他绝望了，与其这样活着让人耻笑，还真不如去死吧，可是他又不甘心。张大川咬牙切齿地说："荆鸣！你这个恶魔，我落到今天这一步，都是你害的！你让我张大川现在生不如死，我也要让你付出代价！"

这几天张大川脑子就像过电影似的，过去的一切都一遍一遍地反复重现。

其实这几天他想得最多的还是妻子和女儿，多希望现在所发生的一切就是一场噩梦呀。他使劲掐一掐自己，不是梦！他知道过去已经永远过去了。

张大川出门去买了十米白布、一把排刷和一瓶墨汁，又在熟食店买了一只卤鸡，回来后把墨汁倒在盆里，铺开白布，在白布上刷写了：荆鸣杀人不留痕迹！马琳冤屈何时能申？

张大川写好后，从柜子里拿出一瓶高度白酒，打开盖子"咕嘟咕嘟"使劲灌了好几口，就着酒吃了卤鸡，大半瓶酒喝完了，鸡吃完了，白布上的字也干了。他把布标装进包里，又在包里装了一把菜刀，气呼呼地走出家门。

张大川来到滨海华业大厦门前，把白布挂在路边的铁栅栏上后就开始演讲："荆鸣满口仁义道德、满脑子都是阴险狡诈、满肚子都是蛇蝎心肠！他把自己装扮成慈善家，可是就连对自己的妻子都毫无怜悯之心，逼死了妻子马琳。"

路人很快就围了一圈。

门口的保安很快就发现了，出来干涉。

张大川说荆鸣是害死马琳的罪魁祸首，自己就是要让人知道，荆鸣是个披着人皮的恶魔。

保安立即向领导汇报。很快，荆鸣就得知了张大川在公司门前丑化自己的消息。保安部经理希望荆鸣亲自去处理，荆鸣说："你让保安处理，他们有办法。"

程诺对荆鸣说："他这样闹对你声誉不好，你最好还是亲自去一下。"

荆鸣下楼后，发现保安已经把张大川打得头破血流，但他就是不走。

荆鸣一看保安过头了，就赶紧让保安放开张大川，问他："你不是让单位开除了吗？怎么跑到我这儿耍起赖皮来了？"

张大川破口大骂："姓荆的！我有今天全是你害的，有本事让你养的这几条狗杀了我！"

荆鸣说："张大川，你之所以有今天是你自己造成的。你勾引马琳事情败露，她不堪压力自杀，我还没找你算账呢，你还有脸在这儿闹！你看看你现在这个样子，像不像条癞皮狗？"

张大川说："我是癞皮狗？你又是个什么东西？我告诉你！只要我活着，我就决不放过你！我要让全滨海的人都知道你是个卑鄙小人！你杀人不见血！有本事你把我也杀了！"

　　警察来了，试图把张大川弄走，但张大川不走。警察就说他这是严重扰乱社会秩序，让他有什么问题通过法律途径去解决，再这样闹就拘留他。

　　警察把张大川带走了。

10

　　张大川在派出所待了半天就被放回来了。回到家里，他又把这件事情想了半天，越想越想不通，明明是荆鸣长期对马琳实施从精神到肉体的虐待，他却没事儿；自己仅仅是因为和初恋情人旧情难舍，就被荆鸣引起的这无妄之灾害得工作没了，妻离子散。张大川怎么想都咽不下这口气，此时的他已经钻进了死胡同里。他决定用最原始的办法报复荆鸣。

　　晚上，张大川在家里又喝了不少酒，拎起装着菜刀的包就出了门，直奔荆鸣经常请客的滨海大酒店。

　　荆鸣的凯迪拉克停在酒店的停车场。

　　张大川拎着包藏在暗处。

　　突然，酒店门口一阵喧哗，一群人簇拥着一个人走出来，此人满面春风十分得意。张大川一看：正是仇人荆鸣！此时的张大川已经喝光了一瓶高度白酒，过去这点酒对他来说就是小菜一碟，可是今天怎么好像头有点晕，也许是自己这些日子没有休息好，太疲惫了，不管那么多了。张大川观察了一下环境，发现围着荆鸣的人太多不好下手。张大川悄悄地摸了过去，慢慢接近荆鸣，来到荆鸣身后大约五米处。他不敢太接近，怕被发现。

　　荆鸣最近这几天的心情基本上还是非常愉快的，前两天的酒会，马副市长虽然想让自己当众出丑，但并没有得逞；陈燕和刘明慧已经被外界所知道，一切进行得似乎都那么顺利。虽然今天张大川在公司门前闹了一场，但他并没有放在心上。荆鸣想：陈正军应该知道他女儿在我这里工作，并受到我的重用。值得高兴的是，到现在陈正军并没有让他女儿离开滨海华业。现在，荆鸣出席所有重要的场合都会带上程诺、刘明慧和陈燕一起参加。他常对商界的朋友说："她们三人就是我的三大女金刚。"

　　今晚的饭局也很重要。陈燕今天没有喝酒，只喝了一点饮料。前天晚上，她喝了不少酒，觉得自己有些失态。饭局一结束，陈燕赶紧打开手机。荆鸣对她们有严格的规定，开会时和重要的饭局、酒会时都必须把手机关了，违者罚款。陈燕一开机就发现了萧玫的两个未接来电和一条短信，萧玫留言让她到医院去。这时，饭局上的几人还在拉拉扯扯，程诺叫陈燕赶紧上车，"咱们先赶紧上车吧，要不再有半个小时也走不了。"陈燕对荆鸣和程诺说自己要去医院。荆鸣执意要亲自送陈燕去医院，说自己知道她母亲一直在住院，一直没有抽出时间去看看她呢，正好，送陈燕到医院，也代表公司去看看她母亲。陈燕因为一直没有跟父亲说自己在滨海华业上班，害怕父亲在没有准备的情况下会让荆鸣和程诺难堪，就一个劲地推托说："不用了，荆总，今天太晚了，以后再说吧。"就在陈燕推托谦让的时候，张大川一声没吭，举着菜刀猛得从荆鸣的身后扑了过来。陈燕惊叫一声，下意识地推了荆鸣一把，张大川的菜刀砍到了汽车上，火光四射。荆鸣身旁的两个保镖这时才回过神来，一拥而上，夺下了张大川手里的菜刀，制服了张大川。

荆鸣的两个保镖把张大川的两只手臂反扭到身后，张大川仍然拼命地挣扎着，破口大骂："荆鸣，你这个无赖！小人！杂种！杀人凶手！马琳就是你杀的！"

荆鸣的保镖朝张大川肋骨上狠狠地捣了一拳，张大川就像被掐住喉咙的动物，叫骂声在"嗷"的一声惨叫后就立即中止了，随后就瘫软在地上，只顾大口地喘气了。

这时，喜欢看热闹的路人纷纷围了上来。

荆鸣吓出了一身冷汗，半天才回过神来。他拢了拢头发，又抻抻西服，说了一句："打电话，报警。"秘书赶紧拿出手机拨打110报警电话。

荆鸣说完"打电话，报警"后，又向惊魂未定的陈燕表示感谢。荆鸣掏出手绢，一面擦着额头上的冷汗一面对陈燕说："陈燕，今天多亏了你了，要不是你，我可能就要被这个歹徒砍死在这里了。"他的声音还有些颤抖。感谢完陈燕后，荆鸣让秘书赶快用相机把菜刀、车身上被砍的刀印统统拍下来。看着秘书拿着一只数码相机在拍照，已经逐渐平静下来的荆鸣笑笑说："这是我在看守所跟警察、检察官们学的，现在是法治时代，一切要靠证据说话。"过了一会儿，一辆巡警的巡逻车开过来了，车上下来几名巡警，问是怎么回事儿，刚才是谁报的警。秘书赶紧上来说："是我报的警。"

荆鸣指着还被两名保镖反拧着胳膊的张大川对警察说，自己是滨海华业的董事长荆鸣，刚在酒店参加完一个公务宴请出来，正站在车跟前对自己的下属交代工作时，这个人拿着刀就扑过来了。警察看了看说："好了，放开吧，凶器呢？"

秘书赶紧把菜刀递给警察，警察一看就笑了，"你有没有点常识啊！这就是证据？现在这刀把上都是你的指纹了，你要把这刀拿到法庭上去告这个人企图行凶杀人的话，他就可以反告你们诬告。"

秘书有点发懵地说："刚才他就是拿着这把刀袭击我们荆总的。"

警察说："好了好了，不用看我就知道，这把刀上现在全是你的指纹了，跟这个人已经没有一点儿关系了，你们都跟我们走一趟吧。"

围观的人越来越多。

这时，已经缓过气来的张大川又大喊："我就是想杀了他！这个杀人凶手！无赖！小人！杂种！我不会放过你的！有本事你把我也杀了！"张大川"呜呜呜"地哭了起来。

警察闻到了从张大川嘴里发出的浓烈的酒气，"你喝酒了吧？"

看热闹的人群里有人认出了张大川，开始指指点点，"这不是体育局运动管理处的张处长吗？"

"不会，绝对不会！你认错人了。"

"张处长！"有人喊了一嗓子。

张大川低着头止住了压抑的哭声。

"张大川？"

警察说："好了，好了，你们都回家吧，别看了。"

随后，警察把张大川推上巡逻车。

"不对，他绝对就是张大川，我敢肯定！听说他前些日子出事儿被抓起来了，怎么今天他在这里要杀人？"认出张大川的那个人还在和朋友说着。

"咳，你这一说我就知道了，就是教育局死在床上那个女处长的案子，听说和这个体育局的张大川是多年的情人。"

"要我说这小子还真行，硬把滨海首富的老婆搞到了床上。"

"你小声点儿，那就是滨海华业的老板。"

"咳，女人是祸水呀。"

荆鸣、程诺等几人听得脸上十分难看，荆鸣就先上了车。

张大川还在喊着："荆鸣！你这个无赖，我不会放过你的！"一个警察说他："得了，你消停消停吧！就你这样还想杀人？"

一个警察问秘书："你们有车吗？"秘书连忙说："我们有车，就是那辆。不过，我们也要去吗？"

警察说："好了，先跟我们回派出所再说吧，还有你。"警察指了指荆鸣。

陈燕问警察："那我们都要去吗？"

警察说："你们都是一起的？"

陈燕指了指荆鸣说："对，他是我们老板。"

警察说："好了，那就都去吧。你们车就跟着我们，到西园路派出所。"

"好了，散散，都散散！这有什么好看的！"一名警察在驱散看热闹的人群。

荆鸣等人上了车，警车启动，荆鸣他们的凯迪拉克就跟在警车后面。

荆鸣在车上跟陈燕说："陈燕，不好意思，本来还说要陪你去医院看看你母亲的，这下倒好，你得陪我先去一趟派出所了。"

陈燕说："荆总，没事儿，咱们到派出所去就是要把事情的经过讲一讲。做个笔录就没事儿了，很快的。派出所事情完了之后我再去医院。"

刘明慧鄙视地斜了陈燕一眼。

荆鸣他们跟着警车到了派出所。警察看着几名男男女女从凯迪拉克车上下来后，都用异样的眼光看着他们，这让刘明慧和陈燕十分不舒服。

几名警察推着张大川进了派出所，荆鸣他们也跟了进去。

所长刚好从办公室出来，一看呼呼啦啦进来了这么一大帮子人，就问："大贵，怎么回事儿？"

名叫大贵的警察说："酒喝高了，玩刀的。"

所长挺奇怪地看着荆鸣他们说："年纪不小了吧？"又嘟囔了一句，"看不出来呀！"

张大川和荆鸣几人先后被带到了同一间办公室里。

两名警察一人面前摆着讯问用的笔录纸准备记录，另一人开始询问："怎么回事儿，你们谁先说？"

荆鸣说："我先说吧。"

警察说："好，那你就先说，姓名、工作单位、职务。"

荆鸣拿出名片递给警察，"这是我的名片，荆鸣。"

警察一看名片，"哟，你就是滨海华业的大老板荆鸣呀！我还买了你们的股票呢，怎么不见涨呀？"

张大川在一边喊："你们想等着他的股票涨？等下辈子吧！"

名叫大贵的警察呵斥他："你闭嘴！叫你说话你再说！"

另一位警察说："他喝酒了，可能还喝了不少。"

名叫大贵的警察说："再喝高也不能随便就拿刀砍人呀！"

荆鸣笑着说："你们可能知道，我前些日子出了点事儿，当然和公司无关，是我自己家里的事儿。这对公司的股票有一定的影响，不过马上就好了。"

警察问："今天这事情到底是怎么回事儿？"

荆鸣说："今天晚上我在滨海大酒店有一个公务宴请，于是我就带了我公司里的几位助手。吃完晚饭后，我们在酒店外面商量准备去医院探视公司首席行政助理陈燕的母亲，就在我们准备上车时，这位先生突然拿着刀向我扑了过来，陈燕小姐在千钧一发之时把我推到了一边，才让我躲过了一劫。"

警察问："他为什么要拿刀砍你？"

荆鸣说："那就只能问他自己了。"

警察问张大川："你，叫什么名字？"

张大川低着头说："张大川。"

警察问："有没有单位？"

张大川还是低着头，"体育局。"

记录的警察停住笔问："市体育局？"

张大川说："对。"

两名警察吃惊地问："你是体育局运动管理处的张处长？"

大贵说："你抬起头。"

张大川抬起头绝望地说："什么张处长？我现在就是一个杀人未遂的嫌疑犯。"

警察让张大川说说，为什么想拿刀砍荆鸣。

张大川说："你们看看他，这个道貌岸然的伪君子，马琳就是他杀死的，他连自己的老婆都能下得去手，这种人还能算是人吗？"

警察问："我问你为什么想要杀他？"

张大川咬牙切齿地说："他害得我家破，我就要叫他人亡！"

警察说："老张，你看，你们的事情我们也知道一些，事情也已经过去了，冤家宜解不宜结。你采取这么极端的手段对你是没有一点好处的。你想想，你也算是滨海市的社会名流，出了这么一档子事情，本来大家还有点儿同情你，可是你要这么一闹，你想想你以后在滨海还怎么做人？你们都是高级知识分子，你也是体育局的中层领导，怎么能像街头那些没有受过教育、没有教养的社会混混一样，干出这种毫无理智的低级……干什么事情不动动脑子想想，你这不是让人看笑话吗？"

张大川说："我过去还怕让人看笑话，可是现在我已经不怕了，谁想看谁就看好了。"

警察问他为什么。

张大川绝望地说："我现在什么都没了，没有家了，女儿不但不愿意见我，连话都不愿跟我说了。单位也没脸去了。你们说我该怎么办？"

警察继续开导他："就为这个你就想杀人？你想过了没有，你杀人，好，就算你把荆鸣杀了，你也会以故意杀人罪而被判处死刑，你女儿知道自己的父亲因为杀人而被判了死刑，当她在电视上看见自己的父亲被押赴刑场的新闻时，她的心里会是怎样的痛苦？你想过吗？你现在给家人带来的痛苦只是一时的，可是当你因为杀人而被判处死刑时，带给家人的痛苦那才是永久的。"

张大川低着头，只是绝望地唉声叹气。

警察说："好了，这样吧，考虑到你今天的不理智举动并没有造成严重后果。我们决定不对你进行治安处罚了。希望你回去以后好好反思一下，不要一错再错，所有犯下大错的人都听不进去别人的劝说，我们希望你不是这样的人。荆总，你看这样行吗？"

荆鸣说："当然可以，你刚才对张先生说的时候，我也一直在听，我觉得这件事情对我也是一次很深的触动。我想，对我和张先生这样受过高等教育的人来说，实在不应该出现这样的事情，这的确与我们的身份不符。不过，我也不想追究他的责任了，我一直认为，以德报怨是化解矛盾最有效的方法。"

警察站起来伸出右手说："那好，你们就都回家去吧。"荆鸣和两位警察握了握手，程诺、刘明慧、陈燕、秘书也一一与警察握手告别。

荆鸣对着张大川说："张先生，要不要坐我的车？我送送你。"

警察又向已经站起来准备离开的张大川伸出右手，张大川没有伸手，他两眼发呆，嘴里嘟囔着："回家、回家、回家，我还有家吗？"说着就往外走。

警察对张大川说："你先等等，咱们再聊两句。"

警察把荆鸣他们送出去后，关上了门。

荆鸣他们都上车后，司机问："荆总，先送谁？"

荆鸣说："等等。"

警察说："老张呀，你的这种情绪是不对的，你想想看，你们的事情闹到今天这个地步，你自己应该负什么责任？你现在认为是荆鸣让你落到今天这种妻离子散的境地，可是，你要是不和荆鸣的妻子马琳长期保持不正当的关系，能有今天吗？"

张大川说："他根本就不爱马琳，马琳也根本不爱他，马琳爱的是我。"

警察严肃地说："张大川，亏你还是个领导，不管马琳多么爱你，你们这种所谓的爱是不道德的。这也不是你们苟合的理由。再有，你和别人的妻子在一起的时候，想到过自己的妻子？想到过假如有一天事情败露后你们如何收场吗？"

张大川又低下头不说话了。

警察继续说："至于马琳的死因，司法部门已经给出了明确的答案，她是死于自杀。我想你作为一个男人，不会脆弱到也想走那条路吧？"

张大川反问警察："要是你，你会怎么办？妻子走了，女儿走了，家也散了。我在单位也没脸做人了。"

警察说："所有事情不管好坏都有过去的那一天，事情既然已经发生了，就要面对，而不是逃避。只有积极面对，接受教训，你才能重新做人。好了，按说你是单位的领导，我只是一个普通警察，道理你应该比我懂得多。我就说这么多了，回去再好好想想吧，想想我说的有没有道理。"

张大川从派出所里出来。

坐在凯迪拉克里的荆鸣摇下车窗玻璃，对着张大川轻蔑地一笑："张大川，马琳其实是你害死的，你这个懦夫。"

张大川站住，充满仇恨地看着荆鸣。

荆鸣说："怎么？还想杀我？没有杀了我你很后悔是吧？你就做白日梦去吧！张大川，你在我眼里还不如一条狗，你给我听着，你想怎么玩，随便，我荆鸣真还不屑！"

张大川一下子就跪坐在了地上，痛不欲生，他一遍一遍大叫："马琳呀马琳！你听见了吗？我无能呀！我张大川无能呀！我想给你报仇，可是我没办法给你报仇呀！"

11

第二天早晨，荆鸣一到办公室就把秘书叫进来。他让秘书现在立即通知行政部门把小会议室门打开，然后通知几个常务董事来小会议室开会。

很快，所有常务董事都来到小会议室。

董事长荆鸣早已经在自己常坐的那把椅子上就座了。

"荆总，今天上午这个会怎么昨天没有通知呀？"有人问他。

荆鸣说："这是一个我临时决定召开的会。"

门一关，荆鸣说："人都到齐了，咱们就开始。今天这个会是我临时决定要开的，不好意思啊，把大家的正常工作打乱了。不过，这是个短会。昨天晚上发生了一件事情，有一个可能是精神受到刺激的疯子拿着一把菜刀对我实施了突然袭击，是公司新来的首席行政事务助理陈燕在最危急的时刻救了我。为了在公司内大力提倡和弘扬陈燕这种见义勇为的崇高精神，我提议，公司对陈燕给予 10 万元现金的奖励。她刚工作不久，她母亲又得了重病，所以我想再次提议，从公司的救助基金里再拿出 10 万元对陈燕的母亲实施救助。我想这 20 万元也许能为她家解决一些实际困难。另外，我提议从即日起，提拔陈燕为信息部副总经理，同时继续兼任总公司的首席行政事务助理。同意的，就举手表决。"

常务董事们纷纷举起手。

荆鸣看大家都举了手，就对秘书说："好了，你下去后马上把今天的这个会议纪要形成公司文件存档。另外给宣传部下一个文，通知高部长让他布置会场准备召开见义勇为表彰大会。"

会议结束了，荆鸣一回到办公室就直接给陈燕打电话："陈燕，你现在忙吗？"

陈燕说自己正在作下个月的工作计划。

荆鸣让她先把手上的工作放下，到自己办公室来一下。

陈燕刚出门就遇上了刚从小会议室开完会回来的程诺。陈燕对程诺说："程总，荆总找我，让我过去一下，不知道是什么事情？"

程诺神秘地笑笑，说："你去吧，肯定是好事。"

很快，陈燕就来到了荆鸣的办公室。

荆鸣一看陈燕来了，就非常高兴地对她说："刚才，公司召开了常务董事会，会上决定就你见义勇为的壮举和你家里的实际困难，对你进行20万元的现金奖励。另外，我提议让你出任东华科技信息咨询公司的副总经理同时继续兼任总公司的首席行政事务助理，提议已经在常务董事会全票通过。你怎么看？"说完，荆鸣得意地盯着陈燕看，想看看她的反应。

陈燕一听，无法想象自己这么快就升职，她觉得有点飘，但心里还是一阵狂喜，赶紧说："谢谢荆总和常务董事们的信任，我来公司时间不长，这样做会让人说闲话的。再说公司里那么多资历比我老的，我当副总经理怎么能够服众呢？再有，20万元的奖励和救助我也不能要。我刚来公司还没有为公司作出什么贡献，拿这笔钱会让我心里不安的。"

荆鸣说："陈燕，我们公司是一个现代化的公司，在起用人才的问题上，我们不会论资排辈，能力高的就会上得快，能力低的哪怕他资历再老也不可能被放到领导岗位上去，否则我这个公司还不早垮了。再一个，关于对你的奖励，这也是常务董事们共同作出的决定。好了，董事会已经决定的事情我是无权更改的。你去吧，我这就通知刘明慧。"

说着，荆鸣就给刘明慧打电话，让她来一趟自己办公室。

刘明慧来了。荆鸣对她说，刚才公司常务董事会开会决定给她配备个副手，提拔陈燕为信息部副总经理，她作为信息部的总经理，以后多带带陈燕。

刘明慧看看坐在一边的陈燕，不冷不热地说："荆总，没问题。不过从陈燕进步这么快来看，要不了多久就得是她带我了。"

荆鸣笑笑说："明慧，我觉得你最近心里有事儿，能跟我说说吗？"

刘明慧说没有。

荆鸣笑笑，意味深长地说了一句："明慧，有些事情你以后慢慢就会明白的。"

陈燕非常矛盾，她很想接受，又想拒绝："荆总，我总觉得我得到的太多了，超出了我的期望值太多，这样我心里不踏实。"

荆鸣说："你放心，这笔钱你拿得名正言顺，既不是贪污也不是受贿，再说你母亲还住在医院里，我知道你家里也需要这笔钱。我会让他们把钱直接打到你的工资卡上，你母亲治病花销会很大，假如钱不够了，你只管开口。"

陈燕还是想拒绝："荆总，公司对我的提拔我接受，但这一笔巨款对我来说可能不合适。真的，对于您的慷慨，我非常感谢。"刘明慧也在一旁意味深长地说："陈燕，这是荆总的一片心意，你一再拒绝就太不给荆总面子了吧？"陈燕终于答应收下这20万元。

陈燕强压住自己心里的得意，出了荆鸣办公室。

陈燕一回到办公室，程诺就跑过来对她表示祝贺："陈燕，祝贺你啊！"过了一会儿，刘明慧也向陈燕表示祝贺，不过语气中有些嘲讽。

这时，陈燕的手机响了，陈燕一看是父亲打来的，就说："是我父亲打来的。"说完就接听电话。陈正军焦急地问陈燕："你现在在哪里？"

陈燕说："我在公司。"

陈正军说："你先请个假吧，赶快来医院。"停了一下，陈正军语气中带些犹豫地又问陈燕，"你看没看见萧玫？"

陈燕没好气地说："我怎么知道她在哪儿？要找她你自己不会去找？"

陈正军叹了一口气说："燕子，你误会我了，有些事情以后再跟你说吧。"说完就挂了电话。

第十四章
扭转形象的新努力

1

荆鸣让秘书把宣传部高部长叫来。

过了一会儿，高部长来了。

荆鸣脸色铁青地问："宣传片是怎么回事儿？怎么只播了一次就不播了？"

高部长面有难色地说："荆总，我一直想给您汇报这个事情，只是看您一回来每天都在忙，就想等您忙完这几天再给您汇报。"

荆鸣一听就有点儿不高兴，点起一支雪茄说："我再忙，公司的宣传片也是大事儿呀，你说说，是怎么回事儿？"

原来，自从荆鸣出事儿后，电视台总编室就打来电话说宣传片不能播了。高部长去找了经济频道的制片人林缨子，林缨子说具体管这事儿的是他们台里一个姓赵的副台长。这个副台长还兼着总编室主任，副台长已经代表台里通知了她要撤换节目。她也已经据理力争了，可是没用。于是，高部长就让林缨子带着去见了姓赵的副台长，问他为什么不播了。这位副台长坚持说："你们公司老总都出了这么大的事情，现在滨海市的老百姓议论得很厉害，我们也不是不播，只是想推后几天再说。"高部长说："我们这个片子是市委、市政府招商引资这个系统工程的一个有机组成部分，你一个小小的副台长凭什么说不播就不播了？再说我们可是和你们签了协议的。"高部长拿着荆鸣亲自跟他们签的播出协议问他："这份协议算不算数？你要觉得这份协议可以不算数，那我现在就可以告诉你，我们公司计划赞助你们的设备我们可能也要重新考虑。"末了，高部长对这位赵台长说："你知道我为什么这么有底气吗？我可以告诉你，我来之前省城已有一家电视台来电话想跟我们合作。"最后，赵副台长答应按协议播出，结果只播出了两遍就停了。高部长打电话一问，说是马副市长让他们先停播的。

荆鸣对高部长说："你现在再去找一下他们那个姓赵的副台长，让他们立即履行协议，就说是我说的，让他们必须马上播出。否则，法庭上见。"

高部长走了之后，荆鸣立即给梁书记打电话，梁书记关机。他又给梁书记的秘书打过去，秘书说梁书记正在开会。荆鸣告诉秘书："等梁书记开完会让他给我打过来，就说我有急事要找他。"

很快，梁书记就把电话打了过来。

荆鸣说："梁书记，有一件事情我觉得应该向您汇报一下。"

梁书记问他什么事情。

荆鸣就说："情况是这样的，滨海华业上市前，马副市长为滨海华业的上市做了大量的工作，同时也对滨海华业宣传片的拍摄提出了很多具体的指导意见。甚至可以说，他就是滨海华业宣传片的策划人和文字总撰稿。现在宣传片已经拍摄完成一个多月了，电视台还没有按时播出。由于我前一段出的那件事情，现在也不好找他，我想请梁书记过问一下，看能不能跟马副市长谈谈关于宣传片播出的事情。因为这个片子和滨海市旅游局的旅游宣传片一样，都是滨海市对外招商引资一盘棋中的重要棋子。现在电视台只播出旅游局的宣传片，而停播了原定播出的滨海华业宣传片。这样既打乱了市委市政府的整体部署，也对滨海华业造成了非常不好的影响。一个不良后果已经显现出来了，那就是本来市场和投资者都十分看好的滨海华业的股票，最近一个月来一直在低位徘徊。"

梁书记答应说先问问情况。

2

荆鸣给程诺打电话："程诺，你今天去把马凡接回来吧。明天是星期六，我想带他去动物园玩一玩。"

程诺给马副市长家里打电话，保姆接的电话。程诺对保姆说："今天下午我要去接马凡，你就不要去幼儿园接他了。"

下午，程诺到幼儿园去接马凡。

程诺问马凡："想不想见爸爸？"

马凡说："爸爸不要我了。"

程诺问："谁告诉你的爸爸不要你了？"

马凡不吭声。程诺牵着他的手来到车前。

程诺打开车门后，马凡自己爬上车。程诺问他："阿姨现在就带你去爸爸办公室好吗？"

马凡低着头说好。

程诺让他自己系上安全带，就开车又回到了公司。

程诺把马凡带到了荆鸣的办公室里。

荆鸣一看见马凡就赶紧过来抱他，虽然不是自己亲生的，但毕竟叫了五年的"爸爸"，要说没感情那是假的。

马凡没有像过去那样高兴地扑过来，而是很拘谨地看着他，不说话。

荆鸣问他："凡凡，不认识爸爸了？"

程诺也走过来，蹲在地上说："凡凡，你不是跟阿姨说你想爸爸了吗？"

马凡小声说："我也想妈妈。"

程诺说："凡凡，妈妈到很远很远的地方出差去了，你要听爸爸的话，她就能回来看你，好吗？"

马凡问："那妈妈什么时候回来？"

程诺说："只要你听话，等你长大她就会回来的。"

马凡小声说："好。"

荆鸣问："凡凡，想吃什么？爸爸和阿姨带你去。"

马凡还是不吭声。

程诺说："咱们去吃肯德基吧？"

马凡还是小声地说："好。"

荆鸣说："好，那咱们现在就去。"

第二天上午，荆鸣和程诺带着马凡去了动物园。在动物园里，马凡看着猴山上的猴子，逐渐忘记了悲伤，慢慢高兴了起来。

3

荆鸣坐在办公室里拿起座机给财务部梁主任打电话，让梁主任给他开一张两百万元的现金支票，开好就送过来。梁主任问他支票抬头写哪儿，他说就写东华律师事务所童建中律师费。

放下电话后，荆鸣又拿出手机，找到东华律师事务所的电话，想了想，这才拨过去："喂，你好，是东华律师事务所吗？"

电话里传出一个女声："是的，请问您有什么事情需要帮助吗？"

荆鸣说："啊，我想知道童主任在不在办公室，麻烦您给我看一下好吗？不要让他知道，谢谢您了。"

对方似乎对这个奇怪的电话有点疑惑，一再追问他是谁，她害怕是来律所闹事儿的。

荆鸣一听，想开个玩笑，就随口说自己是市法院的。

对方答应了一声说："那好，我去看看。"

过了一小会儿，对方说："童主任现在在办公室，不知道他等一会儿出去不出去。"

荆鸣说："等会儿他要出去的话你拦一下他，就说有好事儿，有朋友给他送律师费，马上就到。"

过了一会儿，有人敲门，"请进"，荆鸣的话音刚落，财务部出纳就拿着一张支票来了，说这是梁主任让自己给送来的支票。

荆鸣接过支票看了看说好，又伸出一只手。

出纳赶紧打开拿在手上的一个本子。

荆鸣在本子上签了字，出纳拿着本子出去了。

荆鸣在办公室里把自己桌子上的文件收拾了一下，看了看时间，就给程诺打电话："程诺，走，跟我出去一下。"

程诺问："去哪儿？"

荆鸣说："你就别问了，现在到电梯门口等着我。"

一楼，电梯门开了，荆鸣和程诺走了出来。

程诺问："叫司机吗？"

荆鸣说："不叫司机了，我自己开车吧。"

荆鸣带着程诺走到地下停车场自己那辆奥迪车旁。

荆鸣开着车出了停车场，上了马路一直向童建中的东华律师事务所驶去。

程诺在车上问荆鸣："你这是要去看童律师去？"

荆鸣说："我在里面时，外面就你们两个在为我忙碌，回来后一直在忙，也没顾得上去看他。"

程诺问他："你给他打电话了吗？他会不会今天有开庭？"

荆鸣说："我给他们律师事务所打过电话了，他这会儿就在办公室。"

很快，他们就到了东华律师事务所。

童建中正在办公室里指导助手为一起经济纠纷的原告撰写起诉书，桌上堆了高高一摞卷宗。外面有人敲门，他抬起头说："进来。"话音还没落，门就被推开了，他一看是荆鸣进来了，后面紧跟着程诺。童建中挺吃惊地问："你怎么来了？快坐吧。"

荆鸣说："怎么？听你这话是不欢迎了？那我们走。"

童建中说："你吓唬谁？估计拿棍子赶，你也赶不走了。"

童建中对助手说，让他另外找个办公室去写。

助手站起来拿着卷宗走了。

荆鸣和程诺笑着坐下。

童建中一面给他们泡茶一面埋怨荆鸣，也不提前打个电话预约一下，还好今天有一个庭是下午开。荆鸣笑着说："我们知道童大律师公务繁忙，我是怕先打电话会让你这个大律师堵回去呀。"

童建中把刚泡的茶端到他们面前，让他们尝尝，说这是自己的一个当事人从河南信阳给自己带的毛尖，今年的新茶。

荆鸣先端起杯子放到鼻子底下闻了闻，又喝了一小口说："嗯，不错，给你这个大律师行贿谁也不敢拿劣质茶，还有吗？"

童建中笑着打开柜子，从里面拿出一个小茶叶罐，说："给你留着呢！"

荆鸣接过来后看了看，随手就装进自己随身带的公文包里，又说自己那儿还有一些上好的铁观音，回头让童建中去拿走。

童建中点了一支烟，问："回来这几天怎么样？忙完了？"

荆鸣说："暂告一段落了。"

童建中问："我听说张大川又跟你闹了一次？"

荆鸣说："这个人现在怎么成了泼皮无赖了，以前可没发现呀。"

童建中说："咳，你也不想想，他过去在滨海市的地皮上也算个人物，这件事情出来后，他还怎么做人。"

荆鸣："这个世界真是奇怪了啊，我这个受害人还没有怎么样呢，他这个加害人还没完没了了！"

童建中说："我劝你一句，得饶人处且饶人，反正事情已经这样了，明摆着张大川和你就不在一个级别上，你也不怕让人看你笑话？"

荆鸣说："看什么笑话？我就是要让所有人都知道，想玩我的女人？得先想清楚了，就算是我已经不爱的女人，只要法律上还是我的，就不能让人随便玩。"

童建中说："俗话说，兔子急了还会咬人呢，你就不怕张大川破罐子破摔、狗急跳墙跟你死缠烂打？"

荆鸣说："建中，你放心，我有分寸。"

童建中盯着荆鸣看了看说："我怎么发现你回来后这才几天就胖了。"

荆鸣摸摸自己的脸说："是吗？其实我在看守所就胖了。看守所管吃管喝，再加上整天不活动，吃了就睡，睡了又吃，体重反而长了不少，倒是你和程诺为了我的事，费尽心思，都瘦了。"

童建中看着程诺，对荆鸣说："我真羡慕你呀，有一个对你既忠心耿耿又能干的助手。你不在的这些日子，程诺可是给你把公司业务打点得井井有条。"

荆鸣说："是啊，刚开始我还担心她应付不了一些复杂的局面，没想到我进去后公司出现的所有难题都被程诺顺利解决了。我真得好好感谢她。"

程诺在一旁听着有些不自在，她说："你们就不要一唱一和地夸我了。"

童建中看看荆鸣，两个人不约而同地笑了。荆鸣从身上取出一张支票递给了童建中，说："建中，这是你为我的事情应得的报酬。"

童建中拿过来一看，竟然是 200 万元。童建中笑着说："我的律师费没有这么贵，这么贵的律师费恐怕是给美国总统打官司的标准了。"

荆鸣一本正经地说："建中，这 200 万里面只有 50 万是你这次的报酬，150 万是 9 年前国企改制时你的劳务费。"

童建中说："当时不是已经给过 50 万了吗？"

荆鸣说："当时给你的那 50 万，说实话我很惭愧，那与你的付出还是不成比例的。但当时公司要发展，也不可能给你太多，现在我觉得应该给你补上。我就你这么个兄弟，你岁数也不小了，该成个家了。这算是我的一点心意吧，等你结婚时，还有一份给新娘的厚礼。"童建中开玩笑地说："看来我得赶紧征婚了，不知道哪个女人有这份好运。"

程诺听出童建中话里有话，就笑笑说："是啊，出其不意的幸福才更能让人一生回味。我敢打赌，那个幸福的女人一定就在某一个地方等着你呢。"

独自一人时，程诺经常会情不自禁地想起荆鸣和童建中，这两个男人在她心里都是这世界上最优秀的成功男人。她想：可惜自己只能选择一个，要是自己有个妹妹或者姐姐，那该多好！

程诺认识童建中是她到大东房地产公司以后，而大东房地产的前身是滨海市第一建筑总公司，俗称"一建"。程诺进了公司后，听说了一些有关童建中和荆鸣的故事，可以说两人是生死之交。

从童建中那儿回来后，荆鸣先把要紧的事情处理了一下，然后召开了全体董事大会。在大会上，他说："前一段时间公司受到了一些外来因素的干扰，公司的股票情况一直不太理想，最危险时甚至跌破了发行价，好在大家同心协力使股票有了回升，再没有出现跌破发行价的危险情况。这说明市场对我们滨海华业还是有信心的。原来计划好的宣传片的播出也受到了一定影响。现在，我们的宣传片马上就要重新播出。危机已经过去，我们必须排除所有干扰，重新整合我们的力量，让市场，特别是让市民、让我们的股东看到滨海华业的希望。因此我决定，增加红利，使股东都能获得更大的实惠。"

荆鸣进行的这一系列活动，给滨海华业股票打了一支强心针。一时间，市场上好评如潮，滨海华业股票价格猛涨。

4

荆鸣带着马凡从超市出来，路过地下过街通道口时看见路边坐着一个头发花白、病歪歪的老头，面前铺着一张写满了字的脏白布，白布旁边放着一个连瓷都快磕完了的搪瓷缸子，白布上还有个大大的"冤"字，旁边还有一个鼓鼓囊囊的破书包。荆鸣领着儿子走到老头跟前，停住了脚步，荆鸣蹲下来看了看白布上的内容，白布上写着此人家在武安县上马庄小庙村二组，名叫刘满仓。1984年至1987年间曾经经营过一个采砂场并拥有一辆载重四吨的解放牌自卸车。50岁那年，在火车上捡到一个弃婴，看这个弃婴挺可怜，就找到列车长和乘警长，想要收养这个弃婴。刘满仓对列车长和乘警长说，自己经营着一个采砂场，还有一辆解放自卸车，有经济能力收养这个孩子。当时，列车上也没有办法处理这个婴儿，列车长和乘警长便记下了他的姓名和身份证号。他让列车长和乘警长给自己写一张证明，以便到当地民政局办理收养手续，列车长和乘警长分别给他写了证明。下火车后，刘满仓抱着这个婴儿到火车站附近的市场上，想给婴儿买两件衣服，却被人误以为是人贩子报了警，警察把他带到了团结路派出所，让他交代是从哪里拐来的婴儿。刘满仓说是在火车上捡的，不是偷的，有列车长和乘警长的证明。但派出所的指导员胡新民连看都不看，一把就撕了证明，并对他实施了多次毒打。在派出所的几天里，他被打断了三根肋骨，后来又被关进看守所，在看守所里又遭到同监犯人的毒打。最后，虽然证明自己是被冤枉的，可是自己被白白关了一个月，出来后自己在采砂场的设备和汽车都丢了，自己找派出所讨要说法时，又被胡新民打断了一条腿。刘满仓已经上访多年，但问题至今也没有得到解决。

马凡问荆鸣："爸爸，我能不能把我的零花钱给这个老爷爷？"

荆鸣看了看马凡，说："当然可以。"

于是，马凡就高兴地把口袋里的十元钱放到老人的搪瓷缸子里去了。老人一个劲地说："谢谢，谢谢。"

荆鸣看马凡把钱放进老人的搪瓷缸子后，就领着马凡离开。马凡问："爸爸，那个老爷爷的家在哪儿？他为什么不回家去？他没有家吗？"

荆鸣说："他没有家了。"

马凡说："那这个老爷爷多可怜呀。"

荆鸣听到这里，突然站住了，一个吸引眼球的计划开始在他心里酝酿。于是，他先给程诺发了一条短信：我现在在解放路易初莲花超市前的地下通道北口，这里有一位老人需要救助，你立即通知电视台记者过来。发完短信后，他又走了回去，蹲在这个老人面前问："老人家，你每天都在这里吗？"

乞丐老人看看这个陌生的中年人，然后一个劲儿地磕头，说："求求青天大老爷，你能替我申冤你就是我的再生父母。"

荆鸣赶紧制止他，说："你给我磕头不是咒我吗。"老头哭诉说，自己该走的路都走了，八年了，光到北京上访就已经跑了八趟，省信访办也去了十几次，但上面每次都把告状信发回原地，没有人管，没有办法，只好出来要饭，能要一口就吃一口，要不上就饿着，活一天算一天了。老人说，他只盼能碰上好心人帮自己申冤。

荆鸣问他，找记者了没有。他说找了，没用。市报记者找了，省报记者也找了，《人民日报》的记者也找了，都没用，说着，就打开自己身边的破书包，里面装的全是他的告状材料。

荆鸣说："你的材料我先不看了，你年纪这么大了，在这里不行的，身体受不了，我给你找个敬老院你愿意去吗？"

乞丐老人不相信地看着荆鸣。荆鸣说："来，你不要害怕，我是滨海市的政协委员，你愿意跟我走吗？"

乞丐老人犹疑地问荆鸣，能不能解决他的问题。

荆鸣说自己不是领导，让他先住到敬老院去，他的问题自己会向领导反映的。如果他说的事情属实的话，那么他的冤屈会解决的。

乞丐老人看看他，还是不动。

荆鸣说："你现在就跟我走吧，你以后的生活我来给你安排。"说完，就把老人拉了起来。

这时候，电视台的几名记者扛着摄像机跑了过来。

荆鸣故作惊讶地问记者，是谁让他们来的。

一名记者说他们新闻中心接到一位热心市民的电话，说好像看见滨海华业的老总在解放路易初莲花超市前的地下通道口救助一位无家可归的老人，主任就让他们赶紧赶过来了。

这时候，《滨海晚报》《滨海早报》《滨海都市报》等平面媒体的几名摄影记者也赶了过来。他们一来就拿着相机"咔嚓、咔嚓"一通狂拍。

荆鸣扶着老人一面走一面说："我觉得你们就不要拍了吧，这本来是个小事情，让你们这么一拍，又有人该说我荆鸣在作秀了。"

有记者问荆鸣，是怎么发现这位老人的。

荆鸣对记者说，这个老人坐在地上，面前写着这么大的一个"冤"字，这还需要发现吗？记者说现在假乞丐太多了，人们都麻木了。

荆鸣把老头的告状信拿出来，问身边的记者们谁有兴趣看看这些材料，但没有一个记者对此感兴趣。他们都说老人自己上访多年都解决不了的问题，他们也没有办法。也有记者认识这个老头，说他曾到报社反映过情况，开始总编说了解一下，但最后上头说不让记者们管，谁也没办法。

一群电视、报纸记者一直跟着荆鸣不停地拍摄，出了地下通道后，荆鸣把老人扶到自己的车上，带到公司自己的住处给老人洗澡。他又找出几件自己的旧衣服给老人换上。之后，荆鸣又给滨海夕阳红敬老院打电话，亲自把老人送到敬老院。

5

在敬老院，院长对荆鸣说，他应该把这个老头送到收容救助站去。这样送来他们不好办，因为老人的情况是他自己说的，不知道有多少可信度。再说，不知道老人的真实情况，也没办法办入院手续。

荆鸣当着电视镜头说："这样，让他先在这里住几天，我马上派人去他家乡调查一下他的情况，假如他的情况确实如他自己所说的是被冤枉了，那我会找有关方面反映的；假如他已经没有家了，那我愿意负担他在这里的养老送终费用。谁都有老的时候。"

当天晚上，滨海电视台的《社会广角》栏目就对荆鸣在解放路地下通道出口处救助孤寡老人的事迹进行了报道。电视台的标题是：《大富翁的大爱心》。

第二天，多家报纸的头版都用大字标题刊登了相关报道，如：《滨海华业总裁荆鸣救助孤老》《慈善家的儿子也是慈善家》等。

报道一出来，社会上就又开始议论了："人家荆总都已经捐建了 20 所希望小学了。"

"我早就说过，假如滨海市还有最后一个能让我们相信的企业，那就是滨海华业；要是还有最后一个能让我们相信的人，那就是滨海华业的荆总。"

一时间，社会上对荆鸣好评如潮。

同时，荆鸣也把这个老人的情况反映到了省人大。

荆鸣在公司召开公司高层会议，会议决定，公司拿出 2000 万元来捐建两所敬老院。

荆鸣把公司捐建敬老院的决定上报给了市委、市政府，并抄报给了国土资源局、城建局、民政局、卫生局、防疫站等相关部门和单位。

荆鸣在给市委和市政府的报告中提出：第一，希望市委、市政府督促国土资源局尽快把建敬老院的地块批下来。第二，在敬老院的开工奠基仪式上，请市委书记、副书记、市长、副市长全部到场剪彩，并且希望马副市长不缺席。他在报告中还列举了马副市长必须到场为敬老院剪彩的理由。

6

滨海华业要投资 2000 万元建敬老院的消息立刻就被滨海所有的媒体报道了出去。荆鸣此举又在滨海掀起了巨大的风浪。

一天上午，荆鸣在公司主持完了一个会议。他刚从会议室走到办公室门前，秘书就赶了过来，告诉他说滨海电视台社会频道的制片人刚才来电话说，他们想给他做一期节目。

荆鸣走进办公室，秘书也跟了进去。

荆鸣问秘书："他们没有说做一期什么节目吗？"

秘书说："好像是关于老年人的节目，我说您在主持一个会议，她说要亲自跟您谈，这是她留的电话。"秘书把一张记有电视台社会频道制片人姓名、电话的纸交给荆鸣。

荆鸣看着名片说："杨欣，看这名字好像是个女的？"

秘书说："就是个女的，荆总，我看您就抽时间跟她谈谈，这不光是对您个人的宣传，也是对滨海华业的宣传呀。"

荆鸣说："等她再跟我联系吧。"秘书走了。

中午快下班时，荆鸣办公桌上的电话响了。他拿起电话，电话那头一个女的说自己是滨海电视台社会频道的制片人杨欣。

杨欣问："您是荆总吧？"

荆鸣说："我是。"

杨欣说："我们想给您做一期节目。"

荆鸣问她，想做个什么内容的节目，怎么做。

杨欣问荆鸣什么时候有时间，她想过来当面谈。

荆鸣说自己现在正好就有点时间，让杨欣现在就过来。

放下电话后，荆鸣又拿出设计院刚设计好拿来让他看的敬老院图纸，认真地看了起来。

有人敲门，荆鸣看着图纸，头也没抬地说了句："请进。"

门被推开，进来一个中年女人。

"荆总。"

荆鸣一抬头问："你是电视台的杨欣？"

杨欣说："对，荆总在看什么呢？这么专注。"

荆鸣说："这是设计院送来的敬老院设计图纸。"他客气地把杨欣让到沙发上就座。

杨欣说现在中国正在快速进入老龄社会，说荆鸣对老年人的关爱令他们很感动，他们社会频道有一个栏目《说吧》，想请荆鸣一起谈一谈关于老年人的话题，说着，就拿出了节目策划方案让荆鸣看。

荆鸣大概翻看了一下杨欣带来的节目策划书，说他们的这个栏目自己看过，也很喜欢，又问杨欣有什么要求吗。

杨欣一开始说没什么要求。最后荆鸣问她怎么做节目时，她又说，荆总要是愿意的话，能给一些广告费那最好不过。

荆鸣很大方地说："广告费可以给，但你得拿出一个方案来。我愿意配合你们做好这期节目。"

　　杨欣就把节目设想详细地给荆鸣说了一遍，并说广告宣传的手段就是让滨海华业的公司员工到演播现场坐一个方阵。荆鸣问，演播现场一共有几个方阵。杨欣说，一共有三个。荆鸣说，那三个方阵全要了。

　　杨欣说这没问题，节目原本也需要现场观众的。

　　杨欣详细介绍了现场情况和收费标准。节目时长30分钟，演播现场分左中右三个观众区，一个观众区坐30名观众，全场可坐90名观众。费用情况是，一个观众区收10万元，节目组负责为观众制作广告T恤衫和手举广告牌。杨欣说，如果荆鸣能把三个区全部都包下来那最好。

　　荆鸣说，他把三个区全部包下来，又问什么时候签合同。

　　杨欣一听高兴极了，说荆鸣真是个痛快人，说自己下午一上班就把他们台的格式合同带来。荆鸣立刻答应了杨欣的安排。杨欣临走时，把节目策划文案留下了，她说让荆鸣好好看看再签合同。

　　下午一上班，杨欣就来到荆鸣办公室顺利地签了合同，并进一步商量广告T恤衫上的广告词。最后，荆鸣定下了八个字：滨海华业关爱老人。在签合同时荆鸣问："广告T恤衫什么时候能做好？"杨欣说："一共90件，后天就能做好。"荆鸣一看时间说："今天是11号，那就是13号了。"

　　送走杨欣后，荆鸣就交代秘书说17号滨海电视台有一个活动，让秘书联系福利院，请他们挑选30名在福利院生活的老人参加；另外，再给市老龄委打个电话，请他们在离退休的老年人中也挑选30名健康老人参加；再有，给公司工会通知一下，让他们在各部门挑选30名员工参加17号电视台的活动。

　　第三天，杨欣安排人把做好的90件T恤衫送来，荆鸣打开一件T恤衫，用两只手撑开一看，"滨海华业关爱老人"八个字印成两行，荆鸣看后连连说好。

　　荆鸣立刻安排秘书分别给老龄委和福利院各送30件印有"滨海华业关爱老人"的T恤衫。

7

　　马副市长坐在家里看电视，电视上出现了荆鸣的镜头，荆鸣所在的演播大厅背景是"说吧"两个手写体大字，背景下的台子上摆放着一张圆桌和三张单人沙发，现场观众席上坐满了身穿黄、红、白三色T恤衫的观众。

　　女主持人说："电视机前的观众朋友们，大家好！首先让我们来认识一下我们今天到场的观众，先从我的左手开始，身穿黄色T恤的是福利院的老年朋友。"几名老头老太太反应迟钝、表情漠然地看看镜头；"中间身穿红色T恤的是滨海华业的朋友，"已经经过训练的滨海华业的员工们面向镜头，"哄"的一声举起双手摇摆；女主持人继续按照流程一伸手，"这边身穿白色 T 恤的老年朋友是我市老龄委的老年朋友，欢迎你们。"下面响起一阵掌声。

介绍完观众后，主持人说："我国现在正在快速向老龄化社会迈进。那么，我们今天的《说吧》就来专门谈一谈全社会应该如何关爱老年人的话题。为此，我们专门请来了我市老年问题专家、滨海市老年协会会长张庆国先生，"坐在一边的一个老头站起来，向全场招了招手，"以及滨海华业的董事长兼总裁、滨海市政协委员、留美经济学博士、滨海市著名慈善家荆鸣先生。大家热烈欢迎他们。"下面再次响起一阵掌声。荆鸣彬彬有礼地站起来向全场招招手。

女主持人说："我们大家可能都知道，荆鸣先生……"

马副市长厌恶地拿起遥控器换了一个台。

马副市长拿着遥控器不断地换台，家里能接收到的电视频道不少，但不是无聊的晚会就是无聊的电视连续剧，终于，他在中央十套停了下来，这里正在播《百科探秘》。看了一会儿，节目完了，广告又进来了，马副市长赶紧拿起遥控器换台，谁知一调就又调到了滨海电视台的《说吧》现场，只听女主持人说："他是谁呢？让我们掌声请上市总工会主席罗建平先生。"

马副市长想听听这个罗建平要说什么，就没有再换台。只见罗建平从后台快步走上来，他接过女主持人递过来的话筒向大家招招手说："大家好！为了感谢滨海华业为滨海市公益事业所作的贡献，更为了感谢荆鸣先生对我们老年朋友的拳拳爱心，我们市总工会决定授予荆鸣先生滨海市爱心大使的光荣称号。"说完，罗建平带头鼓起了掌，全场也响起了热烈的掌声。

这时，两位礼仪小姐一人端着托盘，一人怀抱一束鲜花款款上场。荆鸣一边鼓掌一边站了起来。马副市长生气地关了电视机。

市委、市政府对滨海华业要建敬老院的事情十分重视，在市委、市政府的全力推动、协调下，很快，滨海市新建两所敬老院的所有前期准备工作都已经完成。

荆鸣最近把很大一部分精力都投入到了建敬老院上了，开工前的所有准备工作都已经完成，荆鸣在办公室里又研究了一下准备邀请参加敬老院奠基剪彩仪式的领导名单。

荆鸣把名单交给秘书说："你现在就按照这个名单准备请柬，马副市长的请柬不必亲自交给他，你把给市委、市政府送的请柬和咱们准备好的五位领导的讲话稿都送给市委梁书记的秘书就行了。"

秘书领命而去。

8

林缨子因为有事情，上班晚来了两个小时。一进办公室，她就发现自己办公桌上放着一份精美的请柬。她拿起来打开一看，原来是滨海华业宣传部发来的请柬，邀请她参加第二天上午在东郊黄庄举行的敬老院开工奠基仪式。她把请柬放在桌子上，陷入了沉思。林缨子越来越觉得，荆鸣这个男人既熟悉又陌生，既可爱又可怕。她不明白，荆鸣那个下午为什么要给自己喝的酒里放安眠药呢？他还是那个小时候跟着父母待在山沟三线军工厂的荆鸣吗？他还是那个考上大学才走出山沟的荆鸣吗？自从荆鸣出事后，他们就再也没有见面。后来，警方来找她调查她和荆鸣的关系时把她吓得够呛，她太害怕马琳的悲剧在自己身上重演，好在警察再也没有来。荆鸣被释放时，她曾经想给他打个电话，但最终也没有打，她有些害怕自己跟他走得太近了。而且，荆鸣也一直没有和自己联系。

9

马副市长在办公室里听高新技术开发区管委会窦主任汇报工作，他要求开发区的建设一定要加快进行，遇到什么困难由市委、市政府来协调解决。

这时候，有人轻轻敲了敲门。

马副市长抬头一看，是自己的秘书。秘书给他送来一份请柬，马副市长问秘书："什么活动？"

秘书说："这是梁书记让我交给你的，滨海华业敬老院的开工奠基仪式。"

马副市长把请柬随便往桌上一扔说："我明天还有别的安排，就不去了。"

秘书说："那您给梁书记打个电话说一下，梁书记说明天常委五套班子领导都要去。"

马副市长拿起桌上的电话打给梁书记，说自己明天上午已经安排了去开发区现场办公，滨海华业的那个活动他就不参加了。

梁书记说，时间不长，去一下吧。

马副市长还想推，就说自己已经安排好了。

梁书记有点儿不高兴，说："中国已经进入了老龄化社会，国家和政府都非常关心老年人的问题，难得有民营企业家也能这么关注老年人，咱们作为滨海地方政府的领导，不去恐怕不好吧？再说时间也不长，人家要求必须要让你参加剪彩呐，你说你不去能行吗？我已经答应了，咱们几个常委都去，你不要再找借口了，就这样定了啊。"

放下电话后，马副市长咬牙切齿地骂了一句："什么东西！"

开发区管委会窦主任疑惑地问："马副市长，怎么了？"

马副市长这才发觉自己有点儿失态，赶紧笑笑说："没事儿，一个暴发户要捐建一个敬老院，非让我去给他剪彩，咳，撑面子呗。"

开发区管委会窦主任一听就说："现在的老板都是这样，有了钱了，就想和政府官员拉关系、交朋友、找靠山。不过建敬老院也是个好事儿，看来你不想去都不行了。"

马副市长从自己的办公桌上拿起一盒中华烟抽出一支，说："咳，有些人，厚颜无耻，只要他想沾你，你想躲都躲不开。"说完用打火机点着烟，深深地吸了一口。

10

第二天上午，一辆21座的原装丰田面包车装了满满一车的媒体记者，滨海市电视台、滨海广播电台、《滨海日报》等地方广播、电视、报纸、杂志的记者们基本上都到齐了。这种原装丰田面包车是滨海华业接新闻媒体记者的专车，滨海华业一次就进口了五辆。滨海华业宣传部高部长穿着一身浅灰色的西装，手上拿着一个鼓鼓囊囊的公文包，也坐在面包车上。他看了看车上的十几名记者，打开公文包，拿出一沓沓鼓鼓囊囊的信封说："现在咱们人都到齐了，待会儿到现场后，多注意细节，现场会有一些儿童和老人，你们多让他们谈谈。这是新闻通稿和大家的辛苦费，钱呢不多，每人一千元，请大家笑纳。"说完就开始给记者们发信封。记者们一边接过信封一边说："高部长，你太客气了。"

高部长一边发红包一边笑着说："应该的，应该的，哪能让弟兄们白辛苦呢！"

"老高，只要是你的事情，我敢保证，这些弟兄们都不会退缩的，对吧？"

"那是当然的！我早就说过嘛，滨海华业里咱们最好的、最仗义的朋友就是老高。"

一名记者说，他们单位的雷红光有点事情来不了，让他把材料帮忙带回去。旁边有位老大模样的记者不愿意了，"什么东西？看红包挺大就想多要一份？我告诉你，下次你再这么丢人现眼，就别再跟我们一起活动了。"

高部长说："没问题，材料保证再给你一份，但车马费是按人头发的，不到场的就没办法了。"

林缨子也怀着复杂的心情奉命去了奠基仪式现场，自从荆鸣出来，自己还没有和他联系过。她也想问清楚荆鸣，为什么要给自己喝的酒里下安眠药。

仪式现场临时搭建了一个简易主席台，主席台前坐着一百多名头戴安全帽的工人。在主席台的一侧停放着一辆大轿车，不远处，两辆绑着红绸带的挖掘机和五辆也绑着红绸带的自卸车正在待命，两辆挖掘机的吊臂上高高地挂着两串接起来的鞭炮，一个镌刻着"奠"的石碑被虚土埋了一点，周围斜插了一圈也缠着红绸带的新铁锹，一个大音箱里正放着《今儿个真高兴》《大中国》《今天是个好日子》等歌曲，把现场弄得喜气洋洋。

荆鸣胸前别着一朵花儿，正满面春风地和来参加奠基仪式的领导们寒暄着，但马副市长始终不愿和他打招呼。领导的小车一到，立刻就有礼仪小姐迎上去，在每人胸前别上一朵红花儿。工作人员拎着礼品袋在每一位领导的车前和司机核对着领导姓名，并把给领导的礼品袋交给司机。

所有到场的新闻媒体记者也都在登记处领到了一个礼品袋。

荆鸣看见了久未见面的林缨子，此时她正在指挥她带来的记者寻找机位、给摄像机调白平衡。荆鸣朝林缨子走过去，"嗨，缨子。"

林缨子回头看看荆鸣，笑着伸出手说："荆总，你真是大手笔呀。"

荆鸣和林缨子握着手也笑着说："还要靠你们媒体的大力配合支持呀，没有你们的配合支持，我出再大的手笔也没有意义呀。"

仪式马上就要开始了，荆鸣终于找到了和马副市长近距离接触的机会。当领导们纷纷走向主席台时，荆鸣一把就拉住了马副市长并招呼几名记者，"来来，给我和马副市长好好拍一张合影。"记者们赶紧把摄像机、照相机都对准了他们。马副市长脸上毫无表情，记者们一个劲地叫："马副市长，笑一笑；马副市长，笑一笑。"拍完后，荆鸣还不忘叮嘱记者："你们别忘了，给我和马副市长把照片放大洗出来送来啊！"马副市长厌恶的神情和荆鸣骄傲的神色一起出现在当晚的电视和第二天的报纸上。

仪式开始了，荆鸣在主席台上正襟危坐，一脸得意。马副市长仍然是面部毫无表情。

等领导们都已经上了简易主席台后，滨海华业的工作人员便让领导的小车全部开到滨海大酒店。梁书记的司机问："梁书记知道吗？"工作人员说："梁书记知道，你看，那儿有一辆我们准备的大轿车，等一会儿仪式结束了以后，所有领导都会乘坐这辆大轿车去滨海大酒店的。"

于是，司机们纷纷开着车离开现场，梁书记一看自己的车走了，就问荆鸣把他的车弄到哪儿去了。

荆鸣说，马上就到中午了，公司在滨海大酒店准备了一点工作餐，他让司机们都先过去。

梁书记说："饭就算了吧，你赶快把我的司机叫回来。"

马副市长也发现自己的车正在往外开，就立刻给司机打了个电话，问他要到哪儿去。

司机说："他们说让我们先到滨海大酒店等着。"

马副市长说："你别去。"

还有几位领导也叫住了自己的车。

梁书记等领导在讲话中高度赞扬了滨海华业和荆鸣的爱心。

仪式结束后，荆鸣说："各位领导，已经中午了，滨海华业在滨海大酒店准备了一桌工作餐，请各位领导一定要赏光。"

梁书记说："饭就不吃了，你准备的你自己消化吧。"

马副市长在仪式结束后就匆匆离开，程诺叫了一句："马副市长，已经中午了，一起去吃过午饭再回去吧。"

马副市长没有理会程诺，很快上了自己的车。

滨海大酒店宴会厅里，媒体记者坐了一桌，滨海华业管理人员坐了一桌，工作人员坐了一桌，礼仪小姐们坐了一桌，给市委市政府领导准备的两桌菜看来是白准备了，因为领导们都没有来。荆鸣一看没有办法处理了，就让程诺安排公司中层领导到滨海大酒店来吃饭，总算没浪费。

吃完饭，荆鸣送林缨子时问她晚上有没有空。他看林缨子稍微犹豫了一下，就说让她晚上八点来丹枫庄园的别墅吧。

林缨子很想知道最近发生在荆鸣和他家里的一些事情。她最想知道的是：那天下午3点到4点之间荆鸣到底是去了哪里，马琳的死到底跟他有没有关系。还有最重要的一点：他为什么要给自己喝的酒里放安眠药。她觉得荆鸣身上有一种让自己难以抗拒的诱惑，于是就答应了荆鸣。

11

当晚，林缨子来到了荆鸣在丹枫庄园的别墅，荆鸣已经作好了迎接她的准备。

当林缨子开着她那辆红色的本田雅阁刚一转过弯，站在落地飘窗前的荆鸣就看见了。荆鸣快步来到门口，打开了门。

林缨子已经有三个月没有来这里了。

荆鸣一直站在打开的门前，等着林缨子过来。林缨子走到他面前的时候，他一伸手抱住林缨子，林缨子挣扎着让荆鸣放开自己。

荆鸣觉得很奇怪，就放开了双手，问："你怎么了？过去你从来没有拒绝过我呀！"

林缨子说自己今天有点不舒服。

两人来到客厅的沙发上坐下，荆鸣关了客厅的灯，点了两支红蜡烛，打开了一瓶法国红葡萄酒，斟了两杯。他把酒递给林缨子时，林缨子接过酒后话中有话地问他："这酒我敢喝吗？"

荆鸣一下就听出了林缨子的弦外之音，他反应极快，立刻说："你说的还是上一次的事情吧？你放心，我经常晚上失眠，那是我自己喝的，那天完全是个疏忽，一不留神让你给喝了一点儿。"

林缨子问他，那天下午到底去了哪里。

荆鸣说："事情已经过去这么久了，就别再提了，好吗？"他有点委屈地说，林缨子和自己有点生分了。

林缨子又问他马琳是怎么死的。

荆鸣一听就烦了，不耐烦地喊道："这件事你应该去问市公安局、问刑警队、问检察院，我们两个在一起是情人，不是犯人和警察！不是我和郑天雷、陈正军！你能不能让我放松一下？我现在可以告诉你，那天我是出去了，去拿一份忘在马琳那里的文件，本来想告诉你的，但看你睡得那么香，实在不忍心叫醒你。"

荆鸣看着林缨子，感觉到自己的态度有点儿生硬，于是就决定把当时的情况告诉她。荆鸣换了种语气说，那天自己在林缨子睡着的时候，确实是回了一趟家。去南海出差前，自己有一份重要的资料在送儿子时遗忘在家里了。当时自己看她睡得那么香甜，不忍心叫醒她。可是资料不拿又不行，因为自己当天晚上还要回南海市。可是当他回到家中时，却经受了一个男人的奇耻大辱，自己的妻子竟然和体育局的张大川赤条条地躺在床上。当时他一股怒火就涌上了心头，但很快就冷静了下来。他想：自己身价过亿，这件事情要传出去自己的脸面往哪里放，于是就让他们穿上衣服，让张大川写下了他和自己妻子私通的证据。当马琳说他们已经好了好几年时，自己骂了她一句并打了她一耳光，然后就匆匆回来了。不管林缨子还相信不相信自己，反正事情的全部经过就是这样。他说为这件事情要杀也只能去杀张大川，不可能去杀马琳。当知道马琳自杀的消息后，自己对打了她一耳光都感到很后悔，否则，不管是公安局还是检察院能放自己回来吗。

林缨子静静地听他说，一句话也不问。

荆鸣说完之后又看着林缨子说："你的确很优秀，我自从第一眼见到你就被你的气质吸引了。"

林缨子说："你为什么要给我喝的酒里放安眠药？你是怕我不让你离开吗？我好像还从来没有干涉过你的自由。"

荆鸣说："你要觉得我是个危险人物，那你就离开我，我不想说的事情我希望你再别问。"

"我越来越看不透你了。"林缨子说，"你对程诺也是这么说的吧？"

荆鸣说："对。"他承认自己对程诺也这么说过，因为程诺在女性里面的确很优秀。何况，程诺是一直跟着自己打江山的女人，今天的滨海华业有她打下来的半壁江山，所以自己不能没有她。

林缨子心灰意冷地说:"那照你这么说,我就只不过是你发泄性欲的临时替代品了?"

荆鸣笑着走过去,把她抱在怀里,"你不是临时替代品,我希望你也是我的红颜知己。一个成功的男人身后一定有一个伟大的女人,一个成功非凡的男人身后一定有几个伟大的女人!难道不对吗?"

林缨子说:"那么,对于一个成功的女人来说,身后也一定应该有几个伟大的男人了?"

荆鸣一下就被问住了,过了半天他才回过神来。荆鸣说:"男人被社会所赋予的角色和女人不同,这是个哲学命题,回头有时间再好好讨论。"他让林缨子不要胡思乱想了,说:"我现在至少还有你,还有一帮和我一起打天下创业的弟兄,我不会为了一个毫无意义的女人而杀人。人需要有成就感,这个社会是靠智慧生存的,靠智慧才能成功,而不是靠暴力、靠杀戮。"

林缨子问荆鸣有几个女人,荆鸣说:"我要说没有,你肯定不信,但我还是要告诉你,我在男女关系上是很慎重的。"

林缨子还想问,思索了一会儿,她沉默了。

第十五章
税务检查

1

张大川买了一瓶酒，一路走一路喝着，直到后半夜才回到家。在这个家里，虽然家具都还在，但看上去空空荡荡的，屋子里很凌乱，像是被人抄过家一样。妻子过去每天都会把家里打扫得干干净净的，自从妻子走了以后，这个家就再也没有打扫过了。自从自己和马琳的事情让妻子知道后，张大川心里最害怕的就是妻子跟自己闹离婚。妻子回娘家以后，他觉得没脸见岳母一家人，只给岳母家里打过几次电话，岳母家里的人都很冷淡，妻子似乎去意已决。既然事已至此，张大川现在对离婚已经无所谓了，本来就是自己先对不住妻子的，不管妻子怎么对自己，自己都能接受。过去的朋友现在一个个都不见了。当然，自己干了这么丢人的事情，现在身败名裂了。一个身败名裂的人，还能有朋友吗。现在他一心只想替马琳报仇。

张大川最近心里老觉得有一件什么事情想不起来，想了一会儿，他便斜靠在沙发上不知不觉地睡着了。梦里老出现两个人，一会儿是马琳，马琳好像掉进了一个山洞，在里面哭喊着叫他：大川！大川！救我！一会儿是妻子，妻子好像和女儿在一条船上，船正在驶离岸边，一条拖在地上的缆绳正一点一点地被船拖向水里，他想去拉住缆绳，可他怎么也走不动。他一下子惊醒了，一看外面，已经是第二天早晨了。他有点饿了，看看时间，下楼去买了几根油条和两袋牛奶。买早点时，碰上的一位熟人问他："还在家休息呢？"他有点尴尬地笑笑，"啊，过几天再去上班。"

回来后，他一边吃早饭，一边还在想那件没想起来的事儿，吃完饭后，还是没有想起来。他想把家收拾一下，屋里太乱了，乱得就像最近自己的脑子，就像一锅糨糊，收拾干净屋子后可能就会想起来了，于是他就开始拖地。

　　电话铃突然响起来了。原来，家里这部电话从来就没有消停过，有时候都半夜 11 点了，还有朋友打电话叫张大川出去吃夜宵。自从他出事儿后，这么多天电话也就只响了两次，都是妻子打来的，催问他离婚的事情。

　　张大川以为又是妻子打来的，一看来电显示，是单位的电话，这会是谁呢。

　　他拿起电话一听，原来是单位的田径裁判小崔，小崔问他："老张呀，上次你收起来的体校测试成绩放哪儿了？"

　　张大川说，在他办公室柜子上面一层第三个格子的一个大号牛皮纸信封里，柜子没锁。

　　小崔说大家都在问，他什么时候来上班。

　　张大川说，自己还有一些事情需要处理，处理完就上班。

　　放下电话后张大川突然发现，连小崔都不叫自己张处长了，过去他们可是张嘴闭嘴都是张处长、张处长的叫。他自嘲地想：自己现在已经不是处长了，凭什么还想让人家叫处长。

　　张大川用了一天的时间把家里大概收拾了一遍，但还是没有想起自己极力试图想起来的事情。

　　晚上，吃完饭后，他好好洗了一个澡，然后躺在床上，却睡不着。他想起了妻子，想起了女儿。妻子人很本分，是个贤妻良母型的女人，但自己不知道为什么就是从她身上找不到那种触电的感觉，第一次和她见面时也没有那种感觉。张大川之所以和妻子结婚是因为觉得自己应该结婚了，因为和马琳显然是没有任何可能了。张大川的父亲在和马琳父亲争夺副市长的职位时败下阵来，从此就和马家势不两立，对春风得意的马副市长更是恨之入骨。

　　张大川又想起马琳了，他想起那一年的那一次运动会，要不是那一次和马琳邂逅，可能他们就会慢慢地把对方变成一个遥远的回忆了。那天，他约马琳晚上到宾馆来，本来他也就是那么一说。遇见时简单地聊了几句，他知道马琳嫁了个滨海市的首富。父亲是副市长，老公是富翁，自己又有份不错的工作，衣食无忧，这种生活是多少人梦寐以求的呀。他想：马琳可能会对自己的邀请婉言谢绝的，因为自从两位父亲硬生生地把他们拆散以后，两人已经有六七年没有见过面了，可是谁知道她立刻就答应了。

　　那天晚上，马琳又把自己全部交给了张大川。那是张大川这一生中最难忘的一个夜晚。

　　那夜，两人聊了很久，张大川一看已经晚上十点了，就让马琳早点回去，可是马琳却说："他不在家，我今天不走了，虽然我没有嫁给你，但我永远是你的女人，我愿意把我的身体完完全全地交给你，随你怎么摆布。"那晚，马琳似乎永远没个够，张大川累得筋疲力尽。

事后，他躺在床上一边抽烟一边问马琳："你一定是性饥渴症患者。"后来张大川也想过，马琳在床上的疯狂的确让自己有点儿害怕，但人就是这么怪，越害怕就越想尝试。追求刺激，包括追求性刺激似乎是人类的本能。自从他们有了第一次后，就越发不可收拾了。最后导致马琳被逼自杀，自己身败名裂。

张大川躺在床上想着和马琳的一点一滴，他突然觉得，人一辈子能有这么一个性伴侣也不枉活一生。

他突然想起，在马琳出事儿前一个月，一次他们在一起时，马琳给了自己一个薄薄的信封，说让他好好保管。当时，他问马琳是什么东西，马琳只是告诉他说是一份文件，东西很重要，让他一定要放好。当时，张大川光顾着和马琳快活了，就没有详细询问是什么文件，只记得当时就随手放床头。马琳看他把信封放在床头就说不行，别放到那儿，万一等会儿忘了就麻烦了。他说忘不了，当时还跟马琳开玩笑说自己不但有过目不忘的本事，还有过耳不忘的本事。但马琳一定要让他马上就收好，无奈之下，他只好起来把信封装进了自己的衬衣口袋，马琳不放心还亲手扣上了衬衣口袋的扣子。回到家里后，他就把信封从口袋里拿出来了。经过了这么多事，他竟然忘了。张大川隐约地感到，这个信封有可能对荆鸣来说是致命的，一想到这里，张大川兴奋起来了，对！一定是马琳掌握了荆鸣违法犯罪的证据。

张大川在家里到处翻找着，但是现在这个信封怎么找也找不到了。张大川想：自己就是把家里翻个底朝天也一定要把它找出来。对了，会不会是拿到办公室锁进自己的办公桌抽屉里了。

张大川看看时间，太晚了，他坐到沙发上点上一支烟，再仔细地想了想，不记得自己把它拿到办公室去过。于是，他再次在屋子里一点一点地翻找。

自从马琳的案子结案以后，许省身就不让陈正军接案子了，硬逼着他到医院去照顾妻子陆宝燕。无奈之下，陈正军只好作出了妥协。到了医院，看见妻子那张早已经失去血色的、蜡黄的脸，陈正军也觉得欠妻子太多了，于是就尽心尽力地照顾起了妻子。

这几天陈正军虽然人在医院，心却一直还在马琳的这个案子上。他一边照顾妻子，一边不停地思索着以前忽略的一个细节——荆鸣曾经说，把一份重要文件忘在马琳那里了，回到马琳那里是为了取这份重要文件。专案组问他是什么重要文件时，他说是他们公司宣传片的文案策划书。可是，这种广告文案策划书能算是"重要文件"吗。后来，他又说让广告公司给他重新传真了一份。既然广告公司已经给他重新传真了一份，那他为什么一定要从南海专程回来找这份广告文案策划书呢。据他自己交代说，他回来是为了会情人林缨子，那么有没有可能，他专程从南海回来是为了到马琳那里去拿那份对他来说至关重要的文件呢。事情可能不那么简单。荆鸣要拿的会是什么重要的东西呢。

2

陈正军一边琢磨一边把疑问记在本子上，就算荆鸣从南海偷偷回来是为了会情人，那他有必要利用和情人幽会的空隙时间乔装打扮去马琳处吗。马琳家肯定是有对他至关重要的东西。难不成荆鸣有什么把柄落在了马琳手里。或许从这个点入手，能解开一切谜底。

三天后，陈正军在医院又待不住了，他必须把自己的这些疑问全部解开。这一天一大早陈正军就从医院回到家。

进门后，他看女儿的房门还紧紧关着，就敲敲房门喊女儿起床。喊了几声后，陈正军就先下楼去买了两袋豆浆、五根油条，回来看陈燕的房门还紧紧关着，就又继续敲门叫女儿赶紧起来吃饭，可是女儿的房间里还是毫无动静。陈正军就试着推推女儿的房门，推不动，门锁着，莫非女儿昨晚就没有回来。陈正军立刻拨打陈燕的手机，问她昨天晚上为什么没有回家。

陈燕说自己昨天晚上加班，太晚了就住在宿舍了。

陈正军有点生气地说："陈燕你是越来越不懂事儿了，我刚从医院回来，还买了豆浆和油条，你不回家也不知道打个招呼！"说完就挂了电话。

给女儿打完电话后，陈正军自己吃了豆浆和油条，然后给妻子做了一小碗鸡蛋羹，并匆忙送到医院。

他一边给妻子喂着蛋羹，一边埋怨女儿晚上不回家也不知道说一声，说自己早晨回家时在楼下买了五根油条、两袋豆浆，结果回家一看，女儿昨天晚上就没有回家。给她打电话，她说昨天晚上加班就住在公司宿舍了。

陆宝燕说："燕子刚工作，这一阵老请假在医院照顾我，可能耽误了一些工作。"陈正军不说话了。陆宝燕知道自己的病可能治不好了，她老想把陈正军和萧玫往一起撮合，就说："正军，萧玫这个女人真不错，我死了以后……"

陈正军赶紧打断她，让她以后不要再乱说了，因为萧玫和自己走得近，现在已经有闲话了。萧玫前夫想和她复婚，也到院里去找过她。陈正军说萧玫虽然不错，可是自己心里只有陆宝燕，他说："你就不要再给我们添乱了。"

陆宝燕说："我自己知道这病是治不好了，我死了你和女儿怎么办？我看萧玫这个女人真不错，她上班那么忙还每天过来照顾我，给我做好吃的，给我擦身子，她以后会对你和燕子好的。"

陈正军停住手，严肃地看着陆宝燕说："我心里已经装不下别人了，再说，她前夫想和她复婚，已经到检察院来过两趟找她。你就不要再提这件事情了，好吗？"

陆宝燕看陈正军有点不高兴了，就说："好，我再不说了。"

陈正军给妻子喂完鸡蛋羹后，又给妻子擦擦嘴，再把碗拿到水房洗了洗，回来把碗放进床头柜后对陆宝燕说，自己已经三天没有去上班了，想去单位看看，问陆宝燕一个人在病房行吗。

陆宝燕说："我就知道你放不下你的工作，你放心去吧，我已经好多了。"

陈正军："那我就去了，要是单位没有什么事情，我很快就回来。"

陆宝燕说："你去吧，去吧。"

陈正军走到病房门口了，突然又站住问妻子，她中午想吃点儿什么。

陆宝燕说："我住院以来，都是人家萧玫给我做好了饭送来，你问问她吧，做清淡一点儿。"

陈正军出了医院，骑上自己那辆骑了15年的破自行车去检察院上班。

3

陈正军有些兴奋，他觉得自己有可能抓住滨海市一条大鱼。一到办公室，他就习惯性地向萧玫的办公室走去。到了门前，他伸出手想敲门，但是最后犹豫了半天又放下了。他觉得非常对不住这个善良的女人，想起自己那一天在医院说的那番话，就觉得自己是不是有点过了，自己在案子上，萧玫也在案子上，可是萧玫不管多忙每天都会抽出时间给宝燕做上好吃的送到医院去，宝燕情况危险的那几天，萧玫白天上班，晚上在医院守着宝燕。他觉得，自己太没有人情味了。

陈正军想了想，没有敲萧玫的办公室门，又回到了自己的办公室。回到自己办公室后，陈正军先把自己这几天记下了疑点的本子从口袋掏出来往桌上一扔，又掏出烟点上火，然后打开了电脑，开始把本子上记录的资料往电脑里敲。

这时，有人敲门，门开了，进来的是萧玫。两人都有点尴尬，笑得不太自然，还是陈正军先打被了僵局，说："你来得正好，我正想找你呢。"他让萧玫先坐下，又站起来要给萧玫倒开水。

萧玫又笑笑，这次笑得不那么尴尬了，她问陈正军，找自己是什么事儿。

陈正军问萧玫："你先说你找我是什么事儿。"

萧玫说自己发现了荆鸣的一些疑点。

陈正军一拍大腿，说真是英雄所见略同啊，自己找萧玫也是有关荆鸣的事情。陈正军说他总觉得荆鸣这小子有问题，可是问题在哪儿一直没理出头绪，这几天在医院，没事儿就琢磨，琢磨着琢磨着，发现了一个过去大家都忽略了的问题，那就是：荆鸣在南海拍摄广告宣传片时为什么偷偷回来了一趟。他回来真如他自己交代的那样，就是为了和电视台那个林缨子幽会吗。陈正军说："我看事情不是那么简单，这背后一定另有隐情。"

　　萧玫也说："对，当时荆鸣交代时，我也分析了他的说法能不能站得住脚，分析的结果是：可以站得住。为什么呢？因为作为荆鸣这样一个成功人士、滨海首富，他的一举一动都会是媒体记者们关注的焦点。荆鸣有家庭，据我们调查，他和程诺的关系也并不是一般上下级的关系，而且他的情人林缨子最开始也并没有离婚。作为荆鸣，既要想和林缨子保持非正常的男女关系，又不能让程诺发现，更不能让媒体的记者们抓住把柄，就必须要时刻小心，所以这是他偷偷从南海回来，并化妆出现的原因。但仔细一分析，这一切都是表面现象，其背后必定有不可告人的目的。"

　　陈正军激动地说："对啊，当时咱们怎么就忽略了这一点呢！看来真是灯下黑呀！"

　　萧玫也说："有句诗不是说，'不识庐山真面目，只缘身在此山中'嘛。"

　　陈正军表示赞同："对，有时候对有些事情的判断，靠得太近了就容易一叶障目，无法作出准确的判断。现在，咱们都从案子里出来了，反而发现问题了。来，你看看我这几天分析的结果。"

　　说着，陈正军就让萧玫看他在本子上记下来的分析结果。萧玫看了一会儿陈正军的笔记，说："你的字太难认了，我给你敲到电脑上去。你来念，我来敲。"很快，萧玫就敲完了。

　　陈正军问萧玫："最近一直忙案子，也没有好好关心一下陈燕，你知道陈燕去的公司是什么公司吗？"

　　"是她自己投简历找到的，说是什么东华科技信息咨询公司。我那天在医院想问问她公司的情况，结果还没来得及问，大姐突然剧烈地咳嗽起来，我们一看大姐又不行了，就赶紧叫医生、护士，很快医院又下了病危通知单，一忙就再没有顾得上问。你知道，后来她不理我了，我也就再没问。"

　　"我也好几天没见她了，今天早晨从医院回去一看，她昨天晚上就没有回家，打她手机，她说公司忙，就住到宿舍了。"

　　"你没有问她公司怎么样？"

　　陈正军说："我刚想问，人家就把手机挂了，她最近好像对我也有意见。"

　　萧玫一听脸就红了，低下头说："都是我不好。"

　　陈正军说："这跟你有什么关系？啊，对了，陆宝燕的病情已经有点儿稳定了，她自己感觉也好多了，她让我问你好。"

　　陈正军继续说："她们公司总经理是个女的，还到医院去看过陆宝燕，看来还不错吧。"

　　萧玫说："我因为忙也好几天晚上没有去医院了。"

　　"没事儿了，宝燕现在能自理了，晚上基本不用人照顾了，她只是挂念你。

那么多天，既让你费心又让你受累，真得谢谢你了。"

萧玫赶紧不让陈正军再说下去，她说："我就是看你忙不过来，学学雷锋而已。陈燕的公司要不要我再问问？"

"算了，回头我自己问问她吧。"陈正军让萧玫现在就去把马琳案的所有卷宗全部调出来，再认真过一遍。

萧玫说这个事情自己一人就行了，她让陈正军去医院照顾陆宝燕，说有什么新发现自己会直接向陈正军汇报的。

陈正军说："她不要紧，医生说最近没事儿，现在许检不让我接案子，你不知道我这几天都快憋疯了。"

这时，门卫室突然给萧玫打电话，说门口有人要见她，反映问题。萧玫没多想就同意了。一会儿，一个人推门就进来了，萧玫一看来人，脸色一下子就沉了下来。

来人是萧玫的前夫关正平，他一看办公室里只有陈正军和萧玫两个人，立马冲动起来，"萧玫啊，萧玫，怪不得你不愿意和我复婚啊，我早就听到过风声说你有人了，而且还是个当官的，不会是这个人吧？"

"无耻！"萧玫气得脸色铁青。

关正平一听，反而乐了，说："萧玫，我无耻？我早就听说你和一个叫陈正军的人勾勾搭搭，我前些日子来没抓住，今天可让我亲眼见识了。"

陈正军一听，皱起了眉头，"你说话要负责！这里是检察院，不是说书场！再这样败坏我和萧玫的名誉，咱们法庭上见！"

关正平还要胡搅蛮缠，萧玫哭着打电话给保卫处，把关正平"请"了出去。

陈正军问萧玫："你当年怎么会看上了他呢？素质也太低了嘛。"萧玫趴在桌上大哭起来，陈正军手足无措。

4

张大川昨天晚上已经把所有的柜子抽屉都认真地翻检了一遍，还是一无所获。早晨一起来，张大川就接着从昨天晚上停止的地方开始，继续在家里找马琳交给他的那个信封。他记得信封是马琳单位市教育局的公用信封，下面用粗体楷书印有红色的"滨海市教育局缄"的字样。

他只记得自己回家后就认真地将信封放起来了，但具体放哪儿了就是想不起来。现在就剩下书房没有细翻，对了，还有书房写字台上的两个抽屉因为锁着也没有翻，那里面是妻子的东西。女儿的房间也有一个抽屉是锁着的。会不会在锁着的抽屉里呢。张大川觉得有点饿了，烟也不多了，就下楼先去买了十根油条、五袋豆浆、两包红河和两包榨菜，回来后狼吞虎咽地吃了五根油条、喝了两袋豆浆，吃饱喝足又抽了一支烟后，又开始翻找。他知道马琳给的这个信封自己绝对不会弄丢。又找了一会儿，张大川一看时间，已经九点半了，于是就给妻子打电话，想问问是不是妻子收到哪里了。但是，打了几遍电话妻子都不接。

张大川顾不得许多了，他不停地打，电话终于接通了，妻子冷若冰霜问他要干什么。

张大川问妻子，见没见过自己有一次拿回来的一个教育局的信封。妻子嘲讽道："就是你那个情人给你的定情物吧？怎么了？又想念她了？"

张大川低声下气地说："不，你听我说，那个信封里面装了一个非常重要的电子文件。"

但是妻子冷冷地说："对你非常重要的东西，对我来说一钱不值。我不会碰你的任何东西，你自己找吧。"说完就挂断了电话。

5

陈正军让萧玫去把已经封存的马琳案的卷宗都调了出来，这两天就和萧玫对所有涉案人员的口供和问询笔录一条一条地进行分析。

萧玫悄悄地看了看手表，不声不响地出去了。过了一会儿，她拎着一个保温饭盒回来了。

陈正军看萧玫回来了，一看时间，该下班了，就让萧玫先回去。

萧玫问他中午怎么吃。

陈正军说新天地超市跟前有一家兰州拉面馆，面做得不错，让萧玫跟自己一起去吃。

萧玫说自己不去了，她给陆宝燕做了一碗碎肉莲子银耳羹，让陈正军先带上，吃完面后给陆宝燕送到医院去。萧玫让陈正军告诉陆宝燕，今天晚上自己去医院陪她。

陈正军来到兰州拉面馆，一看人太多了，要想吃到嘴里恐怕没有半个小时都不行，他看了看手表，觉得在这里排队等吃面就会耽误给妻子送饭，于是就拎着萧玫给陆宝燕做的碎肉莲子银耳羹先去了医院。

病房里已经开饭了，病友们问陆宝燕中午吃什么。陆宝燕还没来得及说话，一个声音就从病房门口传来，"中午吃碎肉莲子银耳羹。"

病友们一看是陈正军来了，纷纷说："这真是邪了啊，你怎么来得这么巧？"

另一位病友说："你老给她熬汤汤水水她能吃饱吗？"

陈正军来到妻子病床前说："这你们就不懂了，我这羹可是营养丰富，碎肉、银耳、莲子、藕，既有营养又对她的病有好处。"陈正军一边说话一边拿出放在床头柜里面的饭碗，给妻子从保温饭盒往碗里舀银耳羹。

银耳羹舀好了，妻子不让他喂，说自己能吃。于是，陈正军就跟病房里的病友们聊天。

陈正军看一位病友正在收拾自己的东西，就问她是不是要出院了。她说是要出院了。陈正军问："你病不是还没好吗？"旁边的丈夫一边收拾东西一边说："病没好也要出院了，没有钱了，等回去挣点儿钱再来看吧。"

一位病友拿着一份《滨海经济报》说："这人和人就是不能比呀！你现在没钱了要出院，我现在连每天20元钱的药也快要吃不起了。可你看看人家滨海华业的老板，一出手就拿出了2000万元捐建两个敬老院。"

老廖说："是啊，老话说，人比人气死人。"陈正军默默地听着。

另一病友说："1000万建一个敬老院，那这两个敬老院肯定能建成公园了。"

病友像是突然想起来了，便指着报纸上的一张照片说，他怎么觉得这上头是陈燕。

陈正军一听，赶紧把报纸拿过来，一看，他原本微笑着的脸马上僵住了。《滨海经济报》在一个醒目的位置上，刊登了一张陈燕和荆鸣在一起的照片。这份报纸报道了滨海华业出资2000万元捐建两座敬老院的消息，而图片拍的是第一个敬老院开工的奠基仪式，照片上一共六个人：市委梁书记、市政府李市长、马副市长、荆鸣、程诺和自己女儿。其中，梁书记、李市长、荆鸣、程诺四人满面笑容，梁书记和李市长的笑是公事公办的笑，荆鸣的笑有种目空一切的自大感，程诺的笑容里仿佛有一丝忧虑，马副市长是这张照片里唯一没有笑的。陈燕在照片中的位置最靠后，可是不知为什么，她的左右分别是荆鸣和马副市长。看来，陈燕是进了荆鸣的公司。

另一位病友羡慕地说："要能进滨海华业工作，给我个县长我也不干。"

"别吹牛了，要真给你个县长你比谁都跑得快。"

另一位病友说："听说他们那儿的工资比别的公司要高得多。"

"老陈，是你女儿吗？"

陈正军犹犹豫豫地说不是，猛一看还真有点儿像，他说女儿在东华科技信息咨询公司。

陆宝燕说让她看看是不是。

陈正军说："算了，你就别看了，快吃吧，都凉了。"

但陆宝燕执意要看。

陈正军把报纸递给妻子，对妻子说："你看，就是跟咱们女儿长得有点像。"

陆宝燕一看，高兴地说："死老头子，这明明就是咱女儿嘛，什么有点儿像！"

陈正军说："咳，这么大的城市，找出两个长得像的人太容易了。"

陆宝燕说："我自己生的女儿我还能看错？"

病友说："你女儿叫什么名字？那下面有姓名的。"

陈正军说有名有姓的都是领导，就算是她也不会有她的名字。

陈正军对妻子说："算了，咱都别操心了，你赶紧吃吧，等她来了一问不就知道了。"说着就把报纸还给病友。

陆宝燕埋怨陈正军说："你是怎么了？从小到大你为女儿操过多少心？女儿出息了有工作了，公司还不错，你觉得丢人了？死活不愿认。有你这样当父亲的吗？我就觉得好！女儿有出息了，看看，和市里的领导在一起照的相。"陆宝燕十分自豪地对病友们说，"就是我女儿，陈燕。"

陈正军问病友，报纸看完了没有。病友说看完了。陈正军说："那你给我吧。"

病友说："你拿去吧，做个纪念。你女儿进了滨海最好的公司呀，多少人想进都进不去，听说到他们公司工作比进市政府工作还难。"

陈正军不想说自己不愿和滨海华业有过多瓜葛的原因，就不再言语。

可那些好事的病友显然对荆鸣很有兴趣，"听说荆鸣的老婆就是死于自杀。"

另一位病友说："荆鸣这么有钱，我就不信他没有经济问题。一般像这么大的老板，不可能没有经济问题，关键是看你们查不查，不查，他就是优秀企业家；一查，他就够枪毙十次了。"

另一病友说："荆鸣出问题不要紧，滨海华业可不能出问题，我买了他们公司的股票，要是他们公司一出事儿，那我不就也得跟着他跳楼？"

另一病友调侃说："他可能还没跳楼呢你就先跳了，你也不想想，老板出事儿了，公司还能好得了？"

陆宝燕也说："咳，查人家，查了快一个月吧？查出什么了？不是照样把人家放了吗？"

陈正军叹了一口气，对妻子说："你不知道呀，有些事情表面看没……算了，该上班了，我回办公室去了，晚饭你想吃什么？"说着，陈正军把报纸叠了起来装进口袋。

陆宝燕说："清淡一点，什么都行。"

陈正军一出医院就给陈燕打电话，他觉得必须让陈燕辞职。陈燕接电话问："喂，爸，你现在给我打电话有什么重要指示？"

陈正军问："你在哪个公司上班？"

陈燕问："这很重要吗？"

陈正军说："对，很重要。"

陈燕说："爸，我不是幼儿园的小孩子，我是成年人，我已经走上社会了，你能不能不要干涉我？"

陈正军打断女儿的话，问："你是不是在滨海华业？"

陈燕反问道："怎么了？"

陈正军说："你只需要告诉我，你是不是在滨海华业？"

陈燕说："对，我在滨海华业。"她又补充了一句，"是滨海华业的一个分公司，东华科技信息咨询公司。"

陈正军要求女儿立即辞职。

陈燕说："你太专横武断了，我没有你这个爸爸！"说完就挂了电话。

陈正军再拨打陈燕的电话，她就不接了。

6

陈正军回到检察院，他没有先进自己的办公室，而是在萧玫办公室门口停住了脚步，想了想，他敲了敲萧玫的门。

门开了，他把空饭盒递给萧玫。

萧玫让他进去坐，陈正军就进了萧玫的办公室。他问萧玫，知不知道陈燕在哪个公司。

萧玫说知道啊，不是在东华科技信息咨询公司嘛。

陈正军说，她在滨海华业，说着从口袋里拿出了从医院带回来的报纸，给萧玫看。

萧玫看着报纸说，滨海华业也不错呀。

陈正军问萧玫："你真这么想？"萧玫说是呀。

陈正军说，自己一直觉得陈燕进滨海华业有什么地方不对劲儿。

萧玫说，自己就有同学在滨海华业工作，又不是打入敌营了，有什么不对劲儿的。陈正军问萧玫，她的同学在滨海华业哪个部门。她说同学一直在滨海华业市场部，从普通业务员一直干到市场部经理。

陈正军说，陈燕在那个公司不合适。

萧玫说："你也不要太较真了，我觉得滨海华业不错。"

陈正军说："我刚才给陈燕打电话让她辞职，她还跟我较上劲了。"

萧玫说："我觉得你的想法有问题，要是滨海华业没有荆鸣，你还让不让陈燕去？假如荆鸣不是滨海华业的老板，你肯定不会干涉陈燕吧？"

陈正军说："你说的有道理，荆鸣的问题是他自己的问题，和员工没有多大关系，但我老觉得荆鸣可能会在陈燕身上做文章。陈燕才去上了几天班，照相时就能站在领导身边？就算陈燕很能干很有才华，但这也升得太快了，快得让我不得不起疑。"

萧玫给陈正军出了个主意，说让陈燕辞去什么信息公司副经理的职务，老老实实当一名普通员工。陈正军说这个办法可以。

萧玫问陈正军，陆宝燕晚上吃什么，陈正军说晚饭不让萧玫管了，说自己今天早点回去给她做。

萧玫说还是自己给陆宝燕做点儿吧，陈正军和陈燕的晚饭自己就不管了。

晚上，陈燕在超市买了一大堆东西来看母亲，一进病房就喊："妈，我想死你了！"一边说一边就扑了过来。

陆宝燕埋怨她："死丫头，这两天也不见你的影子，妈要是死了你就再想妈也见不着妈了。"

陈燕说："总公司要投资 2000 万建两所敬老院，领导让我跟着盯着，这两天快忙死了。"说着就拿出一只苹果给母亲削皮。

"你是不是在滨海华业上班？"

"是啊，妈，怎么了？"

"怪不得啊，你爸爸知道你在那家公司上班，非常生气！"

陈燕无奈地说："妈，你不说我也知道。"

正说着，陈正军走进病房。

陈正军一看女儿在病房，劈头盖脸地就问："你今天晚上是回家还是回公司宿舍？"

陈燕一看父亲的脸色，小声地说："爸，你对我有气等回家再发作，这里是医院。"

"我没有生气，我是问你回家还是回宿舍？最好是回家，我想和你谈谈。"

陈燕说自己要先回家做晚饭，完了就问陆宝燕："妈，你想吃什么？我现在就回家去做。"

"你妈的晚饭不用你做，我问你，你到滨海华业为什么不告诉我？"

陈燕一脸不耐烦地对父亲说，自己就是不明白，为什么他对滨海华业就这么敏感。

陈正军一看周围，发现病房里的人都在听，就说："这样吧，晚上回家去咱们再谈。"

陈燕说："你不就是不想让我在滨海华业干嘛。滨海华业怎么你了？你怎么看谁都像罪犯呀？你看我像不像？"

陈正军说："你这个孩子怎么这么不懂事儿？"

陈燕说："我怎么不懂事儿了？我什么事儿都懂，就是不懂你的事儿。"

陆宝燕阻止陈燕，不让陈燕这么跟陈正军说话。

陈燕说："妈，你不知道，我爸一知道我在滨海华业上班，那感觉就像我进了虎穴狼窝似的，什么也不问就硬逼着我辞职。他是不是觉得滨海华业就是个黑社会，就是反动组织？他以为现在工作就那么好找？"

陈正军阴着脸说："好了，回家再说好不好？你刚才不是还说这是医院吗？"

陆宝燕说："正军，你不要这样，我知道现在找工作难，孩子大了，你就让她自己决定她自己的事情不好吗？你说你，小时候还能抽时间带她出去玩，现在要么就十天半个月不见一面，要么见面就吵，你们都是怕我不死吧？"

陆宝燕说着说着，就猛烈地咳嗽起来了。

陈燕赶紧给母亲捶背。

萧玫提着保温饭盒进来了，一看陈燕也在，就说："陈燕也来了？"

陈燕没有理会萧玫。萧玫觉得十分尴尬。

陆宝燕赶紧说："正跟她爸吵架呢。"萧玫问还是工作的事儿吧，陆宝燕说："是，老陈要让燕子辞职，燕子不干。"萧玫对陈正军说："你做得太过分了，滨海华业又不是暴力恐怖组织，就算是暴力恐怖组织不也有我们打进去的眼线吗？我觉得陈燕完全没必要辞职。"说完后，她看陈正军和陈燕都没有吭声，就说自己还有事情，就先走了。

陆宝燕不让萧玫走，她想让萧玫再多坐会儿。

陈燕说她要先回家，明天再来，说完拿起包就走。

陆宝燕说："等等，燕子，你记住，你爸说你也是为了你好。"

陈燕说："他不要干涉我的工作，就是最大的为我好了。"

陈正军让女儿等等，说他和陈燕一起走。

陈燕说："你要是还想劝我辞职就别和我一起走。"

陈正军说不劝她辞职，于是两人出了病房。

看着陈正军和女儿都出了病房，陆宝燕就对萧玫埋怨陈正军，说他一见女儿就先问她是不是在滨海华业，陈燕说是在滨海华业下面的一个科技信息公司，他立刻就要让她辞职。陆宝燕让萧玫劝劝陈正军。萧玫说陈正军在对陈燕的这件事情上是急躁了些，陈燕的选择也是有她自己的道理，毕竟大公司能锻炼人嘛。她答应做做陈正军的工作。

7

国税局稽查处给滨海华业发来了税务抽查的通知，要求他们先进行自查自纠。

财务总监老毕把通知给荆鸣，说滨海华业是这次检查的重点企业。荆鸣看完后说这事儿又不是第一次了，让老毕作好准备，先按照通知自查自检一下，看有没有问题，他特别叮嘱老毕说："我专用的特别账一定不能出问题。另外，你必须在他们来检查之前把上一笔4000万元的账做平。如果有问题一定要在第一时间向我汇报。"

老毕说上半年那两笔170多万元和321万元的应缴税金在账面上还没来得及

做处理。荆鸣盯着他说："你这个财务总监就是这样干的吗？为什么都过了三个多月了还没有处理？"老毕说，他们这次是突然抽查，前一阵一直忙公司上市融资的事情，还没来得及做。荆鸣让他必须在最近这一周内把这两笔账处理干净。另外，再把那一笔准备启动静态花园的预算内资金转到预算外，这两件事儿要立即做。

老毕忐忑不安地离开后，荆鸣也随即离开了办公室。

8

陈正军和女儿从病房里出来，坐在走廊的长椅子上。陈正军说，他知道现在找工作很难，但对于有能力的人来说什么时候都有机会。

陈燕问父亲："能力怎么体现出来？能力要在工作中才能体现出来，没有工作怎么能得到认可？我在南海已经找好了工作，因为要照顾生病的母亲，所以单方面撕毁了毕业前与一家合资大公司签的约，回来后刚找到一个公司，你又让我辞职。你以为滨海市的大公司是我想进就能随便进，说不干了就能辞职再找一家的？"

陈正军说："我们怀疑滨海华业的荆鸣有问题，如果我们准备立案调查这家公司，你说你还在那里合适不合适？"

陈燕站起来说："爸，你简直不可理喻！你说荆鸣有问题，你有证据吗？再说就算是他有问题，跟我一个新员工又有什么关系？你该查就查，我又没有干涉你的工作！"陈燕说完就要走。

陈正军说："你等等，我再说一句话。"陈燕站住。

"燕子，你知道我为什么不愿让你在滨海华业工作吗？因为我怀疑，你进滨海华业是有人操作的结果。"

陈燕说："爸，我知道你害怕我打着你的旗号为自己谋利益，给你脸上抹黑。可是，我从来没有打着你的旗号在外面干任何事情，我找这个工作也没有打你的旗号，我是和好几百人一起参加了他们公司的招聘考试。总公司一共留下了将近20人，我是凭真本事进的他们公司。"

陈正军说："燕子，过去我对荆鸣的看法和你现在一样，但是通过马琳案，现在我对荆鸣的了解要比你多得多。你只看到了他的一面，任何人都有两面性乃至多面性，而对于荆鸣来说，他性格中的复杂程度是你无法想象和无法理解的。"

陈燕说："对，人都有两面性，可是为什么你看到的都是人的阴暗面？我看到的你心目中的犯罪嫌疑人是一位有爱心的好人。现在有多少暴发户、大老板、百万富翁甚至是千万富翁，他们谁能像荆鸣这样，一下子就拿出 2000 万元捐建敬老院？他们宁可拿出几千万上亿元到澳门赌场去赌，也绝不会拿出一分钱来做社会公益事业。你们可以怀疑荆鸣杀人，但我也怀疑，我怀疑荆鸣是不是圣人。我看你们对他的怀疑就是毫无道理的。至于我们家的事情，他只知道我妈下岗多年，现在身患重病住在医院，为此他还在公司召开董事会，动用公司的救助基金给我妈治病。你自己说，世上有这样的杀人犯吗？爸，我求求你，不要再戴着有色眼镜看别人了。"

陈正军说："他这么做就更可疑了，你既不是滨海华业的创业元老，也不是滨海华业引进的高精尖特殊人才，你就是一名研究生刚毕业还没有任何工作经验的年轻人，他为什么要给你提供优厚的待遇？还有，你才到公司上班几天，为什么这么快就从一个新员工被提拔为副总经理？你何德何能这么快就当上分公司副总经理？公司过去有这种情况吗？老员工服你吗？另外，这钱你给他退回去，决不能要。"

"你这是以……"

"以什么？以小人之心度君子之腹？"

陈燕气呼呼地站起来，"就是，你不讲理！"说着就要走。

"我怀疑荆鸣不是没有根据的。"

"好啊，你拿出证据来，我想知道荆鸣到底犯下了什么滔天大罪？"

"我调查荆鸣的案卷不能给你看，但我可以告诉你，我怀疑，他在国企改制时涉嫌大肆侵吞国有资产，但当时因为市里领导的干预，案子办得不彻底，只追究了刘凯明一人。现在这事儿还没完，我们已经收到了不少举报信。另外，荆鸣在刘凯明入狱后新成立了滨海华业，当上了董事长，还仍然在用金钱打通政府关节，拉拢腐蚀了一批官员，包括为他大肆侵吞国有财产提供方便的马尚德、潘副省长等。他不出事儿则罢，出事儿那可比刘凯明严重得多。"

"你只是怀疑，等你找到证据再说吧。"说完陈燕跑开了。

从医院出来，陈燕越想越委屈，就站在医院大门口抹起了眼泪。

陈正军也出来了，一看女儿掉泪，也觉得自己对女儿的干涉太武断了，就说："好了，这样吧，我也不强求你辞职，但你回头把信息部副总经理的职务辞了。我是怕你进到滨海华业高层后他们出事儿牵扯到你。回家吧。"陈燕一扭身子走了。"你去哪儿？"陈正军一看女儿不是往家的方向走，就赶紧问。

陈燕哭着说她要回公司去。

<h2 style="text-align:center">9</h2>

荆鸣让财务总监老毕把总账、台账、银行账、现金账、资金平衡表和公司的专用资金账都拿来。

老毕很快就抱了一大摞账本来到荆鸣的办公室。

荆鸣先打开总账翻看了一下，又打开资金平衡表。

"现金流要做小一点儿，另外，把几个项目的应付款项总额再增加 8000 万，利润降低七个百分点，现在就去做吧。"

财务总监一一答应。

……

老毕来到荆鸣办公室，汇报应付财务大检查的准备情况。荆鸣问，那两笔账处理完了没有。财务总监说已经处理完了，账面上已经看不出问题了，可以随时应付财务大检查。荆鸣说好，并要求他们一定要把工作做到最细，一定要保证不能出任何问题。财务总监说自己对付税务大检查又不是第一次了，有经验。荆鸣说："等他们来检查时你就全程陪着，每天给抽烟的人准备一条软中华，中午和晚上都把工作餐定在马背山度假村。一天两顿饭都必须上好酒，茅台、五粮液你随便上，晚饭后一定要安排桑拿、泡脚、按摩、唱歌。"

老毕问荆鸣："他们来的时候你见不见？"荆鸣说："等他们来了，你先把他们安排到小会议室，我再去见。"

陈正军独自一人回到家里。他一直在想，荆鸣是自己干检察工作以来遇上的最难对付的一个对手。

陈燕一夜未归，陈正军打她手机她也不接，只给他发来一条短信说自己回宿舍了。

第十六章

暗流内涌

1

荆鸣问秘书，准备好了没有。秘书说好了，问他是不是现在走。荆鸣说现在就走，说着就站起来。

秘书夹着一只公文包跟在荆鸣身后一起下了楼。荆鸣的黑色奥迪 A8 已经等候在门口了。他现在要去的地方是市政府，不能坐凯迪拉克，那辆车太扎眼了，只有到机场接重要贵宾时才用。秘书问他："不先打个电话？"

荆鸣说："不用，要是那样不但见不着他老人家，我们可能连市政府大门都进不去。"

小车到了市政府大门口，门口的武警做了个放行的手势。荆鸣的小车仅仅是减了一下速度就直接驶进了市政府大院。荆鸣有一张市委、市政府的出入证，平时就插在前挡风玻璃后，因此他到市委、市政府不用下车登记。

马副市长正在看梁书记的批示。这段时间股市很不稳定，滨海市的几家龙头生产企业也都出现了不同的问题。梁书记几次在会上提到要实现经济的平稳发展。梁书记说："我们的市场经济必须是政府主导下的市场经济，这就是有中国特色的社会主义市场经济。现在我们有些主管领导不作为，对滨海市经济发展失去了全盘把控的能力，希望市委常委们都把各自应负的责任负起来。"马副市长主管经济，当然知道这些话对自己意味着什么。

荆鸣客气地敲了敲门，马副市长没抬头地喊了声："请进。"荆鸣轻轻一推门就进去了。

马副市长一抬头，看见了在这个世界上他最不想见的人。

"你来干什么？"马副市长阴沉着脸问。

荆鸣一笑，拍拍公文包说："马副市长，我是无事不登三宝殿呀。虽然我知

232

道你不欢迎我，可是为了滨海南城危旧平房的改造，我不得不硬着头皮来了。因为那可是关系到 70 多万老百姓生活的大事呀。"

马副市长说:"荆鸣，你以为你是谁？你有钱？有钱就了不得了？你给我记住，我这是领导办公室，不是自由市场，能让你想来就来想走就走，以后再来必须提前预约！"

荆鸣从包里把项目申请书拿出来放到桌子上，微笑着对马副市长说："岳父大人，官场上形容世态炎凉有一句话叫作：人一走茶就凉。可咱们的关系并不仅仅是在官场上呀，不管怎么说，咱们也曾是一家人，虽然您女儿不在了，您这茶也不能凉得这么快吧？我可是来为您这个市领导排忧解难来了。您难道不应该谢谢我吗？"

马副市长拿起项目申请书看了看，往桌上一扔，说："荆鸣，我只劝你一句话，做人在任何时候都不能太猖狂。你以为南城危房改造就只有你能干吗？中国还有一句老话我想你也应该知道吧？死了张屠夫，不吃带毛猪。"

荆鸣问："那就是说，南城危房改造项目，您是不打算给我了？"

马副市长说："那要看你能不能干得了。"

荆鸣说："岳父大人，您不要忘了，南城危房改造项目可是梁书记亲自抓的，而且开协调会时您可是表了态的。"

马副市长说："对，没错，我是表了态的。但我说过把项目给你了吗？我说的是欢迎任何有实力的房地产公司来参与滨海市的旧城区改造。你想干当然我们也欢迎，但是你得先准备好你的标书参加竞投标。"

荆鸣说："马副市长，我想让您明白，虽然您是滨海掌管经济的大副市长，但如果您没有我的财力支持，恐怕日子不会那么好过吧。再有，在滨海，我荆鸣说话的分量，我想您是知道的。只要我说不干，滨海可能就没有人敢出来说他来干。这份项目申请书还望您快点签字。您虽然恨我荆鸣，但您不能拿滨海老百姓的生活开玩笑吧？至于投标程序嘛，我们当然会认真准备的。"

马副市长一言不发，他盯着荆鸣，眼光中充满了仇恨。

荆鸣在屋子里来回踱着步，像是在对自己的下属说话："马副市长，有些话我一直想说，但一直没有机会。我知道你对我已经恨之入骨了，我对你倒不恨，我只是可怜你。你想知道咱们的关系为什么会变成这样吗？而这一切又是怎么发生的？当然，你是不会想的，因为你日理万机、公务繁忙。你们总觉得我，一个从穷山沟里走出来的穷小子、一个没见过世面的穷小子，居然能攀上市领导家的千金小姐，那是上辈子修来的福分，我应该会对你们感恩戴德，而且我们全家都应该对你们感恩戴德。很多人都会这么想。因此，你和你的千金小姐都可以高高在上地对我和我的母亲颐指气使。不幸的是，你们都想错了。虽然我这个穷小子成了滨海市马副市长的女婿，但我很快就知道自己走错了一步。其实，这个穷小子直到要领结婚证时才知道自己的女朋友竟然是市领导家的千金小姐。因为这个穷小子把爱情想得太美好了，把未来想得太美好了，竟然忘记了在中国传统文化中，婚姻最忌讳的就是门不当户不对，他以为只要有爱，那么女朋友的家庭背景就不会是障碍，虽然他曾经犹豫过，但他还是抱着一丝幻想和她结合了。没想到，他一开始就错了，而且是步步都错！"

荆鸣不断地挥舞着手，越说越激动，"马副市长，任何人的婚礼都是幸福的、甜蜜的，但我的不是。在我和马琳的婚礼上，有两个人没有感受到幸福，在三个小时的婚礼中，这两个人感受的是屈辱！那就是我和我的母亲！你还记得你当时看我母亲的眼神吗？当你看着我的母亲时，你的脸上写满了不屑、鄙视、厌恶。是啊，我们两家的地位相差太悬殊了。我母亲在他儿子的婚礼宴会上竟然显得那么卑微、孤单、无助，因为几乎所有的客人都是冲你马副市长来的，他们的那份殷勤全部写在他们的脸上。你们几乎全都忽略了我的母亲。"

马副市长闭着眼睛靠在真皮椅子上，一言不发。

荆鸣继续说："当我和马琳站在一起给客人敬酒时，我觉得自己根本不像是一个新郎官，倒像是一个陪伴主人的哈巴狗，马琳才是主人。我的脸上挂着笑，心里流着泪。那些来参加我的婚礼的人，我大多数都不认识，但他们的祝福话语里却几乎都表达了对我荆鸣高攀了权贵的讽刺，同时对马琳下嫁表示了深深的惋惜。他们同样把鄙视的眼神送给了我的母亲。说实话，我心里寒彻刺骨。我想逃离婚礼，但我没有勇气。我的几名同学在向我敬酒时说了一句话，可能更让你感到不快，他们说，'荆鸣在学校就是男生里最出众的一个，要不市长千金怎么能看上他呢？''没想到，荆鸣的才华不仅体现在学习上，能把市长千金追到手，就说明他的才华是全面的。'其实我也不爱听他们的这些话。因为不是我追马琳，而是她追的我。我要当时就知道她有一个当副市长的父亲的话，很可能会对她敬而远之的，当然现在做这种假设已经毫无意义了。"

荆鸣看马副市长面无表情地闭着眼睛，仿佛睡着了一般，就问："你在听吗？"

马副市长闭着眼睛说："你说吧，我倒想知道你的阴暗心理是从哪里来的。"

荆鸣继续说："你还记得在我给你敬酒时，你借着酒劲当众对我说的一句话吗？你带着嘲讽的语气说，'荆鸣，从现在来看，我看不出你会有什么出息。你是不是可造之材，会有什么发展，别人说了不算，要我说了才算。就是说，你能成为一个什么人要我来给你规划。我给你规划成什么你就会成为什么。'马副市长，你知道吗？当我听了你的这句话后，立刻打定了主意，我一定要独立，我一定要用自己的努力证明给你们这些看不起我的人看看，看我是不是可造之材！你给我规划？你凭什么？当时，我对我和马琳的婚姻还是抱有不切实际的幻想，但有一件事情促使我下了最后的决心，这件事我到死也不会忘记。"

　　顿了一下，荆鸣继续说道："那是我和马琳结婚后的第一个中秋节。那天你也在家，我们三人坐在客厅看电视。有人敲门，马琳去开门。因为我知道，敲一百次门这一百次都不会是找我的，我的同学朋友有事情也不会来家里找我。马琳开门一看，是我母亲，脸上的笑容立刻就像被风吹走了似的不见了。她明明看见了我母亲手上大包小包拎着东西，竟然都没说接一下，一句话没说转身就又坐回到了沙发上。我赶紧起来，帮我母亲把东西拿进来。你看见我母亲来也仅仅是喉咙里哼了一声，从沙发上挪了挪屁股，很不情愿地说了一句，'来了？'我母亲从儿媳和亲家的目光中已经看出了自己不受这个家庭欢迎。她把带来的东西放在客厅的地板上，对我说，'我看马琳那么瘦，专门给她带了两只咱们家里自己养的土鸡，还有五十个土鸡蛋，你给她补补。'你女儿似乎没有听到婆婆的话，仍然无动于衷。我母亲从包里拿出给你带的狼皮褥子说，'马副市长，这是我给你带的狼皮褥子，这种褥子对上了年纪的、有腰腿疼的人特别好。'你斜看了一眼说，'带这个干什么？现在城里谁还在床上铺狼皮褥子？'最后，我母亲拿出一个玻璃瓶子说，'这是我做的腐乳，你们吃早饭的时候可以佐餐。'说完后，这个家里没有一人对我母亲说一句谢谢。我母亲在你们马家富丽堂皇的客厅里就像是一个乞丐，坐也不是，站也不是。我记得很清楚，我母亲尴尬地对你笑了笑，把她坐了三个多小时的长途班车，又坐了两个小时的火车给你们带来的东西放在门边，说家里还有事情，不能再坐了，说着就往外走。马琳和你竟然都没有说一句挽留的客套话。中秋节，我母亲跑了八百公里，带着礼物来到她认为有出息了的儿子家，没想到不但没有得到一个谢字，甚至连开水都没有喝上一口，是我搀扶着伤心的母亲走出马家。你们家算上我和保姆一共只有四口人，住着 280 平方米的市长楼，可却没有我母亲的容身之处。我在送我母亲去旅馆的路上，看着她头上的白发，我的眼泪止不住地往下流。那可是我的亲娘呀，从远隔千里的老家坐火车硬座来看自己和儿媳妇儿，本应该是多么高兴的事啊，该有多少话要跟自己说呀！可是竟然被儿媳和亲家活生生拦在了家门口。"

　　"马副市长，你忘本了，我可没有忘。你父母被镇压的时候，谁把你养大的？你一个地主的孩子怎么上的大学？你欺骗了村长的女儿。你为了目的不择手段，还说我卑鄙？！我想告诉你，当你还在扫盲的时候，我母亲就已经是名牌大学研究生毕业了！她和我父亲都是响应党和国家的号召，参加三线建设才到了你们眼里的穷山沟的。"

　　最后，荆鸣笑着对马副市长说："岳父大人，我还记得我临去美国前你对我说，中国的国情是一等智商从政、二等智商才从商。我现在可以肯定地告诉你，你的这个自以为是的论断是错误的。现在是市场经济，经济基础决定上层建筑，一等智慧是从商的，我现在拥有的能量要比你这个副市长大得多，你早晚会求到我的脚下。"

说完后，荆鸣停住了，他想好好看看马副市长的反应。但马副市长仍然闭着眼睛，他脸上的表情已经从刚开始的愤怒、鄙视到平和、安详。

荆鸣虽然说得口干舌燥，但他还想继续刺激马副市长。他从饮水机里自己给自己接了一杯水，一饮而尽。

市政府大楼里，几名工作人员蹑手蹑脚地走过来，在马副市长办公室外面悄悄偷听。听了一会儿，有个领导模样的人过来悄声说："你们在干什么？去去去！"

几人又蹑手蹑脚地离开。

走远了后，一人说："马副市长办公室里面到底是谁呀？这么大嗓门。"

另一人说："我听声音有点像是滨海华业的老板荆鸣。"

"荆鸣？那不是马副市长的女婿吗？"

"是啊，老婆刚死就跟老丈人干上了。"

"是啊，老丈人怀疑是女婿逼死了女儿。"

荆鸣继续说："就是从这一件事情开始，我才真正看清楚了你们。虽然你想主宰我的未来，但我知道，你只是想利用我而已。也就是从这一天开始，我也决定要好好利用你，趁你还在位的时候。但我在利用你的时候将分寸把握得非常好。我当年进城建局没有动用你的关系，因为我知道自己进城建局不需要任何人的关系。俗话是怎么说的？好钢要用到刀刃上，你就是我的那块好钢。后来我说要跟着刘凯明到大东房地产公司，你跟我说什么这个不行那个不行，不让我离开城建局。你甚至赤裸裸地跟我说什么，'在中国光有钱没用，只要有了权，就什么也都有了。''只要有了权力，就能保住财力。''你有海外留学经历，走仕途有得天独厚的优势。''只要你荆鸣看得上眼的，滨海市所有部门只管挑，马琳已经进了教育局，如果你再在一个部门立住脚，有我这么个常务副市长岳父，过几年当上个局长应该不成问题。'我不愿按照你给我规划的路走，你就让马琳跟我闹。知道我为什么一意孤行一定要到企业去吗？就是因为你试图当我的大救星，我却不想跟你一样活着。今天，我已经成功了，谁也无法阻拦我前进的脚步，也包括你。好了，我今天已经说得太多了，我希望你在百忙之中先看看我这份项目申请书，我等着你签字。"

马副市长睁开眼睛缓缓地问："这也是你要好好利用利用我的内容吧？"

荆鸣说："那你觉得是吗？你已经老了，虽然还没有退休，但我既可以让你提前离开这间办公室，也有能力让你平安着陆。不要忘了，我知道你年轻时候的事情，也知道你不再年轻的时候做的事情。"说完后，荆鸣起身，离开了马副市长的办公室。

还没有回过神来的马副市长傻傻地坐在那里，看着荆鸣离去的背影，听着荆鸣离去时皮鞋踩在走廊水泥地上的"噔、噔"声。荆鸣越走越远，但他的皮鞋在走廊里发出的声音却似乎越来越大。马副市长产生了一种前所未有的恐惧感，特别是荆鸣最后说的两句话，难道自己的这个女婿就是自己的掘墓人吗？他有点恨自己了，他觉得当年真是不应该为了自己的仕途就把女儿和张大川拆散，现在弄得张家恨自己不说，女儿也死得不明不白，死后还被人议论。现在，这个在自己精心扶持下长硬了翅膀的女婿，开始复仇了。他突然感到一阵眩晕。

<h2 style="text-align:center">2</h2>

荆鸣出来后，仍然沉浸在因母亲在马家遭到羞辱而愤怒的情绪中。这件事情，他想不起来就算了，只要一想起来就气得浑身冒火。司机正在擦车，一看老板黑着脸从市政府办公大楼里出来了，就问他是不是事情办得不顺利。

荆鸣气呼呼地说："他应该还没有那么大的胆子。"说完就上车。司机问："咱们现在回去？"

荆鸣说："回去。"

站在窗前，看着荆鸣的车出了市政府后，马副市长叫来了秘书，"小张，他是怎么进来的？"

秘书说："他有市委、市政府的通行证呀！"

马副市长眉头一皱，说："好了，你去忙你的吧。"

马副市长又给梁书记打电话。

"喂，梁书记，我马尚德。"

梁书记说："你说吧，什么事情？"

马副市长说："我有一个想法，咱们给一些企业家发的通行证是不是应该收回来？"

梁书记问他怎么回事。

马副市长说："有不少人反映，有一些企业家拉大旗作虎皮，拿着进出市委市政府大院的通行证到处炫耀自己的能耐有多大。再一个，他们经常为了自己企业的小事来市政府找这个找那个，进市政府就像进自己家那么方便，一点小事儿满足不了就死缠着一些领导，弄得被他们缠上的市政府领导没有办法正常工作。有些老板为了和领导保持联系，有事儿没事儿都往领导办公室跑，进市政府就像串门，一坐下就不走，而且还有公然带着贿赂闯领导办公室的。这就太过分了。"

梁书记说："当初给一些企业家发进出市委、市政府通行证也是出于让他们能及时向有关部门反映情况的考虑，现在收回可能不合适吧？但你反映的情况倒很重要，星期一开常委会时要好好讲一讲。"

马副市长说:"现在政府和企业家的沟通方法很多,我看不一定非要让他们一有事情就来找领导嘛。"

3

荆鸣又想起那天母亲对自己说的话了。那一天,在遭到马家的轻侮怠慢后,母亲说家里还有事情,要回去。出了马家后,母亲尽量装得很高兴。

母亲问他:"建中怎么样?"

荆鸣说:"建中很好,他刚从国外回来,正在和几个朋友一起筹办他们自己的律师事务所,我给他打个电话吧。"

母亲说:"那行,和建中见个面后我就要赶紧回去,再晚就怕赶不上车了。"荆鸣看着母亲,强忍着内心的痛苦,笑着说:"妈,你别介意,你来以前,马琳和她父亲正在闹别扭,可能他们的心情都不好,今天晚上咱们自己过中秋。"

母亲说:"孩子,我知道,关键是咱家和他们家差太远了,人家是当官的,咱们一个平民百姓,配不上人家,你就不该找马琳。"

荆鸣听了母亲的这句话,无言以对。荆鸣拨通了童建中的电话。

童建中一听母亲来了,就说:"我现在就去你家。"

荆鸣说他现在带着母亲准备去兴隆旅社,让童建中就到兴隆旅社来吧。

童建中一听觉得奇怪,就问怎么回事儿,马家又不是没有地方住。

荆鸣说:"行了,你就别问了。"

到了兴隆旅社后,荆鸣又给程诺打了个电话,告诉她自己的母亲来了,自己下午可能不去公司了。程诺问他:"你们现在在哪儿?"荆鸣说在兴隆旅社。

兴隆旅社虽然名叫旅社,但里面的硬件设施都还不错,双人标准间里是席梦思床,有电视机、卫生间、热水器。

童建中赶紧放下手头的工作赶了过来。

荆鸣母亲看着建中就像看着自己的儿子,她拉着童建中的手问:"听你哥说,你在和别人合作准备办自己的律师事务所?"

童建中点头。

母亲问他准备得怎么样,难度大不大。

童建中说:"没什么难度,我们几人都有律师资格证,申请报告和我们个人的相关资料都已经递到司法局去了,现在还没有批下来。"

母亲说:"咳,现在办事情难呀。没有让你哥托托人?"

童建中说:"这个事情不用托人办,只要你资料全、有资质、有场地、具备开业资格就能批下来,关键是省司法厅还要审核,所以就慢一点儿。不过估计也快了。"

母亲嘱咐他们："你们兄弟两个在外面遇到事情要多商量，要本本分分做人。"

荆鸣和童建中一再保证说让她放心。

三人正在房间里说着话，突然有人敲门。荆鸣以为是送开水的服务员，没想到门一打开，看见程诺拎了一大包东西站在门口。

荆鸣吃惊地看着她问："程诺？你怎么来了？"程诺说："你别让我站在门口呀！"

荆鸣赶紧把程诺往房间里让。程诺说："你不是说你母亲来了吗？我来看看她。哎呀，我刚才想买个西瓜，可是怎么也拿不动了，待会儿你去买吧。"

童建中说："还是程诺想得周到，我刚才过来都没想起来，我去买吧。"说着就站起来出去买西瓜。

母亲一看见程诺，赶紧说："哎呀，你看你这孩子，你来就行了，还买这么多东西。"

程诺说："阿姨，我和荆鸣、建中都是好朋友。您来了滨海，那我也应该来看看您呀！"

荆鸣这时才插上嘴向母亲说："妈，她叫程诺，我最得力的助手和最好的朋友之一。"

母亲与程诺一见如故，立刻就打开了话匣子。她把自己与荆鸣父亲、建中父母在研究生毕业时是怎么满怀一腔热血积极报名参加三线建设，怎么一下子就分到了大别山深处的兵工厂，荆鸣父亲是怎么死的，建中父母是怎么死的全部告诉了程诺，一直说到该吃饭了还没有说完。荆鸣母亲说："吃完饭后，你要还想听，我就再给你讲。"

那一天晚上，是荆鸣、建中和程诺三人陪着母亲过的中秋。

马家父女后来可能也觉得自己做得太过分了，于是马琳给荆鸣打电话，问他和他母亲在哪里。荆鸣问马琳："你有什么事情吗？"

马琳说："你把你妈领回来吧，家里有别人送的好多月饼和西瓜，你们就回来过中秋吧。"

荆鸣说："你们家是领导家，别人送的月饼和西瓜，那是别人给领导家送的，和我没有关系，还是留着你们自己吃吧。"说完就挂了电话。过了一会儿，马副市长又打电话过来了，还以领导的口气说："荆鸣，你现在就带你妈回来，我还给她准备了一份礼物呢。"荆鸣说："我们正在和几个朋友一起过中秋，现在回不去，我替我母亲谢谢您了。"

建中很快买了西瓜上来，几人就在旅馆的房间里吃了西瓜。荆鸣说："走，咱们吃饭去，我知道一个地方环境不错，饭菜味道也好。"

四人在一家名叫"好再来"的饭馆吃了一顿团圆饭。没想到的是，饭馆不大，装修得也很平常，生意竟然很火爆，他们差一点儿就定不上座了。

饭馆老板很会做生意，他说今天是中秋佳节，为了感谢新老顾客的厚爱，特意为每位客人送上一块西瓜和一块自制的月饼。大家边吃边聊，气氛很不错。吃完饭后，三人又把母亲送到了旅馆。程诺非常善解人意，怕荆鸣母亲一个人住在旅馆寂寞，就一定也要陪着老人住在旅馆。正好荆鸣母亲也非常喜欢程诺，就说："行，你住在这当然好了，咱娘俩好好聊聊。"

于是，程诺就住在了旅馆。

从旅馆出来后，荆鸣点了一支烟，对建中说："咱们找个地方坐坐吧。"

于是，两人就在路边找了个烧烤摊，要了两瓶啤酒和一些烧烤坐了下来。

建中打开啤酒先给荆鸣倒上，问荆鸣："怎么回事？他们家给咱妈脸色看了？"

荆鸣叹了一口气说："不说了，总有报应的时候。"

建中说："你就不应该和马琳结婚，看看你们弄的，刚结婚就让老人受委屈，以后这日子还能过吗？"

荆鸣说："建中，这话我也就只敢给你说，现在在中国，要想做生意挣上钱，就必须要和地方政府搞好关系，而政府中最重要的就是抓经济的领导。所以我现在还不能跟马琳离婚，更不能跟他们家闹翻。不但不能离婚，我还要在他们家好好表现，特别是不能在马副市长面前露出马脚，因为我要好好利用利用马尚德这个优良资源，所有的事情都必须等我翅膀硬了以后再说。"

回到家里时，马副市长和马琳还在看电视。

马副市长问他："你妈呢？你怎么一个人回来了？"

荆鸣说："我妈住到旅馆去了。"

马副市长发脾气说："不像话！她这么远好不容易来一次，怎么能让她住旅馆呢？住哪个旅馆了？让马琳马上跟你去把她接回来。"

荆鸣说："不用了，她本来今天死活要回去。最后我一算时间她下了火车还要倒汽车，就算能赶上汽车，到家也半夜了，我就硬没让她走。她说住别人家里不习惯，睡不着，虽然住旅馆也不习惯，但总比住到别人家要好。"

马副市长说："住到咱们自己家怎么能说是住到别人家了呢，你办事情就是欠考虑，你妈住到哪个旅馆了？"

荆鸣说："您就别再问了，她不让我告诉你们，怕你们再带着一大堆东西去看她。"

马副市长指着墙边一个袋子说："你看，给你母亲的东西都准备好了，她不是要回去吗？你明天让她回来吃中午饭。吃完中午饭后，你和马琳把这些东西带上，送她去火车站。"

荆鸣说："明天再说吧，我困了，先去睡了啊。"

　　第二天早晨，马副市长临上班时告诉荆鸣说："我中午有个会，就不回来送你母亲了。你告诉她下次再抽时间来一定要住到家里，多住几天。别忘了把我们给她准备的东西给带上。"

　　荆鸣说："好，我知道了。"

　　马琳也准备要去上班了，她一边化着妆一边对荆鸣说："亲爱的，昨天都是我不好，你没有生我的气吧？"

　　荆鸣说："你怎么了？我没有生你的气呀！没有！生什么气？我凭什么生你的气？"

　　马琳噘着小嘴说："你就是生我气了，要不从昨天晚上到现在为什么一直不理我？"

　　荆鸣极力隐藏着自己对他们父女俩的不满，说："哎呀，你就快点收拾完赶紧上班去吧，再磨蹭一会儿就要迟到了。"

　　马琳看荆鸣并没有把昨天的不快挂在脸上，就说："这样吧，中午11点半你先带你妈去饭店，我们分头去……"

　　荆鸣已经不耐烦了，说："好了，好了，我妈的事情不用你和你爸操心了！你快点儿走吧。"

　　等马琳和她父亲都走了以后，荆鸣打开了马副市长给母亲准备的东西，一看全都是别人送给他们家的中秋礼物，有两盒月饼，盒上还有价格标签，都是888元一盒的，另外还有一兜水果，香蕉已经快放不住了。荆鸣看见客厅的柜子上还有几盒月饼，拿下来一看，每盒的价钱都超过了888元。他又把那几盒月饼原样放了回去。

　　荆鸣知道，自己的婚姻注定是一场荒唐的游戏了。

　　荆鸣出门去超市给母亲买了几罐八宝粥和几斤新鲜水果，到旅馆时童建中已经来了。

　　上午，荆鸣、程诺和童建中一起把母亲送上了回家的火车。在站台上，母亲说："你们三个，哪天一起回来看看，妈给你们做好吃的。"

　　童建中笑着说现在又不是闹饥荒，好吃的哪儿没有，只要有钱，想吃什么都能吃上。

　　母亲说："城里的污染太严重，什么吃的都不安全。哪像咱家里，自己种的菜，自己养的鸡、鸭、猪。记住，咱家里吃的可都是绿色食品。"

　　荆鸣说："好了，妈，您自己多保重，等我有能力了一定在滨海给你买一套大房子，把您接出来。"

　　母亲笑着说："我才不出来呢，城里有什么好的，忘了告诉你们了，咱厂让一个房地产大老板买走了，听说要开发成带有旅游功能的别墅区。现在有钱人都开始往乡下、往山里跑了。城里好的时候我们住到了山里，现在山里好了，我再到城里生活，那多吃亏。"

荆鸣和建中都说："那好，等我们有钱了，也回去好好盖一幢别墅。"

母亲说："好，你们就好好努力吧，妈希望你们都能过好。"

荆鸣晚上回去后，马琳已经先回来了。荆鸣问马琳，她父亲回来了没有。

马琳说还没有回来呢，问荆鸣，给他母亲准备的东西他怎么没有带走。

荆鸣说："我妈不要。"

马琳说："不可能！这可都是高档月饼，一盒好几百块钱呢。她在那个穷山沟里，可能见都没有见过，怎么可能不要？"

荆鸣愤怒了，他咬牙切齿地说："马琳，什么叫不可能？难道她没见过的东西就一定是好东西吗？你以为我母亲是要饭的乞丐？她不是！你记住，她可能是没有见过这么高档的月饼，但是她不稀罕，不稀罕你们家的月饼！"

马琳一下愣住了，她从来没有见过荆鸣这么对自己说话。

荆鸣说完就进厨房去了。过了一会儿，他从厨房出来了，问马琳："我妈带来的她自己做的腐乳呢？"

马琳说她打开一看都已经长白毛了，就扔了。

荆鸣问她扔到哪儿了。

马琳说扔到门口的垃圾箱了。

荆鸣就往门口去，马琳问他："你还想捡回来？"

荆鸣说："那不是长白毛了，那叫白醭，更不是坏了。"

马琳说："你还不相信我？"

荆鸣从垃圾箱里找到了母亲专门带来的腐乳，瓶子已经摔烂了。荆鸣看到母亲辛辛苦苦亲手为自己做的腐乳，已经被扔到了垃圾箱里，心里又是一阵难受。

马琳："看你那个难受劲儿，你要爱吃，明天我去给你买王致和腐乳，你妈带来的要不是坏了我也不会扔了，你不怕中毒我怕。"

荆鸣说："是啊，你的命多金贵呀，我从小就吃我母亲自己做的腐乳，也从来没有中毒。唉，不说了，扔就扔了吧。"

马副市长回来了，刚进家门一眼就看见还在墙角放着的那个袋子。他一边换拖鞋一边问荆鸣："你母亲没有走？"

荆鸣："走了。"

马副市长说："那我给她准备的两盒月饼和一些水果你怎么没有让她带走？"

荆鸣："咳，她不带，我怎么说都没有用。她说谢谢您了，这些东西让您送给别人吧。"

马副市长一句话也没有说，坐到沙发上看起了电视。

保姆问："马市长，现在吃饭吧？"

马副市长说："你们吃吧，我已经吃过了。"

荆鸣已经彻底放弃了幻想，对马家彻底绝望。

4

税务大检查工作组来了，一行五人。组长是一个三十多岁的年轻人，带领一行四人来到滨海华业。老毕一看就说："欢迎欢迎，欢迎你们来检查指导工作。"随即把他们领到了公司小会议室。

老毕从会议室墙边放着的两只纸箱中拿出了一条中华烟和几罐饮料，放在桌子上，说："咱们都是老熟人了，自己伺候吧，我去通知一下荆总。"

工作组的人打开烟抽着，闲聊了几句，荆鸣就来了。

荆鸣首先对他们的到来表示了欢迎，"欢迎你们对我们的监督检查，这次抽查还由公司的财务总监老毕全面配合你们。"

组长说："像滨海华业这样的大企业应该是不会有什么问题的。"

荆鸣说："那不一定，大企业有时也会由于工作疏漏出问题的，但滨海华业一直很注意这些方面的问题。纳税是每个公民，也是每个企业的义务。作为滨海标杆性企业，滨海华业就更应该做好表率作用。正因为有了你们的监督，我们才能不断发现问题、改正问题，企业才能健康发展嘛。所以，你们才是我们企业生命力的保证。"

短暂的会见后，荆鸣就离开了小会议室。

老毕说："你们先坐着，我现在让他们把账目都搬过来。"

于是，检查组就在滨海华业财务部的热情款待下在小会议室开始了工作。

"你们的成本费用是不是有点儿高了？"组长问老毕。

老毕说："公司这么大，项目又多，有时候的确不好控制，再加上又存在原材料涨价、油料涨价导致的运输成本涨价、人员工资的增长、物资损耗等因素。"

"不对吧？这几笔可不像是你说的这些理由，你们这已经属于乱列成本费用、收支核算不实、任意减少利润增加亏损的行为了。"

老毕说："难呀，我也想把成本降下来，摊子太大了，不过我们以后一定会注意的。为了降低成本，荆总最近就已经开过两次会强调了。"

老毕又看看表说："现在马上到饭点儿了，咱们先去吃饭吧。"

组长说现在才十点半。老毕说早点儿去吧，反正查账有的是时间。

检查组一行人被安排上了一辆滨海华业的丰田面包车，面包车向马背山度假村驶去。

组长一看车向城外驶去，就问："到哪儿吃饭？"

老毕说："老总有命令，你们这几天的工作餐都安排在马背山度假村。"

组长问："你们荆总不来吗？"

老毕说荆鸣到敬老院工地检查工程质量去了。

5

程诺从刘明慧办公室路过，又发现刘明慧坐在办公室里发呆。这已经不是她第一次发现刘明慧的这种情况了。刘明慧自从上次探监回来之后，上班时就经常走神，虽然对工作她还是和以前一样认真负责，但这种状态让程诺有些担心。

第二天下午，程诺看没有什么事情了，就把刘明慧叫到自己办公室。程诺对刘明慧说，自己发现她最近有一些不在状态，是不是家里遇上什么困难了。

刘明慧心想，自己最近的反常可能让程诺看出来了，这可绝对不行，就笑着说："没有没有，绝对没有，可能是没有休息好吧。"

程诺说："有什么事情你就说，对你的事情，荆总专门有过交代的。"

刘明慧说："谢谢荆总和你，我现在真的没有什么事情，有困难我会说的。"

看刘明慧什么也不说，程诺也没有办法，就只好说："那你就先回办公室去吧，有什么话你不好跟别人说就来跟我说，好吗？"

刘明慧说："好的。"

刘明慧走了以后，程诺立即给荆鸣打电话。

"你的办公室里还有别人吗？"

"没有人，什么事情？"

"我还是到你办公室当面说吧。"

程诺放下电话后，径直去了荆鸣办公室。

6

刘明慧躺在床上睡不着。自从上次探监回来之后，她就开始失眠，现在已经一个多礼拜了。

刘明慧对荆鸣的感觉也开始变得复杂起来，父亲出事前后的一幕幕又像过电影似的在脑海里翻开了。父亲出事儿后，刘明慧觉得自己的天塌了，可是通过荆鸣无微不至的关心，让刘明慧很快就走出了阴影。她觉得荆鸣很有人情味，再加上荆鸣过人的经营天赋，自己从他那儿也能学到一些东西。当时，刘明慧甚至决定一定不能辜负荆鸣，可现在再看荆鸣，就总觉得荆鸣似乎不是原来的那个荆鸣了。过去，荆鸣对刘明慧的关心让刘明慧觉得荆鸣是个可以信赖的人。现在，荆鸣对刘明慧的任何关心都让刘明慧觉得他包藏祸心。有时候晚上躺在床上睡不着时，她又觉得自己是不是太敏感了。她陷入了对荆鸣情感的矛盾之中。

刘明慧愿意相信程诺跟自己说的都是真话，可是她又不敢完全相信。刘明慧心想：程诺说荆鸣曾经想到检察院去自首，替父亲承担一部分责任，帮父亲减轻罪责；什么他跟来公司查账的税务局、检察院的人都说过，自己是公司的副总，也应该对此承担相应的责任。那为什么最后他能什么事情都没有。刘明慧想恨荆鸣，可恨不起来；她想再找回过去对荆鸣的美好感觉，但也找不回来。荆鸣出事儿后，她也听说荆鸣回来是为了见一个电视台的女人。从此，荆鸣在她心目中本来就摇摇欲坠的形象彻底垮塌了。她觉得为了父亲，自己也一定要想方设法找到荆鸣的罪证，不能让父亲一个人背黑锅。

刘明慧回到家里就问母亲。母亲虽然不想多谈，但刘明慧还是从母亲的语气中感觉到，母亲似乎对荆鸣也颇有微词。

由于刘明慧只是滨海华业的信息部总经理，属于滨海华业集团的中层领导，无法接触到公司财务。她知道，财务部门负责人一定会知道一些真相的，但自己绝对不可能从那里得到任何有用的信息。何况，工商、税务和法院都已经对公司的账目进行过认真的检查，自己就算能接触到公司的财务核心也不会有什么新发现的。刘明慧心想：要想找到荆鸣违法的证据，只能从外围着手。

刘明慧千方百计地搜集滨海华业违规操纵股市的一些证据，她更想找到当年荆鸣也参与虚开增值税发票的证据，但是荆鸣做事滴水不漏，以前的记录上只有自己父亲的名字。

一天晚上，刘明慧又和母亲谈起了父亲。刘明慧问母亲："妈，我爸在城建局干了几十年，国家的政策、法规他都懂，《税法》他也很清楚，他怎么能犯这种错误呢？"

母亲深深地叹了一口气说："你爸他们公司的事情我从来不过问，但这里面荆鸣没有起到好作用。"

刘明慧问母亲："荆鸣怎么没起到好作用？是不是他设计了一个圈套让我爸钻？"

母亲说："那倒也不像，但他肯定知道这么做是有极大风险的。你爸爸可能没有把这里面的风险看出来。"

刘明慧对母亲说："我一定要弄清楚当年的大东房地产公司到底是怎么回事，我爸是不是承担了一些本来不该由他来承担的法律责任？"

母亲看出了刘明慧的心思，对她说："慧慧，你不要把事情想得太简单了。荆鸣是个什么人？他怎么可能留下证据呢？我当时也找了检察院的陈处长和法院的姚庭长，他们都说大东房地产公司老板刘凯明出事儿肯定和荆鸣有关系，荆鸣当时也被抓了，在看守所关了一个月，但最后他出来了。我问过检察院陈处长，他说经过他们调查，没有发现荆鸣参与犯罪的证据。"

刘明慧问："那这就是说，我爸必须要替荆鸣承担法律责任？"

母亲说："法律上的事情我也不懂。不过，妈劝你一句话，你不要和荆鸣斗，你斗不过他。再说，你爸出事儿后，他一直对你还不错，过去的事情就让它过去吧。虽然公司有些事情你爸也没有跟我说过，但他一再告诉我，让你在滨海华业公司跟荆鸣多学点儿东西。"

刘明慧总觉得父亲有点儿冤，她认为自己应该再找一找检察院当年办案的陈处长和法院的姚庭长。

这一天，刘明慧看办公室里暂时没有什么事情了，就对自己的副手说："我有点事情需要出去一下，有人找就打我手机。"

副手说："好的，我知道了，你去吧。"

刘明慧出来后就打了一辆出租车径直来到位于光华路的市中级人民法院。

下车后，她又有点儿犹豫了，她不知道自己能不能得到支持，毕竟案子都已经过了这么多年了。

刘明慧在法院外面徘徊了半天后，还是决定进去。

在大门处登记后，刘明慧进了法院一楼大厅，一侧墙上有法院从院长到法官的全部姓名和办公室楼层、门牌号。从牌子上看，当年的姚庭长已经是法院的副院长了。

刘明慧按照提示很快就来到了三楼的一间办公室门前，这就是姚院长的办公室。刘明慧站在办公室门口，看着门上贴着的姚院长的照片，心想：但愿今天能有一点儿收获。她定了定神，轻轻敲了敲办公室门，里面有人说："请进。"

刘明慧推开门，看见里面还有两人，便说："对不起，我想找一下姚院长。"

姚院长说："啊，我就是，你在门外再等一会儿好吗？我这里还有一点儿事情要处理。"

刘明慧说："好的，那我就在门外等吧。"说完，刘明慧就退出了姚院长的办公室，来到门外的走廊上。走廊上有排椅子，刘明慧就坐下等着姚院长召见。

7

陆宝燕最近又开始出现低烧，医生想尽了各种办法都不能解决问题。陈正军就对陈燕说："你妈现在病床前离不开人了，你干脆辞职吧，辞职后专门在医院照顾你妈。"

陈燕虽然十分不情愿，但也没有办法，于是就写了一份辞职报告。写好辞职报告后，她就去了程诺办公室。

陈燕说："我妈的情况非常不好，我老是这样迟到早退地跑医院，影响也不好，所以，想辞职去照顾她。"

程诺接过陈燕递过来的辞职报告，问："你跟荆总说过了没有？"

陈燕说："没有。"

程诺说："公司研究一下再给你答复，要去医院你现在就去吧。"

陈燕谢过程诺后就立即向医院赶去。

荆鸣办公室的电话"丁零零"地响了起来。荆鸣拿起电话，是财务总监老毕打来的，说税务抽查已经结束了，问题不大。检查组认为公司有故意乱列成本费用、收支核算不实、任意减少利润增加亏损的现象，其他的没发现什么问题。

荆鸣说："通知他们，晚上我在马背山度假村请他们吃饭，另外你给他们稽查处处长裴庆来打电话，让他也参加。"

第十七章

旧案重提

1

刘明慧还坐在法院三楼姚院长办公室门外的椅子上等着。

终于，门开了，姚院长送走了客人。

刘明慧很小心地坐在姚院长对面，犹豫了一下说："姚院长，你对我可能没什么印象，但我认识你。我父亲就是以前大东房地产公司的刘凯明。"

姚院长以为刘明慧是来闹事儿的，眼中有一丝警惕地问："啊，刘凯明？你有什么问题吗？"

刘明慧说："我怀疑当时在大东房地产公司当副总经理的荆鸣和大东公司虚开增值税发票的非法活动有关系，可是为什么在那一起案子中就只有我父亲被判了刑？"

姚院长一听原来是这么个事情，就把心放下了。他从柜子里拿出一个纸杯，给刘明慧倒了一杯水，然后说："关于你父亲的那个案子，我们也怀疑到了当时大东房地产公司的副总经理荆鸣，但是经过调查，我们没有发现任何荆鸣参与共同犯罪的证据。而且，检察院也没有给我们提供荆鸣和你父亲共同犯罪的证据。我们法院不负责侦破案件，对案件的侦破是靠公安局和检察院。而对于经济类案件的侦破，证据主要来自于工商、税务和群众举报，然后由公安局和检察院来侦破，他们把侦结完成的案件移交给我们法院。我们只根据他们移交过来的案件，依照相应的法律对涉案人员进行公开或者不公开的审理。所以，如果你怀疑荆鸣参与了大东房地产公司的经济犯罪，那就必须要给公安局或者检察院提供相应的证据。"

刘明慧说自己作为一个普通老百姓，要想找到荆鸣的犯罪证据十分困难。虽然自己没有办法找到荆鸣过去在大东房地产公司的犯罪证据，但有办法找到荆鸣在滨海华业向领导行贿的证据。

姚院长说个人向法庭提供的证据分两种情况，直接证据法院是会采信的，但间接证据的取得必须要具备取证资格。而我国的法律规定，自然人是不具备具有司法效力的取证资格的。

刘明慧一听有点儿丧气，低下了头。

姚院长说："我们是法治国家，仅仅靠怀疑是不能给任何人定罪的。"

刘明慧说："那你们也怀疑荆鸣和我父亲是共同犯罪，当时为什么不要求公安局和检察院补充侦查呢？"

姚院长笑着说："除非是公安局和检察院移交过来的案件有明显的证据上的瑕疵，我们才能退回去要求他们补充侦查。除此之外，我们没有任何权力把案件再退回去。你还有事吗？"

刘明慧看出姚院长的送客之意，只好说没有了，说完就站起来。

姚院长也站起来说："好，那你慢走，欢迎你对我们的工作进行监督。"

出了法院后，刘明慧还想去检察院，可看看手表，又觉得出来的时间有点儿长了，应该回去了。她看看离法院没几步路的检察院大楼，站在路边犹豫了几分钟，心想反正也一直没有人找，干脆就去一趟检察院吧。

刘明慧来到了检察院大楼，在检察院大楼的大门口有一个警卫室。刘明慧走到门口，被门卫拦住了，问她找谁。

刘明慧说自己找陈处长。

门卫让她拿自己的身份证先登记。

刘明慧把身份证拿出来让门卫看。门卫拿出一个便携式查询器把身份证编号输入进去后又按了几下键，然后把身份证还给刘明慧，又给刘明慧一张空白会客单，说："麻烦你填一下单子。"刘明慧一看，会客单是一式两份的，上面要求填写的内容包括：来客姓名、身份证号、工作单位、会见何人、进门时间、出门时间、来客签名、会见人签名等。刘明慧按照要求一一填写后，交给门卫。门卫撕下一联给她，说："出来时让你找的陈处长签名。"

刘明慧拿着会客单进了检察院的大楼。检察院一楼大厅和法院一样，也有一面墙，上面贴有检察院领导和各处室人员的姓名、所属处室以及所在楼层和办公室门牌号。刘明慧在上面找到了侦查监督处处长陈正军的办公室。

刘明慧很快就来到了陈正军的办公室门口，敲门，里面没有人应，又敲了几下，里面还是没有动静。

萧玫在自己办公室听到，好像有人在敲陈正军的办公室门，就出门查看。

刘明慧看陈正军不在办公室就准备走，这时，她看见斜对面一间办公室的门打开了，一个年龄看上去和自己差不多的女人走出来，问她找谁。

刘明慧打量了一下萧玫，然后说自己想找陈处长。

萧玫说："陈处长没在办公室，你有什么事情？能跟我说吗？"

刘明慧说："算了吧，我明天再来。"

萧玫看看刘明慧："那好吧。"说完就进了自己办公室。刘明慧赶紧跟上去说："哎，你等等，你能给我在这上面签个名吗？"

萧玫又探出头。

刘明慧手上拿着会客单问萧玫："我找陈处长，他不在，你能替他在会客单上签个名吗？"

萧玫接过来一看，工作单位是滨海华业，就问刘明慧："你是滨海华业的？"

刘明慧说："对。"

萧玫问："你要不再等等？"

刘明慧说："算了，我不等了。"

萧玫就给刘明慧在会客单上签了字。

刘明慧说："谢谢你，我明天再来。"说完拿着会客单就走了。

下午，陈正军回到办公室。萧玫听到陈正军的办公室门响，就出来告诉他，上午他这里来了一位客人。

刚把门打开的陈正军站在门口问萧玫是谁。

萧玫笑着让他猜猜。

陈正军说："你真是孩子气，这我怎么能猜出来。"

萧玫说是滨海华业的一个女孩儿。

陈正军觉得奇怪，问："滨海华业的？叫什么名字？她找我有什么事情？"

萧玫说："她好像姓刘，她说她明天还来。我问她什么事情她也没说，等她来了后你自己问吧。"

2

在办公室里的程诺送走陈燕后，就想跟荆鸣说一下陈燕的事情。她看了看陈燕写的辞职报告，就给荆鸣打电话。荆鸣办公室里的电话没有人接听，她就又拨打荆鸣的手机。

荆鸣此时正在外面和一个煤矿老板王某谈合作事宜，两人面前放着王老板带来的煤矿勘探、设计图纸等资料。王老板年约五十岁，长得五短身材、皮肤黝黑，十个手指上带着八个金灿灿的大戒指，也可能是经常下井的缘故，脸上的皱纹里似乎还残留着煤灰。

王老板说："荆总，我是已经向你全部交了底了，情况就是这样。"

荆鸣说："这样吧，我最近这几天就去一趟吧，实地考察一下，毕竟一下子就拿出 5000 万不是一件小事儿。"

王老板说："行，我给你五天的考虑时间。"

荆鸣的手机响起，他一看是程诺打来的，于是就对王老板说："对不起，公司的电话。"说完就站起来走到一边接听。他问程诺有什么事情。

程诺说，刚才陈燕给她交了辞职报告，说母亲最近的情况很不好，要辞职去医院照顾母亲。

荆鸣问程诺怎么说的。

程诺说："我问她跟你说过了没有，她说还没有跟你说。我就对她说，她辞职的事情公司开会研究后再说，我让她先去医院照顾她母亲去。"

荆鸣说："好，等我回去再说。"

挂了电话，荆鸣问王老板对海鲜感兴趣吗，如果对海鲜感兴趣的话，晚上请他吃海鲜。

王老板说："吃海鲜？当然好啊！"

荆鸣说："晚上七点半在香港海鲜楼，我会安排司机来接你。"

王老板看出荆鸣好像还有事情，就让他先忙去。荆鸣说公司里有点事情，自己就不能在这里陪他了。

荆鸣回到公司，在开放办公区里遇见了程诺。荆鸣让程诺到自己办公室来。

程诺来到荆鸣办公室。坐定后，荆鸣问程诺："陈燕是怎么回事儿？"

程诺把陈燕的辞职报告给荆鸣，荆鸣拿过来一看，说："你觉得她辞职会不会有别的原因？比如说是迫于他父亲陈正军的压力？"

程诺说："我觉得和她父亲有一定关系，但关系不是太大。因为我和陈燕接触要多一些，我觉得陈燕个性非常犟，这一点儿跟陈正军很像。"

荆鸣让程诺今天抽点儿时间代表公司去医院看望一下陈燕母亲。

3

第二天上午，刘明慧又来到检察院。

陈正军拿着拖把正在办公室里拖地，突然听到有人敲门，他抬头一看，一个女孩子站在自己办公室门口。陈正军直起腰来，问她找谁。

女孩子说："我叫刘明慧，我父亲是原来大东房地产开发公司的刘凯明。"

陈正军挺吃惊，案子都已经过了这么长时间了，刘凯明的女儿又找上门来，是什么事情。难道她觉得自己父亲有冤情？法院判得不公？那她应该去找法院呀。要么就是她有了能减轻刘凯明刑期的新证据了。于是，陈正军把她让进办公室。

刘明慧进了陈正军的办公室，陈正军问她昨天是否已经来过一趟，刘明慧说是的。

陈正军让刘明慧坐下后，给刘明慧倒了一杯开水。

陈正军问她找自己有什么事情吗。

刘明慧说，从自己父亲出事到现在已经好几年了，自己一直觉得大东房地产开发公司非法经济活动的主要责任不应该由自己父亲一个人来承担。

陈正军问她是否掌握了还有别人也参与了非法经济活动的证据。

刘明慧说自己怀疑大东房地产开发公司当时的副总经理荆鸣也有问题。她说："就我父亲来说，他是受党教育几十年的老党员，在滨海市政府部门工作了几十年，一辈子对工作兢兢业业，违法乱纪的事情从来没有干过，为什么一下海没几年就出了这么大的事情？我知道我父亲对荆鸣是非常信任的，信任到什么程度呢？我举个例子，有一年，公司派荆鸣去深圳出差，我父亲在还没有办任何财务手续的情况下，就让荆鸣从公司财务上领走 20 万元现金和 5 万元转账支票。我觉得我父亲出的这件事情，一定和作为公司副总经理的荆鸣有着密切的联系。"

陈正军说当时检察院在对此案件进行调查时，没有在犯罪证据上查到有荆鸣签名的字据，这就是不能对他定罪的原因。

刘明慧低下头不语。

陈正军问她："你现在有什么证据？"

刘明慧说："荆鸣向某领导行贿算不算证据？"

"你有他当时行贿的录音、录像吗？"

"没有。"

"那你有行贿一方把某年某月某日给某某某送钱多少写在纸上的证据吗？"

"没有。"

"那你也没有受贿一方任何被固定的证据了？"

刘明慧没有说话。

陈正军说："就算你看见了他行贿也无法得到司法支持。"

刘明慧气愤地说："那就是说有人能成功地违法而不被追究？"

陈正军解释说："我们社会目前正处在转型的过程之中，法律不健全，立法滞后，所以肯定有不少法律上的漏洞可钻。再说行贿受贿者都会做得很隐秘，不会轻易让人抓到把柄的。"陈正军说当时他们也曾怀疑过荆鸣，也对他进行了调查，但没有发现他的问题。

刘明慧说："没有发现他的问题，并不等于他就没有问题吧？"

陈正军说："小刘，我理解你的心情，你是大学学历吧？"

刘明慧说是。

陈正军笑笑说："我说嘛，你的分析是有道理的，没有发现问题并不等于没有问题。但是我想你更应该懂法，我们是法制社会，给一个人定罪量刑那都必须要以事实为基础、以法律为依据的。怀疑一个人犯罪不能成为给一个人定罪量刑的理由。"

刘明慧问："那么假如仅仅是怀疑一个人有犯罪嫌疑，你们会不会对他进行调查？"

陈正军说："一般情况下我们检察院不会。犯罪形式有多种，一般情况下，发生恶性案件、暴力型案件后公安局是最先介入的。一般的经济类案件也是举报人先到市公安局经济犯罪侦查部门举报，由市公安局经济犯罪侦查部门侦查。我知道，你是在怀疑荆鸣在大东公司当副总经理时有非法经济活动。当时我们就已经对他进行了四个多月的调查了，没有发现他的问题。"

刘明慧说："他不仅仅是在大东房地产公司时有问题，他创办滨海华业后也有违规行为。"

陈正军问她有证据吗。

刘明慧说没有，但自己凭直觉认为荆鸣一定有问题。刘明慧觉得她父亲不应该负全部的法律责任，应该还有人和他一起承担法律责任。

陈正军笑了，说："你这仅仅还是怀疑呀。你在滨海华业工作是吧？"

刘明慧说："是的。"

陈正军看着她说："为了你自身的安全，我希望你不要把你的怀疑再告诉任何人。"

刘明慧说："难道过去大东房地产公司的所有经济违法责任都必须让我父亲一人承担吗？"

陈正军说："对，因为你父亲是大东公司的法人代表，所以他必须为自己公司的经营行为造成的任何后果承担一切责任。可能这与情理不符，但是与法理一定是相符的。"

刘明慧失望地站起来说："那好，麻烦你半天，我走了。"

陈正军又说了一句："我希望你不要再把你的怀疑告诉任何人了。"

刘明慧走到门口了，又站住回过头来问了一句："那我要是找到荆鸣犯罪的证据呢？会不会减轻我父亲现在正在承担的法律责任？比如减少他的刑期？"

陈正军说："你要是有荆鸣在大东房地产公司当副总经理时的犯罪证据，如果证据确凿，能证实荆鸣所做的违法犯罪事实，该事实在法院量刑时曾经被错认为是你父亲所为，那就能减少你父亲的刑期。如果你重新提供的证据是司法部门过去没有掌握的、荆鸣的犯罪事实，假如你父亲和荆鸣是共犯，也不会给你父亲增加刑期，除非案情非常重大。但荆鸣将会承担他应该承担的法律责任。"

陈正军最后还是对刘明慧进行了忠告，他说："你不要试图在公司内取证，第一，你没有法律赋予的取证资格，就是说，你取得的证据很难被法院采信；第二，你擅自取证有可能会构成对别人隐私的侵害；第三，也是最应该提醒你的，这对你来说可能会有人身危险。"

刘明慧失望地离开了检察院，她边走边想：陈正军为什么不支持自己？这个号称铁面无私的陈正军会不会还是荆鸣的同党呢？荆鸣是什么时候出来的？对了，荆鸣是在陈燕到了公司后才被放出来的。这一切会不会是他们事先安排好的？难道这是他们做的一场肮脏的交易？刘明慧突然感到头皮一阵发麻，浑身发冷。坏了，自己为什么不长个脑子多分析分析再行动呢？对了，陈正军刚才一直在叮嘱自己不要把对荆鸣的怀疑再告诉任何人，这是什么意思？他们准备杀人灭口？对了，自己要是把对荆鸣的怀疑告诉别人，万一自己死了，警察就会很容易找到怀疑对象，快速破案。要是自己再不跟任何人说出对荆鸣的怀疑，自己就是死了警察也不会查到荆鸣的头上。陈正军为荆鸣考虑得真周到呀。

4

突然，一个刺耳的急刹车声在刘明慧耳边响起，她刚从胡思乱想中惊醒，就感觉到自己被一股强大的外力猛地一推，便失去了知觉。

等她醒过来时发现自己已经躺在医院的病床上了。

她问医生自己这是怎么了。

医生一看她醒了就说："哎呀，你总算醒过来了，你差一点儿就没命了，知道吗？"

旁边一个陌生人一看她醒了就说："小姐，你是怎么搞的？想自杀也不能撞我的车呀！我还有爹娘老婆孩子，咱们素不相识、一无冤二无仇，你这不是害我吗？"

刘明慧还是有点儿头疼，她看着这个陌生人，觉得这人肯定就是他们派来杀自己灭口的，来得真快呀。

她看医生准备要离开病房，就赶紧叫住医生不让医生走，说有人想杀自己。

医生一听大吃一惊，认为刘明慧可能是由于被汽车撞伤导致惊吓过度受了刺激了，就说她不要胡思乱想，没有人想杀她。

刘明慧坚持说就是有人在追杀自己。

医生问："谁在追杀你？"

刘明慧看着陌生人问医生："这个人是谁？"

医生说："他是开车的司机，是他把你送来的，说你撞到了他的车上。"

刘明慧看着陌生人说："就是他，他们都是一伙的！"

陌生人生气了，"你是不是受什么刺激了？想让你死太容易了，你突然撞到我车上的时候，我只要脚下多踩一秒钟油门，就已经把你撞死了！"

医生安慰刘明慧，说她是受到惊吓了，没有生命危险，好好静养几天就好了。

陌生人生气地问她为什么要自杀，为什么往自己车上撞，要不想活了可以去跳楼、跳崖、上吊、喝药，死的方法多了，为什么要往他车上撞。

这时，警察进来立刻制止了这人，"你嚷嚷什么？你要开慢点儿不就没事儿了吗？"

肇事司机说他就是后怕。

警察问刘明慧的单位。

旁边医生拿出一个塑料袋对警察说："这里面有她的工作证，她是滨海华业的，叫刘明慧。这是送她来的那个交警给我们留下的。"

警察接过医生递过来的工作证，看了看又问她："对吗？"

刘明慧点点头，说自己是滨海华业的。

医生说他们已经给滨海华业打过电话了。

正说着，荆鸣和程诺都来了。

程诺一进来就紧紧握着刘明慧的手说："明慧，你真是吓死人了！"

荆鸣也凑过来说："好了，明慧，别担心，刚才我们已经问过医生了，你就是蹭破了一点儿皮，主要是受到了惊吓。你父亲把你交给了我，你要是有个三长两短，你让我怎么见你父亲？我怎么向你父母亲交代？你出去为什么不要车？公司不是给你配备有专车吗？你为什么不要？"

刘明慧看着荆鸣和程诺，说自己是临时办点儿个人私事儿，觉得要车不合适，就没要。

程诺说："刚才交警和医院都给我们打了电话，把我们吓坏了，放下电话就赶紧过来，还好，你没出多大事情。"

刘明慧爬起来说："那咱们回去吧。"

程诺赶紧按住她说："你别着急，既然已经住下了就不妨好好住两天，调理一下。"

荆鸣也说让刘明慧就在医院里安心地住着，回头他让医院给刘明慧做一次全身检查，没毛病了再出院不迟。

肇事司机一听着急了，赶紧说："刚才交警都说了，责任80%在她，我只负20%的责任，你们可别在这一住就不出院了，我可先把话说到这里，我只负责刚才检查的费用，我可不拿住院费啊。"

荆鸣问他刚才检查花了多少钱。

肇事司机拿出交费单子说："你自己看，都在这里呢，一共1400多块呢，我这一个月算是白干了。"

荆鸣对程诺说:"给他拿 1500 吧。"

程诺拿出 1500 元给肇事司机说:"你不要担心,我们是不会讹你的,这是 1500 元,责任全部由我们自己承担。"

肇事司机不敢相信自己的耳朵,看着程诺手里的钱,迟迟不敢伸手。荆鸣说:"拿着吧,让你受惊了。"

肇事司机接过钱说:"哎呀,我活了大半辈子了,今天可总算是见着好人了。你们得给我留下姓名地址,我要好好宣传宣传!"

荆鸣说:"算了,没必要,你以后开车注意点儿,下回你可能就没有这么好的运气了。"

肇事司机还是一定要问清楚荆鸣的姓名,他说:"我要不弄清楚你们是谁,回家怎么给人说?说了人家会相信我吗?"

荆鸣说:"你就不要给人说了,就当今天什么事情也没发生过。"

"你得去交警队接受处理。"

几人一抬头,原来一直站在门口的警察进来了。

肇事司机一看警察,又傻了。

荆鸣一看就对警察说:"好了,你看,今天的这个事情,责任主要在我们,你就不要再处罚司机了吧,他也不容易。"

警察说:"那好,既然你们双方都已经达成协议,就在这张交通肇事调解书上都把姓名签上。你们都想好了啊,签完字后,以后再出现什么问题,就自己解决了,不能再找对方的麻烦了啊。"

程诺说:"我来签吧。"

警察指着刘明慧问程诺:"你是她的领导吗?"

程诺说:"是的。"

程诺签完字后,警察又让刘明慧也在交通肇事调解书上签上姓名。随后,警察又让肇事司机也签了字,并对他说:"今天算你走运,下回注意点儿。"说完就走了。

肇事司机也走了,走的时候千恩万谢。荆鸣说:"好了,好了,你该干什么就去干什么吧。"

病房里现在就只剩下荆鸣和程诺了。荆鸣问刘明慧:"明慧,你最近到底是怎么了,有什么心事?如果不好跟我说就跟程诺说说,好吗?你老是这样心不在焉会出大事的。"

看着荆鸣表现出的关切,刘明慧心里百味杂陈。过去面对荆鸣的关切,刘明慧会很自然地接受,可是现在,她总觉得自己和荆鸣之间已经竖立起了一道高高的、无形的墙。难道父亲的入狱，就是这个对自己关怀备至、令父亲毫无保留地信任着的人一手造成的？刘明慧说："荆总，我觉得好多了，我想我还是回家吧，这么在医院住着我心里不踏实。"

荆鸣说："不行，你必须老老实实地在医院住几天，好好做一个全身检查，完全没有问题了再出院。"

刘明慧说："那好，我住院的这件事情千万不能让我妈知道。"

程诺说："你放心吧，我们不会告诉她的。"

刘明慧只好在医院住了下来。

荆鸣和程诺离开医院时，在医院大门口意外地遇见了公司一名保安，他搀着一名面色蜡黄的妇女坐在大门口的椅子上。看见荆鸣和程诺从里面出来，这名保安就站起来恭恭敬敬地叫了一声："荆总、程总好。"荆鸣站住，问他在哪个部门，他说自己在保安部。程诺问他怎么到医院来了。他说妻子在一家制鞋厂打工，最近总是头晕恶心浑身乏力，上个星期带妻子来这里检查了一下。荆鸣问他叫什么名字。他说自己叫黄强。荆鸣问他检查的最终结果是什么。黄强哭了起来，说医生确诊是急性再生障碍性贫血。荆鸣一听大吃一惊，又问他怎么坐在这里。他说住了十天医院就再没有钱了，医生催他妻子出院。程诺说这么大的事情怎么不向公司反映。荆鸣拿出手机给保安部部长打电话。部长说黄强请假一个多星期了，说他妻子病了，具体什么病自己不知道。

荆鸣说："这样吧，现在我去给你妻子重新办个住院手续。回头你给公司打个困难申请补助报告。"荆鸣带着黄强到住院部，又重新给他妻子办了住院手续，并用自己的银行卡预存了 5 万元住院费。黄强和妻子对老板感激不尽，面对荆鸣"扑通"一声跪下了。荆鸣赶紧把他们拉起来，说："你不要用这种方法感谢我，现在是治病要紧。急性再生障碍性贫血只要不耽误，没有转成慢性的就是可以治好的。你就好好陪你妻子把病治好，回头公司开会研究一下，会从公司的救助基金里拿出一笔钱给你一些补助的。"

刘明慧在医院只住了三天就住不下去了。

第三天中午，护士给刘明慧送来了所有的检查结果。刘明慧拿着一堆化验单问护士："结果怎么样？有没有问题？"

护士说没什么问题。

刘明慧说："既然没事儿那我就出院了。"说完，刘明慧就去办了出院手续。办完出院手续后，她给程诺打了一个电话，说自己全面的身体检查结果已经出来了，没有问题，自己已经办完了出院手续。程诺一听就让她在医院门诊大厅等着，自己现在就安排车去接她。刘明慧知道，自己继续一味地拒绝是不明智的，于是就说："那好吧，我就在门诊大厅门口等着你。"

5

那天晚上，荆鸣做东在滨海香港海鲜楼请王老板吃海鲜。秘书开车去宾馆接王老板。王老板问秘书："你们荆老板喜欢什么？"秘书说除了爱抽雪茄爱喝洋酒外，好像再没什么爱好了吧。王老板说："我知道滨海大酒店歌舞厅有跳艳舞的俄罗斯洋妞儿，今天晚上我给你们荆老板挑一个。"秘书说他们荆总从来没去过歌舞厅。王老板说："不可能吧？他从来没有去过歌舞厅？"秘书说对呀。王老板不相信荆鸣从来没有去过娱乐场所，说要亲自问荆鸣。秘书说："你要不相信就去问吧。反正我跟他这么多年了从没见过他找小姐，就是在五星级宾馆他也从没找过。"

王老板对荆鸣秘书说："今天晚上我安排，你不要管。"

吃完晚饭后，王老板说："现在我宣布下面的工作程序，咱们先上楼。"他伸出一只手指往上指了指。在座的所有人都要去，他们都知道，楼上是一个歌舞厅。荆鸣说到洗脚城去洗洗脚可以，别的就免了吧。王老板不干，说楼上的包厢都已经定好了，里面有俄罗斯洋妞儿，大家都是自己人，偶尔玩一下不要紧的。荆鸣说自己从来不找小姐，洋妞儿就更不找了。他半开玩笑地说："王老板的好意我荆某心领了，但弄个'洋病'出来怎么办？我真的还有事情，就不再奉陪了。"王老板说："荆总不给面子。"荆鸣说："那这样吧，最近事情多，有日子没洗脚了，你请客咱们去洗洗脚吧。"王老板一脸坏笑地问荆鸣是不是那方面有问题，要么就是曾经吃过小姐的亏。荆鸣说就算是吧。

他们来到一个大型洗浴中心，洗完脚后荆鸣就要走。王老板不让他走，把他拉到一边说："让三位女士先走吧，这里的小姐不错，咱们去按摩按摩。"荆鸣坚决拒绝。王老板说自己已经把小姐都定好了。荆鸣说自己有个原则，只找情人不找小姐，哪怕小姐再漂亮自己也不找，越漂亮的小姐，过的男人就越多，危险性也越大，这会让自己心里不自觉地产生排斥，所以自己一定要走。王老板趴在他耳边悄悄问，和他同来的这三位女士是不是他的情人。荆鸣说："这话可不能胡说，兔子还不吃窝边草呢，再说她们是我的总经理、副总经理。"

6

自从那天父亲在医院说荆鸣不出事儿则罢；出事儿就是大事儿，比刘凯明还严重后，陈燕这些日子一直处在矛盾之中。王老板要带荆鸣找小姐被他坚决地拒绝了后，陈燕更坚定地认为荆鸣是个坦坦荡荡的君子。她觉得，自己不能看着荆鸣倒霉。于是第二天上午，陈燕来到荆鸣办公室，把自己父亲对荆鸣的怀疑以及有人到检察院举报他的情况全部告诉了他。听陈燕说完后，荆鸣对陈燕说："经济学上有一个现象叫劣币驱逐良币，你知道吧？"陈燕说知道。荆鸣说："这种现象伴随着人类经济活动的产生而出现并贯穿始终。有人不可避免地会成为这种现象的牺牲品。假如有一天我成为牺牲品的话，那我也会坦然面对。英雄就算倒下也一样是英雄，能爬上山峰的除了人还有爬虫，谢谢你的提醒。"最后他对陈燕表示了感谢。

7

刘明慧内心非常矛盾，她想通过对荆鸣的调查，彻底地了解清楚荆鸣到底是一个怎样的人。所以，她仍然在暗地里不动声色地想尽一切办法继续调查荆鸣。

尽管荆鸣做事非常谨慎，刘明慧还是发现滨海华业在帮助一些政府官员洗黑钱，甚至一些有背景的黑社会组织也主动把钱送到滨海华业来洗白。

刘明慧对荆鸣的调查，应了中国一句老话：踏破铁鞋无觅处，得来全不费功夫。

一天，刘明慧大学时的班长给她打电话，说大家都已经毕业这么多年了，想把大家召集起来一起坐坐。刘明慧答应了对方的邀请。很快，全班同学除了有四人出国没法回来参加，还有两人一人交通事故死亡，另一人已经病故外，其余都到了。

同学聚会安排在了南海市的南海大酒店。

多年不见的同学，一聚会有说不完的话，一见面就互相交换名片，询问对方的工作、生活、家庭。

一位同学拿着刘明慧的名片一面看一面念："滨海华业集团信息部、滨海东华科技信息咨询公司总经理刘明慧。行啊，刘明慧，当年在学校的时候可没看出来呀。"

同学们都纷纷夸赞刘明慧。一位在滨海市建设局工作的同学说："我们招标办主任跟你们总裁可是铁哥们。"

另一位同学说："我们国土资源局局长跟荆鸣关系也非同一般。"

刘明慧说："我们荆总裁是社会活动家，跟社会各界都有密切的联系。不过我在公司也算高层了，怎么从来没见过你们说的招标办主任和国土资源局局长？"

建设局工作的同学说："明慧，你现在也算是咱们同学里的成功人士了，凡是可得小心才是，现在成功的企业家和有实权的官员，大多都有问题，只要一个一倒，就能牵出一大串。同学们可不愿看见你走到那一步呀。"

刘明慧一看机会来了，就说："不会的，谢谢你的提醒，不过，我还没有发现荆鸣有违法行为，就算是他要犯罪，我也绝不会跟着他往坑里跳的。"

一位同学说："就怕你还不知道呢就已经跳到坑里了。"

刘明慧问，他们是不是发现了荆鸣的违法犯罪证据。

同学说："算了，不说了，不说了，说多无益，再说，有钱人和有权人瓜分点国家的钱财并不奇怪，这跟我们也没有任何关系。"

刘明慧决定回头跟这个在建设局工作的同学再好好谈一次，看能不能掌握一些证据。

回到滨海后，刘明慧又随便找了个理由把这个同学约到了SARA茶餐厅。同学一开始不愿多谈自己单位领导的事情，但在刘明慧百般央求下，终于说了一些。原来，建设局招标办主任在滨海华业有股份，具体多少股，刘明慧的同学也不知道，但有一点可以肯定，那就是，这些股份都是干股。荆鸣给这些手上握有实权的官员们每人都送了一份干股，得到实惠的领导就会在工程招投标的时候给荆鸣透漏一些最关键的核心机密，如投标方的最低和最高预算价格、投标方有决定权的关键人物等。有时候对一些油水大的好项目，招标办也会伙同滨海华业公关部的美女在饭局上、酒席上甚至在酒店的床上对投标方的关键人物进行公关。

刘明慧问同学，怎么才能发现他们没花钱就得到的干股，即如何能够在股权登记册上发现他们。

同学说一般吃干股的都是领导，他们的名册肯定是在一起的，不会分散登记的。另外，他们也有可能会使用假名。

8

刘明慧开始不动声色地寻找机会搜集证据，终于想出了一个办法。正好股市刚刚进入了牛市，新老股民们一致看好中国股市，刘明慧便趁机以信息部需要滨海华业股票的真实信息为由，轻而易举地就拿到了滨海华业的股权登记册。

经过三天的认真查找，刘明慧终于在股权登记册上找到了几个可疑人物的姓名、身份证号码、住址和股权交易代码。

刘明慧把这些可疑资料全部拷贝到了自己的U盘里，并对自己怀疑的地址进行了秘密调查，确认了其中几处是领导住处。她相信自己已经掌握了荆鸣行贿的证据。但她想再等，等待一个合适的机会，把这些材料交给可靠的人，置荆鸣于死地。尽管父亲也曾无奈地表示，现在已经没有谁能轻而易举地撼动荆鸣。但是刘明慧就是不信这个邪，她要亲眼看着荆鸣倒在自己的脚下。

一天上班时，刘明慧看见大厅墙上贴着一张红纸，上面有"感谢信"三个大字，几名员工在看，她也过去看了看。原来是一位名叫黄强的员工写的感谢信，他在信中提到：自己妻子得了急性再生障碍性贫血，他们拿出了全部积蓄也只能在医院住了十天。在他们走投无路，叫天天不应呼地地不灵的绝望关头，遇见了贵人——滨海华业的两位老总荆鸣和程诺。荆总问明情况后立即又给自己妻子重新办理了住院手续，还给自己留下了 5 万元的治疗费，现在妻子的病已经大大好转。

刘明慧看完这封感谢信后，又陷入深深的矛盾之中，搜集证据的事情到底要不要继续下去。最后，她决定还是要继续按照自己原定的计划办，至于要不要把证据交给司法部门，到时候看情况再定。

9

陈燕自从和父亲闹翻后，心情一直不好，每次去医院看望母亲都事先给母亲打电话询问，以便避开父亲。只要父亲在病房，那她就坚决不去。

这一天，陈正军又来到病房。

老廖老婆要出院了。

老廖一看陈正军来了，就写了一个地址给陈正军，说，"老陈呀，我老婆今天就出院了，这是我家的地址，你要看得起我老廖，就抽时间带上弟妹到我家去玩儿。"

陈正军接过老廖递给自己的地址，说："好，谢谢，我一定去。老廖兄呀，我真要好好谢谢你呀，我工作忙，这些日子，多亏了你帮我照顾宝燕了。"

老廖说："要说谢，我还要谢谢你呢，你让我看见了真正的共产党的清官。"

陈正军说："你是不了解我们，说实话，共产党里面贪官还是极少数。"

老廖说："说实话，我看你是个清官才诚心对你，要不我才懒得理你呢。哎，老陈，你不是说退休了到山沟里买个院子吗？"

陈正军说对呀。

老廖说，他一回去就给陈正军在他们十家沟物色一个好院子。他问陈正军怎么样。

陈正军说："老兄呀，谢谢你的好意，现在还不行，一是我离退休还早呢；二是政策也不允许。我那个话也就是那么说说。"

老廖说："那闹了半天你说你喜欢山沟是哄我开心呢？"

陈正军连忙说："不不不，老廖，你听我说，我是真的喜欢住到山沟里去，可是现在我没有退休，现在要真住过去那上班都是个大问题，我就天天花五六个小时在上下班的路上了，所以我说只能等我退休后。"

老廖说："好吧，我们家里欢迎你，什么时候你就带上弟妹去我们那个山沟里住它十天半个月，我敢说弟妹的肺病，不吃药也能好。"

陆宝燕也说："谢谢你了，廖大哥。"

老廖连连摆手说："别客气了，你就好好养病吧。"

陆宝燕对陈正军说："咱这里还有那么多水果，你给老廖都装上吧。"

陈正军就开始找袋子装水果。

老廖说："不行不行！我哪能吃病人的东西呢？"

陈正军和陆宝燕都坚决要让老廖把水果装上。

陆宝燕说："你是不是怕我的肺病传染给你，就不愿意要我的水果？"

老廖连忙说："哪里哪里！你是病人，我老婆现在已经病好了，怎么能吃病人的东西呢？"

陆宝燕说："老廖大哥，这些日子我没少让你和你儿子照顾，以后再想感谢你恐怕都没有机会了。你就把这点水果装上吧，我得的是肺癌，不会传染。"

所有人一听，都惊呆了。

陈正军说："宝燕，你别胡思乱想，你这就是老肺病，过去肺病都叫肺痨，但你这个肺病医学上叫硅肺病，是职业病。王医生说煤矿上不少硅肺病病人都照样能活七八十岁呢。"

陆宝燕说："其实，我自己的病我自己知道。你们是害怕让我知道，所以都不说，我知道我这病是治不好了。"

陈正军说："宝燕，你是早期，医院正在积极给你想办法呢，你不要再多想。"

"好，水果我拿上了。"说完，老廖心情复杂地走了。

看着病房里只剩下两人，陆宝燕就对陈正军说："你看你，我现在还没有死呢，你们父女两个就弄得像仇人，一个见不得一个。我看你们都是盼着我早点死。"

陈正军说："宝燕，你又胡说了，你放心，燕子现在就是脑子一下还转不过弯来，等她转过弯来就好了。"

"正军，我求求你，你就找个时间好好跟女儿谈谈吧。万一我要是……"

"你胡说什么啊！"陈正军推门走了出去，眼睛里有些发热。

10

陈燕十分苦闷，就给谭宇打电话。谭宇说，这种事情应该以自己的感觉为主。滨海华业是一家大型公司，一般来说能在十年之内成长起来的大型公司，政府的大力扶持是毋庸置疑的，当然公司的老板也一定有过人的智慧，同时公司肯定还有一支公关和营销能力极强的精英队伍。但在他们的原始积累中肯定会有问题，比如钻政策漏洞、行贿等，这些事情假如不被揭露的话，滨海华业的业绩将会很快使自己自动洗白。谭宇说要是他的话，他会考虑继续留在公司，因为不管怎么说，公司早期的违规甚至违法行为和普通员工以及后加入的员工是没有关系的。不过陈燕父亲的考虑肯定也有他的道理。反正不能全听家里的。

陈燕说自己觉得现在主要精力都放在照顾母亲上，所以想先辞职。

谭宇说要来滨海市看望陈燕的母亲。陈燕问他哪天来，自己去接他。谭宇不让陈燕接，他说他会直接到医院去。

陈燕在医院告诉了父亲和母亲，说谭宇要来看她。陈正军一听觉得奇怪，就问女儿，不是说已经和谭宇吹了吗。陈燕说："这要看他的表现，他表现好的话，我就再给他一次机会，表现不好那就让他一边凉快去吧。"陈正军说："你这叫谈恋爱吗？简直就是胡来！"陆宝燕也嗔怪女儿说谈恋爱哪能这样谈，简直就是拿着婚姻大事当儿戏嘛！陈燕问母亲让不让谭宇来，陆宝燕说："他要来就来吧，说实话我还是挺喜欢他的，人长得又高又大，又有学问。"她说自己死以前能把陈燕和谭宇的婚事定下来也就了了自己一桩心事了。陈燕告诉母亲，谭宇来了后不许拿自己和谭宇的事情说事儿，说她和谭宇的事情他们自己决定。

陈正军也看出自己在女儿的婚姻大事上已经不能左右她了，就说："你是成年人了，你应该知道，婚姻不是儿戏，这是一件很严肃的事情，谁要想游戏婚姻最后就会品尝到自己种下的苦果。你要想继续和谭宇谈，我们不反对，假如你们就是普通朋友的话，我们希望你自己把握好男女交往的分寸。马琳和张大川游戏婚姻的人生悲剧就在眼前。"

第十八章
情人意外有孕

1

很快，谭宇就来到了滨海。

陆宝燕一看谭宇来了，高兴得合不拢嘴，"谭宇，燕子不懂事儿，以后你要多管管她。"陈燕一听就着急了，说谭宇现在和自己就是好朋友，让母亲不要一见自己的异性朋友就生拉硬拽地往一块扯。谭宇说："阿姨，现在是燕子看不上我了。"陈燕一听就使劲掐谭宇胳膊，谭宇被掐得"哇哇"乱叫。陆宝燕看着也挺高兴，说："你们只要好了我就是死了也没有什么遗憾了。"

病房里的气氛突然又凝重了起来，陆宝燕一看就赶紧转移话题，又问谭宇毕业了没有，到滨海来把功课拉下怎么办。谭宇说博士生最后一年几乎不用上课的，导师只在学生的课题研究过程中有问题解决不了了才指导一下。他打算最近就不回南海了。

陈燕给父亲打电话说谭宇来了，她想让谭宇晚上住在家里。陈正军说："你们要是恋人关系，那他可以住到家里；要是一般朋友的话，让一个男的住到家里你不怕别人说闲话吗？以后假如你再找男朋友，让对方知道了你怎么解释？"

陈燕说："我白天上班，谭宇就在医院里待着，晚上我们轮流在医院值班，能出什么事儿啊？再说，我们又和好了。"

2

自从刘明慧确认陈燕的父亲就是陈正军后，就开始十分鄙视她了，再联想到陈燕一个刚毕业的研究生，既没有工作经验，也没有看出来她有过人的本事，凭什么一来公司就得到这么高的待遇。陈燕前脚刚进公司，随后荆鸣就放出来了，要说这里面没有猫腻谁信。刘明慧心想：毫无疑问，陈燕和荆鸣他们现在已经是一伙的了，自己以后一定要更加小心，不能让他们看出异样。

陈燕刚开始并没有感觉出异样。她觉得一切都很新鲜，公司给自己这么高的待遇，刚开始，她认为那是自己的能力得到了认可，直到父亲逼她辞职，她暗自也认真地作了分析，觉得父亲的话有一定道理，可是仔细一深想，父亲的怀疑又好像是毫无道理的。因为假如自己是荆鸣的话，绝对不会把对自己抱有极深成见的检察官的女儿招进自己的公司的，那不等于在自己身边替检察院安置了一个卧底吗。因此，陈燕一直认为，父亲对荆鸣的怀疑是没有任何道理的。

在公司里，刘明慧对陈燕的热情很快随着陈燕的高升转化为平淡、冷漠了。陈燕当然能感觉得到，她认为这是因为自己升迁太快让自己的女上司不满了，这是女人的通病：忌妒。陈燕想找个机会和她沟通沟通。

没想到这个机会很快就来了。因为程诺发现有两次刘明慧给陈燕难堪，她问过刘明慧，但没问出什么，她想让荆鸣了解一下她们之间到底是怎么了。

那天下班前，程诺分别通知刘明慧和陈燕到荆鸣的办公室。刘明慧以为自己搜集证据的事情败露，心里忐忑不安，到荆鸣办公室后看见陈燕也在，于是心里一块石头落了地。

荆鸣开门见山地说："你们两个的潜质都不错，很有培养前途。明慧，你在滨海华业摸爬滚打了这么些年，也历练出来了。我希望你们都能成为滨海华业集团的栋梁之材。大家在一起工作难免会有摩擦，但是为了工作，只要不是原则性问题和人品问题，希望大家都能精诚合作，领导层闹桌下的矛盾，这在任何一个公司都不会被容忍。"

刘明慧意识到自己可能做得太过分了，于是赶紧主动向陈燕道歉，她说："其实我对陈燕也没什么成见，前一阵是因为自己遇到了一些不开心的事情，可能让你们误会了，我以后一定会注意的。"

荆鸣又说，希望她们两人能鼎力合作。荆鸣说自己非常看不起和讨厌那种平庸还自以为是的人，非常喜欢能力强、个性强的人。再者，她们的父亲都对自己有恩。刘凯明以前是自己的老板，他出事自己也有一部分责任，他能做的就是要好好照顾他的家人，尤其是刘明慧。

刘明慧嘴上表示感谢，但是心里却越发糊涂了，她不知道荆鸣这葫芦里到底卖的是什么药。她只好说："荆总，你就别再说了，上次我父亲还说让我一定要好好听你的话，跟着你好好学点本事呢。另外，他还让我代他向你问好。"

对于陈燕，荆鸣说："我一开始真不知道陈正军是你父亲，之所以能重用你，跟你父亲没有任何关系，但跟程诺和刘明慧关系重大，因为你来公司时我还作为谋杀妻子的犯罪嫌疑人被关在看守所里。你是在公司招聘时经过严格的选拔、考试进来的。当我被证明是清白的时候，你已经在公司上了十天班了。刘明慧和程诺两位老总都十分欣赏你。所以当我一回到公司，程诺在向我汇报工作时就特别提到了你。你父亲陈正军作为检察官，秉公执法，不主观臆断，所以我才能重见天日。由此，我对法律也有了更深一层的理解。虽然中国司法界有执法犯法的人，但那毕竟不能代表司法界的整体，我敬重所有敬业爱岗、忠于职守的人，你父亲就是敬业爱岗、忠于职守的人。"

停顿了一下后，荆鸣继续说："陈燕，你回去告诉你父亲，检察院的那个办公大楼因为种种原因没有批下来，并不是因为我的缘故。可能有人会说是我在后面作梗，但在中国并不是有钱就能办成任何一件事的。假如有一天能批下来，我过去说过的话仍然有效。另外，我知道检察院还在查我，你们局外人可能也觉得我要出大事儿了，但我心里没鬼，行得端坐得正。"陈燕心里藏不住事，她告诉荆鸣，千万别再提什么办公大楼的事情了。父亲知道自己在荆鸣的公司上班，命令自己辞职另找工作。公司给的20万块钱她也不能要，如果要了父亲还说不定气成什么样呢！

荆鸣和刘明慧都禁不住"咦"了一声，荆鸣是惊讶于陈正军的执着，刘明慧则惊讶于陈燕的话是否属实。

荆鸣一看这种情况，就对刘明慧说："明慧，你就先回去吧，陈燕再留一下。"

刘明慧从荆鸣办公室出来后，一直在想：从陈燕所说的情况来看，荆鸣被放出来应该和陈正军没有关系，看来自己也应该抽时间和陈燕好好谈谈。

程诺看荆鸣打算和陈燕长谈，觉得自己留下不合适，就说："那我也走吧，你们是应该好好交流一下了。陈燕，你可能是受你父亲的影响，对荆总有些误会，把事情谈开了总比闷在心里好。"

3

看看时间，已经快到下班的时候了，刘明慧拿起桌上的电话。

陈燕看快下班了，也准备走，就给母亲打了一个电话，问父亲在不在医院。母亲说："你要这样就不要来了，你怎么能这样对你父亲呢？不管怎么样，他都是为你好，这世上还没有见过哪个父母是不希望自己孩子好的。"

陈燕说："妈，我知道，只要你好好的就行了，我今天下午又跟我们公司老总提辞职的事情了。"

陈燕刚放下电话，刘明慧的电话就打了过来。陈燕一看是刘明慧的办公室打来的，犹豫了一下，最后还是拿起了电话听筒。电话那边刘明慧第一句话就是道歉，她说："陈燕，对不起，真的，咱们两个都对对方有些误会。"

陈燕说："没事刘总，其实我对你从来就没有意见。"

刘明慧说："我想请你喝点东西，你有空吗？"

陈燕犹豫了一下说："我时间不多，下班后还要去医院照顾我母亲。"

刘明慧说："不要紧，咱们先稍坐一会儿，完了我陪你去医院看你母亲。"

陈燕想了想说："那好吧，医院你就别去了，咱们坐半个小时吧。"

刘明慧说："我在附近的 SARA 茶餐厅等你，这个茶餐厅离医院也不远。"

很快，刘明慧和陈燕一前一后来到了 SARA 茶餐厅。

落座后，刘明慧先问陈燕："你母亲的病怎么样了？好点儿了没有？"

陈燕说："医生说最近又有恶化的趋势，前天医院又下了一次病危通知书，她的肺癌已经到了晚期了。"说着，陈燕就落下泪来。

刘明慧安慰陈燕说："好了，别哭了，等一会儿我陪你一起去医院。"慢慢地，陈燕止住了哭泣。

刘明慧问陈燕："陈燕，我问你，你觉得荆总这个人怎么样？"

陈燕吃惊地看着刘明慧说："我觉得挺好的呀。"

刘明慧又问："你觉得滨海华业怎么样？"

陈燕说："我觉得公司能发展这么大，不容易，再一个，我觉得公司的管理还是挺规范的。"

刘明慧再问："那你想过了没有，你父亲为什么一定要让你离开滨海华业？"

陈燕说："我当然想过了，可能我父亲觉得荆鸣有问题吧，可是他也并没有荆鸣犯罪的证据呀。"

刘明慧问："你觉得荆鸣对我怎么样？"

陈燕说："我觉得荆总对你非常重视，也挺关心的。"

刘明慧问："你知道这是为什么吗？"

陈燕看着刘明慧没有吭声。

刘明慧问："你听说过滨海的大东房地产公司没有？"

陈燕说她知道，滨海最早的房地产开发商，好像还做过建材吧。

刘明慧继续说："大东建材公司是大东房地产公司办的一个分公司，当时主要做建材，是我父亲创办的公司。更早以前，我父亲在城建局规划处当处长，荆鸣就在我父亲手下工作。后来我父亲从城建局被调到了滨海第一建筑总公司后，他把荆鸣也调了过去。当时荆鸣在公司当副总经理，我父亲对他非常信任。后来，在税务年检时发现公司有偷逃税款和虚开增值税发票的事情，我父亲为此被判刑，但荆鸣却什么事情也没有。法院认定大东建材公司虚开增值税发票 9000 万元，非法牟利近 1500 万元，可是我父亲入狱后，这 1500 万元的非法牟利却不知去向。公司就我父亲一人坐了牢，中层和底层员工显然不可能掌握这笔钱。我父亲出事以前，公司就是我父亲和荆鸣两人说了算。你分析一下这笔钱到哪里去了？而且我父亲出事以后，很快，荆鸣就在省工商局注册了滨海华业集团公司，把大东房地产开发总公司变更为滨海华业下属的分公司。"

陈燕吃惊地问刘明慧："那你是怀疑荆鸣把这一笔巨款转移到了自己名下？"

刘明慧问陈燕，知不知道公司的法律顾问童建中。陈燕说知道。刘明慧说，荆鸣在省工商局注册滨海华业集团公司，把大东房地产开发总公司变更为滨海华业下属的分公司，都是童建中给他出的点子。

陈燕说自己只听父亲在家里讲过一点儿，说童建中足智多谋，不好对付。

刘明慧说："我不管荆鸣对我怎么好，我都一定要把真相弄清楚。"

陈燕问刘明慧："那你弄清楚了吗？"

刘明慧说："还没有，不过我想，任何人都无法单枪匹马干成一件事情，不管我查不查，事情总会有真相大白的一天。"

陈燕说："怪不得我父亲坚决要让我离开滨海华业，原来他也一直在怀疑荆鸣。"

刘明慧说："你父亲的怀疑是有道理的。"

陈燕说："可是我总觉得荆总不像是坏人，再说，现在哪有不偷税漏税的公司呀。"

刘明慧说："好人和坏人之间很多时候是无法分辨的，当一个坏人做好事的时候他就是好人，当一个好人干坏事的时候他就是坏人。有时候，好人也可能会干坏事，坏人也可能会做好事。"

4

陈燕走后，荆鸣还在回想陈燕刚才的那一番话，他越想越害怕，看来自己想和陈正军缓和关系的种种努力已经失败了。他感受到来自陈正军那双锐利的眼睛的威力，禁不住打了个冷战。按说一个检察院的处长，荆鸣完全可以忽略的。过去陈正军几乎就从来没有走近过自己的生活，可是通过这次接触，他看见了陈正军的难缠。

程诺过来送咖啡，看到荆鸣这样，忙问他是不是感冒了，荆鸣笑着说："没有，只是有些兴奋。"程诺不解。荆鸣说，自己要加紧行动，争取在年底之前把该办的事情都办了，然后和她飞赴瑞士。程诺一愣，去瑞士干什么。荆鸣有些坏笑地说："傻丫头，你说呢？"心有灵犀的程诺脸上露出幸福的微笑。

经过多次试探和观察，刘明慧发现陈燕果然是个好女孩，她相信陈燕的父亲肯定也是一个好检察官。所以她渐渐地打定主意，要通过陈燕的手，把自己苦心搜集的证据交给陈正军。但是她不知道如果告诉陈燕真相，会不会让这个女孩子为难，于是她想找个机会偷偷地交给陈燕，事后再告诉她。

5

自从结了荆鸣的案子后，为了让陈正军能腾出时间去照顾病中的妻子，院里就暂时没有再给他安排工作。这样，陈正军每天就能早点儿去医院。

在照顾妻子时，陈正军的脑子里一直在回想荆鸣一案的前前后后，他越想越觉得一切似乎都是别人安排好了的一样。

今天谭宇给陆宝燕买了一条鱼，炖好后送到了医院。陆宝燕说谭宇真不错，每天都在医院和家里忙，又问谭宇吃过了没有。谭宇说自己吃过了。陈正军让谭宇休息一会儿。谭宇让陈正军先回家吃饭去。他帮陆宝燕把鱼刺仔细地挑拣出来后，又要喂给陆宝燕吃。陆宝燕说："行了，已经够麻烦你了，我自己吃吧。"

谭宇说："那您小心点儿鱼刺，慢点儿吃。"说着就把饭盒递给陆宝燕。陆宝燕让陈正军把柜子里的碗给拿出来。

陈正军拉开床头柜的门，从里面拿出一只小碗。

陆宝燕接过小碗后，从饭盒里往小碗拨出了一小块鱼，然后又把饭盒给陈正军，说这些给陈燕留下，等她来了让她吃吧。谭宇说家里都留好了。

陆宝燕慢慢吃了一口，谭宇问她咸淡如何。

陆宝燕说："还不错，就是盐放少了点儿，不过做淡点总比做咸了好。"

陈正军在谭宇的劝说下回家吃了饭，吃完饭后又来到医院。他让谭宇回去休息一下。谭宇问陆宝燕晚饭想吃什么，陆宝燕说晚上熬点儿粥就行了。谭宇走后，陆宝燕对陈正军说："我看谭宇这孩子真不错，我死以前能把他们这事儿定下来我也就放心了。"陈正军一听又难受起来。

陆宝燕看到陈正军难受，就想有些话还是要跟他说说，便说："咱们出去走走吧，每天躺在这病床上，难受死了。"

陈正军说："那好，那就出去走走，活动活动也好。"他也觉得病房里空气不好，每天待在病房里也没好处，就从病床下面拿出陆宝燕的鞋子帮她穿上，然后又扶着她慢慢地下来。

陈正军搀扶着陆宝燕慢慢地向外面走去。陆宝燕一是身体太虚弱，二是本身病在肺上，走了几步就又喘得不行了，就在走廊的长椅子上坐下休息一会儿。这么走走停停地，他们来到了楼下的一个小花园。

坐下后，陆宝燕说，她知道自己的病是治不好了，有些话还想跟他说一说。

陈正军心里一阵难受，心里想妻子这是安排后事呢，就说："宝燕，你说吧，我听着呢。"

陆宝燕说："燕子找工作的事情她跟我说过了，她当时确实不知道那个公司的董事长就是荆鸣，萧玫也不知道，你可能错怪她们了。萧玫是个好姑娘，和我们非亲非故，却那么辛苦地照顾了我那么多天，我这心里十分过意不去。你一定要找个机会替我好好谢谢她。我走后，你要好好照顾燕子，别苦了自己。如果你觉得萧玫合适，人家也不嫌弃咱们家的话……"

陈正军打断妻子的话，说自己跟萧玫那是不可能的，让妻子再不要胡思乱想了，好好养病。陈正军说："关于萧玫，我从来就没有往那方面考虑过。你想想，我和她现在是上下级关系，就因为萧玫常来照顾你就让你产生了误会，我要是再跟她有点儿绯闻那以后还怎么在检察院待呀，而且现在燕子已经误会萧玫了。"

陆宝燕说等女儿来了自己跟她说。

陈正军告诉妻子不要再操这些心了，说自己绝不会耽误萧玫的幸福，相信萧玫也能理解，回头自己会找个机会向女儿当面解释解释。

6

刘明慧想：陈正军一定也会在医院，就死活要和陈燕一起去医院看她母亲。但陈燕不想和父亲在医院碰面，她想按老规矩先给母亲打个电话，确认父亲不在病房时自己再去，可是那样的话就会让刘明慧知道自己和父亲闹矛盾了。想了一下，陈燕决定不打电话了，和父亲早晚是要和解的。同时，陈燕也拗不过刘明慧，就只好同意刘明慧和自己一起去医院。

两人出了茶餐厅后，刘明慧想给陈燕母亲买点什么吃的。陈燕说母亲的晚饭都是自己和萧玫给她准备。刘明慧让陈燕给她母亲打个电话，问她想吃什么。陈燕从包里拿出手机开始给母亲打电话。

陆宝燕和陈正军还在住院部楼下的小花园里坐着。陆宝燕的手机响了，她一看是女儿来的，就对陈正军说："你看看，燕子现在都怕见到你了，每次来都要先打个电话问问你在不在。"说完，她接起电话。

陈燕问母亲晚上想吃什么，自己给她买点儿带过去。

陆宝燕说："你快来吧。我和你爸都在楼下坐着呢，你来了就先到病房楼下来吧。"

陈燕说自己已经在外面吃过了，她问父亲吃过了没有。

陆宝燕说吃过了。陈正军接过电话，问陈燕在哪儿。

陈燕说自己正准备去医院，问他吃过晚饭了没有，要不要给他买点儿，还说自己要带一个朋友一起来。

陈正军说："不用了，我吃过了，你来吧。"

刘明慧硬拉着陈燕去买了一些水果。

很快，陈燕和刘明慧一起来到了医院。

陈燕和刘明慧在楼下看见了坐在路边长椅子上的父母，喊了一声就赶紧过去。

陈正军似乎认出了刘明慧，"哎？你是……"

刘明慧看着陈正军，笑着说："我是刘凯明的女儿刘明慧，上星期二去过您办公室。"

陈正军说："对了，我说怎么看着这么眼熟呢，来就来嘛，还买什么东西？"

刘明慧有点不好意思地笑着说："是的，我跟陈燕来看看阿姨，其实早就想来了，一直没有时间。"

陈燕问母亲："妈，你感觉怎么样？"

陆宝燕说："妈没事。"又看着刘明慧问陈燕，"这是你的朋友？"

陈燕说："对，她叫刘明慧，特别能干，是我们分公司里唯一一个女总经理。"

陆宝燕一听，就说让陈燕好好向刘明慧学习。

陈正军低声问刘明慧："没有蛮干吧？"

刘明慧不好意思地低下头说："对不起，我还误会你了。"

陈正军觉得奇怪，问刘明慧："你误会我了？什么事情误会我了？"

刘明慧说自己以为荆鸣被放出来是走了陈正军的后门。

陈正军一听就哈哈大笑了起来，说："你们毕竟还是年轻嘛，看问题太不全面了。"他问刘明慧，是不是认为陈燕进滨海华业也是因为自己找了荆鸣。

刘明慧更加不好意思了，一个劲地道歉，说自己现在知道了。

陈正军笑笑说有怀疑是正常的，再说自己也没有怪她。

正说着话，谭宇拎着饭盒来了。陈燕大方地向刘明慧介绍说，这是自己的男朋友。刘明慧说陈燕保密工作做得这么好，自己都没听她说过。陈燕说他刚来滨海。刘明慧反说谭宇命真好，能找到陈燕这么好的女孩儿。陆宝燕说："我看谭宇也不错，像亲生儿子似的在这里照顾我。"谭宇不好意思地说这是自己应该做的。

7

早晨，林缨子刚进办公室，桌上的电话铃就响了起来。她一面快走了两步一面想：是谁这么早，台里有什么事情。一看来电显示，不是台里的电话。那就不用着急接了，真有事儿的过会儿肯定还会打过来。于是，林缨子就先把包挂在椅子旁边，她觉得对方有可能会打到自己的手机上，于是就赶紧从包里拿出手机。林缨子拿起抹布去卫生间洗了洗，又回来擦桌子、椅子。过了一会儿，电话铃声又响起来，她拿起了话筒，"喂，谁呀？这么早就打电话。"

对方亲热地叫她缨子，说自己是老文，就是因为怕电话打晚了，她又会有别的安排。老文叫林缨子今天晚上不要有安排。

林缨子问："又是什么事情呀？你们不累吗？每天晚上都是老一套，吃喝唱歌跳舞洗脚桑拿，我今天有点不舒服，晚上不想出去了。"

老文说："你不是让我给你找个大老板，拉个大广告吗？你想要广告你就来，你要是觉得太烦了不想来，那你不来也行。"

林缨子一听有广告，那肯定要去啦，但她又不能表现得太急不可耐，就说："这样吧老文，我今天真的是不舒服，刚吃完药，晚上假如要去的话也绝对不能喝酒了，好吗？"

老文说："行，你要决定来的话，下午六点以前给我打个电话确定一下。"

中午，林缨子去超市买了一罐酸奶和一个苹果。为了减肥，她现在每天中午都是这样，一罐酸奶和一个苹果就是午餐。谁知道，刚喝了一口酸奶，就觉得胃里一阵翻江倒海地犯恶心，她赶紧跑到卫生间去吐，吐完了她想自己这是怎么了，不会是……

林缨子这几天觉得身体不舒服，一直感到很疲倦，她以为是活动太多累的。这一吐，林缨子预感到了什么，于是下午就抽时间去了医院。

到医院门诊大厅时，林缨子一看人不多，就挂了个妇科的号。

检查结果很快就出来了，医生拿着检测报告对她说："妊娠检测呈阳性，你怀孕了。"

林缨子一下呆住了，问："没搞错吧？我怀孕了？"

医生觉得她的反应不像是喜悦，就问她是不是已经有了一个孩子了。

林缨子说没有，但自己一点思想准备也没有。

医生说："离分娩还有几个月呢，这几个月的时间足够你们作思想准备了。"

林缨子在医院走廊的长椅子上坐了很长时间，她知道这个孩子是谁的，留还是不留。其实，她知道这个孩子是自己赌了一把，没想到真就怀上了。

林缨子想起了荆鸣在敬老院举行奠基仪式那一天的意气风发。荆鸣真可以说是这个社会上男人里面不可多得的精品。在商场上，他所向披靡；在资本运作上，他运筹帷幄；在床上，他更是男人中的极品，每次都能让女人得到最大的满足。马琳真是不识货，上帝让她得到了这么优秀的一个男人，她竟然还不知道珍惜，还和初恋情人去幽会。体育局的那个张大川也算能拿得出去，但和荆鸣放到一起比一比的话，那可就差得太远了。咳，鼠目寸光呀！林缨子不由得替马琳惋惜起来了。

那天晚上，荆鸣第一次告诉她说，"我是在给别人养孩子"时，林缨子才知道已经五岁了的马凡并不是荆鸣和马琳生的。荆鸣说："我那一段时间因为忙着企业改制的事情，身体也特别疲乏，我们在一起时她总是不能尽兴。所以，我们在做爱时一直采取了避孕措施，可是没想到，她说自己怀孕了。我让她做掉，她不干，说自己一定要生下这个孩子，还说这是我们爱的结晶。我当时就觉得这里面可能有问题。结婚第一年的中秋节我母亲第一次到他们家，就受到了他们父女的轻侮，从此后我就对她很冷淡。但是，她怀孕那一段时间突然特别主动地照顾我、关心我，这里面必有原因。而且那时我已经听到了一些关于她和张大川的风言风语，但是毕竟没有真凭实据，再加上她的家庭环境和社会地位，所以我没有点破。我有时候会不由自主地想，是不是因为我没注意，所以真的让她怀孕了。最后，这个孩子果然是她和张大川爱的结晶，而不是和我的。我们之间没有爱，我荆鸣对于马琳来说仅仅就是一个替代品，是随时可以被抛弃的。"

那天晚上荆鸣哭了，哭得那么伤心，他说自己想不通，别说在滨海市，就是在省里、在全国，自己也算是个成功的男人了吧。荆鸣哭着问林缨子："以前我一直自以为是地认为自己是个成功人士了，可是，当我知道我的妻子背着我在外面有一个保持多年的情人的时候，你说，我还敢大言不惭地说自己是个成功人士吗？"

林缨子承认，那天晚上自己也没有采取任何防止怀孕的措施，她再一次被这个成功男人所感动，她想让老天来决定。现在，老天已经把自己的决定变成医院的诊断证明交给了自己，那就是说，这是天意。

林缨子坐在医院走廊的长椅子上想了很久，最后作出了决定：既然是天意，那就留下这个孩子吧。毕竟荆鸣曾经对自己情深义重，为荆鸣生下这个孩子，也算是对荆鸣的一种报答或者算是对荆鸣所受到的伤害的一种补偿吧。

想到这里，林缨子就把妊娠检测报告装进包里，起身离开医院回电视台。

林缨子到办公室后给荆鸣发了一条短信："鸣，今天晚上咱们晚点儿见吧，我要先去见一个广告客户，我会给你一个惊喜的。"

荆鸣很快就回了短信："好的，什么惊喜？"

林缨子："不告诉你，到时候你就知道了。"

晚上10点半，林缨子从饭店出来，一边往自己的车跟前走一边给荆鸣打电话，问他现在在哪儿。

荆鸣说："我已经在丹枫庄园等着你了。"

林缨子说："我这里的事情谈完了，现在过去方便吗？"

荆鸣立即说："今天晚上就是为你准备的，你快来吧。"

林缨子开着车来到荆鸣的别墅。

8

陆宝燕的病情越来越重，陈正军、陈燕、谭宇三人轮流照看她。因为化疗，陆宝燕的头发掉得很厉害，陈燕就给母亲买了一顶假发套。萧玫现在虽然不像陆宝燕刚住院时那样，每天都抽时间来医院照顾陆宝燕，但也会隔两天就往医院跑一趟，每次来都会做些清淡可口的饭菜带给陆宝燕吃。陈正军想找个机会向陈燕和萧玫解释一下，但是陆宝燕的病情一直揪着他的心，他总觉得机会不合适，于是就想：先放下吧，等以后有了合适的机会再说。

陈正军和陈燕都守在陆宝燕的病床前。陈燕一边削着苹果一边给母亲讲新闻："伊拉克今天又发生三起路边炸弹袭击。一起在巴格达的警察招募中心的报名点，炸死了 11 个人，炸伤了 19 个。另一起是在美军的一个检查站，炸死三名美军士兵和两名伊拉克平民。还有一起在一个清真寺，当时 200 多人正在清真寺里做礼拜，一名恐怖分子开着装满炸药的一辆丰田越野车冲向清真寺，炸死了 17 人，炸伤了 50 多人。"

陆宝燕说："咳，都是美国人干的，他不去打人家伊拉克，伊拉克现在也不会有这么危险。这美国人干什么不好？非把伊拉克弄得鸡犬不宁。"

陈燕说："妈，你不知道，伊拉克有不少老百姓还是欢迎美国人的，因为萨达姆独裁统治时期……"

陈正军制止陈燕："陈燕，你不懂就不要瞎评论，好好给你妈讲点能让她高兴的事情。"

陆宝燕的咳嗽稍好了一些，最近晚上也咳得不太厉害了，陈燕以为母亲的病快好了，陈正军也认为妻子会渡过难关的。

主治医生来了，对陈正军招招手。陈正军一看，就对妻子和陈燕说他出去一下。

陈正军跟着主治医生来到医生办公室。

主治医生让他坐下。

陈正军坐在椅子上，他心里有一种预感：妻子剩下的日子可能真的没几天了。主治医生拉开抽屉，拿出一沓纸，说："这是你妻子今天上午的病理切片检查结果，她现在的情况非常不好，化疗仅仅是减缓了癌细胞的扩散，癌细胞已经开始向淋巴转移了。"

陈正军说："但她现在除了还有些低烧以外，晚上咳嗽少多了呀。"

主治医生说："咳嗽少多了，那是因为我们为了减轻病人的痛苦，也为了不影响她晚上休息，给她用了一些抑制类的药物。这些药一停，你妻子的咳嗽就还会和以前一样，不会有任何减轻和好转的。所以，你们家属现在就必须要作好思想准备，该通知的家里人都通知一下，能来的就来医院看看她，也算是最后的告别吧。"

从妻子刚住进医院第一次的检查结果出来以后，陈正军虽然就已经知道这一天很快就会来，但医生的话还是让他无法接受，他只觉得心好像一下子就被掏空了，坐在椅子上半天没有缓过劲来。

从医生办公室里出来，陈正军没有回病房，而是一个人向楼外走去。在住院大楼的门口，他顺势就靠着柱子坐在了台阶上，年轻时和妻子在一起的一幕幕又浮在眼前。他掏出烟盒慢慢地抽出一支放在嘴边。

9

电视台、报社的几名记者在高部长的安排下来到了医院，采访黄强和他妻子。黄强和妻子说起荆总的大恩大德，感激的泪水就止不住。

荆鸣给员工妻子捐钱治病的消息很快就在公司传开。在荆鸣的帮助下，保安黄强妻子的病很快就痊愈了。高部长又把黄强找来，策划了一个现场感恩的仪式，媒体也一直在对这件事情做跟踪报道。

几台摄像机一直在跟拍，黄强带着妻子到荆鸣办公室感谢老板。他拿着一面锦旗双手举着献给荆鸣，两口子又给荆鸣跪下。荆鸣挥手制止摄像机拍摄，并把他们拉起来。荆鸣把黄强夫妻让到沙发上坐下，问了问他妻子的恢复情况，勉励黄强好好工作。

很快，这件事情就在滨海市的大街小巷传开，荆鸣的人气指数快速攀升。针对商人为富不仁的说法，荆鸣回应，这个林子里并不都是乌鸦。

10

林缨子和荆鸣躺在床上，荆鸣翻身从床头拿起一支雪茄，点着吸了一口，问林缨子："你不是要给我一个惊喜吗？说来听听，是什么好消息能让我惊喜？"

林缨子趴在荆鸣身上，问他想不想要个自己的孩子。

荆鸣大吃一惊，赶紧问她是不是有了孩子。

林缨子看荆鸣的反应似乎并不欢迎这个小生命，就撒娇说一定要让荆鸣先回答，想不想要个自己的孩子。

荆鸣还是固执地问林缨子，让她对自己说实话，她是不是有了他们的孩子了。

林缨子说："那你先告诉我你想不想要孩子，我就告诉你你想知道的。"

荆鸣问她想听实话吗。

林缨子说当然了。

荆鸣说自己不想要。

林缨子倒抽了一口冷气，心里一下子凉到了底，问他为什么，他不是一直对马凡不是自己的亲生骨肉耿耿于怀吗。

荆鸣说年轻的时候想要个孩子那是正常的，但是现在各方面的情况都不允许自己再要孩子，当然，不是说经济条件不好养不起，而是不能要。

林缨子问他为什么。

荆鸣又深深地吸了一口烟，半晌才说："算了，你也别问，以后你会知道的。"

林缨子转过脸去，委屈的泪水流了出来。

荆鸣看林缨子把脸转过去后半天没有说话，就把烟放回去，使劲扳过林缨子的肩膀一看，林缨子满脸泪水，就问："你怎么了？你真的怀孕了？"

林缨子没有吭声，坐起来后拿纸巾擦擦眼泪就开始穿衣服。

荆鸣非常坚决地说："缨子，这个孩子绝对不能要！你要不听，那就去生下他，我是不会认的。"

林缨子一下愣住了，说自己没想到荆鸣竟然是这么一个冷酷无情的男人。

荆鸣说："不是我冷酷无情，你一个离了婚的女人突然怀上了一个不明不白的孩子，你让你的同事们、领导怎么看你？你不要前途了？你是怎么想的？"

林缨子说："我不管别人怎么想，反正我一定要生下他，我也不管你认不认他。"

荆鸣抓住林缨子问："你疯了？"

林缨子使劲挣开说："他是你的孩子，也是我的骨肉。你可以不要他，但我一定要留下这个孩子。"她鄙视地对荆鸣说，"你放心，我是不会去找你的，这个孩子我自己养得起。"

荆鸣说自己不是那个意思。

林缨子哭着说："你是什么？你就是冷酷无情的冷血动物！"说完就摔门而去。

第十九章
神秘 U 盘

1

荆鸣收到了市人大转来的对刘满仓事件的调查结果。刘满仓反映的情况基本属实，他们已经把材料转到市公安局纪委，要求公安局对在派出所毒打刘满仓的指导员胡新民进行调查，并拿出处理意见。

荆鸣带着几名下属买了一些肉、蛋、菜来到了敬老院，看望这里的老人。刘满仓问他，自己的冤案能不能平反。荆鸣只说让他安心住在这里，事情会有结果的。从敬老院出来后，荆鸣又去了正在建设中的敬老院工地视察施工进度。他对项目经理说一定要注重施工质量，一定要保质保量按时竣工。

从工地回来后，他又给林缨子打了个电话，约她晚上见面。林缨子冷冷地说不用了。荆鸣说："我不想让你要这个孩子是因为不想让他在一个残缺的家庭成长，这对孩子不公平。因为我们不能结婚，所以对你也不公平。我已经背负了马琳这个沉重的感情债了，我不希望再背上你和没有名分的孩子的感情债。"

2

张大川独自一人斜躺在客厅的沙发上，旁边的茶几上放着他喝剩下的半瓶酒。

突然传来钥匙开门的声音，是妻子回来了还是……他赶紧起来，门开了，原来是女儿进来了。张大川自从那天半夜被市公安局刑警大队的郑天雷带走以后，到现在已经一个多月没见过女儿了。

张大川叫了女儿一声："小丽。"

女儿看都没看他一眼也没吱声就进了自己的卧室。

张大川赶紧跟过去，女儿把卧室门使劲一关，"咣当"一声，张大川呆若木鸡地站在女儿的卧室门外。

张大川站在女儿的卧室门外对女儿说："孩子，爸爸知道错了，你跟妈妈说，爸爸一定会改的，爸爸现在别的什么都不想，只想求得你和妈妈的原谅。"

女儿在自己房间里一声不吭，只听见她在里面拉抽屉、开柜子的声音。

张大川仍然在门外说着："小丽，你和妈妈要是不能原谅爸爸，那爸爸……"

卧室里面传来女儿尖锐的大喊声："我已经没有爸爸了，我爸爸已经死了！"

听到女儿这么说，张大川无比绝望。

张大川颓丧地又回到沙发前坐下。

过了一会儿，女儿拎着两个包从自己的房间里出来，张大川看见女儿脸上的泪痕，就赶紧上前去拉住女儿的手，女儿甩开他就往外走。

张大川还想再做一次努力，就说："小丽，我知道，我给你们造成了伤害，但我希望你听我说一句话好吗？"

女儿站住了，但没有回头。

张大川说："你还太小，没有恋爱过，你无法体会两个相爱的人被双方家庭拆散的痛苦。我和马琳从小就在一个大院里一起长大，我比她大三岁，我们是在我上高一时开始恋爱，在我上大三、她考上大学时才向双方的家里公开了我们的恋情，他们都已经默认了。"

女儿打断了张大川的话，"我不想听你们的浪漫史，你有没有别的事情想说？如果没有我就走了。"

张大川说："你再等几分钟。当时，我们两家都同意了我们的相处。可是，最后因为我们的父亲在争夺一个副市长职位时成了仇人，我们被父辈强行分开。但是，任何人都不会忘记自己的初恋。"

女儿说："所以，你后来虽然和我妈结婚，却还是忘不了你的那个初恋情人，于是就又勾搭上了？这是你让我们原谅你的理由吗？我妈说她丢不起这个人，我也丢不起这个人！"女儿说完就走了，门又重重地"咣当"一声撞上。

张大川重重地跌坐在沙发上，拿起酒瓶子"咕咚、咕咚"喝了两口。妻子说丢不起这个人，铁了心要跟他离婚。女儿跟着妻子回了妻子的娘家，也不理他，拿了东西就走了。

张大川整天以酒为伴，颓废无助的他想到了死，因为自己活着没有任何意义了，不能替马琳报仇，还被荆鸣当众羞辱一番，现在女儿也铁了心不认自己了。

张大川在家里窝了几天，脸也不洗，牙也不刷，胡子也不刮，一照镜子，胡子拉碴、脸色蜡黄发灰，家里存的几瓶酒喝完了，几条烟抽完了，剩下的那点儿大米、白面、挂面也已经让他吃完了。张大川必须要出门去买点儿吃的东西了，于是就在卫生间打开水龙头好好地洗了个脸，刮了个胡子。

张大川下楼去买回一大堆东西：两条烟、两瓶酒、一箱挂面、20 袋榨菜。

张大川在派出所门前又被荆鸣羞辱了一次，真是万念俱灰了，他拿起刚买的酒，一边喝一边哭。很快，一瓶酒就让他喝了个底朝天。这时，他突然想起马琳给他的那个信封。

张大川已经把家里翻了个底朝天，可还是没有找到那个信封。他想先不去想它了，静静脑子说不定就能找到了呢。

电话响了，张大川一看来电显示，是单位打来的电话，他拿起听筒。

电话里传出老胡的声音，老胡问他刚才打了几次怎么不接电话。

张大川说刚才自己下去买烟去了。

老胡问他什么时候上班。

张大川说自己一回来就病了，这两天刚好点，正准备最近这两天就去上班了。

老胡劝慰他说："别想不开，我等会儿去看你去。"

张大川说："家里太乱，没心收拾，你就不要来了吧。"

老胡说："你等着。"

放下电话后，张大川点上一支烟，心想：老胡待会儿要来，收拾一下屋子吧。于是就到卫生间去拿拖把把地拖了一遍。正在拖地时，他听见有人敲门，打开门一看，门外站着老胡。老胡手上拎着两个塑料袋，里面鼓鼓囊囊不知装了些什么。老胡是国家一级足球裁判，虽然中国足球不行，但足球运动员都发达了，足球裁判也跟着沾光。所以，老胡的日子过得还不错。

老胡站在门外就嚷嚷起来了："怎么？不让进门了？"

张大川赶紧说："进来吧，进来吧。"老胡看他手上拿着拖把，就说："别拖了，咱喝点儿吧。"张大川把拖把朝卫生间里一扔，和老胡一起坐到沙发上。

在体育局，张大川和老胡相处得还不错，因为两人都好喝上几口，而且酒量也旗鼓相当，再加上老胡这个人平时大大咧咧，所以两人经常来往。

老胡看着乱糟糟的屋子，把带来的东西往茶几上一放，问："你在家里干什么呢？怎么这么乱？不是进了贼了吧？"

张大川说："贼倒是没见，我在找东西，怎么也找不到，不知道放哪儿了。"

老胡说："好了，先不找了，找东西就是这样，你用的时候就算挖地三尺，也找不到；你不用了，它就不知道什么时候又自己跑出来了。"

张大川说："老胡，谢谢你还能来看我。"

老胡大大咧咧地说："就这么个事情你就趴下了？不就是搞了个女人吗？有什么大不了的？来，咱们可是有日子没见个高低了。"说着，老胡先打开了一个塑料袋，里面是两瓶滨海特曲，另一个塑料袋里面装着三个凉菜。老胡对张大川说："我知道你过去都喝五粮液。我是一直就只喝两种酒，公款吃喝时我就喝五粮液，从自己口袋里掏钱买酒时，我只喝滨海特曲。拿三个碗去，咱们见个高低。"

张大川去厨房洗了三个碗，拿出来放在茶几上。老胡把菜分别倒入三个碗里，又问筷子呢。

张大川尴尬地笑笑说："咳，我忘了，这脑子越来越不好用了。"说着又到厨房去拿了两双筷子。

老胡在客厅叫他再洗两只杯子拿来。

张大川拿着两双筷子出来，又从茶几下面拿出了两个茶杯。老胡把两个酒瓶全部都打开了。张大川问："开一瓶就行了嘛，你还全都打开？"

老胡说："哎！咱们还是老规矩，各喝各的，看谁能先喝完一瓶不倒。"老胡分别把两个茶杯倒满，把剩下的一瓶酒往张大川面前一蹾说："再喝就自己伺候了，来端上！"

张大川端起酒杯看着老胡，有点感动，他说："老胡呀，我这一个跟头栽得可是不光彩呀，我想我再也没脸见人了，哪里还有朋友？你来了，我觉得我还有个朋友，感谢你，还能来看我。"

老胡说："看你说到哪儿去了？不就是养小蜜包二奶嘛？什么大不了的事情就让你不敢见人了？你这话说得就不像个爷们儿！偷东西那的确不光彩，但偷人就不一样了。来来来，先喝，喝了再说。"两人杯子一碰，老胡一仰脖子，一茶杯就进去了五分之一。看得出来，老胡是专程安慰张大川来了。

"吃菜吃菜。"老胡夹了一筷子菜送到嘴里。

张大川喝了一口酒又点了一支烟，开始说自己和马琳的恋爱史。他强调说："不是养小蜜包二奶，现在可能全滨海的人都认为我是包二奶养小蜜。误会呀，这都是误会。你可能不知道我们的情况。我和马琳从小是在一个大院子里长大的，我比她大三岁。从上小学开始我就不让人欺负她，上学放学都是一起走。上高中的时候我们就好上了，她考上大学后，我们就向家里公开了我们的恋爱关系。当时马琳的父亲是滨海市计划委员会主任，我父亲当时是市财政局局长，当时我们两家都同意我们这门亲事。但是，那时正好赶上滨海市政府一位主抓经济的副市长调到省里去了，滨海市必须要在懂经济的局级领导里选出一名副市长，差额选举，符合条件的副市长候选人只有两个，一个是马琳的父亲马尚德，另一个就是我父亲。按说不管从哪一方面来看，我父亲胜出的概率都要比马琳父亲大得多，因为我父亲是财政局局长，而计划委员会算什么？计划委员会就是计划经济体制时期给下面的地方企业安排下达生产任务的管理部门。当时经济已经实行双轨制了，计划经济已经被边缘化，计划委员会的作用越来越小，眼见马上就会彻底退出历史舞台了，他有什么资本跟我父亲竞争副市长？可是马尚德活动早，他动用了各种关系，跑了市委、省委组织部、人大，还去市里和省里的一些老领导家里公关。虽然我父亲的呼声也很高，但最终还是马琳的父亲如愿以偿地得到了副市长这个职位。过去，他们两人在工作上并没有矛盾，而且关系还不错，但在竞争副市长职位时，两人彻底翻脸，还严格禁止我和马琳交往。马琳父亲还曾经说，就是把女儿嫁给一个看大门的、烧锅炉的都不能嫁给我。在双方家庭的压力下，我和马琳不得不中止我们多年的恋爱。"

老胡喝了一口酒，问："那你们最后怎么又联系上了？"

张大川说："那都是我们工作、结婚以后的事情了。在一次全市教育系统运动会上，对了，就是滨海市第五届中小学生运动会上，我们偶然遇见了。那是我们分手六年后第一次见面，双方都想知道分手后对方的情况，正好她老公去外地出差不在家，于是……"

老胡说："于是你就去了她家？"

张大川说："没有，那一天晚上我们没有去她家。咱们组委会在宾馆不是包了房吗，当时我和老石住一间房间，但老石就没有住过，所以那天晚上她就没有回去，我也是那一天才知道她嫁给了滨海华业的老板荆鸣。"

老胡说："原来是这样，来，咱们再碰一下。"老胡又端起酒杯。

张大川喝了一口酒，说："咳，我真后悔呀！"

老胡说："这有什么可后悔的，要我给你分析呀，你占了大便宜了。你想，虽然那个马琳是你的初恋情人，但你们毕竟不是没成吗。她嫁给了大款、亿万富翁，你又泡了这个亿万富翁的老婆，没脸见人的应该是他荆鸣而不是你呀！你这事情要搁到我头上，那我就牛了。我也想泡个大款老婆，可是咱没那个命呀。"

张大川说："老胡呀，你是不知道，现在我成了个孤家寡人。老婆已经回到了娘家，下了最后通牒坚决要和我离婚；女儿也不认我了，说一些同学甚至当面议论她，说张丽的父亲是个大淫棍，让她在学校同学们面前抬不起头。我是没法做人了呀！"

老胡说："张大川呀张大川，我还以为你是条汉子，连滨海首富的老婆都敢泡，原来你也不过如此嘛。离婚怎么了？吓唬谁？如今谁离开谁活不了？要我老婆跟我说离婚，那我立刻就离，房子存折全都给她，我落得个自由自在，多好的事情！孩子怎么了？老话怎么说的：儿孙自有儿孙福，莫为儿孙做马牛。行了，不说你那点破事了，喝酒喝酒！"

两人又开始一边喝酒一边东拉西扯。老胡突然问张大川："我听说荆鸣在电视台还有一个相好，是个制片人，好像姓林，叫什么？名字还挺特别，你等等，我想想，林……林……"老胡一拍大腿，"对了，林缨子！听说这个女人可不简单。

你要能搞到他们私通的证据，虽然不能把荆鸣怎么样，不也能恶心他一下吗？不过要我说呀，你已经大大地恶心过他了。你想，你上了他的老婆，给他扎扎实实地戴了几年绿帽子，这还不够吗？"

张大川说自己现在最想做的事情就是找到能置荆鸣于死地的证据。

老胡说："就凭你？不是我小看你，你想置荆鸣于死地，也就只能想想而已。而且，我劝你连想都不要想，因为你光想着要置他于死地却毫无办法，时间一长你会发疯的。"

张大川喝了一口酒说，自己咽不下这口气。

老胡说："我看，这事情就怪了，咽不下这口气的应该是荆鸣而不是你。你把人家老婆白白上了几年，现在事情败露了，咽不下这口气的应该是他荆鸣才对，你是咽不下哪门子气呢？"

张大川喝了一大口酒，又深深地叹了一口气说："老胡呀，没想到这世上还有这么阴险的人呀！你不知道马琳跟他过的是什么日子。表面上看，马琳父亲是滨海市常务副市长，丈夫是滨海市首富，自己工作也不错。可是你不知道，她跟荆鸣过的那些年那就是地狱的日子呀！马琳有好几次要自杀，有一次甚至都打开了煤气，但她又想到儿子还太小，自己死了，儿子怎么办。她说她舍不得自己的儿子，可是她还是抛下儿子和我死了。"

老胡说："我听说她是自杀的。"

张大川的眼泪又开始止不住了，"她是用塑料袋把自己捂死的，可见她想死的决心有多大。"

老胡吸了一口烟说："其实呀，这就是她的命，也是你的命。家家都有一本难念的经。"

张大川说："她是被荆鸣这个阴险的杂种逼死的。老胡，你说，假如你不能保护自己最心爱的女人，你心爱的女人被别人逼死，你会怎么样？"

老胡说："大川，你再爱她，可她毕竟是别人的老婆呀。你这是替别人哭老婆，你这好像有点儿不大对头吧？"

张大川说："我什么都没有了，老婆走了、马琳死了，孩子也不认我了。我现在什么都没有了，这一切都是姓荆的这个杂种造成的。我一定要找到证据，把他送到监狱去。"

老胡问："你怎么找到证据？你能接近他身边的人吗？你能进到他的公司里去吗？你什么都做不了。要我说呀，我看你就算了吧。马琳已经死了，你老婆也不跟你过了，你再怎么后悔也好，想不通也罢，都已经不能改变了。你现在需要做的就是把过去的全都忘掉。"

张大川说："马琳曾经给过我一个信封，说让我一定要收好，没准里面有能置荆鸣于死地的关键证据，可是我找了三天了，怎么也找不着。"

老胡说："我说你这家里怎么看都像刚被抢劫过一样。来，我帮你再找找。大概放到哪儿了你还有没有印象？"

张大川说："应该在书房，因为马琳给我的时候说过东西很重要，放在她那儿害怕让荆鸣发现，怕不保险才给了我。"

老胡来到书房，张大川在后面跟着。看着书房的书架上、桌子上、地上乱七八糟地放着一些书，老胡问："是个什么信封？"

张大川说："牛皮纸的，底下印有'滨海市教育局缄'的红字。"

老胡自言自语地念叨着："滨海市教育局，牛皮纸，是标准信封吗？"

张大川说："是，标准信封。"

老胡又问："不是大号的信封？"

张大川说："不是大号的。"

老胡问："里面东西多不多？"

张大川说："不多，很薄的一个信封，好像里面装了一把钥匙。"

老胡一边翻一边问："你不会把它拿到办公室去了吧？"

张大川说："我记得当时在马琳家里，马琳把这个信封给我后我哪里也没有去，是直接回的家。一回来就先去了书房把它夹到哪本书里了。办公室我也找过了，没有。"

老胡说："这样吧，标准信封，很薄，小于 32 开的、页码不多的书就没必要翻找了，我们把重点放到大书和本子上。"

老胡拿起一本 1996 年的民运会运动员成绩登记册，老胡说："这个你都还留着呢？"

张大川问老胡："你儿子好像是在田径上还拿了名次是吧？"

老胡一面翻找着自己儿子的姓名一面自豪地说："对，就是在 1996 年的这一届民运会上拿的，少年组一百米第三名。"

突然，从里面掉出一个信封，他一看，就是底下印有"滨海市教育局缄"的红字牛皮纸信封。老胡拿着信封问张大川："是不是这个？"

张大川一看高兴极了，一把从老胡手里抓过来说："对，就是它，就是它！"

老胡埋怨张大川说："你找了三天？我真不知道你是怎么找的？"

张大川也奇怪自己怎么会把它夹在民运会运动员成绩登记册里了，这几天光在书里找了，就没有仔细在本子里面找一找。

老胡说："快打开，快打开看看，是什么重磅炸弹能把荆鸣炸翻？"

张大川忐忑不安地打开信封，一看，信封里面就装了两张薄薄的纸片和一把小钥匙。一张是工商银行解放路支行营业部保险箱存放物品的登记收据，从银行开的单子上看，马琳存放在银行的是一个 U 盘。另一张纸片上记了一个工商银行解放路支行营业部保险箱的号码和密码。马琳在上面只写了一句话：好好保管，密码是我的生日。

张大川像发现了新大陆一样，对老胡说他现在就去把东西取回来。

"那好吧，我就不奉陪了。这个……"老胡拿着 1996 年的民运会运动员成绩登记册说，"这个留在你这里也没有用，我就拿走了，做个纪念。"

张大川说："你拿走吧。"

两人一起出了家门。

和老胡在楼下分手时，张大川握着老胡的手说："老胡，有你这个朋友，我知足了。"

老胡拍拍张大川的肩膀说："大川呀，兄弟我送你一句话，这人哪没有过不去的坎儿。"

3

林缨子最终还是答应了荆鸣，和他见一面。放下荆鸣的电话后，她又开始恨自己了，她不明白自己为什么不拒绝他呢，为什么这么快就答应了和他见面呢。她的内心十分矛盾。她把自己关在办公室里，仔细回想着自己和荆鸣交往的点点滴滴。说实话，荆鸣对自己的吸引力是那么大，大到自己已经无法抗拒的地步了。她想：下班后荆鸣要是不打电话来那自己就不去赴约了。结果刚到下班时间，荆鸣的电话就打过来了，说让她直接到丹枫庄园去。

林缨子到的时候荆鸣已经在等着她了。在丹枫庄园荆鸣的别墅里，荆鸣问林缨子，是否一定要生下这个孩子。林缨子说是的。荆鸣说："当我知道自己的儿子是自己妻子跟别人生的，我都快崩溃了。你不能为你自己考虑考虑吗？一个漂亮女人离婚后突然又有了孩子，你让别人怎么想？你能承受社会的压力吗？"林缨子固执地说，自己已经想好了。

荆鸣劝她还是要慎重。林缨子说自己已经考虑好了。荆鸣问她是不是因为自己。林缨子说："我离婚跟你没关系，你放心我不会缠着你的。"

荆鸣拿出一张交通银行的金卡对林缨子说，这是自己专门为她办的，上面有一百万元。林缨子问他给这一百万是什么意思。荆鸣说他希望自己喜欢的女人能过得好一些。林缨子问荆鸣，假如自己以后不能经常和荆鸣见面，他还会把这张金卡给自己吗。荆鸣说哪怕今后再不见面了，这张金卡也是她的，而且自己会随时往卡上打钱的。

4

陈正军和萧玫在办公室里讨论着荆鸣。

看着本子上满满的记录，陈正军说："这个人有太多的疑点了。"

通过大量细致的走访后陈正军了解到，滨海华业的总经理兼副总裁程诺最初是在大东房地产公司。后来，刘凯明在房地产公司下面又注册了一个建材公司，而程诺就是这个建材公司的总经理。荆鸣对她也非常信任。可是，在大东房地产公司时期跟着刘凯明和荆鸣打天下的创业元老，大都在刘凯明出事后陆陆续续离开了大东房地产公司。他们到底是为什么离开的，原因扑朔迷离，而现在告状的就都是这批人。有人说，荆鸣太有手腕儿了，害怕把自己装进去；有人说，荆鸣在刘凯明还没有出事的时候就和程诺合伙，背着刘凯明做过一些手脚；有人说，刘凯明一出事儿，荆鸣就作好把公司注销的准备了；还有人说，其实，早在刘凯明出事的半年前，荆鸣就开始为自己的后路作准备了；程诺虽然是建材公司的总经理，但公司一成立，荆鸣就向刘凯明建议，分公司的财权不能放在程诺手上，公司财务管理应该是一支笔。为此，程诺还对荆鸣有所抱怨，但荆鸣说不让她管钱的原因以后她就会知道了。于是，刘凯明就把准备下放的财权又拿了回来。但荆鸣又说也不能控制得太死了，还是要适当地给分公司一点儿权力，于是就留下了一个口子，荆鸣便在建材公司设了一个小金库。他把这个小金库向刘凯明作了汇报，刘凯明从此就更信任荆鸣了。刘凯明从来不检查建材公司的小金库，只要程诺说需要钱，刘凯明就让总公司财务划拨。有很多事情荆鸣一个人当然是做不了的，而程诺就是荆鸣最得力，也最得他信任的助手。虽然众说纷纭，但程诺无疑是荆鸣最信任，也是荆鸣最亲近的人。假如荆鸣有问题的话，那程诺肯定也脱不了干系。已过30岁的程诺到现在还没有结婚，在调查中也没有发现她有男朋友。那么，荆鸣和程诺是不是有什么约定？

刘凯明出的事儿几乎都是出在建材公司，因为所有的问题票据上都有他的签名。陈正军一直怀疑，是荆鸣和程诺联手把刘凯明装了进去。

陈正军还调查出了一个细节，荆鸣从看守所一出来就把自己股份的20%转赠给了程诺。他为什么要这样做？这一切说明了什么？是不是荆鸣又有了新的打算？

萧玫分析说，假如荆鸣知道自己的违法行为很快就会暴露的话，那么他转赠给程诺的20%股份就没有任何意义；假如荆鸣认为自己是干净的，从来就没有干过违法勾当的话，他为什么要急匆匆地把自己的20%股份转赠给程诺；假如他们计划要结婚的话，那这么做不是多此一举吗。所以，他这么做几乎可以说是毫无意义的。再说了，以荆鸣目前积累的财富来看，他完全可以让程诺——当然，前提是他们两个都有要和对方结婚的打算——当全职太太，每年去欧洲、大洋洲度假。还有什么必要让自己的女人在公司跟自己一起拼搏、一起承担风险呢。

陈正军说："对，这对于咱们来说，似乎还是个谜。但是，再难解的谜也有谜底。"

萧玫说："一般这些所谓的成功人士身边总能时不时地传出些绯闻，但程诺和荆鸣一起共事这么多年来，似乎从来没有传出过什么绯闻。男女关系这么密切，这么多年却从来没有传出过什么绯闻，这也真可以算得上是一个奇迹了。"

陈正军说："是呀，听说在荆鸣忙的时候，程诺还经常替荆鸣接送和照顾荆鸣的儿子马凡。在荆鸣被拘留的那一段时间，马凡大部分时间都是程诺在照顾的。"

萧玫问："接送马凡，那她就有机会到马琳的住处了。"

陈正军觉得这是一个重大发现。摄像头的事情和她有关吗？萧玫说也可能是荆鸣安装的，而让程诺取走的。

陈正军努力想把这几个线索串在一起，整理出一个新的思路。

5

谭宇因为有事情，在滨海待了一周后就回了学校。临走时，他又去了医院，陆宝燕拉着他和陈燕的手说，自己就把陈燕托付给他了。谭宇说让她放心。

陈燕不想让父亲为难，再加上刘明慧给她讲的一些荆鸣的事情，使得荆鸣原本在她心里高大的形象变得有些不那么真实、有些虚幻了。经过几天考虑，她还是决定辞职。陈燕把辞职报告再一次交给程诺时，程诺还是说要跟荆鸣商量一下。虽然非常看好自己的前景，但是为了多陪陪病入膏肓的母亲，为了不让父亲生气，陈燕打定了辞职的主意，她把自己辞职的想法打电话告诉了谭宇，谭宇说要辞就辞，回头复习一下考博吧。

第二天早晨一上班，陈燕就开始清理自己的办公桌和电脑里的文件。当她打开邮箱时，发现里面有一封未读邮件，邮件主题为："一个知情者的举报信。"具体内容如下：这封信对你没有什么作用，但这是一份对你父亲非常重要的材料，举报人是冒着极大的风险才得到这些证据的，希望你能尽快地把这封信转交给你父亲。切记：你一定要亲自交给你父亲，绝对不能让任何人转交。另外，你还必须要做到绝对保密！它将有可能在滨海揭开一个惊天大案。

陈燕犹豫着打开了附件，里面是几笔非常完整的账目，年月日经手人，一应俱全，还有十几人的股权登记代码。陈燕不明白这些东西有什么用，但她还是把这些资料全部拷贝到了自己的U盘上。把自己的东西全部收拾完了之后，陈燕想应该给刘明慧打个电话告个别，于是就拿起了电话。

刘明慧在办公室里，电话铃响起来，她一看是陈燕的电话。自从她们之间的误会解开之后，两人的来往就又多了起来，但刘明慧似乎还是不太敢完全相信陈燕。

刘明慧拿起电话，电话里传来陈燕的声音，说她已经决定了。

刘明慧问她："你已经决定了？你决定什么了？说话没头没脑的！"

陈燕说她决定辞职了。

刘明慧很吃惊，她没想到陈燕做事这么果断。昨天，刘明慧已经就之前对陈燕的不友好态度表示了道歉，并希望她先不要着急离开。当时陈燕含糊地说："再说吧。"怎么今天就已经决定了。

刘明慧问陈燕，为什么这么快就决定了要辞职。

陈燕说："我父亲不希望我在滨海华业干，我想总有他的理由吧。再说，我母亲最近这几天情况十分不好，医生说她可能也就在这几天了。我也应该好好地陪她几天。"

刘明慧想说什么又没有说，最后只是一语双关地提醒陈燕说："那你一定要把东西仔细整理一遍，包括电脑，不要在电脑里留下任何自己的个人信件和资料。因为这也是公司的规定。"

陈燕笑着说："谢谢你明慧姐，我的手机号码不会变的，以后有事咱们常联系吧。"

陈燕挂了电话后，向荆鸣的办公室走去。

荆鸣正在电脑上看股市大盘，滨海华业的股票在大盘整体受挫的情况下也在一路走低，昨天就是高开低收，今天开盘后一直在中位小幅震荡，现在的走势目前还看不出来。他刚才给华懋证券交易所打了个电话，但并没有得到什么有用的信息。公司的股票已经从九元下跌到六元了，他在想如何能让自己的股票在逆境中翻盘。

有人敲门，荆鸣抬头一看，是陈燕站在门口，荆鸣说："进来吧。"

陈燕走进来站在荆鸣面前说："荆总，医生说我母亲的情况很不好，我父亲一天到晚尽忙着他自己的事情，我母亲需要我在身旁照顾，所以公司这边老要请假，虽然您和程总都对我不错，但我自己实在是不好意思再这样下去了，为了不影响工作，我还是决定先辞职吧。"

荆鸣让陈燕先坐下，说他和程诺已经商量过了，给陈燕放长假，让她先不要辞职，等什么时候母亲的事情能有一个结果以后，再回来上班。

陈燕说："荆总，您越这样我就越内疚，我来公司时间不长，没为公司创造多少财富，反而处处都受到您和程总的照顾，我还是先辞了，等我母亲的事情了了以后，我再回来吧，到时候您可不能不要我啊。"

荆鸣看陈燕去意已定，就很诚恳地说："陈燕，滨海华业的大门永远向你敞开着，只要你想来，什么时候都可以来上班。"

陈燕很感动地说："谢谢荆总，这是您给我的那张卡，我没动过，现在我把它还给您吧。"陈燕说着，拿出那张存有20万元的银行卡，递给荆鸣。

荆鸣不接，说这是公司对她见义勇为的奖励，让陈燕拿着，可能她还会用得上的。

陈燕说："荆总，我知道这是您对我的感谢，但这份礼物太重了，我父亲和我母亲都不允许我接受。"

荆鸣又说："这样吧，今天晚上我做东，在香港海鲜楼，大家一起给你告个别吧。"

陈燕说："哎呀，荆总，告别就算了吧，反正我还要回来的，今天告别明天又回来算怎么回事呀，这不是让人看笑话吗！"

荆鸣说："看什么笑话？就是平常谁出个差不也得举办个饯行酒会吗！就这样定了，今天下午五点半吧，香港海鲜楼。你不是还要去医院照顾你母亲吗？咱们早点开始早点结束，你不要再推托了。"

不等陈燕拒绝，荆鸣立即叫来秘书，"你现在赶紧给香港海鲜楼打电话，定一个大包厢，要16人的大台子，下午5点半去。"

陈燕只好说："荆总，我真的很不好意思，那我就先走了。"

荆鸣让陈燕再等等，说着就拿起了电话打给程诺，让程诺现在通知财务部，给陈燕补发两个月的工资。

陈燕一听荆鸣要给自己补发两个月的工资，就连说不行，她说："荆总，您这样厚待我，我真的受之有愧呀。"

荆鸣说："陈燕，我说句不该说的话，滨海华业是我一手创建的公司，我是老板，你救过老板的命，那么老板就是再怎么给予你奖励都不为过。给你20万元的见义勇为奖，你坚辞不受，那我只能多给你发两个月的工资作为奖励了。所以，这两个月的工资你必须要领。另外，这20万元我已经有安排了，我打算最近抽时间去一趟南海大学，我希望你和我一起去，咱们把这20万元以你的名义捐给你的母校南海大学，帮助那些家境贫寒的大学生完成学业，你看怎么样？"

陈燕说："荆总，我可以陪您去南海大学，但捐出这20万元的应该是您而不是我。"

荆鸣说："陈燕，我已经拿出了上千万元在云南、贵州捐建了20所希望小学，资助了170多名云南、贵州的失学儿童了。假如时间允许的话，我准备再到广西去考察考察，在广西再捐建10所希望小学。这20万元以你的名义捐给南海大学其实是对你的一个考验，为什么我要说这对你是一个考验呢？因为你只要迈开了这一步，社会就会在你头上为你带一个光环，你也就停不下来了。"

陈燕觉得荆鸣说"假如时间允许的话"有点奇怪，难道他也得了癌症了，就紧张地问荆鸣："荆总，您为什么要说假如时间允许的话？"

荆鸣笑笑说："你是想问我是不是也得了癌症？身体上的癌症我还没有得，但精神上我已经得了癌症了。"

看着陈燕吃惊的眼神，荆鸣说："好了，你也不要吃惊，你记住，任何人不管他再伟大、再善良，或者再邪恶，都有两面。再伟大的人也有卑劣猥琐的一面，再善良的人也有邪恶的一面，再邪恶的人也有善良的一面。我现在给程总打个电话，看看他们把你的两个月工资准备好了没有。"话音刚落，桌上的电话铃就响了起来，荆鸣一看是程诺的电话。程诺在电话里说："财务部说钱已经准备好了，问陈助理什么时候去拿。"

荆鸣说："我让她现在就去。"放下电话后，荆鸣对陈燕说："好了，你去财务那儿领钱去，别忘了，下午5点我让刘明慧叫你一起走。"

荆鸣望着陈燕离去的背影，半是欣赏半是惋惜地摇摇头，陷入沉思之中。突然，他似乎又想到了什么，便拿起电话打给刘明慧，让刘明慧立刻到自己办公室来一下。

刘明慧很快就来了。

荆鸣让刘明慧先坐下，说自己要给她一样东西。

荆鸣打开自己写字台后面的一个小保险柜，从里面拿出一个信封，对她说："这里面装的是一张工商银行的卡，这张卡是你父亲出事的那一年我给你办的，我每年往里面存10万，已经存了8年了，前几天我又往里面存了20万。现在卡上一共有100万，钱不多，假如你父亲回来时我已经不在了，如果他还想再干一番事业，这点钱虽然不多，但也能让他重新开始。如果他不想干了，这笔钱足够他和你母亲养老了。假如他们问起来，你就说是一个朋友给他们安度晚年用的。本来我想等他出来时亲手交给他的，可是最近我心里一直有些不踏实，怕节外生枝，就先把它交给你，密码是你父亲的生日。假如你父亲回来时我还在，那我会请他担任现在程诺的职位。"

刘明慧一听，荆鸣说密码是父亲的生日，就像被电击了似的呆住了。父亲的生日？父亲的生日到底是哪年哪月？自己这个做女儿的，都没有记住父亲的生日，但他记住了！

刘明慧双手接过了卡，她的手微微颤抖，嗓子也像是被什么堵住了，想说什么可是一句也说不出来，只觉得手里的卡是那样的沉。她开始怀疑，自己是不是做了一件非常愚蠢的事情。

下班了，刘明慧昏昏沉沉地收拾东西准备下班。她这大半天内心一直在作着激烈的挣扎：我是不是不应该这么着急就把那些东西发到陈燕的邮箱里？荆鸣是不是真的没有做过对不起我父亲的事情？我会不会因为自己的偏执害了荆鸣？她有点后悔了，想找陈燕把那些证据再要回来。

她坐在办公室里，拨通了陈燕的手机。

陈燕正在医院里照顾母亲，手机响了，一看是刘明慧打来的电话。

"明慧，你有什么事情？"

"燕子，你现在在哪儿？"

"哎，还能在哪里啊，我在医院照顾我妈啊！"

"哦，你妈妈现在好点了吗？"刘明慧关切地问。

陈燕一听，鼻子酸了，她赶紧走到走廊上小声说："情况不是太好。"

"我马上就来医院看看她，你问问你妈想吃什么，我买点带过去。"

刘明慧挂了电话就迅速离开办公室去医院。她想，最好陈燕还没有打开邮箱。可是自己是昨天发给她的，她不会两天都不看自己的邮箱吧？

陈燕回家后告诉父亲，自己已经从滨海华业辞职了，并把那20万元奖金还给了荆鸣，但荆鸣说他会安排把这笔钱以自己的名义捐给南海大学。

陈正军说，这样做不合适。这钱本来就不是她挣的，为什么要用她的名义捐呢。假如荆鸣一定要这样做的话，回头自己给他打电话。陈燕说："爸，这事儿你就不要再掺和了，我自己解决。"

6

张大川骑着自行车从家里直奔工商银行解放路支行营业部。

张大川这辈子还从来没有什么贵重物品需要存放在银行，但他知道银行有代人保管贵重物品的这项业务，他觉得，一般在银行租用一个保险柜的人都是有什么古董啦、金条啦、价值连城的名人字画啦，这些东西放在家里不保险，所以才要放进银行的保险柜。

张大川在银行门前支好自行车，然后向银行营业大厅走去。

在营业大厅，张大川拿出银行开的存物收据向营业员咨询说："我来取东西。"

营业员接过存单看了看，问他带身份证了没有。

张大川一摸口袋，心想：坏了，忘带身份证了。他说自己有当时存东西时银行开的存物收据、保险箱的号码和钥匙。但营业员还是把存单还给他，说："必须回去把你的身份证拿来才能取。"

张大川拿上存单扭头就走，出了银行打了一辆出租车立刻回了家。

很快，张大川又回到银行营业大厅。

他第二次向营业员递上存单和自己的身份证。

营业员看看存单上的存物人姓名，再看看张大川的身份证，问他："这里面的东西不是你来存的吧？"

张大川说："不是，是我女朋友来存放的。"

营业员说："那不行，你不能取，你要让她自己亲自来取。假如她来不了，那么你要拿你和她两人的身份证原件，还要再让她写一份委托书，然后你才能取走。"

张大川说："她已经去世了。"

营业员说："那你就必须再去派出所开个证明。"

张大川问："还这么麻烦？"

营业员说："这是我们为保护存放物品者的合法权利不被侵犯而作的规定。"

张大川说："我朋友存放的不是财物，就是一个U盘。"

营业员说："不管存放的是什么都要按规定办理。"

张大川问："那我回我们单位去开个证明，再凭证明来取行不行？"

营业员说："不行，必须是由存放物品者户口所在地的辖区派出所开证明，我们才能让你取走。"

张大川懊丧地离开了银行。

回去的路上他一直在想该怎么办。

张大川回到家里，坐在沙发上发愁，心想：看来自己是无法从银行把马琳留下的这份证据取出来了，那就干脆找陈正军吧。

张大川到厨房拿了一只碗，打开水龙头，接了一碗生水，"咕咚、咕咚"灌了一通后又离开了家。

<h1 style="text-align:center">7</h1>

陈正军正坐在办公室里翻阅卷宗，桌上的电话铃响起，他一看，是内部电话。

拿起电话一听，原来是门卫打来的。门卫说："陈处长，大门口有一个体育局的，他说他叫张大川，说有重要的事情找你，让不让他上去？"

陈正军说："让他上来吧。"

放下电话后，陈正军感到很吃惊，心想：张大川怎么来了？重要事情？他能有什么重要事情？

张大川进来了。

陈正军问他："你怎么来了？来坐吧，有什么重要事情？"说着，陈正军给张大川倒了一杯水。

张大川说，马琳在两个多月前曾经给过自己一个信封，里面装了一张她在银行租用的一个保险箱的存单，说她在银行存了一个U盘，里面有荆鸣经济犯罪的重要证据，自己想把它交给陈正军。

陈正军问他，东西带来了吗。张大川说东西还在银行呢。

陈正军问张大川怎么没去取出来。张大川说他去过银行了，但银行让本人带着身份证来取。陈正军一听就明白了，张大川去了银行，但银行工作人员要求存物人来取。张大川没有办法，就来到了检察院。

陈正军问："那你的意思是让我帮你取出来？"

张大川说是。

陈正军伸出手，问他要银行保险柜的存单和钥匙。张大川说，他有一个要求。

陈正军问什么要求。

张大川说，东西取出来后，他必须马上就要看一看里面的内容。

陈正军有点为难地说："这恐怕不合适。"

张大川说："你要不同意让我了解U盘里的内容，那就当我今天没有来过。"

陈正军说："那我就帮不了你了。"说完就坐到了电脑前。

张大川踌躇了半天，说："你们不是发现了摄像头吗？"陈正军一听，问："你是怕U盘里面有你们在一起的镜头？"张大川点头说是。

陈正军说："你早说呀，我还以为你拿这个U盘要挟我呢。这样，我可以答应让你看，但你也必须答应我的要求，一定要对里面的内容保密。假如真的是荆鸣经济犯罪的重要证据的话，那就绝不能泄密。"

张大川说："这我懂，泄密了他就会销毁一些重要证据。"

陈正军一伸手，说："那好，现在能把银行保险柜的存单给我了吧？"

张大川进一步提出要求，说因为这是马琳给他的私人物品，所以他必须要在他家里的电脑上看。

陈正军说："张大川，你的这个要求就太过分了。本来我们的证据是绝对不会允许无关人员查看的，哪怕是证据的提供者还没有掌握的证据也不能例外，但刚才我考虑到你的特殊情况，答应让你和我一起查看U盘上的内容，这本来就已经违反了我们的工作纪律，现在你又提出要在你的电脑上看，这是我无论如何也不能答应的。"

张大川说："可这是马琳给我留下的唯一一件遗物。"

陈正军说："你放心，只要是涉及你们两人隐私的内容，我绝不会感兴趣的，更不会留下。我只留下有关荆鸣经济犯罪的证据。"

陈正军看张大川开始犹豫了，就说："张大川，你听着，你是懂法的，每一个公民都有责任和义务向司法机关提供违法犯罪嫌疑人或违法单位的违法证据，有意替犯罪嫌疑人隐瞒证据将会受到法律的追究。"

张大川着急了，"我替荆鸣隐瞒罪证？我恨不得马上就把他枪毙！"

陈正军说："你不要激动，枪毙不枪毙他那不是你说了算，也不是我说了算，那是法律说了才算的。"

张大川说："陈处长，我是对你十分信任才来找你的，我希望你说话算话。"

陈正军说："谢谢你信任我。"

张大川拿出信封交给陈正军。

陈正军接过信封后，从里面拿出了工商银行解放路支行营业部开具的保险柜存物收据。他给萧玫打了个电话："萧玫，我和张大川现在要去工行解放路支行调取一份证据，你过来一趟，现在需要你帮我准备一下法律手续。"

8

陈正军、萧玫带着张大川一起来到银行，顺利地取出了马琳留下的 U 盘。

陈正军问张大川："你知道密码吧？"

张大川说："知道。"

拿到 U 盘，张大川还是想回自己家里看，但陈正军坚决不允许。他对张大川说："我必须把这个 U 盘拿到我的办公室，你可以在我的电脑上看。这是我允许你看的底线。"

无奈之下，张大川又跟着陈正军、萧玫回到检察院。

陈正军让张大川搬来一把椅子坐在自己旁边，然后打开了电脑，问他打开 U 盘的密码是什么。

张大川说他自己来输。

陈正军身体侧了一下，给他挪开了一点位置。

为了平静一下自己那狂跳的心，张大川先掏出了一包香烟，从里面抽出两支，给了陈正军一支。陈正军给他点上火，发现他拿烟的右手好像有些抖。

张大川开始在键盘上输入密码，但提示却是：密码错误，请重新输入。

陈正军提醒他，让他不要着急，慢点输。

张大川再次输入密码，结果还是：密码错误，请重新输入。

陈正军问他，是不是把密码记错了。

张大川说马琳给 U 盘设置的密码是她的生日，按说她的生日自己是不会记错的呀！

陈正军让他不要着急，再慢慢想想。说完，又给张大川递了一支香烟，并给他点上火。

张大川接过陈正军给他的香烟，深深地吸了一口。张大川记马琳的生日就和记自己的生日一样，记得十分牢，但这次怎么连续输入了两次都不对。是马琳又改了密码，还是自己记错了。停了一会儿，他又重新输了一次，结果还是错误。

怎么回事儿。

陈正军问他："你能确定马琳告诉过你密码就是她自己的生日？"

张大川肯定地说："对，我确定。"

陈正军又问："你能确定没有记错她的生日？"

张大川说："对，我确定。"

陈正军给张大川拿来一支笔和一张纸，让他把马琳的生日写下来，一边念一边输。

张大川把马琳的生日写在纸上，一边念一边输，这次对了，真是活见鬼了！刚才是错到哪儿了？！

陈正军说："看，这不是就对了吗！"

张大川疑惑地说："咦？刚才我也是这么输的呀！"

陈正军说："刚才你肯定错了，电脑不是人，它绝不会说讨厌你输入的密码，就算正确也不让你打开。"

张大川叹了一口气说："咳，最近这脑子明显感觉不好用了，老记不住事情。"

陈正军看着这个被绯闻和凶杀案搞得焦头烂额的男人，摇了摇头说："前车之鉴哪。"

张大川顾不得再想刚才错到什么地方了，赶紧目不转睛地盯着电脑屏幕看。电脑上出现了一些马琳生前拍的生活照片，照片上的马琳虽然基本上都在笑，但她眉宇间似乎总有一丝忧郁，这又勾起了张大川对马琳的思念和愧疚。

过去，他也经常坐在自己家里的电脑旁，要么在网上看看新闻，要么就是查查资料，偶尔在电脑上玩玩游戏。自从自己出事后到现在，他一直没有打开过电脑。

他记得自己最后一次打开电脑是在马琳出事的第二天，网上当时说马琳是被入室行窃的盗贼杀害的。因为盗贼以为后半夜主人都已经睡熟了，就从窗户进了房间，但没想到惊醒了马琳，马琳看见盗贼后惊叫，盗贼害怕败露就先性侵然后杀害了马琳。张大川当时以为马琳真的就是被盗贼杀害的，他关上书房的门，在里面一面看一面流泪。张大川后悔自己没有留在马琳那里，自己在场的话，马琳就不会那么害怕，可是，自己在被荆鸣羞辱后就像一个懦夫似地从马琳那里逃了出来，把马琳一人扔在了那个冷冰冰的"家"里。

看着马琳的照片，陈正军也不禁为这个女人可惜。这个女人有一双勾人魂魄的眼睛。陈正军过去见过马琳，但相互不认识，也就没有什么交往，但马琳与众不同的气质还是给陈正军留下了深刻的印象。今天，这是第一次通过照片仔细端详这个女人，陈正军想：怪不得她能让张大川念念不忘。除了照片，U盘里还有一些翻拍的文件、表格等，看着看着，陈正军眼睛一亮，在几十页的文件后面又出现了照片，这些照片显然是在卡拉 OK 厅的包房里偷拍的，画面非常暧昧和色情。

　　陈正军和张大川开始认真地一张一张地看起来。U 盘里除了马琳的十几张照片外，剩下的基本都是荆鸣和滨海市领导、南海市领导、省里某个主要领导，以及和证监会领导在一起时拍的照片，有些是偷拍的，有些就是领导们在餐桌上的合影照，照片底下都有文字说明，标注了具体的酒店、时间以及送的钱数。张大川不由得高兴起来，这些照片一定都是荆鸣在向一些省、市及相关领导行贿时偷拍的。如：某年某月某日，在某地某某大酒店某层楼某某号房间，给省政府某某送美金多少万元；某年某月某日，在某地某某大酒店某层楼某某号房间，给市政府某某送港币多少万元；某年某月某日，在某地某某大酒店某层楼某某号房间，给证监会某某美金多少万元；某年某月某日，在某地某某大酒店某层楼某某号房间，给滨海市委某某人民币多少万元；不知道荆鸣偷拍下这些照片是想干什么，是怕这些当官的日后不认账，还是想要用这些照片要挟这些领导。荆鸣当时偷拍的时候可能想不到，他的这些照片有朝一日会成为置他自己于不利境地的重要证据。

　　照片里面有好几个陈正军和张大川都非常熟悉的滨海市委、市政府官员。当然，他们并不在同一个画面上出现。看看日期，最早的照片竟然是十年前的，照片上那位怀里搂着一个十七八岁的小姐的男子就是现任副省长、被媒体称为"老百姓的贴心人"的潘尚义，当时的潘尚义还是滨海市市委书记。这些照片都是这些年过半百的领导怀里搂着比自己女儿还小得多的"小姐"，场面不堪入目。让陈正军兴奋的是，这里面竟然还有滨海市委、市政府和南海市委、市政府的一些官员，还有一位副部级官员，在一起洗桑拿、按摩、唱歌的照片。

　　陈正军和张大川用了两个多小时才看完了这些文字资料和照片。

　　突然，张大川问陈正军："就凭这些东西能把荆鸣送到监狱里吗？"陈正军说："这些都是非常重要的证据。当然，我们还要进行调查核实。"

　　张大川问："这里面都是现在还在位的党政官员，你们敢查吗？"

　　陈正军说："这一点你放心，法律面前人人平等，不管是谁，只要发现有违法犯罪的行为，我们都会查的。"

　　陈正军让萧玫把 U 盘里除了马琳照片以外的全部资料都剪切下来转存到了自己的电脑里。他把只有马琳私人照片的 U 盘递给张大川，并说："好了，你记住，今天你看见的任何内容都要绝对保密。"

　　张大川说："我知道了，那我就走了？"

　　"好，你回去吧。"陈正军说完又伸出手，"谢谢你了，对了，把你家里的电话给我留一下。"

张大川把自己家里的电话写在纸上，给了陈正军，说："陈处长，我希望你们一定要查下去。"

陈正军说："我们当然会查的，但这没你想的那么简单，需要一个时间过程。这很可能是滨海市最大的一起腐败窝案，所以我希望你从现在起就彻底忘了这件事，因为它从现在起就已经跟你没有任何关系了。"

张大川问："荆鸣会逍遥法外吗？"陈正军说那要看他的犯罪事实。张大川说自己希望这些证据能彻底断送荆鸣的未来，要不自己胸中的这一口恶气无法排遣。陈正军告诉他，从理论上来说，任何人在做了违法的事情后想逃脱法律的制裁都是不可能的。

出了检察院后，张大川走在大街上，心里轻松了许多。他想：不管怎么样，这些证据也许真能断送荆鸣的未来，那样自己也就能好好出一口恶气了。

第二十章
老大性情的真面目

1

刘明慧买了些水果来到医院。

陈燕趴在母亲的耳边说:"妈,您看,我的朋友又来看您来了。"

陆宝燕费劲地侧过脸看看刘明慧,轻声说:"谢谢。"

陆宝燕现在十分虚弱,已经离不开氧气瓶了,而且必须要靠吗啡来止痛。

刘明慧来看她还是让她很高兴。

刘明慧坐在病床边,安慰道:"阿姨,您不要担心,您的病会治好的。"

陆宝燕轻轻点点头说:"谢谢。"然后就闭上了眼睛。

刘明慧问陈燕:"陈燕,你有什么需要我帮忙的吗?"

陈燕说:"不用了,谢谢你这么忙还来看望我母亲。"

刘明慧说:"陈燕,你千万别跟我客气,有什么需要我的地方你就说。"

陈燕问她公司现在怎么样。

刘明慧说:"还那样。前几天荆总去敬老院工地检查工作时,发现施工的第三项目部降低了水泥的标号。荆总大发脾气,当场宣布开除了第三项目部的经理,并让他们把所有用了不合格水泥的地方全部打掉。最近可能正在准备起诉第三项目部的经理,荆总说要让他赔偿损失呢。"

陈燕问:"那项目部别的人呢?没有处罚?"

刘明慧说:"这个事情是安全员发现了,然后到荆总那里举报的。整个第三项目部所有领导已经全部停职了。举报经理的安全员前天才被公司任命为第三项目部的经理。"

陈燕说:"看来荆总这个人还真的不错。"

刘明慧说:"是啊,看来过去是我错怪他了,咱们到走廊里去说吧,不要影响你妈休息。"

两人来到走廊，在门口的长椅子上坐下。

陈燕说，其实自己刚来公司时对荆总也有些误会，但后来通过接触觉得他并不是一个低素质的暴发户，而是一个有着社会责任心的企业家。

刘明慧问陈燕，为什么最后还是坚决要辞职呢。

陈燕说，主要是自己母亲这里需要人在跟前照顾。再有，自己父亲一直觉得荆鸣有经济问题，认为自己在荆鸣的公司不合适。陈燕把父亲告诉自己的全部告诉了刘明慧，还说："我都为这个跟他吵过好几次了。"

刘明慧诚恳地说，其实当时自己对陈燕也有一些误会，特别是看她这么快就当上了副经理，就认为陈燕进公司肯定是陈正军和荆鸣做了秘密交易的结果。

陈燕说："我知道，你突然就不理我了，我还以为你吃我的醋了呢。"

刘明慧说："我以为你也是个巴结领导的人。"

陈燕问："我像是那种人吗？"

刘明慧若有所思地说："看一个人不能从表面看，也不能从某一件事情上看，我觉得自己可能做了一件不可挽回的错事。"

陈燕问："什么错事？"

刘明慧欲言又止。

陈燕催她："你说呀，你做了什么错事不可挽回？"

刘明慧鼓起勇气问："你最近一个星期打开过你的邮箱没有？"

陈燕说："打开过，怎么了？这和你做错事情有什么关系？"

刘明慧说自己给她的邮箱里发了一份举报信，是举报荆总的，但发出去以后，自己觉得内容大都不实，回去后又想想，心里不踏实。她问陈燕，假如自己举报错了，对荆总那是多大的伤害呀，自己会一辈子良心不安的。

陈燕说："原来那封举报信是你发给我的呀，那你的意思是现在让我把它删除了？"

刘明慧低着头说："要不你就先把它删了吧。"说完，抬起头看看陈燕。

陈燕问："你为什么要发给我呢？"

刘明慧说自己本来是想让陈燕转给她父亲的。

正说到这里，陈正军提着给妻子熬的鸡汤来了。

刘明慧赶紧站起来，说自己来看看陈燕母亲。

陈正军说："那谢谢你了啊。"

刘明慧说自己正准备走。陈正军让刘明慧以后有时间去家里玩，并让陈燕送送刘明慧。

走到楼梯口，刘明慧对陈燕说："你别送我了，我给你邮箱里发的东西请你一定要删了，好吗？"

陈燕说："明慧姐，我也觉得荆总人不错，你放心，我已经把它转存到我的U盘里了，我会把它删了的。你放心，我保证不会给我爸的。"

2

张大川刚进家门，电话铃就突然响了，一看来电显示，是妻子打来的。

张大川赶紧抓起听筒。妻子问他，离婚的事情是怎么考虑的，说希望张大川快点儿决定，不要耽误时间。

张大川说："惠芳，不管怎么样，我过去已经对不起你了，你能不能原谅我一次？"

妻子说："咱们倒过来想想，如果这件见不得人的丑事发生在我身上，你能原谅我吗？"

张大川沉默了一会儿，说："我会的。"

妻子说："这话恐怕连你自己也不相信吧？"

张大川知道妻子是不会原谅自己了，女儿也不会再认自己了。他说："我不会怪你们，因为我这是咎由自取，怨不得任何人，但我想再和你们见一面。"

妻子说："那好吧，我带女儿回家里收拾一下东西，也算是让你们父女再见一面吧。"

张大川叹了口气，默默地挂断电话。

放下电话后，张大川就开始打扫卫生，这个家已经有一个多月没有打扫过了，桌子上茶几上椅子上落了厚厚一层灰土。不管是铺着复合木地板的两个卧室还是铺着大方地砖的客厅，看上去都是一片狼藉。

张大川努力收拾着每一个房间，干得满头大汗。

3

陈正军在办公室里。萧玫敲门进来。

陈正军一看萧玫手上拿的卷宗，就问："是哪个案子？"

萧玫说："这是春节时小马庄那一起为了争夺宅基地伤害致死的案子，市公安局已经侦结完毕，刚报过来。"

陈正军接过卷宗，问萧玫："你看过了没有？"

萧玫说："我看过了，案情挺简单，两家还是叔伯兄弟，就为了争一块宅基地大打出手，造成一死两伤。你看看吧，就等着你签字了。"

陈正军让她先把卷宗放在自己办公桌上，话音刚落，办公桌上的电话就响了起来。陈正军一看来电显示，是女儿陈燕的电话。他一边拿起电话一边对萧玫说："这个丫头，跟我闹矛盾，好长时间不给我打电话了。"电话听筒一拿起来，陈正军就听见陈燕连哭带喊地说："爸，你快来吧，你快来吧！"

陈正军一惊，问："怎么了？你怎么了？你在哪儿？"陈正军以为女儿在外面遭遇不测了。

陈燕依旧哭着说："我在医院，你快来吧！我妈不行了！"

萧玫也已经听清了电话里陈燕的哭喊声。

"好，我马上就去！"陈正军颤抖着放下电话，对萧玫说，"我得赶紧去医院，宝燕她……"

萧玫一听，难过得说不出话来，默默地收拾着东西，沉默了一会儿说："还是我和你一起去吧。"

临出门时，陈正军又赶紧给许省身打了个电话："喂，许检，我妻子可能不行了，我要赶紧去一趟医院。"

许省身一听就赶紧说："那好，你快去吧，我安排一下也马上过去。"

陈正军和萧玫赶紧出了办公室，下楼打车来到医院。

到了病房一看，陆宝燕的病床上空空荡荡，两人心里一惊。陈正军心想：难道我连宝燕最后一面都见不着了吗？

病房里的病友一看他们来了就说："在急救室呢，送过去一会儿了。"

陈正军和萧玫又赶紧往急救室跑。

陈燕手里拿着一份病危通知书，已经在急救室门前哭成了泪人。

一看父亲来了，陈燕就哭着把病危通知书递给陈正军说："医生说，我妈不行了。"

"你妈什么时候进的急救室？"

陈燕抽噎着说："可能有半个小时了吧。爸，你告诉医生，让他们一定要想办法救救我妈啊。"

"爸知道，他们一定会的！"

萧玫伸手搂住陈燕，轻轻拍着她的背说："好了，好了。"她不知道如何去安慰这个即将失去母亲的女孩。陈燕轻轻靠在了萧玫身上，这是她不理萧玫半个月后第一次接受萧玫的安慰。

陈正军、萧玫还有陈燕站在急救室外面焦急地等待着，三个人相对无语。

陈正军想跟女儿认个错，但一时间又不知道如何开口。陈燕也想向萧玫解释解释什么，但是母亲病危，她心里很乱，现在说什么都不合适。

急救室的门终于开了，几名医生面色凝重地鱼贯而出。

陈正军赶紧拦住陆宝燕的主治医生，问道："王医生，我爱人的情况怎么样？"

王医生无奈地摇了摇头说："你爱人时间不多了，你们准备给她料理后事吧。"

萧玫着急地问："难道你们就一点办法也没有了吗？能不能做器官移植？"

主治医生看着萧玫说："你们家属的心情我们做医生的完全理解，但我们第一次给你们下病危通知书的时候，癌细胞就已经淋巴结转移了，这个时候再做什么移植都已经于事无补了。你们进去看看她吧，姑娘，你要控制住情绪。"

尽管心里极为难受，陈正军还是强压悲痛对女儿说："不许当着你妈的面哭啊！你妈看了会难受的。"陈燕咬着牙点点头。

三个人赶紧进了急救室。陈燕一进去就急忙扑到母亲身边，她强忍着不哭出来，急切地呼唤着："妈，妈！"

陆宝燕命悬一线，听到女儿的呼叫，艰难地睁开了双眼。陆宝燕看了看女儿，又看看陈正军和萧玫，嘴角露出一丝微笑。

她断断续续地嘱咐女儿："燕子，你已经长大了，很多事情都可以也应该自己做主了，但你记住，以后要听爸爸的话，不要让爸爸伤心。"

陈燕哭着说："妈你放心吧，我一定听你和爸爸的话，爸爸让我把工作辞了，我已经把工作辞了，工作我可以再找，但你可不能撇下我和爸爸呀！"

陆宝燕说："妈最遗憾的就是没有看见我女儿结婚，谭宇是个不错的好孩子，你要珍惜他。"

陈燕说："妈，你不要死，我一定会让你看到我们结婚的。"

陆宝燕说："孩子，妈等不到那一天了。"

萧玫和陈正军听后，眼泪马上就下来了。

陈燕哭喊着："妈，你一定能等到那一天的！一定能等到的！你要坚持！"

陆宝燕轻轻摇摇头，闭上了眼睛。

陈正军、陈燕和萧玫都慌了，陈正军赶紧叫："宝燕！宝燕！"

陈燕也哭喊着："妈！妈！"

医生护士赶紧跑了进来，陆宝燕又慢慢睁开了双眼。

陈正军拉住妻子枯黄的手，陆宝燕用微弱的声音对萧玫说："萧玫，我谢谢你，谢谢你对我的照顾，你把手也给我。"

萧玫把手伸过去。

陆宝燕一只手拉住萧玫，她使出了全身的力量，想把萧玫和陈正军的两只手放在一起，无奈身体太虚弱了。

陈正军和萧玫相视无语，他们知道陆宝燕的想法。陈燕也明白了母亲的意图，她拿起萧玫的手放在父亲的手上。陈正军和萧玫也心有灵犀地顺从着，两只手无声地靠拢在一起。陆宝燕笑了，她断断续续地对萧玫说："他是个好人，我希望你替我照顾他。"

萧玫哽咽着说:"大姐,你放心吧,我会的。"

陆宝燕笑了笑说:"我累了。"说完就又闭上了眼睛。

此时,许省身带着几名检察院的领导也来到了病房,一看陆宝燕的病床上没人,许省身赶紧问同病房的病友:"哎?我们11床的人到哪里去了?"

病房的病友们说:"11床的陆大姐可能撑不过去了,现在正在急救室抢救呢。"

许省身赶紧带着同事们直奔急救病房。在病房外,许省身拦住了一位刚从急救病房里出来的医生,问:"大夫,陆宝燕的病情到底怎么样?她还有多长时间?"

医生说:"她已经没有时间了,你们是……"

许省身赶紧说:"啊,我们是病人丈夫的同事。"

医生说:"那你们进去看看吧,安慰一下家属,不要太悲伤,这个病时间长了,从住院到现在已经前后下过七次病危通知书了,家属也应该有心理准备了。"

许省身带领同事们静静地走进急救病房。

陈正军一看许省身来了,赶紧站起来说:"许检……"

许省身跟陈正军握握手,看着闭着眼睛的陆宝燕,轻声问陈正军:"她睡着了?"

陈正军点点头说:"刚闭上眼睛。"

许省身把陈正军拉到一边轻声安慰,让陈正军要有思想准备。

陈正军说,自从第一次检查结果出来,自己就已经作好思想准备了,只是没想到病情恶化得这么快,前前后后这才不到两个月啊!

陈燕和萧玫一人握着陆宝燕的一只手,不断地呼唤着她。

陆宝燕又微微动了动嘴唇。

陈正军赶紧趴在陆宝燕的耳边轻轻说:"宝燕,宝燕,你睁开眼睛,看看是谁来看你来了?"

陆宝燕微微睁开了眼睛。

陈正军说:"宝燕,你看,许检来看你来了,检察院的领导都来看你来了。"

陆宝燕看着许省身,使劲笑笑说:"谢谢,让你们费心了。"

许省身握着陆宝燕的手说:"宝燕,你安心治病,不要多想。"

陆宝燕摇摇头说:"我知道自己的病,我没有时间了,谢谢你们来看我。"说完又看着陈正军和陈燕。陈正军和陈燕一人握着陆宝燕的一只手,陈燕说:"妈,你有什么话就说吧。"

陆宝燕断断续续地说:"妈……不想走。"

陈燕和萧玫都哭成一团,陈燕说:"妈,你不会走的。"

突然,握着他们的手松开了,屋子里传来了陈燕凄厉的哭喊:"妈——"

4

张大川妻子独自回了家。

她进了屋，坐在沙发上，四下环顾着。能看出来，张大川刚刚把家里收拾过一遍。

张大川一看妻子来了，"扑通"一声跪在了妻子面前。

妻子惠芳平静地让他起来。

张大川说："我要向你忏悔。"

惠芳说："我不需要你的忏悔，你起来。"

张大川说："惠芳，看在咱们13年的夫妻情分上，看在咱们女儿的面子上，你就给我一次机会吧，你怎么惩罚我都行，别离开我。你答应我，我就起来。"

惠芳说："当你和那个女人在一起的时候，你想过我吗？想过女儿吗？"妻子说着说着就哭了起来。

张大川赶紧起来拿出纸巾给妻子擦眼泪。妻子一把夺过纸巾，把他推开。

张大川说："惠芳，我发誓，我以后绝对再不会和任何女人……我以后绝对再不会做对不起你的事情了。"

惠芳说："是啊，你的心上人已经死了。"

张大川又跪在妻子面前，说："惠芳，过去的已经永远过去了。惠芳，你愿意听吗？我愿意把我的过去全部告诉你，你听完之后再决定要不要原谅我，能不能再给我一次机会，好吗？"

惠芳说："好，既然你说看在咱们13年的夫妻情分上，看在咱们女儿的面子上，那么我也看在你多次哀求的分上给你一次机会。你起来吧，起来坐着说，我受不起你的下跪。"

张大川说："惠芳，对你，我心里有愧，我只能跪着向你忏悔。"

惠芳说："好了，你要想说就起来说吧。"

张大川起来，坐在妻子对面，开始了回忆："我和马琳从小在一个院子长大，我比她大三岁。她从小就没有母亲，她母亲好像是在她五岁那一年生病去世了。上小学时，我就不允许别人欺负她，哪个同学欺负她我就会和他翻脸打架。上高中时我们就好了，我和她正式恋爱是在她考上大学后，很快双方家里也就都知道了，但都没有表示反对。当时我父亲是滨海市财政局局长，她父亲是滨海市计划委员会主任，所有人都觉得我们两家是门当户对。后来，滨海市要差额选举一位主抓经济的副市长，全滨海市的中层领导里面就只有我父亲和她父亲符合条件，但只能在他们两人之间选一人。为了能当上副市长，他们两个暗地里互相拆台使绊子、拉关系走路子，并坚决要求我们分手。最后，马琳的父亲胜出，顺利当上了副市长。我父亲见了他就像见了八辈子的仇人，哪里还能让我和仇人的女儿继续好，她父亲也坚决禁止她再和我来往。本来，我还想等她毕业后一起私奔到西部去，哪怕去新疆也行。可是，她舍不得离开她父亲，说是父亲把她拉扯大的，为了她，父亲都没有再婚，她不能一走了之。没有办法，我们只好断了。三年后，咱们开始谈恋爱，我当时只告诉你我曾经谈过几年恋爱，最后没有成，但具体细节我没有说，因为我不想回忆，那是一件痛苦的事情。我想从此后我和她不会再有什么联系了，一切都结束了。可是，上帝真能捉弄人，咱们结婚后，我和她邂逅，本来我以为我们已经全部结束了。"

惠芳说："所以你们就旧情复燃了。"

张大川说："惠芳，我真的对不起你，我不是故意去找她的。她告诉我，她当时的生活很痛苦，我看她也……真觉得她特别可怜……所以……"

惠芳说："所以你就英雄救美了？你是英雄吗？你配当英雄吗？"

张大川低着头说："全部经过大概就是这样了，你要能原谅我，我以后一定会改的；你要不想原谅我的话，那我们明天就去离婚。"

5

检察院准备再查一下当年滨海市第一建筑总公司在国企改制时出现的国有资产流失的情况，这个消息很快就被童建中得知。童建中在第一时间就把这个消息告知了荆鸣。

荆鸣为此事专程去了一趟省里，找到了潘副省长，潘副省长又约了省检察院一位老领导和荆鸣在酒店见了面。老领导让荆鸣放心，说会认真了解情况的。

一辆黑色凯迪拉克在马路上疾驶，车窗拉着黑色的窗帘，荆鸣坐在车后座上，他的脸上掠过一丝不安。

凯迪拉克驶进滨海华业大厦的地下停车场。

荆鸣下了车，直接进了停车场的电梯。

在滨海大厦 19 层，荆鸣出了电梯后快速向自己的办公室走去，秘书已经在等着他了。

荆鸣进了办公室后立刻对秘书说："通知各部门经理来小会议室开会。"

6

张大川和妻子在家里哭成一团。

惠芳哭着问他："既然你不爱我，你为什么要和我结婚？你知道我这些日子是怎么过来的吗？我承受了多少同事的白眼？我走路连头都不敢抬！感觉所有人都在我背后指指点点。你知道女儿在学校遭受了多少同学的耻笑吗？"

张大川又跪在妻子面前说："惠芳，我爱你，因为我爱你，所以我才和你结婚的。我只是没想到几年后又会遇见她。她在我跟前哭着说她丈夫怎么虐待她时，我也仅仅是同情她，我没有意识到又跟她陷进去了。我现在知道了，是我给你们、给咱们这个家带来了耻辱，我愿意用后半生来弥补我的过错，我只希望你给我弥补的机会。"

惠芳看着张大川憔悴的脸，才一个多月他的头发就白了一大片，有些心酸，眼前这个男人毕竟跟自己过了13年，恩断义绝谈何容易！于是，惠芳说："行了，你起来吧。"

张大川起来坐在妻子身边，小心翼翼地拉着妻子的手。惠芳没有拒绝他。张大川把妻子搂到了怀里，说："惠芳，从今天开始，我愿意当牛做马来报答你。"

惠芳哭着说："我不需要你给我当牛做马，我只需要一个真正爱我的丈夫、一个真正维护这个家的丈夫、一个不给这个家抹黑的丈夫。"

张大川也哭着说："惠芳，我给家里抹的黑，我一定要把它擦干净。我只想让你和女儿原谅我，不要让女儿没有父亲。"

7

滨海华业大厦19层的小会议室里，公司高层会议还在进行，荆鸣说："同意这个方案的请举手。"

大家都举起了手。

荆鸣在小会议室里做最后的总结发言："好，手放下吧，各位，刚才大家都把个人职责再次明确了一下。前一阶段出现的问题就按刚才大家讨论通过的方案解决。我不希望再出现发生问题无人负责的情况。过去的，我不再追究，但是你们都记住，下次如果再有此类问题发生，你们就给我把辞职报告拿来。我决不再姑息！滨海华业之所以能走到今天，靠的是什么？靠的是一丝不苟的工作态度和忘我的奉献精神。为什么要提倡忘我的奉献精神呢？因为，滨海华业就是我们在座每一个人的衣食父母，只有滨海华业壮大了，我们才能衣食无忧。我们每一个滨海华业人都应该拿出忘我的无私奉献精神，来为滨海华业这棵大树浇水、施肥、除虫。滨海华业早就已经不是我荆鸣的私人公司了，它是属于在座的每一位的，它是属于全社会的！公司兴旺，我们滨海华业人，人人有责！对公司负责就是对社会负责。我们需要一支精明强干的团队来负起我们应负的责任。这就是今天我想给你们说的话。好，散会！"

一位分公司总经理举手说："荆总，我们……"

荆鸣摆摆手说："好了好了，还有什么要说的回头到我办公室去谈也行，给我发电子邮件也行。"

说完，荆鸣起身先离开了会议室。

8

荆鸣离开小会议室回到了自己的办公室。

分公司总经理跟着他也来到了他办公室。

荆鸣指指沙发让他坐下。

荆鸣问他，是不是觉得公司对他的处罚太重了。

分公司总经理说，他觉得责任不能由自己一个人来承担。毕竟当时也开了会，大家也都同意了。

荆鸣说："你先告诉我你的具体职务。"

分公司总经理低下了头。

荆鸣问："你是总公司任命的分公司老总，你的薪水要比你的副经理高200%。你知道这是为什么吗？因为我希望你能比你的副经理多承担200%的责任。我记得，我曾经向每一个分公司老总都说过同样一句话：公司给你高薪，给你权力，你就必须要为公司负责。当然，如果你的公司出了问题，我绝不会找你的副经理，我只找你！你要是觉得被冤枉了、不公平，那你就去找一个你认为公平的地方另谋高就，我绝不强留。"

分公司总经理说他不是那个意思。

荆鸣说："那好，你还有什么事情吗？没别的事情就走吧。"

分公司总经理起身离去。

9

晚上，在丽园程诺的住处，灯光柔和、气氛静谧，荆鸣躺在床上，温柔地搂着程诺，问："今天我把该安排的都安排完了吧？没有漏掉什么吧？"

"没有，最近你应该去敬老院看看。"

"是啊，是该去看看了，一忙起来就把这帮老头老太太给忘了。"

"我前天去，冯大爷还问我荆总怎么不来了。"

"没事，忙完这几天我就过去看一眼。"

说完，荆鸣起身，把放在茶几上的公文包拿过来，"你猜我给你带了什么？"

程诺撒着娇说："人家不猜嘛，你给我什么我都要。"

荆鸣拉开公文包的拉链，拿出两本护照和两份赴瑞士的签证。

程诺一看，高兴地搂住荆鸣问："咱们什么时候走？"

荆鸣说："再过几天。知道这是什么签证吗？"

程诺问："什么签证？"

荆鸣得意地说："这是欧洲三个月的商务考察签证，到时候咱们把欧洲好好玩一玩。"

程诺说她就想去欧洲，看看古堡和森林。

荆鸣说："没问题，咱们都得放松放松了，你太累了，而且还有最重要的一点是……"

程诺说："你就别卖关子了，快说吧。"

荆鸣笑着说："难道你就不想吗？都多少年了，我不能再让真正爱我的人等下去了，我应该给我爱的人一个交代了。"

程诺听后，幸福地一头扎到荆鸣的怀里，哭了。

荆鸣笑着说："傻丫头，那么多难事也没见你掉过眼泪，怎么一说咱们要出国度假反倒哭了，委屈了？怕我把你卖到瑞士去？"

程诺捶打着荆鸣的胸膛，说："你坏，到时候还不知道谁卖谁呢！我只是太高兴了。"

荆鸣用两个大拇指抹掉程诺的眼泪，说："宝贝，原谅我吧，我知道你的心，我知道这么多年你最渴望得到的是什么，但是人在江湖身不由己呀！跟着我这些年你也看到了，也亲身体会到了。你现在回过头再看看咱们曾经走过的路，一路上有多少陷阱、暗算，有多少尔虞我诈。商场如战场，真是一点不假。在战场上，一步走错就有可能前功尽弃、满盘皆输，甚至脑袋搬家，在商场上又何尝不是如此。刘凯明不就是咱们的活教材吗？好在这一切都过去了。过去，我无法用全部的身心来爱你，因为我必须要提高警惕，眼观六路耳听八方，时刻防备对手的暗算，我必须要拼搏。现在，咱们往后的路上应该不会再有太大的危机了，我的目的基本上已经达到了。从现在开始，我能把自己给你了。我计划，等咱们三个月后从国外回来就结婚。结婚后你就在家里当全职太太。我不能再让你跟着我在商场上拼搏了。"

程诺幸福地笑着、哭着。

10

听到陈燕凄厉的哭喊声，王医生和两名护士赶紧跑了过来。他摸了摸陆宝燕的脉搏，放下陆宝燕的手，对陈正军说："不行了。"又看看手腕上的手表，"下午1点27分。"说完，又从白大衣袋里拿出一只小手电筒，一手拿着手电筒一手翻开陆宝燕的眼皮认真地察看。

王医生直起身子，说："你们再看一眼吧。"

陈燕大声哭喊着："医生，我妈妈还没有死！求求你们再抢救她一下吧！"

医生严肃地对她说:"姑娘,你早就应该有思想准备,你母亲在全身淋巴转移后还能坚持这么长时间,这本身就是奇迹了。"

陈燕哭着往已经断气的母亲身上扑,萧玫和检察院一位女同事使劲拉着她。陈燕撕心裂肺地喊着:"我妈妈没有死!我妈妈没有死!她还在动,你看,她还在动!"

陈正军也泪流满面,但始终没有哭出声来,他对女儿说:"好了,你妈妈已经走了。"

许省身握着陈正军的手说:"老陈啊,节哀顺变。"

陈正军含泪点点头。

几名跟着许省身一起来的检察院领导也一一和陈正军握手致哀。

两名护士往陆宝燕身上盖了一块白布单。

陈燕突然一下止住了哭喊,说:"让我再看一眼我妈妈。"

陈燕伏到母亲身上,不停地抚摸着母亲的面颊。

一名护士说:"衣服准备好了没有?"

陈正军说:"准备好了,在家里。"

护士说:"那你回去拿一下,让你女儿给她擦洗一下身体吧,男同志都先离开一下吧。"

陈燕哭着给谭宇打电话。

陈正军对许省身说:"许检,你们都回去吧,这里留下萧玫就行了。"

许省身说:"那好,我们在这里也帮不上你什么忙,就先回去了。萧玫,这几天你就好好陪陪陈燕,帮陈处理一下她爱人的后事。"

萧玫说:"我知道了,许检,你们就回去吧。"

许省身和陈正军等人全部都从急救病房中出来。

许省身说:"有什么事情你就和我联系啊,那我们就先走了。对了,小刘,你留在陈处这里,从现在开始,他要到哪儿去你就开车送他。我把小刘给你留下,跑个腿什么的。"

陈正军拒绝,说:"许检,你那里事情多,我不能用你的车。"

许省身说:"好了,这都什么时候了?什么我的车?检察院的车!"

陈正军还想推:"许检,这……"

许省身说:"好了,你就不要再推了。小刘和萧玫都给你留在这里,协助你料理你爱人的后事。你不是要回家把给你爱人准备的衣服拿过来吗?"

陈正军说:"那好吧,我现在就回趟家。"

司机小刘说:"陈处,那咱们就走吧。"

许省身和一同来的院领导陪着陈正军和司机小刘一起下楼。

临上车时，陈正军还一个劲地对许省身说谢谢。

许省身说："你就别再谢了，赶快去吧，这边你女儿和萧玫还等着呢。"

许省身一回到办公室就对秘书说："你去把办公室丁主任叫来。"

秘书应声说："好。"

过了一会儿，检察院办公室主任老丁就来了。

许省身说："你现在和老陈联系一下，你们一起去殡仪馆预定一个告别大厅，你负责把大厅布置一下。"

丁主任说："好，那我现在就去办。"说完转身就走。

许省身说："你等等，我这里有一个名单，你就按照名单去买几个花圈吧。"

小车拉着陈正军回了家。

小刘问陈正军："陈处，嫂子的照片准备好了没有？"

陈正军这才想起来，说："哎，你不提醒我都没有想起来。"说完，就拉开抽屉拿出一本影集开始找陆宝燕的标准照片底片。

陈正军终于找到了一张陆宝燕的一寸照片的底片，他问司机小刘："一寸的底片行不行？"

小刘说："两寸的没有？"

陈正军说："好像没有，这张还是我们一起拍身份证照片时的底片。"

小刘让他再找找，看能不能找到一张工作证上用的照片，说是身份证上的照片太严肃，都拍得像是犯罪嫌疑人。

陈正军一边继续找妻子的证件照底片，一边说："身份证照片是要拍出一个人的常态，当然不能笑了。你喝点水吧，我这马上就好了，实在找不到别的那也就只好用这张了。"

"你别管我。"小刘说着，掏出两支香烟并给陈正军递过去一支，"陈处，来抽支烟，慢慢找。"

陈正军接过烟点上说："我们结婚这么多年，也就一起拍过三五次照片，唉，真亏了她了，哎，又找到一张。"

小刘接过来看看说："行了，就是它了。这张比身份证照片要好点，放大遗照的事情你就交给我吧。"

第二十一章
副市长真的病了

1

张大川和妻子渐渐地停止了哭泣，平静下来。

惠芳说："好了，说起来，我过去对你的关心也不够，你出这种事情，我也有责任。"说完就去卫生间打了一盆水开始擦洗桌椅。

张大川赶紧抢过抹布，说让妻子休息，自己来干。

"还是我来吧，你擦不干净。"

张大川又把抹布抢过来说："你就坐着吧，还是我来，我过去干得太少了，从现在开始，我要补回来，待会儿我干完活你负责检查一下就行了，哪儿没弄干净的话我再返工。"

张大川先给妻子沏了一杯茶放到妻子跟前，然后开始在家里卖劲儿地打扫卫生。

惠芳把窗帘、被套都拆下来扔到了洗衣机里。

不一会儿，张大川和妻子把家里又收拾得干干净净。

张大川出门倒垃圾，回来时看见妻子正要出门。

张大川问："你想吃什么？我去买回来做。"

妻子说："我回去接女儿去，看她愿不愿意回来，我不回来吃饭了。"

张大川说："我跟你一起去吧。"

妻子说："你还有脸见我母亲吗？"

张大川妻子回到父母亲家里。

母亲问她到哪儿去了，吃饭了没有，出门也不打个招呼。

惠芳说自己吃过了，问女儿呢。

母亲说在里屋呢，问她是不是又回家去了。

惠芳让母亲别管这事儿，并对母亲说："不管怎么说，我们也结婚13年了，孩子都这么大了，你让我怎么办？"

母亲说："你不怕丢人？"

惠芳说："妈，你就不要再管我们的事情了好不好？我们的事情我自己处理。"

母亲一生气，说："好！我不管了，你回去吧！"

惠芳进里屋叫女儿："丽丽，妈跟你说个事情好不好？"

正在做作业的丽丽抬起头说："你说吧。"

惠芳说："咱们回家吧。"

丽丽问："那他呢？"

惠芳说："不管怎么说他也是你爸爸，你爸爸犯了错误，妈妈已经原谅他了，妈妈希望你也能原谅他，你看好不好？"

丽丽低下头，不吭声。

惠芳："你爸爸现在很可怜。他需要你和妈妈的帮助。"

丽丽抬起头说："妈妈，我想住校。"

惠芳问："那你就是不想原谅爸爸了？"

丽丽说："妈妈，我听你的。"

惠芳说："好孩子，走，咱们收拾一下东西，先回家吧。"

惠芳出了里屋后，跟母亲说："妈，他已经跪在我跟前向我保证了，以后一定会彻底改正。我想，咱们就原谅他这一次吧。"

2

陈正军把给妻子准备好的衣服和鞋袜装了一个袋子，对小刘说："那咱们就走吧。"

小刘让他再仔细想想，看还有没有什么东西落下了。

陈正军站在门口，想了想说："没了。"上车后，小刘一边开车一边问陈正军："遗像放多大？"

陈正军说："可能十二寸吧。"

小刘说："咳，我看你也不知道，待会儿到彩扩店再问吧。"

司机小刘拉着陈正军先到解放路的柯达彩扩中心去放大陆宝燕的照片。

小刘一进门就直奔彩扩店柜台，问营业员："我要放大两张遗像，放多大尺寸的合适？什么时候能取？"

彩扩店营业员问："你想放多大尺寸的？你想什么时候要？"

小刘说："多大的我也不太清楚，我看……对了，就这么大的。"小刘用手一指彩扩店墙上挂着的一幅艺术照说。

营业员回头看看，说："那是 12 寸的，太小了吧。"

小刘又问："那一般情况下遗像都是放多大的？"

营业员说："一般情况遗像都是放大 24 寸的，也有放大 48 寸的。一般是领导、大老板、明星的遗像放得大，普通人的遗像大部分都是放 24 寸的。遗像哪有放大 12 寸的。"

小刘说："行，那就放 24 寸的，我们什么时候能取？"

营业员说："你们打算什么时候来取？"

小刘说："当然越快越好了。"

营业员说："我看看底片。"

小刘拿出底片递给营业员。

营业员看完后说："底片问题不大，一个小时吧，不过我们要收加急费。"

小刘说："行，开票吧。"

营业员问："不要相框吗？"

小刘说："当然要啦，没相框这照片怎么挂？"

营业员说："那你先挑选两个相框吧，你挑完了我再一块儿开票。"

小刘和陈正军挑选了两个 24 寸的相框。

陈正军交了钱，营业员看看表说："好了，从现在开始，一个小时后来取。"

小刘和陈正军从彩扩店出来后又匆忙向医院赶去。

3

急救病房里，陈燕已经不哭了，她和萧玫一起给陆宝燕擦洗了身体。陈正军拿着给妻子准备好的衣服进来，三人一起给陆宝燕换上新衣服。

一名护士和两名护工从外面推进来一张专门推危重病人和死人的推床，他们来到病床前，把陆宝燕抬到推床上。

陈正军、陈燕和萧玫三人一起把陆宝燕送到太平间。

陈正军问萧玫："医院给开死亡证明了吗？"

萧玫说："还没有顾得上问呢，我现在去让王医生开吧。"

陈正军说："算了，你休息一会儿吧，我去。"

来到医生办公室，陈正军进门就叫了一声："王大夫。"

王医生回头一看陈正军来了，就拉开抽屉说："来，死亡证明我已经开好了，你看是你们自己联系殡仪馆呢，还是我们医院帮你们联系？"

陈正军接过王医生开具的死亡证明说："算了，谢谢你们，还是我们自己联系吧。"

王医生问："你知道殡仪馆的电话吧？"

陈正军说："我查一下吧。"

王医生说："你别查了，我给你，你记一下。"

王医生在自己手机上找到殡仪馆的电话，陈正军记下后对王医生说："那好，谢谢你了，这些日子给你们添麻烦了。"

王医生说："老陈，这你就太客气了，这是我们的工作，麻烦什么！"

陈正军说："我知道，她这病拖的时间太长了。"

王医生说："对，要是早十年治的话，就很可能不会转成肺癌。"

陈正军说："都怪我，我要早点让她来看看就好了。"

王医生拍拍陈正军的肩膀说："好了好了，你也没有必要自责，多保重，节哀吧！"

滨海市殡仪馆拉尸体的车来了。在太平间门口，两名殡仪馆的工人从车上拿下一个铁皮担架，把陆宝燕的遗体放到担架上装上车。其中一人问："你们谁去办手续？"

陈正军说："我去吧。"

萧玫说："我也去吧。"

陈正军说："萧玫，这样吧，你回去休息一下。陈燕，你现在先去医院门口的殡葬店里买些黑纱，订两个花圈，再到解放路的柯达彩扩中心把给你妈放大的遗像取上，回家去给你妈布置个灵堂。"

萧玫说："我和陈燕一起去。"

小刘说："陈处，照片我去取。干脆这样吧，萧玫和陈燕，你们两个上车，咱们一起去。陈处，你就在殡仪馆等着我，我把这边的事情一办完就来接你。"

4

马副市长病了，有好几件事都让他吃不下睡不着。荆鸣上次来拜访，临走时说的那些话，让马副市长惴惴不安。马副市长觉得荆鸣手上很可能有自己受贿的证据，要不他怎么敢那么说呢。他一直在想，自己从来没有当着荆鸣的面收受过别人送的钱物，难道他仅仅就是虚张声势。马副市长还是觉得不太放心，受贿的证据一旦被荆鸣抛出去，那自己就不是终结仕途那么简单了，身败名裂那是毋庸置疑的。

总投资高达近67个亿的滨海市南城旧城区改造是一块肥肉，滨海市以及省里的三十多家房地产商都对它垂涎三尺，甚至还吸引了外地的房地产商。这些房地产商人在滨海进行着一场没有硝烟的激烈战争，各方都在争夺一个名叫"马尚德高地"的制高权，"马尚德高地"旁边还有一些小高地，那就是建设局、规划局、招标办。这些房地产商都知道，只要马副市长点个头，自己就能从南城的旧城改造项目中切下一块肥肉。虽然南城旧城改造项目现在还是纸上规划阶段，但身为主管领导的马副市长已经从这个项目中获利颇丰。

市政府曾经多次召集滨海市规划局、房产局、园林局、市政公司、滨海华业、天地仁和房地产开发总公司、幸福置业集团总公司、华盛开发总公司等政府机构和相关企业开会，商讨旧城改造项目。

这种非常时期，荆鸣突然造访马副市长，还在马副市长的办公室对他进行了肆无忌惮的一番羞辱，马副市长被气坏了。

荆鸣一走，马副市长立即拿起了桌上的电话，给天地仁和房地产开发总公司的刘董事长打电话。

刘总很热情地问："马副市长有什么指示？"

马副市长问："上次开会让你们准备的南城旧城区改造的方案，你们公司做了没有？"

刘总说："方案正在做，但还没有做完。"

马副市长有些不高兴地说："你们怎么办事情这么拖拉？你要抓紧。"

刘总说自己当然想抓紧啦，他也正想给马副市长打电话问问，还说自己现在听说这个项目市政府已经内定给滨海华业做了。刘总对马副市长说，既然是已经内定的事情，他们再掺和进去也就是给滨海华业捧个人场垫个底，既耽误时间又让同行看笑话，他不想让人当猴耍。但是，他已经为争取这个项目花了不少钱，如果没有一点儿回报的话，恐怕不好向董事会交代。

马副市长又惊又怒，惊的是这个谣言将会对自己很不利，因为自己已经收了他们一笔钱，答应给他们提供一些关键信息，帮助他们顺利拿到项目；怒的是现在这些老板已经开始要挟自己了。马副市长问他是谁说的已经内定，他们从哪里听说市政府已经把这个项目内定给了滨海华业。他说这完全是胡说八道！市政府已经一再申明，南城旧城区改造的意义不仅仅是拆旧房子盖新房子这么简单，这是滨海市的一个样板工程，总预算高达67个亿，怎么可能不招标就发包呢。再说，仅靠滨海华业也吞不下这么大的一块蛋糕。马副市长让刘总抓紧时间准备一下。

刘总犹豫地说："那好吧，谢谢马副市长还惦记着我们。"

马副市长刚放下电话，电话铃就又响了。他拿起电话一听，是幸福置业的老总兰力光打来的。兰力光开门见山地说自己是来问问南城旧城区改造的事情，说自己听说，荆鸣已经为南城旧城区改造融资26个亿了，还有一亿美元的热钱也马上就到账了。兰力光问马副市长："那我们公司前期的投入是不是就打水漂了？难道我们钱多得没地方花了，花钱就是为了让政府和滨海华业一起耍着玩？"

马副市长一听气坏了，说："这都是荆鸣造谣！他的目的就是不想让你们参与竞标，你们难道就心甘情愿地被他牵着鼻子走吗？你们要想让前期的投入不打水漂就赶紧把标书做好，参与投标。"

兰力光说："马市长，您知道我们的实力是没有办法和滨海华业抗衡的。那天咱们在滨海大酒店的客房里我已经说得很明白，之所以找您，就是希望您利用自己的影响力，关键的时候能帮我们一下。"

马副市长强压怒火说："我会的，但你们也要争气！"说完就气得摔了电话。

5

在萧玫的帮助下，陈燕把家里的客厅布置成了一个简单的灵堂。陆宝燕的大幅黑白照片挂在墙上。遗像下面是一张桌子，中间放着一只装满细沙的碗，碗里插着三束点着的香。旁边放着三只装着水果的盘子。照片上的陆宝燕看着有点紧张，露出一丝不太自然的笑容。

陈正军在检察院的同事们纷纷来到家里吊唁，安慰他们父女俩。大家依次走到陆宝燕的大幅遗像前鞠躬，和父女俩握手并安慰他们，陈燕忍不住又痛哭起来。

陈燕的手机突然响了，她哭着接起电话，是刘明慧打来的。刘明慧听出了陈燕的哭声，问："陈燕，你怎么了？"

陈燕哭着说："我妈去世了。"

刘明慧赶紧问："啊？什么时候？"

陈燕说："昨天下午。"

刘明慧埋怨陈燕："你怎么不给我打电话？你现在在哪里？"

陈燕说："我在家。"

刘明慧说："我现在就过来。"

刘明慧立即给程诺打电话："程总，陈燕母亲去世了，我现在请一会儿假到她家里看看。"

程诺问："什么时候去世的？"

刘明慧说："说是昨天。"

程诺说："好，那你去吧。"

刘明慧放下电话拎起包就出了办公室，刚走到电梯口手机响了，一看是程诺打来的。

程诺让刘明慧等等自己，说和她一起去。

刘明慧说："那好，我在楼下大厅等你。"说完就进了电梯。刘明慧先到一楼大厅，过了一会儿程诺也下来了。

程诺对刘明慧说："咱们先去订几只花圈吧。"

　　在花圈店，程诺要求店老板把花圈直接送上门，花圈店老板问："送到哪里？"程诺想不起地址，就问刘明慧："陈燕家住哪儿？"

　　刘明慧说："建华小区七号楼三单元。"

　　程诺在花圈店老板递过来的本子上写下陈燕家的地址：建华小区七号楼三单元，写完后交给老板让他马上送过去。

　　萧玫在陈正军家帮忙做好了饭，她拿一个小碗盛了半碗米饭，让陈燕先把这碗米饭供放在她母亲的遗像下。

　　陈燕接过饭，说："萧玫阿姨，谢谢你。"

　　萧玫有点儿意外，问："燕子，你叫我什么？"

　　陈燕说："萧玫阿姨，谢谢你。"

　　萧玫眼神复杂地看看陈燕，又看看陈正军说："燕子，你还是叫我萧玫姐吧。"

　　陈燕将米饭放在母亲遗像下的供桌上。

　　萧玫又拿了两个小碟子分别盛了一点菜，让陈燕也放在供桌上，并插上一双筷子。

　　萧玫把两盘菜端到桌子上，陈燕说："萧玫阿姨，你休息一下吧，我来盛饭。"

　　陈正军叫萧玫过来一起吃饭。

　　萧玫说让他们先吃，自己把灶台擦一下。

　　陈燕赶紧跑到厨房说："萧玫阿姨，我来擦。"

　　萧玫说："马上就好了，你赶快去吃吧。"

　　三人正在吃饭，突然有人敲门。陈燕说可能是刘明慧来了，便起来去开门，一看果然就是刘明慧和程诺。

　　陈燕赶紧把她们往家里让。

　　陈正军和萧玫也都站起来。

　　程诺和刘明慧表情凝重地站在陆宝燕遗像前鞠躬。程诺抽出三支香，点着，插在碗里，刘明慧也上了三支香。

　　程诺问陈燕："家里出了这么大的事情，为什么不通知我们？"

　　陈燕说自己是真的不想给她们添麻烦。

　　萧玫给她们端来了茶水。

　　程诺和刘明慧连声道谢。

　　刘明慧说："什么叫添麻烦？你叫我明慧姐明慧姐，原来都是假的？不管怎么说，咱们在公司里相处得还不错，家里出了这么大的事情，你要真的把我当朋友也应该通知我的呀。"

　　陈正军说："谢谢你们能来。"

　　程诺说："不管怎么样，你刚离开公司，家里又出了这么大的事情，公司不能不管，荆总马上也会过来。"

刘明慧说："你们正在吃饭？那赶紧吃吧。"

陈燕问："你们呢？"

程诺和刘明慧说："我们你别管，你们这两天肯定吃没吃好，睡也没睡好。"

陈正军说："那我们就吃了。"于是三人继续吃饭。

突然，程诺的手机响了，她一看，说："是花圈店来送花圈的，他们到了。"说完就出去了。

外面花圈店的几名伙计到了楼门口，程诺指挥他们把花圈卸下来摆放好，花圈店的人走了，程诺又回到陈燕家里。

过了一会儿，程诺的手机又响了，她一看是荆鸣打来的。荆鸣说他们马上就到小区大门口了，让程诺和刘明慧出来接一下。

程诺挂了电话说："荆总来了，我和明慧到门口接一下。"

陈正军说："你们坐着，我出去接。"

程诺和刘明慧、陈燕、萧玫都跟着陈正军出去，到门口一看，荆鸣坐着自己的奔驰车，后面跟着一辆解放牌轻型卡车，拉了一车花圈马上就到门口了。

陈正军站在门口，看着荆鸣的车慢慢过来，他想，这个荆鸣为了接近自己真是不遗余力。

两辆车在门口停下，荆鸣下车后一边走一边向站在门口的陈正军伸出双手，陈正军也赶紧迎上去几步与荆鸣握手。

荆鸣悲伤地说，自己也是刚听说，来晚了，让陈正军节哀顺变，保重自己的身体。

陈正军说："谢谢，谢谢你了。"他虽然对荆鸣的动机十分怀疑，但在这个时候自己还是要做到客气、礼貌。

荆鸣又握着陈燕的手说："节哀顺变，我们每个人都会有这一天的，这是自然规律，不要太悲伤。"

陈燕哽咽着说："谢谢你，荆总。"

解放牌轻型卡车上下来几名年轻人，开始解开刹车绳，从车上往下卸花圈。

陈正军问："荆总，你怎么买了这么多花圈？"

荆鸣说："这里面有滨海华业总公司送的，有各分公司送的，还有我个人送的。"

陈正军只好说："谢谢你，让你费心了。"说着就要上去帮忙。

荆鸣连忙拉住他说："陈处长，你就不要管了，让他们干。"说完又对一名小伙子说："小于，待会儿卸完花圈你带他们全都进来，跟陈燕母亲告个别再走。"

小于说："知道了荆总。"

陈正军对荆鸣说："那就进去家里坐吧。"

荆鸣和陈正军先进了家门，萧玫和陈燕跟在后面进去。

荆鸣先到陆宝燕的遗像前拿出三支香，点着，双手举过头顶拜了三拜，把香插进碗里，嘴里念念有词地说："大嫂，兄弟在这里送你了，你一路走好。"拜过后，陈正军和陈燕请荆鸣坐下。

荆鸣问陈正军："陈处，嫂夫人现在在哪里？"

陈正军说："在马背山殡仪馆。"

荆鸣问："追悼会安排在哪一天开？"

陈正军说："追悼会明天上午开。"

荆鸣问："几点？哪个厅？"

陈正军说："上午9点，在松鹤厅，不过你就不要去了，我知道你忙。"

荆鸣说："陈处，你这是什么话？再忙也不在那一两个小时。这么大的事情我不知道也就算了，既然知道了，那我就一定要参加。"他问陈正军，陆宝燕排在第几个。

陈正军问陈燕："陈燕，你妈排在第几个？"

陈燕说："本来是排在第二，结果许伯伯的司机小刘去找了人，人家就给排到第一位了。"

陈正军问："这也要走后门加塞？"

陈燕说："爸，这你就不知道了，每天在殡仪馆排队的人都挤得打破头，不走后门那你等上三天都可能排不上队。还有，还要跟火化工搞好关系，你要没有关系，火化工就不好好给你烧。明天咱还要给火化工准备两条好烟两瓶好酒。"

陈正军一听，摇摇头叹了一口气。

荆鸣说，今天下午他来安排人员布置告别大厅。

这时，外面有人敲门。陈燕赶紧去开门，一看是荆鸣安排的那几名在外面卸花圈的年轻人，陈燕赶紧把他们往家里让。

小于说："荆总，花圈都摆好了。"

荆鸣说："好，你们几个先来拜祭一下陈燕母亲。都没有吃午饭吧？拜完了出去随便吃点什么，然后赶紧都回来，我还有事情要安排。"

陈燕说："荆总，别让他们出去吃了，我在家里给他们做点饭吧。"

几位年轻人纷纷说："不用了，太麻烦了。"

荆鸣说："算了，你不要管了，我安排。"

于是，小于就带着几名同事在陆宝燕遗像前拜了几拜。拜完后，小于说："荆总，那我们就先走了。"

荆鸣说："去吧，一个小时后回来。"

　　小于说了声知道了，然后带着几人走了。

　　陈正军请荆鸣坐下。荆鸣觉得陈正军似乎一直对自己有敌意，就对陈正军说，虽然自己已被证明是无辜的，但感觉陈正军一直在用看待犯罪嫌疑人的眼光看自己，还说这让自己心里很不舒服。荆鸣告诉陈正军："陈燕到我们公司时，我还被当作犯罪嫌疑人关在看守所里，出来后才听我的助理说招了19名新员工，其中有一名非常优秀的应届硕士毕业生叫陈燕。我问助理一共有多少报名的，她说三天内就有五百多名大学生报名，经过三轮筛选，公司最后一共留下了19名。我当时也没有在意，但后来发现陈燕的确十分优秀。直到她说要辞职，我对助理说发现一个人才不容易，要尽量挽留，但还是没能留下她，最后才知道陈燕是你女儿。"

　　陈正军说："荆总，你过奖了，我知道你们都很信任陈燕，但我想让她在刚走上社会时多吃点苦，所以要她辞职。她才刚刚研究生毕业，又没有工作经验，至于说优秀，工作上我不敢说她就优秀，但在做人这一点上像我，认真、本分，这样对她以后有好处。不过，我还是要谢谢你。"

　　荆鸣说："在我看来，做事认真、做人本分就是优秀。这也是我选人用人的前提条件和公司留人与否的原则。至于工作经验，那都是在工作中锻炼出来的。就是天才，缺少实践经验也没有用，对吧？陈处长。"

　　荆鸣想趁这个机会把话说透，便继续说，自己在商场上打拼了这么多年，结交的各级官员一大批。在这些官员里，有人确实给自己帮过忙，但大多数人并没有帮过自己。换句话说，自己也没有什么办不了的、必须要动用官场关系的事情。自己之所以想跟陈正军交朋友，并不是因为陈正军是滨海市检察院的检察官，而是看中了他的正直，这是自己曾经极力想保留的品质，但在中国这很难。他承认自己在创业早期的确是用过一些不正当甚至是不合法的手段，还说不管是什么样的社会制度，社会转型之时也是机会降临之时。这种机会不需要高学历、高智商，只需要大胆就够了。能抓住机会就成功了一大半，现在的商界领袖有人敢说自己挣的钱是干干净净的吗。荆鸣说："你也不要老觉得我荆鸣可疑，其实每个人都是可疑的。"

　　陈正军说："我承认你说的是事实，但这对社会其他成员来说是不公平的。用不合法的手段挣来的钱和偷窃抢劫有什么不同？在改革开放时期，我们的法律体系也在不断完善，为的就是逐渐杜绝这种行为。只有这样，才能建设起一个公平竞争、良性发展的经济秩序。"

6

　　陈正军家里，荆鸣安排的那几名年轻人在外面吃过午饭后都回来了。

荆鸣说："你们现在把这些花圈都装上车，拉到马背山殡仪馆松鹤厅去，把告别大厅布置出来。"

这几名年轻人便在小于的带领下，把门口的花圈往车上装。

陈正军说："荆总，你就别忙了，让他们回公司上班去吧。"

荆鸣说："陈处长，你以后叫我荆鸣就行了，别叫我什么荆总。嫂夫人的事情，你就放心交给我来办吧。"

小于说："荆总，花圈一车装不下，还得再回来一趟。"

"这个事情还用跟我请示吗？一趟拉不完就拉两趟嘛！"荆鸣说完后，看看手表说，"走，咱们一起去殡仪馆看看。"

这时，检察院安排往殡仪馆送花圈的一辆轻型卡车也来了。

司机说："陈处，我来拉花圈来了。"

陈正军一看就说："好了，荆总，我们单位的车也来了，你就不要让他们再多跑一趟了。"

荆鸣赶紧叫住小于，让他们把花圈送到殡仪馆后等着自己，没事情了再走。

程诺也说要去殡仪馆看看。

陈正军说："你就不要去了，陈燕，你在家里别出门。"

从南海赶过来的谭宇说他也去殡仪馆看看，陈正军说："你也留在家里陪燕子吧。"

萧玫说她就不去殡仪馆了，她也在家里陪着陈燕。

荆鸣说让程诺也去吧，看有什么能帮上忙的。

7

殡仪馆松鹤厅，陆宝燕的告别仪式被荆鸣操办得十分隆重。谭宇以准女婿的身份参加了陆宝燕的葬礼，检察院的大部分同事都来了，老田夫妇来了，环卫队也来了十几个陆宝燕生前的同事，并带来了花圈。陆宝燕的同学、过去棉纺厂的同事得到消息的和联系上的也来了一部分。另外，荆鸣让滨海华业的员工也都来了。花圈摆满了大厅，前来吊唁的人站满了大厅。

路人好奇地问："这是谁的葬礼搞得这么隆重？"

旁边人回答："你没见吗？检察院的车停了好几辆，我还看见滨海华业的老板也来了，去世的人肯定是个大人物。"

告别仪式结束后，荆鸣说："陈处，坐我的车回去吧。"陈正军坚决拒绝了："荆总，谢谢你，陈燕在公司时就让你费心了，现在我家里的事情又让你费心。"

荆鸣说："陈处，你太客气了。"

陈正军说："我其实还是很欣赏你这个人的，但欣赏归欣赏，你要犯了法，我也绝不会因为你帮过我的忙或者咱们是朋友就对你网开一面，希望你能理解。另外，有一件事情我一直想对你说。"

荆鸣说："有什么事情你尽管说。"

陈正军说："听陈燕说公司给她奖励了 20 万元，这钱她不能要。第一，这奖太重了；第二，这笔钱会让她飘飘然，这对她以后的成长不利。她说你准备以她的名义把这钱捐给南海大学，这是好事儿，但不要以她的名义捐，要捐的话，我看以滨海华业集团的名义捐更好，你看怎么样？"

荆鸣说："滨海华业是现代企业，给陈燕的奖励是公司开会决定的，假如没有董事会授权，我自己一分钱也动不了，我希望你不要把这事儿看得太重。"

陈正军话里有话地说："有些钱是好拿不好用呀。"

荆鸣心里一凉，但脸上仍然表现得十分真诚地对陈正军说："我最欣赏的就是你对事业的忠诚，现在敬业的人太少了，贪官太多了。古人说水至清则无鱼，水是孕育万物的根本。虽然我是靠浑水养大的，不过绝不会拉你下水的。我希望陈处长能换换脑子。"

看着荆鸣离开时的背影，陈正军思索良久。

8

陈燕在家中一边流泪一边收拾母亲的遗物。

陈正军走过来安慰她，说自己过去对她和妈妈关心不够，请女儿不要怨自己，又说自己的工作很特殊。"爸爸不得不小心，因为不少人都想和爸爸拉上关系，以期在触犯法律时，爸爸能对他们网开一面，你说爸爸能那么做吗？"

陈燕说："爸爸，我知道你的想法，你是觉得荆总有经济问题，害怕我在滨海华业待的时间长了被牵连进去。说白了，其实你就是想把我放在保险箱里，你自己说，这世上有这样的保险箱吗？"

"咱们家现在就你和我了。"过了一会儿，陈正军对陈燕说，"你要想继续到滨海华业去上班，我现在不会反对了。"陈燕问："为什么？"陈正军说："我觉得你应该有自己选择的权利。但你要记住我曾经跟你说过的话，君子爱财，取之有道。商场险恶，洁身自好。你要把握好自己。"

陈燕说："爸，妈在医院时曾经说过，萧玫是个好女人，希望她走了以后，你和萧玫……"

陈正军说："傻孩子，你不要说了，我知道你妈的想法。但你想过了没有，萧玫比爸爸小那么多，我和她在一起不是让人笑话嘛。萧玫是个好姑娘，她将来一定会有她自己的生活，她应该找一个跟她年龄相当的人结婚，爸爸太老了。"

陈燕扑到父亲怀里哭了起来："爸，我误会你了。"

　　陈正军把谭宇叫过来说："孩子，好了，别哭了，谭宇是个不错的小伙子，你们两个好好处着，回头我找个时间到谭宇家里去一趟，跟谭宇父母都见个面，如果可能的话明年就把婚结了，这也是你妈的意思。"

　　谭宇第一次叫陈正军爸爸，他说："请爸爸放心，我会对燕子好的。"

　　陈正军说："从现在起，不管是工作上还是生活上的事情，爸爸都不再干涉你了。"

　　谭宇在办完陈燕母亲的丧事后又回了南海。

9

　　荆鸣忙完陈燕家的事情后回到办公室，他突然想跟林缨子聊聊，于是就拨通了林缨子的电话。

　　林缨子没有接电话。

　　荆鸣给她发了一条短信，林缨子没有回短信。

第二十二章

下属惹祸

1

马副市长住院了。

市政府里的人都说马副市长是被荆鸣气得住院的，有人说马副市长可能有什么把柄在荆鸣手上，所以荆鸣才敢这么胆大妄为。

马副市长住在滨海市第一人民医院的高干病房，也就是陆宝燕病友家属老廖说的 A 病区。因为是领导专用病房，所以病房的硬件设施完全是按照四星级宾馆的单人套间布置的，双卫生间，里外屋各有一个，外屋是会客厅。

这一天，马副市长正坐在病房外屋的客厅里看电视。

有人来探望，马副市长一看是市招商局罗副主任，就很高兴地接待。罗副主任带来了一些时令水果。马副市长说："你看你这就不必了嘛，这里什么都有，你能来看看我，我就很高兴了。"罗副主任说，听说马副市长生病了，自己一直想来，可是最近正在和新加坡的一个客商谈投资建垃圾处理厂的事情，光选址就跑了五天，忙得是白天晚上连轴转，现在总算是告一段落了才得空来探望。

马副市长连连表示感谢，并打开冰箱拿出饮料让罗副主任喝。

罗副主任坐定后问："身体检查完了吧？"

马副市长说："身体是检查完了，高血压是老毛病了，心脏也出现了问题，颈椎也有毛病，年龄不饶人哪！"

罗副主任说："您比我大不了几岁呀！"

马副市长说自己 58 了。

"我说嘛，您这是操心太多，劳累过度造成的。"罗副主任说着就从衣服口袋里拿出一个信封给马副市长，说："这是一万块钱，您一定要收下，买点营养品补补。"

马副市长连忙推托："你这是干什么？水果我收下，这钱我绝不能要，你快收起来。"

罗副主任一定要马副市长收下，"马副市长，这钱您一定要收下，您要不收就是对我有意见。"

马副市长一面推一面说："小罗，你这就不好了，我从来不收钱的，这不合适。"

罗副主任说："马副市长，钱不多，就是表示我的一点心意。"

马副市长说："不行不行，你这是逼着我犯错误嘛。"

病房门突然开了，荆鸣拿着一个被报纸包着的大镜框站在门口，"马副市长，你就不要客气了，收下吧，这区区一万块钱在你眼里也就是个零花钱，犯不了错误的。"

看着站在门口笑眯眯的荆鸣，马副市长和罗副主任都愣住了，一时间空气似乎凝固了。

荆鸣依然笑眯眯地说："怎么？不欢迎我？我可是在百忙之中专门抽出时间来看望病重的马副市长的。"

罗副主任一看，赶紧说："荆总来了哪能不欢迎呢？"

马副市长脸色铁青，一声不吭。

荆鸣走进来，大大咧咧地坐在沙发上说："马副市长，我估计你生病是因为过度思念女儿造成的，所以给你带来了一件特殊礼物。"说着，撕开了包着相框的报纸，露出了他和马琳结婚时拍的结婚照。

马副市长气得浑身发抖，指着荆鸣说："你！你！你无耻之极！"

荆鸣仍然不紧不慢地说："马副市长，你这就不对了。我听说你生病了，好心好意来看你，你再不欢迎我也不能当着下属的面就骂我无耻吧？难道是因为我没有给你带红包？我记得以前给过你不少了呀，你大人大量，不会在乎这点小钱的对吧？气大伤身哪！"

罗副主任也看出荆鸣来者不善，就赶紧劝："荆总，有话好好说。"

荆鸣说："罗副主任，我怎么不好好说话了？是马副市长不愿意跟我好好说话呀。我好心好意来看他，他当着你的面就骂我无耻，还之极！这你都听到了吧？中国有句老话说：伸手不打笑脸人。你说马副市长这么做是不是太过分了？"

马副市长问荆鸣："你来干什么？"

荆鸣说："来看看你呀！"

马副市长说："我不用你来看。你有事吗？没事就可以走了。"

荆鸣说："要说事情嘛，也算有吧。我想跟你商量一下，把马凡接走。一来他在你那里待的时间也长了，你是领导干部，总不能上班时间带一个小孩儿，时间长了，耽误你的工作不说，影响也不好；二来，我也想他了。"

马副市长说："不行！你不是说马凡不是你的儿子吗？"

荆鸣说："马副市长，话不能这么说，马凡虽然不是我的亲生骨肉，但毕竟跟着我生活了五年。再说，你别忘了，我可是马凡的法定监护人呀。说实话，把儿子放到你那里我还真有点不放心哪。"

马副市长说："荆鸣，你知不知道一句话？"

荆鸣说："愿闻其详。"

马副市长说："多行不义必自毙！"

荆鸣哈哈大笑，说："还有一句话：种瓜得瓜，种豆得豆。"

马副市长愤怒地说："姓荆的！你给我听着！你会遭报应的！"

荆鸣说："每人都会遭报应的，何止是我？咱们不是都已经遭报应了吗？我死了老婆，你死了女儿。"

这时候，马副市长的秘书小张给他送文件来了。

张秘书把文件放在茶几上，说："马副市长，这里有几份文件您抽时间看一下。"

马副市长强压怒火，对张秘书说："小张，你先带这个流氓去我家，把马凡交给他，保姆在家里，不许他进我家的门啊！"

马副市长又对荆鸣说："你听着，我再也不想见到你！你快滚吧！"

张秘书对荆鸣说："走吧。"

荆鸣不走，说："你等等，让我把话说完。"

荆鸣继续说："你们看看你们看看，马副市长，我不知道你哪里来的这么大火气。我好心来看你，从进门到现在你就一直不停地骂我，这罗副主任可以作证，对吧？你们说他哪里像是个高级领导干部嘛。马副市长，拿出点风度来，要往前看，不要纠缠在过去的不愉快中不能自拔。这样既影响你的身体，也影响你的身份，更影响你的工作。你说不想见我，这话太孩子气了，不像是一个高级领导干部说的。只要你还在滨海主抓经济，你就免不了要见我，免不了要和我打交道，这可不是你想见就见，你想不见就不见的。"

马副市长说："你快给我滚！姓荆的，你太猖狂了，我提醒你一句，你的下场会很惨的！"

荆鸣说："马副市长，我的下场惨不惨就不用你操心了。我倒是也想提醒你一句，你别以为自己有多么高明，当着你秘书和罗副主任的面，要我把你那些好事都说出来吗？你在环路招标上吃了多少回扣，还要让我说吗？还有你给你的小情人买的别墅。对了，你的小情人呢？没来看看你？你住院她不知道吧？要不要我通知她？你看看，如果我要判一年的话，你就够枪毙半小时的了。"

马副市长挥挥手，厌恶地闭上了眼睛，对秘书说："快让他滚！"

荆鸣笑着说："那就谢谢岳父大人了。"说完，把照片端端正正挂在墙上，潇洒地走出了病房，背后的病房里传来了一阵砸玻璃的巨大响声。

马副市长的病房里传出的玻璃破碎声音惊动了值班医生和护士。

医生问护士："怎么回事？是不是哪个病房把玻璃打碎了？赶紧看看去。"说着就往外跑。

站在走廊一角的程诺问荆鸣："出了什么事？"

荆鸣问："你是不是觉得我报复心特强？"

程诺没有说话。

荆鸣笑着说："没事儿，他疯了。看来我的老岳父病得还挺严重的！"说完仰天大笑。

程诺说："我看你就算了吧，得饶人处且饶人，何必呢？弄成这样。"

2

病房里，马副市长突然昏了过去。

罗副主任赶紧先把自己打算送马副市长的一万块钱又装回自己口袋里，然后跑出来叫医生，一开门就看见一位值班医生和一名护士正在往这边跑。罗副主任着急地说："快点儿，马副市长晕倒了。"

医生问罗副主任："怎么回事？马副市长出什么事了？"

罗副主任小声说："刚才他女婿来了，两人吵了几句。"

医生赶紧把马副市长扶起来，平放在床上，开始给他检查。护士立即给马副市长测量体温。

医生用听诊器听了一会儿，说："心率增快、心界扩大、心律不规则。"

护士说："体温也有些高。"

检查完之后，医生拿出处方便签，迅速开了几样药交给护士。

护士拿着处方去配药。

3

张秘书带着荆鸣来到马副市长家里。

到了市政府领导住宅区的大门口，秘书让荆鸣在外面等一会儿。

荆鸣想跟秘书进去，到马副市长家门口接马凡。秘书显得很为难，说自己就是一个小秘书，请荆总体谅一下。

荆鸣说："好吧，你进去接，我就在这里等，别忘了让马凡把他自己的东西都带上。"

张秘书进了大院。

荆鸣和程诺坐在车上，程诺问荆鸣："你刚才在医院里气着他了？"

荆鸣说："他现在就不能见我，只要一见我就犯病，会歇斯底里，会抓狂。"

保姆正在家里擦地，马凡独自在电脑前玩电脑游戏。

张秘书来了，保姆就问他怎么来了。

张秘书说自己是来接马凡的。

保姆问："你把马凡接到医院去？"

张秘书说马凡父亲来了，要把他接走。

"马凡！凡凡！你快别玩了，你爸爸来接你了。"保姆冲着马凡的卧室喊。

张秘书也叫："马凡，走，你爸爸来接你了，到你爸爸那儿去吧。"

马凡磨磨蹭蹭地出来，一看是外公的秘书，就问："我爸爸呢？"

张秘书说："你爸爸在大门口等着你呢。"

马凡问："那他为什么不进来？"

张秘书说："你爸爸很忙，他让我来把你接出去。"

马凡说："你骗我。"

保姆说："看这孩子，小张叔叔能骗你吗？他要是敢骗你，你外公就要批评他了。快收拾你的东西，跟小张叔叔走吧。"

张秘书也说："真的，你爸爸就在大门口等着你呢，你赶快把自己的衣服、书、玩具都装好，跟叔叔走。"

马凡说："那我回不回外公家了？"

张秘书想了想说："可能最近就不回外公家了。"

保姆一边帮马凡收拾东西一边抱怨："好了，你不是老说要找你爸爸吗？你快点。"

张秘书带着马凡出来了。

马凡一看见荆鸣的奔驰，就飞快地跑了过去。

荆鸣打开车门说："自己上来。"

马凡自己爬到车上。

荆鸣问马凡："想爸爸了没有？"

马凡说："想了。"

荆鸣说："我看你就没有想。"

马凡说："我还想妈妈了。"

荆鸣又问马凡："你外公在家里骂爸爸了没有？"

马凡看看荆鸣，不吭声。

荆鸣说："爸爸问你话呢，你外公在家里骂爸爸了没有？"

马凡说："外公说是你杀死了妈妈。"

荆鸣看看马凡，用手在他头上捋了一把说："你长大就知道了，以后不能听你外公的，知道吗？"

马凡不敢吭声了。

程诺把马凡搂过来，说："来，坐到阿姨腿上，让阿姨抱着你。"

马凡在程诺怀里悄悄地哭了起来。

程诺觉得荆鸣太过分了，不该跟孩子说这些。

荆鸣看看马凡说："好了好了，不哭了，爸爸现在带你去玩去。"

4

医院里，马副市长很快就醒了过来，他仍然躺在床上，罗副主任也还没走，一直在陪着他。

医生看他醒了过来，就问他刚才是怎么回事。

马副市长叹了一口气，说："作孽呀，我怎么给女儿找了这么一条喂不熟的白眼狼。他害死了我女儿，现在又想把我逼死。"

医生说："你床头有电话，客厅也有电话，他要再敢来你就打电话，通知医院保卫处，要不你大声喊我也行，我就不相信还治不住他，还有没有王法了？他不就是有钱吗？有钱也不能这么任性嘛！"

马副市长连连道谢，说自己给医生添麻烦了。

医生说："我倒不麻烦，你虽然是领导，但在我这里就是患者，要是出点事情我可担待不起呀。马副市长，你的心脏问题不大，只是要加强身体锻炼，提高抗病能力，平时还要注意休息，避免劳累，不要受不良情绪的干扰，注意饮食结构的营养搭配，注重保养就没事了。那我走了，你好好休息吧。"

马副市长说："好，谢谢你。"

罗副主任也站起来送医生出门。

到门外，罗副主任悄悄问医生："马副市长的身体状况问题大吗？"

医生说："问题倒不大，刚才他是突然受到了外界的强刺激。"

罗副主任又问："他的心脏问题大不大？"

医生说："心脏也没多大问题。"

罗副主任再问："不会影响正常工作吧？"

医生说："我看他精神状态不太好，至于会不会影响他的正常工作，那要看他的自我调整，所以他现在需要静养一段时间。你们来探望他时，多讲点开心的、轻松的事情，这样能帮助他快点儿恢复。"

罗副主任回到病房，说："马副市长，我刚才问了医生，他说你的身体没什么毛病，主要是疲劳过度再加上受了刺激。咱们大人大量，别跟那个小人一般见识就没事了。"

马副市长说："刚才你也在，你看看他有多狂！"

罗副主任应和道："是够狂的，现在这些暴发户都这样，以为自己有几个钱，就目空一切，让他狂吧，后面还有他倒霉的时候呢。"

马副市长问："你听到他的什么事情了嘛？"

罗副主任说："自从他从看守所出来后，就像个过气明星那样，又是上电视又是上报纸，前些日子还自己掏钱给他公司一个保安的老婆看病，就又在报纸、电视上出了一把风头，像他这种人不倒霉都怪了。您当年怎么就挑选了这么个女婿呢？"

马副市长说："女儿从小没妈，都让我给惯坏了。荆鸣是她在大学里自己找的，都谈上了，才带回来让我看。当时，我一看这小子的眼睛，我就知道，用好了是个人才，用不好就是个魔鬼，道理都跟女儿说了，可女儿非要嫁他，我也没有办法。谁能料到最后落了这么个结果，后悔呀！我后悔死了！"马副市长使劲用拳头捶打着自己的头。

罗副主任看马副市长的情绪又有点激动了，赶紧说："好了，不说他了，不说他了。"

5

滨海第一建筑总公司部分职工当年改制后下岗，在随后的竞聘上岗中又有一部分人落聘，于是他们中的一些人就开始了不断地上访告状，但问题一直没有解决，渐渐地，告状的人也就偃旗息鼓了。

不料事隔多年，突然又有人写了一封匿名举报信。举报信称，在公司改制时，荆鸣曾给某领导送现金50万元，时间、地点都写得很清楚。举报信直接寄到了检察院，注明陈正军收。陈正军在对举报信进行了认真核查后，决定向许省身汇报。

在许省身办公室，陈正军又得到一个意料之外的消息。许省身告诉陈正军，根据工作需要和党组成员的审慎考虑，决定调陈正军去滨海市反贪局担任局长并主持工作。反贪局现任局长杨凯调到江州市检察院任党组书记、检察长。组织部近期将对陈正军进行考察。许省身告诉陈正军，党组之所以考虑他，有三个方面的原因：第一，陈正军符合任职条件；第二，陈正军在公诉、控申、批捕等多个岗位担任过一把手，有着丰富的办案经验和较高的专业水准；第三，最重要的是，干净，敢于碰硬。一句话，他是目前最合适的人选。

虽然单位有风传要提陈正军，但他一向淡泊名利，并没有在意。上任局长杨凯临走之前，很郑重地向省检察院、市检察院两级党组推荐了陈正军。之前因为工作上的原因，杨凯与陈正军还有点不和。在公诉部门时，陈正军对本院反贪局移送的案件审查极为苛刻，一度让杨凯非常反感。经过这件事，陈正军才认识到杨凯的磊落。

陈正军很自然地问道："侦查监督处处长的位置不能空着啊。"许省身说："由副处长何力接任，萧玫接替何力的位置。"在陈正军看来，党组这个安排考虑得还是比较审慎的。

此时，何力在检察官学院的专项培训已经结束并回来上班了。

安排完陈正军的工作，许省身又把何力和萧玫叫来，一起对这封举报信进行分析。陈正军说当年办刘凯明的案子时也对荆鸣进行了调查，但没有发现这封举报信上所举报的问题。

何力说这举报人也可能当时跟荆鸣是同一阵营的，要不他为什么当时不举报呢。现在举报可能是因为荆鸣当时给他的承诺没有兑现，所以现在愤而反水。许省身说不能排除有这种可能。大家一分析，都认为举报内容有可能是真的。

许省身特别强调，这可是一块硬骨头，不好啃。陈正军说："咱们检察院就是专门啃硬骨头的，不然要咱们干什么？再说，举报人把举报信寄给我们就说明了他对我们还抱有希望，但从他不敢署名这一点又看出他对我们能不能或者说敢不敢啃这块硬骨头心存疑虑。咱们既然收到了举报信就不能不管不问。"何力说："对，这就像是打鱼，有鱼没鱼先下网，没准还真能网上一条大鱼呢。"萧玫说："就是，捞上几条小鱼也算没白忙活一场嘛。"

许省身嘱咐陈正军，一定要秘密取证。

6

自从老婆病愈出院，黄强就时刻想着要做点什么来报答老板的恩情。荆鸣前些时间出的事情他也都很清楚，因为那一段时间员工们都在纷纷议论，说老板的老婆被体育局一个叫张大川的处长给上了，这对老板来说绝对是个没有面子的事情。自从荆鸣救了自己的妻子后，黄强便为自己当时也议论过老板而感到内心不安。这一天，黄强下班后就约了自己的工友穆贵，俩人一起去找张大川。他想去替老板好好出一口恶气。换下保安制服后，黄强和穆贵一人带了一根警用橡胶棍子离开了宿舍。黄强先请穆贵到一个小饭馆去喝了一点儿酒，跟穆贵讲了老板是怎么出钱给自己老婆治病的，又讲了老板有多好。黄强喝了点儿酒后，便把老板当作自己的朋友了，说朋友妻不可欺，这个张大川太可恨了，不为老板出这口恶气不行。穆贵问他，老板知道不知道他要做的这事儿。黄强说："咱们先不告诉老板，最后老板要是知道咱们替他出了一口恶气，他肯定高兴，说不定还会让我当个保安队队长呢。你放心，只要我当上队长，绝对不会亏待你。"两人喝完酒，出了饭馆就朝张大川家走去。

7

虽然妻子和女儿都回来了，但和过去相比，张大川简直就是换了一个人，在家里有时一整天都不说一句话。过去张大川在家里时，家里的气氛总是很活跃，女儿和妻子整天笑声不断。张大川女儿也经常跟同学们说："我老爸是世界上最幽默的老爸。"可是现在，张大川在妻子和女儿面前根本就抬不起头。张大川不但在家里抬不起头，在单位也一天到晚闷声不响。处长的职务没了，但由于他的幽默、豪爽和好酒量，在体育局里还是有不少人缘，单位里的几个朋友也和以前一样时不时地叫他一起去喝酒，但他自惭形秽，把朋友的邀请都拒绝了，一下班就赶紧回家做饭、打扫卫生。

又到了星期天，女儿觉得跟父亲待在一起不自在，一大早跟母亲打了个招呼，说要去外婆家。张大川说："路上注意安全。"

女儿没理他。

女儿走了以后，家里就剩下张大川和妻子。张大川在厨房做饭，妻子斜躺在沙发上看书。准备炒菜时，张大川突然发现没有酱油了，就把围裙一解，对妻子说自己下楼买瓶酱油。

妻子说："我去吧。"说完就出了门。妻子刚走了几分钟，张大川就听见有人敲门，他以为妻子没带钥匙，就赶紧去给妻子开门。门开了，门外站着两个陌生的年轻人。

张大川问他们找谁。

两人满嘴酒气恶狠狠地问："你是张大川？"张大川堵在门口，问："你们找我有什么事情？"

黄强伸手把张大川往屋里一推，说："敢给我们荆总戴绿帽子？还好意思问我们找你什么事情？你说什么事情？"

张大川咬牙切齿地看着这两个年轻人，说："你们是干什么的？回去告诉荆鸣，我和他的事情我们自己解决，你们现在就给我滚出去！"

黄强一把揪住张大川的衣领，说："张大川，你以为我们是吓大的？你让谁滚出去？"说着，就朝张大川腰上使劲打了一棍。穆贵举起警用橡胶棍朝张大川头上砸下去，张大川下意识地抬手一挡，棍子打在他右臂上。

穆贵说："我们是替我们老板出口恶气来了。"说着又挥起了棍子，张大川被他们俩打得无力招架，很快就头破血流，倒在地上。

张大川妻子在超市买了酱油往回走，在楼下就听见丈夫似乎在楼上和什么人吵架。她赶紧上楼，一进门就看见自家客厅里有两个年轻男人手上各拿着一根橡皮棍子朝张大川头上身上没命地抽打，只听见其中一个男人一边打一边说："张大川，你害死了我们荆总的夫人，你以为这事儿就完了吗？"

张大川妻子一听，赶紧上前两步说："住手！你们想干什么？"

黄强挥手一棍子，把张妻也打倒在地。张大川妻子倒在地上，不停地大喊："杀人了！救命！"但张大川妻子越喊他们就越打。张大川听见他们的橡皮棍子打在妻子身上的声音，看见这俩一人在毒打妻子，另一人在砸家里的电视机、橱柜、茶几、鱼缸。

他的心撕裂般的痛。

张大川大喊："你们不要打我妻子，这事情和她没有关系，我的事情我自己承担。"

黄强转过脸来说："打你老婆心痛了？我今天也要让你尝尝自己老婆被别人搞的滋味。"说着，一把撕烂了惠芳的衣服。惠芳用双手拼命护住胸部。黄强一边撕扯着惠芳的衣服，一边举起橡皮棍朝惠芳头上脸上打去。惠芳已经被打得满脸都是血了。

张大川红了眼，再也无法忍受了，他冲进厨房从案板上拿起菜刀又冲回到客厅，举起刀就向黄强头上砍过去。黄强被砍倒了。

张大川又举起菜刀扑向穆贵，但穆贵在看见张大川砍倒黄强时就拔腿朝门外冲去。张大川挥刀向他扔过去，菜刀从穆贵头上飞出去，砍到墙上。穆贵则飞快地沿着楼梯向楼下跑去。扔出菜刀后，张大川转身又冲向厨房，从刀架上又抽出一把尖刀。这时，黄强一手捂着头一手拿着橡皮棍紧跟着他也冲进厨房。张大川一转身，黄强已经到了跟前，他一刀就捅进了黄强的肚子，黄强叫了一声又倒在地上。

穆贵下楼后一边跑一边喊："杀人了！张大川杀人了！赶快报警！"

张大川冲到楼下，看追不上穆贵，就又往回走。黄强爬起来捂着肚子跟跟跄跄地走到了楼梯口。张大川堵住他，恶狠狠地说："哪里去？来的时候我没请你们来，现在想走？回去！"肚子被捅伤的黄强说："对不起，我是给老板打工的，你放过我吧。"张大川拿着刀在他脸上比画着，让他退回去。黄强又说："对不起，你放过我吧。"张大川挥动着尖刀说："那你得问问我手上的刀，看它同意不同意。"黄强一手捂着肚子，一手紧紧抓着楼梯栏杆，不敢再进屋。张大川说："进去，你要不进去我就把你的手剁下来！"说着就朝黄强紧握栏杆的手上猛刺了一刀。黄强赶紧松开栏杆，张大川使劲推着他进到屋里。

郑天雷一接到报警，马上带人赶到了现场。

现场楼下围了一堆人，郑天雷问："报警的人呢？"旁边人说不知道。郑天雷说："立即把报警的人找到！"

这时，一个中年人走过来，说是自己报的警。报警人说，他看见一人惊慌失措地从楼里跑出来大喊"杀人了！快报警！"一边喊一边跑了。然后，他一走到楼门口就听见楼上有人在大喊："不进去我就把你的手剁下来！"心想真是出事儿了，这就赶紧打了110。

张大川推着黄强进了门，一看家里已经是一片狼藉，能砸的都被砸了。张大川转过身先把防盗门关好，又把里面的木门关上。妻子惠芳满头满脸都是血，倒在离门稍远的地上。张大川把妻子抱起来放到沙发上，拿来一条毛巾被盖在妻子身上，又跪倒在妻子身边："惠芳，我对不起你，本来我想后半辈子好好地照顾你，将功补过，可是他们不让，他们不给我这个机会。假如有来世，我一定还你的情。"说完，他搂过妻子在妻子额头上吻了一下，又看看妻子，把妻子被黄强撕烂的衣服给妻子往一起拢一拢。做完这些后，他又到柜子里拿出一瓶酒，打开瓶盖灌了两口，就拿着尖刀向倒在门口的黄强走去。

张大川走到黄强跟前，蹲下，一把揪住他的头发问："我一忍再忍，你们为什么要这样把我往死路上逼？你为什么要伤害我妻子？你为什么要污辱我妻子？！"黄强说："我是给老板打工的。"

张大川问他："是谁让你们来的？"

黄强可怜兮兮地说："是荆总让我们来的。"

张大川说："那你就替你的老板去死吧，记住，今天就是你的忌日。"

黄强哀求道："我家里还有父母和老婆孩子。"

张大川大声问："那我没有父母和老婆孩子吗？你们为什么要这样对我？我和你们有仇吗？"

张大川妻子惊恐地哭喊："大川，不要杀人！"

黄强瞪着惊恐的眼睛说："对不起，我对不起你和你妻子，你怎么样都行，求你饶我一命吧。"

张大川说："是你不给我机会的，所以我今天是不打算活了，你必须得陪我一起死！"

惠芳扑了过来，想把张大川手上的尖刀夺下。但张大川一挥手，把妻子打倒在地，嘴里喊着："惠芳，我要为你报仇！"

张大川妻子哭喊着："你要杀人就先把我杀了吧！"

郑天雷很快就找到了穆贵。郑天雷问穆贵："张大川家里都有谁？"穆贵说只有他老婆和黄强。郑天雷立即安排两名手下分头行动，一人把荆鸣找来，另一人把张大川的女儿和父亲叫来。

一进楼道，郑天雷就闻到了浓烈的血腥味。

到了五楼，只见张大川家门外血迹斑斑。

郑天雷命令手下去敲门，一名警察喊："张大川，我们是警察，你先把门打开，有话好好说，你千万不能杀人！"

黄强也喊："救命呀！"张大川用刀对着他脸上狠狠地砍了一下，"我让你喊！我让你喊！你以为现在还有人能救你的命吗？你的命现在在我手里，我让你活你才能活，我让你死你就必须死，你明白吗？"

黄强脸上被砍了一道大口子，血顺着他的脸往下流，他蜷缩在地上说："我知道，你放过我吧。"

郑天雷说："张大川，我是郑天雷。你不要做傻事，快开门！"

张大川说："郑天雷，你们不是怀疑我是杀人凶手吗？我现在就要证明给你们看，我张大川现在就是杀人凶手！老子现在要慢慢地宰了这条荆鸣养的狗。哈哈！原来杀人太简单了，就和杀狗没什么两样嘛！"

郑天雷在门外说："张大川，你一定要冷静！冷静知道吗？你不能杀人！"

张大川歇斯底里地哭喊："郑天雷！你们来晚了，我一定要杀了他！"

楼外拉起了黄色警戒线，几辆警车停在不远处，一群武警身穿防弹背心，手持微型自动冲锋枪，已经占据了各个有利地形。对面楼顶分散开的几名狙击手也都已经把枪口瞄准了张大川家里的所有窗口。这几名狙击手在接受任务时就已经被告知，必要时开枪击毙张大川，用最快的时间救出伤者。狙击手已经把准星牢牢地套上了张大川的头上，就等总指挥一声令下就扣动扳机，张大川似乎也发现了对面楼上的狙击手，他的动作很大。公安局局长连小军拿着望远镜，一直监视着里面的情况。

张大川的父亲和女儿被接来了。女儿在门外哭喊着叫爸爸，张大川父亲也在门外规劝儿子不要做傻事儿。张大川在里面对父亲说，自己想好好过日子，可是荆鸣派了两个无赖到家里又打又砸，自己被逼无奈才伤了人。张大川说，这辈子不能给老人养老送终了，让女儿听妈妈的话。郑天雷一听，张大川这不是在交代后事嘛，便赶紧劝张大川，说他们一定会对荆鸣作处理的，荆鸣安排的两个无赖也一定会受到法律的制裁。郑天雷让张大川必须冷静，退一步海阔天空，但张大川没理会郑天雷。

楼道里，几名武警和警察在焦急的等待。

房间里面传出张大川妻子凄厉的哭喊声："大川，你不要杀人！我求求你了！"

张大川说："惠芳，你不要管，我今天就是要为你报仇！"

惠芳哭喊着："我不用你报仇！你要杀就连我一起杀了吧！"

郑天雷急得满头大汗，问身边的一名警察："怎么回事儿？开锁的怎么还不来？赶紧催！让他立刻就到！"

被问的警察说："已经催了，说马上就到。"

郑天雷烦躁地说："催个屁！再去催！"

8

荆鸣得到了消息，说自己公司的两名保安在张大川家里闹事儿，可能是动了刀了，一人跑了出来，还有一人仍在张大川家里，生死不明。他问保安部部长，那两人是谁。保安部部长说正在查找。很快，保安部部长就给荆鸣打电话，说是黄强和穆贵。荆鸣问明了情况后大骂穆贵和黄强浑蛋！随后，荆鸣就赶紧开上车往体育局家属院张大川家赶。

一名警察拿着手机一边往楼下走一边打电话："喂！开锁的吗？你在干什么？这么磨蹭？快点来！快点！"

郑天雷还在门外，一边使劲敲门一边喊："张大川，有什么问题都可以商量着解决，杀人不是解决问题的办法。我们希望你理智一点，不要一错再错。"

张大川说："让我放了他可以，你让荆鸣进来。"

郑天雷说："我进去换他行吗？"

张大川说："我只要见荆鸣！我要问问他，为什么不放过我？"

郑天雷说："荆鸣马上就到，我会让他给你一个说法的。"正说话间，荆鸣到了。

荆鸣问郑天雷："这是怎么回事儿？"

郑天雷带着一肚子火反问："怎么回事儿？你不知道吗？把他给我先铐起来！"两名警察立刻把荆鸣铐在了楼梯上。

荆鸣说："我也是刚听说我公司的两名保安到张大川家里闹事儿，然后就赶紧过来了，你这么不问青红皂白就把我铐上，就不想想一会儿怎么给我打开？"

郑天雷说："你不是一直想把张大川弄死吗？现在你的目的马上就要达到了。"荆鸣对郑天雷只说了一句话："郑天雷，我不明白像你这种智商几乎是零的人怎么能当上刑警大队队长？你记住，这次我绝不会像上次一样善罢甘休的。"

郑天雷不理荆鸣，还在给张大川做工作，说："张大川，你要冷静，我知道今天的这件事情责任不在你，你是被逼无奈才伤了人。你不要杀人好吗？我们会充分考虑你的情况的。"

张大川在里面喊："我想好好过日子，可是荆鸣这个流氓不让我过。他让他手下的人来毒打我和我妻子，他们还当着我的面羞辱我妻子，把她的衣服撕烂，还把我家的电视机、电冰箱，以及所有家具都砸了。你让我冷静？要是你，你能冷静吗？"

张大川问："荆鸣来了没有？让荆鸣进来，我要问清楚荆鸣，为什么要对我穷追不舍？荆鸣要来了，我可以留下他这条狗的性命；他要不敢来，就让他的狗替他去死！"

荆鸣一听就喊道："张大川，我的确想过报复你。但后来一想，你跟我根本就不在一个级别上。你自己想一想，一个绅士会和一个街头的流浪汉打架吗？一个人会和一条狗打架吗？我报复你只会让别人看不起我，所以我不会报复你的。今天的事情我也是刚刚才得到消息。对于我的员工给你造成的损失，我会加倍赔你的。你要杀了人，那就不是我荆鸣把你逼到绝路上，而是你自己把自己逼到了绝路上，我没兴趣再和你说了，里面的人怎么办你自己决定。"

张大川在里面喊："郑天雷！你和你的人都滚开！我要让姓荆的进来！"

这时，公安局局长、现场总指挥连小军上来了，一看荆鸣被铐在楼梯上，就问郑天雷："这是谁干的？"郑天雷说："今天这事情都是……"连小军打断了郑天雷，并让郑天雷给荆鸣打开手铐。

郑天雷让手下先给荆鸣打开手铐。荆鸣愤怒地指着郑天雷问连小军："就他这个水平也能当刑警大队队长吗？"连小军说："荆鸣，碰上这事儿谁都不能保证不上火。"荆鸣对郑天雷说，自己一定会到市纠风办投诉他的，还说郑天雷就是一个四肢发达、头脑简单的武夫。

郑天雷窝了一肚子火又不敢发作，只好对着门耐着性子继续给张大川做工作。

郑天雷对张大川说："你把门打开，我进去看看。你放心，所有被他们砸坏的东西他们都必须要给你赔偿。"

张大川说："郑天雷，你不要再白费口舌了，你以为你是谁？我张大川今天是豁出去了！你让荆鸣这个卑鄙小人进来。我要让姓荆的这个小人知道，老子不是让他想怎么欺负就可以怎么欺负的！他要付出代价的！你告诉他，他派来的两条狗，其中一条溜得快跑了，还有一条狗，老子准备马上就宰！"

郑天雷说："荆鸣涉嫌犯罪，已经被铐起来了，我不能让他进去。"张大川说："那你就少废话吧。"

张大川坐在被砸得乱七八糟的屋子里，点上一支香烟，默默地看着这个已经被毁的家，使劲抽烟。抽了几口后，他把烟头掐灭，又跪在妻子面前哭着说："我对不起你，这辈子是没法补偿了，我现在才知道自己有多爱你，可是我已经不配得到你的爱了。"说完，他站起来拿着尖刀向黄强走去。黄强一看，惊慌地喊了一声"救命"。郑天雷在外面喊："张大川不要做傻事！"

张大川一只膝盖压着倒在地上大口吐血的黄强，对门外大喊一声"晚了"，喊完后又撕着黄强的头发说："现在上帝也救不了你了，你已经没有时间了。"

　　张大川对妻子大喊一声："惠芳，我罪孽深重，来世我再找你赎我的罪吧，照顾好我们的女儿。"说着就举起了手中的尖刀，举着刀的手在剧烈地颤抖。

　　惠芳睁着眼睛，一直看着张大川。

　　开锁师傅气端吁吁地赶到了。郑天雷愤怒地大骂："怎么回事？快点！"

　　开锁师傅上气不接下气地说："我一接到电话就赶紧往这儿跑。"

　　郑天雷骂道："你是从火星跑来的？里面快出人命了！你快点！"

　　开锁师傅赶紧拿出工具开锁。

　　张大川听见了门外传来轻微的开锁声，手中的刀眼看就要落下。

　　外面的武警观察哨观察到了这一切，赶紧喊："不好！"两名狙击手也看见了张大川举起的手。

　　连小军看见张大川举起了尖刀，便下了开枪的命令。

　　郑天雷紧张地站在开锁师傅的背后，嘴里念叨着："快点快点快点快点。"

　　就在开锁师傅把门打开的那一瞬间，只听见"啪"的一声，张大川倒在了黄强的身上。

　　张大川妻子发出一声惨烈的哭喊："大川——"

　　终于，门打开了。

　　郑天雷推开门，一下子愣住了，电视机倒在地上，屏幕裂了一道口子，DVD播放器被摔烂了，冰箱倒了，茶几被砸烂了，桌子倒了。地上躺着两个人，身下的血流了一地，旁边还有一把带血的尖刀。张大川的妻子也已经陷入呆滞状态。

　　几名武警和公安端着枪紧跟着郑天雷冲了进来，郑天雷伸手做了个阻拦的动作，进来的人都站住不动了。

　　郑天雷来到倒在地上的两人跟前，蹲下，伸出手摸他们的颈动脉。黄强已经昏了过去，张大川太阳穴中弹。旁边的警察说："刚才我已经打电话叫救护车了。"

　　一名带队的武警上尉过来说："郑队，那我就叫我们的人撤了啊？"

　　郑天雷烦躁地挥挥手说："撤吧撤吧！不撤还留在这儿干什么？"几名武警跟着自己的头儿不声不响地走了。

　　郑天雷对手下说："勘验现场。"说完后，来到张大川妻子旁边。张大川妻子睁大着双眼呆呆地看着墙上。

　　郑天雷一看她那被撕烂的衣服，骂了一句："真是畜生！"然后又蹲下问她："你怎么样？不要紧吧？"

　　张大川女儿哭喊着："爸爸！"要往家里冲，两名警察极力拉着她。

　　张大川父亲瘫坐在地上喃喃自语："我儿子死了？我儿子死了？"

　　这时，外面又进来一名警察说："郑队，救护车来了。"说着，几名医生护士就拿着担架进来了，麻利地把伤者抬上了担架。

郑天雷指着张大川对医生说："把这个死的拉到第一人民医院的太平间暂时存放。"

说完后，他又指着张大川的妻子说："你们现在把她送到医院去，好好检查一下，她的外伤可能不重，但受到了极度的惊吓。"医生和护士走到张大川妻子身边，说："走，跟我们回医院去检查一下吧。"

护士说："这是谁这么丧尽天良，把她的衣服都撕烂了。"

郑天雷说："你去他们家的衣柜里给她找件衣服换上吧。"

9

这一天，马副市长在医院病房附近的小花园里散步时，张秘书拿着一些文件和几份报纸来了。

张秘书一看见马副市长就非常高兴地说："马副市长，有个好消息，您想不想知道？"

马副市长问："什么好消息？"

张秘书说："真让您说中了，恶有恶报，荆鸣又出事了。"

马副市长问秘书："出什么事了？"

张秘书说："昨天，他公司的两个保安到张大川家里把张大川和他老婆毒打了一顿，又把人家家里所有的电器、家具都砸了。结果，张大川拿了一把尖刀把其中一个保安给捅伤了，现在伤员还在抢救。"

马副市长问："那荆鸣怎么样？"

张秘书说："昨天他一到现场就被警察给铐起来了。"

马副市长问："怎么没把他砍死？"

张秘书说："他没去，是他安排了两个保安去的。他要去的话，张大川第一个要砍的肯定就是他。"

马副市长问："你这消息可靠吗？"

张秘书拿出一份《滨海法制报》递给马副市长，说："您看看这个。"

马副市长接过报纸后，就近找了路边的长椅子坐了下来，一摸口袋，没带老花镜，就对秘书说："你去病房把我的眼镜拿来，就在客厅的沙发边上，这是钥匙。"马副市长从口袋里掏出病房钥匙给秘书。

张秘书接过钥匙后，立刻跑着去给马副市长拿老花镜。

马副市长怕让人说自己老了，戴老花镜时从不说老花镜，都是说眼镜。

马副市长打开报纸一看，在头版的导读一栏里有一个加粗的黑体字标题："我市体育局家属院昨天发生惨案。"内容提要里写道："原体育局体育运动管理处处长张大川家发生一起惨案。两名滨海华业保安在荆鸣的指使下闯进张大川家，张大川与闯进来的两名保安发生了打斗。最后，张大川用菜刀砍伤其中一名保安，另一名保安逃了出去。张大川把被他砍伤的保安劫为人质。警方赶到后请来了张大川的父亲和女儿，试图用亲情感化他，但张大川不听劝告，十分狂躁。就在他准备杀害被他砍伤的黄姓保安的一刹那，张大川被埋伏在对面楼顶的狙击手击毙。伤者已被送往医院抢救。警方目前正在对这一惨案发生的原因进行调查。"

张秘书拿来了老花镜，马副市长戴上后又翻开了二版。二版除了下面半个版的广告外，上面半版全都是有关这起惨案的报道。

张秘书在旁边说："我给您带的这几份报纸都报道了这起惨案，看来是荆鸣把张大川逼到绝路上了。"

马副市长认真地看着，一声不吭。张秘书在旁边看着自己的领导，突然发现马副市长的头上多出了不少白发。秘书想：过去可是从来没有发现马副市长头上有白头发。看来女儿的惨死，荆鸣对他的羞辱，这一切对他的打击太大了。过了一会儿，马副市长看完了，把报纸往旁边一放，说："去，给我办手续，我要出院。"

张秘书说："您还没有彻底好利索，就再住两天吧。"

马副市长说："我已经好了，现在就出院，你先打电话，叫车过来接我出院。"说完就站起来"噔噔噔"地回病房收拾东西去了。

很快，马副市长的小车就来了，司机问马副市长："马副市长，看来住院也不舒服吧？"

马副市长说："咳，住院本来就是活受罪，没病谁来这里？"

司机把马副市长的东西都装上车后，问："等不等张秘书了？"正说着，张秘书就回来了，"马副市长，出院手续办完了，那咱们现在就走？"

马副市长说："走！"

张秘书提议："马副市长，我带您去个地方，好好理个发，把头发再染一下，这样精神。"

马副市长问："你是不是看我的白头发又多了？"

张秘书说："您过去就没有白头发呀！"

马副市长说："唉，这是自然现象嘛，该白它就白了，还染什么。"

10

救护车把黄强送到医院后，医生护士立刻开始对黄强进行抢救，急救室门前坐着两名便衣警察。

与此同时，郑天雷把穆贵带到刑警大队立刻进行审讯。穆贵问："黄强怎么样？"郑天雷说："现在你先不要管黄强，他死不了。你说说，今天下午到底是怎么回事儿？"

穆贵说："我和黄强是老乡，平时关系也不错。中午黄强找我，让我下午下班后和他一起去干个事情。我问他什么事情，他说到时候再告诉我。下午下班后，我们一起吃了饭，吃饭时他说要替荆总出一口气，教训教训张大川。我问他这事儿老板知道不知道，我想这要是老板让干的那我们就不会白干。黄强说是老板安排的。我问他，荆总说没说干完后给多少钱，他只说让我放心，保证有钱。最后我们就到了张大川家。"

郑天雷问："你们喝酒了没有？"穆贵吞吞吐吐地说："喝了一点儿。"郑天雷问："一点儿是多少？"穆贵说："两人喝了一瓶滨海大曲。"郑天雷问："黄强是怎么跟你说的？"穆贵说："黄强说荆总人这么好，还受人欺负，这就是人善被人欺，马善被人骑。还说他老婆前些日子得了重病，是荆总给了他几万块钱，他老婆才治好了病。"

郑天雷问穆贵："你能不能确定黄强叫你一起到张大川家里去闹事儿是荆鸣指使的？"穆贵说："应该是吧，要不他也不会说事后保证有钱。"

郑天雷又给在医院守着的两名手下打电话，询问黄强的情况。便衣说还在抢救室里抢救，医生说他伤势很重，失血过多，能不能救过来还很难说。郑天雷让他们一有情况就立即跟自己联系。

郑天雷结束了对穆贵的审讯后，来到了局长连小军办公室。郑天雷说必须要传讯荆鸣，因为这件事情是因他而起的。

局长问他对穆贵的审讯结果。郑天雷说穆贵是被黄强叫去的，穆贵还问黄强，荆鸣给多少钱，但黄强没说具体给多少，只说保证少不了，于是穆贵就跟着黄强去了。郑天雷说："我估计这事儿荆鸣肯定有安排，要不两个打工的保安凭什么替他出头？现在黄强还在抢救中，只能先审一下荆鸣。"

局长说："那你去办传唤手续吧，注意工作方法。"

郑天雷回到办公室后，把帽子使劲往桌上一摔，点上一支香烟使劲抽了一口，说："老子给足了他面子，可是他给老子闯这么大的祸！罗铁，带几个弟兄，到滨海华业大张旗鼓地把荆鸣给我带来！要大张旗鼓！"

罗铁问："你不亲自去？"

郑天雷说："我怕我控制不住自己，当众揍这个杂种！"

罗铁说："一起去吧，到时候我控制你的情绪。"

郑天雷把烟头往烟灰缸里一拧，说了声："走！"

11

两辆警车一路闪着警灯、拉着警笛向滨海华业大厦驶去。

外面一阵警笛声由远而近传来。"难道是警察来了？"荆鸣心想，走到窗前往外一看，果然，两辆警车已经停在了滨海华业大厦门前。

几名警察在郑天雷的带领下大踏步地向大门走去。郑天雷在门口怒气冲冲地问保安："荆鸣在不在办公室？"门口的两个保安说："不知道，我们上班时没有看见荆总。"

郑天雷带着一帮警察径直来到荆鸣的办公室。

听见一阵急促的敲门声，荆鸣起身去开门。门一打开，荆鸣最先看见的是一脸愤怒的郑天雷。郑天雷伸出右手，手上拎着一副手铐，问荆鸣："是让我给你戴上呢，还是你自己戴上？"

荆鸣底气十足地问郑天雷："郑队长，我想问你，你凭什么？"

郑天雷还是恶狠狠地说："我给你戴还是你自己戴？"

荆鸣说："还记得我说你智商有问题吗？来吧，给我戴上！不过，我想先把丑话说在前头。下午是连小军让你给我打开手铐的，你再给我戴上，想打开可能就不那么容易了。"

这时，程诺也从自己的办公室里出来了。

"跟他废什么话！"罗铁在旁边说着，一把从郑天雷手上拿过手铐，抓住荆鸣的右手，"咔嗒"一声，荆鸣的右手就被锁住了，然后一拧，把他的右手拧到身后又铐上了他的左手。

荆鸣对程诺说："你现在就给建中打电话，让他立刻到刑警大队去。"

两辆警车一前一后闪着警灯、拉着警笛离开了滨海华业。

荆鸣一被带到刑警队，郑天雷就开始对他进行审讯。

郑天雷问："说吧，到底是怎么回事？"

荆鸣说："我也想知道是怎么回事儿，你是警察，你有刑事侦查的权利，所以你应该告诉我这到底是怎么回事儿。"

郑天雷说："好了，荆鸣你别跟我绕弯子。我现在再问你，你公司的那两个保安是怎么回事儿？你是怎么安排他们到张大川家闹事儿的？"

荆鸣说："郑天雷，请你注意措辞，我没有安排他们到张大川家去闹事儿。你觉得我作为大公司的董事长会和公司最底层的两个普通员工有什么密切联系吗？你要是认定是我安排他们到张大川家闹事儿的话，那我拒绝再回答你的任何问题。"

滨海华业保安部部长也被公安局传来问话。保安部部长说荆鸣跟这两名员工不认识。只是黄强老婆之前得了急性再生障碍性贫血。荆鸣到医院看望公司一位被汽车撞伤的部门经理时，在医院偶然遇见了向他问好的黄强。当时，黄强说自己是公司保安部的保安，老婆病了没钱医治，正准备回家。荆鸣问明情况后当即给黄强老婆办理了住院手续，后来他老婆的病就治好了。这事儿滨海的各大新闻媒体都报道过。保安部部长说，可能是黄强自作主张想报恩吧，没想到捅了这么大的一个娄子。

第二十三章
博　弈

1

　　童建中得到消息就立即赶往市公安局，一到公安局便直接去了局长连小军的办公室。童建中问连小军："荆鸣为什么又被郑天雷大张旗鼓地从办公室抓走？"连小军说："没有大张旗鼓地抓他呀，我们怀疑昨天下午发生在张大川家的事情是他指使的，所以把他叫来配合调查。"

　　童建中问："配合调查有必要去两辆警车，一路上还拉着警笛闪着警灯吗？怀疑一个人就可以这样大张旗鼓地、唯恐老百姓不知道地抓人吗？你们弄清楚事情的原委了吗？就这样抓人？你们就是这样办案的吗？"

　　童建中问连小军："你放不放人？"连小军沉着脸说："你少安毋躁，等我们把事情调查清楚了再说。这件事情如果和他没有关系我们肯定会放他。"童建中一听，立刻拨打政法委罗书记的电话。他问罗书记，是不是公安局仅仅靠怀疑就可以抓人。

　　郑天雷到医院去，医生说黄强生还的希望很渺茫。郑天雷说："你们一定要尽力抢救。"医生说："他的公司到现在还没有把钱送来，从他被送来到现在，医院为了抢救他已经垫付了七万多了。"郑天雷说："我联系一下，让他们公司把钱送来。"

　　郑天雷回到刑警队，让荆鸣给公司打电话把抢救黄强的钱赶紧送到医院去。荆鸣说："我们公司每一笔支出都要开董事会讨论的，你觉得我是不是应该把董事们都请到你们刑警大队来开个会？"

　　罗书记给连小军打电话，让他赶紧放了荆鸣，还说在这一起恶性案件弄清楚以前，对荆鸣要监视居住，不得外出。

　　连小军通知郑天雷放了荆鸣，但要给荆鸣宣布几条规定，不得外出，随叫随到，每天早晚必须和刑警队联系一次，汇报自己一天的行踪。荆鸣问郑天雷："还有一个保安在哪里？"郑天雷说："在看守所。"荆鸣说："你好好审审他，看是谁安排的。"

荆鸣还被关在刑警队的临时拘留室。郑天雷想了半天，安排罗铁把荆鸣放了。罗铁说："肯定得挨他骂。"郑天雷说："你笨呀！你把连局说的几条规定完整地传达给他不就得了！要让他明白，放他不是因为我们抓错了他。而且在这起案子没有调查清楚之前不许他离开滨海一步。"

2

荆鸣从公安局出来后到医院去看了看黄强，只见两个便衣警察还守在抢救室门口。荆鸣问医生黄强的情况，医生说还没有醒过来，说他不死也是个废人了。荆鸣给医院的账户上打了一笔钱，用来抢救黄强。荆鸣说他必须要等黄强苏醒过来，问清楚他为什么要这么干。

公司得到通知：穆贵被刑事拘留了。

3

天色灰蒙蒙的。

马副市长已经出院几天了，原本还想一出院就到陵园去看看女儿，可是住院住了十天，办公室里压了不少工作，所以一出院他就赶紧处理积压的工作。

今天是星期六，马副市长昨天晚上下班时把一些必须要抓紧处理的文件带到了家里，想趁星期六和星期日两天在家里再加加班把积压的工作赶一赶。可是，马副市长坐在家里的沙发上看文件时突然感觉今天的天气有些阴。于是，他就走到窗户边看看外面，看着外面有些阴霾的天不由得又想起了女儿。马副市长的心也随即阴了下来。现在，每当阴天他就会想起女儿。马副市长决定去公墓看看女儿。他先拿起报纸看了看天气预报，预报今天是阴天，无雨。于是，他拿起了电话要车。

马副市长的心里乱糟糟的，在等车的时候，他又想起了张大川的惨剧。他相信，这一出惨剧又是荆鸣直接策划的。荆鸣虽然因被怀疑是幕后主谋而遭到刑警队拘留，但很快就被释放了。马副市长希望荆鸣出事，但不是这种出法，他最希望的就是荆鸣驾车出去时连人带车翻下悬崖。

很快，一辆小车开到了他的门前。

马副市长拿起一瓶矿泉水，又在身上装了一盒香烟，出了门。

上车后，马副市长说："去陵园。"

司机没有回头看他也没有说话，小车轻快地驶出了大院，汇入了马路上密集的车流中。

在陵园门口，马副市长对司机说："好了，你回去吧，两个小时后你再过来接我。"

司机拿出手机看了看时间，说："好的，现在是下午3点45分，6点钟之前我还在这里等您。"

马副市长说："好吧。"

小车掉了个头，走了。

马副市长进了陵园，沿着甬道走到了女儿的墓前。墓碑的照片上，女儿马琳笑得依然是那么灿烂。可是，她永远也不会再活蹦乱跳地出现在自己面前了。马副市长用手抚摸着墓碑上女儿的照片，两行清泪不知不觉地顺着脸颊流了下来。

一阵风吹了过来，马副市长有些花白的头发在风中乱舞着。他靠着墓碑坐了下来，点上一支香烟。女儿的音容笑貌又慢慢地浮现在他眼前。

那是马琳上高一时，马副市长当时还是滨海市计划委员会主任。那天是星期天，张大川在家里帮助马琳复习英语。那一年，张大川刚考上大学。两人你一句他一句叽里呱啦地说着英语。马副市长自己虽然也学过英语，但这么多年不用也早已经忘得差不多了。马琳和张大川从小就喜欢在一起玩，从马琳上小学一年级开始，高马琳三届的大川每天上学都会来叫上马琳一起走，放学后两人也总是一起回家。马副市长也觉得大川这孩子不错，从来没有惹马琳生过气。虽然他们两个谁都没有向家长说过什么，但马副市长早已经看出来，马琳已经心有所属了，只是当父亲的不便点破罢了。

马琳特别爱吃父亲做的鱼。马副市长跟马琳和张大川说："我去买鱼，大川一会儿别走，尝尝马叔叔的手艺怎么样。"

张大川还有点不好意思地说："算了，马叔叔，我待会儿回去吃。"

马琳一听就不愿意了："不行，你不能走。我老爸的鱼做得可好吃了，你一定要尝尝。"

马副市长说："怎么了？还怕问你要饭钱？"

张大川红着脸答应了，那是张大川第一次在马副市长家里吃饭。

后来，为了当副市长，马尚德和大川父亲明争暗斗，最后倒是如愿以偿地当上了副市长，可是和大川父亲也彻底翻脸。两人从此不再来往，也断送了两个孩子的一段好姻缘。

让马副市长万万没有想到的是，自己和张大川的父亲彻底翻了脸之后，两个孩子却并没有受到影响，还在暗地里继续交往了这么多年，最后竟然引发了这么大的悲剧。先是女儿死，再后来大川死。马副市长一直不相信女儿会自杀，因为她的性格是那么开朗。现在，马副市长很后悔，当时为什么要坚决反对两个孩子继续谈恋爱呢。如果当时自己不是千方百计去想着怎么当上这个副市长，也许副市长还是自己的，那样，老张也不会看见自己就像见了仇人似的，两个孩子也许现在正幸福地生活在一起。如果当年不去和老张抢这个副市长，很有可能现在滨海市主抓经济的副市长是张副市长，而不是马副市长。马副市长悲哀地发现，自己的这个副市长是用女儿的一条命换来的。不！应该说是用女儿和大川的两条命换来的，用两条命换一个副市长。对了，还应该再加上黄强这条命，大川用自己的一条命换了一条命，可惜的是他怎么没有把荆鸣杀了。

突然，马副市长的思绪被打断了，他似乎听见马凡在叫自己："外公、外公。"

他睁开眼睛一看，果然是马凡，荆鸣站在不远处。

马副市长说："来，过来。"

马凡走过来问："外公，你生病了吗？"

马副市长说："啊，外公没有生病，外公是想你妈妈了。"

马凡问："外公，我妈妈是不是死了？"

马副市长点点头说："是的，你妈妈死了。"

马凡问："外公，我妈妈为什么要死？"

马副市长说："有些事情等你长大了就会知道。"

荆鸣慢慢走了过来。

荆鸣对马凡说："凡凡，你去一边玩一会儿，不要跑远了啊，爸爸和外公说几句话。"

马凡答应了一声就跑开了。

荆鸣坐了下来，点上一支香烟，心情复杂地问马副市长："想马琳了？我也是，这么些日子了，只要一想她我就会来她的墓前看看她，跟她说说话，虽然她听不见，但说完我心里就痛快些了。"

马副市长一声不吭地看着他。

荆鸣说："我知道你恨我，你认为你女儿的死是我一手造成的。但是，我想告诉你的是，她的悲剧是她自己一手造成的。当然，也是你教子无方的必然结果。咱们换位思考一下，假如你娶了个给你戴了几年绿帽子的妻子，你会怎么样？难道你能容忍吗？当你明明知道自己的孩子是自己妻子和她的情人所生的时候，你还会养育他吗？这是一个男人的奇耻大辱！对任何一个哪怕还有一点点血性的男人来说，这都是不可容忍的奇耻大辱！你知道吗？我就生活在这种奇耻大辱之中。虽然她已经死了，张大川也死了，但我并不同情他们。而你，我倒愿意和你修复裂痕。"

马副市长哼了一声说："你认为我还会帮你吗？"

荆鸣说："听说检察院要复查当年一建改制的事情。当时的改制是在政府的主导下进行的，他们这样查是不是吃饱了没事儿干？我没别的意思，就是想问你知道不知道？假如你还不知道，那我这就算通知你了。该怎么办不用我再教你了吧？我想，你知道这件事情要是让他们查下去的后果是什么。不管你再怎么恨我，但在这件事情上咱们可是一根绳上的蚂蚱，蹦不了我就跑不了你。所以，我相信你在我需要的时候还是会和我站在一起的。"

马副市长颓然地叹了一口气说："唉，都怪我瞎了眼，我在官场上混了大半辈子了，没想到竟然让你给算计了。我真没想到呀！没想到我会输在你的手里，你比我更狠、更毒、更无情、更老辣。"

荆鸣冷冷地回了句："是吗？要是手不狠心不毒，我在滨海能有现在的商业帝国吗？你不也一样吗？当初你要是手不狠心不毒，也不可能是张大川他父亲的对手吧？当初你要是手不狠心不毒，今天滨海市的常务副市长就可能是姓张而不是姓马了吧？"

马副市长根本不抬头看荆鸣，脸色更难看了。他使劲儿用手按住胸口，吃力地说："事到如今，当着马琳的面，我就问你一句话，马琳是不是你杀的？"

荆鸣说："我要说是我杀的，警察不相信；我要说不是我杀的，你不相信。所以，这件事情我说了不算，你应该去问检察官。"

马副市长痛苦地倒在墓前，闭上了眼睛。

他对荆鸣挥挥手，有气无力地说："你走吧，你走吧！"

荆鸣说："你不会想不开在你女儿的坟前自杀吧？"

马副市长睁开了眼睛，用手指着荆鸣，一字一句地说："荆鸣，听我一句话，收敛一点儿，不要太狂了。你别忘了，报应！你这样下去，会得到报应的！"

荆鸣站起来叫远处的马凡："凡凡，走了！"

马凡跑过来问："外公呢？他不跟我们一起走吗？"

荆鸣说："有人会来接他的，我们不管他。"

远处传来了"轰隆隆"的雷声。

荆鸣开着车缓缓地向山下驶去，马凡又担心起外公来了，问外公怎么不一起下来。荆鸣的眼睛盯着远方，黑色的墨镜下，谁也不知道那是怎样一种眼神。

他对马凡说："马上要下雨了，系好你的安全带。"

4

马副市长的司机在陵园大门外等了半天也不见马副市长下来，再一看天好像要下雨，就赶紧进去寻找，找着找着就找到了马琳的墓前。

马副市长看上去好像有点不大对劲，但司机也顾不上多想了，就问："马副市长，您怎么坐了这么长时间？"

"是吗？"马副市长看看手表说，"哎呀，马上就6点半了，时间怎么过得这么快？"

司机说："我看好像要下雨。"

马副市长说："那咱们赶快走吧。"

5

保安黄强被抢救过来后，老老实实地交代了，报复张大川是自己的主意，荆鸣并不知情。郑天雷问："你为什么这么干？"黄强说："我们老板人不错，我就想替他出口气。"鉴于黄强已经涉嫌犯罪，待其身体好转之后，便被转到了公安医院。而对荆鸣的监视居住自然就解除了。

穆贵被拘留了十五天，出来后，荆鸣让保安部部长把他带到自己办公室，问他那天到底是怎么回事。穆贵就把黄强怎么叫的自己，怎么跟自己说的，一五一十地告诉了荆鸣。荆鸣问他，在刑警队时是怎么说的。他说在刑警队也是这么说的。荆鸣对他说："你被开除了。"穆贵一听就傻了，辩解说当时是黄强叫自己去的，自己还问过黄强是不是荆总安排的。黄强说是，还说干完之后荆总一定会提拔他当保安部的班长。荆鸣大怒，一拍桌子说："你们以为我这里是流氓黑社会吗？"穆贵恳请荆鸣再给自己一次机会。荆鸣指着穆贵的鼻子说："我的公司绝对不能留你们这种害群之马，你已经被开除了。"荆鸣让保安部部长带穆贵回宿舍，收拾完东西立即走人。

荆鸣在公司召开大会，对两个保安擅自私闯民宅，到张大川家去殴打张大川，并导致保安黄强被张大川用刀砍成重伤，张大川被击毙这一事件进行了通报，并宣布穆贵和黄强被公司开除。公司为抢救黄强所支付的医疗费是公司出于人道主义考虑所为，公司也不再向黄强家人追讨。

荆鸣在会上强调，滨海华业是一家崇尚文明、注重诚信的企业，不是黑社会，以后决不允许再发生此类恶性事件。

6

由于匿名举报信的举报人一直没有找到，陈正军带着反贪局侦查一处开始了对张大川提供的一些证据进行秘密调查。

陈燕辞职后一直待在家里，复习功课准备继续考博士。

一天，陈正军问女儿复习得怎么样了。陈燕说程诺、刘明慧都给自己打过电话，说公司还是希望自己回去上班。陈正军说："你一到滨海华业就受到重用，你觉没觉得这里面有问题？"陈燕说："民营公司又不像你们国家机关事业单位，提拔要凭资历，公司里是谁能力强谁就升得快，这能有什么问题？"

陈正军想，自己收到的这封举报信，举报荆鸣在滨海第一建筑总公司改制时曾经给当时的市委书记潘尚义送过50万元现金，这事儿可能是真的。陈正军告诉陈燕，最近有人举报荆鸣。

陈燕很理性地与陈正军分析，说："爸爸你说举报人当时为什么不举报？过了这么多年再举报，我看其中必有蹊跷。"

陈正军说："这也正说明有人很早就开始了有计划、有预谋地使用一些手腕儿，当时堵住了一些知情人的嘴，后来由于利益分配上产生了矛盾，事隔多年后又被抖了出来。"关于举报信的内容，陈正军自然守口如瓶。

第二天，陈燕接到荆鸣的电话。荆鸣详细询问了陈燕的近况，表示还是希望她来公司上班。陈燕说自己想在家里待一阵子，再复习一下功课准备考博士。

荆鸣问她忘没忘辞职时自己跟她说的话，陈燕问他什么话。荆鸣说："咱们到南海大学去捐款的事儿呀。"陈燕说："我觉得这钱以我的名义捐名不正言不顺。"荆鸣说："这钱是你应得的，我带你一起去捐已经算是越俎代庖了。"他让陈燕准备一下，后天就去南海市，把捐款的事情先办了。陈燕答应了荆鸣的要求。

放下电话后，荆鸣立即给潘尚义副省长打电话，把自己猜测的情况和担心告诉了潘副省长。潘副省长安慰他说没事儿，说自己会安排。另外，潘副省长也让荆鸣想办法查清楚是谁举报的。

陈正军向许省身汇报，匿名举报荆鸣曾向潘尚义行贿50万元一事现在仍然没有找到举报人。许省身说此事先放一放，对荆鸣的调查应先从马琳留下的U盘入手，另寻突破口。

陈正军说自己已经带领侦查员开始对U盘上的证据进行整理。

在技术部门的配合下，对U盘内容的分析让陈正军大跌眼镜：第一，这些送钱收钱的证据并不指向荆鸣，而是指向更高层的领导。第二，马琳以为自己抓到了荆鸣的把柄，以为凭U盘中的内容可以置荆鸣于死地，恰恰相反，这些证据却更可能指向马琳的父亲马尚德。第三，传言荆鸣送官员干股的事情，也是很难坐实的。陈正军低头沉思：证据啊，证据！

7

检察院对荆鸣的秘密调查还是走漏了风声。

荆鸣怀疑举报信是当年滨海第一建筑总公司中一个叫徐盛达的人写的。徐盛达当时是公司的行政副总，在刘凯明出事儿后不满荆鸣对自己的安排，便离开了新组建的滨海华业，自己办了一家名叫盛达的小型房地产公司。在度过了最初的几年艰苦岁月后，徐盛达的公司已逐渐步入一个稳定的发展期。

后来荆鸣和他还有过联系，再后来他由于资金周转问题找荆鸣，想让荆鸣担保到银行贷一笔款，荆鸣没有答应，从此就没了联系。

荆鸣怀疑是徐盛达给检察院寄了举报信，于是就派人暗中打探，很快就有了结果。徐盛达虽然在举报信中说自己只是一个知情者，却在不经意中透露出自己手上有荆鸣向某领导行贿的证据。

荆鸣觉得徐盛达是自己最大的威胁，正当他考虑怎么和徐盛达见个面时，徐盛达先把电话打过来了。

徐盛达给荆鸣打电话，要求从荆鸣的公司里拆借1000万元。荆鸣约了徐盛达在绿野山庄度假村见面。

徐盛达带了几名看起来像是黑道上的人赴宴。荆鸣先就上次从银行担保贷款一事没给徐盛达帮上忙表示了歉意，说当时自己的公司在税务年检时被查出少缴税款1200万元，自己忙于处理，实在是心有余而力不足。但现在公司已经上市了，这次帮他应该没有什么问题，但也还要开董事会形成决议后才能办，自己一定会全力以赴的。

荆鸣有意识地把话题向潘尚义身上引，说当年要不是当时的市委书记潘尚义支持，自己也不可能有今天的发展，还说以后有机会要把徐盛达引荐给潘副省长认识一下。

徐盛达被荆鸣的这番表白所迷惑，多喝了几杯后一不留神说了一句："过去有对不住的地方还请你不要放在心上，这年头要想干点事儿不把当官儿的打点好肯定不行，你当时所做的我能理解。"

荆鸣断定，匿名举报信就是徐盛达所为。

随后不久，荆鸣在一家酒楼里请一名神秘客人吃饭。

8

高部长给部分媒体发了一份新闻通稿：滨海华业东华科技信息咨询公司副经理陈燕将于9月11日赴南海大学，把公司奖励的20万元捐给自己的母校。

陈燕告诉父亲，自己要回一趟南海大学，公司要把自己退回去的20万元奖金以自己的名义捐给南大。陈正军问："你是不是又回滨海华业上班了？"陈燕说："还没有，但荆鸣又问过我什么时候上班？"陈正军问："你不是要考博吗？不考了？"陈燕说："荆鸣的意思是先去上班，考上博后公司出钱，就算公司定向培养。"陈正军问陈燕："你决定了要回去上班？"陈燕说还没有。陈正军说："你也大了，最近这几个月滨海华业发生的事情你也都知道，虽然荆鸣并没有卷入马琳的死亡和他公司两名保安到张大川家里闹事最后酿成命案的事情，但我们已经掌握了他的一些行贿证据，所以我们并没有放弃对荆鸣的调查。假如你一定要去，那我只能劝你一定要把握好自己。"

高部长把荆鸣的演讲稿和陈燕的发言稿准备好了，还特意嘱咐陈燕发言时不要紧张。

荆鸣带着陈燕和刘明慧以及高部长一起来到了南海大学，受到了师生们热情的欢迎。他们用这20万元成立了救助基金，用于救助就读该校的贫困大学生。

荆鸣在南海大学发表了有关大学生要如何报效祖国的演讲，陈燕也作了简短发言。

陈燕从南海回来后就又回滨海华业上班了。程诺问荆鸣怎么安排陈燕，荆鸣说："我准备让她到公关部当部长去。陈正军是块不锈钢板，我就不信他女儿也是不锈钢板。就算陈燕也是不锈钢板，不出一年我就要让她成为一块任我随意摆布的铁皮。"

陈燕担任了公关部部长，每天的工作就是迎来送往，陪客人吃饭喝酒、跳舞唱歌、洗桑拿。荆鸣对陈燕说："公关是一门学问，有人一听公关就觉得很低级，其实这是对公关的误解。现在大学里不是还有公关学这门课嘛。"公关部有一个小金库，小金库的开支大权现在就落在了陈燕的手里。

9

陈正军向许省身汇报工作，说一直没查到举报人。

许省身说："没查到就继续查，一定要把举报人找出来。否则不好对荆鸣采取措施。"于是，陈正军开始暗中寻找当年滨海市第一建筑总公司的老职工，希望在他们中间能找到举报人，但很多人都不愿意多谈。

10

一天下午，荆鸣在南海给徐盛达打电话，让他立即赶到南海市鸿鑫大酒店，不要带人。

徐盛达问他什么事儿。荆鸣说："你来了就知道了，对你是一个机会。"徐盛达一听，兴冲冲地开着自己的奥迪上路了。

当天傍晚，在滨海市马背山鹰嘴岩发生了一起车祸。一辆奥迪轿车在拐弯时一头撞上了一辆同向行驶的大货车，车毁人亡。事后交警对这辆奥迪轿车进行检查时，发现这辆车的刹车管破裂，这是导致这起事故的原因。

而死亡的司机就是原滨海市第一建筑总公司的行政副总徐盛达。警方怀疑有人在他的刹车管上做了手脚，但没有找到直接证据。

11

许省身接到上级某领导的电话，让他立即停止对滨海华业的调查。许省身说他们收到了滨海华业董事长荆鸣涉嫌行贿的举报。但上级领导说就算要查也不是现在查。许省身向陈正军传达了上级的指示，但又指示陈正军继续暗中寻找匿名举报信的举报人。

童建中告诉荆鸣，虽然检察院停止了对他的调查，但陈正军一直还在寻找举报人，让荆鸣作好心理准备。荆鸣让童建中放心。

12

滨海公司大会议室，公司中层领导正在开会。

荆鸣有条不紊地做着工作部署，他说："我和程总准备去国外考察三个月。在这三个月里，刘明慧暂时接替我和程总，代理滨海华业总裁的职务，重大事项交董事会讨论。陈燕正式出任公司总裁助理兼公关部部长。"

说着，荆鸣拿出了自己已经签过字的授权书说："根据董事会的决定，我已经签过了授权书。希望我们不在的这些日子，在座的各位大力配合刘总的工作。"

安排完公司的工作后，荆鸣又带着公司高层去了敬老院的工地视察。他要求一定要在入冬以前保质保量地完成主体建筑工程。

何力、萧玫匆匆赶来，对陈正军说荆鸣和程诺要出国了，问拦不拦住他们。陈正军问："有什么理由？"何力说："他可是咱们的犯罪嫌疑人呀！"陈正军说："你放心，他会回来的，他要跑也不会是现在。"

清晨，司机把荆鸣和程诺送到机场。荆鸣和程诺坐在飞机上，有些留恋地向下望了望这座熟悉的城市。

天灰蒙蒙的，但天边已经有了一丝曙光，太阳要出来了。

后　记

在这个深秋的寒夜里，修改这部作品于我而言有着别样的意义。这个故事在我脑子里演绎了很多年，我仍然记得 2002 年在检察院旧楼会议室给我师弟讲述这个故事时的场景。后来，故事越来越丰富和复杂，每个场景却都如同亲历，历历在目，难以忘却。

就创作手法而言，我选择了白描式的原生态写法。这部作品以小说的形式，以一个匪夷所思的刑事案件为主线，一方面勾画出了荆鸣作为一名新生富豪背后的奋斗历程以及他所承受的来自家庭、婚姻、官场、商场等不同环境中的压力，他在阳光下时刻都要表现出"成功人士"的风光，而这一风光的背后却是经历过的、难以启齿的辛酸和痛苦，甚至是违法犯罪；另一方面细致刻画了以陈正军为代表的检察官们枯燥、辛苦的日常工作，对他们生活中遇到的种种矛盾与情感纠葛也毫不避讳地进行了展示，赋予了检察官们更加现实化、生活化的性格内涵。

书中主要人物的性格都是复杂的。荆鸣孝敬母亲、讲义气、重友情、知感恩、悯下属、助弱者，但他又是一个心理极度复杂的人，心灵在屈辱重压下扭曲，最终演变为极富心机的复仇。

检察官陈正军在妻子重病住院的情况下，顶着巨大的压力办理荆鸣一案，他既对妻子有愧疚，又怕别人利用自己检察官的身份去利用女儿，甚至对女儿应聘找到的工作都大力阻止，在女儿眼中成了一个不近人情的父亲。从这个意义上说，不管是荆鸣还是陈正军，刻画他们的性格本身就是一个非常艰难的事情，因为人无时无刻不在受周围环境的影响，只有心中有信仰的人才会真正波澜不惊地为自己的目标而奋斗，只不过每个人心中的"目标"有好有坏而已。

给这个故事写结尾的时候，我想，一个人一旦走上了一条道路，就会跟着惯性一路走下去，他就很难控制自己的行为了。譬如作家，把写作作为排遣孤寂的方式，作为抚慰心灵的手段，他就很难偏离这条他不得不走的路了。边写，自己边掉眼泪，也许他并不想哭，可他还是无法控制眼泪流出——他已经进入故事人物的心灵世界。

十几年前，我的一位学生因为涉嫌金融诈骗被关进了大牢。前些天听说我的一位小学同学因为抢劫杀人被处以极刑，然后陆陆续续又听闻别人的一些故事，心里有些恻然。魔鬼为获得浮士德的灵魂，还肯拿出世上所有的东西来交换，而罪恶一旦咧开嘴，只会贪婪地俘获人的肉体、灵魂、意志，以至攫取一切……

当然，我希望这部小说能引起人们对罪恶欲望的警觉。

生活是对生命的描述，鸟在空中飞、鱼在水里游、蚂蚁在地上爬……生活本身并没有目的，它只是一种状态，一种自然的惯性。生存与发展只是社会意义的赋予。社会是由个体的人叠加而成的，在叠加过程中，人的许多本能变得模糊不清，人性也变得脆弱多变。这种叠加不像数学课上的 $1 + 1 = 2$，它充满不确定性，有的丧失了，有的增加了，有的变异了。所谓规律，是对不确定性在某一瞬间、某一位置上的静止状态时所出现的各种现象的总结、抽离。生活是形而上的，辩证及其他都是人试图对它的解释，并不是它本身。哲学的意义本身就是没有意义。活着就是活着，它不大于一切，也不小于一切。

想记录下一些我们的检察官战友、同事参与办理各类案件的故事，这其中有他们的影子。故事比道理更接近生命，至少它来得更真实些。故事或许有趣或许乏味，但这并不重要，重要的是这些故事曾经是一些人全部的生命，这似乎就有了把它们说出来的必要。我并不否认，对我个人而言，创作之初，说的价值应该是大于我说出来后的那些价值。而后来，我越来越感觉到人性的复杂。人是自私的，趋利避害是每个人下意识的本能，但对利与害的判断却各有各的标准，而且也并不是每个人都能依据自己的标准作出准确判断，所以有些人的自私便显得很无私。

我不知道，尽管我们努力写得逼近生活的真实，读者会不会耐心看下去。现代人在快节奏的生活中本来就很累，凝重的话题又平添了不少沉重。我赞同，文学作品一个直观的基本点就是要让人能够读下去，所以完稿后，我拿给周围的一些人读，并告诉他们不要挑剔遣词造句，不要挑剔命题立意，仅仅注意一点：能否读下去。

周围许多人问我：在你心中，荆鸣是好人还是坏人？我一时语塞，因为人性的确比较复杂。就这个故事而言，荆鸣是一个有人情味的"坏人"，陈正军是一个有许多无奈的"好人"。

荆鸣是一个真实的人物，在他的身上，集中折射了中国改革开放后新生富豪的奋斗历程和特征。

中国的改革是渐进式的，即是以对高度计划经济的逐步弱化和对非公有制经济的逐步强化为特征的历程。在这个过程中，"个体户"作为涵盖非公有制经济特征的突出代表，在计划经济的夹缝中逐步壮大起来。中国的第一代个体户大多是那些无缘挤入国有单位的人，其中不乏刑满释放人员，应该说，是市场经济的开放给他们带来了生存的空间和巨大的机遇。但是，在强大的计划经济控制下，再加上受原始资本短缺的限制，初期的个体户们若老老实实守法经营，很难发大财。所以部分人在他们的原始积累阶段常伴随有大量的非法行为，如书中的荆鸣洗钱、行贿等现象。同时，受思想和文化素质的制约，有些人手里有了几个钱就为所欲为。从这个意义上来说，荆鸣是个坏人。

在书中，我们也写到了荆鸣孝敬母亲、讲义气、重友情，这都是生活在我们身边的一个活生生的人所具备的品质。从这个意义上来说，荆鸣是一个不坏的正常人。也许是我的笔力有限，人物的性格表现得很不深刻，甚至有些肤浅。

不管怎么说，荆鸣是一个不愿意粉饰自己的真实的人。在中国的改革进程中，这样一个特殊的群体在经济生活中扮演着独特的角色，不管你愿意不愿意，他们确实就存在于我们的身边。读完荆鸣的故事，我们是否为我们身处的时代感到庆幸呢？因为，这是一个充满无限机会、充满无限生机的时代，也是一个容易迷失和沉沦的时代。

当然，荆鸣们的故事还在继续，还有较大的表现空间。不过，那也许是下一本书的话题。

需要说明的是，这部作品在创作的过程中，得到了诸多朋友的支持，他们最早读了初稿，并提出了建设性的意见，在此一并致以深深的谢意！

海剑

2015 年 11 月 6 日秋雨夜